# ENCICLOPÉDIA DA MÚSICA DO SÉCULO XX

## Paul Griffiths

Tradução
MARCOS SANTARRITA
ALDA PORTO

Revisão
EDUARDO BRANDÃO

*Martins Fontes*
*São Paulo 1995*

Esta obra foi publicada originalmente em inglês com o título
THE ENCYCLOPAEDIA OF TWENTIETH CENTURY MUSIC
por Thames and Hudson Ltd., Londres, em 1986


*1ª edição:* agosto de 1995

*Tradução:*
Marcos Santarita
Alda Porto
*Revisão técnica e da tradução:* Eduardo Brandão
*Revisão gráfica:*
Ana Maria de Oliveira M. Barbosa
Dinarte Zorzanelli da Silva

*Produção gráfica:* Geraldo Alves
*Paginação:* Renato C. Carbone

*Capa – Projeto:* Katia H. Terasaka

**Dados Internacionais de Catalogação na Publicação (CIP)**
**(Câmara Brasileira do Livro, SP, Brasil)**

Griffiths, Paul
Enciclopédia da música do século XX / Paul Griffiths ; tradução Marcos Santarrita, Alda Porto ; revisão Eduardo Brandão. – São Paulo : Martins Fontes, 1995.

Títiulo original: The encyclopaedia of twentieth century music.
Bibliografia.
ISBN 85-336-0421-1

1. Música – Século 20 – Dicionário, enciclopédia etc. I. Título.

95-2564 CDD-780.904

**Índices para catálogo sistemático:**
1. Dicionários : Música : Século 20 780.904
2. Música : Século 20 : Dicionários 780.904

*para Ru Reiss, que*
*jamais parou de perguntar*

# *Índice*

# Guia do Leitor para consulta deste livro

A música no século XX é sabidamente um campo variado e amplo, ao menos por dois motivos que se podem relacionar: os muitos conceitos novos sobre o que é música e o enorme número de compositores ativos. Mais pessoas compuseram música a sério a partir de 1901 do que em todos os vários séculos anteriores de composição musical juntos, talvez muitas vezes mais. E o aumento não é só numérico, mas também geográfico. Uma enciclopédia concisa de música do século XIX poderia citar muito poucos compositores não alemães, austríacos, italianos, franceses ou russos, ao passo que o presente volume inclui também um número substancial de compositores da Grã-Bretanha, terras nórdicas, Europa Central, América Latina e, mais particularmente, dos Estados Unidos. Do mesmo modo, no campo dos assuntos e termos, alguns conceitos teriam parecido bem estranhos a Brahms.

O objetivo deste livro é oferecer um dicionário básico para esse mundo confuso, mas emocionante, da música. A maioria dos verbetes trata de compositores individuais: compreendem mais de 500, de tamanho variado. Evidentemente, esse número nem sequer chega perto de uma lista completa dos que produziram música interessante no século: só podemos esperar que inclua os 100 principais que constariam da lista de qualquer pessoa racional. Mas se a qualidade é um critério incômodo (*ver* ESTÉTICA: as referências cruzadas são sempre indicadas assim, em versalete), a cronologia mostra-se surpreendentemente útil, pois 1901 revela-se um divisor de águas bastante funcional. Verdi morreu naquele ano; Brahms fora enterrado há pouco tempo; Wolf e Dvořák morreriam nos três anos seguintes. Por outro lado, Debussy, Mahler e Strauss ainda tinham muito a dar para se tornarem figuras sobretudo do século XX, e Janáček, mais velho que todos eles, compôs o grosso de sua produção importante no novo século. O compositor mais antigo incluído é Saint-Saëns (nascido 125 anos antes do mais moço aqui listado), mas ele é um dos poucos compositores essencialmente do século XIX com uma produção importante no século XX. Os únicos outros dignos de nota são Fauré e Rimsky-Korsakov.

Nesses casos, as **listas de obras** anexas aos verbetes incluem apenas as composições do século XX. Fora isso, as listas são seletivas de acordo com o tamanho do verbete: a maioria dos pequenos verbetes não tem lista, enquanto os mais longos são acompanhados de **catálogos resumidos** de todas as obras importantes, com datas de composição ou, onde há um asterisco, detalhes da primeira apresentação. As abreviações usadas para instrumentos e gêneros padrões se explicam por si; seguem o sistema do *New Grove*, com algumas ligeiras modificações. Em particular, deve-se observar que há uma distinção entre S, A, T, B, (4 solistas vocais) e SATB (coro de 4 vozes), que fl/vn indica flauta ou violino. No final das listas, ou no final dos verbetes em que não há lista, relacionam-se as principais **editoras** e **gravadoras** entre colchetes, assim: [editores; gravadoras]. Os verbetes mais longos incluem pequenas **bibliografias**, restritas a livros publicados na Inglaterra. Uma **bibliografia geral** vem no final do livro, depois de uma **cronologia** das principais obras do século. A transliteração dos nomes russos também adota o sistema do *New Grove*.

Além dos verbetes sobre compositores, também há definições de termos musicais especificamente do século XX, notas sobre instrumentos, instituições e principais obras, e artigos abrangendo temas da música do século XX. A seleção de intérpretes e outros foi orientada não tanto por mérito intrínseco quanto pela importância em relação a compositores do século XX. O **índice temático** oferece uma rápida indicação da cobertura de assuntos nessa e em outras áreas: sua intenção é sugerir alguns possíveis percursos através das páginas que se seguem.

Como disse acima, as referências cruzadas são indicadas em VERSALETE. As óbvias não são designadas; em geral, aparecem apenas quando a informação extra é particularmente importante ou relevante, ou quando o leitor não pode esperar encontrá-las de outra forma.

# *Índice temático*

Os verbetes são aqui agrupados nas seguintes categorias:

COMPOSITORES



OUTROS VERBETES



COMPOSITORES

*Alemanha*



*Argentina*



*Austrália*



*Áustria*

OUTROS VERBETES

*Técnicas e estilos*

*Obras para concerto*



*Recepção*

# A

**Abraham and Isaac** 1. Cântico II, de Britten, para contralto, tenor e piano, texto do milagre de Chester. *Ferrier, Pears, Britten, Nottingham, 21 jan 1952. 2. "Balada sagrada" de Stravinsky para barítono e orquestra de câmara, texto do Gênesis em hebraico. *Ephraim Biran, Israel Festival Orchestra/Craft, Jerusalém, 23 ago 1964.

**Abrahamsen, Hans** (1952-) Compositor dinamarquês. Estudou trompa no Conservatório de Copenhague e composição com Gudmundesen-Holmgren e Norgard. Suas obras mostram um agrupamento natural, simples, de vários materiais, e incluem peças orquestrais e de câmara (*Walden*, para quinteto de sopro, 1978; *Wintermacht*, para sete instrumentos, 1976-9; Quarteto de Cordas nº 2, 1981. [Hansen.]

**Absil, Jean** (1893-1974) Compositor belga. Estudou órgão, depois composição com Gilson. A princípio seguiu o romantismo tardio de seu professor, mas depois os concertos do Pro Arte Quartet revelaram-lhe a música de Berg, Milhaud, Hindemith, Schoenberg e outros. Em meados da década de 30, passou algum tempo em Paris, o que o estimulou a desenvolver um estilo politonal influenciado por Milhaud, desenvolvido em formas claras; também o inspirou a admiração pelo trabalho de Bartók com a música folclórica. Sua produção foi de proporções milhaudianas, chegando a 162 obras com números de opus e cobrindo todos os gêneros, com exceção da ópera e do balé.

**acordeão** Instrumento em geral limitado à música ligeira, mas às vezes usado por compositores sérios do século XX, para efeito pitoresco (no conjunto de taverna que toca em cena no Ato 2 de *Wozzeck*) ou não (no Noneto, na Sinfonia nº 2 e no Concerto a Oito de Gerhard Nonet).

**acróstico** Texto que se pode ler tanto vertical quanto horizontalmente. Webern comparava as propriedades seriais de seu Concerto op. 24 ao antigo palíndromo SATOR AREPO TENET OPERA ROTAS, e outros compositores foram fascinados por esses modelos de forma fechada.

**acústica** 1. As qualidades de propagação do som de um ambiente, de modo que se pode dizer que um saguão "tem boa acústica para música de câmara". 2. Ciência da propagação do som em prédios — ou antes, a arte, já que a acústica está longe de ser um campo de estudo exato, com bases sólidas. Às vezes, prefere-se empregar, nesse sentido, o termo "acústica de ambiente", de modo que "acústica" também possa referir-se à física dos instrumentos musicais e vozes. 3. Usada como adjetivo para distinguir os instrumentos naturais dos eletricamente amplificados: daí "guitarra acústica".

**Adams, John** (1947-) Compositor e regente americano. Estudou em Harvard com Kirchner, Kim e Sessions; em 1972, começou a ensinar no Conservatório de São Francisco. Entre suas obras, que utilizam uma sofisticada variedade de técnicas de MÚSICA MINIMALISTA, está *Shaker Loops* para sete instrumentos de cordas (1979) e peças eletrônicas. [Philips, ECM.]

**Adler, Samuel** (1928-) Compositor germano-americano. Chegou aos EUA em 1939 e estudou em Harvard com Piston, Thompson e Hindemith. Após o serviço militar como regente da Orquestra Sinfônica do Sétimo Exército, ensinou na Universidade Estadual do Norte do Texas e, depois, a partir de 1966, na Eastman School, onde em 1973 se tornou presidente do departamento de composição. Suas obras incluem óperas, sinfonias, música de sinagoga e muitas outras.

**Adorno, Theodor Wiesengrund** (1903-69) Filósofo alemão, trabalhou em Frankfurt, fora alguns períodos em Oxford (1934-8) e nos EUA (1938-49). Na juventude, exerceu a crítica musical e estudou composição com Berg, mas a música continuou sendo um dos principais temas de suas pesquisas. Escrevendo numa prosa notoriamente rebuscada, foi um dos primeiros a examinar a relação da música com a SOCIEDADE: achava que os compositores deviam resistir às pressões comerciais e políticas, que a utilidade deles para a sociedade dependia de seguirem tendências progressistas dentro da tradição musical, que via como essencialmente germânica; com base nisso, louvava Schoenberg e seus discípulos. Entre os seus livros, estão: *A Filosofia da Nova Música* (1973), *Introdução à Sociologia da Música* (1976) e *Em Busca de Wagner* (1981).

**Agon** Balé de Stravinsky, coreografado por Balanchine. É uma seqüência de 12 danças abstratas para 12 bailarinos, com prelúdios e interlúdios, compostos para uma orquestra bastante variada. *New York City Ballet, NY, 1º dez 1957 (apresentação em forma de concerto, Los Angeles, 17 jun 1957).

**agregado** 1. Conjunto de notas musicais numa composição, mas não necessariamente parte de sua organização, representando cada classe de altura apenas uma vez; desta maneira, o Concerto op. 24 de Webern, como muitas outras composições dodecafônicas suas e de outros, abrem com um agregado dodecafônico. 2. Na terminologia de Cage, conjunto de sons ouvidos no mesmo instante. O conceito surgiu de sua obra para piano preparado, em que muitas vezes a pressão de uma tecla produz não um som único, mas um agregado de dois ou três sons distinguíveis separadamente. Depois, trabalhou com agregados compostos em seu Quarteto de Cordas e outras peças.

**Ägyptische Helena, Die** (Helena no Egito) Ópera de Strauss e Hofmannsthal sobre Helena de Tróia e Menelau, ao mesmo tempo como personagens míticos e modernos. *Dresden, 6 jun 1928; com o 2º ato revisto, Salzburgo, 14 ago 1933.

**Alain, Jean** (1911-40) Compositor e organista francês. Estudou com Dukas e Dupré no Conservatório de Paris. Como seu contemporâneo Messiaen, foi influenciado pela música asiática e também por Debussy: daí as modalidades, as irregularidades rítmicas e os ostinatos extáticos de suas obras, a maioria para órgão ou para a missa católica. O primeiro grupo inclui: *2 danses à Agni Yavishta* (1934), *2 Fantasies* (1934, 1936) e *3 danses* (1937-9). Morreu como soldado. [Leduc.]

**Albéniz, Isaac** (1860-1909) Compositor e pianista espanhol. Após uma formação musical para ser recitalista, fugiu como clandestino para a América do Sul aos 12 anos; a partir de então, raramente ficou num mesmo lugar por muito tempo. Esteve em Weimar com Liszt, em Paris com Dukas e Debussy, e em Londres com um banqueiro cujos libretos musicava em troca de uma renda certa. Musicalmente, porém, permaneceu na Espanha. O grosso de sua criativa produção consiste de obras para piano nas quais se projetam os idiomas folclóricos espanhóis, com uma exuberância que vinha de Liszt e que, por sua vez, influenciou a música de Débussy e Ravel. A *Suite Iberia*, em 4 volumes substanciais publicados em 1908, são o coroamento de sua obra.

**Albert, Eugène** (ou Eugen) **d'** (1864-1932) Compositor e pianista de origens germano-franco-italiana, nascido em Glasgow. Estudou em Londres e foi influenciado por Liszt. Ele e sua mulher Teresa Carreño estavam entre os grandes pianistas da época, mas sua produção de música para piano é pequena: dirigia suas energias criativas para o teatro. As óperas incluem tanto comédias como tragédias, das quais a mais conhecida é *Tiefland* (*Praga, 1903).

**Albert Herring** Ópera de Britten e Eric Crozier composta para orquestra de câmara, transpõe um conto cômico de Maupassant sobre um idiota de aldeia para um cenário inglês. *Glyndebourne, 20 jun 1947.

**Aldeburgh** Porto pesqueiro na costa leste da Inglaterra, domicílio de Britten desde 1947 e, a partir de 1948, sede de um festival anual baseado em sua música. Depois de sua morte, o festival continuou especializado, mas, muito embora sempre tenha tido também maior abrangência de interesses, apresentou muitas outras músicas novas que não as de seu fundador.

**aleatório** (do latim *alea* = dados de jogar.) Adjetivo usado para a música em que o compositor deixa deliberadamente margem para ocorrências casuais ou opções dos intérpretes. Essa definição incluiria fenômenos há muito estabelecidos, como improvisações em teclado, a *cadenza* e a *ossia*, bem como jogos musicais divulgados no séc. XVIII, dando regras para se estabelecer a seqüência das danças de acordo com lances de dados. Contudo, o termo é normalmente reservado para a música do séc. XX, a começar por Ives, algumas de cujas partituras incluem exortações à liberdade, alternativas incomumente importantes e notações irrealizáveis que convidam silenciosamente o intérprete a encontrar uma solução. O exemplo de Ives foi importante para Cowell, que usou o que chamou de notações ''elásticas'', incluindo fragmentos a serem reunidos pelos músicos (Quarteto de Cordas nº 3 ''Mosaico'', 1934). Grainger também privilegiou a ''partitura elástica''. Mas o herdeiro mais extremado de Ives é Cage, que começou usando OPERAÇÕES CASUAIS no início da década de 1950 e cuja música do fim dessa mesma década deixa muita coisa ao acaso (*ver* NOTAÇÃO GRÁFICA *e* INDETERMINAÇÃO), seguindo um princípio Zen de não-intencionalidade.

Mesmo assim, o termo ''aleatório'' aplica-se mais comumente à música européia, onde teve origem diferente. Stockhausen ficou impressionado com o aparecimento de elementos imprevisíveis na análise física dos sons e compôs sua *Klavierstück XI* (1956) como uma distribuição de fragmentos espalhados sobre uma grande folha de papel, a serem unidos livremente pelo intérprete. Boulez, ao mesmo tempo, tomou conhecimento das tentativas de Mallarmé para tornar o acaso artisticamente funcional e, em sua Terceira Sonata para Piano (1956-7), ofereceu caminhos opcionais. As duas obras exemplificam a FORMA MÓVEL, que continuou atraindo Boulez, embora Stockhausen tenha ido além, sobretudo em obras compostas para seu próprio grupo eletrônico: as partituras foram substituídas por sistemas de sinais simples (*Prozession*, 1967) ou textos curtos (*Aus den sieben Tagen*, 1968). O retorno de Stockhausen à notação exata em *Mantra* (1970) foi visto na época como um recuo, mas foi apenas o primeiro indício claro de uma diminuição do interesse pelo aleatório.

**Alfano, Franco** (1876-1954) Compositor italiano. Estudou em Nápoles e Leipzig, e alcançou sucesso cedo com a ópera *Ressurreição* (baseada em Tolstói, 1902-3, *Turim, 1904). Depois, foi influenciado por Debussy e Strauss, sobretudo em *A Lenda de Sakuntala* (1914-20, *Bolonha, 1921). A rica orquestração e a atmosfera exótica desta ópera, baseada numa peça em sânscrito, valeram-lhe o convite para concluir *Turandot*, de Puccini, em 1925, mas, na verdade, o final foi drasticamente cortado por Toscanini, tendo permanecido praticamente desconhecido até a redescoberta de seu manuscrito na década de 80. Seus outros trabalhos incluem 2 sinfonias, 3 quartetos de cordas e sonatas para violino e violoncelo.

**Alfvén, Hugo** (1872-1960) Compositor sueco e regente de coral. Estudou no Conservatório de Estocolmo e, particularmente, com Lindegren. Grande impressionista da música sueca, foi influenciado por Debussy, pelos cantos folclóricos e por suas viagens ao Báltico, compondo 5 sinfonias e muitas outras peças orquestrais, grande quantidade de corais e muitas canções.

**Alphabet für Liège** (Alfabeto para Liège) Obra de Stockhausen que expõe em vários recintos os efeitos físicos e sonoros do som. Um estande na exposição é ocupado por sua cerimônia de músicas indianas *Am Himmel wandre ich...* (*Liège, 23 set 1972).

**American Composers Orchestra** Grupo criado na década de 70, tendo Dennis Russell Davis como regente, para execução de obras americanas contemporâneas em Nova York.

**Amériques** Obra de Varèse para grande orquestra, evocando não tanto sua nova terra quanto novos mundos da imaginação. *Filadélfia/Stokowski, Filadélfia, 9 abr 1926.

**amétrico** Falta de uma métrica estável, em geral por causa de ritmos cruzados ou ausência de pulsação.

**AMM** Acrônimo enigmático escolhido como nome por um grupo de músicos dedicados à livre IMPROVISAÇÃO em Londres, na segunda metade da década de 60, ocasionalmente depois. Os membros regulares eram Cornelius Cardew, Lou Gare, Christopher Hobbs, Eddie Prévost e Keith Rowe, gravados na Mainstream MS5002.

**Amor por Três Laranjas, O** (Lyubov k tryom apelsinam) Ópera de Prokofiev baseada na peça fantástica de Gozzi. *Reg Prokofiev, Chicago, 30 dez 1921.

**amplificador** Aparelho elétrico para aumentar um sinal, usado em todos os sistemas de reprodução de som.

**amplitude** Sinônimo de intensidade sonora, ou, mais exatamente, a medida da maior alteração numa onda ou vibração.

**Amy, Gilbert** (1936-) Compositor e regente francês. Estudou com Messiaen no Conservatório de Paris e foi decisivamente influenciado por Boulez, a quem sucedeu como diretor do Domaine Musical (1967-73). Como regente de orquestra, especializou-se em música contemporânea. Suas composições seguem, em geral, os modelos boulezianos e incluem uma Sonata para Piano (1957-60), várias obras para grande orquestra (*Chant*, 1967-9; *Refrains*, 1972; *D'un espace déployé*, com soprano interpretando Mallarmé, 1972-3) e obras para conjuntos menores (*Cycle* para 6 percussionistas, 1944-6; *Sonata pian' e forte* para vozes e instrumentos, 1974). [UE, Heugel; Erato.]

**análise** Estudo da estrutura musical, tentando discernir como foi feita ou como é ouvida uma composição (o que, claro, não é necessariamente a mesma coisa). A análise no séc. XX foi influenciadíssima pela obra de SCHENKER, em particular por seu conceito de que as composições tonais agem em três níveis: o fundo (a progressão harmônica básica subjacente a uma obra ou movimento), o plano médio (a elaboração do último, que começa a dar à obra ou movimento sua identidade) e o primeiro plano (o detalhe realmente apresentado pela música). A principal alternativa a essa posição considerou a música desenrolando-se através da contínua evolução de um elemento temático, como propôs Réti, mas as duas não são essencialmente contrárias: muitos analistas posteriores descobriram que é possível usar aspectos de ambas.

Por exemplo, os métodos schenkerianos sozinhos parecem nada ter a dizer da música atonal, que ele desaprovava. Allen Forte, porém, tentou a análise de obras atonais em termos de conjuntos, ou pequenos grupos de notas, que a composição redistribui e transpõe, enquanto ele retém o conceito de níveis. O pensamento de Schenker afetou até mesmo compositores de música atonal nos EUA, e Babbitt buscou consciente e precisamente implantar o modelo dos níveis schenkerianos em suas obras, de modo que, em seu caso, a análise antecede a composição.

Outros métodos de análise aplicaram idéias da teoria da informação, ou semiologia, embora tendessem mais a produzir novos meios de descrever do que de analisar música, tendo também produzido resultados criativos que podem exceder seus proveitos científicos: a teoria da informação foi importante para Stockhausen e Xenakis, entre outros, e a semiologia para Berio.

**Anderson, Laurie** (1947-) Compositora e intérprete americana. Estudou no Barnard College e na Universidade de Colúmbia (formada em Belas-Artes como escultora). Desde o final dos anos 70, tem-se apresentado internacionalmente como "artista performática" em suas próprias peças solo, que combinam música, teatro e arte visual.

**Andriessen, Hendrik** (1892-1981) Compositor, organista e professor holandês. Estudou no Conservatório de Amsterdã, tendo mais tarde aí ensinado, bem como nos Conservatórios de Utrecht e de Haia. Compondo num largo estilo sinfônico com traços modais de caráter francês, produziu muita música sacra católica, mas sua grande produção também inclui sinfonias e concertos, composições para órgão e uma ampla variedade de pequenas peças instrumentais. [Donemus.]

**Andriessen, Jurriaan** (1925-) Compositor holandês, filho de Hendrick Andriessen, que foi seu professor no Conservatório de Amsterdã. Sua música, num estilo eclesiástico que tem certa afinidade com a de Milhaud, inclui várias sinfonias e peças concertantes, algumas notáveis obras incidentais e balés, assim como composições de câmara. [Donemus.]

**Andriessen, Louis** (1939-) Compositor holandês, filho de Hendrick Andriessen, que foi seu professor no Conservatório de Utrecht. Também foi discípulo de Van Baaren. Como um dos líderes da vanguarda holandesa, colaborou para a ópera *Reconstruction* (1970) e participou de atividades político-musicais da época, de onde surgiu seu envolvimento com o minimalismo, como diretor do conjunto Hoquetus de instrumentos fortemente amplificados e compositor de obras como *De Staat* para vozes e orquestra (1972-6). [Donemus; Composers' Voice.]

**Anjo de Fogo, O** (Ognennïy angel) Ópera de Prokofiev com libreto seu, baseado no romance de obsessão religiosa de Brysov. Ocupou-o durante quase uma década, mas nunca foi encenada enquanto ele viveu; dela extraiu material para sua Terceira Sinfonia. *Paris, 25 nov 1954 (concerto), Veneza, 14 set 1955 (montagem).

**Ansermet, Ernest** (1883-1969) Regente suíço. Praticamente autodidata, começou a reger em Lausanne e Montreux, em 1910; em 1915, foi recomendado por Stravinsky a Dyagilev, de quem se tornou o principal regente. Foi então fundador-diretor da Orchestre de la Suisse Romande (1918-66), com a qual fez muitas gravações, sobretudo de música francesa, de Lalo a Ravel. Elas revelam a clareza natural de som e articulação que o tornaram um dos regentes preferidos de Stravinsky, embora tenha havido uma ruptura em 1937, quando ele insistiu em fazer cortes em *Jeu de cartes*. Também desaprovava as revisões de Stravinsky e se opôs ao serialismo em seu tratado *Les fondements de la musique dans la conscience humaine* (Neuchâtel, 1961), embora promovesse Martin e Honnegger entre seus compatriotas.

☐ I. Stravinsky, *Selected Correspondence* vol. 1 (1982).

**Antheil, George** (1900-59) Compositor americano. Teve aulas particulares com Bloch em 1920 e em 1922 mudou-se para a Europa, onde naquele ano a Filarmônica de Berlim executou sua Primeira Sinfonia (1920-2), com algumas tinturas de jazz no *finale*. Jazz, ruído e *ostinato* tornaram-se então suas especialidades, elaborados em desenhos brutalmente simplistas, embora surpreendentes, em obras como a *Airplane sonata* (1922) e a *Sonata sauvage* (1923) para piano, ou as duas primeiras sonatas para violino (1923). Estas últimas foram compostas depois de mudar-se para Paris, em junho de 1923, e causaram um furor com seu recital de piano no Champs-Elysées, em 4 de outubro: haviam sido encomendadas por Pound, que tocou a parte da bateria na segunda.

Depois disso, veio uma colaboração com Léger e o cineasta Dudley Murphy no *Ballet mécanique* (1923-5), para o qual compôs uma partitura para dois pianos, pianola, quatro xilofones, duas campainhas elétricas, duas hélices, gongos, quatro bombos e sirena. A obra foi executada em Paris, em 19 de junho de 1926, e em Nova York, no ano seguinte. Em 1952-3, foi revista para uma gravação de gramofone (Colúmbia AML 4956), trazendo uma nota na qual Antheil chamava a atenção para a estruturação de sua peça em períodos de tempo, em vez de em processos harmônicos. Diz ser isso uma descoberta original, embora a obra fosse obviamente marcada, tanto na partitura como na construção rítmica, pela então nova *Les noces*, de Stravinsky.

Em 1926, voltou-se para o neoclassicismo e, depois, para a ópera: *Transatlantic* (1927-8), com libreto dele próprio, caricaturizando a vida política americana, foi encenada em Frankfurt em 25 de maio de 1930. Em 1936, estabeleceu-se em Los Angeles, onde fez uma pitoresca carreira de orquestrador de trilhas sonoras, inventor e jornalista, enquanto criava também uma grande produção de óperas, sinfonias, canções e música de câmara. A forma, agora, era convencional; o conteúdo, tão beligerante quanto no início dos anos 20.

☐ E. Pound, *Antheil and the Treatise on Harmony* (1927, 1968); G. Antheil, *Bad Boy of Music* (1945, rev. 1981); L. Whitesitt, *The Life and Music of George Antheil* (1983).

**antifonia** Música para grupos de intérpretes tocando em lugares diferentes; em geral, compreende dois grupos e um tipo de discussão musical na base de perguntas e respostas, como na Música para Cordas, Percussão e Celesta, de Bartók, ou *Domaines*, de Boulez. *Ver também* MÚSICA ESPACIAL.

**Antill, John** (1904-) Compositor australiano. Estudou com Alfred Hill no Conservatório Estadual de NSW e trabalhou para a Comissão de Rádio Australiana como regente e administrador. *Corroboree* (*1947), influenciado pela dança aborígene, foi uma de suas primeiras obras a revelar um tom especificamente australiano, sendo seguida de outras peças orquestrais, óperas e balés.

**Aperghis, Georges** (1945-) Compositor grego que trabalha desde 1963 na França. Suas muitas obras são na maioria de caráter teatral, influenciadas por Kagel.

**Apollo** Balé de Stravinsky, coreografado por Balanchine. Foi a primeira vez que trabalharam em colaboração (o título original era *Apollon musagète*). Trata do nascimento de Apolo e seu casamento com três das Musas; a partitura é para orquestra de cordas. *Biblioteca do Congresso, Washington, 27 abr 1928 (coreografia de Bolm); Ballets Russes, Paris, 12 jun 1928 (coreografia de Balanchine).

**Apostel, Hans Erich** (1901-72) Compositor germano-austríaco. Mudou-se para Viena em 1921, onde estudou com Schoenberg e Berg, que seguiu numa longa fase de expressionismo atonal (*Kubiniana* para piano, 1945-50), só adotando o serialismo em 1957; depois, tornou-se um serialista tão absoluto quanto Webern. Suas obras desse último período incluem várias peças orquestrais, mas a maioria consiste em música de câmara, algumas vezes com voz. [Universal, Doblinger.]

**Appalachian Spring** Balé de Copland, coreografado por Martha Graham. É um *Les noces* dos pioneiros americanos, musicalmente trabalhado em torno do hino melódico de Shaker. A partitura original era para 13 instrumentos solistas. *Biblioteca do Congresso, Washington, 30 out 1944.

**Arabella** Ópera de Strauss e Hofmannsthal, uma *love story* sofisticada, musicalmente suntuosa, passada na Viena do século XIX. *Dresden, 1º jul 1933.

**Arcana** Composição de Varèse para grande orquestra, trazendo uma misteriosa citação de Paracelso e evoluindo através da poderosa colisão de blocos de som até a serena conclusão anexada em 1960. *Filadélfia/Stokovski, Filadélfia, 8 abr 1927.

**Archer, Violet** (1913-) Compositora canadense. Estudou no Conservatório McGill e nos EUA com Bartók e Hindemith, que influenciaram, ambos, seu estilo vigoroso e disciplinado. As composições vocais às vezes usam material folclórico, mas são em número menor que as peças de câmara e orquestrais em formas correntes.

**Arditti Quartet** Quarteto de cordas formado em Londres, em 1974, para especializar-se na música do séc. XX. Gravaram obras de Carter, Ferneyhough, Harvey, Ligeti e Xenakis.

**Argento, Dominick** (1927-) Compositor americano. Estudou no Conservatório Peabody, na Escola Eastman, e teve aulas particulares com Weisgall, que estimulou sua tendência para a ópera. Em 1959, foi nomeado professor de composição na Universidade de Minnesota, tendo sido, em 1964, um dos fundadores da Ópera local. Entre suas óperas estão: *Sicilian Lives* (*1954), *The Boor* (*1967), *Colonel Jonathan the Saint* (*1961), *Christopher Sly* (*1963), *The Masque of Angels* (*Minneapolis, 1964), *The Shoemaker's Holliday* (*1967), *Postcard from Morocco* (*Minneapolis, 1971), *A Waterbird Talk* (*1975), *The Voyage of Edgar Allan Poe* (*Minneapolis, 1976), *Miss Havisham's Fire* (*1979) e *Casanova's Homecoming* (*1985). Outras obras incluem canções e corais.

**Ariadne auf Naxos** (Ariadne em Naxos) Ópera de Strauss e Hofmannsthal. A primeira versão (*Stuttgart, 25 out 1912) era uma narrativa do mito, com intervenções de *commedia dell'arte* e exploração psicológica; a segunda (*Viena, 4 out 1916) acrescentou um prólogo mostrando os preparativos para a apresentação da ópera numa casa nobre, em substituição à versão de *Le bourgeois gentilhomme*, de Molière, que formava um programa duplo com a primeira versão.

**Ariane et Barbe-Bleue** (Ariana e o Barba-Azul) Ópera de Dukas e Maeterlinck, em que a nova esposa de Barba-Azul, Ariana, desobedece às suas ordens, abre sete portas trancadas e descobre as primeiras consortes dele, que tenta inutilmente persuadir a fugir com ela. *Paris, 10 mai 1907.

**Arnell, Richard** (1917-) Compositor inglês. Discípulo de Ireland no Royal College of Music, conquistou fama imediatamente após a Segunda Guerra Mundial, com obras como seu balé *Punch and the Child* (1947). Sua produção também inclui sinfonias, concertos, quartetos de cordas e trilhas sonoras para o cinema.

**Arnold, Malcolm** (1921-) Compositor inglês. Estudou com Jacob no Royal College of Music e trabalhou inicialmente como trompetista de orquestra, até que o sucesso de seu concerto e de suas trilhas sonoras para cinema permitiram-lhe viver de composição. Suas obras, decididamente melódicas, incluem inúmeros concertos e outras peças orquestrais.

**arranjo** Uma arte vista nos sécs. XVIII e XIX como um meio de divulgar a música com mais rapidez, isto é, editar sinfonias em versões para dueto de piano. Os músicos do séc. XX, menos confiantes em que o arranjo seja um processo neutro, inclinam-se a usá-lo conscientemente para marcar uma determinada coisa numa obra, como a orquestração em que Webern realça os motivos do *ricercare* a seis vozes de Bach, ou a tentativa de Schoenberg de descobrir uma sinfonia oculta no Quarteto para Piano em Sol Menor de Brahms. Em alguns casos — o de *Pulcinella*, de Stravinsky, por exemplo, ou as versões de Purcell feitas por Davies — o arranjo destrói propositalmente o original, criando algo novo (ou a destruição pode não ser intencional, como no Concerto para Violoncelo de Schoenberg segundo Monn).

**Arrieu, Claude** (1903-) Compositora francesa. Estudou com Dukas e outros no Conservatório de Paris, e numa grande e variada produção tem empregado um estilo neoclássico de elegância e seriedade. Entre suas obras estão inúmeras óperas, incluindo a música para *Cymbeline*, além de concertos e peças de câmara.

**Arrigo, Girolamo** (1930-) Compositor italiano. Estudou com Deutsch em Paris, onde permaneceu, sendo primeiro influenciado por Boulez e, a partir de 1986, por um engajamento na política de esquerda. Sua ópera *Orden* (*Avignon, 1969) é um apaixonado protesto contra o fascismo; italiano, o "épico musical" *Addio Garibaldi* (*Paris, 1972) é uma sátira política.

**arrítmico** Um termo infeliz. Deve-se aplicá-lo apenas à música sem mudança (a *4'35"* de Cage pode candidatar-se), mas tem sido usado para denotar a ausência de uma pulsação única, regular. Para esse fim é preferível a palavra "amétrica".

**Asafyev, Boris** (1884-1949) Compositor e crítico russo. Estudou sob a orientação de Rimsky-Korsakov e Lyadov no Conservatório de São Petersburgo e passou a maior parte de sua carreira como estudioso da música dos sécs. XIX e XX, em instituições de Leningrado e Moscou, publicando seus escritos sob o pseudônimo de "Igor Glebov". Suas composições incluem muitas óperas, balés e 5 sinfonias.

**Ashley, Robert** (1930-) Compositor americano. Estudou na Universidade de Michigan e na Escola de Música de Manhattan, mas foi mais influenciado por Cage do que por qualquer outro professor. Trabalhando quase exclusivamente com eletrônica, foi co-fundador, com Mumma, do Cooperative Studio for Electronic Music em Ann Arbor (1958-66) e do ONCE FESTIVAL (1961-8); depois os dois se uniram a Behrman e Lucier no Sonic Arts Union (1966-73), apresentando música eletrônica ao vivo. A mais famosa de suas obras desse período foi *The Wolfman*, para sua própria voz amplificada e fita (1964). Em muitas delas há um componente dramático, o que se evidenciou quando, na década de 70, ele começou a trabalhar em vídeo-ópera: *Perfects Lives*, 7 episódios de meia hora, foi concluída em 1983.

**Associação de Música Contemporânea** (Assotsiatsiya Sovremennoy Muzïki) Organização russa fundada em 1924 para propagar a nova música vinda do Ocidente; acabou em 1931. (*Ver* POLÍTICA).

**atemático** Ausência de tema melódico onde se esperaria que houvesse. Os exemplos mais antigos são as primeiras obras instrumentais atonais de Schoenberg e seus discípulos.

**Atmen gibt das Leben** (O sopro dá a vida) Peça para coral de Stockhausen (1974), ampliada em 1976-7 para criar uma "ópera coral" sobre a chegada de Cristo.

**Atmosphères** Obra orquestral de Ligeti, composta de um som contínuo em mudança gradual. Teve enorme influência na MÚSICA TEXTURAL da década de 60. *SWF SO/Rosbaud, Donaueschingen, 22 out 1961.

**atonalidade** Ausência de tonalidade; portanto, um termo que abrange toda música que não é tonal. Mais comumente, restringe-se à música não-serial e, mais comumente ainda, a toda música pós-tonal pré-serial de Schoenberg e seus discípulos, juntamente com outras músicas e estilos da mesma época (p. ex., certas obras de Skryabin, Ives e Stravinsky). Essa exclusivíssima definição pelo menos dá ao termo algum sentido útil. O próprio Schoenberg não gostava da palavra, achando que a ausência declarada de tonalidade implicava uma ausência de música: preferia "pantonalidade".

O termo é, na verdade, carregado de controvérsia. Alguns autores, talvez reagindo a uma implicação na preferência de Schoenberg, argumentaram que a aparente atonalidade resulta apenas de uma tonalidade em rápida mudança e profundamente obscurecida. Isso pode ser plausível em muito da música de Schoenberg e, sem dúvida, de Berg, na qual os traços tonais nunca estão ausentes por muito tempo, mas é problemático em Webern, em que a música parece ter um ritmo harmônico muito mais lento do que seria necessário para qualquer análise em termos de escala tonal.

Uma opinião contrária é que os meios de ordenação atonais podem ser vistos já em Mozart: um *locus classicus* é a sombria declaração do Commendatore na penúltima cena de *Don Giovanni* (1787), onde em 7 compassos ele toca 11 das 12 notas. Ainda mais impressionante é a abertura da *Sinfonia Fausto*, de Liszt (1853-7), onde o tema desarmonizado toca as 12 diferentes notas em suas 13 primeiras. Contudo, são exemplos isolados, e pode-se resolvê-los com características harmônicas mais normais: no caso de Liszt, trata-se apenas de uma cadeia de tríades aumentadas deslizando em intervalos semitonais. Pode-se dizer que há ameaça de atonalidade, mas a ameaça só começa a se cumprir quando harmonias dissonantes são sustentadas durante um período mais longo, como em várias das últimas peças para piano de Liszt (1880-1886). Mesmo então, a suspensão da tonalidade normalmente é obtida, também aqui, recorrendo-se a uma divisão simétrica da oitava: a escala de tons inteiros, o acorde de 7ª diminuta ou a tríade aumentada.

O uso de harmonias menos convencionais, com a enérgica anulação de qualquer perspectiva tonal, começou com as músicas de Schoenberg e Webern para textos de Stefan George em 1908; as primeiras peças instrumentais atonais vieram no ano seguinte dos dois compositores. Nesse repertório, os acordes conhecidos não têm lugar especial, e a análise musical torna-se excessivamente problemática. Alguns princípios foram sugeridos — o desejo de concluir o conjunto de 12 notas no menor espaço, o uso de um fundo de divisões de oitavas simétricas, a presença orientadora de algum motivo CONJUNTO — mas métodos analíticos que funcionam para uma peça podem não funcionar para outra, mesmo dentro da produção de um único compositor durante um breve período.

Schoenberg e Webern partilhavam a mesma sensação de seus analistas de trabalharem no escuro, e buscavam os meios de uma nova ordem construtiva: o SERIALISMO. Depois de 1923, jamais retornaram à atonalidade não-serial, embora Berg o tenha feito: para começar, sua atonalidade nunca estivera tão à deriva assim da convenção tonal. Compor música que realmente dispense todas as regras é decididamente difícil, fato que talvez explique por que os casos de completa atonalidade sejam tão raros e seu entendimento tão duvidoso.

☐ G. Perle, *Serial Composition and Atonality* (1962,4/1977); A. Forte, *The Structure of Atonal Music* (1973).

**Atterberg, Kurt** (1887-1974) Compositor sueco. Em grande parte autodidata, ocupou várias posições de destaque na vida musical sueca, como administrador e crítico, da década de 20 à de 50. Sua música, num estilo romântico sueco, derivado de Alfvén, inclui 5 óperas, balés, 9 sinfonias e muitas outras.

**...au delà du hasard** (...além do acaso) A primeira a ser concluída das obras de Barraqué sobre *A Morte de Virgílio*, de Broch, composta para coro feminino com solo de soprano cantado contra 4 grupos instrumentais: metais mais vibrafones, sexteto de percussão melódica (o piano como solista), trio de percussão não-melódica e 4 clarinetes (o primeiro como solista). *Edith Semser (soprano), Yvonne Loriod (piano), Hubert Rostaing (clarinete), Grupo de Jazz de Paris/Boulez, Paris, 26 jan 1960.

**Auden, Wystan Hugh** (1907-74) Poeta anglo-americano. Íntimo de Britten nos anos 30, trabalhou com ele em filmes, peças e músicas; nos EUA, em 1941, os dois colaboraram na ópera *Paul Bunyan* e no coral *Hymn to St. Cecilia*. Auden continuou vivendo nos EUA pelo menos uma parte de cada ano até pouco antes de sua morte, trabalhando com Chester Kallman em libretos para *The Rake's Progress*, de Stravinsky, *Elegy for Young Lovers* e *The Bassarids*, de Henze, e *Love's Labour*

*Lost*, de Nabokov, bem como em traduções de óperas de Mozart, Weill e Dittersdorf. Também escreveu as falas de *Elegy for J.F.K.*, de Stravinsky, e *The Twelve*, de Walton. □ W. H. Auden, *The Dyer's Hand* (1962); D. Mitchell, *Britten and Auden in the Thirties* (1980); I. Stravinsky, *Correspondência Escolhida*, vol. I (1982).

**Auric, Georges** (1899-1983) Compositor francês. Estudou no Conservatório de Paris e com d'Indy na Schola Cantorum (1914-16), travando então conhecimento, embora muito jovem, com os principais compositores da época. Foi devidamente recrutado para o GRUPO DOS SEIS, e revelou algo da sofisticação de Poulenc nos balés que compôs para Dyagilev (*Les fâcheux*, 1923; *Les matelots*, 1924). Depois fez partituras para os filmes de Cocteau, *Le sang d'un poète* (1930), *L'éternel retour* (1943), *La belle et la bête* (1946), *L'aigle à deux têtes* (1947) e *Orphée* (1949). Suas últimas obras, a série de *Imaginées* para instrumento solo e piano (1968-73) e *Doubles-jeux* para 2 pianos (1970-1), trazem para seu estilo elementos do nervosismo bouleziano.

**Aus den sieben Tagen** (Dos sete dias) Livro de 15 composições de Stockhausen expressas como estímulos verbais. Foram compostas na verdade em 5, e não 7, dias de retiro meditativo (7-11 mai 1968), e destinavam-se a estimular apresentações de MÚSICA INTUITIVA por músicos próximos de Stockhausen. As gravações existentes, entre elas uma coletânea de 12 peças (DG 2720073), sugerem que sua influência foi profunda. As peças são *Richtige Dauern* (Durações certas), *Unbegrenzt* (Ilimitada), *Verbindung* (União), *Treffpunkt* (Ponto de encontro), *Nachtmusik* (Música Noturna), *Abwärts* (Para baixo), *Aufwärts* (Para cima), *Oben und Unten* (Acima e abaixo: peça teatral), *Intensität* (Intensidade), *Setz die Segel zur Sonne* (Largar velas rumo ao Sol), *Kommunion* (Comunhão), *Litanei* (Litania), *Es* (Isso), *Goldsstaub* (Poeira dourada) e *Ankunft* (Chegada).

**avant-garde** (vanguarda) A idéia do artista avançando à frente do gosto do público provavelmente data da época de Baudelaire, mas o termo só passou a ser usado amplamente no contexto musical depois da Segunda Guerra Mundial (antes disso a palavra em voga era MODERNISMO). Como, na década de 70, a maioria dos compositores se tornou menos segura de representar o avanço, o termo adquiriu alguma utilidade histórica para distinguir a música de Boulez, Stockhausen, Berio, Nono e outros do quarto de século 1945-70, da música de, digamos, Shostakovich no mesmo período. Os compositores americanos entram menos claramente nesse esquema. As obras de Cage e seus seguidores em geral sugerem a descrição de MÚSICA EXPERIMENTAL, enquanto as de Carter ou Babbitt raramente tiveram o glamour próprio de uma vanguarda.

**Aventures** Obra de Ligeti para 3 cantores e 7 instrumentistas, consistindo em curtas cenas dramáticas mudas reunidas à maneira das histórias em quadrinhos. *Gertie Charlent, Marie-Thérèse Cahn, William Pearson, Die Reihe/Cerha, Hamburgo, 4 abr 1963. Ligeti acrescentou *Nouvelles aventures* (*mesmos vocalistas/Markowski, Hamburgo, 26 mai 1966) e fez uma peça teatral a partir das 2 obras (*mesmos vocalistas/Cerha, Stuttgart, 19 out 1966).

**Avni, Tzvi** (1927-) Compositor alemão-israelense. Estudou na Academia de Música de Tel-Aviv e na América do Norte. As primeiras obras ensaiam um impressionismo oriental influenciado pelo seu professor Ben Haim; desde 1964, adota o modernismo e recursos eletrônicos.

# B

**Baaren, Kees van** (1906-70) Compositor holandês. Estudou em Berlim com Pijper, a quem sucedeu como o mais influente professor de composição da Holanda, dirigindo os conservatórios de Utrecht (1953-8) e Haia (1958-70). Após duas obras na técnica de ''célula-germe'' de Pijper, o Concertino para piano (1934) e o Trio de sopros (1936), não compôs nada até 1947, quando começou a integrar ao pijperismo métodos dodecafônicos, usando séries simétricas de todos os intervalos e formas estreitamente controladas. Suas principais obras são uma cantata sobre *The Hollow Men* de Eliot (1948), uma *Musikaal zelfportret* para piano (1954), uma *Variazioni per orchestra* (1959), o Concerto para Piano (1964) e a *Musica per orchestra* (1966). [Donemus.]

**Babbitt, Milton** (1916-) Compositor americano, famoso pela coerência com que desenvolveu a COMPOSIÇÃO DODECAFÔNICA. Estudou na Universidade de Nova York e com Sessions em Princeton, onde se juntou ao corpo docente de música em 1938. Através de suas aulas, como através de textos e composições, teve grande influência na seriedade com que se estuda e pratica o dodecafonismo nos EUA.

Seu pensamento foi muito influenciado por Schoenberg, em particular pela análise que fez das últimas obras seriais desse compositor. Nelas descobriu em ação o princípio da COMBINATORIALIDADE; também descobriu o uso das relações seriais para sustentar grandes estruturas musicais de um modo tão coerente quanto, antes, as relações diatônicas. Com o acréscimo da idéia de CONJUNTO DERIVADO, tirada de Webern e de sua própria intuição de que o sistema dodecafônico tem de comandar elementos outros que não o tom, estava completa a estrutura teórica. Isso foi conseguido na época de sua primeira obra editada, as 3 Composições para piano (1947).

Composições posteriores mantiveram um constante refinamento de seu mundo musical, incorporando melhorias lógicas na organização de ritmo e timbre e estendendo-se à música eletrônica como um veículo capaz de ''executar'' impecavelmente detalhes delicados, um crescente domínio de grandes estruturas e uma quantidade decrescente de ligações temáticas óbvias na superfície (isso talvez torne sua música de 1947-64 mais fácil de compreender do que as obras posteriores). Na esfera do ritmo, evoluiu da utilização simples de grupos de durações (unidades de 1, 2, 3, 4 e 5 em 3 Composições para piano) para o sistema de TIME POINT. Na coloração, passou do borrifo de doze timbres (COMPOSIÇÃO para 12 Instrumentos) a uma complexa inter-relação de dodecetos orquestrais (*Relata I*), a uma abstenção de efeitos especiais (Quarteto de Cordas n.º 3), ou à invenção, em suas obras eletrônicas, de ''instrumentos'' próprios para a ocasião, usando O SINTETIZADOR RCA no CENTRO DE MÚSICA ELETRÔNICA DE COLUMBIA-PRINCETON.

A força lógica do sistema de Babbitt e sua capacidade de escrever e falar sobre ele levaram algumas vezes a acusações de secura, como se as obras fossem simples exemplos musicais de um tratado. E, evidentemente, ele sente atração pelo abstrato: muitas de suas obras são instrumentais, com títulos ou neutros (Composição, Quarteto de Cordas), ou que sugerem mais ou menos espirituosamente a mecânica dodecafônica (*All Set*, *Partitions*, *Ensembles*, *Reflections*). Apesar disso, sua obra contém qualidades puramente musicais de humor e drama raras no séc. XX — qualidades que dependem precisamente do contexto e, por isso, da natureza sistemática de sua arte.

Isso torna essas qualidades difíceis de serem definidas de forma resumida, mas pode-se apontar a graça tépida de seu agitado ritmo simples e eficiente (de maneira alguma restrito ao *All Set* para grupo de jazz, embora aí encontrado de modo exemplar), o orgulho irônico com que o Segundo Quarteto percorre seu processo único de desdobrar serialmente suas séries, ou a noturna inquietação de PHILOMEL para soprano e fita magnética.

*Orquestral*: Relata I, 1965; Correspondences, cordas, fita, 1967; Relata II, 1968; Concerti, violino, pequena orquestra, fita, 1974; Ars combinatoria, 1981.

*Vocal*: The Widow's Lament in Springtime, S, pn, 1950; Du (Stramm), S, pr, 1951; Two Sonnets (Hopkins), Barítono, cl, va, vc, 1955; Sounds and Words (Babbitt), S, pn, 1960; Composition for Tenor and 6 Instruments (Babbitt), 1960; Vision and Prayer (Dylan Thomas), S, fita, 1961; Philomel (Hollander), S, fita, 1964; Phonemena (Babbitt), S, pn, 1970, S, fita, 1974; A Solo Requiem, S, 2 pn, 1976-7; More Phonemena (Babbitt), coro, 1978.

*Câmara*: Composition for 4 Instruments, fl, cl, vn, vc, 1948; Composição para 12 Instrs, 1948; Qt cordas nº 1, 1948; Composition for Viola and Piano, 1950; Qt de sopros, 1953; Qt cordas nº 2, 1954; All Set, octeto de jazz, 1957; Sextetos, vn, pn, 1966; Qt Cordas nº 3, 1969; Qt Cordas nº 4, 1970; Arie da capo, quinteto, 1973-4; My End is My Begining, cl, 1978; Images, sax, fita, 1979; Dual, vc, fita, 1980; Composition, guit, 1984.

*Piano*: Three Compositions, 1947; Duet, 1956; Semi-simple Variations, 1956; Partitions, 1957; Post-Partitions, 1966; Tableaux, 1973; Reflections, pn, fita, 1974.

*Fita magnética*: Composition for Synthesizer, 1961; Ensembles for Synthesizer, 1962-4; Occasional Variations, 1969.

□ Nº Especial da *Perspective of New Music* (1976).

[Peters, AMP, Boelke; CRI, Nonesuch, Columbia, Acoustic Research, Turnabout, New World.]

**Bacewicz, Grazyna** (1909-69) Compositora polonesa. Estudou com Sikorski no Conservatório de Varsóvia e com Boulanger em Paris, após o que retornou à Polônia como violinista, compositora e professora. A maioria de suas obras é neoclássica, à maneira da escola de Boulanger, embora nos anos 60 ela se abrisse corajosamente para as novas técnicas que então chegavam à Polônia. Sua extensa produção inclui muita música para violino: 7 concertos, 5 sonatas com piano, 2 sonatas solo, etc.

**Bach, Johann Sebastian** (1685-1750) Compositor alemão e provavelmente a mais disputada propriedade intelectual do séc. XX musical: invocado como exemplo por Schoenberg e Stravinsky, introduzido como CIFRA em composições de Webern (Quarteto de Cordas) e mais uma vez em Schoenberg (Variações op. 31), reproduzido por Berg (em seu Concerto para Violino) e em arranjos, com variados graus de fidelidade, por Birtwistle (5 Prelúdios Corais, S, cl, basset, cl bx, 1975); Britten (5 Canções espirituais, 1892-1919); Busoni (7 volumes de transcrições para piano, 1892-1919); Carlos (diversas obras, sintetizador Moog, 1969); Davies (Dois Prelúdios e Fugas, 6 instrs, 1972-4); Elgar (Fantasia e Fuga em dó menor, orquestra, 1921-2); Mahler (Suíte sobre movimentos das suítes orquestrais, 1910); Reger (reorquestrações de suítes e concertos, Suíte em sol menor para orquestra a partir de peças de teclado, arranjos dos Concertos de Brandenburgo, Suítes Orquestrais e transcrição de obras para órgão para dois pianos); Schnebel (Bach-Bearbeitung: Contrapunctus I, a partir da Arte da Fuga, 20 vozes, cravo, 1973); Schoenberg (2 prelúdios corais, orq, 1922, Prelúdio e Fuga em mi bemol maior, orq, 1928); Stokowski (várias obras para órgão, orq); Stravinsky (Variações Corais sobre "Vom Himmel hoch", coro, orq, 1955-6); Webern (Ricercare a 6, orq, 1934-5).

**Bäck, Sven-Erik** (1919-) Compositor sueco. Teve aulas particulares com Rosenberg e uniu-se a outros discípulos dele no estudo da nova música. Hindemith foi uma influência importante e, depois, na década de 50, Webern (*Um Jogo em Torno de um Jogo* para orquestra, 1959). Entre as outras obras há óperas, balés e muita música de câmara, além de importantes séries de motetos (algumas em fita magnética).

**Badings, Henk** (1907-) Compositor holandês. Estudou com Pijper, no início da década de 30, depois ensinou em instituições na Holanda e em Stuttgart. As obras dos anos 30, entre elas 3 sinfonias, tendem a um estilo politonal sombrio, muitas vezes baseado em modos não-diatônicos. Esses modos continuaram sendo importantes, mas por volta de 1940 as texturas harmônicas tornaram-se mais leves. Entre as principais obras desse período estão o balé *Orpheus en Euridike* (1941) e as três sinfonias seguintes, a nº 6 sendo coral. Depois, em 1952, começou a trabalhar com música eletrônica, o que teve um efeito nas suas obras instrumentais e o levou a usar afinamentos não-convencionais (Concerto Duplo para Violino em escala de 31 notas, 1969). Suas obras posteriores compreendem muitas outras sinfonias e concertos, peças em fita magnética (a ópera radiofônica *Orestes*, 1954) e extensa música de câmara. [Donemus; Philips.]

**Bainbridge, Simon** (1952-) Compositor inglês. Estudou com John Lambert no Royal College of Music e com Schuller em Tanglewood. As primeiras obras, como *Spirogyra*, para orquestra de câmara (1970), e seu Quarteto de Cordas (1972), são em blocos de luminosa textura, que dão lugar a uma forma mais desenvolvida no Concerto para Viola (1975). Uma visita aos EUA em 1978-9 aumentou seu interesse por heterofonias repetitivas, encontradas em sua *Concertante in moto perpetuo* para oboé e conjunto (1982) e Fantasia para duas Orquestras (1983-4). [United; Unicorn.]

**Baird, Tadeusz** (1928-81) Compositor polonês. Estudou no Conservatório de Varsóvia com Rytel e Perkowski. No começo seguiu a ideologia do partido, produzindo música não complicada; depois, em 1956, deu uma guinada em direção à composição dodecafônica em estilo lírico e dramático, de textura muito rica, próximo ao de Berg. As importantes obras posteriores são na maioria para orquestra (*4 Ensaios*, 1958; *Psicodrama*, 1972), algumas vezes com voz feminina (*Erotica*, 1961).

**Baiser de la fée, Le** (O beijo da fada) Balé de Stravinsky, coreografado por Nijinska para Ida Rubstein: é um conto de fadas de Anderson, com música delicadamente adaptada de Tchaikovsky. *Ópera de Paris, 27 nov 1928.

**Baker, David** (1931-) Compositor americano. Estudou na Universidade de Indiana, onde ensina jazz desde 1966; ensina também em Tanglewood. Sua grande produção inclui muitas composições jazzísticas e conjuntos de metais.

**Balanchine, George** (1904-83) Coreógrafo russo-americano. Deixou a Rússia em 1924 e foi contratado por Dyagilev, para quem coreografou *Chant du rossignol* (1925) e *Apollon musagète* (1928), iniciando sua longa associação com Stravinsky. Em 1934, viajou para os EUA, onde foi co-fundador e diretor artístico do New York City Ballet (1946-, originalmente Ballet Society). Criou muitos balés para partituras de Stravinsky (entre elas várias obras de concerto); o compositor aprova sua preferência pela pura dança clássica, em detrimento dos gestos expressivos ou da narrativa. Foi responsável pela primeira produção de *Jeu de cartes* (1937), *Circus Polka* (1942), *Scènes de ballet* (1944), *Orfeu* (1948), *Agon* (1957) e *The Flood* (1962).

**Balassa, Sándor** (1935-) Compositor húngaro. Estudou com Szervánsky na Academia de Budapeste (1960-5) e começou a ganhar fama internacional com obras grandes, belamente orquestradas, de segura intenção expressiva, como o *Réquiem para Lajos Kassak* (1969), *Cantata Y* com solo de soprano (1971) e *Iris* para grande orquestra (também 1971). Mas é capaz também do brutal drama pós-*Wozzeck* de sua ópera *O Homem do Lado* *de Fora* (1977), composta para a rádio húngara, onde ele trabalha como produtor musical, mas encenada na Ópera de Budapeste, em 1978. [Editio Musica; Hungaroton.]

**balé** Gênero muito mais importante para os compositores do séc. XX do que para os de qualquer outra época anterior, graças em grande parte ao exemplo de Stravinsky e outros, que compuseram para os Balés Russos. Há também o fato de que o balé, pressupondo um interesse no ritmo e nas pequenas formas, revelou-se mais apropriado aos compositores do séc. XX do que as continuidades narrativas da ópera. Fora os músicos de Dyagilev, entre os compositores importantes de música de balé estão: Bartók, Berio, Bernstein, Birtwistle, Blacher, Bliss, Britten, Cage, Carter, Copland, Davies, Dukas, Dutilleux, Harvey, Henze, Hindemith, Holst, Honegger, Norgard, Osborne, Roussel, Schmitt, Shostakovich, Stockhausen, Vaughan Williams e Walton. Ver também BALANCHINE, CUNNINGHAM, GRAHAM.

**Ballets Russes** (Balés Russos) Companhia trazida da Rússia por DYAGILEV para fazer temporadas de balé e, ocasionalmente, de ópera em Paris e Londres (1909-14). Seu repertório começou com uma exuberante espetaculosidade russa (*Danças Polovitsianas*, 1909; *Shéhérazade*, 1910; *O Pássaro de Fogo*, 1910), mas logo evoluiu em outras direções, em correspondência a obras posteriores de Stravinsky (*Petruchka*, 1911; *A Sagração da Primavera*, 1913; *O Rouxinol*, 1914) e a músicas encomendadas a outros compositores (*Daphnis et Chloé*, de Ravel, 1912; *Jeux*, de Debussy, 1913; *Josephslegende*, de Richard Strauss, 1914). A guerra interrompeu as atividades, mas de 1917 até a morte de Dyagilev, em 1929, a companhia, então de russos definitivamente exilados, apresentou-se regularmente em Paris, Roma e Londres, dançando a maioria das obras cênicas de Stravinsky desse período (*Chant du rossignol*, *Renard*, *Pulcinella*, *Mavra*, *Les noces*, *Oedipus rex*, *Apollo*) e ainda obras de Satie (*Parade*, 1917), Falla (*El sombrero de tres picos*, 1919), Prokofiev (*Chout*, 1921; *Le pas d'acier*, 1927; *L'enfant prodigue*, 1929), Milhaud (*Le train bleu*, 1924), Poulenc (*Les biches*, 1924), Auric (*Les fâcheux*, 1924; *Les matelots*, 1925), Berners (*The Triumph of Neptune*, 1926), Lambert (*Romeo and Juliet*, 1926) e Sauguet (*La chatte*, 1927). Entre os coreógrafos ligados à companhia estão Fokine, Nijinski, Massine, Nijinska e BALANCHINE; a cenografia era de Bakst, Benois, Picasso, Matisse e outros.
☐ C. W. Beaumont, *The Diaghilev Ballet in London* (1940); A. Benois, *Reminiscences of the Russian Ballet* (1941); S. L. Grigoriev, *The Diaghilev Ballet 1909-1929* (1953).

**Ballets Suédois** (Balés Suecos) Companhia fundada por Rolf de Maré, um Dyagilev sueco, empregando destacados compositores e artistas em Paris (1920-5). As partituras encomendadas incluem *L'homme et son désir* e *La création du monde*, de Milhaud, *Skating-Rink*, de Honegger, e *Relâche*, de Satie.

**banda de metais** Conjunto de duas dezenas ou mais de instrumentistas de metais, normalmente com percussão, muito popular sobretudo no Norte da Inglaterra, onde tem fortes tradições na classe operária. Contudo, muitos compositores têm criado música para ela, entre eles Elgar, Holst, Vaughan Williams, Birtwistle e Henze.

**banda sinfônica** Conjunto americano de instrumentos de sopro e percussão para o qual Schoenberg compôs Tema e Variações (1943), Hindemith a Sinfonia em si bemol maior (1951) e Stockhausen *Luzifers Tanz* (1983).

**bandolim** Usado como instrumento de serenata na Sétima Sinfonia de Mahler e na Serenata de Schoenberg, embora os dois compositores o tenham introduzido também como integrante da orquestra normal, Mahler em suas Segunda e Oitava Sinfonias e em *Das Lied von der Erde*, Schoenberg em suas Variações, em *Von heute auf morgen* e em *Moses*. Webern usou o bandolim em seus opp.

10, 26 e 29. Seu uso pelos vienenses só foi confirmado depois que Stravinsky o introduziu em seu *Agon*. Boulez usou-o em *Pli selon pli* e *Éclat/Multiples*.

**banjo** Instrumento de origem humilde, raramente admitido na música clássica, mas encontrado em *Blind Mans's Buff* e *The Lighthouse*, de Davies, e em obras de Kagel.

**Banks, Don** (1923-80) Compositor australiano. Estudou em Melbourne, mudou-se para Londres em 1950 e teve aulas com Seiber, Babbitt, Dallapiccola e Nono. Nos anos 50 pouco compôs, mas desenvolveu um estilo serial de gestos ousados, fortes, contidos em texturas tênues e motivados por um ritmo impulsivo. Depois, em fins da década de 60, veio uma enxurrada de obras: concertos para trompa (1965) e violino (1968), outras obras orquestrais (*Assemblies*, 1966; *Intersections*, com fita magnética, 1969), composições para jazz e conjuntos simples (*Equations 1-3*, 1963-72; *Meeting Place*, 1970; *Nexus*, 1971) e obras vocais solo (*Tirade*, 1968). Em 1973, regressou à Austrália; as obras posteriores incluem um Quarteto para Cordas (1975). [Schott; Argo.]

**Bantock, Granville** (1868-1946) Compositor inglês. Figura de admirável energia, tanto como compositor quanto como regente, empenhou-se muito para promover a música de seus contemporâneos ingleses. Sua própria música foi variadamente influenciada pelo Wagner das primeiras obras por uma preferência pelo exótico e por canções folclóricas das Hébridas. A produção é colossal em todos os gêneros, com exceção da música de câmara.
☐ M. Bantok, *Granville Bantock* (1972).

**Barber, Samuel** (1910-1981) Compositor americano. Estudou no Instituto Curtis, na Filadélfia (1924-32), e logo começou a conquistar estima pelo romantismo curiosamente natural de composições como *Dover Beach*, para voz e quarteto de cordas (composto para sua própria voz de barítono, 1931), e a abertura *The School for Scandal*, interpretada pela Orquestra da Filadélfia em 1933. O Adagio para cordas (originalmente, o segundo movimento de seu Quarteto de Cordas) foi regido por Toscanini em 1938, e seu lirismo elegíaco tornou-o imediatamente um clássico popular. Obras mais ambiciosas se seguiram prontamente na década de 40 e menos prontamente depois (as óperas não tiveram boa acolhida).
*Óperas*: Vanessa (Menotti), 1957, *Nova York, 15 jan 1958; A Hand of Bridge, 1958, *Spoleto, 17 jun 1959; Anthony and Cleopatra (Zeffirelli, baseado em Shakespeare), 1965-6, *Nova York, 16 set 1966.
*Balés*: Medea (A gruta do coração), 1946; Souvenirs, 1952.
*Orquestrais*: The School for Scandal, abertura, 1931-3; Music for a Scene from Shelley, 1933; Sinfonia nº 1, 1935-6; Adagio, cordas, 1936; Essay, 1937; Concerto para Violino, 1939-40; Second Essay, 1942; Sinfonia nº 2, 1944; Concerto Capricórnio, flauta, oboé, trompete, cordas, 1944; Concerto para Violoncelo, 1945; Concerto para piano, 1962; Fadograph of a Yestern Scene, 1971.
*Câmara e instrumental*: Sonata, vc, pn, 1932; Quarteto de Cordas, 1936; Excursions, pn, 1944; Sonata para piano, 1949; Summer Music, quinteto de sopros, 1956.
*Canções*: Dover Beach, Mezzo/Barítono, quart. cordas, 1931; 3 Songs (Joyce), v, pn, 1936; Knoxville: Summer of 1915, S, orquestra, 1947; Hermit Songs, v, pn, 1952-3; muitas outras, inclusive para coral. [G. Schirmer.]
☐ N. Broder, *Samuel Barber* (1954).

**Barraqué, Jean** (1928-73) Compositor francês, singular no uso dos materiais altamente variados do serialismo pós-1945, inseridos em estruturas de grande extensão e muita retórica. Estudou no Conservatório de Paris com Langlais e Messiaen (1948-51), começando ali suas duas primeiras obras conhecidas: a Sonata para Piano (1950-2) e *Séquence* para soprano e conjunto (1950-5). A Sonata, que é tocada ininterruptamente durante cerca de 40 minutos, é um enorme feito, mesmo tendo o exemplo da Segunda Sonata de Boulez a sustentá-la (e por trás desta a *Hammerklavier* de Beethoven). É um vigoroso diálogo de dois estilos — um formado por agrupamentos de unidades rítmicas nitidamente acentuadas, o outro movendo-se com mais liberdade — levando a clímax de fria e violenta destrutividade e, na segunda parte, em geral lenta, a uma crescente invasão de silêncio. *Séquence*, ligada à Sonata em conteúdo e atmosfera, mais uma vez tem uma grande parte para piano, rivalizando com o dramático soprano em eloqüente expressão de turbulenta criatividade e desespero. Esta mesma combinação de solistas volta a ocorrer nas 3 partes que Barraqué concluiu de sua potencialmente vasta rede de comentários sobre o romance de Hermann Broch, *A Morte de Virgílio*, uma análise da ânsia do artista de destruir o que fez, embora antes disso tenha havido um curto *Étude in musique concrète* (1954), único produto do trabalho de três anos no estúdio de Schaeffer.

As obras sobre Broch, todas musicando fragmentos do romance infiltrados com as glosas poéticas do próprio Barraqué, começaram com ...AU DELÀ DU HASARD (1958-9), para soprano, coro feminino e quatro conjuntos instrumentais. Depois vieram CHANT APRÈS CHANT, para soprano, piano e sexteto de percussão (1966), e *Le* TEMPS RESTITUÉ, para soprano, coro e orquestra (1957, orquestrado em 1968). São todas obras de desenvolvimento urgente, poderoso, apesar das formas fragmentadas e indiretas; o domínio da largueza romântica de gestos é tão seguro quanto nas primeiras composições, e há a mesma tensão entre extremos de beleza e negatividade, a última representada por pausas ou por explosões ferozes, mas complexas, de percussão não-melódica. Barraqué chegou a planejar várias outras partes de *A Morte de Virgílio*, mas sua última obra foi uma ramificação do projeto, o Concerto para clarineta, vibrafone e 6 trios instrumentais, mais uma vez alcançando forte continuidade, em conflito com pressões para diversificar e diluir. [Bruzzichelli; Valois, Unicorn.]

**Bartók, Béla** (1881-1945) Compositor e pianista húngaro. Seus 6 Quartetos de Cordas e outras obras, a maioria instrumentais, estão entre as mais altas realizações da música do séc. XX. Não apenas ajudaram a estabelecer uma vigorosa tradição de composição na Hungria, mas também têm a força e a lucidez de um pensamento musical igualmente analítico e criativo. Bartók reconheceu, entre os vinte e os trinta anos, que a mais ousada música nova (Debussy) e a antiga MÚSICA FOLCLÓRICA húngara, que estudava em campo, lhe ensinavam, ambas, a mesma lição: os velhos modos ofereciam um meio de redefinir a tonalidade, os ritmos podiam ser marcados de outro modo que não 2 e 3, e se podiam desenvolver formas satisfatórias a partir da variação constante de um pequeno número de temas. Passou o resto da vida a explorar as implicações dessa descoberta, continuando, ao mesmo tempo, também, seus intensos estudos da música folclórica dos magiares e de outros povos europeus orientais.

Na época da infância de Bartók, a Hungria fazia parte do Império dos Habsburgos, pelo qual ele viajou amiúde em companhia da mãe viúva e das tias. Nasceu em Nagyszentmiklós, uma cidadezinha que hoje fica na Romênia, e fez a escola secundária em Bratislava. Destinado então a ir para o Conservatório de Viena, em vez disso acompanhou o colega mais velho de colégio, DOHNÁNYI, a Budapeste, onde estudou piano e composição na academia (1899-1903). Dohnányi era a grande esperança da música húngara, e Bartók a princípio imitou-o na emulação de Brahms. Mas, então, sentiu a força de Strauss, em seu poema sinfônico *Kossuth* (1903), baseado na vida do líder patriota do levante húngaro de 1848.

Suas intenções nacionalistas já eram, portanto, claras, precisando apenas de uma corporificação musical adequada. Isso Bartók descobriu no folclore musical húngaro, que começou a recolher em 1904 (no ano seguinte, Kodály juntou-se a ele). Em 1907, descobriu a sobrevivência de melodias pentatônicas entre primitivas comunidades húngaras da Transilvânia; no mesmo ano, ouviu pela primeira vez a música de Debussy, trazida de Paris por Kodály. Essas influências entrelaçaram-se em suas primeiras obras maduras: o Quarteto para Cordas nº 1 (1908) e vários pequenos volumes de peças para piano. Em 1909, casou-se com uma aluna adolescente, Márta Ziegler, a quem dedicou sua ópera de 1 ato, *O* CASTELO DE BARBA-AZUL (1911), uma parábola do inevitável isolamento dos seres humanos. Seguiram-se suas outras obras cênicas, o balé *O* PRÍNCIPE DE MADEIRA (1914-7) e a peça mimada e dançada *O* MANDARIM MARAVILHOSO (1918-23).

A década dessas duas obras foi de maior expansão. Bartók ficou impressionado com a explosão rítmica de *A Sagração da Primavera* e com a atonalidade de Schoenberg; reagindo a essas influências, produziu suas obras mais exuberantemente soltas: *O Mandarim Maravilhoso*, com seus ritmos impetuosos e extraordinários efeitos orquestrais, o Quarteto nº 2 e duas sonatas para violino. A orquestral Suíte de Danças (1923) trouxe uma nova luz com base nas formas de dança características de diversos povos: a visão da fraternidade humana lhe era cara, e ele reagiu violentamente contra os conceitos nazistas da pureza racial. Em sua opinião, a força e riqueza de uma cultura dependiam da absorção e da repartição de influências. Esses processos ele encontrara em ação na música dos magiares e seus vizinhos e acolhia em sua música.

Assim, tanto o neoclassicismo de Stravinsky quanto o serialismo de Schoenberg invadiram suas obras de fins da década de 20 e da década de 30, que incluem: os dois primeiros concertos, a Sonata e a Sonata para 2 pianos e percussão. Compôs esta última para si e sua segunda mulher, Ditta, outra jovem aluna com quem se casara em 1923, após o divórcio de Márta (teve um filho de cada casamento). Com Ditta ou, mais freqüentemente, sozinho, apresentou-se bastante como pianista entre as guerras, visitando a Grã Bretanha, os EUA e a URSS, e fazendo algumas gravações de gramofone.

Enquanto isso, sua música tornava-se cada vez mais marcada por uma clara estrutura e simetria. O Quarteto nº 3, de um único movimento, talvez sua obra mais complexa, foi sucedido pelo nº 4, em cinco movimentos no padrão ABCBA, um ideal de estrutura ao qual retornou em seu Segundo Concerto nº 2 para Piano e no Quarteto de Cordas nº 5. O conteúdo, porém, modificava-se. Os firmes motivos cromáticos do Quarteto de Cordas nº 3, que tinham pouco sentido de tonalidade, abriram-se em figuras mais obviamente fixadas a uma altura básica, ou até mesmo a uma tonalidade. Esse desenvolvimento é celebrado na MÚSICA PARA CORDAS, PERCUSSÃO E CELESTA, em que o tema cromático do primeiro movimento se torna abertamente diatônico no final.

Uma visão em tão larga escala da variação levou ao imponente Concerto nº 1 para Violino e ao Quarteto de Cordas nº 6 (1939), em que cada movimento começa com uma variação do começo do anterior e em que a mudança temática descamba em paródia: há indícios, aqui, da depressão que Bartók sentiu nesse ano com a eclosão da guerra e a morte de sua mãe. Em 1940, mudou-se para Nova York, onde, apesar da saúde debilitada, continuou o brilhantismo externo do Concerto nº 2 para Violino em seu Concerto para Orquestra e a circunspecção interior do Quarteto nº 6 em sua Sonata para Violino Solo.

*Teatro*: ópera O CASTELO DE BARBA-AZUL, 1911; balé: O PRÍNCIPE DE MADEIRA, 1914-7; pantomima: O MANDARIM MARAVILHOSO, 1918-23.

*Concertos*: para violino, nº 1, 1926, nº 2, 1930-1, nº 3, 1945; para 2 pianos e percussão (após a Sonata), 1940; para Orquestra, 1942-3; para viola, 1945, inacabado.

*Outras peças orquestrais*: Kossuth, 1903; Rapsódia, pn, orquestra, 1904; Scherzo, pn, orquestra, 1904; Suíte nº 1, 1905; Suíte nº 2, 1905-7; 2 Retratos, 1907-11; 2 Quadros, 1910; 4 Peças, 1912-21; Suíte de Danças, 1923; Rapsódias nºs 1-2, com violino, 1928; MÚSICA PARA CORDAS, PERCUSSÃO E CELESTA, 1936; Divertimento, cordas, 1939.

*Câmara*: Quartetos de Cordas nº 1, 1908, nº 2, 1915-17, nº 3, 1927, nº 4, 1928, nº 5, 1934, nº 6, 1939; Sonatas para violino e piano, nº 1,

1921, nº 2, 1922; Rapsódias nºs 1-2, vn, pn, 1928; 44 Duos, 2 violinos, 1931; Sonata para 2 pianos e percussão, 1937; Contrastes, vn, cl, pn, 1938; Sonata, vn, 1944.
*Piano*: Rapsódia, 1904; 3 Canções Folclóricas Húngaras, 1907; 14 Bagatelas, 1908; 10 Peças Fáceis, 1908; 2 Elegias, 1908-9; Para as Crianças, 85 peças, 1908-9; 2 Danças Romenas, 1909-10; 4 Esboços, 1908-10; 4 Lamentos, 1909-10; 3 Burlesques, 1908-11; *Allegro barbaro*, 1911; Sonatina, 1915; Danças Folclóricas Romenas, 1915; Cânticos Natalinos Romenos, 1915; Suíte, 1916; 15 Canções Camponesas Húngaras, 1914-8; 3 Estudos, 1918; 8 Improvisações sobre Canções Camponesas Húngaras, 1920; Sonata, 1926; Ao Ar Livre, 1926; 9 Pequenas peças, 1926; 3 Rondós, 1916-27; MIKROKOSMOS, 6 volumes, 1926-39.
*Coral*: Cenas de Aldeia, coro feminino, orquestra de câmara, 1926; Cantata profana (Bartók, baseado numa balada romena), tenor, barítono, coro, orquestra, 1930; Dos Tempos de Outrora (letras de canções folclóricas), coro masculino, 1935; Corais em 2 e 3 vozes (letras folclóricas), coro infantil e feminino, 1935; várias coleções de arranjos de canções folclóricas.
*Canções*: 5 Canções op. 15, 1916; 5 Canções op. 16 (Ady), 1916; 8 Canções Folclóricas Húngaras, 1907-*c*. 1917; Cenas de Aldeia, 1924; 20 Canções Folclóricas Húngaras, 1929.
[Boosey, Editio Musica; Hungaroton.]
□ H. Stevens, *The Life and Music of Béla Bartók* (Nova York, 1953, 2/1964); B. Bartók, *Letters* (1971), *Essays* (1976); P. Griffiths, *Bartók* (1984).

**Bartolozzi, Bruno** (1911-) Compositor italiano, pioneiro de novas técnicas instrumentais. Seus *News Sounds for Woodwind* (Novos sons para madeira) (Londres, Nova York e Toronto, 1967) exerceram larga influência e algumas das prescrições da obra, por exemplo, os acordes, são descritas como "sons Bartolozzi".

**Bassarids, The** Ópera de Henze, Auden e Kallman, baseada nas *Bacantes*, de Eurípedes. *Salzburgo, 6 ago 1966.

**basset horn** Instrumento tipo clarinete em fá maior, descendo uma terceira maior abaixo do clarinete em mi bemol. Privilegiada por Mozart mas raramente usada no séc. XX, com exceção de Strauss, em várias óperas e em 2 Sonatinas para madeiras, e por Stockhausen.

**batimento** Fenômeno encontrado quando se emitem freqüências vizinhas. Há um efeito de "trêmulo", porque as freqüências reforçam uma à outra numa razão igual à sua diferença: ou seja, freqüências de 440 Hz e 442 Hz produzirão 2 batimentos por segundo.

**Baudrier, Yves** (1906-) Compositor francês. Estudou Direito antes de ter aulas com o organista do Sacré-Coeur, depois foi orientado por Messiaen, com quem, em 1936, fundou o grupo La Jeune France; também estudou contraponto com outro membro do grupo, Daniel-Lesur. O cinema foi importante para ele: ensinou numa faculdade de estudos de cinema e compôs trilhas para filmes, além de uma peça orquestral para um filme imaginário, *Le musicien dans la cité* (1937), sua obra mais importante, descrevendo o vaguear noturno de um músico, através de doze situações. A má saúde constante limitou suas atividades posteriores.

**Bax, Arnold** (1883-1953) Compositor inglês, artista mais produtivo do impressionismo celta em seus primeiros anos e, mais tarde, destacado sinfonista. Estudou na Royal Academy of Music (1900-5), porém foi mais influenciado pelo seu encontro com as obras de Yeats. Embora nascido no município londrino de Streatham, adotou a Irlanda como pátria espiritual, publicou vários romances em Dublin, sob o pseudônimo de Dermot O'Byrne, e morreu em Cork. Além disso, suas primeiras obras de sucesso foram todas poemas melódicos que tecem rapsódias em torno de lendas e paisagens celtas, num estilo que muito deve a Strauss, Delius, Debussy e Ravel: longos temas líricos sustentados por uma harmonia sensual e ricamente orquestrada. Na década de 20, sua música começou a tornar-se mais con-

trapontística e mais intensamente trabalhada, o que possibilitou o ciclo de 7 sinfonias (a n.º 6 é a mais notável), além de vários concertos, muita música de câmara e inúmeras outras obras. Foi nomeado Mestre de Música do Rei em sucessão a Elgar.
*Orquestrais*: In the Faery Hills, 1909; Spring Fire, 1913; The Garden of Fand, 1913-6; November Woods, 1917; Tintagel, 1917-9; The Happy Forest, 1914-21; Sinfonias n.º 1, 1922, n.º 2, 1926, n.º 3, 1929, n.º 4, 1931, n.º 5, 1932, n.º 6, 1934, n.º 7, 1939; Concerto para Violoncelo, 1932; Concerto para Violino, 1938. *Piano*: Sonatas n.º 1, 1910, n.º 2, 1919, n.º 3, 1926, n.º 4, 1932; e muitas outras obras. Muita música de câmara, vários corais e canções. [Chappell; Lyrita.]
☐ A. Bax, *Farewell My Youth* (1943); C. Scott-Sutherland, *Arnold Bax* (1973).

**Bayle, François** (1932-) Compositor francês. Estudou com Stockhausen, em Darmstadt, e com Messiaen, em Paris. Em 1960, juntou-se ao GROUPE DE RECHERCHES MUSICALES, do qual se tornou diretor em 1966. Compôs a maioria de suas obras em fita magnética.

**BBC** (British Broadcasting Corporation) Instituição fundada em 1927, que faz a maior parte da RADIODIFUSÃO e a metade da de televisão no Reino Unido. A empresa tem sido musicalmente ativa através de suas orquestras (sobretudo a BBC SO, entre cujos regentes estiveram Boult, Sargent, Davis, Boulez e Rojdestvensky), da encomenda de novas obras e de seu estúdio de música eletrônica (a Oficina Radiofônica da BBC, fundada em 1956). Encomendas notáveis incluíram OWEN WINGRAVE, de Britten, e obras de Vaughan Williams, Birtwistle, Davies, Goehr e muitos outros.

**beat** (batida) Palavra mais de uso do que de definição no campo do jazz e da música popular, indicando uma forte pulsação.

**Beck, Conrad** (1901-) Compositor suíço. Estudou no Conservatório de Zurique, depois mudou-se para Paris (1923-32), onde foi influenciado por Honegger e Roussel. Mais tarde, estabeleceu-se em Basiléia como diretor musical da estação de rádio. Muitas de suas obras mais importantes, entre elas as 5 sinfonias e 2 de seus quartetos de cordas, datam dessa época em Paris; as obras posteriores são, na maioria, do gênero orquestral e de câmara. [Schott.]

**Becker, John** (1886-1961) Compositor americano. Estudou no Conservatório de Cincinnati e passou a maior parte de sua vida profissional ensinando em colégios católicos do Meio-Oeste. Na década de 30, começou a ser conhecido como modernista, ao lado de Ives, Ruggles, Cowell e Riegger, pois, embora tenha começado num estilo romântico, melódico, suas obras maduras são em contraponto dissonante, muitas vezes em formas barrocas: a *Symphonia brevis* (1929), terceira de suas sinfonias, assinala essa mudança. Entre outras obras, estão: *Abongo* (balé para conjunto de percussão, 1933), *A Marriage with Space* (balé para coro narrativo e orquestra, 1935) e peças que manifestam veemente protesto social. Pouco produziu depois de meados da década de 40. [Peters, Presser.]

**Beckwith, John** (1927-) Compositor canadense. Estudou em Toronto e com Boulanger em Paris (1950-2), regressando depois ao Canadá para ensinar na Universidade de Toronto. Sua produção é grande e diversificada, muitas vezes buscando deliberadamente uma confusão de meios.

**Bedford, David** (1937-) Compositor inglês. Estudou com Lennox Berkeley na Royal Academy of Music, e com Nono em Veneza, embora também tenha sido influenciado pela experiência de ouvir, tocar e compor arranjos de música popular. As primeiras obras, como *Music for Albion Moonlight*, para soprano e sexteto misto (1965), revelam um sentimento acentuadamente novo pela sonoridade, num contexto livremente atonal. Depois, em meados da década de 70, começou a explorar harmonias simples, no estilo do minimalismo americano, como em *Star's End*, para banda de rock e orquestra (1974). [UE; Virgin.]

**Beecham, Thomas** (1879-1961) Maestro inglês. Autodidata como regente, valeu-se do dinheiro da família (o pai era um industrial do ramo farmacêutico) para apresentar concertos orquestrais e óperas, a partir de 1905. Era famoso pelo seu gosto, brilhantismo e exatidão; embora não simpatizasse com grande parte da música de seu tempo, foi responsável pela introdução das óperas de Strauss em Londres e defensor de Delius.
□ T. Beecham, *A Mingled Chime* (1944, rev. 1976 como *The Lyric Stage*); H. Procter-Gregg, ed. *Beecham Remembered* (1977).

**Beeson, Jack** (1921-) Compositor americano. Estudou na Eastman School e teve aulas particulares com Bartók em Nova York, em 1944, ingressando no corpo docente de música da Universidade de Columbia no ano seguinte. Suas óperas, seguindo as de Douglas Moore na americanidade de estilo e de tema, incluem: *Jonah* (1950), *Hello Out There* (1953), *The Sweet Bye and Bye* (1956), *Lizzie Borden* (1965, *Nova York, 1965), *My Heart's in the Highlands* (1969), *Captain Jinks of the Horse Marines* (1973) e *Dr. Heidegger's Fountain of Youth* (*Nova York, 1978).

**Ben Haim, Paul** (1897-) Compositor germano-israelense. Estudou em Munique e trabalhou na Alemanha como regente, antes de emigrar para Tel-Aviv em 1933. Ali estabeleceu-se como o novo principal compositor do país, incorporando o caráter da música do Oriente Médio a um estilo romântico alemão. Suas obras compreendem 2 sinfonias, outras partituras orquestrais, música de câmara e peças de coral sacro.

**Benjamin, Arthur** (1893-1960) Compositor anglo-australiano. Estudou com Stanford no Royal College of Music e passou quase todo o resto da vida em Londres, como compositor, professor e pianista. Grande parte de sua música é descontraída, algumas vezes com pinceladas caribenhas, como na *Jamaican Rumba* para 2 pianos ou orquestra (1938). Outras obras suas compreendem 5 óperas: três delas em um ato (*The Devil Take Her*, 1931; *Prima donna*, 1933; *Mañana*, *TV BBC, 1956), uma adaptação completa de Dickens (*The Tale of Two Cities*, 1949-50) e uma montagem de *Tartufe* (1959-60). [Boosey.]

**Benjamin, George** (1960-) Compositor inglês. Estudou com Messiaen em Paris e com Goehr em Cambridge, logo conquistando fama com sua Sonata para Piano (1977-8) e a peça orquestral *Ringed by the Flat Horizon* (1980), maduras na transformação de gestos bem marcados em formas sutis. [Faber.]

**Bennett, Richard Rodney** (1936-) Compositor inglês. Estudou na Royal Academy of Music e com Boulez em Paris (1957-8). Este último exerceu breve influência em obras como *Calendar*, para conjunto (1960). De volta à Inglaterra, retomou formas mais convencionais de drama e lirismo, sofisticadamente orquestradas; também produziu muita música para o cinema, e trabalhou como pianista e arranjador de música popular americana das décadas de 20-40. Desde meados da de 70, tem vivido a maior parte do tempo nos EUA.
*Óperas*: The Ledge, 1961, *Londres, 1961; The Mines of Sulphur, 1963, *Londres, 1965; A Penny for a Song, 1966, *Londres, 1967; Victory, 1968-9, *Covent Garden, 1970; The Eagle has Two Heads, em andamento. Muitos concertos, corais, música de câmara. [Novello, UE.]

**Bentzon, Niels Viggo** (1919-) Compositor dinamarquês de vasta produção. Estudou no Conservatório de Copenhague e ali ensina desde 1949. Sua música é vigorosamente apresentada num estilo hindemithiano.

**Berberian, Cathy** (?1928-83) Cantora americana. De 1950 a 1966, foi casada com Berio, que compôs para sua voz, distintamente característica e flexível, *Circles*, *Epifanie*, *Visage*, *Sequenza III* e *Recital I*. Também fez a primeira interpretação da Ária de Cage e de obras de Bussotti e outros.

**Berg, Alban** (1885-1935) Compositor austríaco. Mais talentoso dos alunos de Schoenberg, tinha uma apaixonada lealdade pelo mestre, tanto pessoal quanto criativamente. Seguiu o ideal de Schoenberg, de uma música em constante desenvolvimento, e também acompanhou as aventuras de seu professor na atonalidade e no serialismo; 4 de suas dezenas de obras de maturidade ele dedicou a Schoenberg. Mas, ao mesmo tempo, sentia-se atraído pelo tonalismo do Romantismo tardio, tal como se manifestava na música de Mahler, Strauss e Schreker. Sua música também se enriqueceu com essa tensão, assim como com a tensão entre o gosto por esquemas secretos (estruturas construídas sobre proporções aritméticas e também sobre palíndromos e CIFRAS) e sua abundante expressividade. As 2 óperas que compôs, WOZZECK e LULU, devem incluir-se entre as mais elaboradas estruturas musicais já concebidas; mas, em cena, causam a impressão de histórias imediatas, dramáticas e chocantes de exploração e sexualidade.

Alban Berg nasceu na pequena nobreza; sua família tinha uma propriedade de verão, onde ele participava de leituras teatrais e compunha canções, como todo jovem esteta. Antes das primeiras aulas com Schoenberg, em outubro de 1904, não tivera quase nenhuma educação musical, mas seu desenvolvimento depois foi rápido: em 1908, compôs uma Sonata para Piano de um único movimento, além de várias músicas que iam muito além do pastiche de seus trabalhos iniciais. A Sonata é um movimento meio lento, na clave schoenbergiana de ré menor, embora também lembre Mahler. A abundância de temas líricos no interior de uma forma sonata complexa é típica de Mahler, e viria a ser igualmente típica de Berg.

Depois disso vieram as 4 canções op. 2 (1909-10), um ciclo noturno tendendo para a atonalidade que Schoenberg abordara recentemente. Em seguida, veio o Quarteto de Cordas (1910) inteiramente atonal, em 2 movimentos desenvolvidos de uma maneira mais minuciosa do que qualquer coisa de Schoenberg na época e bem mais afastado da tonalidade do que qualquer coisa no Berg posterior. As Canções de Altenberg, para soprano e orquestra (1912), e as 4 Peças para clarineta e piano (1913) o são muito menos. As canções musicam poemas de Peter Altenberg, de oriental brevidade e amargor vienense, buscando ao mesmo tempo o puro branco da escala de tons inteiros e a rica confusão da atonalidade, que a música começa a tentar ordenar: há uma *passacaglia* que parte de um tema de 12 notas diferentes. Erótica, fascinantemente nova, embora também *blasée*, a obra foi a estréia orquestral de Berg e sua primeira expressão plenamente característica.

As 3 peças op. 6 (1914-5) são de novo maiores e também mais densamente orquestradas, usando a orquestra da Sinfonia nº 6 de Mahler. A primeira é um prelúdio simétrico de avanço e recuo dentro do obscuro ruído de percussão desafinada; a segunda, uma fantasia de dança mais no estilo sensual das Canções de Altenberg; e a terceira é uma enorme marcha, que atinge extraordinária violência e elaboração textural. Ecos dela podem ser ouvidos em *Wozzeck* (1917-22), que Berg compôs após sua própria experiência militar (1915-7). Depois da guerra, regressou a Viena, que foi seu lar até a morte; permaneceu junto a Schoenberg, quando este estava na cidade, e viajava bastante só para assistir às produções de *Wozzeck*, cujo sucesso lhe rendeu segurança econômica.

Antes de aventurar-se numa segunda ópera, escreveu seu Concerto de Câmara para piano, violino e 13 instrumentos de sopro (1923-5), uma homenagem à trindade formada por Schoenberg, ele próprio e Webern, e uma obra crivada de criptogramas e proporções numéricas, baseada no número 3. A SUÍTE LÍRICA (1925-6) é semelhante, sendo ao mesmo tempo bastante trabalhada e generosamente expressiva; tem um programa secreto relativo aos sentimentos de Berg por Hanna Fuchs-Robettin, que também coloria sua ópera *Lulu* (1929-35), do mesmo modo como o amor pela esposa Helene colorira as primeiras obras (casaram-se em 1911, e ele lhe dedicou seu Quarteto de cordas e um grupo de 7 Primeiras Canções, que orquestrou em 1928). O trabalho em *Lulu* foi adiado pela composição da grande ária para soprano, *Der Wein* (1929), sobre um poema de Baudelaire, e do Concerto para Violino (1935), este um réquiem instrumental para a filha adolescente da viúva de Mahler e a última obra de Berg.

*Óperas*: WOZZECK, 1917-22; LULU, 1929-35.
*Orquestrais*: 3 peças op. 6, 1914-5; Concerto de Câmara, pn, vn, 13 instrumentos de sopro, 1923-5; 3 Peças da Suíte Lírica, cordas, 1928; Concerto para Violino, 1935.
*Orquestrais com voz*: Canções de Altenberg op. 4, 1912; 3 Fragmentos de Wozzeck, 1924; 7 Primeiras Canções, 1905-8, orquestra, 1928; Der Wein (Baudelaire/George), 1929; 5 Peças Sinfônicas de Lulu, 1934.
*Canções com piano*: 7 Primeiras Canções, 1905-8, rev. 1928; 4 Canções op. 2 (Hebbel, Mombert), ?1909-10; Schliesse mir die Augen beide (Storm), musicado duas vezes, em 1907 e 1925.
*Câmara*: Sonata para Piano op. 1, ?1907-8; Quarteto op. 3, 1910; 4 Peças op. 5, cl, pn, 1913; Adagio a partir do Concerto de Câmara, vn, cl, pn; SUÍTE LÍRICA, quarteto de cordas, 1925-6. [UE.]

□ A. Berg, *Letters to his Wife*, ed. H. Berg (1971); M. Carner, *Alban Berg* (1975); D. Jarman, *The Music of Alban Berg* (1979); G. Perle, *The Operas of Alban Berg* (1980-4).

**Berger, Arthur** (1912-) Compositor americano. Estudou com Piston em Harvard e com Milhaud no Mills College, abraçando então a carreira de professor, crítico e compositor. Sua música é diatônica até 1957 e, a partir de então, dodecafônica, embora marcada nos dois períodos por parcimônia e abertura de textura. Sua produção é pequena e quase exclusivamente instrumental.

**Berio, Luciano** (1925-) Compositor italiano, o mais imaginativamente fluente de sua geração. Grande parte de suas obras surgiu de uma concepção estruturalista da música como uma linguagem de gestos em sons. Utilizou os vastos recursos de sua época no exame musical de outras linguagens: linguagens verbais em suas muitas obras vocais, linguagens de comunicação não-verbal em obras para voz solo e instrumentais, linguagens musicais históricas (por exemplo, as da forma concerto), linguagens de convenção teatral e até mesmo as linguagens de suas próprias primeiras obras (as *Sequenze*, por exemplo, são exploradas nos *Chemins*). Nisso tudo, foi influenciado pelos escritores italianos de sua geração, sobretudo Eduardo Sanguineti, Umberto Eco e Italo Calvino.

As primeiras influências musicais incluíram seu professor Ghedini e Stravinsky; mais tarde, após o casamento com Cathy Berberian, em 1950, fez freqüentes visitas aos EUA, onde conheceu Dallapiccola e a música eletrônica. De 1954 a 1959, esteve regularmente em Darmstadt: reagiu contra a seriedade predominante com sua *Serenata I*, mas esse também foi o período de suas concepções mais complicadas, notadamente *Tempi concertati*, para flauta, violino, 2 pianos e 4 grupos instrumentais. Entre suas obras eletrônicas, *Thema* (*Omaggio a Joyce*) tornou-se o primeiro clássico do gênero, criada a partir de uma gravação de Cathy Berberian lendo *Ulysses*. A voz dela também está nas obras inteiramente individuais compostas por volta de 1960: o drama imaginário *Visage* (em fita), EPIFANIE e CIRCLES.

Na década seguinte, sua obra concentrou-se em duas direções, algumas vezes relacionadas: a da apresentação solo e a do teatro. A *Sequenza* para flauta, de 1958, tornou-se a primeira de uma série de peças de concerto virtuosísticas, enquanto, após o drama de protesto *Passaggio*, ele deu à sua crítica social uma forma dantesca mais onírica em *Laborintus II*, e em sua ópera *Opera* descobriu paralelos entre a crise no gênero e a crise do capitalismo ocidental. *Recital I* (1972) é, ao mesmo tempo, um veículo de exibição (mais uma vez para Cathy) e uma peça teatral, apresentando o conteúdo distorcido e desintegrado da mente de uma cantora à beira do colapso.

As obras seguintes continuaram a explorar esses temas. A preocupação com diferentes tipos de expressão vocal, evidente em EPIFANIE e na SINFONIA, prosseguiu em CORO. Outras peças trabalharam com variações sutis, mutáveis, de uma melodia (*Linea* e a última das *Sequenze* para violino e clarineta); em suas óperas, *La vera Storia* e *Un re in ascolto*, o objetivo é caracteristicamente não contar uma história, mas antes examinar meios pelos quais se pode, musical e dramaticamente, contar histórias.

*Óperas*: Ópera, 1969-70, *Santa Fé, 1970; La vera storia (Calvino), *Florença, 1982; Un re in ascolto, *Salzburgo, 1984.

*Teatro musical*: Passagio, 1961-62, *Milão, 1963; Laborintus II, 1965, *Paris, 1965; Recital I, 1972, *Lisboa, 1972.

*Orquestrais*: Concertino, 1951; Nones, 1954; Allelujah, 1955, rev. como Allelujah II, 1956-8; Serenata I, fl, 4 instrs, 1957; Tempi Concertati, 1958-9; Chemins I, harpa, orq, 1965; Chemins III, va, orq, 1967; Chemins IIb, pequena orquestra, 1969; Bewegung, 1971; Chemins IIc, pequena orquestra, 1972; Concerto para 2 pianos, 1972-3; Still, 1973; Eindrücke, 1973-4; Points on the Curve to Find..., piano, pequena orquestra, 1974; Chemins IV, oboé, cordas, 1975; Quattro versioni, 1975; II ritorno degli Snovidenia, violoncelo, pequena orquestra, 1976-7; Encore, 1978; Entrata, 1980; Corale, violino, orquestra, 1981-2.

*Orquestral vocal*: Magnificat, 2 sopranos, coro, peq. orquestra, 1949; EPIFANIE, S, orquestra, 1959-61, rev. 1965; SINFONIA, 8 vozes, orquestra, 1968-9; Questo vuol dire che, vozes, instrumentos, fita, 1970; Bewegung II, barítono, orquestra, 1971; Ora. vozes, orq, 1971; CORO, coro, orq, 1975-6.

*Outras vocais*: Quattro canzoni popolari, voz feminina, piano, 1946-7; El mar la mar, S, Mezzo, 7 instrs, 1950, rev. 1969; Opus Number Zoo, narrador, quinteto de sopros, 1952, rev. 1970; Chamber Music (Joyce), voz feminina, cl, harpa, vc, 1953; CIRCLES, v fem, harpa, 2 percussões, 1960; O King, voz, 5 instrs, 1967; Agnus, 2 vozes fems, 3 cl, gaita de foles, 1971; E vo', instrs, 1972; Cries, 6/8 vozes, 1973-4; Calmo, S, instrs, 1974; A-ronne, 8 vozes, 1974-5.

*Câmara*: Due pezzi, vn, pn, 1951; Quarteto de Cordas, 1956; Différences, 5 instrs, fita, 1958-9; Sincronie, quarteto de cordas, 1963-4; Chemins II, viola, 9 instrs, 1967; Memory, 2 pns, percussão, 1970, rev. 1973; Linea, 2 pns, marimbas, vibrafone, 1974; Musica leggera, fl, va, vc, 1974.

*Sequenze*: I, fl, 1958; II, harpa, 1963; II, voz feminina, 1966: IV, pn, 1966; VI, va, 1967; VII, ob, 1969; VIII, vn, 1975-7; IX, cl, 1980, arr sax, 1981; X, trompete, 1985.

*Outras instrumentais*: Cinque variazioni, pf, 1952-3, rev. 1966; Wasserklavier, pn, 1964; Gesti, gravação, 1965; Rounds, cravo, 1965, arr pn, 1967; Erdenklavier, pn, 1970; Chemins V, cl, eletrônicos, 1980; Duetti, 2 vn, vol. 1, 1979-83.

*Fita*: Mutazioni, 1955; Perspectives, 1957; Thema (Omaggio a Joyce), 1958; Momenti, 1960; Visage, 1961; Chants parallèles, 1974-5

*Arranjos*: Canções Folclóricas, S, 7 instrs, 1964, com orq, 1973; obras também de Monteverdi, Falla, Weill, Lennon e McCartney, etc. [UE, Suvini Zerboni; RCA, Philips, Harmonia Mundi, Turnabout, Decca, DG.]

**Berkeley, Lennox** (1903-) Compositor inglês. Estudou em Oxford e com Boulanger em Paris (1927-32), este orientando-o para uma técnica calma, fluente e elegante, que toma o neoclassicismo de Stravinsky como modelo. Ensinou na Royal Academy of Music (1946-68). Suas obras incluem a ópera completa *Nelson* (*Sadler's Wells, 1954) e três óperas de câmara: *A Dinner Engagement* (*Aldeburgh, 1954), *Ruth* (*Londres, 1956) e *Castaway* (*Aldeburgh, 1967), além de 4 sinfonias, vários concertos, música coral, canções, obras de câmara e peças para piano. [Chester.]

**Berkeley, Michael** (1948-) Compositor inglês. Filho e discípulo de Lennox Berkeley, compôs várias obras orquestrais e de câmara, além do oratório para a paz *Or Shall We Die?* (1982). [OUP.]

**Berlim** Entre as guerras, lugar de febril atividade artística, musicalmente expressa na cultura de CABARÉ, em músicas compostas para as peças de BRECHT e outros escritores, no trabalho da ÓPERA KROLL, nas composições dos músicos que lá viviam, com destaque para Schoenberg (1926-33), Hindemith (1927-38) e Eisler (1925-33). Depois da guerra, estes dois últimos ocuparam cargos importantes em Berlim Ocidental e Oriental, respectivamente, como compositores e professores.

**Berners, Lord** (Gerald Hugh Tyrwhitt-Wilson, 1883-1950) Compositor inglês. Foi diplomata em Roma (1911-9), onde conheceu Stravinsky e Casella; mais tarde, viveu uma vida de cavalheiro diletante. Suas primeiras peças são, na maioria, em pequena escala e satíricas, à maneira de Satie (*Trois petites marches funèbres* para piano, 1914). As outras obras principais depois de 1920 são balés, entre eles *The Triumph of Neptune* (*Balés Russos, Londres, 1926) e *A Wedding Bouquet* (*Londres, 1936). [Chester.]
☐ I. Stravinsky, *Selected Correspondence*, vol. 2 (1984).

**Bernstein, Leonard** (1918-92) Compositor e regente americano. Estudou em Harvard e no Instituto Curtis. Em meados da década de 20, fez fama rapidamente como compositor e regente, suas primeiras obras indo do musical *On the Town* à *Jeremiah Sinphony*. A divergência não é tão extrema, porém, já que ele sempre achou possível usar a linguagem do jazz e da música popular americana em obras sérias, e compor música leve com toda a sua atenção, habilidade e humor.

No final da década de 40 e na de 50, compôs muito: outra sinfonia em forma de concerto para piano (“The Age of Anxiety”), uma ópera em 1 ato e outros musicais, notadamente *West Side Story*. Mas o compromisso como diretor musical da Filarmônica de Nova York (1958-69) reduziu sua produção, resumida depois disso a *Mass*, que expõe desinibidamente suas preferências pelo grande romantismo (mas também por Bach e Mahler), pelo espetáculo teatral e pela arte popular.

*Óperas*: Trouble in Tahiti, *Waltham, Mass., 1952; A Quiet Place, *Houston, 1983.
*Balés*: Fancy Free, *Nova York, 1944; Facsimile, *Nova York, 1946; Dybbuk, *Nova York, 1974.
*Musicais*: On the Town, *Nova York, 1953; Candide, *Nova York, 1956; West Side Story, *Nova York, 1957; Pennsylvania Avenue, 1600, *Nova York, 1976.
*Outras obras dramáticas*: On the Waterfront, trilha do filme, 1954; Mass, *Washington, DC, 1971.
*Sinfonias*: n.º 1 “Jeremiah”, Mezzo, orq, 1943; n.º 2, “The Age of Anxiety”, pn, orq, 1949; n.º 3, “Kaddish”, S, narrador, coro, coro de meninos, orq, 1961-3.
*Outras obras orquestrais e corais*: Serenade, vn, cordas, percussão, 1954; Chichester Psalms, soprano, coro, orq, 1965; Slava, vc, orq, 1976.
*Instrumental*: Sonata, cl, pn, 1941-2; Seven Anniversaries, pn, 1942-3; Four Anniversaries, pn, 1947-8.
*Ciclos de Canções*: I Hate Music, 1943; La bonne cuisine, 1947. [G. Schirmer; CBS, DG.]
☐ L. Bernstein, *The Unanswered Question* (1976).

**Biches, Les** (As queridinhas) Balé de Poulenc, coreografado por Nijinska: passa-se numa festa no Sul da França. *Balés Russos, Monte Carlo, 6 jan 1924.

**Billy Budd** Ópera de Britten, E. M. Forster e Eric Crozier, baseada na história de Melville da destruição de um marinheiro inocente. Passada num navio de guerra no séc. XVIII, a obra é inteiramente para vozes masculinas. *Covent Garden, 1.º dez 1951.

**Birtwistle, Harrison** (1934-) Compositor inglês. Estudou com Hall no Royal Manchester College of Music (1952-5), onde com Davies e Goehr se interessou pela novíssima música européia e por técnicas medievais. Há vestígios dessa última em sua concepção da música como monodia elaborada, mas as mais importantes influências sobre ele foram Stravinsky, Varèse e Messiaen; sua primeira obra publicada, *Refrains and Choruses*, para quinteto de sopros (1957), já é característica, com suas sonoridades violentas, sua construção em blocos desiguais e seu caráter ritualista suscitado pela objetividade e pela repetitividade.

Entretanto, pouco compôs até o sucesso de *Tragoedia* (1965), que levou a violência e o estilhaçamento bem mais longe, abrindo caminho para PUNCH AND JUDY. Grande parte dessa obra foi composta durante um ano passado em Princeton (1966), de onde retornou para fundar o Pierrot Players. Encerrou então o período do drama sonoro varesiano com *Verses for Ensembles* (1969), para grupos de intérpretes de sopro e percussão tomando diferentes posições no estrado. *Nenia* inaugurou uma nova fase de lentidão processional e relativa quietude, representada em maior escala por *The Triumph of Time*: muitas obras desse último período relacionam-se com a ópera *The Mask of Orpheus*. Outras, desde meados da década de 70, preocuparam-se mais com o ritmo e, em particular, com texturas de *ensembles* em diferentes ritmos marcados.

*Óperas*: PUNCH AND JUDY, 1966-7; The Mask of Orpheus, 1973-83; Yan Tan Tethera, 1984.

*Outras obras teatrais*: Down by the Greenwood Side, S, 5 atores, 9 instrs, 1969; Pulse Field, balé, 1977; Boe Down, 5 atores, 4 instrs, 1977; música para o Teatro Nacional, Londres, 1976-83.

*Orquestral*: Chorales, 1962-3; Tragoedia, 10 instrs, 1965; Nomos, 1968; Verses for Ensembles, 12 instrs, 1969; An Imaginary Landscape, 1971; The Triumph of Time, 1972; Grimethorpe Aria, banda de metais, 1973; Melancolia I, cl, harpa, cordas, 1976; Silbury Air, 15 instrs, 1977; Carmen arcadie mechanicae perpetuum, 14 instrs, 1977; Still Moviment, cordas, 1984; Secret Theatre, 14 instrs, 1984.

*Vocal*: Monody for Corpus Christi, S, fl, órg, vn, 1959; Entr'actes and Sappho Fragments, S, 6 instrs, 1964; Ring a Dumb Carillon, S, cl, percussão, 1964-5; Cantata, S, 6 instrs, 1969; Nenia: The Death of Orpheus, S, 5 instrs, 1970; Meridian, Mezzo, Coro de S, 13 instrs, 1970-71; The Fields of Sorrow, 2 S, coro, 16 instrs, 1971; La plage, S, 5 instrs, 1972; ...agm..., coro, pequena orq, 1978-9; On the Sheer Threshold of the Night, 16 vozes, 1980; Deowa, S, cl, 1983; Songs by Myself, S, instrs, 1984.

*Outras obras*: Refrains and Choruses, quinteto de sopros, 1957; Précis, pn, 1960; Verses, cl, pn, 1965; Chronometer, fita, 1971-2; For O, for O, the Hobby-horse is Forgot, 6 percussões, 1976; Qt, Cl 1980; Pulse Sampler, oboé, claves, 1981; Duets for Storab, 2 fl, 1983.

[UE; Decca, Argo, HMV, Erato, Philips, Mainstream.]

☐ M. Hall, *Harrison Birtwistle* (1984).

**bitonalidade** Fenômeno de duas tonalidades presentes ao mesmo tempo. Um exemplo clássico é o dueto de clarinetes perto do início da segunda cena de *Petruchka* (1911), em que se sobrepõem o dó maior e o fá sustenido maior. Formas sutis de bitonalidade são comuns nas partituras neoclássicas de Stravinsky, e ela foi muito adotada por Milhaud, entre outros.

**Bittner, Julius** (1874-1939) Compositor austríaco. Quase autodidata, trabalhava como advogado enquanto compunha óperas para seus próprios libretos, baseados em lendas folclóricas austríacas. Elas tiveram certo sucesso em Viena por volta da Primeira Guerra Mundial.

*Óperas*: Die Ror Gred, *1907; Der Musikant, *1909; Der Bergsee, *1910; Die arme Narren, *1911; Der Abenteurer, *1912; Das höllisch Gold, *1916; Die Kohlhaymerin, *1920; Das Rosengärtlein, *1922; Mondnacht, *1926; Das Veilchen, *1934.

*Outras obras*: operetas, 2 sinfonias, 2 qt cordas, etc.

**Blacher, Boris** (1903-75) Compositor alemão. Nascido na China, chegou a Berlim em 1922, estudou na Universidade e permaneceu na cidade como compositor, arranjador e professor, com exceção de um período de isolamento, durante o governo nazista. Sua música em geral é de tom irônico, ritmo vivo e escrita cla-

ra, muito menos influenciada pela tradição germânica do que pela cultura musical parisiense dos anos 20: Stravinsky, Satie, Milhaud e o jazz. Após a guerra, começou a usar métodos dodecafônicos e buscar correspondências rítmicas, que encontrou nos COMPASSOS VARIÁVEIS (usados pela primeira vez em *Ornamente* para piano, 1950).
*Óperas*: Romeo und Julia, 1943, *Berlim, 1947; Die Flut, 1946, *Dresden, 1947; Abstrakte Oper n.º 1 ("abstrata" no uso de comunicação não-verbal), 1953, *Hesse Radio, 1953; Rosamunde Floris, 1960, *Berlim, 1960; Zwischenfälle bei einer Notlandung, 1965, *Hamburgo, 1966; Yvonne, 1972, *Wuppertal, 1973; Das Geheimnis des entwendeten Briefes, *Berlim, 1975.
*Balés*: Hamlet, 1949, *Munique, 1950; Lysistrata, 1950, *Berlim, 1951; Der Mohr von Venedig, 1955, *Viena, 1955; Demeter, 1963, *Schwetzingen, 1964; Tristan, 1965, *Berlim, 1965.
*Orquestral*: Concertante Musik, 1937; Variações Paganini, 1947; Concerto para piano n.º 1, 1947; n.º 2, 1952; Orchester-Ornament, 1953; Variações Clementi, pn, orq, 1961; e muitas outras obras.
Corais, música de câmara, canções, peças para piano, fitas. [Bote & Bock; Wergo.]

**Black Mountain College** Instituição da Carolina do Norte, onde Cage e outros artistas davam cursos de verão no final da década de 40 e na de 50. O estímulo do lugar levou Cage a passar para a indeterminação; uma apresentação que ele fez ali em 1952 é considerada, em geral, como o primeiro HAPPENING.

**Blake, David** (1936-) Compositor inglês. Estudou em Cambridge e no Royal College of Music, e com Eisler em Berlim Oriental. Desde 1963, ensina na Universidade de York, a partir de 1982 como catedrático. Sua música tem uma seriedade schoenbergiana, embora também influenciada pela música do Extremo Oriente (p. ex., a cantata *Lumina*, sobre texto de Pound) e do Caribe (notadamente na ópera *Toussaint*, 1974-6, *London Coliseum, 1977). [Schott.]

**Bliss, Arthur** (1891-1975) Compositor inglês. Estudou em Cambridge e no Royal College of Music, antes de servir na Primeira Guerra Mundial. Depois da guerra, foi por um breve período o *enfant terrible* da música inglesa, influenciado por Stravinsky e pelo Grupo dos Seis (*Rout*, para soprano e 10 músicos, 1920), mas depois foi moderando aos poucos sua ousadia com uma maneira elgariana. A transformação começa em *A Colour Symphony* (1921-2) e conclui-se na obra orquestral *Introduction and allegro* (1926). Entre as obras posteriores, incluem-se a ópera *The Olympians* (1948-9, libreto de J. B. Priestley, *Covent Garden, 1949), os balés *Checkmate* (1937), *Miracle in the Gorbals* (1944) e *Adam Zero* (1946), música para o filme *Things to Come* (1934-5) e muito mais em todos os gêneros. [Novello.]

**Blitzstein, Marc** (1905-64) Compositor americano. Estudou nos EUA e, em 1926-8, com Boulanger em Paris e Schoenberg em Berlim. Em 1935, em Nova York, ouviu uma palestra de Eisler e assistiu a uma produção de *Die Mutter*, de Brecht-Eisler, que o convenceram de que a arte tem de se preocupar com a POLÍTICA radical. O resultado disso foi a "peça em música" *The Craddle Will Rock* (1936-7, *Nova York, 1937), com texto original seu sobre um conflito patrão-sindicato. Durante a guerra, compôs música patriótica, depois retornou a seu trabalho no teatro, com obras originais e uma adaptação altamente bem-sucedida de *A Ópera dos Três Vinténs*. (*1952). [Chappell.]

**Bloch, Ernest** (1880-1959) Compositor suíço-americano. Estudou em Bruxelas e na Alemanha, depois voltou à Suíça como regente e professor. Após 1916, passou a maior parte do tempo na Califórnia, ensinando e compondo. Suas primeiras obras são em exaltado estilo romântico, influenciado por Richard Strauss e Debussy: a maior delas é a ópera Macbeth (1904-9, *Paris, Ópera-Comique, 1910), uma obra cujo caráter sombrio e turbulento também muito devem a Mussorgsky. Durante os

15 anos seguintes, muitas obras de inspiração judia, incluindo a sinfonia *Israel* (com cinco vozes solo, 1912-6) e *Schelomo* para violoncelo e orquestra (1915-6). Depois, em meados da década de 20, sua música tornou-se neoclássica (Concerto grosso nº 1 para cordas e piano, 1924-5), embora na de 30 ele voltasse a uma escala mais ampla e, de novo, à temática judaica, notadamente no Serviço Sacro para barítono, coro e orquestra (1930-3).
☐ S. Bloch e I. Heskes, *Ernest Bloch, Creative Spirit* (1976); R. Strassburg, *Ernest Bloch, Voice in the Wilderness* (1977).

**bloco** Trecho musical fechado até certo ponto, não tendo nenhum desdobramento. A composição em bloco é inteiramente antitética à tradição sinfônica do século XIX, mas comum em Stravinsky, Messiaen, etc.

**Blomdahl, Karl-Birger** (1916-68) Compositor suíço. Estudou com Rosenberg e na década de 40 começou a ensinar composição. Embora jamais perdesse o vigor de suas primeiras obras hindemithianas, foi influenciado na década de 50 pelo modelo e a expressividade de Berg. Entre as obras-chave desse período, estão sua Terceira Sinfonia (1950) e os balés *Sisyphos* (1954) e *Minotauros* (1957). Depois veio sua ópera *Aniara* (1957-8, *Estocolmo, 1959), que causou grande rebuliço, tanto pelo cenário de nave espacial quanto pela diversidade estilística, incluindo episódios de música eletrônica. Entre as obras posteriores, incluem-se *Fioriture* (1960) e *Forma ferritonans* (1961) para orquestra, e o balé *Game for Eight* (1962). [Schott.]

**blue note** Nota de uma escala diatônica comumente abaixada no jazz, blues e tradições afins. O efeito é extraordinariamente sentido no 3º e 7º graus, mas também pode ser no 5º e outros, podendo ser mais baixa um semitom ou menos.

**blues** Canção tradicional dos negros americanos, que se caracteriza por um tom lamentoso, uma estrutura em três frases de quatro compassos cada uma e pela utilização de *blue notes*. O *blues* teve enorme influência sobre o jazz e foi utilizado, ocasionalmente, por compositores "eruditos": Ravel chamou o movimento lento de sua Sonata para Violino (1923-7) de "Blues", e o estilo também foi ensaiado por Copland e Tippett.

**Boehmer, Konrad** (1941-) Compositor alemão. Estudou com Koenig em Colônia e instalou-se em Amsterdã em 1967, trabalhando como professor e compositor. Influenciado brevemente por Stockhausen, assumiu uma posição radical em fins da década de 60, partindo de Eisler e Adorno. Entre suas obras, estão *Docteur Faustus* (*Ópera de Paris, 1985).

**Boesmans, Phillippe** (1936-) Compositor belga. Estudou com Froidebise e Pousseur, mas foi influenciado por Boulez e Berio, na criação de uma música de fortes gestos constantemente explorados em estado de onírica continuidade, em que simples formas intervalares às vezes ecoam através de harmonias extensamente sustentadas.
*Ópera*: La passion de Gilles, *Bruxelas, 1983.
*Teatro musical*: Attitudes, cantor, atores, 2 pianos, sintetizador, percussão, 1977.
*Orquestrais*: Corrélations, cl, 2 conjuntos, 1967; Explosives, harpa, conjunto, 1968; Intervalles I, 1972; Intervalles II, 1973; Multiples, 2 pianos, orq, 1974, rev. 1978; Ring, órgão elétrico, conj., 1975; Eléments-Extensions, piano, pequena orq, 1976; Doublures, harpa, piano, percussão, 4 conj., 1977; Conc, 1978; Concerto para Violino, 1979; Conversions, 1980.
*Vocal*: Upon la mi, s, tpa, conj., eletron., 1970; Intervalles III, Mez, orq, 1975.
*Outros*: Fanfare I, 2 pianos (um pianista), 1971-2; Fanfare II, órg, 1972; La résurrection alterée, quinteto de sopros, 1972; Sur mi, 2 pianos, órg elétrico, percussão, 1974; Intrusions, guit., 1977; Ricercare sconvolto, órg, 1983. [Jobert; Musica Magna, Ricercare.]

**Boeuf sur le toit, Le** (O boi no telhado) Balé de Milhaud e Cocteau passado num bar americano e colorido pela música de CABARÉ da época. *Paris, 21 fev 1920.

**Bolcom, William** (1938-) Compositor americano. Estudou na Universidade de Washington, em Paris com Milhaud e Messiaen, e com Leland Smith em Stanford; desde 1965, trabalha como professor universitário, além de apresentar-se como pianista. De gosto eclético, desempenhou grande papel no ressurgimento do *ragtime*, compondo ele próprio alguns *rags*, e produziu sombrias obras religiosas (*Black Host*, para órgão, percussão e fita, 1967), além de um divertido passeio por disciplinas do séc. XVIII em *Commedia* para orquestra de câmara (1971). [AMP; Nonesuch.]

**Boretz, Benjamin** (1934-) Compositor e teórico americano. Estudou com Fine e Berger em Brandeis, e com Sessions e Babbitt em Princeton. Em 1962, tornou-se editor-fundador de *Perspectives of New Music*, onde publicou importantes artigos teóricos. Entre suas obras, incluem-se as *Group Variations*, para orquestra de câmara (1964-7) ou fita sintetizada em computador (1968-72). [CRI.]

**Boucourechliev, André** (1925-) Compositor franco-búlgaro. Estudou em Sofia e em Paris (1949-51), onde permaneceu ensinando piano, enquanto começava também a compor e freqüentar os cursos de Darmstadt. Escreveu livros sobre Schumann, Chopin, Beethoven e Stravinsky, além de obras de forma bouleziana, mas muitas vezes de gestos mais sólidos. Em *Ombres*, para onze cordas (1970), trabalhou sobre reproduções dos quartetos de Beethoven; a série *Archipel*, para várias combinações instrumentais (1967-), oferece "arquipélagos" de material a serem visitados à vontade pelos intérpretes. [Leduc, UE; Erato, Philips.]

**Boughton, Rutland** (1878-1960) Compositor inglês. Estudou com Stanford e Walford Davies no Royal College of Music, e em 1914 fundou o Festival de Glastonbury, nos moldes do de Bayreuth. Ali foram montadas seu *The Immortal Hour* (*1914) e outras obras, antes que o empreendimento entrasse em colapso, em 1927. Em 1922-3, *The Immortal Hour* teve uma temporada bastante bem-sucedida em Londres, conquistando as platéias com sua harmonia simples e sua história de místico encantamento. Cinco de suas outras óperas formam um ciclo arthuriano.
□ M. Hurd, *Immortal Hour* (1962).

**Boulanger, Nadia** (1887-1979) Professora francesa. Nasceu numa família musical franco-russa: o pai ensinava no Conservatório de Paris, onde ela própria estudou; sua irmã Lili (1893-1918) foi uma compositora muito promissora (compôs vários grupos de salmos, entre eles o vasto *Du fond de l'abîme*, 1914-7). Nadia também compunha, mas logo concentrou suas atenções no ensino da composição, no Conservatório, na Escola Normal de Música e no Conservatório Americano de Fontainebleau. Foi íntima de Stravinsky, cuja música neoclássica lhe proporcionava o grau de limpidez que ela exigia dos alunos. Entre estes, incluem-se Lennox Berkeley, Carter, Copland, Françaix, Harris, Piston, Thompson e muitos outros.
□ A. Kendall, *The Tender Tirant* (1976).

**Boulevard Solitude** Ópera de Henze e Grete Weil, narrando a história de Manon Lescaut com ênfase nos Grieux; seu estilo heterogêneo vai do jazz e de *La bohème* ao serialismo. *Hanover, 17 fev 1952.

**Boulez, Pierre** (1925-) Compositor e maestro francês. Sua música passou por períodos decisivos de mudança, mas ele tem sido coerente ao exigir de si mesmo que sua imaginação sempre viaje em novas direções, ao mesmo tempo contida e encorajada por um impressionante arsenal de regras e preconceitos estéticos. A tensão entre liberdade e contenção resultou em fases de atividade febril, alternando-se com anos de impotência criativa: os anos 60 e início dos 70, por exemplo, viram poucas realizações. Contudo, preencheu tais lacunas com sua atividade paralela como regente, imbatível em suas interpretações de músicas em que pode detectar sua própria mistura de ousadia imaginativa e estrutura segura, mas oculta: Debussy, a primeira fase de Stravinsky, a fase final de Webern e um pouco de Bartók.

Nascido em Montbrison, foi estudar música em Paris em 1942, contra a vontade do pai; tornou-se discípulo de Messiaen no Conservatório (1944-5), estudando depois a obra de Schoenberg com René Leibowitz (1945-6). Seguiu-se uma rápida sucessão de obras em que ele combinava métodos dodecafônicos com a influência de Messiaen, e ou trabalhava sobre um pano de fundo de formas clássicas (Sonatina para Flauta, Sonatas para Piano n.os 1-2), ou musicava a forte poesia de René Char (*Le visage nuptial*, *Le soleil des eaux*). Nesse período de fins da década de 40, também foi influenciado por Artaud e pelo desejo de libertar a música dos grilhões da cultura ocidental. Com raras exceções (primeiro movimento de *Le soleil des eaux*), sua música era rápida e temperamental, possuída pela "fúria e mistério" de Char.

Mas, ao mesmo tempo, procurava novos meios de ordem. Em particular, partindo de Messiaen, perseguiu a idéia de paralelas rítmicas para o serialismo dodecafônico. Há vestígios disto na Segunda Sonata para Piano e, mais ainda, no *Livre pour quatuor*, onde a febril atividade rítmica muitas vezes se dá numa calma harmônica. Depois, em 1951-2, descobriu meios de conseguir um SERIALISMO TOTAL de duração, timbre e intensidade, assim como de altura, em *Poliphonie X*, o primeiro livro de ESTRUTURAS para 2 pianos e 2 *Études* em *musique concrète*. Essas obras foram de enorme importância internacional para seus colegas, e durante a década seguinte ele esteve à testa da nova vanguarda européia, ensinando com regularidade em Darmstadt.

Após as obras abstratas de 1951-2, Boulez usou sua técnica recém-descoberta para musicar mais fragmentadamente versos de Char, em *Le* MARTEAU SANS MAÎTRE (1953-5), a primeira obra-prima unânime da nova música. Depois disso, seus pensamentos voltaram-se mais para Mallarmé, cujas concepções de forma aleatória estão subjacentes em sua Terceira Sonata para Piano e cujos versos adaptou em *2 improvisations*, que acabaram desembocando em PLI SELON PLI. A sonata compõe-se de 5 "formantes" (apenas 2 foram publicados), que podem ser dispostos em várias ordens, e oferecem ao intérprete várias opções de velocidade, dinâmica e conexão formal. Um segundo livro de ESTRUTURAS estendeu essa abertura a 2 pianos, mas também houve obras de composição mais completa: *Figures-Doubles-Prismes* para uma grande orquestra, disposta de maneira incomum, e *Poésie pour pouvoir*, para orquestra com fita.

As últimas obras beneficiaram-se de sua experiência como regente, sobretudo nos concertos no Domaine Musical, que fundara em Paris em 1954, como um foro para a nova música e para novos meios de ouvir a antiga. Seu trabalho como maestro aumentou rapidamente, culminando na contratação como primeiro maestro da Orquestra Sinfônica da BBC (1971-4) e da Filarmônica de Nova York (1971-8). Ao mesmo tempo, a produção composicional diminuiu e teve início uma tendência, sem dúvida estimulada por considerações aleatórias, a deixar as obras "em andamento". *Éclat/Multiples*, que começou em 1965 como peça para um sonoro conjunto de percussão e instrumentos afins, permaneceu nesse estado; o mesmo se deu com a maioria de suas últimas obras, com a admirável exceção do incomumente monumental *Rituel*.

Desde meados da década de 70, Boulez esteve envolvido na criação e, depois, na direção do INSTITUT DE RECHERCHE ET DE COORDINATION ACOUSTIQUE/MUSIQUE, em Paris, um estúdio de música computadorizada. O resultado criativo disso foi *Répons*, que utiliza uma gama peculiar de instrumentos de percussão e acessórios eletrônicos, assinalando mais um estágio em sua concepção da música serial como, ao contrário da música melódica, "um universo em perpétua expansão".

*Orquestral*: Le visage nuptial, S, A, coro feminino, orq, 1946-7, rev. 1951-2; Le soleil des

eaux, S, coro, orq, 1948, rev 1958, rev. 1965; Polyphonie X, 18 instrumentos, 1951; PLI SELON PLI, S, orq, 1957-62; Figures-Doubles-Prismes, 1957-68; Poésie pour pouvoir, orq, fita, 1958; Éclat, 15 instrs, 1965, tornou-se a primeira parte de Éclat/Multiples, orq, 1965-; Domaines, cl, 21 instrs, 1961-8; Livre pour cordes, 1968-: "Cummings ist der Dichter...", 16 vozes, 24 instrs, 1970-; Notations, 1977-; Répons, 6 solistas, pequena orq, eletrônicos, 1980.
*Câmara*: Livre pour quatuor, quarteto de cordas, 1948-9, rev. como Livre pour cordes; LE MARTEAU SANS MAÎTRE, A, 6 instrs, 1953-5; Messagesquisse, 7 vc, 1976; Dérive, 6 instrs, 1983.
*Instrumental*: Sonatina, fl, pn, 1946; Sonata para pn n.º 1, 1946; Sonata para pn n.º 2, 1947-8; ESTRUTURAS, 2 pns, livro 1, 1951-2, livro 2, 1956-61; Sonata para pn n.º 3, 1956-7.
*Fita*: Étude sur un son, Étude sur sept sons, 1951-2.
[UE, Heugel, Amphion; CBS, Erato, Véga, Wergo.] □ P. Boulez, *Notes of an Apprenticeship* (1968), *Boulez on Music Today* (1971), *Conversations with Célestin Deliège* (1977), *Orientations: Collected Writings* (1986); P. Griffiths, *Boulez* (1978).

**Bozay, Attila** (1939-) Compositor húngaro. Estudou com Farkas na Academia de Budapeste (1958-62) e começou a compor peças estritamente seriais, sobretudo em pequenos gêneros instrumentais. Uma estada de seis meses em Paris em 1967 conduziu-o a um estilo mais solto e a movimentos mais largos. [Editio Musica.]

**Brand, Max** (1896-) Compositor polonês-americano. Estudou com Schreker em Viena e Berlim, alcançando o sucesso com *Maschnist Hopkins* (*Duisburg, 1929), ao mesmo tempo uma ZEITOPER e uma fantasia surrealista: as máquinas estão entre os personagens cantores. Com o advento do governo nazista, fugiu via Suíça e Rio de Janeiro para os Estados Unidos, aonde chegou em 1940 e onde continuou a compor, sobretudo para o meio teatral.

**Brant, Henry** (1913-) Compositor canadense-americano. Estudou no Conservatório Mcgill, antes de estabelecer-se em 1929 em Nova York, onde continuou os estudos formais, além de ter aulas particulares com Riegger e Antheil. Ganhava a vida como arranjador, mais tarde também como professor universitário, enquanto escrevia obras para conjuntos não-convencionais. Suas primeiras obras incluem *Angels and Devils*, para solo de flauta e 10 instrumentos da família da flauta (1931), e *Music for a Five and Dime Store*, para violino, piano e utensílios de cozinha (1923). Desde *Antifony 1* (1953) tem-se interessado por MÚSICA ESPACIAL para conjuntos separados no espaço e no estilo.

**Brecht, Bertolt** (1898-1956) Teatrólogo e poeta alemão. Invertendo a relação normal entre compositor e libretista, ele via a música como um meio de acrescentar força a determinados momentos de uma peça, com o drama falado continuando mais importante e, em geral, apresentando uma parábola de forte sentido social. WEILL e HINDEMITH, com quem ele trabalhou em fins dos anos 20 e início dos 30, não pensavam exatamente do mesmo modo artístico e político. Nos últimos anos, Brecht trabalhou mais produtivamente com EISLER e DESSAU.

**Brian, Havergal** (1876-1972) Compositor inglês. Sobretudo autodidata, sobressaiu-se antes da Primeira Guerra Mundial como compositor de música coral e orquestral, mas depois desapareceu da atenção do público, a não ser como colaborador da revista *Musical Opinion*. Continuou, no entanto, a compor óperas e sinfonias em grande escala, num estilo romântico bruscamente individual, até que na década de 60 o interesse por ele foi revivido por SIMPSON e outros admiradores: sua sinfonia *Gothic* (classificada como n.º 1) para grande aparato vocal e orquestral (1919-27) teve a primeira apresentação em 1961. Seguiram-se mais sinfonias, a última, a n.º 32, escrita aos 92 anos de idade.

□ M. Macdonald, *The Symphonies of Brian Havergal*, 3 vols. (1974-83); R. Nettel, *Brian Havergal and his Music* (1976).

**Bridge, Frank** (1879-1941) Compositor inglês. Estudou com Stanford no Royal College of Music e começou como compositor no âmbito da escola inglesa, também representada por Bax e Ireland. Mas, depois, em sua Sonata para piano (1921-4), começou a explorar um estilo harmônico mais deliberadamente dissonante, embora ainda refinado, que se aproximava do de Berg, em seus Terceiro e Quarto Quartetos. Britten foi seu aluno particular.
*Orquestral*: The Sea, 1910-1; Summer, 1914; Enter Spring, 1927; Oration, vc, orq, 1930; Phantasm, pn, orq, 1931; Rebus Overture, 1940.
*Quartetos de cordas*: Phantasie Qt, fá, 1905; mi, 1906; sol, 1915; n.º 3, 1926; n.º 4, 1937.
*Outras obras de câmara*: Quinteto para pn, 1904-12; Sonata para vn, 1932.
Corais, muitas canções, música para piano [Boosey, Faber; Argo, EMI.]
□ A. Payne, *Frank Bridge* (1984).

**Britten, Benjamin** (1913-76) Compositor inglês. Foi o mais destacado compositor inglês de sua época, reagindo contra a tradição pastoril predominante e extraindo estímulo do passado inglês (especialmente Purcell) e do presente europeu (especialmente Stravinsky e Bartók). Contribuiu com mais óperas para o repertório internacional que qualquer outro compositor desde a geração de Strauss e Puccini, conquistando vasta admiração por suas canções e corais; mas, apesar do número relativamente menor, suas obras orquestrais e de câmara, a maioria composta antes de 1945, talvez sejam ainda mais notáveis.

Britten nasceu em Lowestoft, não muito longe da terra que acabou adotando, ALDEBURGH, e compôs copiosamente desde os cinco anos de idade. Aos 13 começou os estudos com Bridge e, mais tarde, em 1930, ingressou no Royal College of Music, estudando piano e composição. Depois de ouvir *Wozzeck*, em 1934, visitou Viena e concebeu o plano de estudar com Berg, mas não deu certo. Em vez disso, começou a trabalhar em 1935, compondo música para filmes documentários feitos pelo Departamento Geral de Correios. Auden pertencia à mesma equipe e tornou-se seu colaborador também em peças para concerto, principalmente o "ciclo sinfônico" *Our Hunting Fathers*. Esta e outras obras de fins da década de 30, como as *Bridge Variations* para cordas, renderam-lhe a fama de *enfant terrible*, sensível a perigosas influências continentais e com talento para uma aguda sátira musical.

Em 1930, partiu para os EUA com o tenor Peter Pears, seu companheiro para o resto da vida e cantor para o qual foram compostas muitas de suas músicas e papéis principais em óperas: a exuberante música dos *Michelangelo Sonnets* (1940) foi a primeira dessas obras para Pears, assinalando uma intimidade também evidente na *Sinfonia da requiem* e no Primeiro Quarteto. Embora o período americano fosse criativamente produtivo, Britten sentiu desejo de retornar à sua terra quando um artigo de revista lhe chamou a atenção para o poeta George Crabbe, de Suffolk. Atravessou o Atlântico em 1942 e em 1944 iniciou sua ópera PETER GRIMES, baseada em Crabbe.

Essa obra logo estabeleceu seu talento para a ópera, caracterizado por musicar versos de um modo ao mesmo tempo extravagante e apropriado, à maneira de Purcell, por criar a atmosfera mediante interlúdios orquestrais, pela habilidade de conceber personagens musicais marcantes, mesmo nos mais ínfimos papéis, e pelo profundo envolvimento pessoal com a figura central. Na maioria das últimas óperas também há uma nítida comunhão de sentimentos entre o compositor e seu personagem principal (Lucrécia, Billy Budd, a Governanta em *The* TURN OF THE SCREW, Owen Wingrave, Aschenbach, em DEATH IN VENICE), e é isto que cria uma sensação de intimidade quase confessional, rara na ópera.

Talvez porque contribuísse para essa intimidade, Britten preferiu o gênero da ópera de câmara, para poucos cantores e uma orquestra de cerca de doze instrumentistas: O Grupo de Ópera Inglesa desenvolveu-se a partir de um desses primeiros trabalhos, *The* RAPE OF LUCRETIA (1946), e para ele compôs ALBERT HERRING, *The Little Sweep*, *The* TURN OF THE SCREW, *A* MIDSUMMER NIGHT'S DREAM e as 3 PARABLES FOR CHURCH PERFORMANCE. Em 1948, criou para si outro ambiente fechado no Festival de Aldeburgh, onde muitas de suas obras foram apresentadas pela primeira vez.

Contudo, atuou também em formas e arenas maiores. Além das óperas de câmara, fez trabalhos em grande escala para o Covent Garden, BILLY BUDD e GLORIANA; e ainda o imponente WAR REQUIEM, expressão principal de seu pacifismo. Tampouco tapava os ouvidos para os novos desenvolvimentos da música. Em essência, sua personalidade musical pouco mudou desde as primeiras composições, mas ele explorou possibilidades de composição dodecafônica num contexto diatônico em *The* TURN OF THE SCREW e outras obras daquele período, e as parábolas eclesiásticas revelam sua resposta à voga de conjuntos mistos. Seu último trabalho, o Quarteto nº 3, revela-o voltando-se de novo para os desafios da composição instrumental em grande escala, que forçosamente fora negligenciada durante os 30 anos de concentração na ópera e na canção. Foi uma de suas mais refinadas realizações.

*Óperas*: Paul Bunyan, 1941; PETER GRIMES, 1944-5; The RAPE OF LUCRETIA, 1946; ALBERT HERRING, 1947; The Beggar's Opera (inspirada em Gay), 1948; The Little Sweep, 1949; BILLY BUDD, 1951; GLORIANA, 1953; The TURN OF THE SCREW, 1954; Noye's Fludde, 1957; A MIDSUMMER NIGHT'S DREAM, 1960; Curlew River, 1964; The Burning Fiery Furnace, 1966; Prodigal Son, 1968; OWEN WINGRAVE, 1970; DEATH IN VENICE, 1973.

*Vocal orquestral*: Our Hunting Fathers, S/T, orq, 1936; Ballad of Heroes, T/S, cordas, 1939; Les illuminations (Rimbaud), S/T, cordas, 1939; Serenade, T, tpa, cordas, 1943; St Nicholas, solistas, coro, orq, 1948; Spring Simphony, S, A, T, vozes de meninos, coro, orq, 1949; Nocturne, T, orq, 1958; Academic cantata, S, A, T, B, coro, orq, 1959; WAR REQUIEM, S, T, B, vozes de meninos, coro, orq, 1961; Cantata misericordium, T, Bar, coro, orq, 1963; Phaedra, Mez, orq, 1975.

*Orquestral*: Sinfonietta, orq de câmara, 1932; Simple Sym, cordas, 1933-4; Bridge Variations, cordas, 1937; Concerto para Piano, 1938; Concerto para Violino, 1939; Diversions, pn (mão esquerda), orq, 1940; Sinfonia da requiem, 1940; Prelude and Fugue, cordas, 1943; The Young Person's Guide to the Orchestra, 1946; the Prince of the Pagodas, balé, 1956; Sinfonia para Violoncelo, vc, orq, 1963.

*Coral*: A Boy was Born, 1933; Hymn to St Cecilia, A Ceremony of Carols, vozes de meninos, harpa, 1942; Rejoice in the Lamb, coro, órg., 1943; Festival Te Deum, coro, órg, 1944; Five Flower Songs, 1950; Missa brevis, vozes de meninos, órg 1959; Voices for Today, 1965; The Golden Vanity, vozes de meninos, pn, 1966; Children's Crusade, vozes de crianças, instrs, 1968.

*Câmara*: Quarteto para Cordas em Ré, 1931, rev. 1974; Fantasia, Quarteto para oboé, 1932; Quarteto para Cordas nº 1, ré, 1941; Quarteto para Cordas nº 2, dó, 1945; Lachrymae, viola, pn, 1950; Sixs Metamorphoses after Ovidio, oboé, 1951; Sonata, dó, vc, pn, 1961; Suítes nºs 1-3, vc, 1964, 1967, 1972; Suíte, harpa, 1969; Quarteto para Cordas nº 3, 1975.

*Ciclos de canções com piano*: On This Island (Auden), 1937; Seven sonnets of Michelangelo, 1940; The Holly Sonnets of John Donne, 1945; A Charm of Lullabies, 1947; Winter Words (Hardy), 1953; Sechs Hölderlin-Fragmente, 1958; Gemini Variations, vn, fl, 2 pns, 1965; The Poets's Echo (Puchkin); Who are these Children?, 1969.

*Cânticos*: I, My Beloved is Mine (Quarles), S/T, pn, 1947; II, ABRAHAM AND ISAAC, A, T, pn, 1952; III Still Falls the Rain (E. Sitwell), T, Tpa, pn, 1954; IV, The Journey of the Magi (Eliot), Contralto, T, Bar., pn, 1971; IV, The Death of St Narcisuss (Eliot), T, harpa, 1974. [Boosey, Faber; Decca.]

☐ P. Evans, *A Música de Benjamin Britten* (1979); M. Kennedy, *Britten* (1981).

**Brouwer, Leo** (1939-) Compositor e violonista cubano. Estudou nos EUA, embora fosse mais marcado pela música que ouviu em 1961 no Festival de Outono de Varsóvia. Depois da volta a Havana, no final daquele ano, ensinou composição, sofreu influência de compositores que visitaram Cuba (Nono em 1967, Henze em 1969-70) e compôs obras de sincero arrojo, coerente com sua posição de artista numa sociedade revolucionária.

**Brown, Earle** (1926-) Compositor americano. Estudou na Schillinger School em Boston e no início dos anos 50 esteve muito ligado a Cage. Nesse período, foi pioneiro da NOTAÇÃO GRÁFICA (*Folio*, 1952-3), NOTAÇÃO TEMPO-ESPACIAL e FORMA MÓVEL (*Twenty-Five Pages*, 1953). As obras posteriores são, em geral, mais plenamente compostas, embora ainda com elementos aleatórios; a maioria é para conjuntos instrumentais, abrangendo de 2 a 3 pianos (*Corroboree*, 1964) à orquestra (*Availlable Forms II*, 1961-2; *Modules I-III*, 1967-9; *Time Spaces*, 1972-3; *Cross Sections* e *Color Fields*, 1973-5). [AMP, Schott, UE; Mainstream.]

**bruitismo** Termo originalmente francês, *bruitisme* (de *bruit* = "ruído"), denotando o sentido de barulho, como na música do FUTURISMO, etc.

**Bruneau, Alfred** (1857-1934) Compositor francês. Discípulo de Massenet no Conservatório de Paris, trabalhou com Zola em várias óperas, influenciado pelo verismo, a orquestra de Wagner e o lirismo de seu professor. Novas obras compostas por ele foram regularmente apresentadas na Ópera de Paris e na Opéra Comique de fins da década de 1890 até a de 30, mas não se difundiram nem perduraram.

**Bryars, Gavin** (1943-) Compositor inglês. Em 1968, ensinou filosofia na Universidade de Sheffield e trabalhou na Universidade de Illinois. Admirador de Satie, da baixa arte e do iconoclasmo americano, é um dos primeiros compositores experimentais da Inglaterra. Suas obras são muitas vezes lentas, repetitivas e criadas com um humor extravagante. Incluem *The Sinking of the Titanic*, para formação variada, e a ópera *Medea* (*Lyons, 1984). [Experimental Music Catalogue; Obscure.]

**Buch der hängenden Gärten, Das** (O livro dos jardins suspensos) Ciclo de 15 músicas de Schoenberg com poemas de Stefan George, evocativos de amor erótico numa paisagem fantástica. Estes e o Segundo Quarteto para Cordas foram as obras em que Schoenberg aboliu pela primeira vez a tonalidade; as canções tiveram início em março de 1908. *Martha Winternitz Dorda, Etta Werndorff, Viena, 14 jan 1910.

**Buller, John** (1927-) Compositor inglês. Só iniciou os estudos de composição em 1959, com Milner, e começou a chamar a atenção apenas no início da década de 70, quando produziu uma seqüência de comentários, tipo Berio, sobre *Finnegans Wake*, sobretudo *The Mime of Mike, Nick and the Maggies*, para solistas, coro e conjunto (1977). As obras posteriores incluem *Proença*, para mezzo-soprano, guitarra elétrica e orquestra (1977), uma exaltada canção de amor e lamento à civilização provençal. [G. Schirmer; Unicorn.]

**Burgon, Geoffrey** (1941-) Compositor inglês. Estudou com Wishart e Berkeley, e fez sucesso como compositor de temas musicais para televisão. Entre outras obras, em abrangente estilo diatônico, um Requiem (1976).

**Burian, Emil Frantisek** (1904-59) Compositor tcheco. Estudou com Foerster no Conservatório de Praga e compôs suas primeiras óperas em estilo straussiano. Em 1925, porém, caiu sob a influência do jazz, do dadaísmo e dos Seis. Seu Conjunto de Vozes, ativo desde 1927 até a guerra, fazia apresentações de expressão não-verbal sustentada por piano, percussão e grupo de jazz. Enquanto isso, suas óperas *A Guerra* (1935) e *Maryša* (1938, *Barítono, 1940) mostravam a influência de Janáček. Depois da guerra, abraçou o REALISMO SOCIALISTA.

**Burkhard, Willy** (1900-55) Compositor suíço. Estudou em Berna, Leipzig, Munique e Paris, depois retornou à Suíça como professor e compositor. Influenciado por Hindemith e Bartók, desenvolveu um rigoroso estilo polifônico, muitas vezes baseado em moldes eclesiásticos e apelando para os princípios da forma bachiana. Muitas de suas obras mais importantes foram de caráter oratório, entre elas *Das Gesicht Jesajas* (1933-5), *Das Jahr* (1942) e a Missa (1951). Outras obras incluem a ópera *Die schwarze Spinne* (1948, *Zurique, 1949) e música de câmara e orquestral em gêneros clássicos. [Bärenreiter, UE, Schott, Hug.]

**Bush, Alan** (1900-) Compositor inglês. Estudou na Royal Academy of Music, com Ireland, e na Universidade de Berlim (1929-31). Em 1925, começou a ensinar na RAM; também fundou a Worker's Music Association, em 1936. Suas primeiras obras, principalmente *Dialectic*, para quarteto de cordas (1929), distinguem-se por um consistente trabalho temático em estilo de contraponto dissonante, influenciado por Schoenberg, Bartók e Hindemith. Após a guerra, simplificou deliberadamente o estilo e produziu uma série de óperas que, transmitindo com vigor suas simpatias comunistas, fez mais sucesso na Alemanha Oriental do que na Grã-Bretanha. Entre elas, incluem-se *Wat Tyler* (*Leipzig, 1953), *Men of Blackmoor* (*Oxford, 1960), *The Sugar Reapers* (*Leipzig, 1966) e *Joe Hill* (*Berlim, 1970).

□ A. Bush, *In my Seventh Decade* (1970), *In my Eighth Decade* (1980).

**Busoni, Ferruccio** (1866-1924) Compositor e pianista ítalo-germânico. Desfrutando de uma bem-sucedida carreira desde os 7 anos (compositor desde os 11), viajou bastante antes de estabelecer-se em Berlim, em 1894. Ali, ensinou na Academia Prussiana, regeu concertos de música contemporânea, escreveu um extraordinariamente avançado *Esboço de uma Nova Estética Musical* (1907, traduzido para o inglês como *Three Classics in the Aesthetic of Music*, Nova York, 1962), continuou uma monumental seqüência de adaptações de Bach e compôs óperas, obras orquestrais e música para piano.

Sua produção é tão diversificada quanto a de Liszt, a quem muito admirava. A princípio, seus horizontes foram limitados por Mendelssohn, Schumann e Brahms, mas em seu *Konzertstück*, para piano e orquestra (1890), partiu para o neoclassicismo (que chamava de "*junge Klassizität*"), tomando Bach e Mozart como modelos de clareza. Contudo, os aspectos clássicos de sua arte tendem a impor-se numa música que aponta para muitas direções diferentes: volta ao séc. XIX, avança com Debussy e Schoenberg, cruza Reger. Interessou-se por tudo — até mesmo, no *Esboço*, pela novíssima possibilidade da música eletrônica — e, em vez de combinar livremente seus interesses, como fazia o contemporâneo Ives, usava um para equilibrar o outro. Muito apropriadamente, sua obra máxima foi um estudo da sede de saber em sua mais festejada forma, a lenda de Fausto. Muitas das obras posteriores, entre elas a quase atonal Sonatina nº 2, são satélites dessa ópera.

*Óperas*: Die Brautwahl, 1908-10, *Hamburgo; Arlecchino, 1914-16, *Zurique, 1917; Turandot, 1917, *Zurique, 1917; DOKTOR FAUST, 1916-24.

*Orquestral*: Konzertstück, pn, orq, 1890; Concerto para Piano, 1903-4; Berceuse élégiaque, 1909; Nocturne symphonique, 1912; Indianische Fantasie, pn, orq, 1913; Indianisches tagebuch, livro 2, 1915; Concertino para Clarinete, 1919; Divertimento, fl, orq, 1920.

*Piano*: Elegien, 1907; Fantasia contrappuntistica, 1910-2, também versões também para 2 pns e órg.; Sonatinas: nº 1, 1910; nº 2, 1912; nº 3, 1916; nº 4, 1917; nº 5, 1919; nº 6, 1920; Indianisches Tagebuch, livro 1, 1915; Toccata, 1921. [Breitkopf.]

□ E.J. Dent, *Ferruccio Busoni* (1933, rev. 1974).

**Bussotti, Sylvano** (1931-) Compositor italiano. Estudou em criança no Conservatório de Florença, depois estudou composição independentemente, antes de ter aulas com Deutsch,

em Paris (1957). Boulez e Cage foram importantes para ele, gerando um conflito de interesses, expresso brilhantemente em suas primeiras publicações, *Sette fogli* e as 5 Peças para David Tudor (ambas de 1959): é música de frágil beleza e grandes gestos, intensa violência, terno calor e extremo virtuosismo. As obras posteriores continuaram a revelar uma personalidade de fascinante sensualidade.
*Teatro*: La passion selon Sade, *Estocolmo, 1969; Lorenzaccio, ópera, *Veneza, 1972; Bergkristall, balé, *Roma, 1974; Nottetempo, ópera, *Milão, 1976; La racine, 1980.
*Outras obras*: Sette fogli (Couple, fl, pn; Coeur, percussão; Per tre sul piano: Lettura di Braibanti, voz; Mobile-stabile, voz, pn, violões; Manifesto per Kalinowski, ensemble; Sensitivo, instrumento de corda solo), 1959; Five pieces for David Tudor, pn, 1959; Memoria, vozes, orq, 1962; The Rara Requiem, vozes, orq, 1969-70. [Bruzzichelli, Moeck, Ricordi, UE; DG, Itália.]

**Butterley, Nigel** (1935-) Compositor australiano. Estudou no New South Wales State Conservatorium (a cuja equipe se juntou mais tarde) e com Rainier em Londres. *In the Head of Fire*, para o rádio (1966), logo fez sucesso por seu tratamento dramático de textos religiosos com todos os recursos da música vocal, instrumental e eletrônica de estúdio. As obras posteriores são, na maioria, para orquestra ou pequeno conjunto.

**Butterworth, George** (1885-1916) Compositor inglês. Íntimo colaborador de Vaughan Williams, a quem acompanhava nas expedições para estudar música folclórica. Sua pequena produção editada — compreendendo uma rapsódia orquestral, *A Shropshire Lad*, baseada em Housman, 2 grupos de canções com letras do mesmo poeta, e 3 idílios orquestrais sobre melodias folclóricas — data de 1911-3. Em 1914, abandonou a música para entrar no exército; morreu em ação.

# C

**cabaré** Diversão picante oferecida por casas noturnas, dos anos 1880 aos anos 30, sobretudo em Paris e Berlim. O primeiro ambiente de cabaré foi o do "Chat Noir" em Paris, inaugurado em 1891 como um espaço para que artistas de vanguarda se encontrassem e criassem entretenimentos sofisticados: Satie era seu pianista fixo, compunha peças e canções para o ambiente. Em Berlim, a iniciativa coube ao "Überbrettl", que abriu suas portas em 1901, tendo Schoenberg como um de seus primeiros músicos (compôs *7 Brettlieder*, antes de voltar para Viena em 1903). Após a guerra, os cabarés ofereceram um meio natural para o jazz importado e nativo. Em Paris, o principal ponto de encontro era "Le Boeuf sur le Toit", que pode ter dado seu nome ao balé de Milhaud, ou vice-versa; de qualquer modo, o local contribuiu para a absorção do jazz por Milhaud, Poulenc e outros. Enquanto isso, a arte do cabaré de Munique e Berlim tornava-se cada vez mais política, proporcionando parte essencial do *background* para Brecht, Weill e Eisler.

□ L. Appignanesi, *The Cabaret* (1976).

**Cadman, Charles** (1881-1946) Compositor americano. Começou recolhendo músicas indianas em 1909 e usou-as, dentro de um estilo firmemente oitocentista, em sua música, que inclui a ópera *Shanewis* (*Nova York, 1918).

**Cage, John** (1912-) Compositor americano. Com um simples passo — a negação da intenção como necessária à composição —, ele mudou, mais radicalmente que qualquer outro músico do século, a maneira de se ver a música. Deixando que as decisões se fizessem por OPERAÇÕES CASUAIS, admitindo a INDETERMINAÇÃO nos atos de composição e execução e abrindo sua música a todas as diversidades de materiais, produziu um conjunto de obras de admirável variedade; no entanto, a grande liberdade de sua arte imprimiu na maioria delas o perfil de uma personalidade distinta: franca, aberta e de alegre disposição. Sua obra tem exercido enorme influência.

Nascido em Los Angeles, viajou pela Europa em 1930-1, depois estudou com Cowell em Nova York e com Schoenberg na Califórnia (1934). Desse período datam suas primeiras obras, ensaios em composição dodecafônica não-serial. Em 1937, mudou-se para Seattle, onde organizou uma orquestra de percussão, como tornou a fazer em San Francisco (1939-41), Chicago (1941-2) e Nova York (sua cidade desde 1942). A maior parte de sua música passou a consistir em peças para conjunto de percussão, e seus métodos dodecafônicos deram lugar a princípios construtivos baseados em proporções rítmicas. A *First Construction (in Metal)* para 6 intérpretes (1939), por exemplo, tem uma estrutura rítmica de 4 + 3 + 2 + 3 + 4 unidades, com toda a forma assim demarcada em unidades de 16 compassos, e cada seção de 16 compassos dividida do mesmo modo. Pulsação, heterofonia e partitura percussiva criam juntas uma sugestão de música de gamelão, embora a influência também possa ter vindo de ANTHEIL.

Em seus materiais, as peças para percussão já mostram a disposição de Cage a aceitar o não-ortodoxo: há latas de conserva ao lado dos instrumentos mais comuns; também há aparelhos elétricos, usados pela primeira vez em obras de composição (gravações de freqüência em toca-discos de rotação variável em *Imaginary Landscape n.º 1*, de 1939; tudo isso e mais osciladores, uma cigarra e uma bobina elétrica amplificada no n.º 3 da série). Outra inovação foi o PIANO PREPARADO, que era na verdade uma orquestra de percussão para espaços limitados. Na década de 40, foi este o principal recurso de Cage, usado em partituras de dança (trabalhou muitas vezes com companhias de balé, sobretudo a de Merce Cunningham) e nos concertos que culminaram nas Sonatas e Interlúdios, influenciados pelo pensamento indiano. A limitação do piano preparado a um número relativamente pequeno de sonoridades também teve seu efeito no austero e hipnótico Quarteto de Cordas.

O entusiasmo de Cage pelas filosofias asiáticas levou-o, em fins da década de 40, a um rigoroso estudo do zen-budismo. Isso, por sua vez, levou-o à arte da não-intenção, que ele praticava lançando moedas para fazer escolhas de timbre, duração de tempo e variações de sons (*Music of Changes*, 1951), compondo para os imprevisíveis sons dos receptores de rádio (*Imaginary Landscape n.º 4*, 1951), ou utilizando apenas o SILÊNCIO (*4'33"*, 1952). Estava aberta a porta para uma vasta gama de operações casuais, reunidas na obra-prima da indeterminação, o Concerto para Piano e Orquestra (1957-8).

Na década de 60, estava mais interessado em eletrônica viva, sobretudo na *Cartridge Music*, para pequenos sons amplificados, na seqüência de *Variations* (excessivamente cautelosas, mas que têm sido usadas com freqüência como sugestões para execução eletrônica, por exemplo, por seu parceiro de longa data David Tudor). Também desenvolveu o desejo de incluir o máximo possível de MEIOS MISTOS nas peças, estendendo-se a 7 cravos amplificados, múltiplas fitas magnéticas e efeitos de luz em *HPSCHD*. As obras posteriores recorreram a todo o alcance de sua experiência, desde a composição aleatória com notação convencional (*Études australes* para piano, *Chorals* para violino) à notação gráfica para orquestra (*Renga*) e à descrição verbal de experiências com materiais naturais (*Branchs* para materiais vegetais amplificados, *Inlets* para conchas cheias d'água).

*Peças cromáticas*: Solo e 6 Short Inventions, 3 ou mais instrumentos, 1933; Sonata, cl, 1933; Sonata para 2 vozes, 1933; Composição para 3 vozes, 1934.

*Conjunto de percussão*: Quarteto, 1935; Trio, 1936; First Construction (in Metal), 6 intérpretes, 1939; Imaginary Landscape n.º 1, 4 intérpretes, 1939; Living Room Music, 4 intérpretes-falantes, 1940; Second Construction, 4 intérpretes, 1940; Double Music (com Lou Harrison), 4 intérpretes, 1941; Third Construction, 4 intérpretes, 1941; Credo in Us, 4 intérpretes, 1942; Imaginary Landscape n.º 3, 6 intérpretes, 1942; Amores, 3 intérpretes, 1943.

*Piano preparado*: Bacchanale, 1940; And the Earth Shall Bear Again, 1942; In the Name of the Holocaust, 1942; Tossed as it is Untroubled, 1943; Totem Ancestor, 1943; The Periculous Night, 1943-4; A Book of Music, 2 pianos preparados, 1944; Prelude for Meditation, 1944; Root of an Unfocus, 1944; The Unavailable Memory of, 1944; A Valentine out of Season, 1944; Three Dances, 2 pns preparados, 1944-5; Daughters of the Lonesome Isle, 1945; Mysterious Adventure, 1945; Music for Marcel Duchamp, 1947; Sonates and Interludes, 1946-8.

*Outras obras de 1938-48*: Metamorphosis, pn, 1938; 5 Songs (Cummings), Alto, pn, 1938; Música para Instrumentos de sopro, quinteto, 1938; Forever and Sunsmell (Cummings), voz, 2 percussões, 1942; Primitive, cordas de piano, 1942; The Wonderful Widow of Eighteen Springs (Joyce), voz, pn fechado, 1942; Our Spring Will Come, pn, 1943; She is Asleep (Quarteto, 12 tambores indígenas americanos; Duet, voz, pn; A Room, pn/pn preparado), 1943; Experiences n.º 1, 2 pns, 1945; Ophelia, pn, 1946; Two Pieces, pn, 1946; Nocturne, vn, pn, 1947; The Seasons, orq/pn, 1947; Dream, pn, 1948; Experiences n.º 2 (Cummings), voz, 1948; In a Landscape, harpa/pn, 1948; Suite for Toy Piano, 1948.

*Obras de 1949-52*: Quart. de cordas, 1949-50; 6 Melodies, vn, pn, 1950; A Flower, v, pn fechado, 1950; Concerto, pn preparado, orq. de câmara, 1950-1; 16 Dances, 9 instrs, 1951; Imaginary Landscape n.º 4, 12 rádios; Music of Changes, pn, 1951; Two Pastorales, pn prep, 1951-2; Waiting, pn, 1952; Imaginary Landscape n.º 5, qualquer das 42 gravações, 1952; Seven Haiku, pn, 1952; Water Music,

pianista, 1952; Williams Mix, fita, 1952; For M.C e D.T., pn, 1952; 4'33'', qualquer cjto. instr., 1952.
*Obras posteriores* (seleção): Música para piano 1-84, 1952-6; 31'57.9864'', pn, 1954; 34'46.776'', pn, 1954; 26'1.1999'', intérprete de instr. de corda, 1953-5; 27'10.554'', perc. 1956; Winter Music, 1-20 pns, 1957; Concerto para Piano e Orquestra, 1957-8; Variations I, quaisquer meios, 1958; Fonte Mista, quaisquer meios, 1958; Aria, voz, 1958; Water Walk, apresentação de TV solo, 1959; Theatre Piece, 1960; Cartridge Music, sons amplificados, 1960; Variations II, quaisquer meios, 1961; Atlas eclipticalis, orq, 1961-2; Variations III, quaisquer meios, 1962-3; Variations IV, quaisquer meios, 1963; Variations V, apresentação audiovisual, 1965; Variations VI, pluralidade de sistemas sonoros, 1966; *HPSCHD*, 1-7 cravos, 1-51 fitas, outros meios *ad libitum*, 1967-9; Cheap Imitation, pn, 1969, orq, 1972; Song Books, v, 1970; Études australes, pn, 1974-5; Branches, materiais vegetais amplificados; Renga, orq, 1976; Inlets, conchas, fogo, 1977; Chorals, vn, 1978; Variations VIII, sem música, 1978; Hymns and Variations, 12 vozes, 1978; 30 Pieces for Five Orchestras, 1981; 30 Movements, qt. cordas, 1983. [Peters.]
☐ J. Cage, *Silence* (1961), *A Year from Monday* (1967), *M* (1973), *Empty Words* (1980), *For the Birds* (1981); R. Kostelanetz, ed., *John Cage* (1970); P. Griffiths, *Cage* (1981).

**Campo, Conrado del** (1878-1953) Compositor espanhol. Estudou no Conservatório de Madri, onde ensinou a partir de 1915. Suas obras compreendem muitos poemas tonais, influenciados pela música folclórica espanhola e por Strauss.

**cânone** Música em que uma parte melódica segue outra em curta distância de tempo. Normalmente vista como um teste de habilidade, a arte foi reintroduzida em obras de criação na virada do século por compositores que consideravam Bach um modelo, principalmente Reger e Busoni. Mais tarde, Schoenberg e seus seguidores descobriram nela uma técnica útil a serviço do SERIALISMO: a música em série de Webern é praticamente toda em cânone e Schoenberg tinha o hábito de compor breves cânones, seriais e tonais, como peças de ocasião. Tendências neoclássicas também estimularam o surto do cânone na música de Stravinsky, Bartók e Hindemith, enquanto Messiaen parece ter sido influenciado pela música medieval no uso do cânone mensural (por ele chamado de ''cânone rítmico''), que também se pode ver em Boulez e Davies.

**Cantata** Usada como título por Webern, Stravinsky e outros. As duas cantatas de Webern são remotamente bachianas, com recitativos e árias para solistas e corais, adaptando poemas de Jone, de íntima religiosidade mística. *Nº 1 Hooke, músicos da BBC/Rankl, Londres, 12 jul 1946; nº 2 Steingruber, Wiener, músicos da Rádio Belga/Häfner, Bruxelas, 23 jun 1950. As estrofes intercaladas de ''Lyke-Wake Dirge'' de Stravinsky, para coro feminino e quinteto instrumental, com árias canônicas e um dueto para soprano solo e tenor, também musicando poemas medievais ingleses. *regência de Stravinsky, Los Angeles, 11 nov 1952.

**Canticum sacrum ad honorem Sancti Marci nominis** (Canto sacro em honra do nome de São Marcos) Obra de Stravinsky para tenor e barítono solistas, com coro e uma orquestra simples que omite violinos, violoncelos, clarinetas e trompas. É uma curta liturgia marciana de força declamatória realçada por tramas proto-seriais. *regência de Stravinski, São Marcos, Veneza, 13 set 1956.

**Caplet, André** (1878-1925) Compositor francês. Estudou no Conservatório de Paris e tornou-se amigo de Debussy, a quem ajudou na orquestração de *Le martyre de Saint-Sébastien*. Sua obra compreende um concerto para violoncelo, *Epiphanie* (1923) e *Le miroir de Jésus*, para vozes femininas, harpa e cordas (também 1923). [Durand.]

**Capriccio** Ópera de Strauss e Clemens Krauss: a história do amor dividido de uma condessa por um poeta e um compositor, e, por meio disso, uma parábola das artes rivais engajadas na ópera. *Munique, 28 out 1942.

**caranguejo** *Ver* RETRÓGRADO.

**Cardew, Cornelius** (1936-81) Compositor inglês. Estudou na Royal Academy of Music (onde mais tarde ensinou) e com Stockhausen em Colônia, onde permaneceu para assistir à realização de CARRÉ. Suas primeiras obras estavam na linha das de Stockhausen e Boulez, mas depois, em 1958, aproximou-se de Cage, Brown e Feldman. Voltou à Inglaterra em 1961, onde se tornou o pivô da MÚSICA EXPERIMENTAL; tocou música improvisada com a AMM e escreveu 2 obras enormes: a composição de 193 páginas em NOTAÇÃO GRÁFICA *Treatise* e *The Great Learning*. Uma apresentação de parte desta obra em 1969 levou à formação da Scratch Orchestra, um grupo de músicos profissionais e amadores que se reuniam para executar peças libertárias deles mesmos e de outros. Em 1971, a Scratch Orchestra começou a adotar uma posição maoísta, e Cardew passou a repudiar Cage, Stockhausen e sua própria obra passada, voltando-se para arranjos de músicas revolucionárias chinesas e obras instrumentais em grande escala, baseadas em canções de protesto.

*Obras de 1955-62*: 3 Sonatas para Piano, 1955-8; 2 Books of Study for Pianists, 2 pns, 1958; Octet 1959, 8 instrs, 1959; Autumn '60, quaisquer instrs, 1960; February Pieces, pn, 1959-61; Octet '61, quaisquer instrs, 1961; Movement, orq, 1962.

*Obras de 1963-70*: Solo with Accompaniment, 2 intérpretes, 1964; Volo Solo, performance virtuosística, 1964; 2 Buns, orq, 1964-5; Three Winter Potatoes, pn, 1961-5; Treatise, partitura gráfica, 1963-7; The Great Learning, 7 parágrafos para diversos grupos, 1968-70.

*Obras de 1971-81*: Inúmeras canções de protesto e arranjos de material chinês; Piano Album 1973; Piano Album 1974; Thälmann Variations, pn, 1974; Vietnam Sonata, pn, 1976; Boolavogue, 2 pns, 1981; We Sing for the Future, pn, 1981. [Peters, UE, Experimental Musical Catalogue; DG, Cramps.]

☐ C. Cardew, *Scratch Music* (1972), *Stockhausen Serves Imperialism* (1974).

**Cardillac** Ópera de Hindemith e Ferdinand Lion, baseada em E. T. A. Hoffmann, composta como uma seqüência de números musicais em forma rigorosa. Cardillac é um joalheiro que mata para resgatar suas criações. *Dresden 9 nov 1926, rev. Zurique, 20 jun 1952.

**Carpenter, John Alden** (1876-1951) Compositor americano. Estudou em Harvard com Paine, depois juntou-se à empresa da família. Compôs uma encantadora suíte raveliana, *Adventures in a Perambulator* (1914), depois conquistou o reconhecimento pelo uso do jazz nos balés *Krazy Kat* (1921) e *Skyscrapers* (1923-4). As obras posteriores incluem 2 sinfonias e o poema sinfônico *Sea Drift* (1933). [G. Schirmer.]

**Carré** Obra de Stockhausen, ajudado por Cardew, para 4 orquestras e 4 coros, envolvida na maior parte com sons de longa duração. *Hamburgo, 28 out 1960.

**Carrillo, Julian** (1875-1965) Compositor mexicano. Estudou violino e composição na Cidade do México, em Ghent e Leipzig. Em 1924, começou a trabalhar com MICROTONS, a que chamava de "sonido 13" (isto é, além dos 12 normais). Seu Concertino para orquestra e sexteto misto microtonal (1927) foi encomendado por Stokowski e despertou muito interesse, através de apresentações em várias cidades americanas. Na década de 30, excursionou pelo México com um conjunto microtonal, a Orquestra Sonido 13; também projetou pianos em terço de tom, quarto de tom, etc., até 1/16 de tom, que foram construídos e exibidos na Exposição de Bruxelas de 1958. Até a sua morte, continuou compondo obras semitonais e microtonais em vários veículos, embora os sons incomuns não alterassem a natureza amplamente romântica e diatônica de sua música.

**Carter, Elliott** (1908-) Compositor americano. O elogio de Stravinsky ao seu Concerto Duplo (em *Dialogues and a Diary*, 1968) simboliza uma apreciação bem mais ampla dele como compositor cujos sons inventivos e enérgicos ressoam ousadamente numa música de grande complexidade métrica e textural — na verdade, um dos mais importantes compositores ainda em exercício depois que o próprio Stravinsky parou de compor.

Esse reconhecimento tardio combinou com o seu desenvolvimento tardio. Nascido em Nova York, Carter estudou em Harvard e com Boulanger em Paris (1932-5); também desfrutou da amizade de Ives desde a época em que tinha 16 anos. Mas não editou nada antes do balé *Pocahontas* (1936-9) e passou a década seguinte afastando-se do neoclassicismo tipo Stravinsky para deixar que suas linhas contrapontísticas cruzassem regiões atonais com a robusta independência de seu primeiro Quarteto (1951). Dentre as obras importantes ao longo dessa evolução destacam-se a ágil e límpida Sonata para Piano, que se encaixa na ressonância natural, o balé *The Minotaur*, que era um adeus a Stravinsky (e em particular à Sinfonia em Três Movimentos) e a Sonata para Violoncelo, exibindo o que se tornaria uma típica escolha de instrumentos como personagens de um drama abstrato.

Essa concepção, surgida talvez do Segundo Quarteto de Ives, é plenamente incorporada em seu Primeiro Quarteto, onde o debate entre os 4 intérpretes continua além mesmo das fronteiras dos 4 movimentos subjacentes. O anseio de uma mudança constante também está expresso na MODULAÇÃO MÉTRICA. No quarto de século seguinte, Carter explorou o novo estilo numa série de obras, todas em substanciais formas instrumentais. A idéia do diálogo continuou sendo importante: o Quarteto n.º 2 é orquestrado para 4 indivíduos, o Terceiro para 2 duos, e o elemento de diálogo é nítido nos concertos. Ao mesmo tempo, Carter começou a estabelecer seus personagens instrumentais por meios mais conscientes do que os que pareciam atuar no Quarteto n.º 1, trabalhando com estruturas harmônicas particularmente escolhidas e em formas construídas com mais firmeza. Isso é exemplificado pelo Concerto Duplo, onde o piano e o cravo solistas recebem diferentes unidades rítmicas e de intervalo, e diferentes acompanhamentos orquestrais. O efeito é a eliminação dos últimos vestígios da retórica do séc. XIX (ainda remanescente nas Variações orquestrais), deixando que os solistas falem uma nova língua brilhantemente móvel e própria.

O resultado alcançado com o Concerto Duplo é um tanto questionado pelo incomumente sombrio e fechado Concerto para Piano, mas a vivacidade da imaginação orquestral de Carter é mais uma vez insuperável no Concerto para Orquestra e em Uma Sinfonia de Três Orquestras (1976-7), a última composta no período em que ele retomou a composição vocal. Contudo, as obras vocais posteriores, todas acompanhadas por exuberantes conjuntos instrumentais, não revelam nenhum abrandamento em sua premência de movimento e atividade; ao contrário, suas palavras — simultaneamente em grego e inglês em *Syringa* — estimulam uma precipitada e característica euforia competitiva nas minúcias.

*Balés*: Pocahontas, 1936-9, *Balett Caravan, Nova York, 24 mai 1939; The Minotaur, 1947.

*Orquestrais*: Sinfonia n.º 1, 1942; Holiday Overture, 1944; Variations, 1953-5; Double Concert, cravo, pn, 2 orqs de câm., 1961; Concerto para Piano, 1969; Concerto para Orquestra, 1969; A Symphony of 3 Orchestras, 1976-7; Penthode, orq de câm, 1985.

*Coral*: Tarantela, TTBB, piano a 4 mãos, 1936; To Music, SSAATTBB, 1937; Heart not so Heavy as Mine, SATB, 1938; The Defense of Corinth, narrador, vozes masculinas, pn, dueto, 1941; The Harmony of Morning, SSAA, orq de câm, 1944; Musicians Wrestle Everywhere, SSATB, cordas *ad lib*, 1945; Emblems, TTBB, pn, 1947.

*Voz solo*: Tell me where is fancy bred, A, violão, 1938; Three Poems by Robert Frost, voz, pn, 1942; Warble for Lilac Time, S/T, pn/peq

orq, 1943; Voyage, Bar/Mezzo, pn, 1943, com orq, 1975; A Mirror on Which to Dwell, S, peq orq, 1975; Syringa, Mezzo, B, peq orq, 1978; In sleep, in thunder, T, peq orq, 1981. *Câmara*: Canonic Suite, 4 sax alto, 1939, rev. 4 cl, 1955-6; Pastoral, va/ca/cl, pn, 1940; Elegy, vc, pn, ?1942, arranjos para quarteto de cordas, orq de cordas e va, pn; Sonata para Piano, 1946; Quinteto de Sopros, 1948; Sonata, vc, pn, 1948; 8 Etudes and a Fantasy, fl, ob, cl, fag, 1949; 8 Pieces, timp, 1950, rev. 1966; Quarteto de Cordas n.º 1, 1951; Sonata, fl, ob, vc, cravo, 1952; Quarteto de cordas n.º 2, 1959; Quarteto de Cordas n.º 3, 1971; Canon for 3, 1971; Duo, vn, pn, 1974; Quinteto de Metais, 1974; A Fantasy on Purcell's Fantasia on One Note, quinteto de metais, 1974; Night Fantasies, pn, 1980; Triple Duo, fl, cl, pn, percussão, vn, vc, 1982-3; Changes, gui, 1983; Riconoscenza per Goffredo Petrassi, vn, 1984. [AMP; Columbia, Nonesuch.]
□ *The Writings of Elliott Carter,* ed. E. e K. Stone (1977); D. Schiff, *The Music of Elliott Carter* (1983).

**Casella, Alfredo** (1883-1947) Compositor italiano. Estudou no Conservatório de Paris (1896-1902), onde continuou vivendo, ligado a Ravel, Stravinsky e outros. Em 1915, regressou à Itália, onde passou a fazer campanha em favor da música contemporânea, o que continuou a fazer mais tarde. Suas primeiras obras eram bastante ecléticas; depois, em 1913-20, desenvolveu um estilo altamente cromático, influenciado por Stravinsky, Bartók e Schoenberg, a que sucedeu o neoclassicismo à Stravinsky.
*Óperas*: La donna serpente, 1928-31; *Roma, 1932; 2 outras.
*Orquestral*: Notte di maggio, voz, orq, 1913; Pagine di guerra, 1918; Pupazzetti, 1920; A notte alta, pn, orq, 1921; Partita, pn, orq, 1924-5; Concerto romano, órg, metais, tímpano, 1928; Scarlattiana, 1926; Concerto para um violino, 1928; Concerto Triplo, 1933; Concerto para vc, 1934-5; Concerto para orq, 1937; Conc, pn, percussão, corda, 1943.
*Outras obras*: Nove Peças para Piano, 1914; Pupazzetti, piano a 4 mãos, 1915; Sonatina para Piano, 1916; Cinco Peças, qt de cordas, 1920; Conc, cord, qt, 1923-4; Serenata, 5 instrs, 1927.

**Casken, John** (1949-) Compositor Inglês. Estudou na Universidade de Birghman e com Dobrowolski, em Varsóvia, onde absorveu a influência de Lutoslawski (dois quartetos mistos, *Music for the Crabbing Sun*, 1974, e *Music for a Tawny-Gold Day*, 1975-6). As obras posteriores, sobretudo seu Quarteto de Cordas (1980) e *Orion over Farne*, para orquestra (1984), revelam a ação de uma voz mais pessoalmente forte nas estruturas sinfônicas. [Schott; Wergo.]

**Caso Makropulos, O** (Věc Makropoulos) Ópera de Janáček, baseada na peça de Čapek, uma mistura de fantasia e cortante realismo em torno de um processo judicial impetrado por uma mulher que sobreviveu magicamente durante três séculos. *Brno, 18 dez 1926.

**Castelnuovo-Tedesco, Mario** (1895-1968) Compositor italiano. Estudou com Pizzetti no Conservatório de Florença e recebeu o apoio de Casella antes de sua mudança para os EUA, em 1939. É mais conhecido pelo encanto de sua música para guitarra, que inclui dois concertos; mas sua produção de mais de 200 obras com números de opus também inclui óperas sobre *O Mercador de Veneza* e *Tudo Está Bem Quando Acaba Bem*, e música para todas as canções de Shakespeare.

**Castelo de Barba-Azul, O** (A kékszabállú herceg vára) Ópera em um ato de Bartók e Béla Balázs, mostrando a chegada de Judite ao castelo do novo marido, sua insistência em abrir 7 portas fechadas e seu aprisionamento dentro do castelo quando conhece seus segredos. *Ópera de Budapeste, 24 mai 1918.

**Castiglioni, Niccolò** (1932-) Compositor italiano. Estudou em Milão, Salzburgo e Darmstadt, mas manteve-se afastado da vanguarda dos anos 50 e 60. Em vez de segui-la, desenvolveu um interesse então anacrônico pelo Romantismo tardio (*Aprèslude*). A posterior tendência bouleziana de obras como *A Solemn Music* e *Aleph* foi, em retrospecto, apenas um estágio no desenvolvimento de uma música de artifícios muito precisos, tipicamente de elaboradas estruturas desenvolvendo-se no agudíssimo, e de desdobramentos voluntariamente heterogêneos.

*Óperas*: Atraverso Lo Specchio, rádio, 1961; The Lords' Masque (Campiom), *Veneza, 1980; Obergon (Jonson), *Veneza, 1980.

*Orquestral*: Concertino per la notte di Natale, 1952; Impromptus 1-4, 1957-8; Movimento continuato, pn, 11 instrs, 1958-9; Aprèslude, 1959; Eine Kleine Weihnachtsmusik, 1959-60; Disegni, 1960; Rondels, 1961; Conc, 1962; Consonante, fl, orq câm, 1962; Décors, 1962; Synchromie, 1963; Caractères, 1963; Ode, 2 pns, orq, 1966; Masques, 12 instrs, 1967; Arabeschi, fl, pn, orq, 1971; Inverno In Ver, 1972; Quodlibet, pn, orq câm, 1976; Sinfonia con giardino, 1977-8; Doppio Coro, 10 instrs de sopro, 1978; Mottetto, 10 instrs de sopro, 1978; Couplets, cravo, orq, 1978-9; Morceaux lyriques, ob, orq, 1983.

*Vocal orquestral*: Gyro, coro, 9 instrs, 1963; A Solemn Music (Milton), S, orq, 1963, rev. 1965; Figure, S, orq, 1965; Canzoni, S, orq câm, 1966; Sinfonia em Dó, coro, orq, 1968; Dickinson-Lieder, S, orq, 1977; Le favole di Esopo, coro, orq, 1979; Sinfonietta, S, peq orq, 1980; Salmo 19, 2 S, coro, orq, 1980.

*Outras obras*: Inizio di movimento, pn, 1958; Tropi, 6 instrs, 1959; Cangianti, pn, 1959; Gymel, fl, pn, 1960; Divertimento, fita magnética, 1960; Aleph, ob, 1964; Sinfonie guerriere et amorose, órg, 1967; Três Peças, pn, 1978; Beth, cl, 5 instrs, 1979; Daleth, cl, pn, 1979; Così parlò Baldassare, S, 1980-81; Musica Vneukokvhaja, pic, 1981; Ommagio a Edvard Grieg, 2 pn, 1982. [Ricordi, Schott, Suvini Zerboni; Fonit Cetra.]

**Catalogue d'oiseaux** (Catálogo de pássaros) Ciclo de 13 peças para piano, de Messiaen, cada uma descritiva de um pássaro francês em seu hábitat. São as seguintes: *Le chocard des alpes* (Gralha dos Alpes), *Le loriot* (Verdilhão), *Le merle bleu* (Melro azul), *Le traquet stapazin* (Cartaxo-ruivo), *La chouette hulotte* (Coruja fulva), *L'alouette lulu* (Cotovia pequena), *La rousserolle effarvatte* (esp. de toutinegra), *L'alouette calandrelle* (Cotovia de pé pequeno), *La bouscarle* (esp. de toutinegra), *Le merle de roche* (Melro de rocha), *La buse variable* (Bútio), *Le traquet rieur* (Cartaxo-sorridente) e *Le courlis cendré* (Maçarico). *Loriod, Paris, 15 abr 1959.

**celesta** Instrumento com a forma de um pequeno piano vertical, cujos martelos percutem lâminas de metal, em vez de cordas. Comum nas orquestras e conjuntos do séc. XX, identificado na Música para Cordas, Percussão e Celesta, de Bartók.

**célula** Pequeno grupo de notas, MOTIVO. Pijper desenvolveu uma técnica de composição com células.

**cencerros** Chocalhos de vacas, de origem cubana, usados em música de dança latino-americana e por Messiaen.

**Centro de Música Eletrônica de Columbia-Princeton** Estúdios da Universidade da Columbia, em funcionamento desde 1960, que se distinguem pela presença do único Sintetizador de Som RCA e um quadro de pessoal que inclui Babbitt, Luening e Ussachevsky. Seleção da sua produção em CRI268.

**Cerha, Friedrich** (1926-) Compositor e regente austríaco. Estudou em Viena, e em 1958 fundou ali o conjunto Die REIHE (A série). Terminou o terceiro ato de LULU; entre suas obras, uma ópera com o texto de *Baal*, de Brecht (1974-9). [UE.]

**Chadwick, George** (1854-1931) Compositor americano. Estudou em Leipzig e Munique, depois voltou para Boston, em 1880, como compositor e professor. Influenciado tanto pela música francesa quanto pela alemã e revelando certo americanismo emergente, compôs livremente em todos os gêneros.

**Chanler, Theodore** (1902-61) Compositor americano. Estudou em Nova York, Cleveland, Oxford e com Boulanger em Paris, trabalhando depois como professor e crítico. Suas obras são modestas em número e escala; as canções são mais lembradas. [AMP, G. Schirmer.]

**Chant après chant** (Canto após canto) Composição do ciclo de Barraqué sobre *A Morte de Virgílio*, de Broch, orquestrada para soprano, piano e 6 percussionistas, que executam uma vasta gama de instrumentos. *Kal, Krist, Percussões de Strasbourg/Bruck, Estrasburgo, 23 jun 1966.

**Chávez, Carlos** (1899-1978) Compositor mexicano. Estudou piano com Ponce (1910-14), mas foi basicamente autodidata em composição. Chamou a atenção pela primeira vez com dois balés para vozes e orquestra sobre temas astecas, *El fuego nuevo* (1921) e *Los cuatro soles* (1925). Passou mais tarde um período em Nova York (1926-8), onde se ligou a Copland, Cowell, Varèse e outros. De volta ao México, tornou-se regente-fundador da Orquestra Sinfônica do México (1928-48), com a qual fez muitas primeiras apresentações. Em sua música, desenvolveu um estilo moderno-primitivo, influenciado por Varèse e incorporando algumas vezes temas indígenas (*Sinfonía india*, 1935-6, a segunda de suas sete sinfonias) ou instrumentos de percussão indígenas (*Xochipili* para 4 sopros e 6 percussões, 1940). [Mills, G. Schirmer, Boosey.]

**Chegamos ao Rio** (Wir erreichen den Fluss) "Ações para Música", de Henze e Edward Bond, uma extravagância antimilitarista e antiburguesa passada durante uma guerra civil imaginária. *Covent Garden, 12 jul 1976.

**Chihara, Paul** (1938-) Compositor americano de origem japonesa. Estudou em Cornell e com Schuller em Tanglewood, Boulanger em Paris e Pepping em Berlim; depois entrou para o corpo docente da UCLA. Sua música mostra um instinto oriental para as sutilezas de colorido, dentro de uma harmonia estática.

**Chou Wen-chung** (1923-) Compositor americano. Emigrou da China para os EUA em 1946 e estudou no Conservatório da Nova Inglaterra, na Universidade de Columbia e, particularmente, com Varèse (1949-54). Tornou-se o executor musical testamentário de Varèse, de quem concluiu o inacabado *Noturno*, além de editar partituras corrigidas de outras obras; em 1972, foi nomeado professor da Universidade de Columbia. Suas obras pessoais mesclam traços varesianos e chineses.

**Chowning, John** (1934-) Compositor americano. Estudou na Universidade de Stanford e em Paris com Boulanger. Em 1975, tornou-se diretor do Centro de Pesquisa Computadorizada de Música e Acústica, onde trabalhou com sutis distinções timbrística, obteníveis através da síntese do som por computador. Entre suas obras estão *Stria* (1977) e *Phoné* (1981).

**Christou, Jani** (1926-70) Compositor grego. Criado e educado em Alexandria, estudou em Cambridge (Inglaterra), estabelecendo-se na Grécia em 1960; morreu precocemente num acidente de carro. Influenciado pela psicologia junguiana, passou de uma primeira fase eclética a um frenético estilo pós-serial (oratório *Línguas de Fogo*, 1964), depois a um prolífico período final em que a maioria das obras trazia o título de "*anaparastasis*" (reatamento) e eram exercícios de terapia de grupo para os intérpretes.

**cifra** Tradução de palavras em música, em geral com base em nomes de notas; tem sido muitas vezes associada, no séc. XX, a homenagens dedicadas por um compositor a outro, p. ex., o motivo BACH em Schoenberg e Webern, ou a uma "assinatura musical" do autor, p. ex., o uso por Shostakovich de suas iniciais DSCH na Décima Sinfonia e outras obras. (A segunda letra fica correspondendo ao mi bemol, o "Es" germânico.) Outros casos de cifras usando o sistema de 9 letras — A-H*, onde B = si bemol e H = si bequadro, mais S — são o Concerto de Câmara de Berg, onde ele codifica os nomes SCHoEnBErg, wEBErn e BErg, e sua Suíte Lírica, onde introduz suas iniciais junto às da amante Hanna Fuchs-Robettin. O Terceiro Concerto de Câmara de Musgrave usa as equivalências de Berg para os nomes dos três compositores, e Busotti apela para um patrono intelectual diferente com a cifra D-E-E bemol-A-D-E de sua *La passion selon Sade*. A adição de nomes de notas oriundos do uso francês pode estender o alfabeto, como na *Messagesquisse* sobre o nome de Sacher (E bemol-A-C-B-E-E-D, onde D corresponde ao *Ré*).

Cifras mais abrangentes tornam-se possíveis quando se encontram os equivalentes nos tons para todas as letras, o que pode ser feito repetindo-se as 7 ou 8 notas comuns ao longo do alfabeto (isto é, as notas lá e sol, [na notação inglesa] representam A-G, H-N, etc., ou, então. lá a si bequadro [na notação alemã] representam A-H, I-P, etc. Esses sistemas foram usados por vários compositores parisienses nas comemorações do centenário da morte de Haydn (Debussy, Ravel, Dukas, Hahn, d'Indy), na morte de Fauré e Roussel. A homenagem de Honegger a Roussel baseia-se num alfabeto de 26 alturas estipuladas (não classes de alturas), e Messiaen usou um alfabeto semelhante, embora também definindo durações, para incluir trechos de Tomás de Aquino em sua *Méditations sur le mystère de la Sainte Trinité* e *Des canyons aux étoiles*...

* A = lá, B = si bemol, C = dó, D = ré, E = mi, F = fá, G = sol, H = si bequadro, na notação alemã; para os ingleses, B = si bequadro, não havendo o H. (N. E.)

**Cikker, Ján** (1911-) Compositor eslovaco. Estudou com Novák no Conservatório de Praga, depois ensinou em Bratislava. É um dos mais bem-sucedidos compositores de ópera de seu tempo na Europa oriental, trabalhando num estilo dodecafônico livre ardentemente expressivo. Entre suas óperas, *Ressurreição* (1962) e *Coriolano* (1972).

**Cilea, Francesco** (1806-1950) Compositor italiano. Estudou no Conservatório de Nápoles, do qual depois foi diretor. Não compôs nada muito importante, a não ser a grande ópera dramática *Adriana Lecouvreur* (*Milão, 1902).

**Cinderella** Balé de Prokofiev, coreografado originalmente por Rotislav Zakharov, embora a versão de Ashton seja mais conhecida no Ocidente. *Moscou, Bolshoy, 21 nov 1945.

**Circles** Obra de Berio para cantora, harpista e dois percussionistas, sobre poemas de Cummings. A cantora desloca-se para diferentes posições entre os movimentos, a fim de indicar e assegurar maior ou menor identificação com os instrumentistas, e daí uma maior ou menor identificação do som verbal com o musical. Uma volta no palco, assim, coincide com um círculo que parte de uma linguagem abrangente para sons vocais desconjuntados e torna a voltar.

**citação** A música que alude incidentalmente a outra não é comum antes do séc. XX, mas começa a ser a partir de Berg (Suite Lírica, Concerto para Violino) e Ives. Há admiráveis exemplos em Zimmermann, Berio (SINFONIA), Shostakovich (Sinfonia nº 15), etc.

**clarineta** A clarineta padrão é em si bemol; a em lá também é comum na música do séc. XX, como o é a clarineta alto em mi bemol (a preferida de Mahler) e a clarineta baixo em si bemol, ou mais raramente a baixo em lá. Os membros menos comuns da família incluem a clarineta alto em ré (freqüente em Strauss), a clarineta em dó (na versão original das Sinfonias de Sopros e *Threni*, de Stravinsky), o BASSET HORN e a clarineta contrabaixo (uma oitava abaixo da clarineta baixo, usada por exemplo, em *The Flood*, de Stravinsky). Birtwistle usou instrumentos ainda mais raros, entre eles a clarineta baixo mozartiana, a clarineta em lá bemol e uma clarineta em si bemol (oitava acima) do séc. XVIII.

Entre os concertos importantes estão os de Nielsen, Stravinsky (*Ebony Concerto*), Copland, Hindemith, Martino (Concerto Triplo com clarinetas baixo e contrabaixo) e Birtwistle (*Melancolia I*); o repertório de câmara inclui 3 obras notáveis com piano e violino (a suíte *A História do Soldado*, de Stravinsky, o Adágio, de Berg adaptado de seu Concerto de Câmara, e *Contrastes*, de Bartók), assim como muita música com piano (de Berg, Poulenc, Davies, etc.), quintetos de clarineta (de Bliss, Birtwistle, etc.) e solos sem acompanhamento (Três Peças, de Stravinsky, *B, a, b, b, it, t*, de Martino, *Paraphrase*, de Goehr, *Domaines*, de Boulez). A clarineta mostrou-se especialmente adequada aos sons de BARTOLOZZI e a outros novos efeitos.

**clarineta baixo** Instrumento em mi bemol maior, uma oitava abaixo do clarinete normal. É freqüente nas partituras orquestrais do séc. XX, às vezes em peças de conjunto (*Pierrot lunaire*, opp. 14-7, de Webern), e raro como solista, embora o virtuose holandês Harry Sparnaay tenha encomendado obras para ele a Berio, Ferneyhough e outros.

**classe de altura** Conjunto de todas as tonalidades de mesmo nome, independentemente de registro; i.e., o *pitch class* dó inclui todos os dós. O termo foi introduzido por Babbitt para um conceito já implícito no serialismo de 12 notas desde o princípio, uma vez que Schoenberg considerava o conjunto (*set*) como um conjunto de grupos de tonalidades, e não tonalidades (*pitches*).

**Clementi, Aldo** (1925-) Compositor italiano. Estudou com Sangiorgi, discípulo de Schoenberg, com Petrassi e em Darmstadt. Numa seqüência de três *Informels*, começou a trabalhar com texturas entrelaçadas de extrema densidade e essencial imutabilidade, muitas vezes presas em repetições e citações dentro de determinadas frases, embora o fluxo geral seja contínuo. Sua opinião é de que o único assunto da música é sua conclusão, o que alcança em sua obra pessoal por uma sobrecarga que nega o sentido de qualquer detalhe.
*Teatro*: Collage, *Roma, 1961; Blitz, 1973; Collage 4, 1979; ES, *Veneza, 1981.
*Orquestrais*: Informel n.º 1, 12 percussões, teclado, 1961; Informel n.º 2, 15 instrs, 1962; Informel n.º 3, 1961-3; Variante A, coro, orq, 1964; Variante B, 1964; Reticolo: 11, 11 instrs, 1966; Concerto, 2 pn, 40 instrs de sopro, 1970; Conc, pn, 7 instrs, 1970; Reticolo: 12, 12 cordas, 1970; Conc, pn, 24 instrs, 1975; Conc, ctbx, instrs, carrilhões, 1976; Conc, vn, 40 instrs, carrilhões, 1977; Capriccio, va, 24 instrs, 1979-80.
Obras vocais, de câmara, teclado e fita magnética. [Suvini Zerboni; Fonit Cetra.]

**cluster** várias notas adjacentes tocadas simultaneamente. Os *clusters* podem ser tocados com facilidade no piano pressionando-se todas as teclas de uma só vez com a mão, ou o antebraço, ou outra parte do corpo, escolhendo-se notas brancas, pretas ou ambas; Cowell parece ter sido o primeiro a compor para essa técnica em seu *The Tides of Manaunaun* (?1912). *Clusters* estreitos foram usados na Sonata para Piano de Bártok, maiores em *Klavierstück X*, de Stockhausen, e *Volumina*, para órgão, de Ligeti. Stockhausen e Ligeti também foram pioneiros nos *clusters* orquestrais na década de 50.

**Cocteau, Jean** (1889-1963) Escritor e poeta francês. Arrebatado pelos Ballés Russos, tentou sem sucesso colaborar com Stravinsky (em David, 1914), voltando-se depois para Satie (roteiro para *Parade*, 1916-7) e para o grupo de jovens compositores que ele encorajou a formar o Grupo dos Seis. Seu manifesto *O Galo e o Arlequim* (1918) pedia que a música fosse simples, clara, atual e francesa. Posteriormente, colaborou com êxito com Stravinsky (*Oedipus rex*, 1926-7), Honegger (*Antigone*, 1922-7), Milhaud e Auric. Alguns de seus poemas foram musicados por Satie, Os Seis e outros, na década de 20.
☐ I. Stravinsky, *Selected Correspondence*, vol. 1, 1982.

**colagem** Termo (do francês *collage*) usado nas artes visuais para designar a reunião de vários materiais heterogêneos na composição de um quadro, como nas obras de Picasso com recortes de jornais. Na música, o termo se aplica a construções semelhantes de elementos inesperados e desarmoniosos, em geral referentes a outra música. As obras orquestrais de Ives, por exemplo, incorporam muitas vezes colagens de marchas, danças, etc. Mas são exemplos isolados até depois da Segunda Guerra Mundial, quando a fita magnética tornou a colagem tão fácil quanto o fora no meio visual. O POÈME ÉLECTRONIQUE de Varèse é o clássico da categoria. Stockhausen insistiu em que obras suas como TELEMUSIK e HYMNEN não eram colagens, porque os elementos estão submetidos à intermodulação. São, contudo, tão heterogêneos quanto os de obras contemporâneas para apresentação ao vivo como a SINFONIA de Berio e EIGHT SONGS FOR A MAD KING, de Davies. A palavra tem sido usada em títulos por Gerhard (Sinfonia n.º 3, ''Collages'', para fita magnética e orquestra) e Clementi (a série *Collage*).

**combinatorialidade** Propriedade de um CONJUNTO em que todos os elementos devem ser encontrados numa combinação de segmentos análogos de diferentes formas de conjunto. Por exemplo, o tema das Variações orquestrais de Schoenberg abre com 12 conjuntos de notas apresentando esta propriedade, uma primeira forma (S1) e um caranguejo da inversão (S2):

S1 si bemol-mi-fá sustenido-mi bemol-fá-lá ré-dó sustenido-sol-sol sustenido-si-dó

S2 fá-fá sustenido-lá-si bemol-mi-mi bemol lá bemol-dó-ré-si-dó sustenido-sol

O primeiro hexacorde de S1 inclui os mesmos grupos de notas que os de S2 (mas em ordem diferente), e o mesmo se aplica aos segundos hexacordes. Por conseguinte, o segundo hexacorde de S1 (isto é, as notas de 7 a 18 do tema) formam um agregado de 12 notas, às vezes chamado de conjunto secundário.

Esse tipo de combinatorialidade é a hexacordal invertida, e foi a única forma explorada por Schoenberg (em muitas obras). Mas os conjuntos também podem ser combinatórios com formas contrárias (são, portanto, ''totalmente combinatórios'', já que também se segue, necessariamente, a combinatorialidade invertida), e a propriedade também pode ser distribuída por tetracordes de 3 formas de conjunto, tricordes de 4 ou díades de 6. As propostas resultantes para a ligação de conjuntos na COMPOSIÇÃO DODECAFÔNICA foram em grande parte acolhidas por Babbitt.

**compassos variáveis** Variação sistemática de métrica (p. ex., 3/8, 4/8, 5/8 em compassos consecutivos) introduzida por Blacher em 1950 e também usada por Hartmann. Não há nenhuma ligação com a técnica de modulação métrica de Carter.

**Composers Quartet** Conjunto americano fundado em 1965 e especializado em música americana do séc. XX. Gravou quartetos de Babbitt, Perle e outros.

**composição** A arte da composição musical no séc. XX foi tão modificada por novas hipóteses e métodos (*ver* ESTÉTICA, COMPUTADORES, MÚSICA ELETRÔNICA, MODULAÇÃO, POLÍTICA, SERIALISMO, SOCIEDADE, COMPOSIÇÃO DODECAFÔNICA, etc) que é absolutamente impossível qualquer afirmação sucinta do sentido ou objetivo da composição. A única generalização que se pode fazer com alguma certeza é que, no séc. XX, a composição tem sido mais ampla e abundantemente experimentada do que nunca, o que pode explicar a livre diversidade de meios e técnicas, ou ser explicado por ela. Apesar disso, a palavra agradou a Babbitt, com suas conotações de abstração e ''formalismo''; daí tê-la usado na denominação de várias obras.

**composição dodecafônica** Organização musical com todas as notas cromáticas em grupos ordenados onde cada uma aparece uma vez, *i.e.*, com 12 conjuntos de 12 notas. Há temas de 12 notas, ou dodecafônicos, nas últimas Canções de Altenberg (1912), de Berg, e em *Die Jakobsleiter*, de Schoenberg, mas o uso sistemático de conjuntos de 12 notas começou por volta de 1920, com a música criada por Schoenberg e Hauer, o serialismo do primeiro e os TROPOS do último fornecendo meios para a construção ordenada no ilimitado mundo da ATONALIDADE.

Na prática de Schoenberg, desde o início, o conjunto foi usado de 4 formas: prima (p. ex., si bemol-mi-fá sustenido-mi bemol-fá-lá-ré-dó sustenido-sol-lá bemol-si-dó, o conjunto de suas Variações op. 31), caranguejo ou retrógrado (dó-si-lá bemol etc.), inversão (si bemol-mi-ré-fá-mi bemol-si-fá sustenido-sol-dó sustenido-dó-lá-lá bemol) e caranguejo da inversão (lá bemol-lá-dó etc.). Cada um desses pode ser transposto para qualquer nível, portanto há 48 formas diferentes. Na verdade, as "regras" da composição dodecafônica terminam aí. Ainda por decidir estão as questões relativas a quantas formas de conjunto devem ser apresentadas ao mesmo tempo, em que medida, em que sucessão e simultaneidade devem ser ligadas, se devem ser apresentadas melodicamente ou em acordes, ou em alguma combinação determinada, sem mencionar questões maiores de estilo e forma. Segundo o próprio Schoenberg, "usam-se as séries e, depois, se compõe como antes", mas exatamente o que significa "como antes" continuou não esclarecido, menos ainda na música do próprio Schoenberg. Muitas vezes, em sua música da década de 20, um ou mais conjuntos são apresentados como tema, embora o princípio mais geral seja seu uso da COMBINATORIALIDADE, que se revelou uma frutífera área de estudo para Babbitt.

Dos discípulos de Schoenberg, Berg nunca se ateve a um só conjunto de 12 notas para um movimento inteiro. Não usou generalizadamente caranguejos ou inversões, a não ser quando os primeiros ocorrem em passagens inteiras invertidas de trás para diante, mas alterou livremente a seqüência nos hexacordes (seus conjuntos eram portanto mais tropos do que séries) e alternou elementos dentro dos conjuntos, além de ter introduzido material não-dodecafônico (mais visivelmente, o coral de Bach em seu Concerto para Violino) e enfatizando aspectos diatônicos na harmonização. Webern, em contraste, compôs consistentemente em contrapontos de formas dodecafônicas a partir de 1924; nunca relaxou a regra da ordem serial, nem usou mais de um conjunto numa obra. Quase se pode deduzir que seu estilo terá sido mais afetado pela composição dodecafônica, tendo menos a ver com compor "como antes", a não ser que se entenda "como antes" como referência a uma época mais antiga. Pois Webern admitia que a composição dodecafônica era um convite a uma polifonia de estreita ordenação, de um tipo desconhecido desde o Alto Renascimento: essa intuição também foi importante para compositores posteriores, como Babbitt e Stravinsky.

Além de Berg e Webern, entre os compositores que praticaram a composição dodecafônica nas décadas de 20, 30 e 40 estão Eisler, Wellesz, Gerhard, Skalkottas, Martin, Dallapiccola e Krenek. No final dos anos 40 e nos anos 50, porém, o sistema (ou uma determinada versão dele) começou a ser usado pela grande maioria dos compositores da Europa e dos EUA, muitos deles buscando meios de estender a organização seqüencial a outros parâmetros além das alturas (ver SERIALISMO TOTAL) e desenvolver métodos lógicos de passar de uma forma de conjunto a outra. Em geral, os compositores americanos liderados por Babbitt e Perle têm-se preocupado mais com a combinatorialidade e com meios de fazer uma música dodecafônica tão densa e com ordem sistemática, quanto o é a diatônica, enquanto a tendência na música européia dos anos 50 foi no sentido da dissolução da matéria, o conjunto de 12 notas garantindo apenas uma rápida circulação de todas as classes de altura que deviam então ser reagrupadas e ordenadas de outros modos (a música de Nono mostra ao extremo essa tendência, pois a maior parte dela se baseia no mesmo conjunto de todos os intervalos). Por conseguinte, a "música dodecafônica" dificilmente é um repertório unificado, possivelmente com exceção dos compositores norte-americanos. E a percepção dodecafônica, distinta da composição, permanece um tema incerto.

**computadores** O equipamento digital pode ser útil aos compositores de três maneiras principais: no cálculo dos detalhes a serem incluídos numa partitura, no armazenamento de informação e na produção de sons. A primeira aplicação foi a que veio mais cedo, quando, em meados da década de 50, Hiller e Isaacson produziram uma *Illiac Suite* para quarteto de cordas composta por um computador, segundo, claro, normas programadas, e Xenakis usou um computador para gravar o imenso trabalho da composição de ESTOCÁSTICO.

Muito mais sutil e de maior alcance foi o uso de computadores na geração de som, de que Mathews foi o pioneiro no final da década de 50. Acoplado a um SINTETIZADOR, um computador é teoricamente capaz de especificar com exatidão todas as qualidades de um som e, portanto, de oferecer aos compositores completo controle de seu material. Mas isso não é tão simples assim. Como os sons mudam rapidamente no tempo, é preciso um considerável volume de informação para programar mesmo o mais simples som. Isso limita na prática a síntese sonora do computador à produção de música em fita magnética, embora Ussachevsky tenha usado computadores em MÚSICA ELETRÔNICA AO VIVO, em 1971. O outro resultado dessa sede de informação é que os sons tendem a ser sem vida se estiver faltando a informação para a mudança. Talvez tenha sido em parte para eliminar isso que muitos compositores passaram a recorrer ao uso de sons gravados, que o computador podia então ser instruído a analisar e sintetizar com alguma diferença (em outro nível de altura, por exemplo); também se começou a introduzir programas não só para a geração de sons, mas para criar cadeias de som lógicas. Um importante trabalho nesse período inicial foi feito, seguindo Mathews, nas Universidades de Columbia e Princeton por Randall, Dodge, Winham e outros, e em Stanford por Chowing, Risset e outros.

Em meados da década de 70, a inauguração do INSTITUT DE RECHERCHE ET DE COORDINATION ACOUSTIQUE/MUSIQUE levou a sofisticada música de computador para a Europa, onde se tem trabalhado na geração cada vez mais sutil de sons e na utilização da tecnologia digital para efetuar transformações em tempo real nos sons, alterando-se o timbre, acrescentando-se ornamentação programada (p. ex., uma cadeia de sons disparada pelo *input*), etc. A disseminação posterior da tecnologia talvez torne a composição com ou por computadores uma atividade amadora tão comum quanto tocar piano.

*Gravações*: Decca DL9103 (estudos precursores de 1963), Nonesuch H 71245 (Randall, Dodge, Vercoe, 1970), CRI 348 (Dodge, 1976), IRCAM 0001 (antologia, 1983).

□ H. von Foerster e J. W. Beauchamp, ed., *Music by Computers* (1969); H. B. Lincoln, ed., *The Computer and Music* (1970).

**concerto** 1. Manifestou-se no início do século uma certa insatisfação com os padrões novecentistas dos concertos musicais, exatamente quando o público dos concertos começava a mostrar-se insatisfeito com os padrões de composição do séc. XX. Uma resposta a essa situação pretendeu ser dada com a criação de séries de concertos especiais dedicados à nova música, como os organizados em Nova York pela INTERNATIONAL COMPOSERS' GUILD, a LEAGUE OF COMPOSERS e as Copland-Sessions Concerts, em Viena pela SOCIEDADE PARA APRESENTAÇÕES MUSICAIS PRIVADAS e em Paris por uma variedade de organizações. Todas elas atingiram o apogeu nos anos 20, que também viu a fundação da INTERNATIONAL SOCIETY FOR CONTEMPORARY MUSIC e o primeiro FESTIVAL regular de música contemporânea, em Donaueschingen. Contudo, o mesmo espírito animou empreendimentos posteriores como o DOMAINE MUSICAL e a LONDON SINFONIETTA. A desvantagem óbvia é que a especialização pode gerar apenas um público especializado, mas, por outro lado, há problemas, também, na programação de uma obra moderna entre um concerto de Beethoven e uma sinfonia de Tchaikovsky.

Pode ser que o próprio conceito de concerto precise ser mais radicalmente contestado, como tem sido em muitas apresentações de Cage, que trabalha tanto em galerias de arte quanto em salas de concerto, ou de Stockhausen, cujos locais de apresentação têm ido de uma gruta no Líbano a um parque em Berlim ocidental e um auditório especialmente construído em Osaka. Pode ser, também, que a ubiqüidade da reprodução do som tenha tornado os concertos visivelmente secundários como meios para a comunicação da nova música.

2. Forma de composição tão comum no séc. XX quanto antes, mas com alguns desenvolvimentos interessantes. Foram compostos concertos para uma gama maior de instrumentos (p. ex., o de Milhaud para percussão, o de Jolivet para ondas martenot, o de Cage para piano preparado). No nível estrutural, tornou-se comum as cadências serem acompanhadas, inserindo-se, assim, na continuidade musical, em vez de serem deixadas fora do corpo principal da obra como momentos de apresentação do solista (ver os concertos para violino de Elgar, Berg e Schoenberg). Entre as formas antigas redescobertas no séc. XX está o *concerto grosso* (de Bloch, Martinů, Vaughan Williams), embora o principal gênero novo seja o Concerto para Orquestra, aparentemente inventado por Hindemith (1925) e copiado, como veículo de execução orquestral e de orquestração virtuosísticas, por Bartók, Petrassi, Lutoslawski, Gerhard, Tippett e outros.

**"Concord" Sonata** A Segunda Sonata para Piano de Ives, batizada com o nome da cidade de Massachusetts, que foi o reduto da vida cultural da Nova Inglaterra em meados do séc. XIX. Os movimentos da Sonata homenageiam os escritores daquele meio: Emerson, Hawthorne, as Alcotts, Thoreau. O próprio Ives editou a obra em 1919-20, junto com seu *Essays before a Sonata*.

**Cone, Edward** (1917-) Compositor e teórico americano. Estudou com Sessions em Princeton, onde começou a ensinar em 1947. Literato, agudo e provocativo observador da análise contemporânea, escreveu sobre Stravinsky, Webern e Schoenberg, entre outros. Suas próprias obras são, na maioria, músicas de câmara (Sexteto de Cordas, 1966) e orquestral.

**conjunto** (*set*) Reunião de grupos de tonalidades ou outros elementos musicais; normalmente refere-se a uma série de 12 notas contendo todos os grupos de tonalidades no sistema tonal de igual afinação, embora os conjuntos também possam ser de durações, marcações de tempo, níveis dinâmicos, etc. O termo foi tomado de empréstimo da teoria do conjunto matemático de Babbitt.

**conjunto de tons inteiros** Conjunto de 12 notas em que se representa cada intervalo da 2ª menor à 7ª maior.

**conjunto derivado** Conjunto de 12 notas derivado de outro menor, aplicando as transformações seriais normais de inversão, retrogressão e transposição. Muitos dos conjuntos de Webern são construídos desse modo, o exemplo clássico sendo o de seu concerto op. 24:

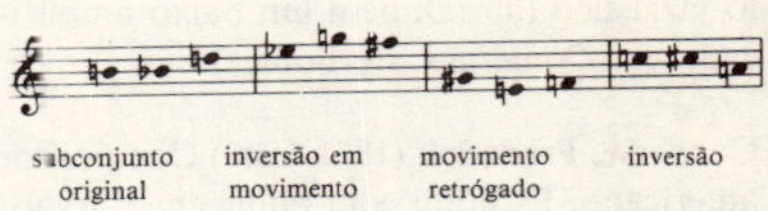


Em Webern, este é o conjunto para toda a obra: Babbitt, que introduziu o termo, usou conjuntos derivados construídos a partir de unidades de seu conjunto principal, como por exemplo em seu Segundo Quarteto.

**conjunto secundário** Conjunto de 12 notas formado a partir do segundo hexacorde de um conjunto e o primeiro de uma forma diferente do mesmo conjunto.

**Constant, Marius** (1925-) Compositor e maestro franco-romeno. Estudou em Bucareste e com Messiaen e Boulanger em Paris, onde permaneceu. Suas obras incluem música de balé e peças para grande orquestra (*Turner*, 1961). Como maestro, trabalhou sobretudo com sua orquestra Ars Nova, fundada em 1963 e especializada em música moderna.

**construtivismo** Estilo de pintura de formas geométricas simples, associado a artistas da Rússia (p. ex., Malevich) e depois da Holanda (Mondrian). O termo tem sido usado em referência à música que apresenta um alto grau de ESTRUTURA evidente, como a de Webern.

**Contemporary Chamber Ensemble** (Conjunto de Câmara Contemporâneo) Orquestra de música moderna fundada por Arthur Weisberg em 1960 e regida por ele. Gravou obras de Schoenberg, Varèse, Babbitt, etc.

**contrabaixo** O regente Kusevitsky era contrabaixista e compôs um concerto para o instrumento (*Moscou, 1905), mas o repertório não se ampliou muito enquanto não surgiram vários contrabaixistas virtuoses na década de 60, sobretudo Bertram Turetzky, Gary Karr, Barry Guy e Fernando Grillo. Karr encomendou concertos a Henze, Schuller e outros. Guy introduziu o contrabaixo em diversas obras suas, muitas vezes com amplificação no estilo jazzístico (há também um baixo amplificado em *Domaines*, de Boulez).

**Converse, Frederick** (1871-1940) Compositor americano. Estudou com Paine em Harvard e com Rheinberg em Munique, trabalhando depois como professor (no Conservatório da Nova Inglaterra, 1900-2 e 1920-38) e administrador de ópera. Sua *The Pipe of Desire* (*Boston, 1906) foi a primeira ópera encenada no Metropolitan, em 1910; contam-se, entre outras obras, 5 sinfonias e muitos poemas sinfônicos.

**Conyngham, Barry** (1944-) Compositor australiano. Sua experiência inicial de compositor e pianista vinha do jazz; depois, aos vinte e poucos anos, começou os estudos com Raymond Hanson e Sculthorpe, seguidos de aulas com Takemitsu no Japão. Isso imprimiu em sua música uma fragilidade e uma delicadeza orientais (*Ice Carving* para violino e 4 grupos de cordas, 1970), mas também foi capaz de criar um drama brilhante, principalmente em suas obras teatrais (*Edward John Eyre*, 1971; *Ned Mark II*, 1974-6). [UE.]

**Copland, Aaron** (1900-91) Compositor americano. Durante todo o meio século de sua vida de compositor, conservou, apesar de várias guinadas em estilo stravinskiano, uma forte e clara individualidade sonora, e também uma sólida afirmação de americanidade. Quanto à sonoridade, sua transparência decorre de uma instrumentação enxuta, parcimoniosamente dobrada e de uma aproximação da harmonia a uma estrutura de sons parciais (como em suas características quintas abertas). Sua música, em geral, tem também individualidade de movimentos, tanto na melodia com acompanhamento quanto na homofonia. Essas características de abertura e espaço muitas vezes têm sido vistas como relacionadas à paisagem americana e, embora Copland tenha vivido a maior parte da vida em Nova York, é o Oeste que o atrai em sua música de balé, imitada em inúmeras trilhas musicais de filmes de caubói. Contudo, isso é apenas um aspecto de seu americanismo: ele também usou o jazz, a música latino-americana e, de vez em quando, fez grandes e retóricas declarações de princípio a seus compatriotas, que sua estatura ímpar de americano e compositor justificaram. Essa atitude foi realçada por suas vigorosas atividades como paladino de outros compositores, professor, radialista e maestro.

Nascido no Brooklyn, na primeira geração de americanos de uma próspera família judia, estudou na cidade de Nova York com Goldmark (1917-21) e em Paris com Nadia Boulanger (1921-4), sendo um dos seus primeiros alunos americanos. Nadia estimulou sua tendência stravinskiana (já era admirador de Debussy), que proporcionou uma base técnica bastante adequada quando, de volta a Nova York em 1925, decidiu tornar sua música mais americana, incorporando elementos de jazz. Esse breve episódio produziu a *Music for the Theatre* e o Concerto para Piano, mas em 1930 ele pôs de lado o jazz para explorar um mundo pessoal de sonoridades duras e forma compacta nas Variações para Piano, cujo desenvolvimento a partir de um tema de sete notas sugere paralelos com o estilo serial de suas músicas dos anos 50 e 60.

Nesse ínterim, porém, afastou-se do esotérico para o enfaticamente popular, mesmo que obras como *El salón México* e os dois balés caubóis sejam compostas de maneira tão individual e perspicaz quanto as peças mais sérias. Assim, não houve barreiras para a fusão do popular e do pessoal em APPALACHIAN SPRING, na Terceira Sinfonia e nas canções sobre poemas de Emily Dickinson. No começo da década de 50, porém, a distância começou a se ampliar. O Quarteto para Piano mostrou um retorno ao serialismo, continuado na Fantasia para Piano e duas partituras curtas, mas ousadas, da década de 60, *Connotations* e *Inscape*. Mas os arranjos das Velhas Canções Americanas foram realizados com as mais simples harmonias, e obras posteriores como *Dance Panels*, o Noneto para cordas e o Duo para flauta e piano mostram a velha capacidade de renovar a tonalidade diatônica.

*Ópera*: The Tender Land, 1952-4, *Nova York, 1954, rev. 1954, 1955.

*Balés*: Billy the Kid, 1938; Rodeo, 1942; APPALACHIAN SPRING, 1943-4; Dance Panels, 1959, rev. 1962.

*Sinfonias*: Sinfonia, org, orq, 1924, rev. sem org como Sinfonia n.º 1, 1928; Dance Symphony, 1930; Short Symphony (Sinfonia n.º 2) 1932-3, Sinfonia n.º 3, 1944-6.

*Outras obras orquestrais*: Cortège macabre, 1922-3; Music for the Theatre, 1925; Concerto para piano, 1926; Ode Sinfônica, 1927-9; Statements, 1932-5; El salón México, 1933-6; Music for Radio, 1937; An Outdoor Overture, 1938; Quiet City, 1939; John Henry, 1940, rev. 1952; Lincoln Portrait, narrador, orq, 1942; Fanfare for the Common Man, 1942; Letter from Home, 1944, rev. 1962; Danzón cubano, 1944; Concerto para clarinete, 1947-8; Preamble for a Solemn Occasion, narrador, orq, 1939; Variações para Orquestra (arr. de Variações para Piano), 1957; Two Mexican Pieces, 1959; Connotations, 1962; Music for a Great City, 1964; Emblems, 1964; Inscape, 1967; Three Latin American Sketches, 1972.

*Câmara*: Duas Peças, quarteto de cordas, 1923; Duas Peças, vn, pn, 1926; Vitebsk, trio pn, 1928; Sexteto (arr. de Short Sinf.), cl, pn, quarteto de cordas, 1937; Sonata, vn, pn, 1942-3; Quarteto para Piano, 1950; Noneto, cordas, 1960; Duo, fl, pn, 1971; Two Threnodies, fl, trio de cordas, 1971-3.

*Piano*: Variações para Piano, 1920; Sonata, 1939; Four Piano Blues, 1926-48; Fantasy, 1952-7; Night Thoughts, 1972; várias peças de juventude.

*Dois pianos*: Danzón cubano, 1942; Danza de Jalisco, 1963.

*Canções*: As it fell upon a day, S, fl, cl, 1923; Poet's Song, 1927; Vocalise, 1928; Twelve Poems of Emily Dickinson, 1949-50; Old American Songs, 1950-2; Dirge in Woods, 1954.

Poucas peças corais e para órgão. [Boosey; Columbia.]

☐ A. Copland, *Copland and Music* (1960), *Copland*, vol. 1 (1984); A. Berger, *Aaron Copland* (1953).

**cor** 1. Sinônimo de qualidade de som, ou timbre. 2. Fenômeno importante para alguns compositores como recurso criativo (Skryabin, Schoenberg) ou estímulo (Messiaen). A idéia de uma correspondência entre cor e som foi amplamente alimentada no séc. XIX por escritores tão diversos quanto E. T. A. Hoffmann e Rimbaud; chegou-se a construir mesmo "órgãos coloridos" para "executar" luz com ou sem música. Contudo, o único compositor importante a compor para esse tipo de instrumento foi Skryabin, em seu *Prometheus* (1908-10), embora a parte do "teclado de luz" só fosse realizada depois da sua morte. Suas idéias foram adotadas por alguns de seus seguidores, sobretudo Vishnegradsky. O uso por Schoenberg de uma iluminação colorida detalhada em *Die glückliche Hand* (A mão feliz, 1910-3) deve provavelmente mais a Strindberg que a paralelos russos. Compositores mais recentes interessados na união entre cor e música descobriram meios mais prontos no cinema.

Messiaen teve menos interesse em executar música-cor (exceto em sua ópera) do que em compor uma música que correspondesse intuitivamente às imagens que fazia das cores celestiais (*Coleurs de la cité céleste*), da luz nas rochas do deserto (*Des canyons aux étoiles...*), das cenas japonesas (*Sept haïkai*) ou da plumagem dos pássaros (*Catalogue d'oiseaux*). Em todas essas obras, ele pretende que haja notações dos efeitos de cor; às vezes, a correspondência é no nível da tonalidade, como para Skryabin, embora as equivalências difiram (azul-claro é lá maior para Messiaen, fá sustenido para Skryabin); mas Messiaen insistiu em que o colorido também é um problema de modo, registro e instrumentação. Suas declarações, apesar de meio ambíguas nesse ponto, pareciam sugerir que ele via a cor como uma sensação pessoal, não necessariamente a ser partilhada com seus ouvintes, a menos que eles exercitassem a imaginação.

Trabalhando no sentido inverso, a música foi um estímulo para alguns pintores, sobretudo pintores-compositores como Luigi Russolo, Mikolajus Čiurlionis e Edward Cowie.

**Coro** Obra de Berio para um coro de 40 cantores, cada um posto junto a um instrumentista de registro correspondente. Há *tutti* maciços sobre versos de Neruda, intercalados com lembranças de canções e cantos populares para grupos menores. *Colônia, 1977.

**Cowell, Henry** (1897-1965) Compositor americano, pioneiro, na juventude, da MÚSICA EXPERIMENTAL e, mais tarde, autor de muita música para orquestra influenciada por várias tradições americanas e exóticas. Nascido e criado em grande parte na Califórnia, começou em criança a experimentar novas formas de tocar piano: já havia introduzido os *clusters* em *The Tides of Manaunaum*, quando fez sua estréia como pianista-compositor em San Francisco, a 5 de março de 1914, apenas seis dias antes de seu décimo sétimo aniversário. Estudou então com Seeger em Berkeley (1914-6), e por pouco tempo em Nova York (1916), mas sobretudo pesquisou sozinho, recolhendo material para seu livro *New Musical Resources* (Nova York, 1930, rev. 1969), que trata de *clusters*, atonalidade, politonalidade e construção rítmica.

Durante a década de 20 e inícios da de 30, apresentou-se por todos os Estados Unidos e na Europa tocando sua música, que agora incluía experiências com o STRING PIANO: roçando cordas soltas com a mão (*Aeolian Harp*, *The Banshee*) e comprimindo cordas com os dedos (*Sinister Ressonance*). Também trabalhou com ritmos extremamente complexos, para o que recorreu, em 1931, à ajuda de Thérémin na construção de uma máquina musical especial, o *rhythmicon* (*Rhythmicana*, concerto para o novo instrumento, permaneceu inédito até 1971). O *Quartet Romantic* e o *Quartet Euphometric* trabalham com proporções de durações derivadas de proporções de freqüência entre sons parciais; *o Mosaic Quartet* é um exemplo antigo do que ele chamou de ''forma elástica'', oferecendo fragmentos para que os executantes os reunissem (*ver* ALEATÓRIO e FORMA MÓVEL).

Enquanto criava uma produção vasta e multiforme, Cowell também era ativo professor (Cage e Gershwin foram seus discípulos) e divulgador da música americana, através de sua New Music Edition, que começou a publicar em 1927.

*Piano*: The Tides of Manaunaun, ?1912; Dynamic Motion, 1914; What's This, 1914; Advertisement, 1914; Anger Dance, 1914; Antimony, 1914; 7-Ings, 1916; Episode, 1916; Amiable Conversation, 1917; Fabric, ?1917; Exultation, 1919; Voice of Lir, 1919; Vestiges, 1920; Snows of Fujiyama, 1922; The Hero Sun, 1922; Aeolian Harp, 1923; Harp of Life, 1924; Pièce pour piano avec cordes, 1924; The Trumpet of Angus Og, 1924; Lilt of the Reel, 1924; The Banshee, 1925; Tiger, ?1928;

Fairy Answer, 1929; Maestoso, 1929; Sinister Ressonance, ?1930; Two Woofs, 1930; Irishman Dances, 1934; Harper Minstrel Sings, 1934; Rhythmicana, 1938; peças posteriores.
*Câmara*: Quartet Romantic, 2 fl, vn, va, 1915-7; Qt Euphometric, qt cordas, 1916-9; Mosaic Qt, qt, cordas, 1935; United Qt, qt cordas, 1936; várias outras peças, 21 sinfonias, muitas outras músicas orquestrais, peças para coral, canções.
☐ B. Saylor, *The Writings of Henry Cowell* (1977).

**Cowie, Edward** (1943-) Compositor inglês. Estudou com Fricker no Morley College, com Goehr e na Polônia, depois trabalhou nas Universidades de Leeds (1971-3), Lancaster (1973-83) e Wollongong, na Nova Gales do Sul (1983-). Em suas músicas, como em suas pinturas, tentou transmitir uma massa confusa de impressões da natureza, como era vista nas paisagens agrestes inglesas. Suas obras incluem a ópera *Commedia* (1976-8) e várias partituras para grande orquestra. [Schott; Hyperion.]

**Craft, Robert** (1923-) Escritor e regente americano. Estudou na Juilliard School e começou a carreira como regente, antes de tornar-se, em 1948, íntimo colaborador de Stravinsky. O relacionamento produziu inúmeras gravações, vários livros de conversas, memórias póstumas e trabalhos de documentação.

**cravo** O renascimento deste instrumento no séc. XX conferiu-lhe um substancial repertório de compositores como Falla e Gerhard (concertos), Carter (Concerto Duplo e Sonata 4), Davies (muitas peças para conjunto) e outros, garantindo uma existência ao instrumento moderno, ainda que os intérpretes de música pré-clássica prefiram hoje modelos originais ou cópias.

**Crawford Seeger, Ruth** (1901-53) Compositora americana. Estudou em Jacksonville, em Chicago e em Nova York, com Charles Seeger, com quem se casou em 1931, após um ano em Berlim e Paris. Suas poucas obras mostram o prazer na criação de figuras abstratas, aplicando sistemas numéricos e seriais tanto à duração quanto à altura (Quarteto de Cordas). Nos últimos anos, uniu-se ao marido no trabalho sobre música folclórica americana.
9 Preludes, pn, 1924-8; Etude in Mixed Accents, pn, 1930; 4 Diaphonic Suites, 2 instrs, 1930; Qt Cordas, 1931; 3 Songs, A, ob, percussão, orq ostinato ad lib, 1930-2; 2 Ricercari, voz, pn, 1932. [New Music; Nonesuch, CRI.]

**Création du monde, La** (A criação do mundo) Balé de Milhaud, roteiro de Cendrars, coreografado por Jean Börlin, desenhos de Léger: foi um dos primeiros exemplos da influência do jazz na música européia, sendo um mito de criação africana imaginado. *Balés Suecos, Paris, 25 out 1923.

**Creston, Paul** (1906-) Compositor americano. Nascido Giuseppe Guttoveggio numa pobre família italiana, foi autodidata em composição e só começou a se impor em fins da década de 20. Sua música, efervescente e jazzística, inclui 5 sinfonias, várias outras obras para orquestra, música de missa católica e peças de câmara. [G. Schirmer.]

**criptograma** *Ver* CIFRA.

**cromático** Baseado na escala de 12 semitons por oitava; portanto, usada em música que inclui outras notas além daquelas das escalas maior e menor, embora normalmente implicando a permanência de uma tonalidade maior ou menor (daí frases como "a obra começa com um mi menor altamente cromático"). Quando não se trata disso, pode-se tratar de ATONALIDADE, SERIALISMO ou COMPOSIÇÃO DODECAFÔNICA.

**Crosse, Gordon** (1937-) Compositor inglês. Estudou em Oxford com Wellesz e em Roma com Petrassi. Suas primeiras obras aproximavam-se das de Davies pelos interesses renascentistas e seriais, mas desde a adaptação musical do duo-drama *Purgatory* (1966), de Yeats, sua música tem sido muito mais ampla e eclética em estilo, e nela a influência de Britten compete com várias outras. Trabalhou com todos os gêneros, inclusive música para crianças, e ensinou nas Universidades de Birmingham e Essex. [OUP.]

**crótalo** Pequeno címbalo de altura definida, também chamado de "címbalo antigo", usado por Debussy, Ravel, Messiaen, etc.

**Crumb, George** (1929-) Compositor americano. Estudou com Finney na Universidade de Michigan, depois ensinou nas Universidades do Colorado (1959-65) e Pensilvânia. Com seu *Ancient Voices of Children*, para soprano, treble e conjunto (1970), atraiu generalizada atenção: uma interpretação musical do feroz drama de Lorca, conseguida através de um forte domínio de efeitos sonoros e citações. Outras obras apóiam-se, de modo semelhante, na estranheza de sonoridades particulares, abrangendo peças de câmara e orquestrais, além de outras adaptações musicais de Lorca. [Peters; Nonesuch, CRI.]

**Cunningham, Merce** (1919-) Coreógrafo e dançarino americano. Membro da companhia Graham, com quem dançou na primeira *Appalachian Spring*. No final dos anos 40, iniciou uma associação com CAGE, e em 1952 criou sua própria companhia, adotando uma postura aberta, experimental, em relação à dança, e afrouxando a interdependência entre música e movimento. Cunningham continuou a trabalhar com Cage e também com Feldman, Mumma e outros, e com pintores como Rauschenberg e Johns.

# D

**Da Casa dos Mortos** (Z mrtvého domu) Ópera de Janácëk baseada no livro de Dostoievski sobre a vida na prisão, que ele comprime em 3 atos curtos, orquestrada quase exclusivamente para vozes masculinas. *Brno, 12 abr 1930.

**dadá** Movimento iconoclasta que floresceu brevemente por volta de 1917-20, foi quase exclusivamente um fenômeno das artes literárias e visuais, embora transbordasse para a musical, ou antimusical, na obra de Jef GOLISHEV e Kurt Schwitters, cuja *Sonata in Urlauten* (Sonata em sons primitivos) é um texto fonético para interpretação vocal. É possível que tenha exercido influência sobre o uso musical da fala por Vogel e outros compositores da década de 20, apesar de a outra inovação de Schwitters, a composição de MEIOS MISTOS, não ter sido seguida antes da década de 50. Desde a explosão da MÚSICA EXPERIMENTAL naquele período, o termo "dadá" foi algumas vezes aplicado à obra de Cage em particular, havendo de fato um elo tangível com a pessoa de Marcel Duchamp, o dadaísta que se tornou um dos padrinhos espirituais adotivos de Cage. Também se tem usado a palavra com relação à música de Satie da época do dadaísmo (embora ele pareça ter chegado a seus absurdos de forma bastante independente) e a manifestações posteriores, como os movimentos FLUXUS.

**Dahl, Ingolf** (1912-70) Compositor germano-americano. Estudou em Colônia, Zurique e Califórnia, onde se estabeleceu em 1938 e ensinou na USC (1945-70). Foi ligado a Stravinsky, fato que se refletiu em sua música. Suas obras européias eram densas e carregadas, no estilo do expressionismo alemão, mas nos EUA tornou-se mais clara e diatônica, até que, em seu Quarteto para Piano, ele começou a usar métodos seriais. A maior parte de sua pequena produção é instrumental. [A. Broude, Boosey, Presser, Southern.]

**Dallapiccola, Luigi** (1904-75) Compositor italiano, o mais notável de sua geração. Foi um dos primeiros, fora da Europa de língua germânica, a tomar um interesse criativo pelo serialismo schoenberguiano, o que fez a partir de meados da década de 30. Seu exemplo foi importante para os jovens compositores italianos, muitos deles seus discípulos no Conservatório de Florença (onde ensinou de 1930 a 1967). Mas, de modo ainda mais fundamental, a compreensão que tinha do serialismo, dentro do contexto de um lirismo italianizado centrado na voz, produziu uma obra musical própria, caracterizada também por um espírito altamente civilizado e um gosto pela economia.

Nascido em Ístria, então parte do Império dos Habsburgos, foi confinado com a família em Graz no último ano e meio da Primeira Guerra Mundial. De volta à Itália, estudou em Florença e ficou fortemente impressionado com *Pelléas* e *Pierrot lunaire*, embora tudo o que compôs na década de 20 fosse mais tarde renegado. Sua carreira oficial de compositor começou em meados da década de 30 com os coros Michelangelo, voltados meio para Busoni, meio para Berg e Webern. Aos poucos, passaram a predominar as influências posteriores e, com elas, o uso dos métodos dodecafônicos: isso é visível em *Tre laudi* e na ópera em 1 ato *Volo di notte* (Vôo noturno). Contudo, foi na música para outra ópera em 1 ato, *Il prigioniero* (O prisioneiro, 1944-8), que Dallapiccola deu um decisivo passo adiante. Sua aversão ao fascismo manifestou-se pela primeira vez numa obra para coro,

*Canti di prigionia* para coro e conjunto de percussão, lembrando *Les noces*, embora o estilo harmônico esteja muito mais próximo do de Berg que do de Stravinsky. *Il prigioniero* continua esse estilo (enquanto isso, *Liriche greche* apresenta suas primeiras incursões no rígido serialismo dodecafônico) e torna-o mais pessoal, ao passo que o tema do encarceramento é tratado num espírito mais filosófico, indagador. Logo após *Il prigioniero*, sua música torna-se menos densa na textura e mais refinada nos movimentos, como se a influência de Berg tivesse sido substituída pela de Webern; na verdade, é evidente sua admiração pelo último em obras como *Goethe Lieder* para meio-soprano e 3 clarinetes (1953), embora sua preferência fosse pela série completa de intervalos. A maioria de suas obras era agora nessa forma de música de câmara vocal, mas houve também composições maiores, notadamente a ópera integral *Ulisse*. Bastante diferente das outras óperas, esta é um trabalho mais lírico que dramático, usando a perfeição e a sutileza do estilo final de Dallapiccola, seguindo a inquieta exploração pelo herói de seus dilemas interiores.

*Óperas*: Volo di notte, 1937-9, *Florença, 1940; Il prigioniero, 1944-8, *RAI, 1949; Job, 1950, *Roma, 1950; Ulisse, 1960-68, *Berlim, 1968.

*Balé*: Marsia, 1942-3, *Veneza, 1948.

*Orquestral*: Piccolo conc per Muriel Couvreux, pn, orq de câm; Due pezzi, 1947; Tartiana, vn, orq, 1951; Variazioni, 1954; Piccola musica notturna, 1954; Tartiana seconda, vn, orq, 1955-6; Dialoghi, vc, orq, 1959-60; 3 Questions with 2 Answers, 1962.

*Coral*: 6 Cori di Michelangelo, n.os 1-2, coro, 1933, n.os 3-4, vozes de meninos/femininas, 17 instrs, 1934-5; n.os 5-6, coro, orq, 1935-6; Canti di prigionia, coro, 2 pn, 2 harpas, perc, 1938-41; Canti di liberazione, coro, orq, 1951-5; Requiescant, coro, orq, 1957-8; Tempus destruendi — Tempus aedificandi, coro, 1970-1.

*Solo vocal*: 3 laudi, S/T, 13 instrs, 1936-7; Liriche greche, n.º 1, Cinque frammenti di Saffo, voz, 15 instrs, 1942; n.º 2, 6 Carmina Alcaei, voz, 11 instrs, 1943; n.º 3, Due liriche di Anacreonte, voz, 4 instrs, 1944-5; Rencesvals, Meio-soprano/Bar, pn, 1946; Quatro Liriche di Machado, S, pn, 1948, arranjo p S, orq câm, 1964; 1964; 3 poemi, S, 14 instrs, 1949; Goethe Lieder, Meio-soprano, 3 cl, 1953; An Mathilde, S, orq, 1955; 5 canti, Bar, 8 instrs, 1956; Concerto per la notte di Natale dell'anno 1956, S, orq câm, 1957, rev. 1958; Preghiere, Bar, orq câm, 1962; Parole di San Paolo, meio-soprano/menino, 11 instrs, 1964; Sicut umbra, Meio-soprano, 12 instrs, 1970; Commiato, S, 15 instrs, 1972.

*Instrumental*: Musica per 3 pns, 1935; Sonatina canonica, pn, 1942-3; Ciaccona, intermezzo e adagio, vc, 1945; 2 studi, vn, pn, 1946-7; Quaderno musicale di Annalibera, pn, 1952. [Suvini Zerboni, UE; Argo, Fonit Cetra.]

**Daniel-Lesur** (1908-) Compositor francês. Estudou no Conservatório de Paris, depois ensinou na Schola Cantorum (1935-64). Em 1936, foi um dos fundadores de La JEUNE FRANCE, dando nessa época mostras de que ia revelar-se um organista-compositor tão audacioso quanto outro integrante do grupo, Messiaen. Contudo, sua música aproxima-se mais em estilo da do professor comum dos dois, Dukas. Suas obras incluem a ópera *Andrea del Sarto* (1961-8, *Marselha, 1969), peças orquestrais, corais de música sacra, canções e algumas peças instrumentais. [Choudens, Ricordi, Durand.]

**Daphne** Ópera de Strauss e Josef Gregor, destinada a formar um programa duplo com *Friedenstag*, de autoria dos dois: é um dos casamentos, por Strauss, do mito com a psicologia moderna, numa partitura radiante e serena. *Dresden, 15 out 1938.

**Daphnis et Chloé** Balé de Ravel, coreografia de Fokine, é uma pastoral grega sobre jovens amantes que descobrem seus sentimentos. A partitura, que Ravel chamou de "sinfonia coreografada", é a maior e mais suntuosa do autor. As duas suítes consistem no primeiro e no último terço da obra. *Ballets Russes, Paris, 8 jun 1912.

**Darmstadt** Sede do Internationale Ferienkurse für Neue Musik (Cursos Internacionais de Verão da Nova Música), criados em 1946 por Wolfgang Steinecke. Em 1948, contavam-se entre os professores René Leibowitz e Peter Stadlen, entre os alunos, Henze; a música de Schoenberg também era executada e discutida. Depois, entre 1949 e 1951, Messiaen foi uma presença regular. Ali elaborou em 1949 seu MODE DE VALEURS ET D'INTENSITÉS, peça que foi o principal ponto de debates em 1951, quando entre os estudantes estavam Stockhausen, Nono, Goeyvaerts e Maderna. Daí em diante, Darmstadt passou a pertencer à nova geração. Em 1953, Stockhausen começou a dar aulas lá, seguido em 1955 por Boulez; Maderna, Nono, Berio e Pousseur também foram professores regulares até o fim da segunda metade da década de 50, quando jovens compositores chegavam de todas as partes do mundo para aprender os últimos desenvolvimentos seriais. Havia uma atmosfera de confiante otimismo no esforço comum, embora as raízes da discórdia já estivessem presentes nos objetivos e hipóteses amplamente diferentes dos professores. A chegada de Cage em 1958 foi mais o símbolo do que a causa da perda da fé em que se podia criar uma nova linguagem — a fé à qual se associa comumente a palavra "Darmstadt".

Boulez e Pousseur continuaram ensinando em Darmstadt até meados dos anos 60; Stockhausen ficou lá até o início dos anos 70 (a partir de 1970, os cursos passaram a ser bienais); e Maderna, que se estabeleceu na cidade, permaneceu para reger a orquestra. Contudo, no final da década de 70, a responsabilidade pela instrução passou para uma nova geração liderada por Ferneyhough. Os relatórios dos cursos têm sido publicados anualmente desde 1958 sob o título *Darmstädter Beiträge zur Neuen Musik*.

**David, Johann Nepomuk** (1895-1977) Compositor austríaco. Recebeu a primeira educação musical em St. Florian, depois estudou com Joseph Marx na Academia de Viena. Em seguida, trabalhou como mestre-escola, músico de igreja, professor de composição em Stuttgart (1948-63). Suas raízes na música eclesiástica inclinaram-no para um estilo parecido com o de Hindemith, de culto contraponto percorrendo com vigoroso objetivo as regiões harmônicas dissonantes; grande parte de sua vasta produção consiste em música para órgão (incluindo os 21 volumes de *Das Choralwerk*, 1932-74), motetos, cantatas e missas. Entretanto, sobretudo nos últimos anos, também produziu muitas obras orquestrais (oito sinfonias, vários concertos, etc.), e nos anos 50 começou a usar nelas métodos seriais, às vezes associados a princípios esotéricos tirados de Dürer e Goethe. [Breitkopf.]

**Davidenko, Alexander** (1899-1934) Compositor russo. Estudou com Glier no Conservatório de Moscou e dedicou-se inteiramente à produção de cantos revolucionários para manifestações de massas.

**Davidovsky, Mario** (1934-) Americano de origem argentina. Estudou em Buenos Aires e mudou-se para os EUA em 1960, trabalhando no Centro de Música Eletrônica de Columbia-Princeton e ensinando no City College. Suas obras mais famosas são os fluentes e originais *Synchronisms*, que criam misturas e diálogos para instrumentos e fita magnética. *Synchronism* n.º 1, fl, 1962; n.º 2, fl, cl, vn, vc, 1964; n.º 3, vc, 1964; n.º 4, coro, 1966; n.º 5, perc, 1969; n.º 6, pn, 1970; n.º 7, orq, 1974; n.º 8, qnt sopros, 1974.
*Outras obras*: Peças orquestrais, música de câmara, estudos em fita magnética. [McGinnis & Marx; CRI.]

**Davies, Peter Maxwell** (1934-) Compositor inglês. Sua obras musicais para teatro da década de 60, levando o expressionismo schoenberguiano às fronteiras da autoparódia, suas sombrias reflexões sobre a paisagem das ilhas Orkney e suas ambiciosas obras sinfônicas de fins da década de 70 e de 80 são testemunho de uma personalidade fecunda e distinta. Sua produção é extensa e seus antecedentes se estendem do Renascimento inglês a Boulez; seus estilos musicais (bons e ruins) são igualmente variados.

Davies nasceu e estudou em Manchester, onde, entre os colegas da Royal Manchester School of Music (1952-6), estavam Birtwistle e Goehr. Todos comungavam a descoberta da música medieval e indiana e da vanguarda européia (Davies foi para Darmstadt em 1956); o resultado foi uma síntese segura nas primeiras obras reconhecidas (1955-7), que já exibem traços característicos de brilhantismo instrumental, tendendo à violência, e uma lenta e conturbada contemplação. Técnicas medievais, sobretudo a isorritmia, deram-lhe uma estrutura essencialmente estática, repetitiva; também o levaram a ritmos contorcidos. Mas, por outro lado, há um impulso de firme movimento e desenvolvimento avante: Schoenberg contradiz Stravinsky.

Novos estudos com Petrassi em Roma (1957-9) deram-lhe os meios para controlar formas maiores; depois, um período ensinando na Cirencester Grammar School (1959-62) proporcionou-lhe o estímulo não apenas para revitalizar a música escolar (continuava compondo para crianças, e seu trabalho nesse campo tem sido amplamente seguido), mas também acolher espontaneidade e efeito em sua própria arte. As principais obras desse período foram *O magnum mysterium* (seqüência de cânticos natalinos modais, entremeados de meditações mais audaciosas, para orquestra escolar, arrematados por uma fantasia para órgão de lúgubre extravagância), os *Leopardi Fragments* e seu Quarteto para Cordas. Foi então para Princeton (1962-4), a fim de estudar com Sessions e Kim, e ali começou sua ópera TAVERNER.

O trabalho em *Taverner* levou-o a áreas de experiências extremas (loucura, blasfêmia e traição) que provocaram repetidas incursões ao mundo de PIERROT LUNAIRE: na música de *Revelation and Fall*, de Trakl, nas EIGHT SONGS FOR A MAD KING e em VESALII ICONES, todas elas apresentadas a primeira vez pelos Pierrot Players (mais tarde FIRES OF LONDON). Também houve obras de ferocidade semelhante, notadamente *Hymnos* para clarineta e piano, ou a orquestral *St. Thomas Wake*, que, em comum com vários outros trabalhos desse período, dão uma guinada da alta complexidade para a sedutora banalidade do foxtrote. Outra composição orquestral, *Worldes Blis*, canaliza uma intemperança expressiva numa forma contínua de 40 minutos, antecipando as sinfonias posteriores.

No início da década de 70, fixou residência nas ilhas Orkney, e sua música tornou-se aparentemente mais calma. Surgiram outras peças de música para teatro, mas também musicou a poesia ilhoa de George Mackay Brown, relacionada ao mito antigo, ritual e pastoral (*From Stone to Thorn*, *Dark Angels*, *The Blind Fiddler*). Em 1977, colaborou na organização do Festival St. Magnus, em Orkney, compondo sua ópera de câmara viking, *The Martyrdom of St. Magnus*, para o primeiro festival. Outras obras, entre elas as óperas *The Two Fiddlers* e *Cinderella*, foram compostas para as crianças da região.

No mesmo período, retornou à composição instrumental em grande escala com sua Primeira Sinfonia e *Ave maris stella*, logo seguidas por outras sinfonias, obras sinfônicas para orquestra de câmara e sonatas solo. Todas essas surgiram de sua compreensão de que forças tonais de longo alcance, mas profunda ambigüidade, podiam ser criadas por uma glosa modal da harmonia maior-menor: descreveu sua Segunda Sinfonia, por exemplo, como sendo em si menor, mas tendo fá como dominante, e o conflito entre dominantes "reais" e tradicionais talvez seja uma das causas da estranheza, tensão e energia de sua música. Aqui, como na maioria, senão em todas as suas composições, a matéria básica vem do cantochão, mas só muito raramente ela produz uma exposição aberta da modalidade (como, p. ex., no balé *Salomé*); em vez disso, as transformações produzem uma música onde a tonalidade dinâmica entra em contenda com tendências à desintegração.

*Óperas*: TAVERNER, 1962-8, The Martyrdom of St. Magnus, 1976, *Kirkwall, 1977; The Lighthouse, 1979, *Edimburgo, 1980.

*Teatro musical*: Missa super L'homme armé,

1968, rev. 1971; EIGHT SONGS FOR A MAD KING, 1969; VESALII ICONES, 1969; Blind Man's Buff, 1972; Miss Donnithorne's Maggot, 1974; Le jongleur de Notre Dame, 1978; The Medium, 1981; nº 11 Bus, 1984.

*Orquestral*: St. Michael, 17 instrs de sopro, 1957; Prolation, 1957-8; Klee Pictures, 1960, rev. 1976; First Taverner Fantasia, 1962; Sinfonia, orq câm, 1962; Second Taverner Fantasia, 1964; Worldes Blis, 1966-9; St. Thomas Wake, 1969; Sinf nº 1, 1973-6; A Mirror of Whitenning Light, 14 instrs, 1976-7; Salomé (balé), 1978; Sinf. nº 2, 1980; Sinfonia concertante, 1982; Sinfonietta accademica, 1983; Sinf nº 3, 1984; Conc p/ vn, 1985.

*Vocal orquestral*: 5 Motets, solistas, coro, 16 instrs, 1959, rev. 1962; Veni Sancte Spiritus, solistas, coro, orq, 1963; Ecce manus tradentis, solistas, coro, sopros, sinos, harpa, 1964; Revelation and Fall, voz, 16 instrs, 1966, rev. 1980; Stone Litany, Meio-sopr, orq, 1973; Black Pentecost, meio-sopr, Bar, orq, 1979; Into the Labyrinth, tenor, orq câm, 1982.

*Obras para o conjunto Fires of London com voz*: Also hat Gott die Welt gelieber (segundo Buxtehude), 1971; From Stone to Thorn, 1971; Hymm to St. Magnus, 1972; Tenebrae super Gesualdo, 1972; Fiddlers at the Wedding, 1973-4; The Blind Fiddler, 1975; Anakreontika, 1976.

*Obras para o conjunto Fires sem voz*: Stedman Caters, 1958, rev. 1968; Antechrist, 1967; Fantasy on a Ground and Two Pavans (segundo Purcell), 1968; Veni Spiritus Sancte Spiritus/Veni Creator Spiritus (segundo Dunstable), 1972; Fantasia on One Note (segundo Purcell), 1973; Renaissance Scottish Dances, 1973; 4 Instrumental Motets (segundo originais escoceses), 1973-7; Ave maris stella, 1975; Kinloche his Fantassie, 1976; Runes from a Holy Island, 1977; Image, Reflection, Shadow, 1982.

*Outras peças de câmara*: Sonata para tpt, pn, 1955; Stedman Doubles, cl, perc, 1955, rev. 1968; Alma redemptoris mater, 6 instrs de sopro, 1957; Ricercar and Doubles on "To Many a Well", 8 instrs, 1959; Leopardi Fragments, S, A, 8 instrs, 1961; qt cordas, 1961; 7 In Nomine, 10 instrs, 1963-4; Shakespeare Music, 11 instrs, 1964; Hymnos, cl, pn, 1967; Dark Angels, voz, gui, 1973; Qnt Metais, 1981.

*Instrumental*: Five Pieces, pn, 1955-6; Five Little Pieces, pn, 1960-4; Sub tuam protectionem, pn, 1969; Solita, fl, 1969, rev. 1972; Ut re mi, pn, 1971; The Door of the Sun, va, 1975; The Kestrel Paced Round the Sun, fl, 1975; The Seven Brightnesses, cl, 1975; Three Voluntaries, órg, 1976; Sonata para Piano, 1980-1; Hill Runes, gui, 1981; Sonata para Órgão, 1981.

*Coral*: Westerlings, SATB, 1976-7; Solstice of Light, T, SATB, órg, 1979; *carols*.

*Música para crianças*: O magnum mysterium, 1960; Te lucis ante terminum, 1961; The Shepherd's Calendar, 1965; The Two Fiddlers, 1978; Cinderella, 1979-80.

*Partituras para cinema*: The Devils, 1970; The Boy Friend, 1971. [Boosey, Chester, Schott; Unicorn, Decca, Nonesuch.]

☐ S. Pruslin, ed., *Peter Maxwell Davies* (1979); P. Griffiths, *Peter Maxwell Davies* (1982).

**Death in Venice** (Morte em Veneza) Ópera de Britten e Myfanwy Piper, baseada no romance de Thomas Mann sobre um escritor famoso encantado por um menino. O papel central foi o último escrito para Pears; o menino, seus amigos e a mãe são bailarinos. *English Opera Group, Snape, 16 jun 1973.

**Debussy, Claude** (1862-1918) Compositor francês. Embora não pertencesse a nenhuma escola e tivesse antipatia por seus imitadores, exerceu enorme influência, uma vez que, mesmo antes de o séc. XIX terminar, ele já libertava a música das normas do movimento evolutivo contínuo, do trabalho temático e da harmonia diatônica coerente. Subverteu esta última usando os velhos modos (muitas vezes estimulado ou justificado por um tema grego antigo ou eclesiástico) e a escala de tons inteiros. O enfraquecimento do ímpeto harmônico resultante era acompanhado por formas de caráter improvisatório, em que os desenvolvimentos temáticos tendiam cada vez mais a ser assuntos momentâneos na música de progressão em geral menos lógica e as sutilezas de orquestração adquiriam importância fundamental. Se tudo isso tornava a música uma arte mais estática do que até então, talvez fosse inevitável ele sentir-se tão atraído por temas visuais, embora a poesia de Verlaine e outros tivesse, sem dúvida, igual importância em sua modelagem de uma nova sensibilidade.

Debussy nasceu em St. Germain-en-Laye e estudou, no Conservatório de Paris (1872-84), piano com Marmontel e composição com Giraud. O Prêmio de Roma levou-o para a Itália, onde permaneceu até 1887, mas não se sentiu à vontade lá e concluiu pouca coisa importante. De volta a Paris, contudo, começou a compor livremente em todos os gêneros, sobretudo depois de suas visitas a Bayreuth em 1888 e 1889. As músicas para poemas de Baudelaire, de 1887-9, são de opulência wagneriana, mas as canções de Verlaine, de 1891, revelam um estilo mais seco, fantástico, com livre utilização de tríades não afins e uma delonga em dissonâncias dominantes. Seguiram-se duas obras-primas instrumentais: o Quarteto para Cordas em sol menor, ampliado pelo método frígio e também por algumas persistentes estruturas orientais no *scherzo* (ouvira música indonésia e indochinesa em Paris, em 1889), o orquestral *Prélude à "L'après-midi d'un faune"* (Prelúdio à tarde de um fauno). Por volta dessa época, também, começara a trabalhar em sua ópera PELLÉAS ET MÉLISANDE.

Os meados da década de 1890 foram menos produtivos, em parte por causa de problemas na vida pessoal; seu casamento em 1899 foi logo sucedido pela conclusão, há muito retardada, dos *Nocturnes* para orquestra. O casamento, porém, não durou muito. Em 1903, conheceu Emma Bardac, a quem Fauré dedicara *La bonne chanson*, e em 1904 abandonou a mulher por ela; em 1905, tiveram uma filha, depois presenteada com a suíte *Children's Corner*. Com Emma, a confiança criativa de Debussy desabrochou de repente, pois os anos 1903-5 viram a composição de *La* MER, de outro importante grupo de poesias de Verlaine e de composições para piano, que finalmente levavam a música que ele fazia para seu instrumento para o mundo que descobrira através da canção, da ópera e da música orquestral.

Seguiu-se novo período de pouca produtividade, até que, em 1908, iniciou uma nova ópera sobre *A Queda da Casa de Usher*, de Poe, e concluiu a orquestral *Iberia*. Em 1909, começou a revelar sintomas dolorosos de um câncer no reto, que acabaria matando-o, mas nos poucos anos seguintes compôs copiosa e variadamente. *Iberia* ganhou duas companheiras para formar o conjunto das IMAGES; vinhetas menores integraram os dois livros de PRELÚDIOS para piano. E mais quatro obras teatrais, em algumas das quais buscou colaboradores para ajudá-lo na orquestração, embora não no balé JEUX, a mais individualizada de suas obras orquestrais, em sua sucessão de ondas e rajadas de desenvolvimento temático dentro de uma imprevisibilidade geral, e em sua elegante orquestração. Aqui, mais que em qualquer outra obra, não há repetições, e até se evita repetir o mesmo timbre. Contudo, em *Le* MARTYRE DE ST. SÉBASTIEN, o mistério de d'Annunzio que ele musicou, vê-se um estilo bastante diferente de homofonia modal, equilibrado por um colorido em grandes blocos. *Jeux* prenuncia Boulez e Stockhausen, como estes se apressaram a reconhecer; *St. Sébastien* pressagia Messiaen (embora não em sua herética mistura de cristianismo e paganismo erótico: Debussy era agnóstico).

Seus últimos anos foram dedicados ao projeto *Usher*, jamais concluído, e à música de câmara e piano. A Primeira Guerra Mundial intensificou seu sentimento de si como músico francês, e ele empenhou-se num pretendido conjunto de seis sonatas imitando os mestres do séc. XVIII, embora, em forma e conteúdo, as três concluídas sejam inteiramente suas. A sonata para flauta, viola e harpa emprega a quintessência de sua orquestração, seguindo idéias tão momentâneas quanto as de *Jeux*, enquanto as sonatas para violoncelo e violino têm mais em comum com a provocante artificialidade de suas canções. Ao mesmo tempo, tinha plena ciência da chegada de Stravinsky a Paris, pois há ecos de *Pretuchka* tanto em *En blanc et noir* para dois pianos quanto no último dos ÉTUDES para piano solo, uma admirável coletânea que também faz a exploração da enorme gama de sons que ele tirara do piano, explorando suas ressonâncias, e da fluidez que introduzira na maneira de desenrolar-se da música.

*Ópera*: PELLÉAS ET MÉLISANDE, 1893-1902.

*Outras obras teatrais*: Le MARTYRE DE ST. SÉBASTIEN, 1911: Khamma, balé, 1911-2; JEUX, balé, 1912-3; La boîte à joujoux, balé, 1913.

*Orquestral*: Printemps, 1887, rev. 1912; Fantaisie, pn, orq, 1889-90; Prélude à "L'après-midi d'un faune", 1892-4; Marche écossaise, arr, 1894-1908; Nocturnes (Nuages, Fêtes, Sirènes), 1897-9; La MER, 1903-5; Danse sacrée et dance profane, harpa, cordas, 1904; IMAGES (Gigues, Iberia, Rondes de printemps), 1905-12; Primeira Rapsódia, arr, 1911.

*Orquestral vocal*: Salut printemps, vozes femininas, orq, 1882; Invocation, vozes masculinas, orq, 1883; L'enfant prodigue, 3 vozes solistas, orq, 1884, rev. 1906-8; La damoiselle élue, S, vozes femininas, orq, 1887-8, rev. 1902; Le jet d'eau (arr.), 1907; 3 ballades de Villon (arr.), 1910.

*Coral*: 3 chansons de Charles d'Orléans, 1898-1908.

*Canções*: Ariettes oubliées (Verlaine), 1885-8; 5 poèmes (Baudelaire), 1887-9; 3 mélodies, (Verlaine), 1891; Fêtes galantes (Verlaine), primeiro conjunto 1891, segundo, 1904; Proses lyriques (Debussy), 1892-3; Chansons de Bilitis (Louÿs, 1897-8); 3 chansons de France, 1904; Le promenoir des deux amants (Lhermite), 1904-10; 3 ballades de Villon, 1910; 3 poèmes de Mallarmé, 1913.

*Câmara*: Quarteto de Cordas, 1893; Rapsódia, sax, pn, 1901-8; Primeira Rapsódia, cl, pn, 1909-10; Petite pièce, cl, pn, 1910; Syrinx, fl, 1913; Sonata, vc, pn, 1916-7.

*Piano*: Suite bergamasque, 1890, rev. 1905; Pour le piano, suíte, 1894-1901; D'un cahier d'esquisses, 1903; Estampes, 1903; L'isle joyeuse, 1904; Masques, 1904; IMAGES, primeiro conjunto, 1905, segundo, 1907; Children's Corner, suíte, 1906-8; Hommage à Haydn, 1909; The Little Nigar, 1909; PRELÚDIOS, primeiro livro, 1909-10, segundo livro 1912-3; La plus que lente, 1910; Berceuse héroique, 1914; Six épigraphes antiques, 1914; ÉTUDES, 1915.

*Piano a quatro mãos*: Petite suite, 1886-9; Marche écossaise, 1891; Six épigraphes antiques, 1914.

*Dois pianos*: Lindaraja, 1901; En blanc et noir, 1915.

Muitas canções e peças para piano dos primeiros tempos, óperas inacabadas, etc.

☐ C. Debussy, *Debussy on Music* (1976); E. Lockspeiser, *Debussy* (1962-5).

**decay** Processo de extinção de um som, sujeito, como parte do ENVELOPE, à mudança eletrônica.

**Del Tredici, David** (1937-) Compositor americano. Estudou em Berkeley e com Sessions em Princeton. Em 1968, começou uma longa serie de obras baseada nos livros de Carroll sobre *Alice*, empregando muitas vezes recursos de grande escala e variados para obter uma excentricidade surrealista. Contam-se entre elas *The Final Alice*, para fala e canto de soprano, grupo folclórico e orquestra (1976). [Boosey; Decca, Nonesuch.]

**Delius, Frederick** (1862-1934) Compositor inglês, embora de origem alemã e residente a maior parte da vida em Paris. Seu mundo musical também foi cosmopolita: usou música folclórica de vez em quando (notadamente em *Brigg Fair*), embora os compositores mais importantes para ele fossem Wagner, como modelo de fluxo contínuo, Grieg, pelo imperturbável domínio do cromatismo, e Debussy, pela elegância orquestral. Compôs pouca coisa que não fosse para orquestra, e não se desviou muito de um estilo de celebração rapsódica trabalhado pela elegia e a nostalgia; seu ampliado vocabulário harmônico não é estabilizado por formas não-progressivas, como em Debussy, mas, antes, dirigido freqüentemente para um movimento de tipo sonata, que evolui no sentido de uma resolução, e é o primoroso retardamento dessa resolução (que pode nem chegar ao fim) que dá pungência à sua música.

Estudou com Thomas Ward, na Flórida, quando lá trabalhava como plantador de laranjas (1884-5). Em 1886, foi para o Conservatório de Leipzig, onde conheceu Grieg, depois mudou-se para Paris. Entre seus amigos nessa cidade, estavam Gauguin, Strindberg, Munch e, também, o jovem pintor norueguês Jelka Rosen, com quem ele se instalou em Grez-sur-Loing, em 1897. A maior parte de sua música foi composta ali, muitas vezes em seu adorado jardim, pois, logo após mudarse, alcançou o estilo maduro, na peça orquestral *Paris* e na ópera *A Village Romeo and Juliet*. Essas obras tiveram sua primeira apresentação na Alemanha, mas por volta de 1907 Delius passou a ser mais tocado na Inglaterra, sobretudo por Beecham, que dirigiu a primeira apresentação completa de *A Mass of Life*, uma declaração de princípios de exuberante afirmação nietzscheana. Mais tarde, durante a guerra (quando se retirou para a Inglaterra) e por alguns anos depois, concentrouse em formas tradicionais, mantendo porém o fluxo rapsódico de sua música. A partir de 1923, mergulhou realmente no silêncio, cego e paralisado pela sífilis, mas os serviços de Eric Fenby como seu copista permitiram-lhe retomar a composição em seus últimos dias.
*Óperas*: Irmelin, 1890-2, *Oxford, 1953; Magic Fountain, 1893-5; Koanga, 1895-7, *Elberfeld, 1904; A Village Romeo and Juliet, 1900-1, *Berlim, 1907; Margot la rouge, 1902; Fennimore and Gerda, 1909-10, *Frankfurt, 1919; Hassan (música incidental), 1920-3, *Londres, 1923.
*Orquestral*: Concerto para Piano, 1897, rev. 1906; Life's Dançe, 1899, rev. 1901; Paris, 1899; Brigg Fair, 1907; In a Summer Garden, 1908; Dance Rhapsody n.º 1, 1908, n.º 2, 1916; Summer Night on the River, 1911; On Hearing the First Cuckoo in Spring, 1912; North Country Sketches, 1913-4; Air and Dance, cordas, 1915; Concerto Duplo, vn, vc, orq, 1915-6; Conc vn, 1916; Eventyr, 1917; A Song Before Sunrise, 1918; Conc vl, 1921; A Song of Summer, 1929-30; Caprice and Elegy, vc, orq, 1930; Fantastic Dance, 1931.
*Vocal orquestral*: Mitternachtslied, Bar, vozes masculinas, orq, 1898; Appalachia, coro, orq, 1898-1903; Sea Drift, Bar, coro, orq, 1903-4; A Mass of Life, 4 vozes solistas, coro, orq, 1904-5; Songs of Sunset, Mez, Bar, coro, orq, 1906-8; Cynara, Bar, orq, 1907, rev. 1928-9; An Arabesk, Bar, coro, orq, 1911; A Song of High Hills, coro, orq, 1911; Requiem, S, Bar, coro, orq, 1914-6; A Late Lark, voz, orq, 1925; Songs of Farewell, coro, orq, 1930; Idyll, S, Bar, orq, 1930-2.
*Coral*: On Craig Dhu, SATTBB, pn, 1907; Two Songs to be Sung of a Summer Night on the Water, SATTBB, 1917.
*Câmara*: Sonata para Violino n.º 1, 1905-14, n.º 2, 1923, n.º 3, 1930; Qt Cordas, 1916.
Poucas peças instrumentais, muitas canções, algumas com orquestra. [Boosey.]
☐ E. Fenby, *Delius as I Knew him* (1936, 3/1966); C. Redwood, ed., *A Delius Companion* (1976).

**Dello Joio, Norman** (1913-) Compositor americano. Sucedeu ao pai como organista de uma igreja católica, depois estudou com Wagenaar na Juilliard School (1939-41) e com Hindemith, em Yale (1941). Sua música é de gestos fortes e ampla melodia, influenciada pelo canto gregoriano, a ópera italiana e a música popular americana das décadas de 20 e 30. Entre as obras, há óperas (*The Triumph of St. Joan*, 1951), balés (*Seraphic Dialogue*, 1948, coreografado por Martha Graham), obras de coral sacro, orquestrais e peças de câmara. [Fischer, Marks, G. Schirmer.]

**Denisov, Edison** (1929-) Compositor russo. Estudou matemática em Tomsk, depois composição com Shebalin e outros no Conservatório de Moscou (1951-6), onde passou a ensinar em 1960. Mais ou menos na mesma época começou a se interessar pelo serialismo, do qual resultaram obras que cruzam *Pli selon pli*, de Boulez, com *Le noces*, de Stravinsky, notadamente *O Sol dos Incas* para soprano

e noneto (1964). As obras posteriores, num luminoso estilo de complexa continuidade temática, têm sido mais apresentadas na Europa do que na URSS.
*Teatro*: L'écume des jours (ópera), 1981; Confession (balé), 1984.
*Orquestral*: Peinture, 1970; Conc vc, 1972, pn, 1974, fl, 1975, vn, 1977, fl e ob, 1979, fag e vc, 1982; Sinfonia de Câmara, 12 instrs, 1982.
*Vocal*: O Sol dos Incas, S, 10 instrs, 1964; Lamentos, S, pn, percussão, 1965; La vie en rouge, voz, 6 instrs, 1973; Requiem, S, T, coro, orq, 1980; O Caderno Azul, S, narrador, 5 instrs, 1984.
Música de câmara e instrumental, canções, coros. [UE, Peters, Gerig, Leduc.]

**Densidade 21.5** Peça para flauta solo de Varèse, composta para inaugurar um instrumento de platina, que tem essa densidade. *Barrère, Nova York, 16 fev 1936.

**Déserts** Obra de Varèse, sua primeira com som gravado e a primeira de um compositor para orquestra e fita magnética. É, no entanto, essencialmente, uma composição orquestral (para sopros e percussão), e pode ser tocada sem as 3 "interpolações" de "som eletronicamente organizado". Orquestra da *RTF/Scherchen, Paris, 2 dez 1954.

**Deshevov, Vladimir** (1889-1955) Compositor russo. Estudou com Shteynberg e outros no Conservatório de São Petersburgo. Pertencia à ala progressista da música soviética da década de 20, sendo influenciado por Honegger e Prokofiev; sua peça mecânica, *Trilhos* (1926), para piano, sobreviveu para simbolizar o período. Mais tarde, compôs sobretudo música incidental e para cinema.

**Dessau, Paul** (1894-1979) Compositor alemão. Estudou no Conservatório Klindworth-Scharwenka em Berlim (1910-2), depois trabalhou como regente de orquestra de teatro em Bremen, Hamburgo, Colônia, Mogúncia e Berlim (Städtische Opera, 1925-33). Judeu, mudou-se para Paris em 1933, onde estudou composição dodecafônica com Leibowitz. Depois mudou-se para os EUA (1939-48), onde em 1942 conheceu Brecht e iniciou sua colaboração com ele (já escrevera uma música incidental para Paris). Os dois voltaram juntos para Berlim oriental, e Dessau tornou-se a principal figura da música alemã oriental.
*Óperas*: Die Verurteilung des Lukullus (Brecht), 1949, *Berlim, 1951; Puntila (baseada em Brecht), 1957-9, *Berlim, 1966; Lanzelot, 1967-9, *Berlim, 1969; Einstein, 1971-3, *Berlim, 1973.
*Música incidental para Brecht*: Furcht und Elend des Dritten Reiches, 1938; Mutter Courage und ihre Kinder, 1946; Der gute Mensch von Sezuan, 1947; Herr Puntila und sein Knecht Matti, 1949; Mann ist Mann, 1951; Der kaukasische Kreidekreis, 1953-4.
Inúmeras obras para coro, canções, peças orquestrais, música de câmara. [Deutscher Verlag für Musik.]

**Destino** (Osud) Ópera de Janácěk sobre o malfadado casamento de um compositor e a ópera que daí resulta: a auto-reflexão indica a gênese em parte autobiográfica da obra. *Rádio de Brno, 18 set 1934.

**Deutsch, Max** (1892-) Compositor e professor austro-francês. Estudou na Universidade de Viena e com Schoenberg (1913-20), depois trabalhou como regente teatral e compositor dos filmes de Pabst. Em 1942, estabeleceu-se em Paris, onde introduziu obras de Schoenberg, Berg e Webern, trabalhou como pianista e compositor de músicas de cabaré e ensinou composição dodecafônica.

**díade** Grupo de duas classes de alturas, normalmente em referência ao conjunto de 12 notas.

**Diaghilev** *Ver* DYAGILEV.

**Diamond, David** (1915-) Compositor americano. Estudou na Eastman School, com Sessions em Nova York (1935) e com Nadia Boulanger em Paris (1936-7). Viveu na Itália de

1951 a 1965, depois regressou a Nova York. Sua música é num estilo contrapontístico claro e flexível, influenciada pelos compositores aos quais se ligou em Paris: Ravel, Stravinsky e Roussel. Entre suas obras, encontram-se balés e música de teatro, sinfonias e concertos, muitas canções e uma série de quartetos de cordas. [Southern.]

**Diepenbrock, Alphons** (1862-1921) Compositor holandês, o primeiro de importância desde o séc. XVII. Autodidata, foi influenciado por Wagner e, em seus últimos anos, por Debussy; Mahler era seu amigo e admirador. Suas maiores obras são poemas sinfônicos com voz solo (*Zwei Hymnen an die Nacht*, 1899; *Im grossen Schweigen*, 1906; *Die Nacht*, 1911) e música incidental (*Marsyas*, 1910; *Electra*, 1920). [Alphons Diepenbrock Fonds.]

**Dieren, Bernard van** (1887-1936) Compositor inglês de descendência franco-holandesa. Quase autodidata, com exceção dos estudos na Alemanha (1912), estabeleceu-se na Inglaterra em 1909. Sua música era louvada por um círculo de amigos artistas que incluía os Sitwells, Warlock e o escultor Epstein (sobre o qual escreveu um livro), e tem sido periodicamente revivida, sobretudo os seis quartetos para cordas e a *Chinese Symphony* para solistas, coro e orquestra (1914), que contém mais de Delius que de Mahler.
☐ B. van Dieren, *Down among the Dead Men* (1935).

**d'Indy, Vincent** (1851-1931) Compositor e professor francês. Estudou com Franck e tornou-se seu mais leal defensor, embora menos na música do que em textos e em suas aulas na Schola Cantorum, da qual foi um dos fundadores em 1894. Suas obras atenuam a carpintaria acadêmica com um pouco de exotismo (variações sinfônicas *Istar*, 1896), devoção católica e longos temas folclóricos diatônicos (*Symphonie sur un chant montagnard français* com piano, 1886); abrangem todos os gêneros.

**Distler, Hugo** (1908-42) Compositor alemão. Estudou no Conservatório de Leipzig com Grabner e Högner, que o orientou para a tradição organística de Bach e seus antecessores. Depois, foi organista na Jakobkirche em Lübeck (1931-7) e professor em Stuttgart (1937-40) e Berlim (1940-2), embora sofresse perseguições das autoridades e acabasse se suicidando. Suas obras consistem, na maior parte, em coros e música para órgão. [Bärenreiter.]

**dodecafonismo** Termo deselegante e impreciso cujos significados incluem-se em ATONALIDADE, SERIALISMO e COMPOSIÇÃO DODECAFÔNICA.

**Dodge, Charles** (1942-) Compositor americano. Estudou com Luening na Universidade da Columbia e com Ussachevsky (1964-70), e em Princeton com Winham (1966-7), ensinando depois nessas universidades. Suas obras revelam destreza no domínio de recursos computadorizados.
Changes, fita magnética, 1967-70; Earth's Magnetic Field, fita, 1970; Humming, fita, 1971; Extensions, trompete, fita, 1973; Speech Songs, fita, 1973; The Story of our Lives, fita, 1974; In Celebration, fita, 1975; Cascando, fita, 1979. [American Composers Alliance; Nonesuch, CRI.]

**Dohnányi, Ernö** (1877-1960) Compositor húngaro. Estudou com Thomán e Koessler na Academia de Budapeste (1894-7), destacando-se depois como pianista-compositor. Brahms tinha aprovado seu Quinteto para Piano em dó menor (1895), e a este se seguiram outras obras em sólidas formas instrumentais germânicas, além da popular *Variationen über ein Kinderlied* para piano e orquestra (1914). Em 1915, retornou à Hungria, onde ensinou e trabalhou vigorosamente como regente (regeu as primeiras apresentações de Bartók). Sua atividade como compositor declinou até a década de 40, quando retomou o antigo estilo, com pouca mudança. Em 1949, mudou-se para Tallahassee, Flórida.

**Doktor Faust** Ópera de Busoni com libreto seu baseado numa antiga peça de marionetes, embora levando em conta outros tratamentos do tema e diversos estilos musicais: modelos de formas abstratas da tradição germânica, lirismo italiano, atonalidade. A última cena foi terminada por Jarnach. *Dresden, 21 mai 1925.

**Domaine Musical** Organização fundada por Boulez, originalmente como Concerts du Petit Marigny, sob o patrocínio da Companhia Renauld-Barrault (Boulez era seu diretor musical). Teve início em 1954 com concertos que reuniam música pré-clássica, obras-primas do séc. XX e novas composições: o primeiro programa, regido por Scherchen, consistiu na *Oferenda Musical*, de Bach, *Le renard*, de Stravinski, Concerto de Webern, *Polifonia-Monodia-Ritmica*, de Nono, e *Kontra-Punkte*, de Stockhausen. De 1957 em diante, a maioria dos concertos foi regida por Boulez, até que, em 1967, a direção passou a Amy; a organização desfez-se em 1973. Entre as obras que apresentou pela primeira vez, estavam *Oiseaux exotiques*, *Couleurs de la cité céleste*, *Sept haïkai* e *Et expecto*, de Messiaen, *Zeitmasze*, de Stockhausen, *Séquence*, *...au delà du hasard* e *Le temps restitué*, de Barraqué, e composições de Henze, Philippot, Nono, Maderna e outros.

**Donatoni, Franco** (1927-) Compositor italiano. Estudou em Milão, Bolonha e com Pizzetti, em Roma (1952-3), mas foi mais influenciado por seu encontro com Maderna (1953) e a posterior participação nos cursos de Darmstadt. Desde 1953, tem ensinado em várias instituições italianas. Suas obras dos anos 50 mostram uma adesão aos métodos e estilos de Boulez e Stockhausen, seguidas, no sexteto *For Grilly* (1960), por uma criação objetiva de objetos musicais precisos, às vezes mecanicamente desenvolvidos em densas texturas; outras obras desse período decisivo incluem as orquestrais *Puppenspiel* (1961) e *Per orchestra* (1962). Depois veio uma fase de indeterminação cageana (no Quarteto n.º 4, de 1963, os intérpretes reagem ao que lêem nos jornais), embora logo tenha dado lugar a uma retomada da notação tradicional e da carpintaria objetiva. [Suvini Zerboni.]

**Donnerstag aus Licht** (Quinta-feira da luz) Ópera de Stockhausen com libreto seu, a primeira a ser concluída de seu ciclo de sete noites *Licht*. É em três atos apresentáveis separadamente: *Michaels Jugend* (Juventude de Michael), sobre o despertar artístico e sexual do herói Michael, *Michael Reise um die Erde* (A viagem de Michael pela terra), um concerto para trompete no qual Michael dialoga musicalmente com diferentes culturas, e *Michael Heimkehr* (A volta ao lar de Michael), que é seu triunfo celestial e a versão visionária de si mesmo. Há também uma abertura *Donnerstags-Gruss* (Saudação de quinta-feira) para metais e percussão, e um final *Donnerstags-Abschied* (Adeus à quinta-feira) para cinco trompetistas instalados nos telhados do lado de fora do teatro. *Milão, 15 mar 1981.

**Druckman, Jacob** (1928-) Compositor americano. Estudou com Persichetti e Mennin na Juilliard School (1949-56) e com Copland em Tanglewood (1949-50), ensinando mais tarde na Juilliard e no Brooklyn College (a partir de 1972). Também trabalhou no Centro de Música Eletrônica de Columbia-Princeton, onde compôs uma série de encontros dramáticos para músicos ao vivo e fita magnética: *Animus I* para trombonista (1966), *Animus II* para cantora e dois percussionistas (1968) e *Animus III* para clarinetista (1969). As obras posteriores não são menos fortemente concebidas, mas muitas vezes em maior escala, incluindo as peças orquestrais *Windows* (1972), *Lamia* (com soprano, 1974), *Chiaroscuro* (1976-7), *Aureole* (1979) e *Prism* (1980). [AMP; Nonesuch.]

**Dufourt, Hugues** (1943-) Compositor francês. Estudou no Conservatório de Genebra, depois com Guyonnet, enquanto também estudava filosofia na Universidade de Genebra. Em

1967, formou-se e começou a ensinar filosofia em Lyon, porém mais tarde mudou-se para Paris e concentrou-se na pesquisa eletrônica e na composição. Suas obras transmitem um sentido de massa sonora varesiana e um domínio de manobras formais lentas e de longo alcance.
Mura della città di dite, 17 instrs, 1969; Erewhon, 6 percussionistas, 1972-6; Antiphysis, fl, orq câm, 1978; Saturne, sopros, perc e eletrônicos, 1979. [Jobert; Sappho, Erato.]

**Dukas, Paul** (1865-1935) Compositor e professor francês. Apegando-se a uma nobre visão de integridade artística, publicou apenas umas poucas obras e na maior delas, a ópera ARIANE ET BARBE-BLEUE, dramatizou a clara e objetiva busca da verdade que sentia ser sua responsabilidade. Sua carreira desenvolveu-se paralela à de Debussy, e os dois se admiravam e influenciavam, embora Dukas se inclinasse para o mais sólido e conservador, em particular para Wagner e Beethoven.

Estudou no Conservatório de Paris com Guiraud (1882-9) e chamou a atenção pela primeira vez com sua abertura wagneriana *Polyeucte*; em 1892, começou a trabalhar como crítico, em cuja função revelou largas simpatias e discernimento. A Sinfonia em Dó foi sua obra mais poderosamente beethoviana, e não deixou de ter sucesso, mas o scherzo *L'apprenti sorcier* (O aprendiz de feiticeiro) foi muito mais popular e muito mais influente, com sua brilhante orquestração e suas harmonias simétricas (acorde de sétima diminuta e tríade aumentada): Stravinsky praticamente o cita em seus *Fogos de Artifício*. Vieram, depois, duas grandes obras sinfônicas para piano, a Sonata e as Variações sobre um tema de Rameau, ambas beneficiando-se do último Beethoven e de Franck, e exibindo um vigor na técnica da variação também transmitido pela contemporânea *Ariane* e o posterior balé *La péri*, um exercício em diáfano orientalismo. Depois disso, seguiu-se quase um quarto de século de SILÊNCIO, quebrado apenas por duas contribuições para a *Revue Musicale*: uma homenagem a Debussy e canções sobre poemas de Ronsard. Enquanto isso, trabalhou como inspetor de conservatórios das províncias e professor no Conservatório de Paris (1928-35), onde teve entre seus alunos Messiaen.
*Teatro*: ARIANE ET BARBE-BLEUE, 1899-1906; La péri, 1911-2, *Paris, 1912.
*Orquestral*: Polyeucte, abertura, 1891; Sinfonia, 1895-6; L'apprenti sorcier, 1897.
*Piano*: Sonata em mi bemol maior, 1899-1901; Variations, interlude et final sur un thème de Rameau, ?1899-1902; Prélude élégiaque, 1908; La plainte, au loin, du faune..., 1920.
*Outras obras*: Villanelle, tpa, pn, 1924. [Durand; Erato, Arion, EMI, Columbia.]

**Dumbarton Oaks** Residência em Washington DC do Sr. e Sra. Robert Woods Bliss, que encomendaram a Stravinsky o concerto em mi bemol maior: a obra foi apresentada pela primeira vez ali e passou a ser conhecida pelo nome da casa.

**Dupré, Marcel** (1886-1971) Compositor e organista francês. Filho e neto de organistas, conseguiu o primeiro emprego na igreja de St. Vivien, em sua cidade natal, Rouen, aos 12 anos. Depois estudou no Conservatório de Paris com Guilmant, Vierne e Widor (1902-14), e em 1920 iniciou uma carreira internacional de concertista de órgão. Sucedeu a Widor na igreja de St. Sulpice, em Paris (1934-71). Famoso como improvisador, produziu também grande quantidade de música notada para órgão, muitas vezes de caráter virtuosístico. Seu aluno Messiaen denominava-o, apropriadamente, o "Liszt do órgão", chamando a atenção para seu uso de acordes *staccati* em rápido movimento de tocata. Entre suas composições, são admiráveis dois conjuntos de 3 Prelúdios e Fugas, op. 7 (1912) e op. 36 (1938). [Leduc, Bornemann.]
☐ M. Dupré, *Recollections* (1975).

**duração** 1. A extensão de um som, em valor de notação ou em tempo do relógio. Pode ser de particular importância na música onde se aplicam ao ritmo os princípios da composição dodecafônica; também pode ser motivo de interesse quando se sustenta um som por um tempo singularmente longo, como em muitas das primeiras obras de Young. 2. A extensão, em tempo de relógio, de uma composição ou movimento. Na música do séc. XX, tem variado de modo extraordinário: alguns dos movimentos de Webern, em seus opp. 9-11, duram apenas um quarto de minuto, enquanto em algumas obras experimentais são imaginariamente de duração infinita. *4'33"*, de Cage, a que se pode dar qualquer limite de tempo, pode ser considerada como abrangendo todos os sons que se podem ouvir durante toda uma vida. O recorde da mais longa composição notada está sempre, obviamente, sujeito a contestações, mas, entre as obras de compositores importantes, parece provável que *Licht*, de Stockhausen, supere o *Anel*, de Wagner.

**Durey, Louis** (1888-1979) Compositor francês. Estudou na Schola Cantorum até 1914, depois, como admirador de Satie e Stravinsky, envolveu-se com o GRUPO DOS SEIS. Musicou Cocteau em *Le printemps au fond de la mer* para voz e deceto de sopros (1920), mas sua seriedade logo o afastou do grupo. Nos anos 40 e 50, ligou-se estreitamente a organizações de esquerda e musicou textos de Mao, Maiakovski e Ho-Chi-Minh. [Chester.]

**Durkó, Zsolt** (1934-) Compositor húngaro. Estudou com Farkas na Academia de Budapeste e com Petrassi em Roma (1961-3). Depois voltou para Budapeste e logo se estabeleceu como um dos líderes da vanguarda, trabalhando com pequenas unidades de incessante variação e largas pinceladas de cor. A maioria de suas obras é para grandes orquestras ou para conjuntos de câmara. [Editio Musica; Hungaroton.]

**Duruflé, Maurice** (1902-) Compositor e organista francês. Estudou com Tournemire, e com Gigot e Dukas no Conservatório de Paris (1920-8). Em 1930, foi nomeado organista da igreja de St. Étienne-du-Mont; também se apresentava internacionalmente como concertista. Suas poucas obras, num colorido estilo modal, incluem um Réquiem para solistas, coro, orquestra e órgão (1947), outros trabalhos para coro, música para órgão, *3 danses* para orquestra (1932) e peças instrumentais. [Durand.]

**Dutilleux, Henri** (1916-) Compositor francês, destacado representante da tradição sinfônica francesa na era de Messiaen e Boulez, embora de modo algum se opusesse a aprender com ambos. Estudou no Conservatório de Paris com os Gallons e Büsser (1933-8), trabalhou na rádio francesa (1943-63) e deu aulas na Escola Normal de Música (1961) e no Conservatório (1970). Um pouco como Carter, chegou a um estilo intuitivo e independente por volta de 1950, após um período de sofisticada realização num estilo mais convencional (no seu caso, o raveliano, tendo sido a maior parte das primeiras obras destruída ou repudiada). Ravel ainda é importante em suas obras de maturidade, embora elas respirem um espírito arejado de liberdade: os processos temáticos tendem a ser sutis e indiretos, numa música de movimentos fluidos e textura impetuosa, em constante variação. Essa busca de renovação permanente afastou-o aos poucos do diatonicismo raveliano de sua Primeira Sinfonia, embora não de seu vigor retórico.

*Orquestral*: Sinf nº 1, 1949-51; Le loup (balé), 1953; Sinf nº 2 "Le double", 1956-9; Métaboles, 1962-5; "Tout un monde lointain...", vc, orq, 1968-70; Timbres, Espace, Mouvement, 1977.

*Câmara*: Sonatina, fl, pn, 1942; Sarabande et cortège, faz, pn, 1942; Sonata, oboé, pn, 1947; Choral, cadence et fugato, trbn, pn, 1950; Ainsi la nuit, qt cordas, 1975-6.

*Piano*: Au gré des ondes, 1946; Bergerie, 1947; Sonata, 1947; Résonances, 1965; Deux figures de résonance, 2 pn, 1970; 2 préludes, 1974. [Heugel, Amphion, Durand; Calliope.]

**Dyagilev, Sergey** (1872-1929) Empresário russo. Estudou Direito em São Petersburgo, mas logo passou a integrar os círculos teatrais e

musicais. Em 1907, promoveu cinco concertos de música russa em Paris, seguidos, em 1908, de apresentações de *Boris Godunov*, pela primeira vez fora da Rússia, e, em 1909, da primeira exibição do que veio a se tornar OS BALLETS RUSSES. Encomendou a Stravinsky seu primeiro trabalho importante (*O Pássaro de Fogo*) e trabalhou com vários outros compositores, coreógrafos e pintores importantes. Stravinsky esboçou seu retrato numa polca para dueto de pianos (em Três Peças Fáceis 1914-5) e dedicou-lhe *Les noces*.
□ Percival, *The World of Diaghilev* (1971).

**Dzerzhinsky, Ivan** (1909-78) Compositor russo. Estudou em Leningrado com Popov, Ryazanov e Asayev, todos ligados à progressista ACM, embora sua música fosse altamente conservadora. Sua ópera leve, *O Dom Silencioso* (1932-4, *Leningrado, 1935), foi apresentada em 1936 como um modelo de REALISMO SOCIALISTA, em contraste com *Lady Macbeth*, de Shostakovich. Compôs outras óperas, entre elas mais duas baseadas em Sholokhov, mas sua música não sobreviveu a seu apogeu stalinista.

# E

**Eaton, John** (1935-) Compositor americano. Estudou com Babbitt, Cone e Sessions em Princeton (1953-9). Teve uma carreira como pianista de jazz, depois, em 1964, começou a trabalhar com instrumentos eletrônicos, especialmente o SYNKET, numa música de violenta intenção expressionista. Em 1971, foi nomeado professor assistente da Universidade de Indiana, onde se tornou compositor de ópera (*The Tempest*, *Santa Fé, 1985). [Carisch, Malcolm, Shawnee; CRI.]

**Eben, Petř** (1929-) Compositor, organista e pianista tcheco. Preso em Buchenwald durante a guerra, estudou depois com Bořkovec, na Academia de Praga (1948-54). Trabalhou em educação musical e como intérprete de suas próprias obras, na maioria das quais demonstra uma preocupação com a especulação filosófica, realizada através de uma síntese do contraponto bachiano com recursos modernos. Sua produção compreende o oratório *Apologia de Sócrates* (1961-7) e *Fausto* para órgão (1982).

**Ecuatorial** Composição de Varèse para coro baixo em uníssono (ou solista), metais, piano, órgão, 2 ondas martenot e percussão, adaptando uma oração maia em tradução espanhola. Uma de suas primeiras obras com instrumentos eletrônicos. *Nova York, 15 abr 1934.

**Egk, Werner** (1901-83) Compositor alemão. Estudou com Orff no início dos anos 20, mas devia sobretudo a Stravinsky a pungência dissonante, o elã rítmico e a ironia de sua música. Seu relacionamento com o regime nazista foi equívoco: ganhou uma medalha por sua *Olympische Festmusik* para os Jogos Olímpicos de Berlim, mas sua ópera satírica *Peer Gynt* foi proibida; apesar disso, permaneceu na Alemanha durante a guerra. Depois, dirigiu a Berlin Hochschule für Musik (1950-3).
*Óperas*: Columbus, *Radio Bávara, 1933; Die Zaubergeige, *Frankfurt, 1935; Peer Gynt, *Berlim, 1938; Circle, *Berlim, 1948; Irische Legende, *Salzburgo, 1955; Der Revisor, *Schwetzingen, 1957; Die Verlobung in San Domingo, *Munique, 1963; Die Abraxas, 1979.
*Balés*: Joan von Zarissa, *Berlim, 1940; Abraxas, *Munique, 1948; Ein Sommertag, *Berlim, 1950; Die chinesische Nachtigall, *Munique, 1953; Casanova in London, *Munique, 1969.
Obras vocais e orquestrais, poucas outras. [Schott; DG.]

**Eight Songs for a Mad King** (Oito canções para um rei louco) Peça teatral musicada por Davies e Randolph Stow. Um vocalista dotado de uma voz de fantástica extensão apresenta-se como Jorge III, num palco também ocupado por seis instrumentistas. *Hart, Pierrot Playerres, Londres, 22 abr 1969.

**Eimert, Herbert** (1897-1972) Compositor alemão. Estudou musicologia no Conservatório (1919-20) e na Universidade (1924-30) de Colônia, ingressando na rádio local em 1927. Durante a guerra, trabalhou como crítico musical, depois regressou à WESTDEUTSCHER RUNDFUNK, onde foi fundador-diretor do estúdio de música eletrônica (1951-62). Antes trabalhara com atonalidade (Cinco peças para quarteto de cordas, 1923-5), instrumentos mecânicos (balé *Der weisse Schwann*, 1926) e serialismo; agora, em suas Quatro Peças (1952-3), produzia uma das primeiras obras em som puramente eletrônico. Esta foi seguida de outras composições em fita magnética: *Struktur 8* (1953), *Glockenspiel* (1953), *Etüde über Tongemische* (1953-4), Cinco Peças (1955), *Zu Ehren von Igor Stravinsky* (1957), *Selektion 1* (1959-60), *Epitaph für Aikichi Kuboyama* (1958-62) e Seis Estudos (1962). Com Stockhausen, também editou Die REIHE. De 1965 a 1971, ensinou música eletrônica na Hochschule für Musik de Colônia. [Wergo.]

**Einem, Gottfried von** (1918-) Compositor austríaco. Trabalhou como ensaiador na Berlin Staatsoper e em Bayreuth, antes de estudar composição com Blacher (1941-3), que o influenciou profundamente, tendo escrito quatro libretos para ele. Suas primeiras duas óperas, contudo, são num estilo expressionista mais próximo de Berg e do Hindemith inicial; só na comédia *Der Zerrissene* surge um estilo diatônico, mais jocoso. As obras posteriores mostram um domínio de várias heranças dos anos 20 (de Stravinsky a Schoenberg) a serviço do gênero ou, nas peças teatrais, do efeito dramático.
*Óperas*: Dantons Tod, *Salzburgo, 1947; Der Prozess, *Salzburgo, 1953; Der Zerrissene, *Hamburgo, 1964; Der Besuch der alten Dame, *Viena, 1971; Kabale und Liebe, *Viena, 1976; Jesu Hochzeit, *Viena, 1980.
Balés, orquestras, obras para orquestra e vozes, canções, poucas peças de câmara. [UE, Schott, Boosey.]

**Eisler, Hanns** (1898-1962) Compositor alemão. Estudou no Conservatório Nova Viena e, em particular, com Schoenberg (1919-23), que influenciou suas obras iniciais, como *Palmströn*, para o mesmo conjunto do PIERROT LUNAIRE sem piano (1924). Mas, em 1926, seu ativismo político levou-o ao Partido Comunista, e ele passou a criticar Schoenberg e sua própria música anterior. Voltou-se para a composição de canções políticas em estilo diatônico, embora sem apagar todos os vestígios de seu modernismo de antes; estava, então, em Berlim, onde em 1925 assumiu um cargo no Conservatório Klindworth-Scharwenka. Em 1930, conheceu Brecht e iniciou uma longa colaboração com a Lehrstück *Die Massnahme*. Passou a maior parte do período hitleriano nos EUA, nos últimos tempos em Los Angeles, ensinando na USC e compondo MÚSICA DE CINEMA, até 1947, quando foi levado a depor no Comitê McCarthy. Em 1948, regressou a Viena, onde ensinou na Academia alemã e na Hochschule für Musik. Produziu inúmeras canções, música incidental e para o cinema, seguindo sua crença em que a música num país socialista tem de ser objetiva e de utilidade geral, mas enfrentou objeções oficiais quando tentou ser mais ambicioso: seu libreto em três atos, *Johann Faustus*, foi publicado mas não composto.
*Música para obras de Brecht*: Die Massnahme (Lehrstück), vozes solistas, coro, orq, 1930; Die Mutter (teatro/cantata), vozes solistas, coro, orq, 1931; Kuhle Wampe (filme), 1931; Rote revue (teatro), 1932; Die Rundköpfe und die Spitzköpfe (teatro), 1934-6; Deutsche Sinfonie, vozes solistas, coro, orq, 1936-9; Hangmen also Die (filme), 1942; Furcht und Elend des dritten Reiches (teatro), 1945; Galileo Galilei (teatro), 1947; Tage der Kommune (teatro), 1950; Herr Puntila und sein Knecht Matti (filme), 1956; Die Gesichte der Simone Machard (teatro), 1957; Die Teppichwebber von Kujan-Baluk (cantata), S, orq, 1957; Schweyk im zweiten Weltkrieg (teatro), 1943-59; inúmeras canções independentes.
*Música de câmara*: Palmström, declamador, 4 instrs, 1924; qt cordas, 1938; Noneto n.º 1, 1939, n.º 2, 1941; Septeto n.º 1, 1940, n.º 2, 1947; 14 Arten, den Regen zu beschreiben, 5 instrs, 1940.
Enorme produção de canções e de música para teatro e cinema. [Breitkopf, Deutscher Verlag für Musik, UE.]
☐ M. Grabs, ed., *Hanns Eisler: A Rebel in Music* (textos selecionados de Eisler) (1978); A. Betz, *Hanns Eisler Political Musician* (1982).

**Elegy for Young Lovers** (Elegia para jovens amantes) Ópera de Henze, Auden e Kallman sobre uma história de obsessões em contraponto entre seis personagens num refúgio montanhês austríaco. *Schwetzingen, 20 mai 1961.

**Elektra** Ópera de Strauss e Hofmannsthal, a primeira vez que trabalharam em colaboração: o clássico mito da vingança é transposto para a mais pesada e dissonante partitura de Strauss. *Dresden, 25 jan 1909.

**eletrocórdio** Instrumento inventado por Peter Eötvös para apresentações com o conjunto de Stockhausen (1968-72); consiste numa cítara camponesa húngara de 15 cordas, cujos sons podiam ser alterados por um sintetizador VCS-3. "Eletrochord" também é a marca de um instrumento de teclado elétrico.

**eletrônio** Instrumento inventado por Harald Bojé para apresentações com o conjunto de Stockhausen (1967-72); era um sintetizador controlado por um teclado ou um potenciômetro.

**Elgar, Edward** (1857-1934) Compositor inglês. Um dos maiores expoentes da tradição sinfônica diatônica, criou, como Schoenberg na mesma época, uma vigorosa síntese da forma de desenvolvimento brahmsiana e de harmonia wagneriana enriquecida, com a diferença de que era de tendência conservadora. Suas principais obras são sinfonias, concertos e oratórios, que remontam até Mendelssohn e Schumann em busca de modelos.

Sua educação musical se fez, em grande parte, na loja de música do pai, em Worcester, o que lhe possibilitou, desde o fim da adolescência, encontrar trabalho local como professor, regente e instrumentista. Em 1889, casou-se e mudou-se para Londres, mas as esperadas oportunidades não chegaram e, em 1891, os Elgars regressaram para as Midlands. Nos anos seguintes, ele começou a fazer nome como compositor de cantatas para associações de corais, mas a verdadeira abertura ocorreu em 1899, com as Variações *Enigma*. Voltou-se, então, para a música coral, com a adaptação musical de *The Dream of Gerontius*, obra desafiadoramente católica (nascera no catolicismo romano, mas não praticava com regularidade a religião), seguida pelas duas partes de uma trilogia de oratórios jamais concluída. A maioria de suas grandes obras instrumentais data dos doze anos seguintes, 1907-19; compôs muito pouco após a morte da esposa, em 1920.

Das obras orquestrais, *Falstaff* é sua obra-prima de instrumentação e rivaliza com Strauss como estudo de caráter criado por metamorfose temática, mas ele preferia as formas padrão, embora seus meios de obtê-las fossem novos. Como Tchaikovsky, interpretava o dinamismo da forma sonata como a busca de um ideal, que pode ser apresentado no início em diatonicismo direto (Sinfonia n.º 1), sucedido por uma música de caráter mais intranqüilo: os temas muitas vezes começam com largos saltos para cima, raramente retornam a uma tônica acentuada e avançam em marcadas figuras rítmicas dentro de uma métrica de marcha ou dança. A velocidade e a natureza da harmonia são wagnerianas, mas a música está sempre profundamente ligada à construção sinfônica.

*Oratórios*: The Dream of Gerontius, 1899-1900; The Apostles, 1902-3; The Kingdom, 1901-6.

*Orquestral*: Froissart, abertura, 1890; Serenade, mi menor cordas, 1892; "Enigma" Variations, 1899; Cockaigne, abertura, 1900-1; In the South, abertura, 1903-4; Introdução e Alegro, corda, 1904-5; The Wand of Youth, 2 suítes, 1907-8; Sinfonia n.º 1, lá bemol, 1907-8; Concerto para Violino em si, 1909-10; Sinfonia n.º 2, em mi bemol, 1909-11; Falstaff, 1913; The Sanguine Fan (balé), 1917; Concerto para Violoncelo, em mi, 1919.

*Câmara*: Sonata em mi, vn, pn, 1918; qt cordas, mi, 1918; qnt pn, lá, 1918-9.

Muitas outras obras corais e orquestrais, canções, peças instrumentais. [Novello.]

□ J. N. Moore, *Edward Elgar: A Creative Life* (1984).

**Eloy, Jean-Claude** (1938-) Compositor francês. Estudou com Milhaud no Conservatório de Paris (1950-61), com Scherchen e Pousseur em Darmstadt (1957), e com Boulez na Academia de Basiléia (1961-2). Suas *Équivalen-*

*ces*, para instrumentos de sopro e percussão (1963), revelam-no um inventivo e decidido discípulo do último; Eloy conservou uma exatidão bouleziana de sonoridade e movimento, mesmo em obras posteriores cuja lentidão, como em *Kamakala*, para três grupos corais-orquestrais (1971), é um sinal visível de imersão em culturas orientais. [Heugel, UE; Everest.]

**Emmanuel, Maurice** (1862-1938) Compositor e professor francês. Estudou no Conservatório de Paris com Bourgault-Ducoudray, que estimulou seu interesse pela modalidade grega, e com Delibes, que o desaprovou. Usou modos de sua Sonata Frígia para Violoncelo (1887) em diante, às vezes em arranjos folclóricos (*30 Chansons bourguignones*, 1913) ou óperas esquilianas (*Promethée enchainé*, 1916-8; *Salamine*, 1921-8), e também se interessou por ritmos gregos. Messiaen foi um de seus alunos no Conservatório (1909-36).

**Enescu, George** (Enesco, Georges; 1881-1955) Compositor e violinista romeno. Estudou em Viena e com Massenet e Fauré no Conservatório de Paris (1895-9). Depois disso, dividiu seu tempo entre Paris, onde centrou sua carreira como intérprete, e Bucareste, onde incentivou jovens compositores. Sua música é no estilo romântico do fim do século, colorido por música folclórica romena, sobretudo nas *Duas Rapsódias Romenas* para orquestra (1901). Entre as outras composições, incluem-se a ópera *Oedipe* (1921-31 *Paris, 1936), Cinco Sinfonias e música de câmara. [Enoch, Salabert; Electrecord.]

**Enfant et les sortilèges, L'** (A criança e os sortilégios) Ópera de Ravel e Colette, em que um menino desobediente é assustado por objetos da casa que adquirem vida e animais que falam, tudo dando ensejo a uma primorosa fantasia musical. *Monte Carlo, 21 mar 1925.

**Ensemble InterContemporain** Orquestra de câmara fundada no Institut de Recherche et de Coordination Acoustique/Musique em 1976, regida por Boulez e Peter Eötvös, e especializado em música do séc. XX. Fez a primeira apresentação de obras de Boulez, Birtwistle, etc., e gravou para a DG e Erato.

**envelope** Forma de mudança da amplitude de um som através do tempo. É uma determinante importante da qualidade do som, interessando, portanto, os compositores de música eletrônica.

**Epifanie** (Epifanias) Composição de Berio para voz feminina e orquestra, usando diferentes textos (de Proust, Machado, Joyce, Sanguineti, Simon e Brecht) numa forma móvel de diferentes meios de musicar as palavras.

**Erwartung** (Espera) "Monodrama" de Schoenberg, ou ópera para uma cantora, com libreto de Marie Pappenheim, registrando as emoções de uma mulher em busca do amante morto numa floresta. A música responde à situação mutável sem muita ligação óbvia com tema, harmonia ou instrumentação: é uma palavra-chave da atonalidade. *Praga, 6 jun 1924.

**Escola de Manchester** Nome usado para reunir Birtwistle, Davies e Goehr, todos eles alunos de Hall no Royal Manchester College of Music, em meados dos anos 50.

**esferofone** Instrumento de melodia eletrônica construído por Jörg Mager, em 1923, substituído pelo partiturofone: ambos eram variedades de órgão eletrônico. Em 1931, Winifred Wagner contratou Mager para criar sons de sino sintéticos para Parsifal.

**estética** Um dos resultados da diversificação da música no séc. XX foi o de complicar os problemas na estética. As tradições diatônicas ofereciam alguns padrões pelos quais se poderiam julgar as sinfonias de Raff, por exemplo, inferiores às de Brahms. Também encorajavam certa confiança em opiniões sobre o significado e objetivo da música para

manifestar emoções, contar histórias, pintar quadros, provocar exaltação moral, transmitir ordens (eram objetivos diferentes, claro, mas tinham seus gêneros particulares). Os músicos do séc. XX têm tido menos certeza sobre a utilidade da música, e por conseguinte se sentem menos seguros ao fazer juízos de valor. Além de sobrevivências mais ou menos disfarçadas das antigas opiniões, tem-se visto a música como tratando da relação entre o homem e o TEMPO (Stravinsky), como uma introdução ao caos da vida (Cage), como um meio de mudar o mundo (*ver* POLÍTICA), como uma expressão de estrutura social (*ver* SOCIEDADE) e um sistema simbólico.
☐ L. B. Meyer, Emotion and Meaning in Music (1956).

**estocástico** (do grego *stochos* = meta) Termo tomado de empréstimo por Xenakis da teoria das probabilidades, onde denota um processo cujos passos são governados pelas regras de probabilidade. Pode acontecer, por exemplo, que cada nova ocorrência seja governada de algum modo por todas as que aconteceram até então; é o caso da "cadeia de Markov". No início de um desses processos, quando a história de ocorrências é pequena, o grau de acaso é alto, mas depois irá diminuindo progressivamente, e assim o processo tende para uma meta. Xenakis usou as cadeias e outros processos estocásticos como modelos para determinar o desdobramento das ocorrências musicais no tempo, embora a designação "música estocástica" passasse a ser usada mais livremente para a música em que os grandes processos são definidos, mas os pequenos detalhes parecem insignificantes (*ver* MÚSICA TEXTURAL).

**estrutura** "Uma das palavras-chave de nossa época", segundo um dos primeiros ensaios de Boulez; e sem dúvida o séc. XX viu uma singular preocupação com a estrutura musical, com os mecanismos pelos quais se ligam os momentos e constroem as formas. Uma expressão disso está no deslocamento da crítica para a análise no estudo da música, enquanto entre os compositores houve uma tendência a desconfiar de qualquer empreendimento da imaginação não apoiado por um sentido estrutural demonstrável em termos de algum sistema: daí o neoclassicismo de Busoni, Reger, Stravinsky, Prokofiev e Hindemith, o trabalho temático de Bartók, o sistema de 12 notas de Schoenberg, Berg, Webern e Babbitt, o serialismo total de Boulez e Stockhausen. Babbitt chegou mesmo a afirmar que não há nota em suas composições que ele não possa explicar, o que deve representar uma declaração extrema de controle racional sobre o processo criativo. É fácil entender um tal desejo de estrutura segura numa época em que a antiga linguagem da música (sistema diatônico) estava em desordem: se as palavras não mais fazem sentido, pelo menos pode-se assegurar que as letras sejam agrupadas em padrões. Mais problemática é a ligação entre estruturas compostas e percebidas, que até agora têm impedido os métodos estruturalistas de análise de investigar a fundo a natureza da música.

**eterofone** (theremin) Instrumento melódico eletromagnético, inventado pelo físico franco-russo Léon Thérémin, e demonstrado pela primeira vez em 1920. Seus sons eram obtidos pela distância entre a mão do pianista e uma antena vertical. Martinü e outros compuseram para ele, embora nunca tenha conseguido a aceitação das ondas martenot.

**Études** Volume de 12 peças para piano de Debussy que vão além da intenção didática e exploram, em miniatura, mundos musicais inteiros. São os seguintes: 1. "Pour les cinq doigts", 2. "Pour les tierces", 3. "Pour les quartes", 4. "Pour les sixtes", 5. "Pour les octaves", 6. "Pour les huit doigts", 7. "Pour les degrés chromatiques", 8. "Pour les agréments", 9. "Pour les notes répétées", 10. "Pour les sonorités opposées", 11. "Pour les arpèges composés", 12. "Pour les accords".
*Walter Morse Rummel, 14 dez 1916.

**Expressionismo** Qualidade da arte que manifesta emoção extrema, intensa e imediata. O termo foi aplicado pela primeira vez às pinturas de Kandinsky, Nolde e outros, em 1910-1, depois estendeu-se rapidamente à discussão da música de Schoenberg e seus discípulos, como talvez fosse inevitável, já que Schoenberg era muito ligado a Kandinsky e a outros pintores do "Blaue Reiter". A suposição é de que o expressionismo resulta do impulso de dar voz a certa realidade mais íntima, muitas vezes identificada com o inconsciente freudiano. Ferozmente pessoal, portanto, envolve inevitavelmente, até onde possível, a rejeição dos aspectos extrapessoais (formas e técnicas tradicionais); daí a pronta equiparação da atonalidade com o expressionismo — equiparação que Schoenberg não repudia. O termo, na verdade, é normalmente usado para a música pré-serial e atonal de Schoenberg (ERWARTUNG, PIERROT LUNAIRE, etc.), para as obras que indicam um distanciamento semelhante das normas (ELEKTRA, alguma coisa de Mahler) e para as que se reportam aos exemplos schoenberguianos (Davies, Henze e outros).

# F

**fagote** Onipresente na orquestra e nos conjuntos, usado com destaque no início de *A Sagração da Primavera*. As obras solo com orquestra incluem *Romance*, de Elgar, *Ciranda das Sete Notas*, de Villa-Lobos, Concertino Duplo, de Strauss (com clarineta) e Concerto, de Hindemith (com trompete). Outro repertório: Scherzo para 4 fagotes, sonatas com piano, de Saint-Säens, Hindemith e Skalkottas, *Sarabande et cortège* com piano de Dutilleux, e Suíte sem acompanhamento, de Wellesz.

**fala** A verdadeira fala, distinta do SPRECHGESANG, é trivialmente combinada com a música quando se apresentam peças ou poemas com acompanhamento, embora a combinação possa ser mais integrada se os ritmos para a voz narradora forem anotados, como em *A História do Soldado*, de Stravinsky, ou *Façade*, de Walton. A fala torna-se mais música ainda quando vem de um coro, já que isso leva o efeito significativamente mais longe da experiência quotidiana: os exemplos incluem *Les choëphores* (1915), de Milhaud, onde essa técnica foi pioneira, *Requiem Canticles*, de Stravinsky, e obras de Vogel. Por outro lado, mais comumente na ópera, a fala pode especificamente tirar os personagens do mundo musical, seja de modo intermitente, como nas óperas de Berg, seja o tempo todo, como em *Ariadne auf Naxos* e *Perséphone*.

**Falla, Manuel de** (1846-1946) Compositor espanhol. Estudou piano no Conservatório de Madri, compôs cinco zarzuelas (óperas ligeiras espanholas, 1901-3) e tomou aulas de composição com Pedrell (1902-5). Em 1907, partiu para Paris, onde teve frutíferos contatos com Debussy, Ravel, Dukas e Albéniz; todos o influenciaram, embora mais importante fosse o ensinamento de Pedrell sobre o valor da música folclórica. Usou a apaixonante música da Andaluzia, o *cante jondo*, em seu balé *El amor brujo* (O amor feiticeiro), no concerto para piano *Noches en los jardines de España* (Noites nos jardins da Espanha) e, mais uma vez, em seu balé para Dyagilev, *El sombrero de tres picos* (O tricórnio), enquanto outros aspectos estilísticos provinham do colorido estilo orquestral de Debussy, Ravel e Stravinsky. Em 1919, estabeleceu-se em Granada, embora seus elos com Paris continuassem profundos. Seguindo Stravinsky, sobretudo, passou de sua exuberância inicial a uma música em menor escala e de harmonia mais parcimoniosa; também, em seu Concerto para Cravo, examinou características do Renascimento Espanhol e da música barroca. Em 1939, mudou-se para Buenos Aires, onde continuou a trabalhar na obra para coro e orquestra *Atlántida*, que o ocupou durante duas décadas e permaneceu inacabada.

*Teatro*: La vida breve (ópera), 1904-5, *Nice, 1913; El amor brujo (balé), 1914-5, *Madri, 1915; El sombrero de tres picos (balé), 1918-9, *Londres, 1919; El retablo de maese Pedro (ópera de marionetes), 1919-22, *Paris, 1923; Atlántida (cantata cênica), 1926-46, inacabada, concluída por E. Halffter, *Milão, 1962.

*Orquestrais*: Noches en los jardines de España, pn, orq, 1911-5; Homenajes, 1920-39.

*Vocal*: 3 mélodies, voz, pn, 1909; Sete canciones populares españolas, voz, pn, 1914-5; Psyché, voz, fl, harpa, trio cordas, 1924; Soneto a Cordoba, voz, harpa/pn, 1927.

*Câmara e instrumental*: Pièces espagnoles, pn, 1902-8; Fantasia bética, pn, 1919; Le tombeau de Claude Débussy, gui, 1920; Concerto para cravo/pn, 5 instrs, 1923-6; Pour le tombeau de Paul Dukas, pn, 1935. [Chester, Eschig, Ricordi.]

□ R. Crichton, *Manuel de Falla: Descriptive Catalogue of his Works* (1976).

**Fanciulla del West, La** (A garota do oeste) Ópera de Puccini, Civinini e Zangarini, baseada numa peça de caubóis de Belasco. *Nova York, 10 dez 1910.

**Fano, Michel** (1929-) Compositor francês. Estudou com Nadia Boulanger e Messiaen no Conservatório de Paris (1948-53). Em 1950, conheceu Boulez e partilhou da aventura do SERIALISMO TOTAL. Sua Sonata para Dois Pianos (1952) é uma base importante para *Structures*. Em 1954, abandonou a composição abstrata para trabalhar em música de cinema.

**fantasia** Título que sugere uma composição instrumental de um único movimento, talvez mais difuso do que sugeriria a palavra "sonata". Schoenberg usou-o em sua última peça instrumental, op. 47, para violino e piano; *Adolph Koldofsky, Leonard Stein, Los Angeles, 13 set 1949. Em 1905, W. W. Cobbett estabeleceu um prêmio para fantasias de câmara (ele gostava da associação com fantasias de viola dos sécs. XVI e XVII); Bridge, Vaughan Williams, Britten e outros compuseram obras desse tipo.

**Fauré, Gabriel** (1845-1924) Compositor francês. Estudou na Escola Niedermeyer, em Paris, com Saint-Saëns, que se tornou seu amigo de toda a vida. Trabalhou como organista e regente de coro, depois como professor de composição no Conservatório de Paris (1896-1920), onde entre seus alunos estavam Ravel, Schmitt, Koechlin e Nadia Boulanger. No início do séc. XX, estava firmado como mestre da canção francesa e da miniatura pianística; suas obras no novo século incluem a contida e lírica ópera *Pénélope* e um grupo de peças tardias, em que a música se tornou mais rarefeita em harmonia e textura. Relacionam-se abaixo apenas as obras do séc. XX.
*Ópera*: Pénélope, 1907-13, *Monte Carlo, 1913.
*Ciclos de canções*: La chanson d'Eve, 1906-10; Le jardin clos, 1914; Mirages, 1919; L'horizon chimérique, 1921.
*Câmara*: Qnt pn n.º 1, ré, 1887-1905, n.º 2, dó, 1919-21; Sonata vn n.º 2, mi, 1916-17; Sonata vc n.º 1, ré, 1917; n.º 2, sol, 1921; Trio para pn, ré, 1922-3; Qt cordas, mi, 1923-4.
*Piano*: Barcarole n.º 7, ré, 1905; n.º 8, ré bemol, 1906; n.º 9, lá, 1909; n.º 10, lá, 1913; n.º 11, sol, 1913; n.º 12, mi bemol, 1915; n.º 13, dó, 1921; Impromptu n.º 4, ré bemol, 1905-6; n.º 5, fá sustenido, 1909; Nocturne n.º 9, si, 1908; n.º 10, mi, 1908; n.º 11, fá sustenido, 1913; n.º 12, mi, 1915; n.º 13, si, 1921; Préludes, 1909-10.

□ R. Orledge, *Gabriel Fauré* (1979); J. M. Nectoux, ed., *Gabriel Fauré, his Life through his Letters* (1984).

**Felciano, Richard** (1930-) Compositor americano. Estudou com Milhaud no Mills College e no Conservatório de Paris, e com Dallapiccola em Florença, ensinando desde então no Lone Mountain College e em Berkeley. Sua extensa produção inclui muitas obras com fita magnética e outros acessórios eletrônicos.

**Feldman, Morton** (1926-) Compositor americano. Estudou com Riegger e Wolpe, e em 1950 conheceu Cage. Nos cinco anos seguintes, associou-se ao círculo de Cage e aos pintores que trabalhavam em Nova York na época; é aos últimos que deve o conceito da música como uma coloração do tempo com fios de diferentes pigmentos; sua música é tipicamente lenta e tranqüila, operando com sons de ataque imperceptível e longa duração. Na série *Projections* (1950-1), tornou claro esse caráter espacial notando a música como um simples gráfico (*ver* NOTAÇÃO GRÁFICA). Obras posteriores retomam mais ou menos a notação convencional, o que torna difícil distinguir composições salientes. Entre as mais representativas, porém, podem-se incluir *The King of Denmark*, para percussão (1964), as quatro peças *The Viola in My Life*, para viola com outros instrumentos (1970-1), e o Quarteto de Cordas n.º 2, de quatro horas de duração (1983). [Peters, UE; CRI.]

**Ferne Klang, Der** (O som distante) Ópera de Schreker com libreto dele mesmo sobre a queda de uma mulher na prostituição. Berg compôs a partitura vocal e talvez tenha aprendido alguma coisa do domínio de grandes recursos operísticos e da expressão do erótico. *Frankfurt, 18 ago 1912.

**Ferneyhough, Brian** (1943-) Compositor inglês. Estudou na Royal Academy of Music, na Holanda com Ton de Leeuw (1968-9) e em Basiléia com Huber (1969-71). Em 1973, começou a ensinar na Musikhochschule, em Freiburg; também ensinou com regularidade em Darmstadt. Suas primeiras obras foram estimuladas pelo SERIALISMO TOTAL de Boulez, e toda a sua música é excessivamente complexa na notação, sendo sua intenção estimular um desesperado virtuosismo na execução. Seu interesse pelos limites do factível também o levou a explorar áreas de pensamento arcano.
*Orquestral*: Epicycle, 20 instrs cordas, 1968; Firecycle Beta, 1969-71; La terre est un homme, 1976-9; Carceri d'invenzione I, 16 instrs, 1982; II, fl, orq câm, 1984.
*Vocal*: Missa brevis, 12 vozes, 1969; Time and Motion Study III, 16 vozes, perc., eletrônica, 1974; Transit, 6 vozes, orq câm, eletrônica, 1972-5; Études transcendantales, voz, fl, ob, cravo, 1984.
*Câmara*: Sonatina, 3 cl, fag, 1963; 4 Miniaturas, fl, pn, 1965; Coloratura, ob, pn, 1966; Prometheus, 6 instrs sopro, 1967; Sonatas, qt cordas, 1967; Funérailles I-II, 7 instrs cordas, harpa, 1969-80; Adagissimo, qt cordas, 1983.
*Piano*: Epigrams, 1966; Sonata, 2 pns, 1966; 3 Peças, 1966-7; Lemma-Icon-Epigram, 1981.
*Outras obras instrumentais*: Cassandra's Dream Song, fl, 1970; Sieben Sterne, org, 1970; Unity Capsule, fl, 1975-6; Time and Motion Study I, cl bx, 1971-7; Time and Motion Study II, vc, 1973-6; Superscriptio, picc, 1981; Kurze Schatten II, gui, 1985. [Peters; RCA, Decca.]

**festival** Uma impressionante característica da vida musical européia, sobretudo a partir da Segunda Guerra Mundial, tem sido a importância dos festivais na promoção da nova música. Entre os que foram mais ativos estão os festivais de ALDEBURGH, CHELTENHAM, DONAUESCHINGEN, HOLANDA, HUDDERSFIELD, LA ROCHELLE, METZ, MUSICA NOVA, MUSICA VIVA, ROYAN, OUTONO DE VARSÓVIA e ZAGREB; *ver também* FESTIVAL DE EDIMBURGO e de SALZBURGO. Muitas vezes o público pagante nos festivais de música contemporânea é modesto, mas a freqüência de editores, diretores de rádios e críticos torna-os ocasiões importantes para determinar qual música contemporânea deverá receber publicidade e difusão.

**Festival de Cheltenham** Inaugurado em 1945, como festival de música britânica contemporânea, sua política de encomendas deu origem ao termo pejorativo "sinfonia de Cheltenham" para obras de modesta e conservadora substância. Desde 1960, tornou-se um pouco menos provinciano. Entre os compositores que apresentou com destaque estão Lennox Berkeley, Fricker e Crosse.

**Festival de Donaueschingen** Começou em 1921, como um festival de verão da nova música, sob o patrocínio do príncipe Max Egon zu Fürstenberg, com as primeiras apresentações de *Kammermusik n.º 1* (1922), de Hindemith, Canções de Trakl op. 14 (1924), de Webern, e outras obras. O festival transferiu-se em 1927 para Baden-Baden, onde incluiu as *premières* de "Songspiel", da peça *Mahagonny*, de Weil, *Hin und zurück*, de Hindemith, *L'enlèvement d'Europe*, de Milhaud (todas em 1927), e a versão de *Der Lindberghflug* (1929), de Hindemith-Weill. Em 1930, o último festival foi realizado em Berlim.

As tentativas de reeditar o festival em Donaueschingen antes e depois da guerra não tiveram êxito, mas em 1950 ele recomeçou como um fim de semana de nova música em outubro, sob a égide da Sudwestfunk. Depois, passou a desempenhar um importante papel na promoção da nova vanguarda, fazendo as primeiras apresentações de *Speil* (1952), *Momente* (versão de 1964, em 1965), *Mantra* (1970), *Trans* (1971), *Inori* (1974), *Michaels Reise um die Erde* (1978), de Stockhausen, e *Polyphonie X* (1951), *Livre pour quatour* (1955), *Poésie pour pouvoir* (1958), segundo livro de *Estruturas* (1961), *Pli selon pli* (1962) e *Répons* (1981), de Boulez. A morte do príncipe Max Egon, em 1959, foi assinalada por tributos de Stravinsky (*Epitaphium*), Boulez (*Tombeau*) e Fortner.

**Festival de Edimburgo** Evento anual, realizado desde 1947, durante três semanas em agosto-setembro, apresentando concertos, ópera, balé, teatro e exposições. A nova música surge ocasionalmente nas apresentações, sobretudo em montagens de obras nativas da Ópera escocesa (*Mary, Queen of Scotts*, 1977, de Musgrave), em concertos regidos por Boulez e em recitais de música de câmara.

**Festival da Holanda** Festival anual de verão de todas as artes, instituído em 1947 e com eventos nas principais cidades holandesas. As obras de compositores holandeses sempre foram apresentadas ao lado das novas de outros compositores, entre eles Britten (*Spring Symphony*, 1949) e Stockhausen (*Festival from Donnerstag aus Licht*, 1980).

**Festival de Música Contemporânea de Huddersfield** Fundado em 1978 por Richard Steinitz, na Politécnica de Huddersfield, Yorkshire. O festival realiza-se anualmente em novembro e tem incluído retrospectivas de obras de Xenakis (1982), Carter e Henze (1983), Davies (1984) e Berio (1985).

**Festival de Royan** Mostra anual, realizada no cassino da cidade da costa atlântica francesa de 1964 a 1973, incluindo primeiras apresentações de obras de Barraqué, Xenakis, Amy e outros. Com Donaueschingen, Varsóvia e Zagreb, foi um dos principais cenários da grande era dos festivais da nova música.

**fileira** Nome alternativo para SÉRIE.

**Fine, Irving** (1914-62) Compositor americano. Estudou em Harvard com Piston (1933-8) e em Paris com Nadia Boulanger, depois ensinou em Harvard (1939-50) e na Brandeis. Compôs num estilo stravinskiano sóbrio, elegante, adotando as técnicas dodecafônicas em 1952. Sua modesta produção inclui uma Sinfonia (1960-2) mas fora ela consiste, na maioria, em obras menores: canções, corais e música de câmara.

**Fine, Vivian** (1913-) Compositora americana. Estudou com Crawford no Conservatório Americano de Chicago (1925-31) e com Sessions em Nova York (1934-42); depois trabalhou como professora, sobretudo no Bennington College (desde 1964). Suas obras mais antigas, entre elas as Quatro Canções para voz e cordas (1933, edição da New Music), são energicamente dissonantes e contrapontísticas, mas em Nova York sentiu-se mais sob a influência de Copland; as posteriores incluem a ópera *The Women in the Garden* (*São Francisco, 1978).

**Finney, Ross Lee** (1906-) Compositor americano. Estudou com Nadia Boulanger em Paris (1927-8), com Sessions em Harvard (1928-9) e com Berg em Viena (1931-2), e ensinou na Universidade de Michigan (1949-74). Sua música exibe grande força rítmica e uma paixão pela dialética, junto com técnicas de composição hexacordal, desde a década de 50. Sua grande produção abrange sinfonias e concertos, composições corais em grande escala, oito quartetos e muitas outras músicas de câmara. [Peters, New Valley.]

**Finnissy, Michael** (1946-) Compositor inglês. Estudou com Stevens e Searle na Royal Academy of Music, e com Vlad na Itália. Sua extensa produção inclui peças de teatro musical, muitas outras para conjuntos de vozes e instrumentos, e grande quantidade de música para piano concebida para seu próprio virtuosismo febril. [UE, United.]

**Finzi, Gerald** (1901-56) Compositor inglês. Estudou com Bairstow em York (1917-22) e R.

O. Morris em Londres (1925), onde ensinou na Royal Academy of Music (1930-3), antes de se retirar com a esposa para o campo. Sua música também era pastoral, vazando pela região de Vaughan Williams, e melhor quando discretamente ligada à poesia de Hardy, em particular.
*Orquestral*: Dies natalis, S/T, cordas, 1926-39; Intimations of Immortality, T, coro, orq, 1936-50; Concerto para clarineta e cordas, 1948-9.
*Ciclos de canções sobre poemas de Hardy*: A Young Man's Exortation, 1926-9; Earth and Air and Rain, 1928-32; Before and After summer, 1938-49; Till Earth Outwears, 1927-56; I said to love, 1928-56. [Boosey; Lyrita.]

**Fires of London** Conjunto baseado na formação do *Pierrot lunaire*, mais percussionista, originalmente fundado em 1967 por Davies e Birtwistle como Pierrot Players, e recomposto em 1970 como Fires of London, tendo Davies como único diretor musical. Associou-se estreitamente às obras de Davies, das quais mais de 50 foram concebidas para o conjunto, mas também teve peças compostas por Carter (Triplo Duo), Henze e muitos compositores ingleses mais jovens; gravou para a Decca, Nonesuch e Unicorn. Ao longo dos anos, a parceria mudou várias vezes, mas o grupo conservou sua personalidade de brilhante virtuosismo e busca de expressividade.

**flauta** Um importante repertório para o instrumento desacompanhado foi iniciado com *Syrinx*, de Debussy, seguido por obras de Varèse, Berio, Ferneyhough e outros, estes acrescentando batidas nas chaves e, às vezes, sons de Bartolozzi do âmbito da flauta. Obras com piano foram escritas por Boulez, Henze, Hindemith, Poulenc e Prokofiev; concertos, por Nielsen e Ligeti (Concerto Duplo, com oboé). A flauta-alto é comum nas obras orquestrais do séc. XX (p. ex., *Daphnis et Chloé*, de Ravel) e peças para conjuntos (ex., *Le marteau sans maître*). Holst usa o termo "flauta-baixo" para flauta-alto em *The Planets*: a verdadeira flauta-baixo é exigida em *Tempus loquendi*, de Zimmermann, e no Concerto Duplo, de Ligeti.

**flexatone** Instrumento semelhante ao serrote musical, introduzido na primeira metade da década de 20 como uma inovação jazzística, mas adotado na orquestra por Honegger (*Antigone*) e Schoenberg (Variações, *Von heute auf morgen*, *Moses und Aron*). O Concerto para Piano de Khachaturian tem um solo de flexatone na versão original; o instrumento também integra a orquestra de Henze, Penderecki e Davies.

**Flood, The** (O dilúvio) "Peça musical" de Stravinsky para a televisão, com falas da Gênese e peças de milagre inglesas, narrando a história de Noé através da dança, cantos, teatro e narrativa falada. *TV CBS, 14 jun 1962.

**Floyd, Carlisle** (1926-) Compositor americano. Estudou com Ernest Bacon na Universidade de Siracusa (1945-9), e começou a ensinar na Universidade Estadual da Flórida em 1947. Sua ópera *Susannah* (*Tallahasee, 1955), contando a história bíblica num contexto do Tennessee e com polido lirismo folclórico, fez grande sucesso. Entre as óperas posteriores contam-se *Wuthering Heights* (*Santa Fé, 1958), *Of Mice and Men* (*Seattle, 1970), *Bilby's Doll* (*Houston, 1976) e *Willie Stark* (*Houston, 1981). [Boosey.]

**flugelhorn** Instrumento da família dos bubles (cornetas), encontrado nas bandas de metais e militares, e em algumas partituras orquestrais, como por exemplo *Threni*, de Stravinsky, e na Nona Sinfonia, de Vaughan Williams.

**Fluxus** Movimento ativo em Nova York (1960-5), apresentando eventos experimentais de natureza teatral-musical, muitas vezes de intenso humor. Um exemplo pode ser a *Drip Music (Drip Event)* [Música Gotejante (Evento Gotejante)], de George Brecht, que instrui simplesmente o seguinte: "Uma fonte de água pingando e um recipiente são dispostos de modo a que a água caia no recipiente". Brecht desempenhou um dos papéis principais no movimento; entre os que se juntaram a ele estão Young e (brevemente) Ligeti.

**Foerster, Josef Bohuslav** (1859-1951) Compositor tcheco. Estudou na Escola de Órgão de Praga (1879-82), mudando-se com a esposa, uma cantora, para Hamburgo (1893), onde conheceu Mahler. Em 1903, o casal acompanhou Mahler a Viena e, mais tarde, em 1918, voltou para Praga, onde ele passou a ensinar composição. Compôs bastante, em estilo eminentemente tcheco: produziu quase 200 obras com número de opus, inclusive seis óperas, cinco sinfonias, muita música para coro, canções e peças de câmara.

**forma** As formas musicais de grande escala só se tornaram possíveis com o advento do sistema diatônico; sua realização em música não-diatônica era matéria de confusão e controvérsia. Isso não surpreende. O sistema diatônico forneceu dois critérios persuasivos de forma: uma limitada gama de possibilidades e uma rede de inter-relações entre essas possibilidades. Tão persuasivos se revelaram esses critérios, que muitos compositores tentaram preservá-los na música não-diatônica — inteiramente à parte do grande número que continuou a trabalhar com o sistema diatônico e os tipos de forma a ele naturais.

Schoenberg exemplifica vigorosamente o conservadorismo formal, tanto em suas obras seriais quanto nas diatônicas. Parece mesmo visível que o imperativo formal foi um dos primeiros incentivos ao desenvolvimento do serialismo por ele: "Usam-se as séries, depois compõe-se como antes". Em contraste com a atonalidade de 1908-9, o serialismo limitou as possibilidades e a COMBINATORIALIDADE afrouxou as peias. Schoenberg pôde, assim, compor em forma sonata, variações, movimentos ternários de dança, etc., "como antes", e seu exemplo foi amplamente seguido, tanto pelos compositores que partilhavam seu senso da inevitabilidade dos meios tradicionais de criar formas musicais (por exemplo, Davies), quanto pelos que abstraíram seus métodos para fins diferentes (Babbitt, por exemplo).

Se não se tomam os antigos modelos como forma orientadora, há essencialmente quatro alternativas. Primeiro, pode-se obter a dinâmica da música diatônica por outros meios, visando outras finalidades através de outras formas. Pode-se abandonar a orientação finalística: a forma pode ser, então, ou um *contínuo*, ou um caleidoscópio de diferentes objetos que na maioria das vezes pode gerar um sentido de forma pela simetria e pela repetição. Finalmente, o compositor pode não pensar absolutamente em forma alguma, ou pensar apenas em evitar a consistência interna e a inteireza que a sensação de forma normalmente implica.

As formas de orientação finalística sem harmonia diatônica têm sido executadas normalmente de uma das duas maneiras seguintes: ou estabelecendo-se um processo, ou obtendo-se movimento evolutivo através da pulsação rítmica (vem daí, talvez, a preferência pela tocata de compositores tão diferentes quanto Hindemith e Boulez). As formas processuais incluem vários exemplos em Bartók (p. ex., as entradas canônicas no primeiro movimento da Música para Cordas, Percussão e Celesta, cada uma deslocada uma quinta da última), vários tipos trazidos pela composição dodecafônica (p. ex., o desmembramento gradual de um conjunto de 12 notas no Quarteto nº 2 de Babbitt) e muitos casos de alterações de altura nos moldes do *ostinato* (p. ex., o Cage inicial, Reich, Glass, etc.).

Talvez quem chegue mais próximo do ideal de forma contínua — na qual, em teoria, toda mudança é formalmente sem sentido dentro de uma igualdade básica — seja Ligeti em várias de suas obras, como *Atmosphères*: ele próprio falou dessas composições como segmentos de uma música potencial, sem começo ou fim. A forma caleidoscópica pode causar a mesma impressão. Aqui, o clássico exemplo são as Sinfonias para Instrumentos de Sopro de Stravinsky, que exigem uma substancial e lenta coda para levá-las ao fim. E pode-se considerar a forma momento de Stockhausen como uma extensão disso, ganhando consistência, na maioria dos casos, graças a uma escolha bastante individual dos meios sonoros (p. ex., soprano solo, coro, metais, percussão e órgãos eletrônicos em *Momente*), mas procedendo por uma concatenação de episódios que é teoricamente sem início ou fim (embora a versão de *Momente* de 1973 decididamente tenha ambos).

Se a música sem dinamismo, consistência, processo ou repetição deve ser encarada como informe, então grande parte da música do séc. XX não tem forma. Talvez essa opinião se justifique em relação a muita coisa de Cage, por exemplo, mas parece patentemente absurda diante de, digamos, *Pli selon pli*, de Boulez. A dificuldade é de definição. A forma musical costuma ser encarada como uma coisa a que se pode dar expressividade no espaço, em elaborações de formas do tipo "exposição-desenvolvimento-recapitulação", ou "ABCBA". Mas isso só raramente é adequado. Alguns compositores, sobretudo Messiaen, parecem estar pensando nesses termos ao construírem formas caleidoscópicas, e, no caso de Messiaen, a metáfora espacial ajusta-se inteiramente à música que busca a atemporalidade como seu domínio. Grande parte da música, no entanto, é concebida para se desdobrar no tempo, de modo que a compreensão da forma deve abranger não apenas a questão de "que eventos devem ser postos onde", mas do que ocorre com eles no tempo: como podem ser afetados pelo contexto e até mesmo em referência a outra música. Apesar disso, parece claro que o séc. XX se caracteriza tanto por compositores que evitaram a forma descritiva (Debussy, Ives, Stockhausen, Boulez), quanto pelos que se deleitaram com as simetrias e repetições que trazem decisivamente a forma à superfície (Bartók, Webern, Messiaen, Reich). *Ver também* CÂNONE, FUGA, PALÍNDROMO, SONATA, ESTRUTURA, SINFONIA, TEMPO.

**forma aberta** Termo alternativo para FORMA MÓVEL.

**forma momento** Termo introduzido por Stockhausen, significando que a concentração do ouvinte deve estar no "momento", ou trecho com algum caráter definido, que pode durar um instante ou mais de um minuto (é uma ampliação do conceito de grupo). Esse tipo de forma é exemplificado por *Kontakte*, *Carré* e, mais particularmente, pela obra intitulada "Momentos" (ver acima), que — seguindo o princípio de que as relações entre momentos não são tão importantes — permite mudanças na ordenação de trechos. Contudo, este aspecto de forma móvel é cercado de limitações e virtualmente abolido na versão de 1972 da obra, embora a idéia da música composta de momentos tenha permanecido importante para Stockhausen.

**forma móvel** Termo usado, por associação com os móbiles de Calder, para designar obras em que trechos da composição podem ser ordenados no tempo de acordo com o acaso ou por opção. Tem sido mais comumente um tipo europeu de composição ALEATÓRIA, praticado sobretudo por Boulez (Terceira Sonata para Piano, *Domaines*, *Éclat*), Stockhausen (*Klavierstück XI*, *Momente*), Berio (*Epifanie*) e outros, embora Brown também tenha criado móbiles musicais. A maioria das obras desse tipo data do final da década de 50 e da de 60; o maior interesse pelo processo harmônico de longo alcance causou, desde então, seu declínio, medido nas sucessivas revisões de Boulez de *Pli selon pli*.

**formalismo** Termo pejorativo usado por autoridades da ex-URSS para anatematizar a música de Shostakovich, Prokofiev e outros nas décadas de 30 e 40 (*ver* POLÍTICA). Pouco tinha a ver com forma: nada podia ser mais formal do que a música que era aprovada. Ao contrário, pretendia-se que a música criticada era artificial, por vincular-se a Stravinsky, Hindemith e Krenek.

**formante** Uma característica do timbre. O *formante* de um instrumento, ou da cavidade bucal preparada para emitir uma vogal, é a variação de amplitude que ele produz no âmbito das freqüências: independentemente da altura tocada ou cantada, algumas regiões de freqüência mais alta serão mais fortes que outras. Boulez usou a palavra nos movimentos de sua Terceira Sonata para Piano, talvez para sugerir que esses cinco *formantes* são as respostas de diferentes instrumentos imaginários ao mesmo estímulo.

**fórmula** Palavra usada por Stockhausen para a melodia (ou pequeno número de melodias) que fornece o material básico de uma composição. Usou essas melodias em todas as suas obras principais a partir de *Mantra*, bem como na anterior *Formel* (fórmula).

**Fortner, Wolfgang** (1907-) Compositor alemão. Nascido e educado em Leipzig, onde foi criado na tradição de Bach, estudou composição com Grabner no conservatório. Ensinou no Instituto de Música Sacra de Heidelberg (1931-54), em Darmstadt (a partir de 1946), Detmold (1954-7), e na Freiburg Musikhochschule (1957-72). Suas composições iniciais eram em estilo contrapontístico pós-bachiano, influenciado por Hindemith e Stravinsky. Em 1945, começou a trabalhar com séries de 12 notas e a tornar-se mais produtivo, além de mais expansivo em seus gestos.
*Óperas*: Die Bluthochzeit, 1957; In seinem Garten liebt Don Perlimplin Belisa, ópera de câmara, 1962; Elisabeth Tudor, 1972.
Obras orquestrais e vocais-orquestrais, música de câmara. [Schott.]

**Foss, Lukas** (1922-) Compositor germano-americano. Estudou em Berlim e Paris (1933-7), antes de a família mudar-se para os EUA, onde foi discípulo de Thompson, no Curtis Institute, e de Hindemith, em Yale (1939-40). Iniciou-se como neoclássico, com tendências para o estilo popular de Copland, em obras como sua cantata *Prairie*, sobre versos de Sandburg (1944). Mais tarde, em 1956, começou a improvisar com estudantes na UCLA, onde era professor de composição (1951-62); isso o levou à criação do Improvisation Chamber Ensemble (1957-62), composto de clarineta, violoncelo, piano e percussão. Para esse grupo compôs *Echoi* (1961-3), música aleatória seguida por outras do mesmo tipo. *Baroque Variations* para orquestra (1967), em três movimentos, baseados em peças de Handel, Scarlatti e Bach, é uma fantasia de distorção, imagens múltiplas e "composição por apagamento" (isto é, introdução de buracos nos originais). Também trabalhou como regente na Filarmônica de Buffalo (1962-70) e de orquestras sinfônicas de Jerusalém. [Fischer, Schott, G. Schirmer; Nonesuch.]

**Foulds, John** (1880-1939) Compositor inglês. Tocava violoncelo na orquestra de Hallé, sob a regência de Richter (1900-1), depois fixou-se em Londres como professor e maestro. Seu enorme *A World Requiem* foi tocado todos os anos no Albert Hall, de 1923 a 1926, pelos mortos da Primeira Guerra Mundial; trabalhou depois em Paris como pianista de cinema, regressou a Londres (1930-5) e, por fim, foi para a Índia, onde trabalhou no rádio. Compôs ainda peças para instrumentos indianos, embora já estivesse há muito influenciado pela MÚSICA INDIANA, bem como por outras modalidades (usando até quartos de tom; *ver* MICROTONS) dentro de um amplo estilo romântico. Sua produção foi enorme e diversificada, mas inclui pelo menos uma obra de destaque, o seu *Quartetto intimo* (1931, Pearl). □ M. Macdonald, *John Foulds* (1957).

**Françaix, Jean** (1912-) Compositor francês. Estudou piano com Philipp no Conservatório de Paris e composição com Boulanger. Produziu um grande volume de música em todas as formas, num estilo que pouco mudou numa carreira de meio século de composição, com dívidas para com Ravel e Poulenc por sua graça, encanto e leveza. [Schott.]

**Frankel, Benjamin** (1906-73) Compositor inglês. Estudou com Orlando Morgan na Guildhall School, enquanto trabalhava como violinista de jazz; mais tarde, ganhou a vida como arranjador, regente de teatro e compositor de trilhas sonoras. Suas obras até meados da década de 50 são tonais; as posteriores,

criadas em rápida sucessão, usam o serialismo dodecafônico, embora ainda com elementos diatônicos e dentro de formas sinfônicas de grande escala.
*Ópera*: Marching Song, 1971-2.
*Orquestral*: Conc. Violino, 1951; Sinfonia n.º 1, 1958, n.º 2, 1962, n.º 3, 1964, n.º 4, 1966, n.º 5, 1967, n.º 6, 1969, n.º 7, 1970, n.º 8, 1971.
*Câmara*: Qt cordas n.º 1, 1944, n.º 2, 1944, n.º 3, 1947, n.º 4, 1948, n.º 5, 1956; Qt pn, 1953; qt cl, 1956. [Novello, Chester.]

**Frau ohne Schatten, Die** (A mulher sem sombra) Ópera de Strauss e Hofmannsthal, um mito simbolista inventado apoiado por uma enorme e pitoresca partitura. *Viena, 10 out 1919.

**freqüência** Taxa de vibração. A freqüência de uma onda sonora determina a altura que se ouve (p. ex., o lá de concerto é definido como 440 ciclos por segundo).

**Fricker, Peter Racine** (1920-) Compositor inglês. Estudou no Royal College of Music (1937-41) e com Seiber (1946-8). Na década de 50, quando ensinava no RCM e no Morley College, era o mais destacado compositor inglês de concepção européia, influenciado por Bartók, Hindemith, Schoenberg e Berg na criação de uma música cuja base diatônica é comprometida por grande dissonância em vigoroso contraponto (o serialismo dodecafônico é raro). As grandes obras desse período, quando quase toda a sua música era instrumental, incluem as três primeiras sinfonias (1948-9, 1950-1, 1960), Dois Concertos para Violino (1949-50, 1953-4), o Concerto para Viola (1951-3) e o Concerto para Piano (1952-4). Em 1964, aceitou um cargo na Universidade da Califórnia, em Santa Barbara. [Schott.]

**Friedenstag** (Dia de paz) Ópera de Strauss e Josef Gregor, destinada a formar um programa duplo com *Daphne*, com a qual contrasta por sua força bruta e cenário militar, numa fortaleza durante a Guerra dos Trinta Anos. *Munique, 24 jul 1938.

**fuga** A sonata fugal de Beethoven e Brahms são o ideal que se estende atrás das fugas de Reger, surgindo nos extremos de movimentos em grandes variações, ou então, também com uma vênia a Bach, em par com prelúdios ou fantasias para órgão. A sombra do primeiro tipo paira sobre o final das Variações orquestrais de Schoenberg, porém muito mais comum é a homenagem regeriana a Bach feita por Busoni nas fugas incluídas em sua *Fantasia contrappuntistica*, por Hindemith nas fugas de seu *Ludus tonalis*, por Shostakovich em seus 24 Prelúdios e Fugas, e por vários organistas-compositores (p. ex., David, Dupré, Pepping). Bach também foi importante para compositores mais radicais em suas interpretações da fuga, como Stravinsky, na fuga dupla de sua Sinfonia dos Salmos, uma união de fuga e prelúdio coral, ou Bartók, no movimento de abertura de sua Música para Cordas, Percussão e Celesta. Em nenhum desses casos há um verdadeiro desenvolvimento, mas, antes, um vagar do tema entre uma entrada e a seguinte, fechado em ambos os casos por uma volta simétrica seguida de uma coda, que em Stravinsky é maciça e em Bartók minúscula. Outro meio de adaptação da fuga é ocultá-la, como faz Berg no Ato II, cena 2, de *Wozzeck*, e Webern no meio do *finale* de seu Quarteto de Cordas op. 28. A fuga também pode ser sugerida pela escolha e a repetição de um tema, apenas para que todas as possibilidades contrapontísticas sejam anuladas numa heterofonia de estilo tocata: é o caso em "Par lui tout a été fait", dos *Vingt regards* de Messiaen, que, junto com o final da "Hammerklavier", influenciou a pseudofuga que finaliza a Segunda Sonata para Piano, de Boulez.

**Fundação Gulbenkian** Fundada em Lisboa em 1956, segundo o testamento de Calouste Gulbenkian (1869-1955). A música contemporânea tem sido um de seus principais interesses, havendo encomendado para apresentação em Lisboa obras de Messiaen (*La Transfiguration*), Xenakis (*Cendrées*) e outras.

**Furtwängler, Wilhelm** (1886-1954) Regente e compositor alemão. Estudou composição com Rheinberger e von Schillings, e começou a carreira de regente em 1906, primeiro em casas de ópera na província, depois na Filarmônica de Berlim (1922-54). Pôs em sua obra profunda seriedade (consultou regularmente Schenker sobre suas partituras até a morte do mestre), junto com uma plenitude sonora e uma amplitude de *rubato* que lhe proporcionaram impressionante domínio sobre as grandes formas sinfônicas. Regeu as primeiras apresentações das Variações de Schoenberg, bem como de *Konzertmusik* op. 48, *Philharmonisches Konzert* e *Mathis der Maler*, de Hindemith. Suas obras incluem as sinfonias em si menor (1938-41), mi menor (1944-5) e dó sustenido menor (1947-54).

**Futurismo** Movimento artístico italiano iniciado por Marinetti em 1909, e que se expressou mais dinamicamente na pintura e na escultura de Balla, Boccioni e Severini. A afirmação de Marinetti, que "um carro a motor roncando... é mais belo do que a Vitória de Samotrácia", deu ao movimento sua estética agressiva, atual, musicalmente encarnada nos manifestos de Pratella e nas ruidosas composições de Russolo. Debussy ficou impressionado com essa estética, e também Varèse, Honegger e compositores russos como Prokofiev, Moslov e Deshevov.

☐ U. Apollonio, ed., *Futurist Manifestos* (1973).

# G

**Gaburo, Kenneth** (1926-) Compositor americano. Estudou com Rogers na Eastman School (1946-9), com Petrassi em Roma (1954-5) e com Phillips na Universidade de Illinois (1955-62), onde permaneceu ensinando antes de mudar-se para a Universidade da Califórnia, em San Diego (1968-75). Os estudos de fonética e lingüística foram importantes para sua música, grande parte dela para coros e/ou recursos eletrônicos, às vezes com elementos teatrais.
Antiphony I, 3 grupos de instrs de cordas, fita, 1957, II, coro, fita, 1962, III (Pearl White Moments), coro, eletrônica, 1962, IV (Poised), picc, trb, ctbx, eletrônica 1966, V, pn, fita, slides, 1971, VI (Cogito), qt cordas, fita, slides, 1971; Lingua, meios mistos, 1965-70. [Lingua, Presser; Heliodor, Nonesuch.]

**gagaku** Música orquestral da corte japonesa: *ver* MÚSICA JAPONESA.

**Galo de Ouro, O** (Zolotoy petushok) Ópera de Rimsky-Korsakov e Vladimir Bel'sky, baseada em Pushkin, um brilhante conto de fadas satírico-fantástico. *Moscou, 7 out 1909.

**gamelão** Conjunto de percussão de metal na MÚSICA INDONÉSIA.

**gamut** Termo usado livremente para escala ou gama de tons, porém mais precisamente por Cage para o conjunto de sons disponíveis para uma composição. O piano preparado parece ter-lhe dado a idéia de que esses conjuntos podiam ser limitados, e ele usou deliberadamente conjuntos estritos em seu Quarteto de Cordas e outras obras.

**Garant, Serge** (1929-) Compositor canadense. Estudou com Champagne e em Paris com Messiaen (1951-2), regressando fascinado por Webern, Boulez e Stockhausen. Suas obras incluem *Anerca*, para soprano cantando textos esquimós e conjunto (1961), e um grupo de composições sobre o tema régio da *Oferenda Musical*, de Bach. Em 1966, tornou-se professor de composição da Universidade de Montreal e diretor musical da Sociedade de Música Contemporânea, em Quebec.

**Gaspard de la nuit** Tríptico para piano de Ravel inspirado em poemas em prosa fantásticos de Bertrand e em termos musicais de Liszt: "Ondine", "Le gibet", "Scarbo". *Viñes, Paris, 9 jan 1909.

**Gebrauchsmusik** (música utilitária) Termo usado por Besseler em 1925 para a música destinada a ser útil em geral: música para cinema e rádio, música política, música para melômanos. O termo correspondia a uma tendência da época, representada por Hindemith, Weill, Eisler, Orff e outros, porém o etos era mais amplo: Copland, Britten e Tippett, por exemplo, sentiam uma obrigação para com a SOCIEDADE. Em textos ingleses, o termo é mais associado a Hindemith e suas copiosas produções para músicos profissionais e amadores, embora ele próprio o rejeitasse.

**Gentle Fire** Conjunto inglês, ativo de 1968 até o início da década de 70, tocando MÚSICA ELETRÔNICA AO VIVO: obras experimentais de compositores americanos e Stockhausen, e composições do próprio grupo, muitas vezes apresentando instrumentos por eles mesmos construídos. Gravou música de Cage, Brown e Wolff (EMI Electrola 1 C 065-02 469) e participou de apresentações de *Sternklang*, de Stockhausen.

**Genzmer, Harald** (1909-) Compositor alemão. Estudou com Hindemith em Berlim (1928-34), onde depois ensinou e trabalhou com Sala e Trautwein em instrumentos eletrônicos. Compôs dois concertos para trautônio (1939, 1952). Depois da guerra, ensinou na Musikhochschulen de Freiburg (1946-57) e em Munique. Suas obras, abarcando todos os gêneros, com exceção de ópera, são hindemithianas. [Schott, Peters.]

**Gerhard, Roberto** (1896-1970) Compositor hispano-britânico. Estudou com Granados e Pedrell, depois com Schoenberg (1923-8), sob cuja influência compôs o Quinteto de Sopros. Depois voltou para a Espanha e, após a queda do governo republicano em 1939, estabeleceu-se em Cambridge. Na Inglaterra, passou a compor mais abundantemente, embora à maneira espanhola, suas principais obras sendo balés e uma ópera. Contudo, o Concerto para Violino desse período mostra uma revitalização do adormecido interesse pelo dodecafonismo, embora ainda com uma certa espanholidade, e também os primeiros sinais de uma liberdade de escrita para percussão que lembra Varèse. Em seu Quarteto n.º 1, dá uma guinada para uma forma individualista de serialismo hexacordal: os hexacordes podem ser reordenados (a música torna-se atemática) e os conteúdos de seus intervalos podem ser usados para produzir conjuntos rítmicos. Seu Quarteto n.º 2 revela-o atento aos novos efeitos de cordas introduzidos por Xenakis e Penderecki, e encontramos a mesma resposta vivaz ao som em outras obras de câmara e orquestrais de sua derradeira década, altamente criativa.

*Ópera*: The Duenna, 1945-7.
*Balés*: Ariel, 1934, *Barcelona, 1936; Soirées de Barcelone, 1936-8; Don Quixote, 1940-1; Alegrias, 1942; Pandora, 1943-5.
*Orquestrais*: Albada, 1936; Sinfonia "Homenaje a Pedrell", 1941; Conc Vn, 1942-3; Conc Pn, 1951; Sinf n.º 1, 1952-3; Conc para Cravo, 1955-6; Sinf n.º 2, 1957-9; Sinf n.º 3 "Collages", com fita, 1960; Conc Orq, 1965; Epithalamion, 1966; Sinf n.º 4, 1967.
*Corais*: L'alta naixença del rei en jaume, S, Bar, coro, orq, 1932; The Plague, narrador, coro, orq, 1963-4.
*Câmara*: 2 Sardanas, 11 instrs, 1928; Qt sopros, 1928; Qt cord n.º 1, 1950-55; Sonata, vc, pn, 1956; Noneto, 1956-7; Qt Cordas n.º 2, 1960-62; Concerto para Oito, 1962; Hymnody, 11 instrs, 1963; Gemini, vn, pn, 1966; Libra, 6 instrs, 1968; Leo, 10 instrs, 1969.
*Instrumental*: 2 Apunts, pn, 1921-2; Capriccio, fl, 1949; 3 Impromptus, pn, 1950; Fantasia, gui, 1957; Chaconne, vn, 1959.
*Canções*: 7 Haiku, S/T, 5 instrs, 1922; Cancionero de Pedrell, S/T, pn, 1942; Por do passare la sierra, S/T, pn, 1942; 6 Tonadillas, S/T, pn, 1942; Sevillanas, S/T, pn, 1943; The Akond of Swat, Mez/Bar, 2 perc, 1954; Cantares, S/T, gui, 1956.
Peças em fita magnética, música incidental para filmes, peças, radioteatro.
[OUP, Belwin-Mills, Prowse; Decca.]

**Gershwin, George** (1898-1937) Compositor americano. Só aprendeu a tocar piano em 1910, mas em 1914 já trabalhava com música popular e em 1916 teve sua primeira canção publicada. Mais tarde estudou brevemente com Goldmark, Cowell, Schillinger e outros, mais por sentimento de insegurança do que por necessidade real. Por motivos semelhantes, foi levado a compor obras em grande escala para concertos, ao lado de grande quantidade de canções populares em estilo jazzístico.

*Ópera*: Porgy and Bess, *Nova York, 1935.
*Orquestrais*: Rhapsody in Blue, pn, orq de jazz, 1924, orquestrada por Grofe; Conc Pn, fá, 1925; An American in Paris, 1928; Second Rhapsody, pn, orq, 1931; Cuban Overture, 1932; Variações sobre "I got rhythm", pn, orq, 1934.
*Piano*: Prelúdios, 1926; George Gershwin Songbook, 1932; Duas Valsas, 1933. [New World.]
□ C. Schwartz, *Gershwin* (1973).

**Gesang der Jünglinge** (Canção dos jovens) Peça em fita magnética de Stockhausen, criada a partir de gravações de sons eletrônicos e um menino cantando trechos de *Benedicite omnia opera*. Originalmente idealizada para cinco grupos de alto-falantes, foi mais tarde adaptada para fita de quatro pistas e dois canais de disco. *Colônia, 30 mai 1956.

**Ghedini, Giorgio Federico** (1892-1965) Compositor italiano. Teve aulas particulares com Cravero, e estudou com Bossi no Liceo Musicale de Bolonha, trabalhando depois como regente (1909-20) e professor em Turim (1938-41), Parma (1938-41) e Milão (1941-62), onde tinha Berio entre seus alunos. Sua música é imersa no barroco e, em menor extensão, no canto gregoriano, sendo marcada também por um criativo colorido. Entre suas obras estão oito óperas, grandes obras vocais (Concerto dell'albatro para orquestra com voz recitando textos de *Moby Dick*, 1945), peças orquestrais (*Architetture*, 1940) e relativamente poucas composições menores. [Ricordi, Suvini Zerboni.]

**Gilbert, Anthony** (1934-) Compositor inglês. Chegou tarde à música, estudando no Trinity College (1952-5), com Seiber, e no Morley College, com Milner e Goehr (1959-63). As primeiras obras exibem objetos musicais marcantes e coloridos, num estilo que deve a Varèse, Messiaen e Birtwistle (*Brighton Piece* para conjunto, 1967), mas no início da década de 70 seu estilo tornou-se mais contínuo e íntimo, à medida que passava para a nítida influência da modalidade e do pensamento indianos em peças como seu drama radiofônico *The Chakravka Bird* (1976-7). [Schott.]

**Gilbert, Henry Franklin** (1868-1928) Compositor americano. Estudou no Conservatório da Nova Inglaterra (1886-7) e com MacDowell (1889-92), embora só passasse a dedicar-se à composição depois de ter assistido a *Louise*, em Paris (1901). Usou *spirituals*, *ragtime* e música índia americana em suas composições, que compreendem obras orquestrais (*Comedy Overture on Negro Themes*, *c.* 1906; *The Dance in Place Congo, c.* 1908), peças para piano e canções. [Wa-Wan Press.]

**Gilson, Paul** (1865-1942) Compositor belga. Sobretudo autodidata, foi estimulado por *O Anel dos Nibelungos* (1883) e ouvindo concertos dos "Cinco" russos (1886). Sua obra de maior sucesso foi a sinfonia *La mer* (1892), uma das várias grandes composições do período anterior a 1906, entre elas a ópera *Prinses Zonneschijn* (1901). Nos anos posteriores, desiludido com o rumo que a música tomava, pouco compôs, mas foi um professor importante.

**Ginastera, Alberto** (1916-83) Compositor argentino. Nascido e educado musicalmente em Buenos Aires, no Conservatório Williams (1928) e no Conservatório Nacional (1936-8). A apresentação de uma suíte de seu balé *Panambí*, em 1937, tornou-o uma figura nacional, e introduziu uma fase de colorido e forte nacionalismo em sua obra, quando se voltou para a música gaúcha ou, como em *Panambí*, para a música índia, influenciado em suas criações por Bartók, Stravinsky e Falla. Em 1941, tornou-se professor de composição do Conservatório Nacional e em 1945-7 fez uma longa visita aos EUA, onde ficou amigo de Copland.

Logo após seu regresso, começou a compor num estilo mais subjetivo e a trabalhar mais em formas camerísticas. Depois, em 1958, em seu Segundo Quarteto, começou a usar métodos dodecafônicos, embora nunca estritamente: esses métodos faziam parte de um vocabulário mais vasto, utilizado na produção de uma música de grande exuberância e força expressiva, vocabulário que também incluía quartos de tom, politonalidade e efeitos instrumentais e vocais extremos. Atingiu o auge em suas três óperas de sexualidade e violência. Durante todo esse período, ocupou importantes cargos de professor até mudar-se, em 1970, para Genebra.

*Óperas*: Don Rodrigo, 1963-4; *Buenos Aires, 1964; Bomarzo, 1966-7, *Washington, 1967; Beatrix Cenci, 1971, Washington, 1971.

*Balés*: Panambí, 1934-6; Estancia, 1941.

*Orquestral*: Obertura para "el Fausto" criollo, 1943; Ollantay, 1947; Variaciones concertantes, 1953; Pampeana nº 3, 1954; Conc p/ har-

pa, 1956; Conc pn n.º 1, 1961, n.º 2, 1972; Conc Vn, 1963; Conc, cordas, 1965; Estudios sinfónicos, 1967; Conc Vc, 1968; Popol vuh, 1975; Glosses sobre temes de Pau Castals, qnt cordas, cordas, 1976.
*Vocal*: Salmo 150, coro, orq, 1938; Hieremiae prophetae lamentationes, coro, 1946; Cantata para América mágica, S, orq de perc, orq, 1960; Bomarzo, narrador, T/B, orq câm, 1964; Milena, S, orq, 1971; Serenata, Bar, vc, 9 instrs, 1973; Turbae ad passionem gregorianam, solistas, coro, orq, 1974.
*Câmara*: Duo, fl, oboé, 1945; Qt cordas n.º 1, 1948, n.º 2, 1958, n.º 3, com S, 1973; Qnt pn, 1963.
*Instrumental*: Pampeana n.º 1, vn, pn, 1947, n.º 2, vc, pn, 1950; Toccata, Villancico e Fuga, órg, 1947; Puneña n.º 1, fl, 1973, n.º 2, vc, 1976; Sonata, gui, 1976.
*Piano*: Danzas argentinas, 1937; 3 Peças, 1940; Malambo, 1940; Doze Prelúdios Americanos, 1944; Suite de danzas criollas, 1946; Rondo sobre temas infantiles argentinos, 1947; Sonata n.º 1, 1952.
*Canções*: 2 Canciones, voz, pn, 1938; Cantos del Tucumán, voz, 4 instrs, 1938; 5 Canciones populares argentinas, voz, pn, 1943. [Boosey.]

**Glass, Philip** (1937-) Compositor americano. Estudou na Universidade de Chicago, na Juilliard School e em Paris, com Nadia Boulanger. Em Paris também trabalhou com Ravi Shankar e, depois de seu retorno a Nova York, em 1967, com Alla Rakha. A música indiana propiciou seu trabalho com modelos de *ostinato* em formas de mudança lenta, muitas vezes agressivamente amplificadas, em sua obra inicial. Formou seu próprio conjunto para executar essa música e tem-se apresentado com ele internacionalmente, aumentando também seu âmbito de criação com óperas em câmara lenta, canto e repetição (*ver* MÚSICA MINIMALISTA).
*Óperas*: Einstein on the Beach, *Paris, 1976; Satyagraha, *Roterdã, 1980; The Photographer, *Roterdã, 1982; Akhnaten, *Stuttgart, 1984.
Música para conjunto: Music in Fifths, 1969; Music in Similar Motion, 1969; Music with Changing Parts, 1970; Music in 12 Parts, 1971-4. [Chatham Square, Virgin, CBS.]

**Glazunov, Alexander** (1865-1936) Compositor russo. Estudou com Rimsky-Korsakov e teve, aos 16 anos, sua Primeira Sinfonia regida por Balakirev. Depois tomou rapidamente seu lugar como o mais destacado nacionalista russo de sua geração. Em 1905, foi nomeado diretor do Conservatório de São Petersburgo, onde permaneceu enquanto a cidade trocava de nome duas vezes, só se mudando para o Ocidente em 1928, depois que reclamaram de seu conservadorismo. Suas obras incluem os balés *Raymonda* (1896-7) e *As Estações* (1899), nove sinfonias (uma inacabada) e muitas outras músicas orquestrais, sete quartetos, etc. [Belaieff.]

**Glier, Reyngol'd** (1875-1956) Compositor russo. Estudou com Tanayev, Arensky e Ippolitov-Ivanov no Conservatório de Moscou (1894-1900), e com Conus em Berlim (1905-7), depois ensinou nos conservatórios de Kiev (1913-20) e Moscou (1920-4). Sua música pertence à tradição nacionalista de Borodin e Glazunov, e contém várias óperas (entre elas esforços pioneiros de ópera azerbaijana), balés, três sinfonias (n.º 3 "Il'ya Muromets", 1909-11), concertos (para harpa, 1938; para soprano *coloratura*, 1943), outras obras orquestrais e música de câmara.

**Globokar, Vinko** (1934-) Compositor e trombonista iugoslavo. Estudou em Liubliana, no Conservatório de Paris (1955-9), regência com Leibowitz (1959-63) e composição com Berio (1965). Seu estilo virtuosístico e personalíssimo no trombone rendeu-lhe composições de Berio (*Sequenza V*) e Kagel (*Der Atem*); também fez a gravação oficial de *Solo*, de Stockhausen. Suas composições incluem estudos virtuosísticos para solista (*Atemstudie* para oboé, 1972; Res/as/ex/inspirer para instrumento de metal, 1973), mas também tem se interessado pela comunicação intergrupos. Em 1972, foi um dos fundadores do quarteto New Phonic Art, tocando improvisações que, como suas *Correspondences* (1969), pedem uma resposta criativa dos intérpretes. [Peters; DG.]

**Gloriana** Ópera de Britten e Plomer, baseada em *Elizabeth and Essex*, de Strachey, encomendada para a coroação de Elizabeth II. *Londres, 8 jun 1953.

**Glükliche Hand, Die** (A boa mão) ''Drama com música'' de Schoenberg em libreto seu, peça simbolista de ciúme sexual e desesperada criatividade, escrita atonalmente para três personagens símbolos, còro masculino e grande orquestra. *Viena, 14 out 1992.

**Gnesin, Mikhail** (1883-1957) Compositor e professor russo. Estudou com Rimsky-Korsakov e Lyadov, no Conservatório de São Petersburgo (1901-9). Suas primeiras obras incluem canções extaticamente líricas sobre poemas de Balmont e música para montagens de tragédias gregas de Meyerhold (1912-6). Depois de 1923, foi mais ativo como professor em instituições de Moscou e Leningrado, embora também tenha composto música de câmara e algumas obras grandes.

**Goehr, Alexander** (1932-) Compositor inglês. Filho do maestro Walter Goehr, nascido em Berlim e levado para a Inglaterra um ano após seu primeiro aniversário. Estudou com Hall no Royal Manchester College of Music (1952-5), onde teve entre os colegas Davies e Birtwistle, e depois em Paris, com Messiaen e Loriod (1955-6). De volta à Inglaterra, trabalhou como produtor da BBC (1960-8), depois ocupou postos de professor visitante no Conservatório da Nova Inglaterra (1968-9) e em Yale (1969-1), continuando sua vida acadêmica nas universidades de Southampton (1970-1), Leeds (professor, 1971-6) e Cambridge (professor, 1976-).

Suas obras iniciais, como as de Davies, reconhecem a afinidade entre técnicas medievais e seriais, mas as primeiras a chamarem a atenção foram cantatas de expressiva ferocidade schoenberguiana: *The Deluge* e *Sutter's Gold*. Depois, em obras como a *Little Symphonie* (1963), começou a elaborar um meio de controlar longos espaços de tempo com fundos harmônicos derivados das séries, feito comparável à modalidade dodecafônica de Perle. Isso lhe deu o meio para compor estruturas evolutivas muitas vezes obstinadamente vazadas em formas clássicas, embora em suas melhores obras, que incluem as peças dramáticas e o grande *Deux études* para orquestra, haja uma força de imaginação em equilíbrio com o desejo de que a música seja bem feita.

*Óperas*: Arden Must Die, *Hamburgo, 1967; Behold the Sun, *Duisburg, 1985.

*Teatro musicado*: Naboth's Vineyard, 1968; Shadowplay-2 Triptych, 1970; Sonata about Jerusalem, 1970; as três peças juntas formam um Triptych, para narrador, mímica, 5 cantores, 9 instrs.

*Orquestral*: Fantasia, 1954, rev. 1958; Hecuba's Lament, 1959-61; Conc Vn, 1961-2; Little Symphonie, 1963; Little Music, cordas, 1963; Pastorals, 1965; Romanza, vc, orq, 1968; Konzertstück, pn, pequena orq, 1969; Sinf em 1 Movimento, 1969-70; Conc Pn, 1971-2; Metamorphosis/Dance, 1973-4; Chaconne, 19 instrs sopro, 1974; Fugue and Romanza on Psalm 4, cordas, 1976; Deux études, 1981.

*Vocal*: The Deluge, S, A, 8 instrs, 1975-8; Four Songs from the Japanese, S/T, orq/pn, 1959; Sutter's Gold, B, coro, orq, 1959-60; A Little Cantata of Proverbs, coro, pn, 1962; 2 Choruses, 1962; Virtutes, coro, instrs, 1963; 5 Poems and an Epigram of William Blake, coro, tpt, 1964; Warngedichte, A/B, pn, 1967; Psalm 4, S, A, coro feminino *ad lib*, va, órg, 1976; Babylon the Great is Fallen, coro, orq, 1979; Das Gesetz der Quadrille, Mez/Bar, pn, 1979; Behold the Sun, ária, S, conj, 1981.

*Câmara*: Fantasias, cl, pn, 1954; Variations, fl, pn, 1959; Suite, 6 instrs, 1961; Trio Pn, 1966; Qt cordas nº 2, 1967; Paraphrase, cl, 1969; Conc for 11, 1970; Lyric Pieces, 8 instrs, 1974; Qt Cordas nº 3, 1975-6; Prelude and Fugue, 3 cl, 1978; A Musical Offering, conj, 1985.

*Piano*: Sonata, 1951-2; Capriccio, 1957; 3 Peças, 1964; Nonomia, 1969. [Schott; Wergo, Argo.]

**Goeyvaerts, Karel** (1923-) Compositor belga. Estudou em Antuérpia e no Conservatório de Paris com Milhaud e Messiaen (1947-50). Influenciado pelo *Mode de valeurs* do último e por sua própria análise do op. 27 de Webern, compôs uma sonata para dois pianos (1951) que forneceu um modelo de SERIALISMO TOTAL, importante para Stockhausen (os dois compositores estiveram em Darmstadt no mesmo ano). Ele continuou no caminho da abstração metafísica em *Opus 2* (1951) e *Opus 3* (1952), para conjunto instrumental, e em trabalhos eletrônicos. Dentre estes, realizou *Composition n.º 5* (1953) e *Composition n.º 7* (1955) nos estúdios da WESTDEUTSCHER RUNDFUNK. Mas depois afastou-se da vanguarda: trabalhou como tradutor para Sabena (1958-70) e compôs várias obras eletrônicas, teatrais e cristãs.

**Golishev, Jef** (1897-1970) Compositor russo. Estudou violino com Auer e pintura com seu pai. Em 1909, mudou-se para Berlim, onde compôs um Trio para Cordas (1914) em "complexos de duração de 12 notas", cada nota tendo um valor rítmico diferente. Após a Primeira Guerra Mundial, integrou o grupo dadaísta berlinense, apresentando-se ao mesmo tempo como pintor e compositor (*Antisymphonie*, *Keuchmaneuver*, com seus próprios instrumentos e utensílios de cozinha). Em 1933 fugiu de Berlim para Portugal, Barcelona, França, São Paulo e Paris.

**gongos** Usados algumas vezes em grupos de altura determinada (em *Madame Butterfly*); os grupos de altura indeterminada são mais comuns, sendo os maiores conhecidos como "tantãs". Stockhausen fez um uso importante de um tantã único em *Kontakte*, *Momente*, Mikrophonie I, etc; grupos de gongos e tantãs ocorrem sobretudo na música de Messiaen e Boulez.

**Górecki, Henryk** (1933-) Compositor polonês. Estudou com Szabelski no Conservatório de Katowice (1955-60) e com Messiaen em Paris, regressando depois a Katowice para ensinar. Suas primeiras obras foram num tipo polonês de neoclassicismo parisiense, mas a experiência de ouvir a nova música ocidental e o Festival de Outono de Varsóvia (1956) provocaram nele uma abrupta mudança para as técnicas dodecafônicas e um gosto pendereckiano por novas sonoridades, embora num estilo de monumental simplicidade.
*Orquestral*: Sinf n.º 1, cordas, perc, 1959; Monologhi, S, 3 grupos, 1960; Scontri, 1960; Choros I, cordas, 1964; Refrão, 1965; Velha Música Polonesa, 1969; Canticum graduum, 1969; Ad matrem, S, coro, orq, 1971; 2 Cantos Sacros, bar, orq, 1971; Sinf n.º 2, "Copernicus", S, Bar, coro, orq, 1972; 3 Danças, 1973; Sinf n.º 3, orq, 1976; Beatus vir, bar, coro, orq, 1979; Conc para cravo e cordas, 1980.
Muitas peças para coro, conjuntos e instrumentais. [PWM.]

**Gould, Glenn** (1932-82) Pianista canadense. Estudou com Guerrero no Conservatório de Toronto e teve uma carreira internacional até 1964, quando se retirou para concentrar-se na gravação de um repertório pessoal (Bach, Beethoven, Schoenberg), de uma maneira intensamente objetiva, se bem que idiossincrática. Compôs um Quarteto de Cordas (1953-5) e criou audaciosos programas de rádio.

**Gould, Morton** (1913-) Compositor americano. Estudou com Vincent Jones no Instituto de Arte Musical de Nova York e trabalhou extensamente como compositor, maestro e arranjador. Suas obras, brilhantemente orquestradas e nitidamente americanas, abrangem não só música ligeira como gêneros mais ambiciosos.

**Graham, Martha** (1894-1992) Coreógrafa americana. Fundou sua companhia em 1929 e logo se tornou a principal praticante da dança moderna nos EUA, encomendando parti-

turas de Copland (APPALACHIAN SPRING), Hindemith (*Hérodiade*), Barber (*Cave of the Heart*) e muitas outras.
☐ M. Graham, *The Notebooks* (1973).

**Grainger, Percy** (1882-1961) Compositor e pianista australiano-americano. Estudou com Knorr e Kwast, no Conservatório Hoch, em Frankfurt (1895-9), estabelecendo-se depois em Londres (1901) como pianista, pesquisador de música folclórica e compositor. Manteve essa variedade de ocupações após mudarse, em 1914, para os EUA. Sua produção é enorme e desconjuntada, a maioria das obras tendo sido revisada e reescrita pelo menos uma vez. A diversidade tem raízes no sonho de uma "música livre", liberta de todas as normas de harmonia, métrica, forma e instrumentação. Grande parte de sua música, contendo em quantidades iguais peças originais e arranjos de canções folclóricas, foi composta ou pelo menos concebida em seu período londrino.
☐ J. Bird, *Percy Grainger* (1976).

**Granados, Enrique** (1867-1916) Compositor e pianista espanhol. Estudou com Pedrell em Barcelona (1883-7), depois em Paris, antes de regressar a Barcelona em 1889 e fazer ali sua estréia como pianista (1890) e compositor (1892). Durante as duas décadas seguintes, teve sucesso local como pianista, professor e compositor de óperas ligeiras, mas a apresentação que fez em Paris de sua *Goyescas*, a 4 de abril de 1914 (apresentada em Barcelona em 1911), granjeou-lhe atenção internacional. Usou a música na composição de uma ópera, estreada no Metropolitan a 26 de janeiro de 1916, e morreu no mar ao voltar para a Espanha. As *Goyescas* para piano são impressões floreadas, mas ao mesmo tempo profundamente sensíveis, das pinturas de Goya, coloridas pela dança castelhana *tonadilla*.
*Goyescas*: Los requiebros, Coloquio en la reja, El fandango del candil, Quejas o la maja y el ruiseñor, El amor y la muerte, Epílogo: la serenada del espectro, El pelele.
*Outras obras*: óperas, peças orquestrais, canções, música de câmara.

**Grand Macabre, Le** (O grande macabro) Ópera de Ligeti e Michael Meschke, baseada em Ghelderode, uma excelente comédia eróticosurrealista sobre o pretenso fim do mundo. *Estocolmo, 12 abr 1978.

**gravação** Diz-se às vezes que a música do séc. XX foi influenciada pela nova possibilidade de os ouvintes familiarizarem-se com uma obra através da experiência repetida; assim, a música pôde ser mais complexa e rápida em seus processos mentais. Contudo, parece improvável que Schoenberg e Webern previssem em 1908 a possibilidade de suas obras serem gravadas, ao comporem as primeiras peças atonais. Na verdade, poucas obras sérias foram gravadas antes de 1920, além de árias de óperas, e mesmo desde então a apresentação da nova música em forma gravada tem sido irregular. Entre os compositores que tocaram, regeram ou supervisionaram mais que uma ou outra execução para gravação, estão Elgar, Strauss, Rakhmaninov, Stravinsky, Britten, Copland, Bernstein, Boulez e Stockhausen. Em compensação, Bartók não gravou nenhum concerto, Schoenberg apenas seu *Pierrot lunaire* e da regência de Webern sobrevive apenas uma execução de sua orquestração de algumas danças germânicas de Schubert.

Essas discrepâncias obviamente limitam o valor das gravações na transmissão de informação sobre a prática da execução, mas há outros problemas. Os mandamentos podem ter sido forçados pela necessidade de fazer um movimento ou parte caber num lado do disco, e cortes podem ser feitos pelo mesmo motivo. O estilo de gravação pode não ser adequado para reproduzir o equilíbrio pretendido pelo compositor, sobretudo nas obras orquestrais gravadas com muitos microfones. E os intérpretes podem não ter tido experiência suficiente da obra. Todos esses tipos de problemas são evidentes quando se examinam gravações da mesma obra feitas por um mesmo compositor em épocas diferentes: por exemplo, as gravações de *Petruchka* e *A Sagração da Primavera*, de Stravinsky, ou *Le marteau sans maître* e *Pli selon pli*, de Boulez.

Se as gravações são instrumentos dúbios na busca de um estilo "autêntico", foram obviamente essenciais na música eletrônica, sendo também indiscutível sua utilidade na propagação da nova música. Em vista dos custos das montagens de obras desconhecidas e das incertezas do retorno da bilheteria, é inevitável que a nova música seja mais largamente disseminada através de gravações e transmissões de rádio. Portanto, pode haver uma certa vantagem no fato de Babbitt e Boulez não serem tão bem-sucedidos comercialmente quanto os músicos de rock contemporâneos seus, já que há pouca tentação das gravadoras para manipular compositores sérios. Ao contrário, suas gravações muitas vezes tiveram de ser financiadas por instituições ou fundações para se tornarem ao menos possíveis, embora talvez seja uma infelicidade o fato de os compositores sérios não terem sido estimulados a usar criativamente o veículo da gravação, como acontece com os músicos de rock desde meados da década de 60. As gravações de música séria tendem a ser, precisamente, registros: documentos de obras destinadas ao salão de concertos ou à rádio. *1898*, de Kagel, encomendado pela Deutsche Grammophon para seu 75º aniversário, é um raro exemplo de obra criada para ser gravada.

**Griffes, Charles** (1884-1920) Compositor americano. Estudou com Humperdinck e outros (1903-7), depois trabalhou como mestre-escola em Tarrytown, NY. Suas primeiras obras eram solidamente germânicas, mas em 1911 começou a ser influenciado por Debussy e a arte oriental; mais tarde, em sua Sonata para Piano (1917-8), pelo Skryabin mais recente. Outras obras para piano incluem *The Pleasure-Dome of Kubla-Khan* (1912, orquestrada em 1917), os quatro *Roman Sketches* (1915-6) e os Três Prelúdios (1919).
□ E. M. Maisel, *Charles T. Griffes* (1943).

**Grisey, Gérard** (1946-) Compositor francês. Estudou no Conservatório de Paris com Messiaen e em Darmstadt; depois passou a dar aulas aí (1978-82) e, a partir de 1982, em Berkeley. A maior parte de sua música é para grupos instrumentais (p. ex., *Modulations*, para 33 instrumentistas, *1978), embora tenha sido influenciado pela música eletrônica em sua criação de grandes formas, baseadas no crescimento e na colisão de grandes massas sonoras. [Erato.]

**Group for Contemporary Music** Conjunto fundado em 1962 na Universidade da Columbia e dirigido por Harvey Sollberger, protótipo de grupos semelhantes em outras universidades americanas.

**Groupe de Recherches Musicales** Estúdio de música eletrônica da rádio francesa, surgido do Club d'Essai de Schaeffer (1948-51) e fundado como Groupe de Musique Concrète, sob a direção de Schaeffer e Henry, em 1951. Em 1957, Henry desligou-se e a organização passou a ter seu nome atual; em 1966, Bayle tornou-se seu diretor. Outros compositores que lá trabalharam: Boulez, Stockhausen, Barraqué, Philippot, Xenakis e Parmegiani.

**Gruber, Heinz Karl** (1943-) Compositor e músico austríaco. Estudou com Ratz, Jelinek e Von Einem, na Hochschule für Musik de Viena, e iniciou uma carreira de contrabaixista. Seu *Frankenstein!* (1976-7), composto para uma sua *Sprechgesang*, narrada com orquestra, é uma obra-prima de surrealismo musical absurdamente horrível; outras obras, incluindo seu Concerto para Violino (1977-8), mostram semelhante perfeição técnica, no sentido de uma inquietante recuperação da tonalidade. [Boosey.]

**Gruenberg, Louis** (1884-1964) Compositor americano. Levado aos dois anos da Rússia para os EUA, foi para Berlim aos 19, a fim de estudar com Busoni, e permaneceu na Europa como pianista e professor. Suas obras desse período incluem a ópera *The Bride of the Gods* (1913), com libreto de Busoni. Em 1919, voltou a Nova York e foi um dos fundadores da Liga de Compositores e líder do modernismo baseado no jazz, admiravelmente expresso em *The Daniel Jazz*, para tenor e sexteto (1924), e outras obras. O jazz e os *negro spirituals* também influenciaram sua ópera *The Emperor Jones* (1931), que obteve sucesso na época, e seu Concerto para Violino (1944). Mais tarde, mudou-se para a Califórnia e compôs música para o cinema.

**grupo** Além do sentido cotidiano, adquiriu, em expressões como "grupo instrumental" ou "grupo rítmico", o *status* de um termo do vocabulário de Stockhausen na década de 50. Insatisfeito com o PONTO do serialismo total, começou em *Kontra-Punkte* a trabalhar com grupos, que eram a princípio pequenas figuras num único instrumento. Contudo, em *Gruppen*, a idéia de grupo foi ampliada para abranger ocorrências orquestrais unificadas por certa estabilidade de textura, harmonia e ritmo interno.

**Grupo dos Seis** (Lex Six) Grupo batizado a partir do artigo de Henri Collet, "Les cinq russes, les six français et M. Satie" (*Comoedia*, 16 jan 1920): os seis eram Auric, Durey, Honegger, Milhaud, Poulenc e Tailleferre. Estiveram ativos juntos desde 1917, em grande parte sob a liderança artística de Cocteau, mas não aceitaram por muito tempo suas exigências de elegância, modernidade e concisa simplicidade. Houve um Album des Six, com peças para piano de todos eles (1920), e uma pecinha-balé de Cocteau, com números musicais, interpretada por todos eles, exceto Durey (Les mariés de la Tour-Eiffel, *Balés Suecos, Paris, 18 jun 1921). Depois disso, debandaram.

**Gruppen** (Grupos) Obra de Stockhausen para três pequenas orquestras colocadas (idealmente) em torno da platéia, permitindo desse modo polifonias de tempo e dando a ilusão de sons que se movem no espaço. *Regido por Maderna, Boulez, Stockhausen; Colônia, 24 mar 1958.

**Guerra e Paz** (Voyna i mir) Ópera de Prokofiev sobre a adaptação feita por ele próprio e Mira Mendelson do romance de Tolstoy, contrastando cenas líricas com quadros corais de Napoleão, Kutuzov e seus generais. *Leningrado, 12 jun 1946 (cenas 1-8), 31 mar 1955 (11 cenas).

**Guézec, Jean-Pierre** (1934-71) Compositor francês. Estudou com Messiaen no Conservatório de Paris (1953-63) e desenvolveu um estilo baseado em trechos de textura opostos, muitas vezes dotados de febril movimento interno. Suas obras abrangem *Architectures colorées*, para 15 instrumentos (1964), *Textures enchaînées*, para sopros e percussão (1967), *Reliefs polychromés*, para vozes (1969). Messiaen compôs em sua memória o solo para trompa de *Des Canyons*. [Salabert; Erato.]

**guitarra** Instrumento ocasionalmente utilizado na orquestra por Mahler (Sinfonia nº 7) e Schoenberg (*Von heute auf morgen*), com referência a sua associação usual com a música ligeira (ver também seu uso por Berg no conjunto da taverna de *Wozzeck* e a prática de Kagel, *passim*). O surgimento de Segóvia e outros virtuoses resgatou a dignidade do instrumento, conquistando para ele concertos de Rodrigo e muitos outros. Também se tornou comum em conjuntos (p. ex., *Le marteuax sans maître*) e ganhou um amplo repertório solista (p. ex., peças de Davies e Henze, além da música mais hispânica de compositores como Ponce e Villa-Lobos).

**guitarra elétrica** Instrumento fabricado a partir de 1936-7 e usado em *Gruppen*, de Stockhausen, *Domaines*, de Boulez, e *Proença*, de Buller, por exemplo.

**Gurney, Ivor** (1890-1937) Compositor e poeta inglês. Estudou no Royal College of Music, com Stanford (1911-5) e Vaughan Williams (1918-21), e serviu na Primeira Guerra Mundial. Intoxicado por gás e atingido pela explosão de uma granada em combate, foi internado num hospital para doentes mentais em 1922, embora a essa altura já tivesse produzido uma grande quantidade de canções de estilo mais brahmsiano que folclórico.

**Gurrelieder** (Canções de Gurra) Composição de Schoenberg, uma seqüência de quadros para solistas, coro e uma enorme orquestra, musicando uma tradução de poemas do dinamarquês J. P. Jacobsen. O tema é o amor erótico, tratado em canções wagnerianas alternadas para Waldemar e Tove (que vive no castelo de Gurra), depois a danação de Waldemar por amaldiçoar Deus pela morte de Tove. Composta em 1900-1, a obra só foi inteiramente orquestrada em 1911. *Regida por Schreker, Viena, 23 fev 1913.

# H

**Hába, Alois** (1893-1973) Compositor tcheco. Estudou na escola normal de Kroměříž (1908-12), com Novák em Praga (1914-5) e com Schreker em Viena (1918-20) e Berlim (1920-2). Começou a usar quartos de tom (*ver* MICROTONS), em sua Suíte para orquestra de cordas (1917), seguindo a resenha jornalística de uma conferência, e foi ainda mais influenciado pelos concertos privados de Schoenberg a que assistia. Em 1923 regressou a Praga e no ano seguinte começou a dar cursos sobre música microtonal no conservatório. Também teve extensa produção em quartos, quintos e sextos de tom, parte dela para instrumentos especiais (p. ex., a Suíte para clarinete em quarto de tom e piano em quarto de tom, 1925), abrangendo obras para piano, quartetos de cordas e óperas (*A Mãe* em quartos de tom, 1927-9; *Venha a Nós o Vosso Reino*, em sextos de tom, 1939-42).

**Hahn, Reynaldo** (1875-1947) Compositor franco-venezuelano. Levado aos três anos para Paris, estudou no Conservatório com Massenet e logo conquistou uma elegante reputação como compositor e intérprete de suas próprias canções (p. ex., "Si mes vers avaient des ailes"). Proust e Sarah Bernhardt deram-lhe apoio. Mais tarde, compôs principalmente para o teatro, incluindo as operetas *Ciboulette* (*Paris, 1923) e *Mozart* (*Paris, 1925).

**Haieff, Alexei** (1914-) Compositor russo-americano. Mudou-se para os EUA em 1932 e estudou com Jacobi e Goldmark na Juilliard School (1934-8), e mais tarde com Nadia Boulanger (1938-9). Sua música, a maior parte em formas instrumentais padrão, muito deve ao neoclassicismo de Stravinsky.

**Halffter** Família de compositores espanhóis. Rodolfo (1900-) e seu irmão Ernesto (1905-) receberam ajuda de Falla, e Ernesto tornou-se seu discípulo, concluindo *Atlántida* após a morte do mestre. Rodolfo estabeleceu-se na Cidade do México em 1939 e continuou a cultivar um estilo à Falla, como também Ernesto, que permaneceu na Espanha. O sobrinho deles, Cristóbal, estudou com Del Campo no Conservatório de Madri (1947-51) e também começou a compor sob a influência de Falla, embora nos anos 60 tenha se tornado o principal representante espanhol da vanguarda darmstadtiana. Suas obras incluem várias peças para grande orquestra com ou sem vozes, três quartetos e composições com instrumentos eletrônicos, todas mostrando um ardor de expressão tipicamente espanhol. [UE.]

**Hall, Richard** (1903-82) Compositor e professor inglês. Estudou em Cambridge e trabalhou como músico de igreja, antes de ensinar no Royal College de Manchester (1938-56) e em Dartington (1956-67). Na primeira instituição teve entre seus alunos Birtwistle, Davies e Goehr. Parte de sua música, que abrange cinco sinfonias e dois quartetos, une a harmonia schoenberguiana a uma certa melifluidade modal inglesa.

**Hambraeus, Bengt** (1928-) Compositor sueco. Estudou na Universidade de Uppsala (1947-56) e nos cursos de Darmstadt, trabalhando depois para a Rádio Sueca, antes de assumir um cargo, em 1972, na Universidade McGill. Foi pioneiro de novas técnicas para órgão, seu instrumento, em obras como *Konstellationer I* (1958) e *III* (1961).

**Hamilton, Iain** (1922-) Compositor escocês. Estudou com Alwyn na Royal Academy of Music (1947-51), e começou a compor grandes obras influenciado por Bartók, Berg e Hindemith. A Sinfonia para Duas Orquestras

(1958) deu início a um período serial, continuado após sua mudança para a Duke University, na Carolina do Norte, em 1961. Depois, em meados dos anos 60, sua música tornou-se de novo mais expansiva e começou a compor óperas: *Agamemnon* (1967-9), *The Royal Hunt of the Sun* (1967-9), *Pharsalia* (1968), *The Catiline Conspiracy* (1972-3), *Tamburlaine* (1976), *Anna Karenina* (1979-80) e *Lancelot* (1985). [Presser, Schott.]

**Hanson, Howard** (1896-) Compositor e professor americano. Estudou com Goetschius no Institute of Musical Art de Nova York e trabalhou como professor, notadamente como diretor da Eastman School (1924-64), onde também regeu muita música americana. Sua música, que inclui sete sinfonias, aproxima-se da de Sibelius. [Fischer.]

**happening** Insólita manifestação artística que muitas vezes envolve uma grande variedade de eventos numa situação incomum. Diz-se que o primeiro teria ocorrido no Black Mountain College, em 1952, incentivado por Cage, mas os anos dourados do *happening* foram os do início da década de 60 (*ver* FLUXUS).

**Harawi** Ciclo de 12 canções de Messiaen, formando a trilogia Tristan, com sua *Turangalîla-Symphonie* e *5 rechants*. Musical e poeticamente, o texto baseia-se em canções folclóricas peruanas (o ''harawi'' é um tipo de lamento). *Bunlet, Messiaen, Mâcon, 24 jun 1946.

**Harbison, John** (1938-) Compositor americano. Estudou em Harvard (1956-60), Berlim (1960-1) e Princeton, com Kim e Sessions (1961-3); ensina no MIT desde 1969. Suas obras incluem óperas (*Winter's Tale*, *San Francisco, 1979; *Full Moon in March*, *Cambridge, Mass., 1979) e outras músicas vocais, peças orquestrais e composições de câmara.

**harmonia** Um soar simultâneo de alturas, tendo na música diatônica uma função (p. ex., acorde de tônica, sétima da dominante, etc.). Onde não se tem em vista essa função, alguns compositores, sobretudo Babbitt, preferiram o termo neutro de SIMULTANEIDADE e evitaram falar de harmonia no sentido mais amplo de rede de relações de alturas que dá à obra coerência e movimento.

O estudo da harmonia do séc. XX, nesse sentido mais amplo, não avançou muito, a não ser na medida em que se refere à música que aceita o funcionalismo diatônico sem muita alteração. As alternativas são basicamente duas: adaptar a harmonia diatônica, mais comumente introduzindo-se nela um conceito modal, ou evitá-la, seja através da ATONALIDADE, seja eliminando-se totalmente a altura. Poder-se-ia acrescentar uma terceira opção: a de criar-se um novo sistema de alturas, adicionando-se MICROTONS ou construindo-se eletronicamente escalas baseadas em outros intervalos, mas é discutível que se criem tão facilmente novos sistemas harmônicos.

Também dentro dessas possibilidades são viáveis muitos tipos diferentes de harmonia. Num dos extremos, a harmonia pode ser estática, por mudar tão rapidamente que não se perceba nenhuma progressão harmônica, ou por abruptas mudanças texturais que inibam qualquer continuidade a longo prazo, ou por serem os acordes tão densos que suas funções harmônicas fiquem inteiramente obscuras, ou ainda por haver uma certa imutabilidade harmônica essencial. No outro extremo, o dinamismo da harmonia diatônica pode ser conservado. Até agora não existe nenhum indício claro de que se possa obter isso por um meio harmônico que não os do sistema diatônico, pelo menos em longas extensões (em menor escala, é possível apontar para uma intenção quando, por exemplo, 11 classes de altura são tocadas, criando uma expectativa quanto à décima segunda, como algumas vezes acontece em Webern e Boulez). O dinamismo não-diatônico, quando não é puramente rítmico (como em *Ionisation*, de Varèse), pode portanto envolver uma evocação de funções diatônicas (p. ex., a freqüente realização da resolução por Bartók, passando de uma dissonância maior para uma menor), ou, talvez mais comumente, uma simulação dessa evocação pela manutenção de traços gestuais e rítmicos característicos da música diatônica, como nos movimentos da sonata serial de Schoenberg, ou talvez em Carter. Claro, a primeira tem sido normalmente analisada em termos de COMBINATORIALIDADE, e a última em termos de suas próprias construções harmônicas não-atonais, mas o modo como se percebe, mais do que como se concebe, essa música permanece controvertido. Tampouco se pode dizer que o diatonismo modal dinâmico de compositores como Stravinsky, Copland, Vaughan Williams, Britten ou Davies seja bem compreendido.

A harmonia estática apresenta, naturalmente, menos problemas. O caso mais clássico e, talvez, mais antigo de imutabilidade é a terceira das 5 Peças Orquestrais de Schoenberg, mas exemplos desse tipo são raros. Mais comumente, a constância está nos fundamentos (p. ex., na fixação de classes de altura em determinados registros no início da Sinfonia de Webern), ou então o efeito estático é obtido por rápido seccionamento do material (p. ex., nas Sinfonias para Sopros, de Stravinsky) ou pela simples densidade dos acordes (*Star-Visaged*, do mesmo compositor). Também se produz um efeito estático pela persistente amarração da música a uma característica harmônica simétrica, seja a escala de tons inteiros (Debussy, Messiaen), o acorde de sétima diminuta (Messiaen, Skryabin), ou a tríade aumentada (Messiaen). Mais complexos são os casos em que dinâmica e estática parecem encontrar-se, não apenas porque dá-se o encontro entre harmonia estática e ritmo dinâmico (como acontece, de modos variados, em grande parte de Schoenberg e Messiaen), mas antes porque a própria harmonia é ao mesmo tempo estática e dinâmica. É uma característica, particularmente, de Stravinsky, sobretudo durante seu período neoclássico, em que as idéias podem agir mais contra do que dentro da tonalidade (p. ex., a insistente passagem da tônica à dominante executada pelo motivo de abertura da Sinfonia em Dó).

É difícil saber se a inadequação da teoria harmônica no séc. XX é causa ou sintoma do declínio da intencionalidade harmônica na música deste século: o tratado de Schoenberg (1911) assinala o ponto em que a prática começa a afastar-se radicalmente da teoria. Contudo, desde os anos 70, a harmonia tornou-se objeto do renovado e consciente interesse dos compositores, tenham eles preferido a estase repetitiva dos acordes simples (Riley, Reich, Glass), a volta ao sistema diatônico, ou certa recuperação da direção num sistema dodecafônico que abranja forças diatônicas e modais (Perle, Davies, Goehr).

☐ A. Schoenberg, *Harmonielehre* (1911; trd. ing., 1978); V. Persichetti, *Twentieth Century Harmony* (1961).

**Harmonie der Welt, Die** (A harmonia do Mundo) Ópera de Hindemith em libreto próprio sobre a busca da mecânica celeste por Kepler. *Munique, 11 ago 1957.

**harmônio** Instrumento a que Karg-Elert deu um repertório virtuosístico, também favorecido, curiosamente, por Mahler (Sinfonia n.º 8), Strauss (*Ariadne auf Naxos*) e Schoenberg (*Herzgewächse* e vários arranjos).

**harpa** Instrumento trazido ao primeiro plano da orquestra por Debussy e Ravel, que compuseram obras que o destacavam. As possibilidades foram ainda mais ampliadas por Berio (*Sequenza II*, *Circles*) e Boulez (*Improvisations sur Mallarmé*), mas o limitado alcance dinâmico e timbrístico da harpa manteve pequeno o seu repertório solo. Há concertos de Glier, Milhaud e outros, uma sonata de Hindemith, concertos duplos com oboé encomendados por Heinz e Ursula Holliger a Henze, Lutoslawski e outros.

**Harris, Roy** (1898-1979) Compositor americano. Estudou em Berkeley, com Farwell em aulas particulares e em Paris com Nadia Boulanger (1926-9), ensinando depois na Juilliard School (1932-40) e outras instituições. Sua Primeira Sinfonia e, mais ainda, a Terceira causaram grande impressão pela áspera grande-

za e longas melodias, num idioma diatônico embebido de canções folclóricas e cânticos religiosos.
*Sinfonias*: nº 1, 1933; nº 2, 1935; nº 3, 1937; nº 4, 1940; nº 5, 1942; nº 6, 1944; nº 7, 1952; nº 8, 1962; nº 9, 1962; nº 10, 1965; nº 11, 1967; nº 12, 1968; nº 13, 1969; nº 14, 1974; nº 15, 1978; nº 16, 1979.
*Outras obras*: Concertos, peças para coros, três quartetos, etc. [AMP, Mills, G. Schirmer.]
□ R. Strassburg, *Roy Harris* (1974).

**Harrison, Lou** (1917-) Compositor americano. Estudou em San Francisco com Cowell (1934-5) e trabalhou com Cage, compondo e interpretando música de percussão (1939-41); depois teve aulas com Schoenberg (1941), antes de mudar-se para a costa leste americana e continuar seu hábito de acumular vários empregos. Sua música é igualmente variada em estilo, orquestração e gênero, muitas vezes usando instrumentos singulares, exóticos ou inventados, e geralmente modais.

**Hartmann, Karl Amadeus** (1905-63) Compositor alemão. Estudou com Haas na Academia de Munique (1924-7), depois com Scherchen e Webern (1941-2). Destruiu todas as músicas compostas antes deste último estudo. Em 1945, inaugurou os concertos Musica Viva em Munique, que serviram de plataforma para a música que fora proibida durante os anos nazistas, fato depois imitado em outras cidades alemãs. Suas obras compreendem oito sinfonias num estilo vigorosamente expressivo, evocando Berg, Bartók, Hindemith e Blacher. [Schott; Wergo.]

**Harvey, Jonathan** (1939-) Compositor inglês. Estudou em Cambridge, com Erwin Stein e Keller em aulas particulares, e com Babbitt em Princeton (1969-70); ensinou nas universidades de Southampton (1964-77) e Sussex (1977-). Suas obras pré-Princeton mostram uma gama de influências que vão de Britten a Stockhausen e Davies, mas, embora estes permaneçam importantes, sua música posterior alcança coerência através de operações com conjuntos tanto em grande como em pequena escala, motivada por uma interpretação do serialismo como meio eficaz para a comunicação da experiência espiritual.
Persephone Dream, orq, 1972; Inner Light 1, 6 instrs, fita, 1973; Inner Light 3, orq, fita, 1975; Inner Light 2, 5 vozes solistas, 12 instrs, 1977; Qt cordas, 1977; Mortuos Plango, vivos voco, fita, 1980; Bhakti, peq orq, fita, 1982. [Novello; Erato, RCA.]

**Haubenstock-Ramati, Roman** (1919-) Compositor austro-polonês. Estudou com Malawski no Conservatório de Cracóvia (1934-8) e Koffler na Academia de Lvov (1939-41). Em 1950, trocou a Polônia por Tel-Aviv, mudando-se depois, em 1957, para Viena, onde trabalhou para a Universal Edition. Trabalhou muito com FORMA MÓVEL e NOTAÇÃO GRÁFICA.

**Hauer, Josef Matthias** (1883-1959) Compositor austríaco. Formado professor, autodidata em composição. Suas primeiras obras (1912-9) são livremente atonais; passou depois a trabalhar com seu próprio sistema de composição em 12 notas, em que o conjunto era considerado um tropo hexacordal. Vivendo em Viena a partir de 1915, conheceu Schoenberg em 1917, e este programou sua música dentro do Verein für Privataufführungen em 1919. Parece inevitável que Schoenberg tenha ganho alguma coisa com a ligação, mas a amizade terminou quando Hauer insistiu em que a composição dodecafônia fora invenção sua. Produziu vasta e diversificada música de 12 notas (71 opus numerados), entre elas as cantatas *Wandlungen* (1927) e *Der Menschen Weg* (1934), mas o *Anschluss* (anexação da Áustria pela Alemanha nazista) pôs fim às suas atividades públicas e ele se refugiou para produzir cerca de 1 mil *Zwölftonspiele*, operações mecânicas com suas regras de 12 notas. [UE.]

**Hauptstimme** (voz principal) Termo usado por Schoenberg para o elemento principal na polifonia, que ele marcou com um "H" nas partituras, do op. 16 em diante. Berg seguiu essa prática, acrescentando o termo "Hauptrhythmus" e a marca "HR" para a métrica principal. *Ver* NEBENSTIMME.

**heckelfone** Instrumento do tipo do oboé, afinado uma oitava abaixo do oboé convencional e fabricado em 1904 pela empresa Biebrich, de Heckel. Foi usado na orquestra de Strauss (com destaque em *Salomé*) e por Holst e Delius, embora eles o chamassem de "oboé baixo". Hindemith compôs um Trio para heckelfone, piano e viola (1928).

**Heiller, Anton** (1923-79) Organista e compositor austríaco (1923-79). Estudou na Academia de Viena (1941-2), onde ensinou a partir de 1945. Famoso intérprete de Bach, também compôs missas, cantatas e música para órgão num estilo aparentado ao de David. [Doblinger, UE.]

**Heininen, Paavo** (1938-) Compositor finlandês. Estudou com Englund e Kokkonen na Academia de Helsinque (1956-60), com Zimmermann na Hochschule de Colônia (1960-1) e com Persichetti na Juilliard (1961-2). Sua música é fortemente expressiva, quer em tom lírico, quer em tom dramático, refletindo tanto seu entusiasmo por Hartmann e Strauss quanto por Boulez. Entre suas obras contamse sinfonias e concertos, peças para coro e de câmara, e a ópera de câmara *O Tambor de Seda*, baseada numa peça do teatro nô (*Helsinque, 1983).

**Henry, Pierre** (1927-) Compositor francês. Estudou com Messiaen e Nadia Boulanger no Conservatório de Paris (1938-48), ingressando depois, em 1949, no estúdio de música concreta de Schaeffer, com quem colaborou na *Symphonie pour un homme seul* (1950-1), montagem eficaz e algumas vezes humorística de sons gravados em 12 movimentos curtos. Permaneceu como co-diretor, com Schaeffer, do Groupe de Musique Concrète (1951-8), desligando-se mais tarde para fundar seu próprio estúdio. Suas obras empregam as possibilidades surrealistas da música concreta e compreendem várias composições para balés de Bejart, como *Orphée* (1958), *Messe pour le temps présent* (1967) e *Nijinsky, clown de Dieu* (1971).

**Henze, Hans Werner** (1926-) Compositor alemão. Depois de servir o exército em 1944-5, estudou com Fortner no Instituto de Música Sacra de Heidelberg (1946-8) e com Leibowitz, primeiro no curso de 1948 em Darmstadt, depois particularmente. Criou bem depressa uma hábil síntese de neoclassicismo stravinskiano com serialismo bergiano, algumas vezes com colorido jazzístico; também se revelou um eficiente homem de teatro, ao mesmo tempo como compositor e diretor musical do teatro estatal de Wiebaden (1950-3).

Contudo, não tinha simpatia pela Alemanha e em 1953 partiu para a baía de Nápoles, onde sua música se tornou mais exuberante em harmonia e rica em cor orquestral. Foram essas as qualidades de sua primeira ópera completa, KÖNIG HIRSCH, à qual se seguiu uma seqüência de óperas de estilos bastante diferentes, embora todas elaboradas com a mesma amplitude musical, e cada uma cercada por obras vocais e orquestrais habitando mundos semelhantes de fantasia e ironia. Nesse ínterim, mudou-se, em 1961, de Nápoles para Roma, e começou a aparecer bastante como professor, conferencista e regente de sua própria música.

Esse período chegou ao auge em *The* BASSARIDS, após o que entrou num período de autoquestionamento, registrado em seu Segundo Concerto para Piano e que redundou num compromisso com o socialismo revolucionário. Seguiu-se uma seqüência de brilhantes alegorias políticas, muitas vezes violentas, como *Das Floss der "Medusa"* (A jangada da "Medusa") e *El Cimarrón*, louvando o herói proscrito e destilando desprezo pela sociedade burguesa; a ópera CHEGAMOS AO RIO levou ao auge esse estilo imoderado, mas nessa época ele já havia retornado às esferas mais pessoais da madura narrativa orquestral (em *Tristan* e em *Heliogabalus Imperator*) e da música de câmara. As obras posteriores prosseguiram dessa forma, mesmo aquelas em que havia, como em *The English Cat*, certa moral política ostensiva.

*Óperas*: Das Wundertheater, 1948, rev. 1964; BOULEVARD SOLITUDE, 1951; Ein Landzart, 1951, rev. 1964; Das Ende einer Welt, 1953, rev. 1964; KÖNIG HIRSCH, 1952-5; Der PRINZ VON HOMBURG, 1958; ELEGY FOR YOUNG LOVERS, 1959-61; The BASSARIDS, 1965; Moralities, 1967; CHEGAMOS AO RIO, 1974-6; The English Cat, 1980-2, *Schwetzingen, 1983.

*Balés*: 7 obras de juventude; Maratona, 1956; Ondine, 1956-7; L'usignolo dell'imperatore, 1959; Orpheus, 1979.

*Teatro musicado*: Der langwierige Weg in der Wohnung der Natasha Ungeheuer, 1971; La Cubana, 1973.

*Orquestral*: Conc de Câmara, pn, fl, cordas, 1946; Concertino, pn, sopros, perc, 1947; Sinf n.º 1, 1947, rev. 1963, n.º 2, 1949, n.º 3, 1949-50, n.º 4, 1955, n.º 5, 1962, n.º 6, 1969, n.º 7, 1983-4; Conc vn n.º 1, 1947, n.º 2, 1971; Conc pn n.º 1, 1950, n.º 2, 1967; Variações Sinfônicas, 1950; Ode to the West Wind, vc, orq, 1953; 4 Poemi, 1955; 3 Sinfonische Etüden, 1955, rev. 1964; Sonata, cordas, 1957-8; 3 Dithyrambs, orq câm, 1958; Antifone, sopros, tímp, 1960; Los caprichos, 1963; In memoriam: Die weisse Rose, orq câm, 1965; Conc duplo, oboé, harpa, cordas, 1966; Conc duplo, 1966; Fantasia, cordas, 1966; Telemanniana, 1967; Compases para preguntas ensimismadas, va, orq câm, 1969-70; Heliogabalus Imperator, 1971-2; Tristan, pn, orq, fita, 1974; Ragtimes e Habaneras, banda de metais, 1975; Aria de la folia española, orq câm, 1977; Il Vitalino raddoppiato, vn, orq câm, 1977; Barcarola, 1980; Le miracle de la rose, cl, orq câm, 1981.

*Vocal orquestral*: Chor gefangener Trojer, coro, orq, 1948, rev. 1964; 5 neapolitanische Lieder, Mez/Bar, orq, 1956; Nachstücke und Arien, S, orq, 1957; Novae de infinito laudes, 4 vozes solo, coro, peq orq, 1962; Ariosi, S, vn, orq, 1963; Cantata della fiaba estrema, S, peq coro, peq orq, 1963; Das Floss der "Medusa", S, Bar, narr, coro, orq, 1968; Versuch über Schweine, Bar, orq, 1968; Voices, Mez, T, peq orq, 1973.

*Obras vocais menores*: Wiegenlied der Mutter Gottes, vozes de meninos, 9 instrs, 1948; Whispers from Heavenly Death, S/T, 8 instrs, 1948; Apollo et Hyazinthus, A, 9 instrs, 1948; KAMMERMUSIK, T, gui, 8 instrs, 1958; Being Beauteous, S, harpa, 4 vc, 1963; Coral Fantasia, coro, 7 instrs, 1964; Muses of Sicily, coro, 2 pn, sopros, tímp, 1966; El Cimarrón, Bar, 3 instrs, 1969-70; El Rey de Harlem, S, 8 instrs, 1980; König Oedipus, T, gui, 1983.

*Câmara e instrumental*: Sonata, vn, pn, 1946; Qt cordas n.º 1, 1947, n.º 2, 1952, n.º 3, 1975-6, n.º 4, 1976, n.º 5, 1976-7; Sonata de Câmara, trio pn, 1948, rev. 1963; Serenata, vc, 1949; Variações, pn, 1949; Qnt sopros, 1952; Conc per il Marigny, pn, 8 instrs, 1956; Sonata Pn, 1959; 6 Absences, cravo, 1961; Variações Lucy Escott, cravo/pn, 1963; Divertimenti, 2 pn, 1964; Carrillon, Récitatif, Masque, band, gui, harpa, 1974; Royal Winter Music, gui, 1975-6; Sonata, vn, 1976; Amicizia, 5 instrs, 1976; L'autunno, qnt sopros, 1978; Sonata, va, pn, 1981.

Música para filmes, arranjos. [Schott; DG, Decca.]

☐ H. W. Henze, *Music and Politics* (1982).

**heterofonia** Termo para a música em que duas linhas são variações da mesma melodia; muitas vezes estende-se para abranger uma música em que as linhas simultâneas são tão distintas — em timbre, caráter rítmico ou conteúdos de altura — que são percebidas como inteiramente separadas, não unidas por necessárias ligações harmônicas, como costumam ser na tradição ocidental da POLIFONIA, do Renascimento a Brahms. A heterofonia deste último tipo começa a surgir em Mahler (p. ex., na abertura de "Der Abschied") e Debussy (p. ex., no *scherzo* do Quarteto de Cordas), sendo comuníssima em Messiaen e compositores posteriores. Também é muito comum na música do Extremo Oriente.

**Heure espagnole, L'** (A hora espanhola) Ópera cômica em 1 ato de Ravel e Franc-Nohain sobre as aventuras eróticas da mulher de um fabricante de relógios durante a ausência dele. *Paris, 19 mai 1911.

**hexacorde** Conjunto de seis alturas diferentes. Normalmente, o termo significa que eles formam uma metade, a primeira ou a segunda, de um conjunto de 12 notas: não há nenhuma ligação com o uso do termo na teoria medieval.

**hierarquia** Palavra muito apreciada por escritores europeus em seus textos sobre o serialismo nos anos 50 e 60, de significado duvidoso. O sentido de níveis de importância parecia destinar-se a englobar, por exemplo, a posição da altura em relação à duração, à dinâmica e a outros parâmetros, ou a pirâmide de formas derivadas que se podia obter de um conjunto.

**Hiller, Lejaren** (1924-) Compositor americano. Estudou química em Princeton e teve aulas de composição com Babbitt e Sessions; em 1952, ingressou no departamento de química da Universidade de Illinois. Ali, com Leonard Isaacson, produziu a primeira composição programada digitalmente, a *Illiac Suite* para quarteto de cordas (1957), batizada com o nome do seu computador. Transferiu-se, naturalmente, para o departamento de música da mesma universidade (1958-68), e de lá para Buffalo, onde continuou a trabalhar em composições com computadores. Colaborou com Cage na programação de *HPSCHD* para cravos e fitas magnéticas (1967-9). [Presser.]

**Hindemith, Paul** (1895-1963) Compositor alemão. Um dos compositores mais produtivos do século, conquistou a rara distinção de receber um lugar entre os mestres, embora grande parte de sua produção permaneça desconhecida e ignorada. É celebrado como o mais importante neoclássico alemão dos anos 20 e 30, o que sem dúvida foi, e como um compositor disposto a tornar sua arte útil aos outros, fato que seu extenso catálogo não pode negar. Mas, na juventude, estava entre os expressionistas e mais tarde criou um consistente estilo diatônico baseado em sua própria teoria harmônica. Da década de 20 à de 50, teve imensa e generalizada influência, mas sua ausência posterior das árvores genealógicas da vanguarda deixou indefinida toda a sua realização.

Estudou composição com Arnold Mendelssohn e Bernard Sekles, no Conservatório Hoch, em Frankfurt (1909-17), servindo depois o exército. Após a guerra, reassumiu os postos que ocupara como violinista desde 1915, no quarteto de cordas de Adolf Rebner e na orquestra da Ópera de Frankfurt (em 1919, tornou-se o violista do quarteto). Em 1921, as estréias em Stuttgart de suas primeiras obras teatrais, *Mörder* e *Das Nusch-Nuschi*, renderam-lhe notoriedade, a primeira sendo uma grandiosa afirmação da violência como uma necessidade entre os sexos, mas em 1922 apresentou-se no Festival de Donaueschingen com uma obra bastante diferente: a *Kammermusik n.º 1* para 12 instrumentos, a primeira de muitas suítes inspiradas em modelos formais barrocos e de vigorosa textura polifônica, impelida por um ritmo motriz.

No ano anterior, formara o Quarteto Amar (era de novo o violista) para executar seu próprio Segundo Quarteto. O sucesso desse conjunto levou-o a renunciar, em 1923, ao cargo na Ópera de Frankfurt. Ele e o quarteto assumiram um papel de destaque nos festivais de Donaueschingen, e Hindemith produziu grande quantidade de música de câmara e outras obras de feitio neoclássico, inclusive óperas que vão desde CARDILLAC ao sutil *jeu d'esprit Hin und zurück*, cuja ação se inverte da metade para o fim. Também ocorreu uma breve colaboração com Brecht numa LEHRSTÜCK, tendo composto igualmente outras obras que, como esta, se destinavam a amadores, e realizado experiências com instrumentos mecânicos e eletrônicos.

Por volta de 1930, seu estilo começou a tornar-se mais amplo e menos frenético. As *Kammermusiken* para pequenas orquestras deram lugar a *Konzertmusiken* mais vastas, e o estilo deliberadamente antiexpressivo de

*Cardillac* foi substituído, em MATHIS DER MALER, por uma apologia artística. Foi atacado pelo novo governo nazista e acabou por deixar a Alemanha em 1937, estabelecendo-se em Nova York em 1940. Ensinou em Yale, adotou a cidadania americana (em 1946) e tratou de tornar-se um compositor americano, escrevendo para as maiores orquestras do país e compondo um Requiem com versos de Whitman, *When Lilacs Last in the Door-Yard Bloom'd.* Também, controvertidamente, revisou e suavizou algumas de suas primeiras obras, sobretudo *Cardillac* e o ciclo de canções sobre poemas de Rilke, *Das Marienleben*, produzindo em seu *Ludus tonalis* um ciclo de fugas para piano que elucida em parte sua concepção de notas e intervalos dispostos em ordens de relação definidas: as quintas e quartas eram mais próximas, depois vinham as terças maiores e menores, as segundas maiores, as segundas menores e finalmente os trítonos.

Em 1953, mudou-se para a Suíça, onde viveu o resto da vida, conseguindo concluir o projeto há muito alimentado de uma ópera sobre Kepler, *Die* HARMONIE DER WELT.

*Óperas*: Mörder, Hoffnung der Frauen, 1919; *Stuttgart, 1921; Das Nusch-Nuschi, 1920, *Stuttgart, 1921; Sancta Susanna, 1921, *Frankfurt, 1922; CARDILLAC, 1926; Hin und zurück, 1927, Baden-Baden, 1927; Neues vom Tage, 1828-9, *Berlim, 1929; MATHIS DER MALER, 1934-5: Die HARMONIE DER WELT, 1956-7: The Long Christmas Dinner, 1960, *Mannheim, 1961.

*Balés*: Der Dämon, 1922, *Darmstadt, 1923; Nobilissima visione, 1938, *Londres, 1938; Hérodiade, 1944.

*Obras para orquestra sinfônica*: Conc para Orq, 1925; Konzertmusik op. 50, cordas, sopros, 1930; Conc Filarmônico, 1932; Mathis der Maler, sinf, 1934; Der Schwanendreher, va, orq, 1935; Danças Sinfônicas, 1937; Conc vn, 1939; Conc vn, 1940; Sinf em mi bemol, 1940; Cupid and Psyche, 1943; Sinf Metamorphose sobre Temas de Carl Maria von Weber, 1943; Conc pn, 1945; Symphonia serena, 1946; Conc cl, 1947; Conc, madeiras, harpa, orq, 1949; Sinfonietta, 1949; Conc, tpa, 1949; Sinf Die Harmonie der Welt, 1951; Sinf Pittsburg, 1958; Conc órg, 1962.

*Obras para orquestra reduzida*: KAMMERMUSIK n.º 1, 1921; Kammermusik n.º 2, pn, 12 instrs, 1924; Kammermusik n.º 3, vc, 10 instrs, 1925; Kammermusik n.º 4, vn, orq câm, 1925; Konzertmusik op. 41, sopros, 1926; Kammermusik n.º 5, va, orq câm, 1927; Kammermusik n.º 6, viola d'amore, orq câm, 1927; Kammermusik n.º 7, órg, orq câm, 1927; Konzertmusik op. 48, va, orq câm, 1930; Konzertmusik op. 49, pn, metais, 2 harpas, 1930; Trauermusik, va, cordas, 1936; Theme and Variations "The 4 Temperaments", pn, cordas, 1940; Conc tpt, fag, cordas, 1949; Sinf, si bemol, banda sinf, 1951.

*Coral*: Das Unafhörliche, 4 vozes solo, coro, orq, 1931; When Lilacs Last in the Door-Yard Bloom'd, Mez, Bar, coro, orq, 1946; Apparebit repentina dies, coro, metais, 1947; Ite, angeli veloces, Mez A, T, coro, orq, platéia, 1953-5; 12 Madrigais, SSATB, 1958; Missa, coro, 1963; muitas obras menores.

*Voz solo*: Die Jung Magd, A, fl, cl, qt cordas, 1922; Das Marienleben, S, pn, 1922-3, rev. 1936-48, versão orquestral, 1938-59; Die Serenaden, S, ob, va, vc, 1925; 6 Lieder, T, pn, 1933-5; 9 Canções Inglesas, S/Mez pn, 1942-4; Motetos, S/T, pn, 1941-60.

*Câmara*: Qt Cordas n.º 1, 1919, n.º 2, 1921, n.º 3, 1922, n.º 4, 1923, n.º 5, 1943, n.º 6, 1945; Kleine Kammermusik, qnt sopros, 1922; Qnt cl, 1923; Trio Cordas n.º 1, 1924; n.º 2, 1933; Três Peças, cl, tpt, pn, vn, ctbx, 1925; Rondó, 3 gui, 1925; Trio, pn, va, heckelfone/sax tenor, 1928; Qt, cl, vn, vc, pn, 1938; Septo, qnt sopros, cl baixo, tpt, 1948; Sonata, 4 tpas, 1952; Octeto, cl, fag, tpa, vn, 2 va, vc, ctbx, 1957-8.

*Sonatas com piano*: Vn op. 11/1, mi bemol, 1918; Vn op. 11/2, ré, 1918; Vn op. 11/3, 1919; Va op. 11/4, fá, 1919; Kleine Sonata op. 25/2, viola d'amore, 1922; Vn, mi, 1935; Fl, 1936; Fag, 1938; Ob, 1938; Tpa, 1939; Tpt, 1939; Vn, dó, 1939; Va, dó, 1939; Cl, 1939; Corne inglês, 1941; Trbn, 1941; Sax alto/Tpa, 1943; Vc, 1948; Ctbx, 1949; Tuba, 1955.

*Sonatas solos*: Va op. 11/15, 1919; Va

op. 25/1, 1922; Vc op. 25/3, 1922; Vn op. 31/1, 1924; Vn op. 31/2, 1924; Harpa, 1939; Órg nº 1, 1937, nº 2, 1937, nº 3, 1940. *Outras obras instrumentais*: Três Peças, vc, pn, 1917; Kanonische Sonatina, 2 fl, 1927; Oito Peças, fl, 1927; 2 Kanonische Duette, 2 vn, 1929; 14 Peças fáceis, 2 vn, 1931; Dueto, va, vc, 1934; 3 Peças fáceis, vc, pn, 1938; Meditation, vn/va/vc, pn, 1938; A frog he went acourting, vc, pn, 1941; Echo, fl, pn, 1942. *Piano*: Dance Pieces, 1922; Suite "1922", 1922; Piano, music, op. 37, 1925-7; Sonatas nºs 1-3, lá, sol, si bemol, 1936; Sonata, 4 mãos, 1938; Ludus tonalis, 1942; Sonata, 2 pn, 1942.
Lehrstücke, música para amadores, arranjos, música não editada para instrumentos eletrônicos e mecânicos. [Schott.]
☐ P. Hindemith, *The Craft of Musical Composition* (1941-2), *A Composer's World* (1952); I. Kemp, *Hindemith*, 1970; G. Skelton, *Paul Hindemith* (1975).

**história** Até o séc. XX, a música era a única das artes a não ter história alguma, já que seus produtos só podiam ser preservados na forma de partituras escritas, cujo relacionamento com a música tocada sempre foi problemático. Os compositores tentaram remediar isso tornando sua NOTAÇÃO sempre mais precisa; enquanto isso, a GRAVAÇÃO proporcionou à arte a história que lhe faltava. Isso teve sérias conseqüências, mas a importância da gravação na vida musical contemporânea talvez seja só um sintoma de uma mais profunda falta de confiança no presente, de uma nostalgia do passado ou do futuro (*ver* FUTURISMO). Quando a música era "a-histórica", o passado distante era um livro fechado; a pesquisa de Beethoven sobre Haendel (morto há menos de 70 anos na época) era coisa incomum, e dificilmente houve algum equivalente musical da medievalização da pintura e da arquitetura no séc. XIX. No séc. XX, porém, a história tornou-se um dos principais recursos dos compositores, usada para fornecer determinados modelos de técnica (sobretudo Stravinsky), conceitos gerais de estilo (*ver* NEO-CLASSICISMO, NEO-ROMANTISMO) e meios sonoros. Surpreendentemente, poucos instrumentos foram introduzidos neste século, em comparação com o último; o rápido desenvolvimento da orquestra parou naturalmente quando a música se tornou histórica; e a principal inovação do século, a MÚSICA ELETRÔNICA, que se tornou possível pelas mesmas invenções que culminaram na gravação, continuou sendo uma preocupação marginal.

**História do Soldado, A** (Histoire du soldat) Peça teatral de Stravinsky e C. F. Ramuz, "para ser lida, tocada e dançada". História faustiana baseada em material folclórico russo e exigindo um narrador, 2 atores, uma dançarina e septeto (clarinete, fagote, corneta, trombone, percussão, violino, contrabaixo); a música consiste em números e danças incidentais que aos poucos envolvem a ação. *reg Ansermet, Lausanne, 28 set 1918. Há uma suíte e uma seleção de 5 movimentos orquestrados para violino, clarinete e piano (1919).

**Hoddinott, Alun** (1929-) Compositor galês. Estudou no University College de Cardiff, cujo corpo docente passou a integrar em 1959 e foi feito catedrático em 1967; também foi discípulo de Arthur Benjamin em Londres. Suas obras, num estilo vigoroso, altamente cromático, mas essencialmente tonal, incluem óperas, muitas partituras orquestrais e variada produção de música de câmara. [OUP, Novello.]
☐ B. Deane: *Alun Hoddinott* (Cardiff, 1977).

**Höller, York** (1944-) Compositor alemão. Estudou com Zimmermann na Hochschule für Musik de Colônia (1963-8) e com Boulez no curso de 1965 de Darmstadt. Ligou-se aos estúdios da Westdeutscher Rundfunk e ao IRCAM, usando eletrônica em conjuntos ao vivo, numa música de seguro profissionalismo. Antiphon, qt cordas, fita, 1974; Arcus, peq orq, fita, 1978; Mythos, orq, fita, 1979-80; Traumspiel, S, orq, fita, 1983; Conc Pn, 1985. [Schott.]

**Holliger, Heinz** (1939-) Oboísta e compositor suíço. Estudou oboé em Berna e Paris, e composição em Berna, com Varèse, e em Basiléia com Boulez (1962). Seu estilo como intérprete, de brilhante sonoridade, inteligente e inquieto, o fez ganhar obras de Berio (*Sequenza VII*) e muitos outros; introduziu sons de BARTOLOZZI e outras técnicas novas em suas obras para oboé. Outras composições também exigem a realização virtuosística de novos efeitos, um pouco à maneira de Kagel.
*Teatro musicado*: Not I (Beckett), S, eletrônica, 1980.
*Orquestral*: Siebengesang, ob, vozes femininas, orq, 1966-7; Pneuma, banda sopros, rádios, órg, perc, 1970; Atembogen, 1974-5; Übungen zu Scardanelli, orq câm, 1975-84.
*Coros*: Dona nobis pacem, 12 vozes, 1970; Salmo, 16 vozes, 1971.
*Câmara*: Tpa, qnt sopros, 1968; Kreis, 4-7 instrs, 1971-2; Qt Cordas, 1973; Duo, vn, vc, 1982; Lieder ohne Worte, vn, pn, 1982-3.
*Instrumento solo*: Cardiophonie, sopros, eletrônica, 1971; Lied, fl, 1971; Studie über Mehrklänge, ob, 1971; Chaconne, vc, 1976; 5 Peças, órg, fita, 1980; Trema, va/vc/vn, 1981; (t)air(e), fl, 1983. [Schott, Wergo, DG.]

**Holloway, Robin** (1943-) Compositor inglês. Teve aulas particulares de composição com Goehr e estudou em Cambridge (1961-9), onde permaneceu como pesquisador e conferencista. Sua música revela um gosto pelo vigor lírico do Romantismo alemão, de Schumann a Berg: grande parte de sua vasta produção consiste em canções, e as várias obras orquestrais tendem a caracterizar-se por uma rica textura e um estilo rapsódico, ainda que não adotem essa forma. Incluem uma sinfonia para vozes, extraída de sua ópera *Clarissa* (1968-76). [Boosey; Chandos.]

**Holmboe, Vagn** (1909-) Compositor dinamarquês. Estudou com Hoffding e Jeppesen no Conservatório de Copenhague (1927-30) e com Toch, em Berlim (1931); mais tarde ensinou no Instituto para Cegos e no Conservatório (1950-65). Sua extensa produção, influenciada por Nielsen, Hindemith e Stravinsky, inclui 10 Sinfonias, inúmeros concertos e 14 quartetos. [Hansen.]

**Holst, Gustav** (1874-1934) Compositor inglês. Estudou com Stanford no Royal College of Music (1895-8), onde teve início uma amizade para toda a vida com Vaughan Williams. Também tomou aulas de sânscrito para ler os livros sagrados hindus. Ganhava a vida como trombonista e depois como professor, principalmente na St. Paul's Girls' School, em Hammersmith, Londres (1905-34), e no Morley College (1907-24). Como Vaughan Williams, adquiriu interesse pela música folclórica inglesa e aprendeu muito de seu caráter modal, mas também foi marcado pelo primeiro Stravinsky e por suas leituras de sânscrito: as duas coisas levaram-no a usar métricas singulares e uma intensa riqueza de cor orquestral, que no entanto pôde moderar na árida *Egdon Heath*.
*Óperas*: Sāvitri, 1908, *Londres, 1916; The Perfect Fool, 1918-22, *Londres, 1923; At the Boar's Head, 1924, *Manchester, 1925; The Wandering Scholar, 1929-30, *Liverpool, 1934.
*Orquestral*: Beni Mora, 1909-10; St Paul's Suite, cordas 1912-3; The Planets, 1914-6; A Fugal Overture, 1922; A Fugal Conc, fl, ob, cordas, 1923; Egdon Heath, 1927; A Moorside Suite, banda de metais, 1928; Duplo conc p/vn, 1929; Hammersmith, banda, 1930, versão orq, 1931; Brook Green Suite, cordas, 1933.
*Coral orquestral*: Choral Hymns from the Rig Veda, 1908-12; The Cloud Messenger, 1909-10; The Hymn of Jesus, 1917; Ode to Death, 1919; First Choral Symphony, S, coro, orq, 1923-4; A Choral Fantasia, S, coro, orq, 1930.
*Outras obras*: Muitas peças menores para coro, canções, poucas peças instrs. [Boosey, Curwen, Faber, Novello, Stainer & Bell.]
☐ I. Holst, *Gustav Holst* (1938, 2/1969), *The Music of Gustav Holst* (1951, 3/1975).

**Honegger, Arthur** (1892-1955) Compositor suíço. Artista sério, expressou sua consciência fazendo muita música utilitária bem-feita (para filmes, rádio, etc.), desenvolvendo um estilo de forte energia contrapontística e harmonia diatônica expandida e dedicando-se a grandes formas instrumentais, bem como aos préstitos morais de suas óperas e oratórios. Seu ingresso, logo no começo, no Grupo dos Seis é, portanto, enganoso, ele se deu após um período de estudo com Gédalge, Widor e d'Indy no Conservatório de Paris (1911-4), e durou pouco tempo. Permaneceu em Paris, mas seu vínculo musical era com Beethoven e Bach, embora muito tenha aprendido, também, com a música que Prokofiev e Stravinsky compunham no início dos anos 20. Como personalidade criativa, talvez tivesse muito mais em comum com Dukas, só que, em seu caso, a busca da verdade musical levou não ao silêncio, mas a um vasto corpo de obras em que se suscitam mais perguntas do que se encontram respostas.

*Óperas e oratórios cênicos*: Le roi David, 1921, *Mézières, 1921, rev. 1923; Impératrice aux rochers, 1925, *Paris, 1927; Antigone, 1924-7, *Bruxelas, 1927; Judith, 1925, *Monte Carlo, 1926; Jeanne d'Arc au bûcher, 1934-5, *Basiléia, 1938; L'aiglon, com Ibert, 1935, *Monte Carlo, 1937; Charles le téméraire, 1943-4, *Mézières, 1944.

*Balés*: Skating Rink, 1921; Amphion, 1929; Sémiramis, 1931; Le cantique des cantiques, 1937; La naissance des couleurs, 1940; L'appel de la montagne, 1945.

*Oratórios*: Les cris du monde, 1930-1; La danse des morts, 1938; Une cantate de Noël, 1953.

*Orquestral*: Pastorale d'été, 1920; Horace victorieux, 1920-1; Chant de joie, 1923; Prélude pour "La tempête", 1923; Pacific 231 (Mouvement symphonique nº 1), 1923; Concertino pn, 1924; Rugby (Mouvement symphonique nº 2), 1928; Conc vc, 1929; Sinf nº 1, 1929-30, nº 2, cordas, tpt, 1941, nº 3, "Liturgique", 1945-6, nº 4, "Deliciae Basilienses", 1946, nº 5, "Di tre re", 1950; Mouvement symphonique nº 3, 1932; Nocturne, 1936; Concerto de câmara, fl, corne inglês, cordas, 1948; Monopartita, 1951; Suite archaïche, 1951; Toccata, 1951.

*Câmara*: Qt cordas nº 1, 1916-7, nº 2, 1934-6, nº 3, 1936-7; Sonata vn nº 1, 1916-8; Sonatina 2 vn, 1920; Sonata vc, 1920; Sonatina, cl/vc, pn, 1921-2; 3 contrepoints, 4 instrs, 1922; Sonatina, vn, vc, 1932; Sonata, vn, 1940; Intrada, tpt, pn, 1947.

*Piano*: Três peças, 1915-9; Le cahier romand, 1921-3; Prélude, Arioso, Fughetta, 1932; Scenic-Railway, 1937; Partita, 2 pn, 1940; 2 esquisses, 1943-4.

Muita música para teatro, cinema, rádio, e canções. [Salabert.]

☐ A. Honegger, *I am a Composer* (1966).

**Hopkins, Bill** (1943-81) Compositor inglês. Estudou com Nono em Dartington (1960-4), Rubbra e Wellesz em Oxford (1961-4) e Messiaen em Paris (1964-5). Trabalhou ocasionalmente como crítico, tradutor e professor, até ser contratado, em 1979, pela Universidade de Newcastle. Suas poucas obras são compostas com rara intensidade e densidade de pensamento, aceitando os desafios do exemplo musical de Barraqué e a visão poética de Beckett.

2 Poems, S, 4 instrs, 1964; Sensation, S, 4 instrs, 1965; Études en série, 3 livros, pn, 1965-72; Pendant, vn, 1968-9, rev. 1973; Nouvelle étude hors série, órg, 1974; En attendant, fl, ob, vc, cravo, 1976-7. [Schott, UE.]

**Hovhaness, Alan** (1911-) Compositor americano. Estudou com Converse no Conservatório de New England e com Martinů em Tanglewood (1943). Sua produção é imensa, compreendendo bem 300 obras com números de opus e abarcando todos os gêneros. O estilo é de orientalismo modal, às vezes com o uso de instrumentos asiáticos e freqüentemente com a consciência de sua origem em parte armênia. [AMP, Peer, Peters.]

**Howells, Herbert** (1892-1983) Compositor inglês. Estudou com Stanford no Royal College of Music (1912-6), em cujo corpo docente ingressou em 1920, também ensinando como sucessor de Holst na St. Paul's Girls' School (1936-62). Sua música é serenamente inglesa, num estilo entre Vaughan Williams e Elgar; a maioria das primeiras obras é orquestral, compreendendo dois concertos para piano (em dó maior, 1913, e dó menor, 1924), mas depois de seu *Hymnus paradisi* (concerto de Requiem para solistas, coro e orquestra, 1938), compôs sobretudo música sacra anglicana. [Novello.]

**Hubay, Jenö** (1858-1937) Violinista e compositor húngaro. Estudou com o pai violinista e em Berlim com Joachim (1871-6), ensinando no Conservatório de Budapeste a partir de 1886. Em 1919, foi nomeado diretor da Academia, onde seu conservadorismo aborreceu Bartók. Suas obras abrangem quatro concertos para violino, quatro sinfonias e várias óperas.

**Huber, Klaus** (1924-) Compositor suíço. Estudou com Burkhard no Conservatório de Zurique (1947-9) e em particular, e com Blacher em Berlim (1955-6). Ensinou nos conservatórios de Zurique, Lucerna e Basiléia (a partir de 1961). Sua música vem de uma formação metafísica próxima à de Burkhard, extraindo textos e imagens do misticismo renascentista alemão, embora os meios musicais sejam de uma geração posterior: o serialismo ocupa um lugar natural em sua ciência arcana de números.
*Ópera*: Jot, oder Wann Kommt der Herr zurück *Berlim, 1973.
*Orquestral vocal*: Soliloquia, 5 vozes solo, coro, orq, 1959-64; ...inwending voller figur..., coro, orq, fita, 1970-1; ...ausgespannt..., Bar, instrs, fita, 1972; Erniedrigt-Geknechtet-Verlassen-Verachtet, 4 vozes solos, coro, orq, fita, *Donaueschingen, 1983.
*Orquestral*: Alveare vernat, fl, cordas, 1965-7; Tenebrae, 1966-7; Tempora, vn, orq, 1969-70; Turnus, orq, fita, 1973-4.
*Câmara*: Nocyes intelligibilis lucis, ob, cravo, 1961; Ascensus, fl, vc, pn, 1969. [Schott; Wergo.]

**Husa, Karel** (1921-) Compositor tcheco-americano. Estudou com Ridky no Conservatório de Praga (1941-5) e com Nadia Boulanger e Honegger em Paris (1946-51); em 1954, mudou-se de Paris para a Universidade de Cornell. Sua música é em estilo neoclássico, fortemente ritmada, no âmbito de Honegger e Bartók, imbuída mais tarde de serialismo vienense. Quase todas as obras são instrumentais; abrangem peças para orquestra, banda sinfônica e outras menores. [AMP, Schott, Leduc.]

**Hymnen** (Hinos) Composição de Stockhausen, de duas horas em fita, baseada em hinos nacionais de todas as partes do mundo. A fita pode ser tocada sozinha, com comentários de quatro músicos, ou com o acréscimo de uma orquestra na terceira das quatro "regiões". *Colônia, 30 nov 1967 (com conjunto).

**Hyperprism** Obra de Varèse, sua primeira para um típico conjunto compacto de instrumentos de sopro e percussão. O título sugere um objeto geométrico em quatro dimensões — apropriado para uma música de objetos de sons metálicos. *Varèse, Nova York, 4 mar 1923.

# I

**Ibert, Jacques** (1890-1962) Compositor francês. Estudou com Vidal no Conservatório de Paris (1900-13), conquistando o Prêmio de Roma em 1919. Quando estava em Roma, viajou muito pelo Mediterrâneo e transmitiu suas impressões ravelianas na peça orquestral *Escales* (1922). As obras posteriores incluem a opereta *Angélique* (1926) e o cômico *Divertissement* para orquestra de câmara (1930). Retornou a Roma como diretor da Académie de France (1937-60) e compôs um pouco menos nesses últimos anos. [Leduc, Heugel.]

**Ichiyanagi, Toshi** (1933-) Compositor e pianista japonês. Estudou com Ikenouchi e, a partir de 1952, na Juilliard School. Permaneceu nos EUA até 1961 e identificou-se com as idéias de Cage, regressando mais tarde para o Japão, onde trabalhou como compositor e organizador de concertos da nova música. [Peters.]

**Images** Debussy usou o título para um grupo de três peças para piano (1894), que não editou, e para dois álbuns posteriores que editou, o primeiro (1905) consistindo em "Reflets dans l'eau", "Hommage à Rameau" e "Mouvement", o segundo (1907) em "Cloches à travers les feuilles", "Et la lune descend sur le temple qui fût" e "Poissons d'or", *Viñes, Paris, 3 mar 1906, 21 fev 1908. Também deu esse nome ao tríptico orquestral que compreende *Gigues*, *Iberia* e *Rondes de printemps*. *Paris, 29 fev 1910 (*Iberia*), 2 mar 1910 (*Rondes*, regida por Debussy), 26 jan 1913 (completa).

**Imbrie, Andrew** (1921-) Compositor americano. Estudou com Sessions em Princeton e Berkeley, em cujo corpo docente ingressou em 1947. Sua música segue Sessions ao ser dodecafônica, mas impulsionada por progressões harmônicas, e contida em formas amplas, fortemente modeladas. Suas obras incluem quatro quartetos, três sinfonias, vários concertos, óperas e música coral. [Malcolm.]

**Impressionismo** Termo originado da crítica de arte: Louis Leroy escreveu zombeteiramente sobre "impressionistas", após visitar uma exposição em 1874 em que Monet mostrava *Impression: soleil levant*. O grupo acabou aceitando o nome, e logo ele era aplicado à música — da maneira mais célebre em 1887 num julgamento oficial de *Printemps*, de Debussy, em que a obra era acusada de revelar perigoso impressionismo. Os títulos de Debussy, como IMAGES, mostram que ele estava disposto a ser estimulado, e fazer com que seus ouvintes o fossem, por temas pictóricos, havendo uma certa afinidade entre a indefinição produzida por sua harmonia e sua instrumentação e a produzida pela pintura de Monet. De certa forma, o termo é um rótulo útil para estilos semelhantes em algumas obras de Ravel, Dukas, Ibert e Bartók, por exemplo, embora seu valor seja solapado pela associação que também se faz dele com os intensos momentos de impressão subjetiva encontrados nas miniaturas atonais de Schoenberg e Webern.

**improvisação** Arte que já estava em declínio muito antes do início do séc. XX, com o costume de pôr na pauta cadências e ornamentos e de limitar o improviso de temas dados à tribuna do órgão. Contudo, vários tipos de improvisação voltaram a ser praticados nos anos 50, com o advento da composição ALEATÓRIA, da NOTAÇÃO GRÁFICA e da INDETERMINAÇÃO, embora a improvisação no sentido antigo, permitindo a exibição do virtuosismo num mundo musical prescrito, seja mais uma característica do JAZZ, da qual a "livre improvisação" de grupos como a de Globokar só se diferencia em termos dos clichês do intérprete.

**In memoriam Dylan Thomas** Obra de Stravinsky constituída de "cânones-lamentos" para quartetos de trombones e cordas, em torno de "*Do not go gentle*", do poeta, musicada para tenor e quarteto de cordas. Baseia-se num conjunto de cinco notas, e foi o primeiro de vários preitos dos últimos anos do compositor, compostos para um homem com o qual ele sonhara criar uma ópera. *Los Angeles, 20 set 1954.

**indeterminação** Termo usado por Cage e por ele preferido para a composição ALEATÓRIA. Cage fazia uma distinção entre obras "indeterminadas na composição" (p. ex., uma partitura convencional produzida por operações casuais) e as "indeterminadas na execução" (p. ex., a partitura deixa várias decisões para os músicos). A primeira é exemplificada pela *Music of Changes* (Música de mutações) e outras obras da produção posterior de Cage, mostrando ampla variedade de meios pelos quais se pode evitar a intenção: notação gráfica (*Concert*), instruções transmitidas apenas por palavras (*Inlets*), fornecimento de múltiplas opções (*HPSCHD*). Existe também uma conferência de Cage intitulada "Indeterminação", que consiste numa seqüência solta de anedotas e publicada em seu *Silence*.

**Inori** ("adorações" em japonês) Obra de Stockhausen para orquestra, com um ou dois mímicos que executam gestos de prece em sincronia com a elaboração de uma melodia pela música. *Regido por Stockhausen, Donaueschingen, 20 out 1974.

**Institut de Recherche et de Coordination Acoustique/Musique** (IRCAM) Instituição subordinada ao Centro Pompidou, em Paris, e dirigida por Boulez. Começou suas atividades em 1977, apresentando concertos (principalmente com o Ensemble Inter Contemporain) e oferecendo instalações para composição computadorizada e desenvolvimento de maquinaria digital, na realização de concertos. Entre os compositores que ali criaram obras estão Boulez (*Répons*), Berio (*Chemins V*, para clarinete e computador), Birtwistle (fita para *The Mask of Orpheus*) e Harvey (*Mortuos plango*, *Bhakti*).

**instrumentos eletrônicos (elétricos)** Os especialmente fabricados para música incluem as ONDAS MARTENOT, O ESFEROFONE, O ETEROFONE e O TRAUTÔNIO, bem como adaptações de instrumentos existentes, como a GUITARRA ELÉTRICA e O ÓRGÃO ELETRÔNICO. Há também aparelhos construídos para fins específicos, como o ELETROCÓRDIO e o ELETRÔNIO, ou instrumentos naturais ligados a equipamento eletrônico (p. ex., a "viola elétrica" tocada por Johannes G. Fritsch no conjunto de Stockhausen, 1967-70).

**instrumentos mecânicos** Excluindo as máquinas que exigem eletricidade, os mais importantes têm sido a PIANOLA e a caixa musical.

**instrumentos renascentistas** A revivescência da música antiga no séc. XX trouxe mais uma vez os velhos instrumentos ao domínio da apresentação, embora, com exceção do CRAVO, nenhum tenha ganho um repertório grande e moderno. A maior parte da música para flauta doce no séc. XX é educativa, embora Frans Brueggen tenha encomendado *Gesti* a Berio, e Michael Vetter tenha composto para ela, além de tocar o instrumento nas apresentações de Stockhausen. Conjuntos de instrumentos renascentistas foram usados no teatro em *Taverner*, de Davies, e em concertos em obras de Gilbert, Kagel, Lutyens e outros.

**Intégrales** Obra de Vàrese para instrumentos de sopro e percussão, da qual falou mais tarde em reinterpretar em termos eletrônicos. *Regente Stokowski, Nova York, 1º mar 1925.

**Intermezzo** Ópera de Strauss, uma comédia doméstica, baseada num mal-entendido em sua própria vida conjugal. *Dresden, 4 nov 1924.

**intermodulação** A interferência de dois sinais, encontrada em geral quando um rádio está ligeiramente mal-sintonizado. Stockhausen adaptou o termo para cobrir uma variedade de técnicas eletrônicas que usou inicialmente em *Telemusik*, fazendo duas ou mais gravações musicais interferirem uma na outra. Por exemplo, pode-se dar a uma gravação o envelope dinâmico de uma segunda e o ritmo de uma terceira. A palavra foi adotada como nome por um conjunto inglês de música eletrônica ao vivo, Intermodulation, que incluía Smalley e Souster, ativo de 1970 a 1976 e que participou das primeiras apresentações de *Sternklang*, de Stockhausen.

**International Composers' Guild** (Associação Internacional de Compositores) Organização de concertos dirigida por Varèse e Salzedo, em Nova York (1921-7), responsável pelas estréias mundiais de *Offrandes*, *Hyperprism*, *Octandre* e *Intégrales*, de Varèse, e pelas estréias americanas de *Pierrot lunaire*, de Schoenberg, *Les noces*, de Stravinsky, do Concerto de Câmara de Berg e do op. 5 de Webern.

**International Society for Contemporary Music** (ISCM) Associação fundada em 1922, realizando festivais anuais de música contemporânea desde o ano seguinte. Esses festivais incluíram as primeiras apresentações do Concerto para Violino de Berg (Barcelona, 1936), *Das Augenlicht* (Londres, 1938) e a Segunda Cantata (Bruxelas, 1950) de Webern, *Le marteau sans maître*, de Boulez (Baden-Baden, 1955), e *An Imaginary Landscape*, de Birtwistle (Londres, 1971).

**interpretação** Schoenberg certa vez disse que a música moderna não era difícil; apenas mal tocada. E embora os padrões de execução melhorassem bastante, como podem demonstrar as gravações de gramofone, a interpretação de novas obras raramente pode ser empreendida em condições que possam assegurar uma boa versão da partitura. Alguns compositores (p. ex., Babbitt) preferiram por isso trabalhar em estúdio eletrônico; outros talvez tenham querido diminuir as dificuldades abrindo espaço para a IMPROVISAÇÃO ou dando um certo grau de liberdade ALEATÓRIA, embora seja um ponto discutível se isso facilitou ou não a tarefa do intérprete. Grande parte da música do séc. XX, sobretudo a dos anos 50, realmente apresenta sérios problemas de velocidade de reação, em particular na definição de nuances e complexidades dinâmicas de rítmica e métrica. Parece provável, por conseguinte, que essa música continue associada a intérpretes especializados (*ver* ORQUESTRA).

A ''arte da performática'' (de *performance*, interpretação, em inglês) é uma expressão às vezes aplicada a um campo da atividade dramático-musical explorado por artistas solo, como Laurie ANDERSON.

**Intolleranza 1960** Ópera de Nono sobre a situação de um imigrante às voltas com a vigilância do aparelho policial e do capitalismo burguês. Foi a primeira ópera de um líder da vanguarda européia do pós-guerra. *Veneza, 1961. Rev. como *Intolleranza 1970*, *Florença, 1974.

**intonarumori** (''entoadores de ruídos'' em italiano) Instrumentos inventados por Luigi Russolo de 1913 em diante e demonstrados em Milão, Gênova, Londres (1914) e Paris (1921). Pareciam criados tanto para o impacto visual quanto para a inovação sonora, mas é difícil julgar, já que apenas uma gravação sobrevive (de peças de Antonio, irmão de Luigi), e os próprios instrumentos foram destruídos em Paris na Segunda Guerra Mundial. É possível, porém, que se possa encontrar seu eco na percussão e no ritmo mecânico de compositores impressionados por eles, principalmente Varèse, Antheil, Stravinsky e Honegger.

**inversão** Operação padrão com um conjunto de 12 notas pela qual todos os intervalos invertem seu sentido, ou seja, a terça menor descendente original torna-se uma terça menor ascendente na inversão. Schoenberg introduziu-a em sua primeira obra serial dodecafônica completa, a Suíte para Piano.

**Ionisation** Obra de Varèse para orquestra de percussão de 13 músicos (embora tocada por Les Percussions de Strasbourg como sexteto), sem alturas definidas, até o soar do piano, do *glockenspiel* e dos sinos tubulares no final. É provavelmente a primeira obra ocidental só para percussão, embora antecipada pela música de Milhaud para *Les choëphores* e por *Les noces*, de Stravinsky. *Nova York, 6 mar 1933.

**Ippolitov-Ivanov, Mikhail** (1859-1935) Compositor russo. Estudou com Rimsky-Korsakov no Conservatório de São Petersburgo (1875-82), realizando depois uma carreira de professor e regente. Seu academicismo russo manteve-o em posição vantajosa após a Revolução, quando se voltou para um orientalismo lírico e canções e marchas para as massas.

**Ireland, John** (1879-1962) Compositor inglês. Estudou com Stanford no Royal College of Music (1893-1901), ao qual regressou como professor, trabalhando também como músico de igreja. Compôs num estilo arredio, com raízes em Elgar, mas com influências também de Debussy e Ravel.
*Orquestral*: The Forgotten Rite, 1913; Mai-Dun, 1920-1; Conc pn, 1930; Legend, pn, orq, 1933; A London Overture, 1936; Concertino pastorale, cordas, 1939; Epic March, 1942; Satyricon, abertura, 1946.
Música para Pn, canções, corais, música de câmara.
□ M. V. Searle, *John Ireland* (1979).

**Ives, Charles** (1874-1954) Compositor americano. Sem dúvida o mais extraordinário descobridor da música ocidental, trabalhava com politonalidade, atonalidade, ritmos amétricos, conjuntos singulares, MÚSICA ESPACIAL, COLAGEM, etc., antes de praticamente abandonar a composição no início da década de 20. Prioridade, contudo, é um critério histórico, e sua posição histórica é complicada, em grande parte porque ele compôs em isolamento, pouco se importando com a apresentação: quase nenhuma de suas músicas foi ouvida antes da década de 30, e muitas obras importantes só foram tocadas após sua morte.

O pai, Georges Ives (1845-94), dificilmente teria sido um homem menos admirável: era maestro de banda em Danbury, Connecticut, onde nasceu Charles, e estimulou o filho a questionar as convenções musicais. Isso começou cedo. Aos 14 anos, ele se tornou organista da igreja batista de Danbury, para a qual compôs corais e música para órgão: uma obra sobre o Salmo 67 (?1894) é toda ela firmemente em duas tonalidades, e há interlúdios politonais em Variações sobre "América" (?1891), para órgão. Contudo, também aqui há dificuldades históricas, pois essas obras só foram impressas muito tempo depois (na verdade, nada de Ives foi publicado antes da década de 20), e Carter, que o conhecia desde essa época, perguntava-se até que ponto suas partituras foram alteradas depois.

Seja como for, ele iniciou uma formação que o teria preparado para uma carreira musical normal: foi para Yale (1894-8) e estudou com Parker, compondo ali obras relativamente bem-comportadas, como a Primeira Sinfonia e o Quarteto para Cordas n.º 1, seguidos da cantata eminentemente parkeriana (salvo o que soa decididamente como realce posterior) *The Celestial Country*. Contudo, não procurou um emprego musical em tempo integral, entrando em vez disso no ramo dos seguros, que ele via utopicamente, como um meio de as pessoas adquirirem controle sobre suas próprias vidas, garantindo-se contra as eventualidades desfavoráveis. Em 1906, criou sua própria corretora com Julian Myrick, tendo-se casado um ano antes com Harmony Twichell.

Os negócios só lhe deixavam os fins de semana para compor, mas durante os primeiros 15 anos do século ele produziu um enorme volume de música: sinfonias e outras peças orquestrais, obras de câmara, música para piano e um grande número de canções. As canções são o que melhor revela a extensão e a natureza de seu talento musical: dão a impressão de serem respostas imediatas às palavras, seja na forma de nostálgico devaneio sobre hinos (“At the River”), esboços cômicos (“Ann Street”), atonalidade grandemente retórica (“From Paracelsus”), vivazes americanismos (“Charlie Rutlage”), ou de extraordinária mistura do visionário e do lugar-comum (“General William Booth Enters into Heaven”). Muitas canções receberam arranjos como peças instrumentais, ou derivaram de peças instrumentais: Ives tinha a mania de revisar e rearranjar sua música, de modo que toda a produção forma uma rede, da qual só escapam algumas ousadas imagens sonoras, como *The* UNANSWERED QUESTION.

Embora as canções musiquem textos diversos, a maior parte da música concentra-se nas danças, canções, hinos, livros, poemas e paisagens que Ives conhecera em criança. Sua orquestral THREE PLACES IN NEW ENGLAND é um apanhado de impressões pessoais; o mesmo acontece com a Sinfonia “Hollidays”, enquanto a “CONCORD” SONATA examina textos de autores da Nova Inglaterra do séc. XIX, entre eles Emerson, cujo transcendentalismo foi adotado por Ives como uma doutrina de visão vitoriosa através da autoconfiança física. É a mensagem transmitida por seu Quarteto n.º 2, cujos instrumentos discutem e argumentam antes de subirem as montanhas em harmonia. Também é a mensagem de sua colossalmente variada Quarta Sinfonia e de toda a sua produção.

Em 1918, sofreu um ataque cardíaco e ficou afastado do trabalho durante um ano. Imprimiu em edição particular a “Concord” Sonata, os *Essays* que a acompanham e um volume de 114 canções, em 1920-2, mas não compôs quase nada de novo, e absolutamente nada depois de 1926. Na década de 30, contudo, sua música começou a chegar à atenção do público, graças à publicação por Cowell de movimentos orquestrais e canções, concertos públicos sob a regência de Slonimsky (e de Webern em Viena), e interpretações da “Concord” Sonata por John Kirkpatrick.

*Obras para orquestra sinfônica*: Sinf n.º 1, 1895-8; Sinf n.º 2, 1900-1; Sinf “Holidays” (Aniversário de Washington, Dia dos Mortos na Guerra, Quatro de Julho, Dia de Ação de Graças), 1904-13; Robert Browning’s Overture, 1908-12; THREE PLACES IN NEW ENGLAND (Orchestral Set n.º 1) 1908-?14; Orchestral set n.º 2, 1909-15; Sinf n.º 4, 1909-16.

*Obras para pequena orquestra*: Overture “1776”, 1903; Country Band March, 1903; Sinf n.º 3, 1904; Over the Pavements, 1906-13; The Pond, 1906; Set for Theatre Orchestra, 1906-11; The UNANSWERED QUESTION, 1906; Central Park in the Dark, 1906; The Gong on the Hook and Ladder, ?1911; The Rainbow, 1914; Tone Roads n.º 1, 1911, n.º 3, 1915; Chromâtimelôdtune, ?1919.

*Coral*: Salmo 150, 12 vozes, órg, ?1894; Salmo 67, 8 vozes, ?1894; Salmo 54, 6 vozes, ?1894; Salmo 24, 8 vozes, ?1894; The Celestial Country, vozes solo, SATB, 8 instrs, 1898-9; Salmo 100, 12 vozes, sinos ad lib, 1898-?9; Psalm 25, 8 vozes, órg, 1899-?1901; Salmo 135, 8 vozes, tímp, órg, ?1900; 3 Harvest Home Chorales, SATB, metais, órg, ?1898-1901; Processional, 4 vozes, órg/metais, 1901; The New River, orq em uníssono, 1911; Lincoln, orq em uníssono, 1912; December, sopros em uníssono, 1912-3; Salmo 90, 8 vozes, sinos, órg, 1894-24.

*Câmara*: Qt cordas n.º 1, 1896, n.º 2, 1907-13; From the Steeples and Mountains, tpt, trbn, sinos, 1901-?2; Largo, vn, cl, pn, 1902-?3; An Old Song Deranged, cl/corne inglês, harpa, qt cordas, ?1903; Hymn, qt cordas, ctbx, 1904; Trio pn, 1904-5; Halloween, qnt pn, 1906; Largo risoluto n.º 1 e n.º 3, qnt pn, 1906; All the Way Around and Back, cl, bugle, vn, sinos, dueto pn, 1906; The Innate, qt cordas, ctbx, pn, 1908; Holding your own, qt cordas, 1903-4; In re con moto et al, qnt pn, 1913; Chromâtimelôdtune, qnt metais, pn, ?1919.

*Sonatas para violino*: Pre-First, 1899-?1903; n.º 1, 1902-8; n.º 2, 1907-10; n.º 3, 1913-?4; n.º 4, 1906-?16.

*Piano*: Three-Page Sonata, 1905; Set of Five Take-Offs, 1906-7; The Anti-Abolitionist Riots, 1908; Some Southpaw Pitching, ?1909; Andante maestoso-Allegro vivace, ?1909; So-

nata n.º 1, 1901-9; Waltz-Rondo, 1911; Sonata n.º 2 "CONCORD", 1910-5; Varied Air and Variations, ?1923; 3 Quarter-Tone Pieces, 2 pn, 1923-4.
*Órgão*: Variações sobre "América", ?1891; Prelúdio sobre "Adeste fidelis", ?1897.
*Canções*: Cerca de 200 publicadas.

[AMP, Mercury, Peer, Southern; Columbia, Nonesuch.]

□ C. Ives, *Essays before a Sonata* (1961), *Memos* (1972); H. e S. Cowell, *Charles Ives and his Music* (1955, 2/1969); H. W. Hitchcock, *Ives* (1977).

# J

**Jacob, Gordon** (1895-1984) Compositor e professor inglês. Estudou com Stanford e Howells no Royal College of Music, onde ensinou (1926-66). Era compositor fluente para orquestra, mas suas obras abrangem concertos para instrumentos variados.

**Jacob, Max** (1906-77) Compositor francês. Estudou no Conservatório de Paris e em particular com Koechlin (1926-7) e Milhaud (1926-30), ligando-se na época à École d'Arcueil, em torno de Satie. Conhecido como compositor de canções. Em 1930, ingressou na ordem beneditina e sua música tornou-se mais pesada e modal. Suas obras posteriores incluem música litúrgica e ciclos de sonatas para piano e quartetos de cordas. [Jobert, Leduc.]

**Jahreslauf, Der** (O correr do ano) Obra de Stockhausen, uma cena de *Dienstag aus Licht*. É um balé dos anos, décadas, séculos e milênios, orquestrado para conjunto de gagaku ou o equivalente ocidental, com fita magnética. *Tóquio, 31 out 1977.

**Jakobsleiter, Die** (A escada de Jacó) Oratório de Schoenberg relacionado à jornada swedenborguiana da alma rumo à perfeição e à descoberta do serialismo. Em anos posteriores, falou várias vezes em terminá-la, mas deixou apenas um grande fragmento, que foi postumamente orquestrado por Winfried Zillig. *Viena, 1961.

**Janáček, Leoš** (1854-1928) Compositor tcheco. Mais velho que Elgar e Wolf, pertencia musicalmente à geração posterior, de Bartók e Stravinsky, pois, do ponto de vista cronológico, a maior parte de sua melhor música surgiu durante sua última década de vida e, do ponto de vista estilístico, se identificava com a música folclórica como eles: cruamente. Também seguia os ritmos e entonações naturais do discurso moraviano, criando um realismo operístico no estilo de Mussorgsky, com exceção dos momentos, igualmente característicos, em que a situação emocional requer esplendor lírico. Sua composição orquestral foi igualmente individual, com seus enérgicos modelos de ostinato, os motivos fortemente caracterizados e a presença de combinações e espacejamentos abertos incomuns.

Seu longo aprendizado começou no coro do mosteiro agostiniano de Brno, seguido de estudos na escola normal da mesma cidade (1869-72), na Escola de Órgão de Praga (1874-5) e nos conservatórios de Leipzig (1879-80) e Viena (1880-1). Depois voltou para Brno como professor, compondo sua primeira ópera, *Šárka* (1887-8), num estilo dvořakiano, que aos poucos cedeu seu lugar, sob a influência da música folclórica da Morávia, ao novo estilo da cantata *Amarus* e de JENŮFA: as obras intermediárias, entre elas a ópera *O Começo de um Romance*, consistem, na maioria das vezes, em arranjos de música folclórica. *Jenůfa* foi um sucesso em Brno, em 1904, e ele prosseguiu, concluindo DESTINO, iniciando sua comédia *As Excursões do Sr. Brouček* e compondo algumas peças instrumentais. Depois, duas coisas combinaram-se para estimular sua criatividade: a encenação de *Jenůfa* fez sucesso em Praga, em 1916, rendendo-lhe fama internacional; e ele se apaixonou por uma jovem casada, Kamila Stösslová (seu casamento com uma jovem aluna em 1881 não fora feliz). Nos doze anos restantes, compôs mais quatro óperas, supreendentemente diversas quanto ao tema, além de outras obras em grande escala e peças de câmara que, como as óperas, transmitem um sentimento altamente carregado, através do *ostinato* e de uma brilhante excentricidade.

*Óperas*: Šárka, 1887-8, rev. 1918-9, 1924-5, *Brno, 1925; O Começo de um Romance, 1891, *Brno, 1894; JENŮFA, 1894-1903; DESTINO, 1903-5, rev. 1906-7; As Excursões do Sr. Brouček, 1908-17, *Praga, 1920; KATYA KABANOVA, 1919-21; A RAPOSINHA ESPERTA, 1921-3; O CASO MAKROPULOS, 1923-5; DA CASA DOS MORTOS, 1927-8.

*Coral*: Amarus, S, T, Bar, SATB, orq, *c.* 1897, rev. 1901, 1906; MISSA GLAGOLÍTICA, S, A, T, B, SATB, orq, órg, 1926; muitas obras menores.

*Orquestral*: Danças Lachianas, 1893; Inveja, abertura, 1894; O Filho do Violinista, 1912; Taras Bulba, 1915-8; A Balada de Blaník, 1920; Sinfonieta, 1926; O Danúbio, 1923-8, concluída por Chlubna.

*Câmara*: Conto de Fadas, vc, pn, 1910; O Diário de um Desaparecido, T, vozes femininas, pn, 1917-9; Sonata vn, 1914-21; Qt Cordas n.º 1 "A Sonata a Kreutzer", 1923, n.º 2 "Cartas Íntimas", 1928; Juventude, (Mládí) 6 instrs sopro, 1924; Concertino, pn, seis instrs, 1925; Capricio, pn mão esq, 7 instrs, 1926; Canções de Ninar (Ríkadla), 9 vozes, 10 instrs, 1927.

*Piano*: Na Trilha Coberta de Mato, 15 peças, 1901-8; Sonata 1.X.1905, 1905; Na Neblina, antes de 1912; Reminiscência, 1928. [UE; Supraphon, Decca.]

☐ Vogel, *Leoš Janáček* (1962, 2/1980).

**Jaques-Dalcroze, Émile** (1865-1950) Educador e compositor suíço. Estudou em Paris com Fauré e Delibes, em Viena com Bruckner, e em Genebra; depois elaborou aos poucos seu método de "eurritmia": o desenvolvimento de um sentido rítmico através do movimento corporal, em resposta à música. Em 1914, fundou um instituto em Genebra; também compôs muita música.

**jazz** A influência do jazz sobre compositores "clássicos" começou no início dos anos 20 e parece ter sido sentida simultaneamente por europeus e americanos. Carpenter criou seu balé jazzístico *Krazy Kat* em 1921, enquanto Milhaud ouviu jazz em Londres em 1920 e no Harlem em 1922, e respondeu em *La création du monde* (1923) e muitas obras posteriores, usando ritmos compostos característicos, síncopes, harmonias com notas acrescentadas e formações instrumentais. No final da década, dificilmente algum compositor de destaque tinha resistido à sua influência, e a voga foi suficiente para proporcionar enorme sucesso à ópera *Jonny spielt auf*, de Krenek (1927), ligeiramente jazzística. Na Europa, essa nova música penetrou nos estilos de Hindemith, Weill, Poulenc, Martinů e outros, além de ser usada para dar cor local por Berg (*Der Wein*, Lulu). A iniciativa de Carpenter foi seguida, nos EUA, por Copland e Gruenberg. Alguns desses compositores, sobretudo Copland e Weill, usavam em parte o jazz acreditando que uma fusão jazz-clássico poderia reconciliar o compositor contemporâneo com o seu público; outros julgavam-no uma útil imagem de modernidade ou simplesmente uma fonte de novas possibilidades musicais, embora nos anos 20 e 30 isso não incluísse a improvisação.

O próprio jazz tornava-se mais complexo. Ellington compôs muito para sua orquestra; Gershwin contribuiu para a aliança jazz-clássico do outro lado (e influenciou Ravel e Bartók); e músicos de jazz começaram a fazer encomendas a compositores: Stravinsky compôs seu *Ebony Concert* (1945) para Woody Herman. Finda a guerra, todas essas tendências continuaram, Bernstein seguindo a mistura Gershwin-Copland, e Liebermann, Banks, Penderecki e Babbitt compondo para conjuntos de jazz. Ao mesmo tempo, o renascimento da improvisação no "free jazz" dos anos 60 pode ter encorajado a improvisação por grupos de músicos de formação clássica em instrumentos normais (*ver* FOSS, GLOBOKAR) ou em conjuntos eletrônicos (*ver* AMM, MÚSICA INTUITIVA, MUSICA ELETTRONICA VIVA). Schuller abordou o casamento jazz-clássico — a música da terceira corrente — de vários modos.

**Jelinek, Hanns** (1901-69) Compositor austríaco. Estudou com Schoenberg (1918-9) e

Schmidt (1920-2), e foi amigo de Berg. Trabalhou como pianista e compositor em bares e cinemas, antes de entrar na Musikhochschule de Viena em 1958, adotando enquanto isso o serialismo em seu Segundo Quarteto (1934-5). Logo depois dele, não compôs mais nada durante uma década; as obras posteriores incluem a *Zwölftonfibel*, em 12 volumes para piano (1953-4), e um tratado sobre a composição dodecafônica.

**Jenůfa** (Její pastorkyňa: Sua filha adotiva) Ópera de Janáček, baseada na peça de paixão e ciúme de Preissová, passada numa aldeia da Morávia. *Brno, 21 jan 1904.

**Jeu de cartes** (Jogo de baralho) Balé de Stravinsky, coreografado por Balanchine: uma seqüência contínua de movimentos curtos em três "mãos", com alusões a outras músicas. *Reg Stravinsky, Nova York, 27 abr 1937.

**Jeune France, La** (A jovem França) Grupo composto por Baudrier, Daniel-Lesur, Jolivet e Messiaen, que se reuniu em 1936 para apresentar concertos e promover a visão da música como uma arte desafiadora e expressiva, em oposição ao que via como frivolidade do neoclassicismo parisiense. O grupo não manteve seu ímpeto inicial — os compositores eram demasiado individualistas para tanto — e não sobreviveu ao início da guerra.

**Jeux** (Jogos) Balé de Debussy, coreografado por Nijinsky como um jogo de encontros na quadra de tênis. Debussy fez para esse balé sua partitura de invenção mais sutil, com texturas delicadas e fases de desenvolvimento motívico que tecem a música sem levá-la adiante. *Paris, Ballets Russes, 15 mai 1913.

**Jirák, Karel Boleslav** (1891-1972) Compositor tcheco. Estudou com Novák (1909-11) e Foerster (1911-2), depois trabalhou como regente, professor e diretor musical da rádio tcheca (1930-45). Na década de 20, compôs uma música que unia a tradição romântica tcheca a estilos mais novos; mas, enquanto trabalhava em sua Terceira Sinfonia (1929-38), não concluiu nenhuma outra obra, e esta revelou-se uma volta ao nacionalismo tcheco. Esse estilo continuou depois que ele foi para o Roosevelt College, de Chicago, em 1947.

**Jogador, O** (Igrok) Ópera de Prokofiev, baseada no romance de Dostoievsky, um estudo de obsessão maníaca. *Bruxelas, 29 abr 1929.

**Johnson, Robert Sherlaw** (1932-) Compositor inglês. Estudou na Universidade de Durham (1950-3), na Royal Academy of Music com Alwyn, Bush e Ferguson (1953-7), e em Paris (1957-8), onde assistiu às aulas de Messiaen. É um destacado intérprete de Messiaen ao piano e autor de um livro sobre o compositor (Londres, 1974). Muita de sua própria música revela preocupações semelhantes com o ritmo motívico, a ressonância, a forma descontínua e a doutrina católica, embora também tenha sido influenciado por Varèse, Stockhausen e Boulez. Suas obras compreendem três sonatas para piano (1963, 1967, 1976) e música vocal secular e sacra. [OUP; Argo.]

**Johnston, Ben** (1926-) Compositor americano. Estudou em várias instituições e em particular com Partch (1950-1) e Cage (1959-60), seguindo o primeiro no uso de afinações microtonais e entonação justa. Suas obras incluem quatro quartetos (1959, 1964, 1966-73) e composições para conjuntos menos comuns. Em 1951, começou a ensinar na Universidade de Illinois.

**Jolas, Betsy** (1926-) Compositora francesa. Estudou nos EUA (1940-6) e com Messiaen e Milhaud no Conservatório de Paris (1948-55), depois trabalhou para a rádio francesa (1955-70) e como substituta de Messiaen no Conservatório. Sua música enquadra-se, com a de Amy e Boucourechliev, na tradição de Boulez. [Heugel.]

**Jolivet, André** (1905-74) Compositor francês. Estudou com Le Flem (1928-33) e Varèse

(1930-3), o último dos quais influenciou profundamente seu gosto por sons dissonantes, ritmo irregular e magia encantatória, em suas primeiras obras como o Quarteto de Cordas (1934), suíte para piano *Mana* (1935, baseada em 6 objetos totêmicos que Varèse lhe deu), *Cinq incantations*, para flauta (1936), e *Cinq danses rituelles*, para orquestra ou piano (1939). Foi um dos integrantes de La Jeune France e partilhava com Messiaen o apreço por modalidades exóticas, por uma orquestração rica e pelas ondas martenot: introduziu dois desses instrumentos em sua *Danse incantatoire* para orquestra (1936), tocou-o no primeiro concerto do Jeune France e compôs um Concerto para Ondas Martenot (1947). Suas obras posteriores incluem outros concertos, três sinfonias, várias peças instrumentais e vocais, e música para a Comédie-Française, da qual foi diretor musical (1943-59). [Durand, Heugel, Costallat, Boosey; Erato.]

**Jongen, Joseph** (1873-1953) Compositor belga. Estudou no Conservatório de Liège (1881-97), onde ensinou a partir de 1902, após períodos na Alemanha, Itália e Paris, que o abriram para uma variedade de influências: Franck, Brahms, Wagner e Strauss. Passou a Primeira Guerra Mundial na Inglaterra, depois, em 1920, foi nomeado para o Conservatório de Bruxelas. Sua produção consistiu principalmente em música de câmara e orquestral. O irmão Léon (1884-1969) também foi compositor.

**Josephs, Wilfred** (1927-) Compositor inglês. Estudou com Nieman na Guildhall School (1954-6) e com Deutsch em Paris (1958-9). Produziu uma vasta quantidade de música em todos os gêneros (cerca de 100 números de opus), embora dando ênfase à música orquestral e de câmara; compôs também uma ópera, *Rebecca* (*Leeds, 1983), que aproveita sua força expressiva e seu domínio da grande forma. [Boosey, Chester, Novello, OUP, Weinberger, Unicorn.]

**Joyce, James** (1882-1941) Romancista e poeta irlandês. Alusões musicais e formas quase musicais são importantes para seus *Ulysses* e *Finnegans Wake*; sua audácia formal, em particular, despertou o interesse de Boulez: a não-linearidade de Joyce foi uma das sanções para seus trabalhos aleatórios. Também os versos de Joyce chamaram a atenção de compositores, dos 18 que fizeram música para *The Joyce Book* (London, 1933) a Berio (*Chamber Music*, *Epifanie*), Machover e Hopkins.

**Junge Lord, Der** (O jovem lorde) Ópera de Henze e Bachmann, comédia satírica feita de números de *bel canto* e clássicos, sobre a história de um macaco que passa por um lorde inglês na sociedade burguesa. *Berlim, 7 abr 1965.

# K

**Kabalevsky, Dmitry** (1904-) Compositor russo. Trabalhou como pianista, antes de estudar composição com Catoire e Myaskovsky no Conservatório de Moscou (1925-9), onde ensinou a partir de 1932. Produziu uma bela quantidade de oratórios patrióticos e canções, mas também obras de leve lirismo romântico russo, entre as quais a ópera *Colas Breugnon* e a maioria da música instrumental (os três concertos de 1948-52 foram compostos para jovens intérpretes).
*Óperas*: Colas Breugnon, 1936-8, rev. 1953, 1969.
*Orquestral*: Conc pn n.º 1, lá, 1928, n.º 2, sol, 1935, n.º 3, ré, 1952; Sinf n.º 1, dó sustenido, 1932, n.º 2, dó, 1934, n.º 3, si bemol, com coro, 1933, n.º 4, dó, 1954; Conc vn, dó, 1948; Conc vc n.º 1, sol, 1948-9, n.º 2, dó, 1964.
*Câmara*: Qt cordas n.º 1, lá, 1928; n.º 2, sol, 1945; Sonata vn, si bemol, 1962.
*Piano*: Sonata n.º 1, fá, 1927, n.º 2, mi bemol, 1945; n.º 3, fá, 1946; 24 Prelúdios, 1943-4; 6 Prelúdios e Fugas, 1958-9.

**Kagel, Mauricio** (1931-) Compositor argentino. Autodidata em composição, criou música e filmes em Buenos Aires antes de se mudar para Colônia em 1957. O contato com Schoenberg aí pode ter afinado sua técnica, mas seu mundo musical é inteiramente pessoal, um mundo em que materiais extintos, remendados, banais e absurdos são tratados como meios de composição sofisticados e elegantes. A maioria de suas peças é para combinações ou situações incomuns; a maioria, também, revelando uma extrema disparidade entre forma e conteúdo, dá a impressão de acontecimentos teatrais, numa tradição que inclui dadaísmo, cinema mudo e Beckett. Ele ensinou composição e teatro musicado em Darmstadt, nos EUA e na Musikhochschule de Colônia.
*Composições*: Anagrama, 4 vozes solo, coro falante, 11 instrs, 1955-8; Sur scène, 6 intérpretes, 1958-60; Sonant, gui, harpa, ctbx, tambores, 1960; Improvisation ajoutée, órg, 1961-2; Match, 2 vc, perc, 1964; Tremens, teatro musicado, 1963-5; Qt cordas, 1965-7; Hallelujah, coro, 1967-8; Staatstheater, ópera pessoal, 1967-70, *Hamburgo, 1971; Variationen ohne Fuge, orq, 1971-2; Kantrimusik, teatro musicado, 1973-5; MM51, pn, 1977; Aus Deutschland, ópera, *1981; Die Erschöpfung der Welt, ópera, *1985.
*Filmes*: Match, 1966; Hallelujah, 1967-9; Ludwig van, 1969-70; MM51, 1977; Um cão andaluz (música para o filme de Buñuel-Dalí), 1982. [UE, Peters; DGG.]

**Kammermusik** (Música de câmara) Título de sete obras do tipo do concerto barroco de Hindemith, e de uma fantasia de Henze sobre poesia de Hölderlin.

**Karg-Elert, Sigfrid** (1877-1933) Compositor alemão. Estudou no Conservatório de Leipzig (1896-1902) e obteve o apoio de Grieg, assim como, mais tarde, o de Reger, que o aconselhou a arranjar para órgão parte de sua grande produção para harmônio. Em 1919, assumiu o lugar de Reger no Conservatório de Leipzig. Sua produção foi prodigiosa em quase todos os gêneros, mas foram as obras para órgão que sobreviveram, sendo algumas do tipo bachiano, enquanto outras são poemas sinfônicos com harmonia de romantismo tardio.

**Katya Kabanova** (Kaťá Kabanová) Ópera de Janáček baseada em *A Tempestade*, tragédia de Ostrovsky sobre o amor extraconjugal. *Brno, 23 nov 1921.

**Kay, Ulysses** (1917-) Compositor americano. Sobrinho do músico de jazz King Oliver, estudou em Yale com Hindemith, em Columbia e na Europa. Em 1968, foi nomeado professor do Lehman College (CUNY). Suas obras incluem óperas, muitas músicas para coro e peças orquestrais. [AMP, Duchess.]

**Kelemen, Milko** (1924-) Compositor iugoslavo. Estudou na Academia de Zagreb (1945-52), com Messiaen e Aubin no Conservatório de Paris (1954-5), e com Fortner na Musikhochschule de Freiburg. Fundou a Bienal de Zagreb, ensinando ali (1953-68), em Düsseldorf (1970-2) e em Stuttgart (1973-). Em fins da década de 50, sua música passou do neoclassicismo folclórico ao estilo de vanguarda.

**Kelterborn, Rudolf** (1931-) Compositor suíço. Estudou com Geiser na Academia de Basiléia, com Burkhard e com Blacher, Fortner e Bialas na Alemanha, onde também freqüentou os cursos de Darmstadt. Ensinou em Basiléia, Detmold (1960-8) e Zurique, enquanto aprimorava um estilo dramático fantástico, bem mostrado em suas óperas *Die Errettung Thebens* (*Zurique, 1963), *Kaiser Jovian* (*Karlsruhe, 1967) e *Ein Engel kommt nach Babylon* (*Zurique, 1977). [Bote & Bock.]

**Khachaturian, Aram** (1903-78) Compositor armênio. Estudou no Conservatório de Moscou com Myaskovsky (1929-37), quando começou a se impor com grandes obras orquestrais, cujos fortes temas melódicos têm um certo colorido nacional. Também sofreu a desaprovação oficial imposta a Shostakovich e Prokofiev em 1948, embora sua música permanecesse intocada por qualquer tipo de modernismo. A partir de 1950, passou a ensinar no Instituto Gnesin e no Conservatório de Moscou; também destacou-se internacionalmente como regente de sua música.

*Balés*: Gayane, 1942, rev. 1957; Spartacus, 1954, rev. 1968.

*Orquestral*: Sinf n.º 1, 1935, n.º 2, 1943, n.º 3, 1947; Conc pn, 1936; Conc vc, 1940. Conc vn, 1946; Conc-Rapsódia, vn, orq, 1961-2; Conc-Rapsódia, pn, orq, 1965.

Poucas peças de câmara de juventude, música para piano, odes corais, canções.

**Khrennikov, Tikhon** (1913-) Compositor e administrador russo. Estudou com Shebalin no Conservatório de Moscou (1932-6). Sua melíflua ópera em estilo folclórico *Na Tempestade* (*1939) conquistou aprovação oficial, e em 1948 ele foi uma das principais figuras a denunciar Prokofiev, Shostakovich e Khachaturian, emergindo como secretário-geral do Sindicato dos Compositores, posto que ainda ocupa.

**Kilpinen, Yryö** (1892-1959) Compositor finlandês. Estudou em Helsinque de 1908 a 1917, além de períodos em Viena (1910-1) e Berlim (1913-4). A maior parte de sua produção consiste em canções, cerca de 800, em estilo de *lieds*.

**Kim, Earl** (1920-) Compositor americano. Estudou com Schoenberg (1940-1) e com Sessions em Berkeley (1947-52), depois ensinou em Princeton (1952-67) e Harvard (1967-). Suas obras são poucas, o estilo altamente refinado; incluem músicas sobre textos de Beckett em veículos mistos, *Exercices en route* (1963-70), *Earthlight* (1973) e *Narratives* (*Cambridge, Mass., 1979).

**Kirchner, Leon** (1919-) Compositor americano. Estudou com Toch e Schoenberg em Berkeley (Los Angeles) e com Sessions em Nova York, depois voltou a Berkeley após servir na guerra. Ensinou no Mills College (1952-61) e em Harvard, onde em 1966 sucedeu a Piston. Sua música é de gestos largos, de forte movimento melódico e revela um domínio harmônico próximo do de Schoenberg e Berg, embora não seja serialista. As obras abrangem dois concertos para piano (1953, 1963), três quartetos (1949, 1958, 1966, o terceiro com fita magnética) e peças compostas para a ópera *Lily* (*Nova York, 1977), sobre *Henderson, the Rain King*, de Bellow. [AMP, Mercury.]

**Klangfarbenmelodie** (melodia de timbres) Termo introduzido por Schoenberg em seu *Harmonielehre* (1911) para designar uma "melodia" definida mais por mudanças de timbres do que de alturas. Há um pouco disso na peça do meio de seu op. 16 e muito na música de Webern: no final do seu op. 10 n.º 1, por exemplo, a mesma nota é emitida sucessivamente pela flauta, flauta mais trompete, trompete e celesta. Aqui a mudança de cor ocorre de nota em nota, como ocorre em parte da música serial dos primeiros anos do pós-guerra (p. ex., o início de *Kontra-Punkte*, de Stockhausen, e a Composição para 12 instrs de Babbitt), mas o termo não se refere, necessariamente, a essa rápida descontinuidade. Foi regularmente usado, por exemplo, para a instrumentação de Bach feita por Webern, onde o colorido realça os temas.

**Klavierstücke** (Peças para piano) Ciclo de composições de Stockhausen destinado, originalmente, a ser de 21 peças em seis grupos, embora apenas os três primeiros grupos (I-IV, V-X, XI) tenham sido concluídos, os pertencentes a *Licht*. I a IV, *Mercenier, Darmstadt, 21 ago 1954; V a VIII, *Mercenier, Darmstadt, 1.º jun 1955; IX, *Kontarsky, Colônia, 21 mai 1962; X, *Rzewski, Palermo, 10 out 1962; XI, *Jacobs, Darmstadt, 28 jul 1957; XII, em *Michaels Jugend*, de *Donnerstag*, *M. Stockhausen, Tel-Aviv, 16 out 1979; XIII = *Luzifers Traum*, de *Samstag*, *M. Stockhausen, Metz, 19 nov 1981; XIV, *P.-L. Armand, Baden-Baden, 31 mar 1985

**Klebe, Giselher** (1925-) Compositor alemão. Estudou no Conservatório de Berlim e com Rufer e Blacher (1946-51), sendo mais tarde nomeado, em 1957, para ensinar na Academia de Detmold. No início da década de 50 ligou-se à nova vanguarda, mas depois, como Henze, passou a desenvolver um estilo mais romântico e a cultivar a ópera, extraindo seus libretos de clássicos literários.
*Óperas*: Die Räuber, *1957; Die tödlichen Wünsche, *1959; Die Ermordung Cäsars, *1959; Alkmene, *1961; Figaro lässt sich scheiden, *1963; Jacobowsky und der Oberst, *1965; Das Märchen von der schönen Lilie, *1969; Ein wahrer Held, *1975; Das Mädchen aus Domrémy, *1976; Das Rendez-vous, *1977. [Bote e Bock.]

**Klemperer, Otto** (1885-1973) Regente alemão. Estudou no Conservatório de Frankfurt, com Pfitzner em Berlim e, muito tempo depois, nos anos 30, com Schoenberg em Los Angeles. A intimidade com Mahler valeu-lhe contratos em Praga (1907-10) e Hamburgo (1910-2), seguidos por cargos em outras cidades alemãs, antes de tornar-se diretor da Ópera Kroll (1927-31). Depois foi diretor da Filarmônica de Los Angeles (1933-9), da Ópera de Budapeste (1947-50) e da Filarmônica de Londres (1955-72), sofrendo nesses últimos anos dos problemas de saúde que o mantiveram longe da batuta durante a guerra. Em Berlim e Los Angeles, ligou-se estreitamente à música contemporânea, regendo Stravinsky, Schoenberg (primeiras apresentações da Suíte para cordas e da orquestração do Quarteto de Brahms) e Hindemith (primeiras apresentações de *Kammermusik n.º 5*, *Neues vom Tage* e *Das Unafhörliche*); mais tarde ficou famoso pela firme grandeza de seus Beethoven e Mahler. A maioria das composições próprias data de seus últimos anos e compreende seis sinfonias e nove quartetos.
□ P. Heyworth, *Otto Klemperer*, vol. 1 (1983).

**Knipper, Lev** (1898-1974) Compositor russo. Só se voltou para a música em 1922, após servir ao exército, havendo estudado em Moscou com Glier e em Berlim com Jarnach. Sua ópera satírica *O Vento Norte* (1929-30) caiu em desgraça oficial, como a semelhante *O Nariz*, de Shostakovich; depois disso adotou um estilo mais brando e compôs 14 sinfonias (algumas incluindo entusiásticas canções para coral) e outras obras orquestrais.

**Knussen, Oliver** (1952-) Compositor inglês. Estudou em Londres com Lambert (1963-9) e com Schuller em Tanglewood (1970-3). Sua música é rica em fortes e estranhas imagens

apresentadas com acabamento raveliano, mas muitas vezes com uma energia parecida com a de Carter.
*Óperas*: Where the Wild Things Are, 1979-83; Higglety Pigglety Pop!, 1984-5.
*Orquestral*: Sinf n.º 1, 1966-7, n.º 2, S, orq de câm, 1970-1; n.º 3, 1973-9; Coursing, orq de câm, 1978-80.
*Câmara*: Océan de terre, S, 7 instrs, 1972-3, rev. 1976; Trumpets, S, 3 cl, 1975; Ophelia Dances, 8 instrs, 1975; Autumnal, vn, pn, 1976-7; Cantata, ob, trio cordas, 1977; Sonya's Lullaby, pn, 1977-8. [Faber; Unicorn.]

**Kodály, Zoltán** (1882-1967) Compositor e professor húngaro. Colaborador de Bartók na coleta de música folclórica húngara, também ajudou a criar uma forte tradição composicional na Hungria, embora mais como professor do que como compositor. Estudou com Koessler na Academia de Budapeste (1900-5) e começou a recolher canções folclóricas em 1905, com Bartók. Em 1907, visitou Paris e voltou com algumas das músicas de Debussy, que mostrou a Bartók; um ano depois, foi nomeado membro do corpo docente da Academia. A 17 de março de 1910, um recital em Budapeste incluiu os seus primeiros quartetos e os de Bartók, lembrados como precursores da música moderna húngara.

Depois disso, o padrão de sua vida mudou pouco: ensinou, compôs (embora poucas obras depois de 1940), recolheu, arranjou e editou música folclórica. Depois da guerra, assumiu um importante papel na música húngara, e seu estilo baseado em melodias folclóricas (nunca muito denso, bruto ou analítico, como o de Bartók) tornou-se um modelo para compositores mais jovens. Também teve, então, a oportunidade de pôr em prática sua visão de que a educação musical deve tornar-se acessível a todas as crianças, através do canto coral, compondo muitas músicas para esse fim.
*Óperas*: Háry János, 1925-7; O Serão das Fiandeiras, 1924-32; Czinka Panna, 1946-8.
*Orquestral*: Noite de Verão, 1906; Danças de Marosszek, 1930; Danças de Galánta, 1933; Variações "Pavão", 1938-9; Conc para orq, 1939-40; Sinf, dó, 1930s-61.
*Coral*: Psalmus hungaricus, T, coro, orq, órg, 1923; Budavari Te Deum, S, A, T, B, coro, orq, 1936; Missa brevis, coro, órg, 1944 (também versão para orq); muitas canções e arranjos de canções folclóricas, e também canções solo.
*Câmara e instrumental*: Qt cordas n.º 1, op. 2, 1908-9, n.º 2, op. 10, 1916-8; Música para Piano, op. 3, 1909; Sonata, op. 4, vc, pn, 1909-10; Duo, op. 7, vn, vc, 1914; Sonata, op. 8, vc, 1915; Capriccio, vc, 1915; Serenata, op. 12, 2 vn, va, 1919-20; Sonatina, vc, pn, 1921-2. [Editio Musica, UE; Hungaroton.]
□ P. M. Young, *Zoltán Kodály* (1964), L. Eösze, *Zoltán Kodály: his Life in Pictures* (1971, 2/1982).

**Koechlin, Charles** (1867-1950) Compositor francês. Estudou com Massenet, Gédalge e Fauré no Conservatório de Paris (1890-7), depois viveu irregularmente como crítico, professor (de Milhaud e Poulenc) e teórico. Enquanto isso, produziu uma enorme obra musical (cerca de 200 números de opus), incluindo dezenas de partituras orquestrais, ciclos de canções, grandes obras corais, música de câmara e peças instrumentais. Em tema e estilo, a extensão foi igualmente vasta: há um ciclo de poemas sinfônicos sobre o *Jungle Book*, de Kipling (*Trois poèmes*, com solistas e coro, 1899-1910; *La course de printemps*, 1908-27; *La méditation de Purun Bhagat*, 1936; *La loi de la jungle*, 1939-40; *Les bandarlog*, 1939-40), uma grande variedade de obras revelando sua admiração por estrelas do cinema (*7 Stars Symphony*, 1933), músicas manifestando suas simpatias comunistas, obras com ondas martenot e uma paleta harmônica que, embora centrada nos modos eclesiásticos, inclui o politonal e às vezes o atonal, muitas vezes alegremente dispostos em contraponto bachiano. Muito pouco de sua obra, porém, escapou do esquecimento.

**Koenig, Gottfried Michael** (1926-) Compositor alemão. Estudou com Bialas na Academia de Detmold (1947-50) e na Musikhochschule de Colônia (1953-4); em seguida, trabalhou no estúdio de música eletrônica da Westdeutscher Rundfunk, onde compôs sua *Klangfiguren 2* (1955-6) e foi assistente de Stockhausen, Ligeti, Pousseur e outros compositores. Em 1964, transferiu-se para a Universidade de Utrecht, a fim de trabalhar em programas de computador e geração de som. [Peters, Tonos, UE.]

**Koffler, Jozef** (1896-1943/4) Compositor polonês. Estudou em Viena com Schoenberg (1920-4) e ensinou no Conservatório de Lvov (1929-41); foi morto ao se esconder durante a guerra. Adaptou métodos dodecarfônicos a texturas de neoclássica clareza e a uma música que tomava de empréstimo o ritmo e até o caráter melódico da música folclórica polonesa. Suas obras incluem três sinfonias, as 15 Variações para orquestra de cordas (1933), e um Trio de Cordas (1929). [PWM.]

**Kogoj, Marij** (1895-1956) Compositor iugoslavo. Estudou com Schreker e Schoenberg em Viena (1914-8), depois trabalhou como ensaiador e regente da Ópera de Liubliana, e também como crítico musical, mas uma doença mental provocou seu afastamento precoce. Diz-se que sua ópera *Missa Negra* (1929) é um drama expressionista comparável a *Wozzeck*.

**Kol nidre** (Todos os votos) Adaptação de Schoenberg da oração para o Yom Kippur, com contribuições próprias para o texto. *Reg Schoenberg, Los Angeles, 4 out 1938.

**Kolb, Barbara** (1939-) Compositora americana. Estudou no Hartt College (1957-64), e com Foss e Schuller em Tanglewood. Trabalhou como clarinetista de orquestra e ensinou no Brooklyn (1973-5) e no Wellesley Colleges (1975-). Suas obras incluem muita música para conjuntos instrumentais. [Boosey.]

**Kolisch, Rudolf** (1896-1978) Violinista austro-americano. Estudou em Viena, onde teve aulas de composição de Schreker e Schoenberg; o último casou-se com sua irmã Gertrud em 1924. Dois anos antes, ele formara um quarteto, que existiu até 1939 e fazia questão de apresentar obras novas: fez as estréias dos Terceiro e Quarto Quartetos de Schoenberg e de seu Concerto para Quarteto, do Quinto de Bartók, da Suíte Lírica de Berg, do Trio e do Quarteto de Webern. Morando nos EUA desde 1935, Kolisch liderou o Pro Arte Quartet desde 1942.

**König Hirsch** (Rei cervo) Ópera de Henze e H. von Cramer, baseada em Gozzi, um elaborado conto de fadas sobre um rei que adquire forma animal. *Berlim, 23 set 1956. Rev. como *Il re cervo*, ou *The Errantries of Truth*, *Kassel, 10 mar 1963.

**Kontakte** (Contatos) Peça para fita magnética de quatro canais de Stockhausen, destinada a ser tocada sozinha ou com o acréscimo de pianista e percussionista, cujas partes captam sinais da fita e antecipam suas intervenções. *Tudor, Caskel, Colônia, 26 out 1961.

**Kontarsky, Aloys** (1931-) Pianista alemão. Estudou com Schmitz-Gohr e Frank na Musikhochschule de Colônia (1952-5), e com Erdman em Hamburgo (1955-7). Como solista, pianista do duo com seu irmão Alfons e de conjunto (com o grupo de Stockhausen a partir de 1964), ligou-se intimamente à música contemporânea, para a qual seu rápido e exato controle do ritmo e da sonoridade era admiravelmente adequado. Os Kontarsky fizeram a primeira apresentação de *Mantra*, de Stockhausen, que gravaram, junto com a música para quatro mãos de Debussy, Ravel, Bartók, Boulez e Zimmermann. Sozinho, Aloys tocou a primeira apresentação completa das *Klavierstück* I a XI (Darmstadt, 1966), que também gravou.

**Kontra-Punkte** (Contrapontos) Composição de Stockhausen para piano com nove instrumentos (fl, cl, cl baixo, fag, tpt, trbn, harpa, vn, vc), que se retiram, um a um, à medida que a peça passa por regiões harmônicas estabelecidas pela nova técnica de GRUPO. *Colônia, 26 mai 1953.

**Korngold, Erich Wolfgang** (1897-1957) Compositor austro-americano. Fez sensação na infância: em 1907, impressionou Mahler, que o recomendou a Zemlinsky para aulas; em 1910, seu balé *Der Schneeman* foi produzido em Viena, e sua Sonata para Piano em mi maior, do mesmo ano, conquistou Schnabel, enquanto suas primeiras obras orquestrais, de 1911-2, eram aprovadas por Strauss. O auge veio com a montagem de *Die tote Stadt* (1920), após o que seu ritmo de produção caiu. Em 1934 foi com Reinhardt para Hollywood, onde criou música para o cinema e obras instrumentais em grande escala romântica.
*Óperas*: Der Ring des Polykrates, *Munique, 1916; Violanta, *Munique, 1916; Die Tote Stadt, *Hamburgo e Colônia, 1920; Das Wunder der Heliane, *Hamburgo, 1927; Die Kathrin, *Estocolmo, 1939.
*Orquestral*: Schauspiel Ouvertüre, 1911; Sinfonietta, 1912; Conc pn para mão esquerda, dó sustenido, *1923; Conc vn, dó, 1946; Symphonic Serenade, si, cordas, *1947; Sinf fá sustenido, 1951-2.
*Câmara*: Qt cordas n.º 1, lá, *1924; n.º 2, mi bemol, 1935; n.º 3, ré, 1945.

**Koussevitzky** *Ver* KUSEVITSKY.

**Krenek** (Křenek), **Ernst** (1900-) Compositor austro-americano. Estudou com Schreker em Viena (1916-20) e Berlim (1920-3), depois visitou a Suíça (1923-5) e Paris, onde foi influenciado pelo neoclassicismo. Mais tarde trabalhou na Ópera de Kassel (1925-7), antes que o extraordinário sucesso de sua ópera um tanto jazzística *Jonny spielt auf* lhe proporcionasse segurança financeira: a obra foi montada em toda a Europa, inclusive na URSS, e também em Nova York. Mudou-se para Viena e compôs outras óperas, entre elas *Karl V*, em que começou a usar métodos dodecafônicos. O serialismo especulativo continuou sendo seu estilo depois que se mudou, em 1939, para os EUA, estabelecendo-se em Los Angeles em 1947.
*Óperas*: Zwingburg, *Berlim, 1924; Der Sprung über den Schatten, *Frankfurt, 1924; Orpheus und Eurydike, *Kassel, 1926; Jonny spielt auf, *Leipzig, 1927; Der Diktator, Das geheime Königreich, Schwergewicht (programa triplo), *Wiesbaden, 1928; Leben des Orest, *Leipzig, 1930; Karl V, *Praga, 1938; Pallas Athene weint, *Hamburgo, 1955; Der goldene Bock, *Hamburgo, 1964; Sardakai, *Hamburgo, 1970.
Muitas obras em todos os outros gêneros. [UE, Bärenreiter.]
□ E. Krenek, *Horizons Circled* (1974).

**Kulturbolschewismus** (bolchevismo cultural) Termo usado pelas autoridades nazistas ao denegrirem a música de Stravinsky, Schoenberg e outros, talvez por associarem radicalismo artístico com POLÍTICA revolucionária.

**Kunstbolschewismus** *Ver* KULTURBOLSCHEWISMUS.

**Kurtág, György** (1926-) Compositor húngaro. Estudou com Veress e Farkas na Academia de Budapeste (1946-55), e com Deutsch, Milhaud e Messiaen em Paris (1957-8), onde ficou impressionado com o que ouviu nos concertos do Domaine Musical. Em seu Quarteto para Cordas n.º 1, iniciou um estilo de precisão e concisão webernianas, influenciado também por qualidades semelhantes da música para piano de Bartók. Suas obras permaneceram poucas e pequenas, embora seu alcance expressivo, sobretudo quando envolvem voz solo, seja muitas vezes de escala bem diferente. Há também em sua música um humor engenhoso, mais óbvio nos álbuns de música para piano, em parte educacionais. O filho homônimo, György Kurtág, também é compositor, tendo sido aluno do pai na Academia de Budapeste, onde o velho Kurtág ensina desde 1968.
Qt cordas, 1959; Qnt sopros, 1959; 8 Peças pn, 1960; 8 Duos, vn, zimbalão, 1961; Signos,

va, 1961; Os Ditados de Péter Bornemisza, S, pn, 1963-8; Em Memória de um Pôr-do-Sol de Inverno, S, vn, zimbalão, 1969; 4 Caprichos, S, 14 instrs, 1972; Estilhaços, Zimbalão/pn, 1973; 4 Canções, si, 7 instrs, 1973-5; Ruído de Lembrança de S. K, voz, vn, 1974-5; Jogos e Brincadeiras, pn, vols. 1-4, 1973-6; 12 Microlúdios, qt cordas, 1977-8; Ommagio a Luigi Nono, coro, 1979; Mensagens da Falecida Srta. R. V. Troussova, S, peq orq, 1976-80; 15 Canções, S, vn, zimbalão, ctbx, 1981-2; 8 Tandoori Choruses, 1984. [Editio Musica; Hungaroton, Erato.]

**Kurzwellen** (Ondas curtas) Obra de Stockhausen para conjunto eletrônico ao vivo de quatro músicos, cada um equipado também com um rádio de ondas curtas. *Bremen, 5 mai 1968. Também realizada com fitas gravadas de Beethoven no lugar dos sinais de ondas curtas, como *Kurzwellen mit Beethoven* (*Stockhoven-Beethausen Opus 1970*). *Dusseldorf, 17 dez 1969.

**Kusevitsky, Sergey** (Koussevitzky, Serge) (1874-1951) Regente russo-americano. Começou a carreira como contrabaixista. Fez sua estréia como regente em 1908, com a Filarmônica de Berlim. No ano seguinte, fundou uma editora (Éditions Russes de Musique) e uma orquestra, com a qual realizou a primeira apresentação de *Prometeu*, de Skryabin. Após a Revolução, estabeleceu-se em Paris, onde continuou suas atividades como editor (grande parte da música de Stravinsky, de *Petruchka* a *Perséphone*, foi lançada por sua editora) e regente, apresentando as *premières* das Sinfonias para Sopros e do Concerto para Piano de Stravinsky, e de *Quadros de uma Exposição*, de Ravel-Mussorgsky. Em 1924, tornou-se regente da Sinfônica de Boston, à frente da qual permaneceu durante 25 anos, regendo as *premières* de obras de Copland (Sinfonia para Órgão), Prokofiev (Sinfonia nº 4), Roussel (Sinfonia nº 3) e muitos outros. Criou a Fundação Musical Koussevitzky em memória de sua mulher Natalie, com verbas para patrocinar novas obras.

# L

**La Barbara, Joan** (1947-) Compositora e cantora americana. Estudou nas universidades de Syracuse e Nova York, depois atuou como intérprete com Reich, Glass, Cage, Lucier e outros. Suas obras, em geral vocais, aproveitam sua vivência da música minimalista e experimental.

**La Rochelle** Cidade francesa, local dos Rencontres Internationaux d'Art Contemporain, que assumiram em 1973 as funções do Festival de Royan. Stockhausen e Boulez apresentaram-se com destaque nos primeiros programas, seguidos por Ferneyhough.

**Laderman, Ezra** (1924-) Compositor americano. Estudou com Wolpe (1946-9) e Luening em Columbia (1950-2); ensinou no Sarah Lawrence College e a partir de 1971 na Universidade Estadual de Nova York, em Binghamton. A maioria de suas obras é vigorosamente concebida em grande escala, compreendendo óperas, composições sinfônicas e peças para vozes e orquestra, além de uma série de quartetos. [OUP.]

**Lady Macbeth do Distrito de Mtsensk, A** (Ledi Makbet Mtsenskovo uyezda) Ópera de Shostakovich e Preys, baseada em Leskov, história de uma múltipla assassina tratada com exuberância e paródia. *Leningrado, 22 jan 1934. Em 1936, a obra foi denunciada no *Pravda* (*ver* POLÍTICA) e retirada de cartaz, para reaparecer, sob um regime um pouco mais liberal, em forma revisada como *Katerina Izmaylova*. *Moscou, 8 jan 1963.

**Lambert, Constant** (1905-51) Compositor inglês. Estudou com Vaughan Williams e Morris no Royal College of Music a partir de 1922, e logo se tornou membro, com Walton, do conjunto Sitwell (*Façade* é dedicada a ele). Foi o primeiro compositor inglês patrocinado por Dyagilev (*Romeo and Juliet*, *Monte Carlo, 1926), e dedicou grande parte de sua vida ao balé, como maestro e compositor (*Pomona*, *Buenos Aires, 1927; *Horoscope*, *Londres, 1938; *Tiresias*, *Londres, 1951). Suas obras de concerto incluem *The Rio Grande*, para piano, coro e orquestra (1927), exuberante mistura de música hispânica, jazz e Delius. [Chester, OUP.]

□ C. Lambert, *Music Ho!* (1934, 3/1966); R. Shead, *Constant Lambert* (1973).

**Langlais, Jean** (1907-) Compositor e organista francês. Cego desde a infância, estudou com Dupré e Dukas no Conservatório de Paris; também teve aulas com Tournemire. Em 1945, sucedeu a Tournemire e a Franck como organista da igreja de St. Clotilde. Também ensinou no Instituto Nacional dos Cegos e na Schola Cantorum. A maior parte de sua música, na tradição modal de Tournemire, consiste em obras para órgão e missas.

**Lansky, Paul** (1944-) Compositor americano. Estudou com Perle no Queens College (1961-6) e com Cone, Westergaarde, Babbitt e Randall em Princeton (1966-9); mais tarde, trabalhou com Perle em seu sistema modal de 12 notas e ensinou em Princeton (a partir de 1969). Suas composições, intimistas, usam recursos eletrônicos (*Mild and leise*, fita, 1976) ou instrumentais (*Crossworks*, conjunto, 1975-6), com elegante inteligência. [Nonesuch.]

**Lazarof, Henri** (1932-) Compositor búlgaro-americano. Estudou na Academia de Sofia, em Jerusalém, com Petrassi em Roma (1955-7) e em Brandeis (1957-9), ingressando depois no corpo docente da UCLA, em 1962. Suas obras, a maior parte instrumental, mostram-no à altura dos acontecimentos na música serial européia.

**League of Composers** Organização fundada em Nova York, em 1923, para promover a música contemporânea, incluindo em seus concertos obras de Stravinsky, Schoenberg, Bartók, Copland e muitos outros. Também publicou o jornal *Modern Music*. Em 1954, fundiu-se com o ISCM.

**Leeuw, Ton de** (1926-) Compositor holandês. Estudou com Badings (1947-9), Messiaen e Thomas de Hartmann em Paris (1949-50), e etnologia musical com Jaap Kunst (1950-4), trabalhando depois para a rádio holandesa, antes de ser contratado, em 1960, para ensinar no Conservatório de Amsterdã. Sua música revela um anseio de estase oriental, para o que muitas vezes contribui a disposição espacial dos intérpretes, combinada com influências de Pijper, Boulez e da música concreta. [Donemus.]

**LeFanu, Nicola** (1947-) Compositora inglesa. Filha de Elizabeth Maconchy, estudou em Oxford e no Royal College of Music; mais tarde, fez mestrado com Petrassi e Davies; em 1977 começou a ensinar no King's College, em Londres. Suas obras abrangem todos os gêneros, do teatro musicado (*Antiworld*, 1972; *Dawnpath*, 1977) à música de câmara. [Novello.]

**Lehár, Franz** (1870-1948) Compositor austríaco. Estudou com Foerster no Conservatório de Praga (1882-8), sendo também orientado por Fibich e Dvořák. Trabalhou como maestro de banda militar até que o sucesso como compositor de valsas permitiu que se aposentasse, em 1902. As mais populares de suas muitas operetas vieram nos anos seguintes: *Die lustige Witwe* (A viúva alegre, *1905), *Der Graf von Luxemburg* (O conde de Luxemburgo, *1909) e *Zigeunerliebe* (Amor de Zíngaro, *1910), todas compostas em Viena, onde passou a maior parte do resto de sua vida.

**Lehrstück** (peça educativa) Termo provavelmente cunhado por Brecht, para obras que ele designava como exercícios, envolvendo intérpretes amadores, destinados a aumentar a consciência política tanto dos atores quanto do público. A música tinha um papel em todas elas. Entre outras, contam-se as seguintes: *Lehrstück* (1929, Hindemith), *Der Lindberghflug* (1929, Weill e Hindemith), *Der Jasager* (1930, Weill), *Die Massnahme* (1930, Eisler), *Die Ausnahme und die Regel* (1930, Dessau) e *Die Horatier und die Kuriatier* (1934, Kurt Schwaen). *Ver* GEBRAUCHSMUSIK.

**Leibowitz, René** (1913-72) Compositor e professor franco-polonês. Estudou com Schoenberg e Webern, em Berlim e Viena (1930-3). Em 1945 estabeleceu-se em Paris, onde instruiu Boulez, Niggs e outros sobre métodos dodecafônicos. Seu livro, *Schoenberg and his School* (Nova York, 1949, rev. 1975) exerceu uma influência ainda maior, embora suas composições — a maioria em gêneros schoenberguianos, algumas operísticas e outras, reflexões de seus interesses literários franceses — tenham sido esquecidas. [Bomart, UE.]

**Leighton, Kenneth** (1929-) Compositor inglês. Estudou em Oxford e em Roma com Petrassi; mais tarde, ensinou em Oxford (1968-70), antes de ser nomeado professor em Edimburgo. Grande parte de sua produção consiste em música e peças instrumentais e para concertos, num estilo vigoroso e cromático, que deve algo a Hindemith e Berg. [Lengnick, Novello, OUP.]

**Liadov** *Ver* LYADOV.

**Liapunov** *Ver* LYAPUNOV.

**Licht** Ciclo de Stockhausen que deveria ser constituído de sete óperas, uma para cada noite da semana. *Ver* DONNERSTAG AUS LICHT, *Der* JAHRESLAUF, SAMSTAG AUS LICHT.

**Liebe der Danae, Die** (O amor de Danae) Ópera de Strauss e Josef Gregor, segundo um esboço de Hofmannsthal, a última das interpretações modernas de personagens mitológicas por esse compositor, orquestrada em escala opulenta. *Salzburgo, 16 ago 1944 (ensaio geral para produção cancelada).

**Liebermann, Rolf** (1910-) Compositor suíço e administrador de ópera. Estudou com Scherchen em Zurique e com Vogel em Ascona, depois trabalhou como produtor de rádio e gerente orquestral na Suíça (1945-57). A maioria de suas composições data desse período, incluindo as óperas *Leonore 40/45* (*Basiléia, 1952), *Penelope* (*Salzburgo, 1954) e *Die Schule der Frauen* (*Louisville, 1955), e o Concerto para conjunto de jazz e orquestra (1954). Abandonou a composição para cuidar das óperas de Hamburgo (1959-73) e Paris (1973-80), sendo responsável por encomendas de obras a Kagel, Penderecki, Messiaen e outros.

**Lied von der Erde, Das** (A canção da terra) Sinfonia de Mahler em seis canções alternadas para tenor e contralto, musicando adaptações alemãs de poemas chineses. *Reg Walter, Munique, 20 nov 1911.

**Ligeti, György** (1923-) Compositor húngaro. Nascido perto de Kolozsvár (hoje Cluj na Romênia), estudou no conservatório local com Farkas (1941-3), depois na Academia de Budapeste com Farkas, Veress e Jardányi (1945-9). Em 1950, começou a ensinar na Academia, enquanto também editava música no bem aceito estilo pós-Kodály. Contudo, ao mesmo tempo, compunha obras mais audaciosas, usando o que pôde descobrir de Schoenberg, Webern e Bartók do período médio, embora essas composições, incluindo a *Musica ricercata* para piano e o Primeiro Quarteto, não pudessem ser apresentadas na Hungria na época.

Em 1956, após a invasão russa, partiu para Viena e depois Colônia, onde trabalhou no estúdio de música eletrônica e elaborou uma ampla e completa análise de *Structures Ia*, de Boulez. Seu interesse pelo novo serialismo era nítido, mas ele tinha dúvidas sobre vários pontos teóricos e estéticos. Reteve a noção de repertórios de objetos musicais mas concentrou sua atenção mais nos modelos formais do que nas minúcias, trabalhando no sentido de um ideal de mudança lenta e contínua, envolvendo CLUSTERS, em partes de *Apparitions* e no todo de ATMOSPHÈRES (1961), ambas para orquestra. Seu modo de organizar o material mais bruto era relacioná-lo a padrões de linguagem, muitas vezes com efeito irônico e mesmo humorístico (AVENTURES, 1962). Essas duas obras de 1961-2 proporcionaram-lhe os "relógios e nuvens", com os quais muita de sua música posterior foi composta.

As nuvens, porém, mudaram. Em *Atmosphères*, só se diferenciam na medida em que são mais ou menos densas; mas, no final do *Requiem* e em *Lontano* (1967), começou a trabalhar no sentido e em torno de eventos harmônicos definidos, incluindo até oitavas naturais. Enquanto isso, os relógios falantes de *Aventures* tornavam-se engrenagens mais elaboradas no Segundo Quarteto, e essas redescobertas da harmonia e do ritmo foram seguidas por uma redescoberta da melodia na tangível trama de *Melodien* (1971). Essa profusão, contudo, é excepcional. Em geral, sua música é altamente rebuscada e artificial, fato não demasiado surpreendente numa obra para dois pianos (1976), mas que se torna fascinantemente estranho numa ópera (*Le* GRAND MACABRE) e continua estranho dentro do mundo brahmsiano do Trio para Trompa.

*Óperas*: Le GRAND MACABRE, 1974-7; A Tempestade, em andamento.

*Orquestral*: Apparitions, 1958-9; ATMOSPHÈRES, 1961; Requiem, S, Mez, coro, orq, 1963-5; Conc para vc, 1966; Lontano, 1967; Ramifications, cordas, 1968-9; Conc de câm, 1969-70; Melodien, 1971; Conc duplo, fl, ob, orq, 1972; Clocks and Clouds, vozes femininas, orq, 1972-3; San Francisco Polyphony, 1973-4.

*Coral*: Night, Morning, 8 vozes, 1955; 3 Phantasien, 16 vozes, 1983; Estudos Húngaros, 16 vozes, 1983.

*Vocal*: AVENTURES, 3 vozes solo, 7 instrs, 1962; Nouvelles Aventures, mesmo conjunto, 1962-5.

*Câmara*: 6 Bagatelles, qnt sopros, 1953; Qt cordas n.º 1, 1953-4; n.º 2, 1968; 10 Peças, qnt sopros, 1968; Trio, vn, tpa, pn, 1982.
*Teclado*: Musica ricercata, pn, 1951-3; Estudo n.º 1 "Harmonies", órg, 1967; n.º 2 "Coulée", 1969; Continuum, cravo, 1968; Monument, Selbsportrait, Bewegung, 2 pn, 1976; Hungarian Rock, cravo, 1978; Passacaglia ungherese, cravo, 1978.
*Fita*: Glissandi, 1957; Artikulation, 1958. [Schott, UE, Peters; Wergo, DG.]
□ *Ligeti in Conversation* (1983), P. Griffiths, *György Ligeti* (1983).

**Lloyd, George** (1913-) Compositor inglês. Estudou com Farjeon na Royal Academy of Music e conquistou sucesso primeiro como compositor de ópera (*The Serf*, *Covent Garden, 1938), mas na década de 50 problemas de saúde obrigaram-no a aposentar-se, e sua música só começou a ser redescoberta nos anos 80. Suas obras compreendem nove sinfonias e quatro concertos para piano.

**Loeffler, Charles Martin** (1861-1935) Compositor alsaciano-americano. Estudou violino e composição em Berlim e Paris, e em 1881 viajou para os EUA. Foi assistente de direção da Sinfônica de Boston (1882-1903), depois viveu como compositor e professor. Foi influenciado pela música francesa contemporânea e por temas clássicos (*A Pagan Poem* para orquestra com piano *obbligato*, corne inglês e trompetes), embora mais tarde admirasse Gershwin. [G. Schirmer.]

**London Sinfonietta** Orquestra fundada em 1968 com David Atherton na regência, especializada na música do séc. XX. Fez as primeiras apresentações de obras de Berio, Stockhausen, Henze, Birtwistle, Davies, Goehr, Carter, Varèse e muitos outros, além de gravar música de Stravinsky, Weill, Schoenberg, Berg, Stockhausen, Berio, Birtwistle, etc.

**Loriod, Yvonne** (1924-) Pianista francesa. Estudou com Messiaen no Conservatório de Paris, no início dos anos 40. Messiaen compôs *Visions de l'Amen* (1943) para os dois tocarem, e reservou-lhe importantes partes pianísticas em muitas de suas principais obras posteriores; casaram-se em 1962. O brilhante colorido de sua execução e seu domínio do rápido movimento de toccata eram particularmente adequados à música de Messiaen, que ela de fato influenciou com sua interpretação; também participou das primeiras apresentações de Barraqué e Boulez. Sua irmã Jeanne é um expoente das ondas martenot.

**Los Angeles** Cidade americana, não apenas terra da indústria cinematográfica, mas também ponto de exílio para artistas europeus, incluindo entre seus moradores Schoenberg (1934-51), Stravinsky (1940-69), Krenek (1948-) e Klemperer (1933-9). Dizem que Schoenberg e Stravinsky só se encontraram ali no enterro de Werfel.

**Lourié, Arthur** (1892-1966) Compositor russo-americano. Estudou no Conservatório de São Petersburgo, mas logo saiu para se dedicar a suas investigações sobre a atonalidade, a maioria na forma de pequenas peças para piano inspiradas no último Skryabin. Foi chefe do departamento governamental de música da Rússia (1918-21), depois partiu para Berlim e Paris (1924-41), onde se uniu ao círculo de Stravinsky e se voltou para o estilo modal, às vezes influenciado pela música sacra russa. Em 1941, mudou-se para os EUA.
*Óperas*: O Banquete durante a Peste, 1935; The Blackmoor of Peter the Great, 1961.
*Orquestral*: Sonata litúrgica, A, vozes, orq câm, 1928; Conc spirituale, pn, vozes solo, coro, orq, 1929; Sinf n.º 1, 1930, n.º 2, 1939.
*Piano*: Synthesis, Quatre préludes fragiles, Três Sonatinas, Formes en l'air, todas de 1915; várias peças posteriores.

Muitas outras obras de música vocal, três quartetos de cordas. [Éditions Russes de Musique, Fischer, G. Schirmer.]

**Lucier, Alvin** (1931-) Compositor americano. Estudou em Yale (1950-6), Brandeis (1958-60) e Darmstadt (1961), depois trabalhou em

Brandeis (1962-70) e na Wesleyan University (1970-). Foi membro do Arts Sonic Union (1966-73), apresentando música eletrônica ao vivo, inclusive sua *Vespers* (1968), para pessoas no escuro usando aparelhos de ecometria para testar a acústica do ambiente. Outras obras também tinham como preocupação a acústica da sala. [Composer-Performer Edition.]

**Luening, Otto** (1900-) Compositor americano. Estudou em Munique (1915-7) e no Conservatório de Zurique (1919-20), onde também teve aulas particulares com Jarnach e Busoni. Em 1920, mudou-se para Chicago, depois assumiu vários cargos de professor, sobretudo na Universidade da Columbia (1944-68), onde em 1952 ele e Ussachevsky criaram o estúdio que se tornou mais tarde o Centro de Música Eletrônica de Columbia-Princeton. Suas obras são admiravelmente diversas em estilo e gênero. As peças eletrônicas incluem *Fantasy in Space* (1952), composta a partir de sons de flauta, e *Gargoyles*, para violino e fita magnética (1960); com Ussachevsky, produziu obras para orquestra e fita magnética: Rhapsodic Variations (1953-4), *A Poem in Cycles and Bells* (1954) e a fervente Concerted Piece (1960). [Highgate, Peters; CRI, Columbia.]

**Lulu** Ópera de Berg baseada nas peças *Erdgeist* (1895) e *Die Büchse der Pandora* (1901), de Wedekind, sobre a ascensão e a degradação de uma mulher que é pura sensualidade. Parte da composição do terceiro ato e muito da orquestração continuavam inacabadas quando da morte de Berg, e sua viúva acabou proibindo que fosse terminada, de modo que durante muito tempo a ópera foi apresentada numa versão em dois atos. *Zurique, 2 jun 1937. A morte de Helene Berg em 1957 tornou possível a apresentação da partitura completa, completada por Cerha. *Reg Boulez, Paris, 24 fev 1979.

**Lumsdaine, David** (1931-) Compositor australiano. Estudou em Sidney, antes de mudar-se em 1952 para Londres, onde estudou na Royal Academy of Music e teve aulas particulares com Seiber. Ficou em Londres como professor e editor, depois assumiu um cargo na Universidade de Durham em 1970. Sua música partilha com a de Banks uma nítida força de imagem e de forma: o movimento pode ser deliberadamente dirigido ou refletidamente estático, mas as idéias sempre têm personalidade e definição.

*Orquestral*: Episodes, 1968; Salvation Creek with Eagle, orq câm, 1974; Evensong, banda de metais, 1975; Sunflower, orq câm, 1975; Hagoromo, 1975-7.

*Vocal*: Missa brevis, SATB, órg, 1964; Annotations of Auschwitz, S, 6 instrs, 1964; Story for a Time of Disturbance, Bar, 11 instrs, 1965; Easter Fresco, S, 4 instrs, 1966, rev. 1971; Aria for Edward John Eyre, S, 2 narradores, conj, 1972; My Sister's Song, S, 1974.

*Instrumental*: Kelly Ground, pn, 1964; Flights, 2 pn, 1967; Mandala I, qnt sopros, 1968; Mandala II, 5 instrs, 1969; Looking-Glass Music, qnt metais, fita, 1970; Kangaroo Hunt, pn, perc, 1971; Caliban Impromptu, trio pn, eletrônica, 1972; Ruhe sanfte, sanfte Ruh', pn, 1974. [UE.]

**Lutoslawski, Witold** (1913-) Compositor polonês. Sua fama se baseia, como a de Carter, num número mais ou menos pequeno de obras concluídas após o seu 40º aniversário e pertencentes a um mundo individual de gesto e forma instrumentais. Em seu caso, as marcas distintivas são uma eufonia harmônica e de instrumentação de inspiração francesa, uma elegância poética (mesmo quando dramática ou triste) e, muitas vezes, um discreto equilíbrio de movimento medido, com passagens aleatórias tecendo uma trama mais estática, embora sutil, de figuras.

Sua chegada tardia a esse estilo deveu-se ao menos em parte aos acontecimentos políticos na Polônia. Estudou piano com Lefeld e composição com Maliszewski, no Conservatório de Varsóvia (1932-7), e começou a compor num estilo neoclássico. Mas a guerra restringiu suas atividades: trabalhou com Panufnik como pianista de café, fazendo muitos arranjos musicais para isso. Depois, terminada a guerra, foi obrigado a seguir os preceitos do partido na Polônia stanilista, o que resultou em obras de caráter musical folclórico, embora feitas com elaborada perfeição técnica bartokiana. A mudança se deu com sua *Música Fúnebre* para cordas em memória de Bartók (1958), embora a elaboração temática indisfarçada dessa peça fosse incomum: foi uma audição do Concerto para Piano e Orquestra de Cage que abriu a porta à soltura aleatória de *Jogos Venezianos* e obras posteriores, seguida na Terceira Sinfonia e envolvendo as peças com um estilo mais definido e direto, que aproveita delicadezas de textura anteriores.

*Orquestral*: Variações Sinfônicas, 1936-8; Sinf n.º 1, 1941-7; n.º 2, 1965-7; n.º 3, 1983; Abertura, cordas, 1949; Pequena suíte, 1950-1; Conc para orq, 1950-4; Prelúdios de dança, cl, orq câm, 1955; Música Fúnebre, cordas, 1954-8; 3 Poslúdios, 1958-60; Jogos Venezianos, orq, 1960-1; Livre pour orchestre, 1968; Conc vc, 1969-70; Prelúdios e Fuga, 13 cordas, 1970-2; Mi-parti, 1975-6; Variações Paganini, pn, orq, 1977-8; Novelette, 1978-9; Conc duplo, ob, harpa, cordas, 1980; Corrente 1, orq câm, 1983.

*Orquestral vocal*: Tríptico Silesiano, S, orq, 1951; Cinco Canções, Mez, 30 instrs, 1958; Três Poemas de Henri Michaux, coro, orq, 1961-3; Paroles tissées, T, orq câm, 1965; Les espaces du sommeil, Bar, orq, 1975.

*Câmara*: Recitativo e arioso, vn, pn, 1951; Prelúdios de Dança, cl, pn, 1954; Bucólicas, va, vc, 1962; Qt cordas, 1964; Variação Sacher, vc, 1975; Epitáfio, ob, pn, 1979.

*Piano*: 2 Estudos, 1941; Variações sobre um Tema de Paganini, 2 pn, 1941; Melodias Folclóricas, 1945; Bucólicas, 1952; Invenção, 1968. [Chester, PWM.]

☐ B. A. Varga, *Lutoslawski Profile* (1976); S. Stucky, *Lutoslawski and his Music* (1981).

**Lutyens, Elisabeth** (1906-83) Compositora inglesa. Filha do arquiteto Sir Edwin Lutyens, estudou com Darke no Royal College of Music (1926-30), desempenhando importante papel nos concertos Macnaghten-Lemare de música contemporânea em Londres (1933-7). Em seu Concerto de Câmara n.º 1, para nove instrumentos (1939), chegou a uma variedade de serialismo weberniano, sendo uma das primeiras compositoras inglesas a usar métodos dodecafônicos (teve contato com Schoenberg e Webern através do marido, Edward Clark, que colaborou para levar esses compositores à Inglaterra, para regerem na BBC). Mais tarde, foi influente professora e amiga de compositores britânicos mais jovens; sua produção pessoal é vasta (cerca de 150 obras com números de opus) e abarca todos os gêneros, da ópera e música de teatro ao conjunto de pequeno porte e à música instrumental. [Belwin-Mills, Schott, Olivan.]

☐ E. Lutyens, *A Goldfish Bowl* (1972).

**Lyadov, Anatol** (1855-1914) Compositor russo. Estudou com Rimsky-Korsakov no Conservatório de São Petersburgo (1870-8), onde depois ensinou. Famoso por sua preguiça, embora conseguisse realizar uma decente produção de peças orquestrais, música para piano e canções, não foi capaz de terminar a encomenda de uma partitura para *O Pássaro de Fogo*, feita por Dyagilev, e por isso a tarefa passou para Stravinsky. As obras que ele concluiu incluem os poemas sinfônicos rimskianos, *Baba-Yaga* (?1891-1904), *O Lago Encantado* (1909) e *Kikimora* (1909).

**Lyapunov, Sergey** (1859-1924) Compositor russo. Estudou com Tchaikovsky e Taneyev no Conservatório de Moscou (1878-83), mas inclinou-se mais para a escola nacionalista e foi para São Petersburgo tomar aulas com Balakirev. Em 1893, participou de uma expedição de coleta de canções folclóricas com Balakirev e Lyadov; mais tarde compôs arranjos e usou temas folclóricos em suas obras, que abrangem muitas miniaturas virtuosísticas para piano. Também ensinou em São Petersburgo, onde permaneceu depois da Revolução, embora tenha morrido no exílio, em Paris.

# M

**Machover, Tod** (1953-) Compositor americano. Estudou com Carter e Sessions na Juilliard School, depois trabalhou em composição computadorizada em Stanford, antes de assumir a responsabilidade pela pesquisa musical no Institut de Recherche et de Coordination Acoustique/Musique, onde entre suas obras se destacou *Soft Morning, City!*, para soprano, contrabaixo e fita magnética (1980).

**Maconchy, Elizabeth** (1907-) Compositora inglesa. Estudou com Wood e Vaughan Williams no Royal College of Music (1923-9) e em Praga com Jirák. Na década de 30, ficou famosa na Inglaterra e na Europa central como compositora de música de câmara de vigoroso estilo bartókiano, que continuou a seguir, sobretudo em seus 13 quartetos de cordas. Sua produção também inclui óperas, obras orquestrais, peças corais e canções. [Boosey, Chester, OUP.]

**Madame Butterfly** Ópera de Puccini, Giacosa e Illica, baseada na peça de Belasco. *Milão, 17 fev 1904. Essa versão em dois atos foi um fracasso, e Puccini logo preparou uma revisão em três atos (*Brescia, 28 mai 1904), embora a partir dos anos 70 as montagens tenham justificado a inclusão de parte do primeiro material, que proporciona o fundo japonês e deixa Pinkertone um pouco menos impune.

**Maderna, Bruno** (1920-73) Compositor e regente italiano. Projetou-se antes da guerra como violinista-mirim e regente, depois estudou composição com Malipiero no Conservatório de Veneza e, após a guerra, regência com Scherchen, que o orientou para a composição dodecafônica. Em 1951 foi pela primeira vez a Darmstadt, na época em que Nono e Stockhausen também freqüentavam os cursos. Berio foi outro de seus primeiros companheiros. Os dois fundaram em 1955 um estúdio de música eletrônica na estação de Milão da rádio italiana. Esse foi também o ano em que ensinou pela primeira vez em Darmstadt, que elegeu como domicílio, enquanto regia com regularidade em Milão, Londres e na Holanda. Seu repertório era substancial em obras no séc. XX, e ele foi um generoso promotor das obras de seus colegas compositores. Quanto às suas, elas transmitiam a mesma largueza de espírito.
*Teatro*: Hyperion, *Veneza, 1964; Satyricon, *Scheveningen, 1973.
*Orquestral*: Conc ob n.º 1, 1962; n.º 2, 1967, n.º 3, 1973; Quadrivium, 1969; Conc vn, 1969; Grande aulodia, fl, ob, orq, 1970; Serenata Juilliard, peq orq, fita, 1971; Aura, 1972; Biograma, 1972; Giardino religioso, peq orq, 1972.
Peças instrumentais e para fita magnética, arranjos. [Ricordi, Suvini Zerboni.]

**Magnard, Albéric** (1865-1914) Compositor francês. Estudou no Conservatório de Paris com Dubois e Massenet (1886-8), depois em particular com d'Indy. Sua música, de sombria seriedade e solene franqueza próprias, inclui a ópera *Bérénice* (Paris, 1911) e Quatro Sinfonias (n.º 4 em dó sustenido menor, 1913).

**Mahagonny** "Songspiel" de Weill e Brecht (*Baden-Baden, 1927), foi ampliada para tornar-se uma ópera completa sobre corrupção e decadência, encenada num mítico Oeste Selvagem: *Aufstieg und Fall der Stadt Mahagonny* (Ascensão e queda da cidade de Mahagonny). *Leipzig, 9 mar 1930.

**Mahler, Gustav** (1860-1911) Compositor e regente austríaco. Embora todas as suas obras possam ser compreendidas como capítulos de uma autobiografia de profunda busca interior, tudo o que ele produziu influenciou de forma decisiva compositores tão heterogêneos como Schoenberg e Bernstein, Shostakovich e Webern, Britten e Henze. Neste aspecto, pelo menos, os compositores estavam além de seu público, pois antes dos anos 60 deste século a música de Mahler não era muito executada. Antes, suas grandes formas eram consideradas grandiosidades brucknerianas sem a simplicidade bruckneriana, mas, depois, a complexidade delas foi apreciada como o veículo necessário para exprimir irônica distância, obsessão, ansiedade e nostalgia. Mahler também precisava de uma linguagem que, consciente de antigas certezas (forma sonata, harmonia diatônica, homofonia, o ideal sinfônico dos quatro movimentos), tentasse novas direções: as do desenvolvimento contínuo, da atonalidade (sobretudo no primeiro movimento da Décima Sinfonia), das texturas de linhas simultaneamente individualizadas (*ver* HETEROFONIA) e das estruturas sinfônicas que incluíssem canções e movimentos extras.

Mahler estudou com Fuchs e Krenn no Conservatório de Viena (1875-8) e também assistiu às aulas de Bruckner; depois, trabalhou como professor, enquanto compunha sua cantata *Das klagende Lied*. Em 1880, começou sua carreira de regente, a princípio em cidades menores, depois nas Óperas de Praga (1885-6), Leipzig (1886-8), Budapeste (1888-91) e Hamburgo (1891-7), demitindo-se de cada uma por divergências com a administração. Em Leipzig, apresentou sua conclusão de *Die drei Pintos* (1888), de Weber, mas, à parte a logo abandonada *Rübezahl* (*c.* 1880), não fez qualquer tentativa de compor ópera: desde o início, sua música nascia de uma visão altamente subjetiva e individual e, quando houve necessidade de palavras, elas vieram naturalmente mais da poesia lírica que do teatro.

Canção e sinfonia surgiam juntas. A Primeira Sinfonia (?1884-8) usava temas do ciclo *Lieder eines fahrenden Gesellen* (Canções de um caminhante, 1883-5) e transformava seu tom de típica alienação romântica em algo mais intensamente pessoal. Depois, a coletânea do romantismo inicial *Des Knaben Wunderhorn* (A trompa mágica do garoto) — que se julgava, na época de Mahler, conter autêntica poesia folclórica — tornou-se sua fonte de canções orquestrais, algumas inseridas na Segunda, Terceira e Quarta Sinfonias (1888-1900), todas as quais encontram um caminho para a paz. Na Segunda, isso se dá numa visão de ressurreição no coral final; a Terceira passa de um maciço allegro de meia hora em ré menor, através de movimentos instrumentais e vocais, a um final em adágio em ré maior; e a Quarta, mais convencionalmente disposta em quatro movimentos, em vez dos cinco da Segunda Sinfonia e dos seis da Terceira, culmina numa simples canção de felicidade celestial.

Em 1897, converteu-se do judaísmo natal à fé cristã, para obter o cargo de diretor da Ópera da Corte de Viena. Na década que passou ali, foi responsável por produções de Mozart e Wagner, tidas como tão impressionantes em termos musicais, quanto integradas em termos teatrais, graças à cenografia radicalmente simplificada de Alfred Roller. Foi aí que começou a ópera do séc. XX como arte cênica. Em 1902, casou-se com Alma Schindler, com quem teve duas filhas, Maria e Anna.

Esse foi também um período de abundante trabalho criativo. Terminou a Quarta Sinfonia, seguida em seis anos de mais quatro, das quais as de n.os 5-7 são totalmente orquestrais, embora relacionadas aos temas psicológicos e musicais das peças que criou na mesma época para versos de Rückert. Em particular, essas obras centravam-se na ameaça da morte: as *Kindertotenlieder* [Canções das crianças mortas] (1901-4) pressagiaram, de forma apavorante, a morte de sua filha mais velha, em 1907, e na Sexta Sinfonia (1903-4) ele enfrentou sua própria morte. Há uma mudança notável em relação aos finais serenos e triunfantes das primeiras sinfonias, e, embora a ausência de canções seja compensada por movimentos pitorescos (o Adagietto para harpa e cordas na Quinta Sinfonia; os dois noturnos na Sétima), essas sinfonias são de estrutura mais homogênea. Pessimismo espiritual combina-se, assim, com suprema confiança artística — uma confiança que lhe permite harmonizar hino e drama nas duas densas partes de sua Oitava Sinfonia, musicando o *Veni, Creator Spiritus* e o final do *Fausto* de Goethe para solistas coros e uma orquestra caracteristicamente grande (embora o apelido "Sinfonia dos Mil" seja um exagero).

Em Viena, Mahler foi um ponto de referência para jovens compositores como Zemlinsky, Schoenberg, Berg e Webern, mas, como de praxe, fez inimigos e em 1907 partiu para Nova York, onde foi maestro do Metropolitan (1908-10) e da Filarmônica (1909-11). Contudo, voltou à Áustria para passar o verão e ali compôs *Das* LIED VON DER ERDE (A canção da terra), a Nona Sinfonia e o que chegou a concluir da Décima. Essas obras apresentam novas características: texturas polifônicas na Nona e extremo cromatismo na Décima. Há também um retorno ao *finale* lento nas duas primeiras obras, contribuindo para um tom de triste despedida, embora a Décima Sinfonia (realizada nos anos 60 e 70 por Deryck Cooke) talvez se destinasse a ser mais positiva.

*Sinfonias*: n.º 1, ?1884-8, rev. 1893-6; n.º 2, com S, A, coro, 1888-94, rev. 1903; n.º 3, com A, coro feminino e de meninos, 1893-6, rev. 1906; n.º 4, com S, 1892, 1899-1900, rev. 1901-10; n.º 5, 1901-2, rev. mais tarde; n.º 6, 1903-4, rev. 1906; n.º 7, 1904-5, rev. depois; n.º 6, 1903-4, rev. 1906; n.º 8, com 8 vozes solo, coro, coro de meninos, 1906; Das LIED VON DER ERDE, com T, A/Bar, 1908-9; n.º 9, 1908-9; n.º 10, 1910, inacabada.

*Canções orquestrais extraídas de Des Knaben Wunderhorn*: Der Schildwache Nachtlied, 1892; Verlor'ne Müh, 1892; Trost im Unglück, 1892; Wer hat dies Liedlein erdacht?, 1892; Das irdische Leben, 1892-3; Des Antonius von Padua Fischpredigt, 1893; Rheinlegendchen, 1893; Lob des hohen Verstandes, 1896; Lied des Verfolgten im Turm, 1898; Wo die schönen trompeten blasen, 1898; Revelge, 1899; Der Tamboursg'sell, 1901.

*Outras obras orquestrais vocais*: Das klagende Lied, S, A, T, coro, orq, 1880, rev. 1892-3, 1898-9; Lieder eines fahrenden Gesellen, ?1883-5; Kindertotenlieder, 1901-4; 5 Rückert Lieder, 1901-2.

*Canções com piano*: Lieder, T, pn, 1880; Lieder und Gesänge, vol. 1, 1880-3, vols. 2-3 (Des Knaben Wunderhorn), 1887-90.

*Câmara*: Qt pn, lá, apenas um primeiro movimento, ?1876-8.

□ D. Mitchell, *Gustav Mahler*, vol. 1 (1958, 2/1980), vol. 2 (1975); M. Kennedy, *Mahler* (1974).

**Malipiero, Gian Francesco** (1882-1973) Compositor italiano. Estudou no Conservatório de Viena (1898-9), com Bossi em sua Veneza natal (1899-1902) e em Bolonha (1904), mas foi mais influenciado pela descoberta da música italiana anterior, na Biblioteca Marciana (mais tarde fez muitos arranjos e edições de obras de Monteverdi, Vivaldi, etc.), e pelas experiências na Paris de 1913: conquistou a amizade de Casella e ouviu *A Sagração da Primavera*. Eliminou sua música anterior e passou a compor obras mais fragmentadas, embora líricas, mantidas em tensão entre os pólos de Stravinsky, Debussy e de música antiga. Suas peças mais fascinantes vêm desse período, seguidas, depois de 1930, por anos de mais completa síntese e estabilidade.

*Teatro*: Pantea (balé), 1917-9, *Veneza, 1932; L'orfeide (trilogia operística: La morte delle maschere; Sette canzoni; Orfeo, ovvero L'ottava canzone), 1918-22, *Düsseldorf, 1925; S. Francesco d'Assisi (mistério), 1920-1, *Perugia, 1949; 3 commedie goldoniane, 1920-2, *Darmstadt, 1926; Filomela e l'infatuato (ópera), 1925, *Praga, 1928; Merlino maestro d'organi (ópera), 1926-7, *Palermo, 1972; Il mistero di Venezia (trilogia operística), 1925-8, *Coburg, 1932; Torneo notturno (ópera), 1929, *Munique, 1931.

Muitas óperas posteriores, obras orquestrais, música de câmara (8 qts cordas), etc. [Ricordi, UE, Chester, Suvini Zerboni.]

**Mandarim Maravilhoso, O** (A csodálatos mandarin) Pantomima de Bartók para cenografia de Menyhért Lengyel: o mandarim é ludibriado por uma prostituta e sanguinariamente atacado pelos cúmplices dela, mas só morre depois que satisfaz seu desejo sexual. A partitura é a mais extraordinariamente criativa para orquestra de Bartók. *Colônia, 27 nov 1926.

**Mantra** Obra de Stockhausen para dois pianos modulados em anel com tons senoidais, sua primeira a basear-se numa fórmula melódica. *Kontarskys, Donaueschingen, 28 out 1970.

**marimba** Xilofone com ressoadores, que ingressou na orquestra moderna vindo da África, através da música latino-americana e da música ligeira. Granger usou-o antes da Segunda Guerra Mundial, mas só se tornou comum depois de 1940, quando Creston compôs um concerto para marimba. Milhaud escreveu um concerto para marimba e xilofone (1947), e há partes para o instrumento em *Chronochromie*, de Messiaen, *Pli selon pli* (2), de Boulez, *Gruppen* e *Zyklus*, de Stockhausen, *Ave maris stella*, de Davies, e outras obras. *Ver também* XILOFONE.

**Markevich, Igor** (1912-83) Compositor e regente ítalo-russo. Educado na Suíça e em Paris, onde estudou com Nadia Boulanger, chamou a atenção de Dyagilev, que lhe encomendou seu Concerto para Piano (1929). Na década de 30, ficou famoso como compositor, sobretudo com seu balé *Icare* (1932) e a cantata sobre textos de Milton *Le paradis perdu* (1933-5). Durante a guerra estabeleceu-se na Itália, depois trabalhou principalmente como regente.

**Marteau sans maître, Le** (O martelo sem dono) Obra de Boulez que encadeia músicas e comentários sobre três poemas de Char, cuja selvageria firmemente controlada é igualada na música para contralto, flauta alto, viola, guitarra, vibrafone, xilorimba e percussão. Talvez o mais destacado clássico da vanguarda do pós-guerra, teve enorme influência como modelo de desenfreada imaginação com autoridade serial e como ideal instrumental, combinando instrumentos de sopro, corda e percussão com ressonâncias indonésias (vibrafone) e africanas (xilorimba). *Regente Rosbaud, Baden-Baden, 18 jun 1955.

**Martin, Frank** (1890-1974) Compositor suíço. Filho de um pastor calvinista de Genebra, ficou definitivamente marcado por uma apresentação da Paixão Segundo São Mateus que ouviu quando tinha 10 anos, mas, embora já tivesse começado a compor, precisou de mais quatro décadas para estabelecer qual seria seu estilo maduro. Enquanto isso, estudou particularmente com Joseph Lauber, trabalhou com Jacques-Dalcroze (desde 1926) e foi influenciado pela música francesa que Ansermet trouxe para Genebra após a Primeira Guerra Mundial. Em seu primeiro Concerto para Piano (1933-4), começou a usar métodos dodecafônicos, mas sua harmonia permaneceu, na luminosa suspensão de dissonâncias diatônicas. Finalmente, talvez como resultado da presença de Bartók na Suíça em meados da década de 30, acrescentou-o ao seu panteão pessoal, ao lado de Bach, Debussy e Schoenberg, criando sua primeira obra-prima com o oratório *Le vin herbé*, baseado na lenda de Tristão e Isolda. Em 1946, mudou-se para a Holanda, transferindo-se de lá para ensinar na Musikhochschule de Colônia (1950-7), tendo entre seus alunos Stockhausen.

*Teatro*: das Märchen vom Aschenbrödel (balé), 1941, *Basiléia, 1942; Der Sturm (ópera), 1952-5, *Viena, 1956; Le mystère de la Nativité (oratório-espetáculo), 1957-9, *Salzburgo, 1960; Monsieur de Pourceaugnac (ópera), 1961-2, *Genebra, 1963.

*Oratórios*: Le vin herbé, 1938-41; In terra pax, 1944; Golgotha, 1945-8; Pilate, 1964; Requiem, 1971-2.

*Vocal orquestral*: 6 Monologe aus "Jederman", A/Bar, pn, 1943, versão orquestral, 1949; Maria-Triptychon, S, vn, orq, 1968-9.

*Orquestral*: Ballades, sax solo, 1938, fl, 1939, pn, 1939, trb/sax tenor, 1940, vc, 1949, va, 1972; Petite symphonie concertante, harpa, cravo, pn, cordas, 1945; Conc, 7 sopros, perc, cordas, 1949; Conc vn, 1950-1; Conc cravo, 1952; Études, cordas, 1955-6; Conc vc, 1965-6; Conc pn n.º 2, 1968-9; Três danças, ob, harpa, cordas, 1970; Polyptyque, vn, cordas, 1972-3.
Peças para câmara, coral, instrumentais. [UE.]

**Martino, Donald** (1931-) Compositor americano. Estudou com Sessions e Babbitt em Princeton (1952-4) e com Dallapiccola em Florença (1954-6); ensinou depois em Princeton (1957-9), Yale (1959-69) e no Conservatório da Nova Inglaterra (1969-). Clarinetista, compôs muito para o seu e outros instrumentos solos, numa música de gesto forte e vital, mas também ousada e sofisticada.
*Orquestral*: Conc pn, 1965; Mosaic, 1967; Conc vc, 1972; Ritorno, 1976; Conc triplo, cl, cl bx, cl ctbx, 1977.
*Câmara*: Conc, qnt sopros, 1964; Notturno, 6 instrs, 1973.
*Instrumental*: Parisonatina, vc, 1964; *B, a, b, b, it, t,* cl, 1966; Strata, cl bx, 1966; Pianissimo, pn, 1970. [Ione.]

**Martinů, Bohuslav** (1890-1959) Compositor tcheco. Estudou violino com Suk no Conservatório de Praga (1906-10), mas foi expulso por indolência; viveu depois como professor e violinista da Filarmônica Tcheca (1918-23), retornou por pouco tempo a Suk, para aulas de composição, e estabeleceu-se em Paris (1923-40). Ali teve aulas com Roussel e também ficou impressionado com Stravinsky, o jazz e o neoclassicismo, mantendo ao mesmo tempo o encanto da música folclórica tcheca. Quando a França caiu sob o poder nazista fugiu através de Lisboa para os EUA, onde, apesar da saudade da pátria, viveu por quase todo o resto da vida, com exceção de períodos em Nice (1953-5), Roma e Suíça (1956-9). Sua produção é imensa e muito variada em estilo, embora a ligação com Roussel fosse muitas vezes importante, e as melhores de suas obras (*Juliette*, a Sexta Sinfonia) contenham uma inventividade febril nas progressões e acordes diatônicos sustentados.
*Óperas*: Juliette, 1936-7, *Praga, 1938; Mirandolina, 1954, *Praga, 1959; A Paixão Grega, 1956-9, *Zurique, 1961.
*Balés*: Kitchen Revue, 1927; Špalícek, 1931-2.
*Orquestral*: La bagarre, 1926; Le jazz, 1928; Jazz Suite, 1928; Sinf n.º 1, 1942; n.º 2, 1943; n.º 3, 1944; n.º 4, 1945; n.º 5, 1946; n.º 6, 1951-3; Sinfonieta "La Jolla", pn, orq, 1950. Afrescos de Piero della Francesca, 1953; concertos para piano (quatro), vn (dois), vc, cravo, oboé, etc.
*Coral*: Missa campestre, Bar, vozes masculinas, orq, 1939; Gilgamesh (oratório), 1954-5. Muita outra música vocal, coral, de câmara (sete qts cordas), pn. [Boosey; Supraphon.]
☐ B. Large, *Martinů* (1975).

**Martyre de Saint-Sébastien, Le** "Mistério" de d'Annunzio transpondo prodigamente a mitologia do belo santo que se apega ao cristianismo em meio a um paganismo decadente, que quer vê-lo como um Adônis. Debussy compôs peças orquestrais modais, coros e canções para o espetáculo, contando com a ajuda de Caplet na instrumentação. *Paris, 22 mai 1911.

**Marx, Joseph** (1882-1964) Compositor austríaco. Estudou Ciências Humanas na Universidade de Graz, só se dedicando à composição aos 26 anos. Depois, em apenas quatro anos (1908-12), compôs as 120 canções nas quais repousa sua fama; são de caráter wolfiano, musicando poemas do *Italienishes Liederbuch*, de Heyse, e de outros de poetas contemporâneos mais ligados à Segunda Escola de Viena (Rilke, Mombert, Storm, Giraud-Hartleben). Nos últimos anos, trabalhou como professor e crítico, e voltou-se para a composição orquestral e de câmara, em estilo conservador. [UE.]

**Mather, Bruce** (1939-) Compositor canadense. Estudou com Beckwith na Universidade de Toronto (1953-9), com Milhaud e Messiaen em Paris (1959-62) e com Leland Smith em Stantford (1962-4); em 1966, aceitou um cargo na Universidade McGill. Musicalmente, tem afinidades com o Boulez da última fase, suas obras incluindo um conjunto de cinco *Madrigaux* para solistas femininas e pequenos conjuntos (1967-73).

**Mathias, William** (1934-) Compositor galês. Estudou com Berkeley, na Royal Academy of Music (1956-9) e desde então ensina no University College, em Bangor. É compositor prolífico e vigoroso, com vasta produção sobretudo de música coral e orquestral, de estilo decisivo, moldado em Bartók, Hindemith e Britten. [OUP.]
□ M. Boyd, *William Mathias* (1974).

**Mathis der Maler** (Matias, o Pintor) Ópera de Hindemith com libreto próprio sobre a vida de Matthias Grünewald e a escolha problemática que se impõe ao artista entre o engajamento em lutas temporais justas e a dedicação à arte. A montagem foi precedida pelo aparecimento de uma sinfonia extraída de sua partitura, sendo os movimentos nomeados segundo obras primas de Grünewald: Engelkonzert, Grablegung, Versuchung des heiligen Antonius. *Berlim, 12 mar 1934 (sinf); Zurique, 28 mai 1938 (ópera).

**Matthews, Colin** (1946-) Compositor inglês, irmão de David. Estudou com Whittall na Universidade de Nottingham e com Maw, depois trabalhou com Britten e com Cooke, na versão da Décima Sinfonia de Mahler. Compôs muito para orquestra, destacando-se a Quarta Sonata (1974-5) e o Concerto para Violoncelo (1984). Seu estilo complexo e atonal possui uma intensidade mahleriana objetificada e abstrata, de brilhante colorido. [Faber.]

**Matthews, David** (1943-) Compositor inglês, irmão de Colin. Estudou na Universidade de Nottingham com Milner, depois, como o irmão, trabalhou com Cooke na Décima Sinfonia de Mahler; também tem sido associado a Tippett, sobre quem escreveu um breve estudo (Londres, 1979). Sua música é basicamente diatônica e inclui sinfonias, quartetos e canções. [Faber.]

**Mavra** Ópera curta de Stravinsky e Boris Kochno baseada em Puchkin, dedicada à memória de Puchkin, Glinka e Tchaikovsky. É uma comédia em números curtos, de partitura ágil, para uma orquestra liderada por instrumentos de sopro. Mavra é um hussardo, que sua amada contrata como criado para enganar a mãe. *Paris, Ballets Russes, 1º jun 1922.

**Maw, Nicholas** (1935-) Compositor inglês. Estudou com Berkeley na Royal Academy of Music (1955-8) e com Nadia Boulanger e Deutsch em Paris (1958-9), trabalhando a partir de então como copista e professor universitário (em Cambridge, 1966-70, Exeter e Yale). Suas primeiras obras mostram uma desconcertante gama de influências, que vão de Webern a Strauss, passando por Britten e Bartók; a partir delas, criou uma música coerente, de rica textura, mas fortemente voltada para a harmonia.
*Ópera*: One Man Show, 1964; The Rising of the Moon, *Glyndebourne, 1970.
*Orquestral*: Scenes and Arias, S, Mez, A, orq, 1962, rev. 1966; Sinfonia, peq orq, 1966; Sonata, cordas, 2 tpa, 1967; Life Studies, 15 cordas, 1973-6; Serenade, peq orq 1973-7; La vita nuova, S, peq orq, 1979.
*Câmara*: Qt cordas nº 1, 1965; nº 2, 1982; Personae, pn, 1973. [Boosey; Chandos.]

**McPhee, Colin** (1900-64) Compositor e etnólogo musical americano. Estudou no Conservatório Peabody, em Toronto, e com Le Flem e Philipp em Paris (1924-6), mudando-se depois para Nova York, onde teve aulas com Varèse. Passou dois anos em Bali (1934-6), e foram suas peças balinesas que despertaram o máximo de interesse: *Tabuh-tabuhan*, para dois pianos e orquestra (1936), e *Balinese Ceremonial Music*, para dois pianos (1940). Finda a guerra, ensinou em Los Angeles e preparou seu estudo *Music in Bali* (New Haven, 1966, rev. 1976).

**Meale, Richard** (1932-) Compositor australiano. Estudou piano no Conservatório NSW, mas é autodidata em composição, influenciado pela música de Messiaen e Boulez, e por cursos de música asiática que freqüentou na UCLA, em 1960-1. Suas obras incluem a ópera *Juliet's Memoirs* (1974-5), peças orquestrais (Nocturnes, 1965-7; *Very High Kings*, 1968; *Viridian*, cordas, 1978) e música de câmara. [Boosey, UE.]

**Medtner** *Ver* METNER.

**meios mistos** (mixed media) Termo aplicado a obras em que os estímulos musical, dramático, verbal e visual podem ser combinados de outra forma que não em gêneros convencionais como a ópera. É provável que a idéia tenha se originado do *happening*, muitas vezes envolvendo um grau semelhante de alegre caos, como em *Theatre Piece* (1960), *Variations V* (1965) ou *HPSCHD* (1967-9), de Cage. Contudo, os compositores da tradição vanguardista têm tentado algumas vezes compor para eventos multiformes num modo bem preciso: entre os exemplos, a *Originale* (1961), de Stockhausen, e praticamente toda a produção de Kagel.

**Mellers, Wilfrid** (1914-) Compositor inglês. Estudou com Leavis em Cambridge (1933-8), enquanto recebia aulas de composição com Rubra e Wellesz em Oxford, depois ensinou nas Universidades de Cambridge (1945-8), Birmingham (1948-59), Pittsburgh (1960-3) e York (1964-82). A amplitude de seu conhecimento, sua ousadia e sua veia literária renderam-lhe mais público para seus livros do que para suas composições. Os primeiros incluem estudos sobre a música americana (*Music in a New Found Land*, Londres, 1964, rev. 1975) e a composição do séc. XX (*Caliban Reborn*, Nova York, 1967). Suas obras musicais são numerosas e variadas, abrangendo desde as primeiras peças, na linha do neoclassicismo, até a exultante *Yeibichai* para conjunto de jazz, orquestra e instrumentos eletrônicos (1968).

**Melos** Publicação mensal de música nova fundada por Scherchen, editada entre 1920-34 e 1946-74, depois fundida com a *Neue Zeitschrift für Musik*.

**Mennin, Peter** (1923-) Compositor americano. Estudou com Lockwood no Oberlin College (1941-2) e com Hanson e Rogers na Eastman School (1943-7), depois ensinou na Juilliard (1947-58) e no Conservatório Peabody (1958-62), antes de tornar-se presidente da Juilliard School. Sua música segue a tradição diatônica americana de Harris e Schuman, compreendendo oito sinfonias, além de outras grandes obras orquestrais e vocais. [Fischer.]

**Menotti, Gian Carlo** (1911-) Compositor ítalo-americano. Estudou no Conservatório de Milão (1923-7) e com Scalero, no Instituto Curtis (1928-33), onde se tornou íntimo de Barber (mais tarde, escreveu o libreto para *Vanessa*, do último). Sua primeira ópera, *Amelia Goes to the Ball*, uma comédia em um ato, estabeleceu seu talento para o teatro, mas foi superada em sucesso depois da guerra por *The Medium* e por sua primeira obra longa, *The Consul*, transmitindo uma expressão emocional que, talvez injustamente, tem suscitado comparações com Puccini.
Amelia Goes to the Ball, *Filadélfia, 1937; The Old Maid and the Thief, *Rádio NBC, 1939; The Island God, *Nova York, 1942; The Medium, *Nova York, 1946; The Telephone, *Nova York, 1947; The Consul, *Filadélfia, 1950; Amahl and the Night Visitors, *NBC TV, 1951; muitas óperas posteriores, também balés, peças orquestrais, etc. [G. Schirmer, Ricordi.]

**Mer, La** (O mar) Conjunto de "três quadros sinfônicos" de Debussy, quase uma sinfonia em ré bemol maior, com um scherzo no meio de dois allegros enfáticos, dominados pela mutabilidade. Os movimentos são "De l'aube à midi sur la mer" (Do amanhecer ao meio-dia no mar), "Jeux de vagues" (Jogo de ondas) e "Dialogue du vent et de la mer" ("Diálogo do vento com o mar"). *Paris, 15 out 1905.

**Messager, André** (1853-1929) Compositor e regente francês. Estudou com Fauré e Saint-Saëns na Escola Niedermeyer (1869-74) e partiu para uma dupla carreira, a princípio tendo mais sucesso como compositor de opereta (*Véronique*, 1898). Mas foi conquistando fama cada vez maior como regente de Wagner, em Paris e Londres. Também foi responsável pela primeira apresentação de *Pelléas et Mélisande*, que lhe é dedicada.

**Messiaen, Olivier** (1908-) Compositor e professor francês. Sua compreensão de Debussy e Stravinsky, sempre ligada à fé católica romana que está no âmago de sua obra, levou-o a uma concepção da música como sendo mais estática do que dinânima, mais preocupada com exposição e ornamentação do que com desenvolvimento. Isso o encorajou a buscar paralelos e estímulos numa ampla variedade de culturas musicais não desenvolvimentais — notadamente a grega antiga, sânscrita e indonésia —, bem como nos cantos dos pássaros. Também trabalhou sistematicamente com um grupo de MODOS DE TRANSPOSIÇÕES LIMITADAS, que neutralizam as forças harmônicas de longo alcance atraindo os acordes diatônicos para configurações baseadas em divisões simétricas da oitava, notadamente o acorde de sétima diminuta e a tríade aumentada. Todas essas peculiaridades tornam sua música inimitável, embora sua abertura a novos meios de compor — através do serialismo ou do recurso a qualidades orientais de instrumentação e tempo — tenha feito dele um dos mais admiráveis professores de composição do século, tendo entre seus alunos Barraqué, Boulez e Stockhausen.

Messiaen estudou no Conservatório de Paris (1919-30) com os Gallons, Caussade, Emmanuel, Dupré e Dukas, e assumiu logo depois o cargo de organista na igreja da Trinité, em Paris. Inicialmente, fez uma carreira de organista-compositor: suas primeiras obras importantes foram ciclos para seu instrumento e meditações sobre aspectos da fé. Contudo, também foi integrante de La JEUNE FRANCE, e seu casamento, em 1931, com Claire Delbos produziu mais ciclos de canções sobre temas do amor familiar, expresso na ardente imagística surrealista de seus próprios textos (*Poèmes pour Mi*, *Chants de terre et de ciel*; todas as obras posteriores também musicam textos de sua autoria ou compilações). Enquanto isso, crescia o seu repertório técnico; seus modos especiais já formam a base de suas primeiras obras editadas, a que acrescentou, em *La Nativité du Seigneur*, um certo prazer com a irregularidade rítmica, proveniente em parte da teoria musical indiana.

Em 1939, foi convocado para o serviço militar, que durou até a sua captura no ano seguinte; então, prisioneiro de guerra, compôs QUATUOR POUR LA FIN DU TEMPS. Em 1942, retornou ao Conservatório para ensinar, recebendo um brilhante grupo de alunos, entre eles Boulez, Nigg e a pianista Yvonne Loriod, sua dedicada intérprete internacional e futura esposa (Claire Messiaen foi confinada num hospital com doença degenerativa). Várias de suas obras mais importantes datam dos poucos anos seguintes, incluindo VISIONS DE L'AMEN, TROIS PETITES LITURGIES, VINGT REGARDS, HARAWI e a TURANGALÎLA-SYMPHONIE. Depois veio um breve período em que participou da exploração dos métodos dodecafônicos de seus alunos, embora seu interesse não estivesse no serialismo, mas na construção de universos musicais artificiais, como em seu MODE DE VALEURS ET D'INTENSITÉS (1949-50).

Nos anos 50, quase toda sua música baseou-se em cantos de pássaros, que já tinham aparecido algumas vezes; contudo, a preservação de traços instrumentais, rítmicos e mesmo modais característicos tornam essas obras distintamente pessoais. O principal efeito dos pássaros é tornar o colorido de Messiaen mais brilhante na busca de equivalentes para a plumagem das aves (falou muitas vezes numa relação entre cor e som) e, também, intensificar a tendência de seu ritmo mover-se em valores rápidos e regulares. Isso tinha vindo em primeiro lugar de Stravinsky, com quem ele compartilha uma visão de ritmo em termos mais de unidades individuais do que de grupos definidos por métrica e frase, e um fascínio pela construção puramente rítmica, como em seus RITMOS NÃO-CANCRIZANTES.

No início dos anos 60, a música do canto dos pássaros começou a ser misturada com outros tipos: construções abstratas e paisagens de montanhas, na orquestral *Chronochromie*, e cantochão e ricas harmonias em *Couleurs de la Cité Céleste*, um caleidoscópio em sua forma de mosaico e em seu colorido. Depois voltou às formas mais simétricas e litúrgicas de sua música anterior, começando um processo de união dos vários componentes de uma linguagem desenvolvida ao longo de quatro décadas. Esse processo implicou muito mais criar espaço para a heterogeneidade do que tentar uma síntese, o que teria ido contra a natureza de sua arte; deu origem, por conseguinte, a obras de grandes dimensões: o oratório *La* TRANSFIGURATION, a orquestral *Des canyons aux étoiles...* e a ópera SAINT FRANÇOIS D'ASSISE.

*Orquestral*: Les offrandes oubliées, 1930; Le tombeau resplendissant, 1931; Hymne au Saint Sacrement, 1932; L'Ascension, 1932-3; TURANGALÎLA-SYMPHONIE, pn, ondas martenot, orq, 1946-8; Réveil des oiseaux, pn, orq, 1953; Oiseaux exotiques, pn, 11 sopros, 7 perc, 1955-6; Chronochromie, 1959-60; 7 haïkaï, pn, 13 sopros, 6 perc, 8 vn, 1962; Couleurs de la Cité Céleste, pn, 13 sopros, 6 perc, 1963; Et exspecto resurrectionem mortuorum, 34 instrs sopro, 3 perc, 1964; Des canyons aux étoiles..., pn, 43 instrs, 1971-5.
*Coral*: O sacrum convivium!, SATB/S, org, 1937; Trois petites liturgies de la Présence Divine, 36 vozes femininas, pn, ondas martenot, perc, cordas, 1943-4; 5 rechants, 12 vozes solo, 1949; La TRANSFIGURATION DE NOTRE SEIGNEUR JÉSUS-CHRIST, 1965-9.
*Voz solo*: Trois Mélodies, voz, pn, 1930; La mort du nombre, S, T, vn, pn, 1970; Vocalise, S, pn, 1935; Poèmes pour Mi, S, pn, 1936, versão orq 1937; Chants de terre et de ciel, S, pn, 1938; HARAWI, S, pn, 1945.
*Câmara*: Thème et variations, vn, pn, 1932; QUATUOR POUR LA FIN DU TEMPS, cl, vn, vc, pn, 1940-1; Le merle noir, fl, pn, 1952.
*Órgão*: Le banquet céleste, 1928; Diptyque, 1930; Apparition de l'église éternelle, 1932; L'Ascension, a partir de obra orquestral, 1933-4; La Nativité du Seigneur, 1935; Les corps glorieux, 1939; Messe de la Pentecôte, 1949-50; Livre d'orgue, 1951; Verset pour la fête de la Dédicace, 1960; Méditations sur le mystère de la Sainte Trinité, 1969.
*Piano*: Preludes, 1928-9; Fantaisie burlesque, 1932; Pièce pour le tombeau de Paul Dukas, 1935; Rondeau, 1943; Visions de l'Amen, 2 pn, 1943; 20 regards sur l'Enfant-Jésus, 1944; Cantéyodjayâ, 1949; Quatre études de rythme (Île de feu 1, MODE DE VALEURS ET D'INTENSITÉS, Neumes rythmiques, Île de feu 2), 1949-50; CATALOGUE D'OISEAUX, 1956-8; La fauvette des jardins, 1970. [Leduc, Durand, UE.]

☐ O. Messiaen, *Technique of My Musical Language* (1957); P. Griffiths, *Olivier Messiaen and the Music of Time* (1985).

**Metner, Nikolay** (Medtner, Nicolas) (1880-1951) Compositor e pianista russo. Estudou com Safonov e Arensky no Conservatório de Moscou (1892-1900) e foi incentivado por Taneyev a dedicar-se à composição. Em 1921, partiu da Rússia e em 1925 estabeleceu-se em Paris, embora, como representante do alto romantismo russo, encontrasse menos favor ali do que na Inglaterra e na América do Norte. Em 1935, mudou-se para Londres. Suas obras incluem três concertos para piano e muitas canções com textos russos e alemães. [Éditions Russes de Musique, Novello.]

**Metz** Cidade francesa, local dos Rencontres Internationales de Musique Contemporaine, que ocorrem anualmente em novembro, desde 1972, apresentando obras de Stockhausen, Boulez, Kagel, Xenakis, etc.

**Metzger, Heinz-Klaus** (1932-) Crítico musical alemão. Estudou na Musikhochschule de Freiburg (1949-52) e na Universidade de Tübingen (1952-4), e também teve aulas de composição com Deutsch em Paris. Foi estreitamente ligado, na década de 50, ao círculo de Darmstadt, para o qual desempenhou o papel de apologeta filosófico, semelhante ao desempenhado por Adorno para a Segunda Escola de Viena. Nos anos 60, passou a achar a música experimental americana mais convidativa à sua análise hegeliano-marxista, mas escreveu sobre ampla variedade de músicas no jornal *Musik-Konzepte*, que fundou em 1977 com Rainer Riehn.

**Miaskovsky** *Ver* MYASKOVSKY.

**microtons** Intervalos menores que um semitom. As alternativas para a escala fixa de 12 notas têm sido estudadas por teóricos desde quando essas escalas começaram a exercer sua hegemonia, com o advento dos instrumentos de teclado em fins do Renascimento, e sem dúvida sempre foram executadas por coros e conjuntos sem teclado. A construção de instrumentos especiais no séc. XX, como o órgão de 31 notas de Fokker e os instrumentos de percussão de 43 notas de Partch, apenas amplia essas sutilezas sonoras.

Mas os microtons também têm sido usados por si mesmos, a começar pela introdução de quartos de tom por Carrillo e Foulds, na década de 1890. O auge do interesse surgiu na década de 20 deste século, quando Hába fundou toda uma escola de composição em quartos e sextos de tom em Praga, Carrillo compôs música em quartos de tom para Stokowski, e Vishnegradsky compôs para pianos em quartos de tom em Paris, enquanto o uso mais ornamental de quartos de tom aparecia em Ives e Bartók (*O Mandarim Maravilhoso*). Executar música em quartos e sextos de tom é fisicamente (se não auditiva e intelectualmente) simples para cantores e músicos de instrumentos de cordas; mas esses compositores também trabalharam com pares de pianos afinados com diferença de um quarto de tom (Ives, Vishnegradsky), ou com instrumentos especialmente fabricados (Hába, Carrillo). Ouvir música microtonal talvez apresente mais dificuldades, já que a longa experiência do ouvido com a música semitonal o predispõe a interpretar intervalos menores como desafinações.

Possivelmente por esse motivo o interesse por sistemas musicais de quartos e sextos de tom tem diminuído desde a década de 50, sendo substituído por práticas que possam parecer menos forçadas: o uso decorativo de quartos de tom na monodia (*Improvisation sur Mallarmé III*, de Boulez) e a livre utilização de todo o espectro de alturas na música eletrônica. Contudo, quando pede para ser ouvida em termos de relações de alturas, a música eletrônica é muitas vezes composta no sistema dodecafônico (Babbitt), ou, então, num que equivalha a uma nova afinação, em vez de envolver pequenos intervalos (Stockhausen).

**Midsummer Night's Dream, A** (Sonho de uma noite de verão) Ópera de Britten e Peters, baseada em Shakespeare. *Aldeburgh, 11 jun 1960.

**Mikrokosmos** Seis volumes de música para piano de Bartók, que progridem de peças para iniciantes até composições para concerto, proporcionando também uma viagem pelo mundo criativo do compositor, que inclui estudos de questões particulares de modalidade, ritmo e construção, assim como obras plenamente acabadas (sobretudo as últimas Seis Danças em Ritmo Búlgaro, n.os 148-53 da coleção). Bartók arranjou sete peças do Mikrokosmos para dois pianos (1940) e gravou muitos dos últimos três volumes (Hungaroton).

**Mikrophonie** Título de duas obras de Stockhausen que usam eletrônica ao vivo, daí "microfonia". *Mikrophonie I* é para seis músicos produzindo, selecionando e controlando eletronicamente pequenas ressonâncias de um tantã. *Bruxelas, 9 dez 1964. *Mikrophonie II* é para 12 cantores modulados em anel em oposição a um órgão eletrônico, com "janelas" gravadas em fita tocando obras mais positivas (*Gesang der Jünglinge*, *Carré*, *Momente*). *Colônia, 11 jun 1965.

**Milhaud, Darius** (1892-1974) Compositor francês. Um exemplo de fecundidade criativa: produziu cerca de 450 obras com números de opus, entre elas óperas, grande número de obras orquestrais, cantatas e 18 quartetos de cordas, além de peças menores de todo tipo. Oferecer um sumário de uma produção como essa seria presunçoso, sobretudo quando só parte muito pequena dela é regularmente executada. Mesmo sua celebrada característica de bitonalidade é difícil de julgar, quando suas ligações musicais com Stravinsky e Koechlin permanecem obscuras. Sem dúvida ele aprendeu com esses compositores, e também com o jazz, desenvolvendo um estilo de suave diatonicismo que tem seu interesse realçado por compassos compostos, síncopes e tensões bitonais. Parece provável que tenha produzido sua melhor música entre os vinte e o início dos trinta anos, ao estudar com Gédalge, Dukas e Widor no Conservatório de Paris e após um encontro decisivo com Claudel. Foi em sua música para a tradução de Claudel da *Oréstia* (1913-22) que fez um audacioso uso da bitonalidade, de discurso rítmico e da percussão. Também viajou com Claudel para o Rio de Janeiro, como seu secretário (1917-8), e visitou Nova York (1922), de modo que a penetrante influência da música sul-americana e do jazz foi adquirida *in loco*. Continuou a viajar com freqüência e, após passar os anos 1940-7 no Mills College, em Oakland, Califórnia, dividiu seu tempo entre ensinar lá e no Conservatório, até 1971, quando se aposentou em Genebra.

*Grandes óperas*: Christophe Colomb, 1928, *Berlim, 1930; Maximilien, 1930 *Paris, 1932; Bolivar, 1943, *Paris, 1950; David, 1952, *Jerusalem, 1954; La mère coupable (conclusão da trilogia com Il barbiere di Siviglia e Le nozze di Figaro), 1964, *Genebra, 1965; Saint Louis, roi de France, 1970, *RAI, 1972.

*Pequenas óperas*: Les malheurs d'Orphée, 1925, *Bruxelas, 1925; Le pauvre matelot, 1926, *Paris, 1927; Trois opéras minutes (L'enlèvement d'Europe, L'abandon d'Ariane, La délivrance de Thésée), 1927, *Wiesbaden, 1928.

*Balés*: L'homme et son désir, 1918; Le BOEUF SUR LE TOIT, 1919; La CRÉATION DU MONDE, 1923; Salade, 1924; Le train bleu, 1924.

*Música incidental*: Agamemnon, 1913-4; Protée, 1913-9; Les choëphores, 1915; Les euménides, 1917-22.

*Orquestral*: 6 sinfs câm, 1917-23; 12 sinfs, 1939-61; concs para pn (5), vn (3), va (2), vc (2), ob, cl, harpa, 2 pn, perc, marimba e vibrafone, cravo; muitas outras obras.

Música coral, de câmara, para crianças, canções, peças para piano. [UE, Eschig, Heugel, Salabert.]

☐ D. Milhaud, *Notes without Music* (1952).

**Milner, Anthony** (1925-) Compositor inglês. Estudou com Seiber (1944-8) e Morris no Royal College of Music (1945-7), depois ensinou em várias instituições de Londres. Suas obras são basicamente diatônicas e, muitas vezes, expressão de sua fé católica romana, embora incluindo mais cantatas para execução em concerto do que adaptações litúrgicas.

**Miroirs** (Espelhos) Livro de cinco peças para piano de Ravel, de caráter pitoresco, mais lisztiano do que debussyano: "Noctuelles", "Oiseaux tristes", "Une barque sur l'océan", "Alborada del gracioso", "La vallée des cloches". *Viñes, Paris, 6 jan 1906.

**Missa Glagolítica** (Glagolská mše) Adaptação de Janáček da missa da Igreja eslovena, para solistas, coro, orquestra e órgão. As cinco partes habituais do Ordinário estão contidas nos movimentos orquestrais, uma Introdução e uma *Intrada*, a última precedida por um solo de órgão. *Brno, 5 dez 1927.

**Mode de valeurs et d'intensités** (Modo de valores e intensidades) Peça para piano de Messiaen, usando uma formação de 36 alturas, cada uma com duração, intensidade e maneira de tocar próprias. A organização não é serial, mas a peça influenciou muito o início do serialismo total. *Messiaen, Túnis, 1950.

**Modern Music** Publicação editada em Nova York de 1925 a 1946 pela League of Composers, incluindo artigos e resenhas de Sessions, Copland, Cage, etc.

**Modern Psalms** (Salmos modernos) Coleção de obras a que Schoenberg se dedicava em seu último ano de vida. Vários foram escritos, mas só um parcialmente composto. *Colônia, 29 mai 1956.

**modernismo** Termo comuníssimo nos textos sobre música da década de 30 (cf. música moderna), quando compositores como Varèse, Schoenberg, Bartók, Stravinsky, Cage, Antheil, Webern e Copland eram descritos como modernistas, ou mesmo ultramodernistas. Quando se escreve sobre cultura contemporânea em termos mais gerais, a expressão "movimento modernista" refere-se à nova sensibilidade que surgiu por volta da Primeira Guerra Mundial, expressa nas pinturas de Picasso e Kandinsky, nos romances de Joyce e Proust, e na música de Schoenberg e Stravinsky. Considera-se que o movimento perdeu impulso na década de 60, daí a invenção do inverossímil termo "pós-modernismo". "Modernismo" sugere uma ampliação consciente das fronteiras, portanto não é inadequado para compositores que viam nisso seu objetivo: Varèse e Boulez, por exemplo. "Pós-modernismo" pode igualmente ser uma expressão útil ao se escrever e pensar sobre a música que não se volta mais para o futuro, mas é atemporal em sua visão geral de uma parte da cultura humana tão grande quanto o compositor seja capaz de abarcar: o Berio das últimas obras fornece exemplos disso.

**modo** Termo que pode significar (i) um dos "modos eclesiásticos" da música medieval européia; (ii) qualquer escolha semelhante de alturas, podendo ser transpostas para qualquer nível (assim, todos os quartetos op. 1 de Haydn baseiam-se no mesmo modo, o maior), ou (iii) uma escolha de alturas que também implica certos padrões melódicos (é o caso, por exemplo, dos *ragas* da música indiana e de conceitos semelhantes na música árabe, indonésia e japonesa).

A arte musical ocidental, do séc. XVII ao início do XX, distinguia-se pela redução do número de modos disponíveis a dois: maior e menor. Um sintoma da crescente instabilidade do sistema por volta de 1900 foi a introdução de outros modos, entre eles os eclesiásticos (Debussy, Emmanuel), o PENTATÔNICO (Puccini, Mahler), modos da música folclórica (Bartók, Vaughan Williams) e modos inventados, inclusive principalmente o modo de tons inteiros (Debussy). Desses, os mais importantes foram os modos eclesiásticos, já que também são subjacentes à maioria da música folclórica européia. Os mais comuns são os mais antigos, os "modos autênticos" (todos mostrados aqui, começando em dó): dório (dó-ré-mi bemol-fá-sol-lá-si bemol-dó), frígio (dó-ré bemol-mi bemol-fá-sol-lá bemol-si bemol-dó), lídio (dó-ré-mi-fá sustenido-sol-lá-si-dó) e mixolídio (dó-ré-mi-fá-sol-lá-si bemol-dó). Os modos dório e frígio são nitidamente vizinhos do menor, e têm sido usado muitas vezes nesse contexto (p. ex., o ré menor dório do Quarteto de cordas de Sibelius, e o sol menor frígio do de Debussy). O modo lídio, com seu trítono característico, é potencialmente mais desagregador, e foi usado exatamente por essa qualidade por Bartók, Davies e outros. Bartók também usou bastante um modo que descobriu na música romena, consistindo numa metade inferior lídia e uma superior mixolídia: dó-ré-mi-fá sustenido-sol-lá-si bemol-dó (*ver sua* Música para Cordas, etc.). Ele é às vezes chamado de "escala acústica", já que se aproxima dos primeiros elementos da série harmônica.

Mas a ruptura do sistema maior-menor não é apenas uma característica do modo lídio e afins. Enquanto as notas de uma escala maior permitem, por exemplo, sejam construídas tríades maiores sobre sua tônica, sua quarta e sua quinta, uma escala mixolídia permite tríades maiores em sua tônica, sua quarta e sua sétima. É por isso que os modos eclesiásticos eram tão difíceis de se acomodar na música diatônica dos sécs. XVIII e XIX, e que contribuíram no séc. XX para novas variedades de tonalidade, como mostra a música de Bartók, Vaughan Williams e outros.

O modo de tons inteiros, sem tríade alguma e com abundância de trítonos, opõe-se ainda mais à tonalidade convencional, tendo sido usado por Debussy como um meio básico de alcançar a estase harmônica; Messiaen usou da mesma maneira seus MODOS DE TRANSPOSIÇÕES LIMITADAS. Mas outros modos inventados podem perfeitamente chegar mais perto do sistema maior-menor, e é possível imaginar sistemas modais que penetrem o maior-menor para produzir ricas redes de ambíguas relações harmônicas. Isso se dá, por exemplo, na música de Davies: sua Segunda Sinfonia é num si menor em que a dominante normal, fá sustenido, está em conflito com uma dominante modal, mi sustenido.

Modos que implicam padrões melódicos particulares são incomuns na música ocidental, embora haja exemplos em Messiaen (p. ex., o ''motivo de *Boris*'' usado em grande parte de sua música em segundo modo das décadas de 30 e 40) e Stockhausen (*ver* FÓRMULA). A MÚSICA MINIMALISTA também pode ser vista sob esse aspecto.

**modos de transposições limitadas** Termo cunhado por Messiaen para modos que contêm repetidas unidades de intervalo e que, portanto, só podem ser transpostas um número limitado de vezes, antes de o mesmo conjunto de alturas ser reproduzido. Por exemplo, o ''primeiro modo'' é o de tons inteiros (unidade repetida de 2 semitons), que, como tal, tem apenas duas transposições: dó-ré-mi-fá sustenido-sol sustenido-lá sustenido-dó e dó sustenido-ré sustenido-fá-sol-lá-si-dó sustenido. O ''segundo modo'' tem uma unidade repetitiva de 2-1 semitons (dó-ré-ré sustenido-mi sustenido-fá sustenido-sol sustenido-lá-si-dó), o ''terceiro modo'', um de 2-1-1 semitons (dó-ré-ré sustenido-mi-fá sustenido-sol sustenido-lá sustenido-si-dó), o ''quarto modo'', um de 3-1-1-1 semitons (dó-ré sustenido-mi-fá-fá sustenido-lá-lá sustenido-si-dó) e o ''sexto modo'', um de 2-2-1-1 semitons (dó-ré-mi-fá-fá sustenido-sol sustenido-lá sustenido-si-dó). Todos dividem a oitava simetricamente, a simetria sendo a do acorde de sétima diminuta (segundo modo), tríade aumentada (terceiro modo) ou trítono (quarto e sexto modos). Prestam-se, pois, à harmonia estática.

**modulação** Além de seu significado clássico, de passagem gradual de uma tonalidade a outra, o termo adquiriu implicações mais amplas a partir de seu uso na tecnologia eletrônica (*ver* MODULAÇÃO DE AMPLITUDE, MODULAÇÃO DE FREQÜÊNCIA, MODULADOR EM ANEL). A cunhagem do termo ''INTERMODULAÇÃO'' por Stockhausen nasceu disso, enquanto ''modulação'' pura e simplesmente pode indicar modulação em anel ou, mais livremente, qualquer processo pelo qual um parâmetro musical (altura, intensidade, timbre, colocação, etc.) está sujeito a uma mudança contínua. Pode-se, assim, falar do *glissando* como um exemplo de modulação de alturas.

**modulação de amplitude** Mudança para a amplitude de uma onda. Através dessas mudanças, pode-se pôr informação numa onda eletromagnética (daí a rádio AM).

**modulação de freqüência** Mudança de freqüência de uma onda. Através dessas mudanças, pode-se pôr informação numa onda eletromagnética (daí rádio FM).

**modulação métrica** Termo introduzido por Carter para uma técnica de mudar a pulsação de uma passagem à seguinte, em geral mudando também a métrica pela introdução do novo caráter rítmico como um ritmo cruzado dentro do antigo. Por exemplo, nos compassos 22ff de seu Quarteto nº 1, o violoncelo define um tempo de 4/4, com semínima = 120; a viola então entra em semínimas em quiálteras e estabelece um novo movimento na métrica em 3/2 com mínima = 90. Há, portanto, uma ligação com a técnica de COMPASSOS VARIÁVEIS de Blacher, em que a medida da pulsação não é alterada.

**modulador em anel** Aparelho eletrônico que produz, com 2 entradas de freqüência x e y, saídas de x+y e x – y. Assim, se as entradas estiverem em proporção simples, p. ex. 440 Hz e 220 Hz, as saídas também estarão em proporção simples (neste caso 660 Hz e 220 Hz). Em outras palavras, quanto mais consoantes forem as entradas, mais consoantes serão as saídas. *Mantra*, de Stockhausen, utiliza essa propriedade dos moduladores em anel como monitores de harmonia, enquanto outras obras dele, como *Mixtur*, utilizam-nas mais para obter novas sonoridades de instrumentos convencionais.

**Moeran, E(rnest) J(ohn)** (1894-1950) Compositor inglês. Estudou no Royal College of Music (1913-4) e, depois de servir na guerra, com Ireland. Sua pequena produção coloca-o ao lado de outros pastoralistas da época, entre os quais seu professor e Vaughan Williams; ela compreende notadamente uma Sinfonia em sol menor (1934-7). [Novello.]
□ S. Wild, *E. J. Moeran* (1973).

**Momente** (Momentos) Obra de Stockhausen para soprano, quatro grupos corais, oito metais, dois órgãos eletrônicos e três percussionistas, musicando vários textos numa seqüência fluente de segmentos, cada um concentrando-se em determinados aspectos de cor, altura e duração. *Reg, Stockhausen, Colônia, 21 mai 1962, em sua forma mais longa em Donaueschingen, 16 out 1965. A ''versão Europa'' estende a obra à duração de um concerto completo e empresta-lhe um tom mais solene. *Reg Stockhausen, Bonn, 8 dez 1972.

**Mompou, Federico** (1893-) Compositor espanhol. Estudou em Paris (1911-4), onde passou os anos de 1921 a 1941, morando fora isso em Barcelona. Suas obras consistem quase inteiramente em miniaturas para piano e canções de tímida e ingênua melancolia, influenciadas por Satie. [Salabert, Eschig.]

**monodia** Música linear, ou seja, sem contrapontos nem acordes. Incomum na música ocidental do séc. XV ao final do XIX (com notáveis exceções em *Tristão*), tornou-se possível mais uma vez no séc. XX, com a dissolução do sistema maior-menor, que exigia uma harmonia vertical. Talvez os primeiros exemplos sejam *Syrinx* (1913), de Debussy, e as três Peças para Clarinete (1919) de Stravinsky, seguidas de outras obras para voz ou instrumento de sopro solo. A *Monody for Corpus Christi* é, na verdade, para soprano, flauta, trompa e violino, embora, como grande parte de sua música, seja de essência monódica.

**Montemezzi, Italo** (1875-1952) Compositor italiano. Estudou no Conservatório de Milão, depois viveu como compositor na Itália e na Califórnia (1939-49). *L'amore dei tre re*, em estilo pucciniano com certo enriquecimento wagneriano, foi sua obra mais bem-sucedida.
*Óperas*: Giovanni Gallurese, *Turim, 1905; Hellera, *Turim, 1909; L'amore dei tre re, *Milão, 1913; La nave, *Milão, 1918; La notte di Zoraima, *Milão, 1931; L'incantesimo, *NBC, 1943. [Ricordi.]

**Moog, Robert** (1934-) Inventor e fabricante americano de uma marca de SINTETIZADOR.

**Moore, Douglas** (1893-1969) Compositor americano. Estudou com Parker em Yale, com Tournemire, d'Indy e Nadia Boulanger em Paris (1919-21), e ensinou no Barnard College, da Universidade de Columbia (1926-62). Foi um dos primeiros compositores americanos de ópera a ter êxito, optando em geral por temas rurais e de pioneiros, adequados ao seu talento lírico distintamente americano.
*Óperas*: White Wings, 1935; The Devil and Daniel Webster, *Nova York, 1939; The Emperor's, New Clothes, *Nova York, 1949; Giants in the Earth, 1950; The ballad of Baby Doe, *Central City, Colorado, 1956; Gallantry, *Nova York, 1958; Wings of the Dove, *Nova York, 1961; The Greenfield Christmas Tree, *Baltimore, 1962; Carrie Nation, *Lawrence, Kansas, 1966. [Boosey, Fischer, Chappell, G. Schirmer, Galaxy.]

**Moses und Aron** (Moisés e Aarão) Ópera de Schoenberg, tratando da história bíblica como uma parábola do imperativo da verdade. Moisés (papel de *Sprechgesang*) fala com Deus, mas é seu irmão Aarão (tenor) que consegue falar com o povo israelita, embora o colorido que empresta à austera visão de Moisés conduza ao erro selvagem da Dança do Bezerro de Ouro. Schoenberg escreveu o texto para o curto terceiro ato, mas não o musicou. *Hamburgo, 12 mar 1954.

**Mosolov, Alexander** (1900-73) Compositor russo. Lutou na guerra civil (1918-20), depois estudou com Glier, Myaskovsky e Prokofiev no Conservatório de Moscou (1922-5). Foi um dos líderes da Associação de Música Contemporânea, compondo canções de intensidade e agudeza satírica mussorgskianas (*Três Cenas Infantis*, *Quatro Anúncios de Jornal*, ambas de 1926), e também música mecânica futurista (sonatas para piano; a peça orquestral *A Fundição*, 1926-8). Com a dissolução da Associação, sofreu críticas, e voltou-se para um estilo muito mais convencional, algumas vezes com influências folclóricas. Suas últimas obras incluem cinco sinfonias, concertos e oratórios.

**motivo** Indica um pequeno grupo de notas que se julga ser de importância numa composição (o sinônimo é CÉLULA). Por exemplo, pode-se dizer que o final do Quinto Quarteto de Bartók é baseado no motivo de um fragmento de escala de quatro notas. A diferença entre motivo e CONJUNTO é que o primeiro implica uma forma fixa, enquanto o último é mais abstratamente uma coleção de classes de altura não definidas em transposição ou ordem.

**movimento** O conceito barroco e clássico de movimento já estava sendo minado na época de Beethoven, e esse processo continuou, de modo que as obras podem ser de dimensão sinfônica, mas contidas num único trecho (p. ex., o Primeiro Quarteto e a Sinfonia de Câmara de Schoenberg, a Sétima Sinfonia de Sibelius). Outro sintoma de incômodo com o conceito é a preferência da Segunda Escola de Viena pela "peça" ("Stück") em obras atonais, em que não existe a continuidade motivada pela harmonia que se espera entre os movimentos de obras diatônicas, embora Schoenberg e Webern compusessem sem problemas obras articuladas em movimentos, depois que o serialismo trouxe um retorno da objetividade compreensível.

Debussy batizou de "Mouvement" uma de suas IMAGES para piano, parecendo querer dizer com isso apenas "deslocamento". Por outro lado, o uso da palavra por Stravinsky, em sua Sinfonia em Três Movimentos e seu concerto miniatura para piano, Movimentos, parece mais deliberado. Ao tradicional sentido de entidade sinfônica, ele acrescenta o literal: são "meios de mover-se" e, talvez, também movimentos como os dos relógios. Boulez buscou outras analogias ao preferir a palavra FORMANTE.

**mudança de repique** Arte inglesa de dobrar sinos em seqüências que mudam segundo um esquema cíclico. Por exemplo, uma "carreira simples" dos Grandsire Doubles envolve uma seqüência de 30 ordens diferentes antes que se restaure a ordem dos cinco sinos. Paralelos disso com o serialismo (embora a mudança de dobrado remonte ao séc. XVII) estimularam compositores ingleses na década de 50 e 60: principalmente Davies, cujos *Stedman Doubles* e *Stedman Caters* são intitulados segundo padrões de dobre de sinos.

**Muldowney, Dominic** (1952-) Compositor inglês. Estudou na Universidade de Southampton com Harvey, em Londres com Birtwistle, e na Universidade de York com Rands e Blake. Em 1976, passou a integrar a direção musical do National Theatre de Londres. Suas obras distinguem-se por uma atitude circunspecta, seca e inquisitiva em relação às convenções e tradições dos gêneros que escolhe, inclusive o teatral. Abrangem músicas para textos de Brecht, dois quartetos de cordas (1973, 1983) e concertos para piano (1983) e saxofone (1984). [UE.]

**multifonia** Acordes produzidos por técnicas de dedilhado nos instrumentos da família das madeiras; *ver* BARTOLOZZI.

**Mumma, Gordon** (1935-) Compositor americano. Estudou na Universidade de Michigan (1952-3) e foi co-fundador, com Ashley, do Cooperative Studio for Eletronic Music, em Ann Arbor (1958-66), e dos ONCE FESTIVALS (1961-8); os dois então se juntaram a Behrman e Lucier na Sonic Arts Union (1966-73), apresentando música eletrônica ao vivo. Em 1966, também começou a trabalhar com CUNNINGHAM. Muitas de suas composições são em veículos mistos; muitas também, como o *Hornpipe* (1967) que compôs para si próprio como trompista, envolvem equipamento digital em apresentação ao vivo, ou ''cibersônica'', para usar seu termo. [Odyssey, Mainstream.]

**Muradeli, Vano** (1908-70) Compositor russo. Estudou com Shekhter e Myaskovsky no Conservatório de Moscou e exerceu um papel importante no Sindicato dos Compositores, até que, em 1939, sua ópera *A Grande Amizade* (*Moscou, 1947) precipitou surpreendentemente os expurgos de 1948 (*ver* POLÍTICA). Cantatas posteriores e canções para o partido garantiram sua reabilitação.

**Musgrave, Thea** (1928-) Compositora escocesa. Estudou na Universidade de Edimburgo (1947-50), em particular com Gál e em Paris com Nadia Boulanger (1950-4). Na década seguinte, compôs uma música dodecafônica um tanto dura, mas os meados da década de 60 trouxeram um estilo mais exuberante, sobretudo numa seqüência de concertos que põem instrumentos e grupos como personagens de vívidos dramas imaginários e nas suas bem-sucedidas óperas.
*Óperas*: The Decision, *Londres, 1967; The Voice of Ariadne, *Snape, 1974; Mary, Queen of Scots, *Edimburgo, 1977; A Christmas Carol, *Norfolk, Virginia, 1979; Harriet, the Woman Called Moses, *Norfolk, Virginia, 1985.
*Concertos*: Concs de Câm n.os 1-3, 1962, 1966, 1966; para orq, 1967; Cl, 1967; Tpa, 1971; Va, 1973; Orfeo II, fl, cordas, 1975. [Chester, Novello.]

**música** Quase todos os verbetes deste livro são testemunhos de como a idéia de música mudou desde 1900. Em primeiro lugar, a gama de sons que se poderiam considerar musicais aumentou amplamente. Em 1899, ainda se podia, pelo menos em Viena, recusar a *Verklärte Nacht* de Schoenberg, porque continha um acorde impróprio, mas em 1937 se dizia — pelo menos Cage dizia — que nenhum som é proibido. E estes tampouco são fenômenos isolados, pois nos 38 anos transcorridos entre as duas datas surgiram a atonalidade, a composição dodecafônica, a música atemática, amétrica, para percussão apenas e para instrumentos eletrônicos e mecânicos. Ou se aceitava que a música sofrera uma poderosa mudança, ou se era obrigado a erigir alguma distinção entre música e não-música. Compositores de ambos os lados da cerca sentiram essa necessidade: Pfitzner em sua adesão a critérios do séc. XIX, Varèse na invenção do termo ''som organizado'' para sua obra. Em geral, porém, tem-se aceito o sentido ampliado de ''música'', mesmo quando com isso mais se obscurecem a natureza e o objetivo da arte (*ver* ESTÉTICA).

**música africana** Poucas composições em estilo europeu têm sido feitas na África, com exceção do Egito (*ver* MÚSICA ÁRABE) e da República da África do Sul (*ver* RAINER). Através de gravações, porém, a música africana negra despertou o interesse de Messiaen, Boulez, Stockhausen e outros. Alguns compositores, como Reich e Swayne, estudaram-na *in loco*.

**música árabe** Bartók visitou a Argélia em 1913 e usou suas descobertas na Suite para Piano, Suite para Dança e outras obras, mas — em contraste com a situação na época das Cruzadas — a música árabe não tem sido uma fonte comum para os músicos ocidentais no séc. XX. A comunicação no sentido contrário também tem sido esparsa. Credita-se ao compositor egípcio Yusef Greiss (1899-1961) a primeira composição árabe para orquestra ocidental, seu poema sinfônico *Egito* (1932), e ele teve alguns sucessores no Cairo: notadamente Gamal 'Abd al-Rahïm (1924-), professor de composição no Conservatório do Cairo e criador de obras orquestrais, cantatas e peças instrumentais, num estilo influenciado por canções folclóricas. Fora do Egito, porém, parece haver pouca composição à maneira ocidental.

**música chinesa** O uso da escala pentatônica e de muita percussão para sugerir um ambiente chinês é um dos lugares-comuns do pitoresco romântico, que se pode encontrar, por exemplo, em *Das Lied von der Erde* e em *Turandot*, embora seja duvidoso que Mahler ou Puccini tivessem algum conhecimento de primeira mão da música chinesa. Na verdade, as dificuldades de acesso ocidental à China, a pequena quantidade de gravações e a extrema irregularidade das exportações musicais chinesas têm limitado as comunicações, de modo que os compositores europeus e americanos têm sido muito mais influenciados pela música japonesa, indiana e indonésia do que pela chinesa. As exceções incluem, claro, os poucos compositores que emigraram da China, como Chou Wen-chung. Quanto à prática da composição naquele país, a informação é escassa: à parte o *Concerto do Rio Amarelo*, para piano e orquestra (adaptado da *Cantata do Rio Amarelo* de Hsien Hsing-hai, 1905-45), as principais obras exportadas em disco pela China têm sido óperas, balés e canções de intenções revolucionárias, mas de conteúdo musical muitas vezes conservador, num amplo estilo diatônico, com toques de antigos movimentos "chineses" de um Mahler ou um Puccini. Contudo, a música chinesa da época de Mao exerceu influência sobre os compositores ocidentais simpáticos ao maoísmo, como Cardew e Wolff.

**música concreta** Música criada em disco (originalmente) ou fita magnética por técnicas simples de edição, inversão e mudança de velocidade feitas sobre gravações de sons naturais: intrumentais, vocais ou outras. A técnica e o nome foram inventados por Schaeffer em 1948. A princípio, usava-se o termo música concreta em oposição a MÚSICA ELETRÔNICA, criada com sons puramente sintéticos. Contudo, desde que se combinaram as técnicas em *Poème életronique*, de Varèse, e em *Gesang der Jünglinge*, de Stockhausen, não houve mais muito sentido na distinção, e a música concreta tornou-se uma designação mais histórica, pelas peças criadas por Schaeffer e seus colaboradores em Paris, no final da década de 40 e na de 50.

**música de ação** Termo às vezes usado para a música em que as ações dos intérpretes parecem pelo menos tão importantes quanto os sons que eles produzem. Exemplos clássicos seus são encontrados na música de Cage, sobretudo na música para piano que compôs para Tudor na década de 50.

**música de câmara** Música para pequeno grupo de intérpretes, classicamente entre 3 e 6, tocando sem regente. O séc. XX assistiu a dois importantes acontecimentos nessa área: a revivificação de gêneros convencionais, como o quarteto de cordas, após um período de negação criativa durante grande parte do séc. XIX, e a derrubada da barreira entre a música de câmara e a música orquestral, provocada pelo aumento do tamanho e variedades dos conjuntos.

A ligação entre esses fenômenos representa o declínio do caráter intimista da formação e da expressão que era uma das principais características da música de câmara. Não mais se compuseram quartetos literalmente para câmara doméstica; a maioria foi composta para os muitos quartetos profissionais importantes que proliferaram, como nunca antes, no séc. XX. A música de câmara passou, assim, para a arena pública, ao que se seguiu, naturalmente, o grande aumento de música para conjuntos mistos, cujos protótipos são a Sinfonia de Câmara nº 1 de Schoenberg e seu *Pierrot lunaire*. Embora talvez sua intenção tenha sido fomentar as qualidades de discurso da música de câmara em conjuntos mais coloridos, a necessidade de um regente vai contra ela.

Um maestro é igualmente necessário para grande parte da música de conjunto de Stravinsky, Webern e compositores posteriores, não se tratando, pois absolutamente de música camerística. Contudo, alguns conjuntos com atuações regulares, como O FIRES OF LONDON ou o grupo de eletrônica viva de Stockhausen, resgataram a arte da conversação musical essencial à música de câmara.

**música de cinema** Os filmes mudos eram comumente acompanhados por um pianista ou uma pequena orquestra, mas a música que tocavam era improvisada ou tirada de clássicos populares e da música ligeira. Isso era inevitável, pois uma partitura especial teria de ser distribuída com o filme e ensaiada pelos músicos de cada cinema para uma curta temporada. Algumas, porém, foram criadas. A música de Saint-Saëns para *L'assassinat du Duc de Guise* (1908) parece ter sido a primeira; outras partituras admiráveis incluíram a inacreditável vulgarização de *Der Rosenkavalier* (O cavaleiro da rosa), de Strauss, para orquestra de cinema (1924), a nova música de Edmund Meisel para o *Encouraçado Potemkin*, de Eisenstein, (1925), e o acompamhamento de Honegger para *Napoléon*, de Gance (1927).

O advento da trilha sonora em fins da década de 20 logo tornou mais viáveis esses empreendimentos e, em meados da de 30, já se achava estabelecido que os filmes comerciais precisavam de algum acompanhamento musical, ou mesmo de um acompanhamento contínuo (filmes inteiramente sem música continuam sendo extraordinariamente raros). Exige-se música típica para os créditos (baseada com freqüência num "tema título"), nas seqüências em que o ritmo musical pode sustentar movimentos regulares (trens andando, galope de cavalos, carros em velocidade, etc.), ou onde a expressão musical pode intensificar o aspecto emocional. Esses critérios tenderam a manter a música de cinema no âmbito estilístico do romantismo do final do século, seja o tema Robin Hood ou uma guerra intergalática — embora tenha havido exceções, em que a ação é tão bizarra que justifica alguma aventura musical (a partitura de Herrmann para *Psicose* e a de Davies para *The Devils*, 1970; possibilidades desse tipo também foram discernidas por Schreker e Schoenberg em sua música para filmes imaginários). O absurdo de aplicar uma copiosa música orquestral a todo tipo de cenas cinematográficas foi salientado por Randall, que, em vez dela, usou a síntese de computador na feitura da música para *Eakins* (1972); mas o absurdo não é maior que o da ópera. Obviamente, há casos especiais em que a música se justifica pela natureza do filme, como o que ocorre em musicais filmados ou biografias de compositores reais ou inventados (por exemplo, o *Concerto de Varsóvia*, composto por Richard Addinsell para o herói de *Dangerous Moonlight*, 1941). Fora isso, a eficácia da música de cinema, e, sem dúvida, o sucesso da mistura visual-auditiva, têm de ser medidos pelo grau em que a música não é ouvida como tal.

Isso pareceria tornar a música de cinema um gênero um tanto limitado, mesmo sem as restrições práticas da composição para um determinado plano de durações, andamentos e atmosferas. Contudo, ela conquistou o interesse de compositores reconhecidos, bem como de especialistas. Entre os primeiros, devem-se citar Auric (filmes de Cocteau, 1939-49), Richard Rodney Bennett, Bernstein (*On the Waterfront*, 1954), Bliss (*Things to Come*, 1934-5), Copland, Davies, Honegger, Prokofiev (*Alexander Nevski*, 1938; *Ivan, o Terrível*, 1942-4), Shostakovich e Walton (*Henrique V*, 1944; *Hamlet*, 1947; *Ricardo III*, 1955). Stravinsky mostrou interesse, mas toda sua música destinada ao cinema seria transformada em obras de concerto. Entre os compositores especializados em música de cinema destacam-se Bernard Herrmann (*O Cidadão Kane*, 1940; *The Magnificent Ambersons*, 1942; *Psicose*, 1959; *Fahrenheit 451*, 1966),

Maurice Jarre (*Dr. Jivago*, 1965), Erich Wolfgang Korngold (*The Adventures of Robin Hood*, 1937), Michel Legrand (*Os Guarda-chuvas de Amor*, 1964), Miklós Rózsa (*O ladrão de Bagdá*, 1940), Dimitri Tiomkin (*Os Canhões de Navarone*, 1961) e John Williams (série de *Guerra nas Estrelas*). Também houve usos admiráveis, no cinema, de música preexistente, sobretudo de Bach, Beethoven, Dukas, Stravinsky e outros, em *Fantasia* (1940), de Disney, e de Richard Strauss, Johann Strauss II, Khachaturian e Ligeti, em *2001* (1968), de Kubrick. O caso oposto, de música composta para um filme já existente, é exemplificado pela partitura de Carl Davis para *Napoléon*, de Gance.

A trilha sonora tem sido usada como um veículo criativo análogo à fita magnética: simplesmente cria-se sobre projetos. Os resultados não são inteiramente previsíveis, mas a técnica foi usada por Norman MacLaren e os irmãos Whitney.

H. Eisler e T. W. Adorno, *Composing for the Films* (1947, 2/1971); I. Bazelon, *Knowing the Score* (1975); K. Gough-Yates e M. Tarratt, *The Film Music Book* (1978).

**música de igreja** Gênero com uma história irregular no séc. XX. Muitas vezes, a composição de missas, coro litúrgico, hinos e músicas para órgão tem sido o domínio de compositores especializados, que pouco se aventuraram em outros campos ou além das regras do gosto estabelecido no final do séc. XIX. Por outro lado, muitos compositores de primeiro escalão não contribuíram com nada, ou praticamente nada (Debussy, Bartók, Berg) para esse campo. Mesmo compositores cujos concertos denunciam uma forte fé cristã, como Messiaen ou Webern, não compuseram para a liturgia e, pelo menos no caso de Messiaen, a decisão foi proposital, fundada na opinião de que o cantochão é a única música adequada à igreja. Esta, por sua vez, através da reforma litúrgica, estimulou a opinião de que a música eclesiástica tem de ser efêmera. Provavelmente a mais importante obra composta para a liturgia cristã neste século, a Missa de Stravinsky raramente é executada como tal, devido ao seu acompanhamento de deceto de sopros.

**música de mobiliário** Conceito introduzido por Satie (como *"musique d'ameublement"*), indicando música composta para servir de pano de fundo. Honegger aparentemente compôs a primeira do gênero em 1919, seguido no outro ano pela Musique d'ameublement, para pequeno conjunto, composta a quatro mãos por Satie e Milhaud.

**música eletrônica** Música cuja execução exige meios eletrônicos. Muitas vezes restringe-se o termo à música em fita magnética, o resto sendo MÚSICA ELETRÔNICA AO VIVO, ou música para INSTRUMENTOS ELETRÔNICOS; outro uso limita-o à música para fita magnética criada sem sons naturais (STOCKHAUSEN e EIMERT usavam o termo "Elektronische Musik" no início dos anos 50 para distinguir sua obra da MÚSICA CONCRETA).

O enorme telarmônio exibido por Thadeus Cahill em Holyoke, Massachusetts, em 1906, é considerado o ancestral da música eletrônica, já que foi o primeiro instrumento a fazer música por meios eletrônicos, mas os instrumentos eletrônicos viáveis só surgiram na década de 30. Veio a seguir a música concreta de SCHAEFFER, em 1948, a princípio usando técnicas de discos; mais tarde, porém, o advento do gravador de fita magnética comercial, por volta de 1950, tornou possível a criação de um som produzido eletronicamente. Isso parece ter sido realizado pela primeira vez por Stockhausen e Eimert nos estúdios da WESTDEUTSCHER RUNDFUNK, em 1952-3. Estúdios semelhantes foram fundados em Paris (GROUPE DE RECHERCHES MUSICALES), Nova York (CENTRO DE MÚSICA ELETRÔNICA DE COLUMBIA-PRINCETON), Milão, Londres, Toronto e muitas outras cidades na década seguinte, e obras importantes foram criadas por BERIO, BABBITT, LUENING, USSACHEVSKY, VARÈSE e outros.

Contudo, as técnicas de estúdio para composição eletrônica eram tediosas, e alguns compositores partilhavam a perplexidade estética de Boulez com um mundo onde, teoricamente, qualquer coisa era possível, mas onde, na prática, os resultados pareciam um tanto parcos e previsíveis. O advento do SINTETIZADOR, em meados da década de 60, deu aos compositores máquinas feitas para a criação musical, em vez do equipamento de testes usado antes, e ao mesmo tempo o desenvolvimento de programas de composição para COMPUTADORES tornou mais fácil e rápido controlar a geração do som, bem como armazenar informação sobre parâmetros de sons individuais e estruturas musicais. Sofisticadas instalações para composição em computador surgiram nas Universidades de Stanford, Princeton e Columbia, e, na Europa, no INSTITUT DE RECHERCHE ET DE COORDINATION ACOUSTIQUE/MUSIQUE. Em meados da década de 80, o equipamento digital para síntese de sons começou a ser comercializado, pondo a música eletrônica ao alcance do compositor que trabalha em caráter privado.

□ H. Davies, ed., *International Electronic Music Catalog* (1968); J. Appleton e R. Perera, ed., *The Development and Practice of Electronic Music* (1975); P. Griffiths, *A Guide to Electronic Music* (1979); P. Manning, *Electronic and Computer Music* (1985).

**música eletrônica ao vivo** Música que requer meios eletrônicos em sua apresentação, embora em geral o termo exclua o simples *playback* de fita e o uso de instrumentos eletrônicos manufaturados. As possibilidades, portanto, incluem o uso de amplificação para exagerar e alterar sons (*Cartridge Music*, de Cage, *Mikrophonie I*, de Stockhausen), aplicando alguma forma de modulação, especialmente a modulação em anel (*Mixtur and Mantra*, de Stockhausen), empregando gravadores de fita para registrar e servir de música de fundo durante a apresentação (*Solo*, de Stockhausen), usando instrumentos especialmente construídos (*ver* ELETROCÓRDIO, ELETRÔNIO) e usando equipamento digital na variação e emissão de sons (*Répons*, de Boulez). A *Imaginary Landscape n.º 1* (1939), de Cage, é em geral tida como o primeiro exemplo de música eletrônica ao vivo, mas o gênero realmente seguiu seu próprio caminho nos anos 60, quando Cage e Tudor começaram a trabalhar regularmente com eletrônica e quando, na Europa, vários conjuntos passaram a se especializar em música desse tipo (*ver* AMM, GENTLE FIRE, INTERMODULAÇÃO, STOCKHAUSEN). Para muitos compositores, desde então — Stockhausen, Cage, Glass e Young, por exemplo —, a eletrônica tornou-se parte natural da apresentação de um concerto.

**Musica Elettronica Viva** Conjunto de música eletrônica ao vivo formado sobretudo por músicos americanos (Alan Bryant, Frederic Rzewski, Alvin Curran, etc.) ativos em Roma, 1966-71. O grupo desenvolveu uma acentuada consciência social, trabalhando com improvisação e convidando pessoas da platéia a participar das apresentações. Sua obra coletiva *Spacecraft* está gravada (Mainstream MS5002).

**música espacial** A colocação dos músicos em diferentes lugares destinava-se normalmente, no séc. XIX, a obter efeitos especiais (p. ex., em *Fidelio*, no Te Deum de Berlioz, em *Parsifal* e na Segunda Sinfonia de Mahler). Foi uma das muitas técnicas promovidas por Ives, sobretudo em sua UNANSWERED QUESTION e em seu sonho de uma "sinfonia universal" para múltiplos grupos de músicos em cumes de montanhas e planícies. Uma versão eletrônica desse sonho ocorreu a Varèse, em seu *Espace*, para conjuntos comunicando-se por rádio, enquanto Messiaen sugeriu que sua *Et exspecto* podia ser adequadamente executada no pico de uma montanha, permitindo longas reverberações para os acordes maciços. O herdeiro mais próximo de Ives, porém, é Brant, cuja produção inclui muitas obras para conjuntos separados. Carter contribuiu para esse repertório com sua *Sinfonia de 3 Orquestras*, e *Gruppen*, de Stockhausen, também para 3 orquestras, chamou a atenção para uma preocupação com o espaço visível em muitas de suas obras, p. ex. em *Gesang der Jünglin-*

*ge*, que foi a primeira obra eletrônica para grupos de alto-falantes separados (isso, obviamente, oferece o meio mais fácil de obter efeitos espaciais, e a maior parte da música eletrônica posterior o aproveitou). Obras para grupos distintos de alto-falantes ou conjuntos constituem nitidamente os casos mais espetaculares de música espacial, mas o espaço também é importante nas composições que exigem determinada colocação dos músicos da orquestra, como a Música para Cordas, Percussão e Celesta, de Bartók, *Figures-doubles-Prismes*, de Boulez, ou *Trans*, de Stockhausen.

**música experimental** Qualquer obra de arte é uma experiência em pensamento, mas costuma-se usar a palavra "experimental" para a música que se afasta significativamente das expectativas de estilo, forma ou gênero canonizados pela tradição — exceto a tradição experimental. Alguns compositores, sobretudo em fins da década de 60 e início da de 70, quando a música experimental estava no auge, faziam uma útil distinção entre a vanguarda, que trabalhava dentro da tradição e dos canais aceitos de comunicação (casas de óperas, concertos orquestrais, universidades, empresas de radiofusão, gravadoras), e os compositores experimentais, que preferiam trabalhar de outras formas. O protótipo máximo é o inevitável Ives, que trabalhou como iconoclasta e não fez nada para promover sua música, embora a ingenuidade de Satie também o torne um importante progenitor. Entre outros compositores cujas obras muitas vezes têm sido julgadas experimentais estão Cowell, Cage, Brant e Cardew. Na verdade, o trabalho experimental foi muito mais uma característica da música americana e inglesa do que do continente europeu. □ M. Nyman, *Experimental Music* (1974).

**música folclórica** Tema de estudo e estímulo criativo para um grande número de compositores no séc. XX, sobretudo Stravinsky, Bartók, Copland, Vaughan Williams, Falla, Skalkottas, Stockhausen e Berio. As razões disso foram basicamente três: a consciência de que a música folclórica se extinguia; a intuição de que suas características modais e outras podiam ajudar na concepção de novos tipos de música; e o desejo de criar um estilo nacional. A primeira e terceira pareciam opor-se mutuamente, já que é improvável uma coisa moribunda incentivar algo novo. Contudo, como a maior parte da música folclórica é cantada, existe uma íntima ligação entre a música folclórica de um país e sua língua; por exemplo a acentuação comum da primeira sílaba da língua magiar é homenageada nas curtas frases descendentes, que são freqüentes no cancioneiro folclórico húngaro. O estilo baseado no folclore, portanto, deve ser capaz de conservar características que identifiquem sua origem nacional, de maneira tão segura quanto as de uma língua falada. Este com certeza foi o objetivo e a realização da maioria dos compositores mencionados acima. Contudo, Bartók, para dar um exemplo, opunha-se ao nacionalismo estreito e estendia sua pesquisa à música de outros países. Berio e Stockhausen interessaram-se pela música de todas as partes do mundo, em particular pelas tradições não-européias da arte e da música folclóricas, tendo dado sugestões a muitos compositores (*ver* MÚSICA AFRICANA, CHINESA, INDIANA, INDONÉSIA, JAPONESA).

Bartók distinguia três formas práticas pelas quais o compositor deve tratar a música folclórica: primeiro, o arranjo simples, seja para adequá-la à sala de concertos, à escola ou a um salão doméstico; segundo, como material para imitação; terceiro, como tema de análise, usando-se depois os resultados na composição de obras inteiramente originais (como seu Quarteto n.º 3, absolutamente não-folclórico, mas imbuído de idéias temáticas, rítmicas, de timbre e variacionais que provêm de seu trabalho sobre a música folclórica). Devem-se acrescentar a estas uma quarta: o uso de temas folclóricos em formas extensas (p. ex., as Variações "Pavão" de Kodály), e uma quinta que surge depois da época de Bartók: a inserção de música folclórica diretamente na música original, através de gravações (p. ex., *Telemusik*, de Stockhausen). O arranjo cumpre, obviamente, a função da preservação, ampliada na *Herbstmusik*, de Stockhausen, à conservação de atividades rurais. A análise tornou possível não apenas as linguagens modais de Bartók e Vaughan Williams, mas também a sobrevivência de estilos vocais e fusões musicais poéticas no *Coro* de Berio.

**música indiana** A fórmula melódica e rítmica da teoria sânscrita foi importante para Messiaen desde a década de 30, enquanto o som da música e dos instrumentos musicais indianos contemporâneos inspiravam Foulds ainda há mais tempo. A iniciativa de Foulds, porém, foi surpreendentemente pouco seguida, embora a cítara se tenha tornado quase um *sine qua non* da música popular na época de *Sergeant Peper* (1967), dos Beatles. Há certa influência na primeira fase de Davies e na última de Eloy. Do mesmo modo, tem havido poucas obras em estilo ocidental de compositores indianos, a principal exceção sendo Naresh Sohal (1939-).

**música indonésia** Nenhum som exótico penetrou mais profundamente na música ocidental, desde a época das Cruzadas, que o do gamelão javanês e balinês — orquestra formada em grande parte por gongos e metalofones afinados. McPhee viveu em Bali (1934-6) e voltou com estudos científicos, transcrições e material para composições originais. Sua obra teve muito provavelmente influência sobre as peças de Cage para orquestra de percussão, em fins dos anos 30 e início dos 40. Messiaen ouviu um gamelão balinês na Exposição Colonial de Paris, em 1931, e introduziu conjuntos de instrumentos metálicos vibratórios semelhantes na maioria de suas obras orquestrais desde *Trois petites liturgies*, de 1944, influenciando alunos como Boulez e Stockhausen, e, na verdade, criando uma sensível mudança na natureza de sua orquestra. Britten ouviu a música balinesa *in loco*, em 1955, e usou um conjunto de percussão afinado em seu balé *The Prince of the Pagodas* e na ópera *Death in Venice*.

**música intuitiva** Termo preferido a "improvisação", por Stockhausen, para a música que ele fez com músicos escolhidos em resposta a textos verbais (*Aus den sieben Tagen*), notações indeterminadas (*Prozession*), recepções de ondas curtas de rádio (*Kurzwellen*) e composições para fita (*Hymnen*).

**música japonesa** Como os músicos tradicionais japoneses não viajavam com muita freqüência, foram a poesia e as artes decorativas do país que primeiro estimularam os compositores ocidentais: o peixinho dourado de *Images*, peças para piano de Debussy, nadava numa caixa de laca, e Stravinsky musicou três poemas. Só quando os compositores europeus e dos EUA começaram a visitar o Japão, após a Segunda Guerra Mundial, a influência passou a se tornar de fato musical. Cowell compôs dois concertos para koto, espécie de cítara (1962, 1964-5); Britten adaptou uma peça do teatro nô (*Curlew River*, 1964); Varèse, em *Nocturnal* (1961) e Messiaen em seus 7 *haïkaï* (1962), transcreveram os sons do gagaku, a música orquestral da corte imperial, para instrumentos ocidentais. Quanto a Stockhausen, ficou profundamente impressionado na longa visita que fez ao país em 1966: introduziu gravações de instrumentos de percussão japoneses na obra que compôs em Tóquio, *Telemusik*, e usou impressões de teatro nô e do cerimonial monástico em *Mantra*, *Inori* e *Licht*. Seu *Japan* (de *Für kommende Zeiten*) é uma peça textual com melodia composta no Japão, em 1970, quando apresentou sua música na Exposição de Osaka: também compôs para conjunto de gagaku em *Der Jahreslauf*.

Por sua vez, a composição japonesa à maneira ocidental tornou-se um campo mais vivo desde 1945, respondendo em particular à obra de compositores ocidentais que aprenderam com o Japão: Messiaen, Boulez, Stockhausen e Cage, que talvez seja o mais japonês de todos em sua prática de zen-budismo. *Ver* ICHIYANIGI, TAKAHASHI, TAKEMITSU.

**música minimalista** Expressão normalmente aplicada não a uma música em que o material realmente é mínimo (no extremo, *4'33"*, de Cage), mas antes a obras baseadas na repetição de figuras curtas, isto é, a música de Reich, Riley, Glass, etc. Há características dessa arte em Cage (p. ex., *Music for Marcel Duchamp*, 1974), embora suas fontes mais imediatas estejam na música criada por Young e Riley (*In C*) em meados da década de 60, a que Reich e Glass acrescentaram uma noção de processo, ou de mudança gradual efetuada no âmbito de texturas repetitivas. As primeiras obras minimalistas, como *Four Organs*, de Reich (1969), ou *Music in Fifths*, de Glass (também 1969), têm a beleza da simplicidade aerodinâmica, mas a tradição provou ser capaz de elaboração, como nas obras posteriores de Reich e nas óperas de Glass. Também ganhou inúmeros adeptos nos EUA e na Europa, além de influenciar compositores que, como Ligeti, chegaram ao material repetitivo independentemente.

**Musica Nova** Festival de música contemporânea realizado em Glasgow nos anos 1971, 1973, 1976, 1979, 1981 e 1984, apresentando novas obras orquestrais de Berio, Davies, Birtwistle, Goehr, Casken e outros.

**Música para Cordas, Percussão e Celesta** Obra de Bartók para orquestras de cordas antifônicas e um grupo de percussão que inclui, além da celesta, piano, harpa, xilofone, tímpanos e instrumentos ruidosos. Um tema único percorre os quatro movimentos, num padrão lento-rápido-lento-rápido. *Basiléia, 21 jan 1937.

**música processual** *Ver* MÚSICA MINIMALISTA.

**música textural** Termo às vezes meio depreciativo para a música em que a textura parece ser a principal preocupação: p. ex., eliminam-se as qualidades melódicas, o interesse rítmico, etc., e em vez disso nos apresentam massas sonoras definidas mais pela densidade, sonoridade e partitura. Muitas músicas eletrônicas a partir da década de 50 e 60 encaixam-se nessa descrição, porém o termo aplica-se mais em geral a obras orquestrais do tipo representado por *Atmosphères*, de Ligeti, e grande parte de Penderecki e Xenakis.

**Musica Viva** Festival anual de música contemporânea, em Munique, fundado por Hartmann em 1945. Desempenhou importante papel nos anos do imediato pós-guerra, ao reintroduzir na Alemanha a música de Stravinsky, da Segunda Escola de Viena, de Bartók, etc., e por ter sido o protótipo para os festivais de Royan, Hamburgo, Bremen, Varsóvia e outros lugares.

**Musikblätter des Anbruch** Publicação mensal, informativo da Universal Edition, editada de 1919-37 (a partir de 1929 como Anbruch).

**Myaskovsky, Nikolay** (1881-1950) Compositor russo. Ligado a compositores progressistas, entre os quais Prokofiev, estudou com Lyadov e Rimsky-Korsakov no Conservatório de São Petersburgo (1906-11). Sua carreira foi interrompida pelo serviço na guerra e depois no Exército Vermelho até 1921, quando o nomearam para o Conservatório de Moscou. Ali permaneceu até a morte, compondo longos ciclos de sinfonias (27), quartetos (13) e sonatas para piano (9). As sinfonias, em particular, foram altamente reverenciadas na Rússia e no exterior durante toda a sua vida, revelando um pensamento individual a serviço de formas inteiramente convencionais (embora em geral em três movimentos).

*Sinfonias*: Nº 1, dó, 1908; nº 2, dó sust, 1910-1; nº 3, lá, 1913-4; nº 4, mi, 1917-8; nº 5, ré, 1918; nº 6, mi bemol, 1922-3; nº 7, si, 1922; nº 8, lá, 1924-5; nº 9, mi, 1926-7; nº 10, fá, 1927; nº 11, si bemol, 1931-2; nº 12, sol, 1931-2; nº 13, si bemol, 1933; nº 14, dó, 1933; nº 15, ré, 1933-4; nº 16, fá, 1935-6; nº 17, sol sust, 1936-7; nº 18, dó, 1937; nº 19, mi bemol, banda, 1939; nº 20, mi, 1940; nº 21, fá sust, 1940; nº 22, si, 1941; nº 23, lá, 1941; nº 24, fá, 1943; nº 25, ré bemol, 1946; nº 26, dó, 1948; nº 27, dó, 1949-50.

# N

**Nabokov, Nicolas** (1903-78) Compositor russo-americano. Primo do romancista, estudou com Rebikov em São Petersburgo e Yalta (1913-20), no Conservatório de Stuttgart (1920-2), e com Juon e Busoni na Hochschule de Berlim (1922-3). Em 1926, estabeleceu-se na França. Dyagilev encomendou-lhe seu balé-oratório *Ode* (1928). Depois, em 1933, mudou-se para os EUA, onde ensinou em várias instituições, mas em 1952 estava de volta a Paris, mais ou menos definitivamente, organizando ali, naquele ano, o Festival da Música do Século XX. Suas obras incluem uma colaboração com Auden e Kallman numa ópera baseada em *Love's Labour Lost* (*Bruxelas, 1973).

**Nancarrow, Conlon** (1912-) Compositor mexicano-americano. Estudou no Conservatório de Cincinnati (1929-32) e em particular, em Boston, com Slonimsky, Piston e Sessions (1933-6). Em 1937, lutou na Guerra Civil Espanhola e em 1940 fixou residência no México. Seu interesse pelos complexos ritmos cruzados levou-o, a partir de 1950, a compor exclusivamente para piano, em que se podem executar seus cânones em vozes que se movem em diferentes velocidades, com *accelerandos* e *ritardandos* simultâneos, etc., tudo isso contido numa série de 40 estudos.

**Nariz, O** (Nos) Ópera de Shostakovich e vários libretistas baseada em Gogol, uma fantasia satírica sobre um nariz que se separa do dono para levar uma existência independente, musicalmente reconstituída com paródia e efeito surpreendente. *Leningrado, 18 jan 1930.

**Nebenstimme** (voz seguinte) Designação de Schoenberg para a voz seguinte à principal na polifonia, que ele marcou com um "N" nas partituras do op. 16 em diante. *Ver* HAUPTSTIMME.

**neoclassicismo** Revivescência de preceitos do séc. XVIII ou anteriores. É matéria de muita discussão analítica, estética e até moral, acirrada pelo fato de que as duas partes da palavra subentendem um foco dual: uma obra neoclássica pode muito bem exigir ser entendida não apenas com experiência musical. Muitas vezes, essa ironia é gritante na música de Stravinsky: em seu *Pulcinella* (1919-20), por exemplo, muitas vezes prestigiado como a primeira composição neoclássica, embora fosse precedido pela Sinfonia "Clássica" (1916-7) de Prokofiev. O próprio Stravinsky disse que *Pulcinella* fora motivado não por respeito aos originais napolitanos, mas por amor, por um amor que toma posse e assim distorce. E reconheceu o mesmo amor irônico em suas obras posteriores, quando voltou a atenção para o oratório haendeliano e a ópera verdiana (*Oedipus rex*), os Concertos de Brandemburgo (Concerto "Dumbarton Oaks"), a comédia mozartiana (*The Rake's Progress*), e assim por diante. Às vezes, a última ópera é interpretada como tendo levado sua fase neoclássica a um auge final, embora seja difícil ter certeza de que essa admiração tardia por Webern não fosse musicalmente expressa de maneira igualmente irônica. De um modo mais geral, o tom de sua ironia torna-se menos incerto quando ele lida com uma música da qual está próximo em técnica: sua adaptação de Tchaikovsky em *The Fairy's Kiss* produziu uma de suas obras mais suaves.

O neoclassicismo de Stravinsky tocou uma corda sensível na grande maioria de seus contemporâneos, principalmente em Paris, como se pode ver na música de Ravel, Prokofiev, Roussel, Poulenc, Martinů e muitos outros. Para a maioria deles, porém, a ironia tendeu a suavizar-se não pela proximidade, mas pelo tempo, de modo que nas décadas de 30 e 40 o desfile de formas haydnianas e de contraponto bachiano tornou-se simplesmente um resgate dos gêneros estabelecidos da sinfonia, sonata e grande ópera. O mesmo desdobramento pode ser visto na mesma época na música de Hindemith, cujas *Kammermusiken*, no estilo dos concertos de Brandemburgo, deu lugar a sinfonias e concertos de um caráter mais novecentista. Na verdade, como a ironia tem sido considerada, em geral, um componente do neoclassicismo, obras como a Quinta Sinfonia, de Prokofiev, e *Mathis der Maler*, de Hindemith, raramente são incluídas entre as neoclássicas. Até onde recorrem ao passado, fazem-no numa autêntica tentativa de restaurar valores antigos, e não para contestá-los ou usá-los como citações prestigiosas.

Pode ainda haver ironia inconsciente, que é a justificativa para incluir grande parte da música de Schoenberg das décadas de 20 e 30 como neoclássica. Ele próprio se opôs firmemente ao movimento: sua pequena cantata *Der neue Klassizismus* (1925) ridiculariza "der kleine Modernsky", por querer pôr a cabeleira postiça do papai Bach. Mas sua Suíte para Piano inclui movimentos de dança (gavota, *musette*, etc.), enquanto o Quinteto de Sopros e o Terceiro Quarteto de Cordas revivem a forma sinfônica de 4 movimentos, após uma lacuna de 30 anos em sua produção. Provavelmente ele diria que as lições dos velhos mestres são de importância constante e que sua prática era apenas clássica, não neoclássica. Contudo, há um tal abismo entre seu estilo serial e a harmonia diatônica de Bach e Mozart, que uma lacuna entre conteúdo e forma tem de aparecer e dar à música uma sensação de passear ironicamente por velhas formas de movimento. Quando ele se volta para a adaptação de música antiga, no Concerto para Violoncelo e no concerto para Quarteto de Cordas, a ironia se torna inexorável: nem mesmo *Pulcinella* é mais profundamente dividido entre os sécs. XVIII e XX.

Tanto Schoenberg como Stravinsky tornaram-se neoclássicos na mesma época, logo depois da Primeira Guerra Mundial, quando muitos artistas adotavam estilos de maior ordenação: Picasso mesmo fornece claros paralelos com Stravinsky em suas recriações de Ingres e Velásquez, por exemplo, enquanto na Alemanha a tendência para a Neue Sachlichkeit (Nova objetividade) era visível no novo estilo geométrico de Kandinsky ou no *design* da Bauhaus. Contudo, apesar de o neoclassicismo estar mais associado ao período interguerras, alguma coisa muito semelhante a ele estava presente na música da década de 1890, quando Busoni começou a introduzir o que esperava fosse uma claridade mozartiana e um contraponto tipo Bach, e quando Reger começou a apelar diretamente para Bach em sua música orquestral e de teclado — para não citar a característica "de retorno a Bach" na música final de Brahms. Todos esses compositores partilhavam da insatisfação de Stravinsky com a subjetividade que penetrou a música desde o séc. XVIII, mas talvez o neoclassicismo implique uma negação maior do séc. XIX, e daí uma ironia maior do que a que eles estavam dispostos a enfrentar.

**neo-romantismo** Termo algumas vezes usado para a música composta nos anos 30 e 40 por Prokofiev, Hindemith, etc., sugerindo um retorno aos valores do séc. XIX.

**Neue Sachlichkeit** (nova objetividade) Expressão usada na década de 20 por escritores alemães, para designar um distanciamento da expressão subjetiva característica do romantismo; na música, adequa-se melhor às obras de Hindemith e Weill daquele período, embora obviamente seja parte do mesmo fenômeno que o neoclassicismo.

**New Music** Selo de Cowell para publicações de partituras e gravações, de 1927 à década de 50, lançando obras de Ives, Ruggles, Antheil, Crawford Seeger, Rudhyar, etc.

**Nielsen, Carl** (1865-1931) Compositor dinamarquês. Estudou violino no Conservatório de Copenhague (1884-6) e tocou em orquestras enquanto prosseguia os estudos com Rosenhoff e começava a compor seriamente. Desde o início, reagiu contra o romantismo representado na música escandinava por compositores como Grieg e Gade, mas, embora venerasse os mestres clássicos (tocou em quartetos desde a infância), a música que compôs raras vezes é neoclássica. Ela não se concentrava em aspectos do passado, mas, ao contrário, diretamente nos materiais básicos da música, e Nielsen empregou o vocabulário harmônico ampliado de sua época em formas sinfônicas claramente, severamente até, regidas por tensões entre alturas e acordes, que às vezes geravam uma tonalidade progressiva. Foi também regente, principalmente de sua própria música, e professor do Conservatório de Copenhague (1916-9).

*Óperas*: Saul e David, 1898-1901, *Copenhague, 1902; Maskarade, 1904-6, *Copenhague, 1906.

*Sinfonias*: n.º 1, sol, 1890-2; n.º 2, "Os Quatro Temperamentos", 1901-2; n.º 3, "Sinfonia expansiva", 1914-6; n.º 4. "A inextinguível", 1914-6; n.º 5, 1921-2; n.º 6, "Sinfonia semplice", 1924-5.

*Outras obras orquestrais*: Helios, abertura, 1903; Conc vn, 1911; Pã e Syrinx, 1917-8; Conc fl, 1926; Conc cl, 1928.

*Câmara*: Qt cordas n.º 1, sol, 1887-8, n.º 2, fá, 1890; n.º 3, mi, 1897-8, n.º 4, fá, 1906, rev. 1919; Qnt cordas, sol, 1888; Serenata in vano, 5 instrs, 1914; Qnt Sopros, 1922.

*Instrumental*: Sonata vn n.º 1, lá, 1895, n.º 2, 1912; Commotio, órg, 1931; música para pn. Muitas cantatas, peças corais menores, canções. [Hansen; Unicorn.]

□ C. Nielsen, *Living Music* (1953), *My Childhood* (1953); R. Simpson, *Carl Nielsen* (1952, 2/1979).

**Nigg, Serge** (1924-) Compositor francês. Foi contemporâneo de Boulez na classe de Messiaen no Conservatório de Paris (1941-6) e nas aulas particulares de Leibowitz (1945-8), embora passasse mais tempo com os dois professores e fosse profundamente influenciado por Messiaen (em seu poema sinfônico *Timour*, 1944), antes de juntar-se à aventura do serialismo. Boulez dedicou-lhe a primeira das *Notations*, e ele retribuiu-lhe com sua Variações para piano e deceto (1947). Contudo, sua filiação política logo o fez optar por um estilo mais imediato: visitou várias vezes a Europa oriental e compôs cantatas de enérgica mensagem social (*Le fusillé inconnu*, para cantor, narrador e orquestra, 1949). As obras orquestrais posteriores, como a *Sinfonia Jérôme Bosch* (1960) e *Visages d'Axel* (1967), revelam outra mudança no sentido de uma criatividade rebelde e bizarra. [Jobert, Billaudot; ORTF Inédits.]

**Noces, Les** (Svadebka, As núpcias) Balé ("cenas coreográficas russas") de Stravinsky, coreografado por Nijinska e com cenografia de Goncharova. Compõe-se dos 4 quadros corais: "Na casa da noiva", "Na casa dos recém-casados", "A partida dos noivos" e "O banquete de núpcias". Stravinsky levou alguns anos para encontrar o veículo certo para sua máquina cerimonial. Primeiro a composição para solistas e coro (1914-7) recebeu acompanhamento orquestral (1917), depois as 2 primeiras cenas foram compostas para um conjunto constituído de pianola, 2 zimbalões, harmônio e percussão (1919), e finalmente as vozes ganharam o apoio de 4 pianos e percussão (1921-3). *Ballets Russes, reg Ansermet, Paris, 13 jun 1923.

**Nono, Luigi** (1924-) Compositor italiano. Foi personagem central, com Boulez e Stockhausen, da vanguarda européia da década de 50, combinando radicalismo musical com um apaixonado engajamento na política de esquerda, da qual sua música extraiu força, urgência e uma beleza feroz. Seu ativismo político também o levou ao descontentamento com os meios convencionais de apresentação musical. Pois, embora tenha, como Verdi, julgado a ópera um veículo adequado para lançar apelos à liberdade, também fez bastante uso de materiais eletrônicos e não-tradicionais, além de dar concertos com sua música em fábricas.

Veneziano de nascimento, estudou com Malipiero no conservatório da cidade (1943-5), depois foi aluno de Maderna e (a partir de 1948) de Scherchen, que regeu suas *Variazioni canoniche* em Darmstadt, 1950. No ano seguinte, ainda em Darmstadt, conheceu Stockhausen e Goeyvaerts, e foi influenciado por eles em sua prática do serialismo, que já havia aprendido com Scherchen. Preferia séries penetrantes de todos os intervalos, um rigoroso controle numérico das durações e linhas contrapontísticas movendo-se rapidamente entre diferentes vozes ou instrumentos, embora um certo lirismo italiano irrompa entre todas essas suas limitações. As obras do final da década de 60 e início da de 70 tendem a ser mais amplamente concebidas, num equivalente à arte dos cartazes, enquanto as posteriores são curiosamente íntimas e calmas. Em 1955, casou-se com Nuria, filha de Schoenberg.

*Óperas*: INTOLLERANZA 1960; Al gran sole carico d'amore, 1972-5, *Milão, 1975, rev., *Milão, 1978; Prometeo, ópera sem ação, *Veneza, 1984.

*Coral*: Epitaffio per Federico García Lorca (España en el corazon, S, Bar, vozes, instrs; Y su sangre ya viene cantando, fl, orq câm; Memento, narrador, vozes falando, coro, orq), 1951-3; Liebeslied, vozes, instrs, 1954; Il mantello rosso (balé), S, Bar, vozes, orq, 1954; La victoire de Guernica, vozes, orq, 1954; Il canto sospeso, S, Mez, T, vozes, orq, 1955-6; La terra e la compagna, S, T, vozes, instrs, 1957-8; Coro di Didone, vozes, perc, 1958; Un volto, del mare, vozes, fita, 1968-9; Y entonces comprendió, 6 vozes femininas, coro, fita, eletrônica, 1969-70; Ein Gespent geht um in der Welt, S, vozes, orq, 1970, rev. 1971; Siamo la gioventù del Vietnam, uníssono, 1973.

*Outras obras vocais*: Ha venido, S, 6 vozes femininas, 1960; Sarà dolce tacere, 8 vozes solo, 1960; Canti di vita e d'amore (Sul ponte di Hiroshima, S, T, orq; Djamila Boupachà, S; Tu, S, T, orq), 1962; Canciones a Guiomar, S, 6 vozes femininas, instrs, 1962-3; La fabbrica illuminata, S, fita, 1964; A floresta é jovem e cheia de vida, S, 3 narradores, cl, lâminas de bronze, fita, 1967; Como una ola de fuerza y luz, S, pn, orq, fita, 1971-2; Donde estas Hermano?, 2 S, Mez, A, 1982; Quando stanno morendo (Diario polacco n.º 2), 4 vozes femininas, fl, vc, eletrônica, 1982; Ommagio a György Kurtág, A, tuba, fl, eletrônica, 1983.

*Orquestral*: Variazioni canoniche, orq câm, 1950; Composizione n.º 1, 1951; 2 espressioni, 1953; Canti per 13, 13 instrs, 1954-5; Incontri, 24 instrs, 1955; Varianti, vn, orq, 1957; Composizione n.º 2 (Diario polacco), 1958-9; Per Bastiana Tai-Yang Cheng, orq, fita, 1967.

*Outras obras instrumentais*: Polofonica-Monodia-Ritmica, 7 instrs, 1951; ...sofferte onde serene..., pn, fita, 1976; Con Luigi Dallapiccola, 6 perc, 1979; Fragmente-Stille, qt, cordas, 1980.

*Fita*: Omaggio a Emilio Vedova, 1960; Ricorda cosa ti hanno fatto in Auschwitz, 1966; Contrappunto dialettico alla mente, 1967-8; Non consumiamo Marx, 1969; Musiche per Manzù, 1969; Für Paul Dessau, 1975. [Ricordi, Schott; DG, Wergo.]

**Nordheim, Arne** (1931-) Compositor norueguês. Estudou no Conservatório de Oslo (1948-52) e com Andersen, Baden, Brustad e Holmboe, trabalhando depois como crítico musical (1960-8), antes de assumir uma carreira internacional de compositor e intérprete de sua própria música eletrônica ao vivo. Suas obras tendem a ser compostas para grandes orquestras (ou fita), num estilo de *cluster* luminoso ou dramático, ou então de diálogos musicais para pequenos grupos.

*Orquestral*: Canzona, 1960; Epitaffio, orq, fita, 1963; Éco, S, coros, orq, 1967; Floating, 1970; Greening, 1973; Doria, T, orq, 1974-5; A Tempestade (balé), orq, fita, 1979.

*Instrumental*: Respons I, 2 perc, fita, 1966-7; Signaler, acordeão, gui elétrica, perc, 1967; Colorazione, órg eletr, perc, eletrônica, 1968; Dinosauros, acordeão, fita, 1970.

*Fita*: Evolution, 1966; Solitaire, 1968. [Hansen; Philips.]

**Nørgård, Per** (1932-) Compositor dinamarquês. Estudou com Holombe, no Conservatório de Copenhague (1952-5) e com Nadia Boulanger em Paris (1956-7), depois ensinou nos conservatórios de Odense (1958-61), Copenhague (1960-5) e Arthus (1965-), onde criou uma escola de composição de espírito aberto. Nos anos 50, sua música seguiu a tradição de Sibelius, mas no final da década ele começou a compor num estilo mais fragmentado, embora ainda cobrindo vastas extensões harmônicas através da figuração repetitiva. A natureza estática de sua música é realçada pela insistência nos harmônicos de determinada nota, pulverizados em variegadas cores orquestrais (Sinfonia n.º 2). Os ritmos tendem a basear-se em motivos irregulares dentro de uma pulsação regular, que tornam sua música eminentemente adequada para a dança.
*Óperas*: O Labirinto, 1963; Gilgamesh, 1971-2; Siddharta, *Estocolmo, 1983; O Divino Tivoli, *Århus, 1983.
*Balés*: O Rapaz Irá se Casar, 1964; Tango Cigano, 1967.
*Orquestral*: Sinf n.º 1, "Sinfonia Austera", 1954; n.º 2, 1970; n.º 3, com coro, 1972-5; n.º 4, 1981; Constelações, cordas, 1958; Fragmento VI, 1959-61; Iris, 1967; Luna, 1968; Viagem na Tela dourada, orq câm, 1968; Crepúsculo, 1977; Illuminationi, 1984; Conc vc, 1985.
Coral, câmara, piano, música p/ fita, canções. [Hansen; Caprice, EMI.]

**notação** As mudanças na música no séc. XX causaram, naturalmente, uma devastação na notação simbólica de séculos anteriores, embora o antigo sistema de notação tenha influenciado igualmente o curso seguido pela música mesmo em seu maior radicalismo: o serialismo duracional do primeiro livro de *Estruturas*, de Boulez, por exemplo, é em essência um fenômeno mais de notação do que auditivo. Mas muito mais comuns são os desenvolvimentos na notação exigidos por novos materiais sonoros, como os seguintes:
1. *Notas cromáticas*. Envolvem uma pletora de acidentes na notação convencional, e novos sistemas foram inventados para enfrentar mais economicamente o problema (p. ex., Equiton, Klavarscribo), mas exigem que os intérpretes aprendam toda uma nova linguagem, e só têm sido usados em pouquíssimas publicações (p. ex., *Monologue*, de Zimmermann, em sua própria adaptação de símbolos comuns).
2. *Microtons*. Têm-se usado várias alterações dos símbolos normais de acidentes.
3. *Clusters*. A invenção de Cowell, de faixas verticais entre alturas assinaladas, tem sido seguida na maioria das publicações para piano. A notação de faixas para *clusters* orquestrais ocorre nas partituras de Penderecki.
4. *Ritmos irregulares*. Suscitam uma grande complicação para a notação convencional, que se baseia na divisão por 2. Muitos compositores preferem comodidade de uso à exatidão, empregando a NOTAÇÃO TEMPO-ESPACIAL.
5. *Novas técnicas vocais*. Schoenberg colocou cruzes nas hastes das notas para indicar o SPRECHGESANG em *Pierrot lunaire*, e há adaptações semelhantes nas obras de Berg, Berio, etc.
6. *Novas técnicas instrumentais*. Introduziu-se toda uma gama de novos símbolos, com pouca sistematização.
7. *Música aleatória*. Também aqui a gama é vasta, incluindo a NOTAÇÃO GRÁFICA.
8. *Música eletrônica*. Aqui há problemas especiais, pelo fato de que nenhuma partitura pode intervir entre composição e execução. Algumas obras foram publicadas para mostrar como a música foi composta (p. ex., *Studie II*, de Stockhausen), ou como "partituras de escuta" para orientar a experiência auditiva da obra (p. ex., *Hymnen*, de Stockhausen, e *Artikulation*, de Ligeti). Em obras para fita e execuções ao vivo, normalmente será preciso alguma representação da primeira, envolvendo muitas vezes uma mistura de gráficos e símbolos convencionais (p. ex., *Kontakte*, de Stockhausen).

Muitos compositores, entre eles Carter e Babbitt, por exemplo, descobriram que é possível escrever música, mesmo no último quarto do séc. XX, com a notação musical normal, embora fazendo um uso singularmente exigente dela. Já outros, em busca de novos sons e novos meios de provocar uma resposta musical dos intérpretes, têm sido obrigados a procurar outras soluções; as partituras de Cage, Stockhausen, Berio e Ligeti incluem a maioria das inovações importantes. O que continua obscuro para ambos os grupos, claro, é a relação precisa entre notação e som. As partituras de Babbitt talvez não tenham menos probabilidade de suscitar controvérsias sobre o verdadeiro estilo do que as de Bach, enquanto certas notações idiossincráticas, como os gráficos de Cage ou o sistema de mais-menos de Stockhausen, parecem destinadas não tanto a definir sons quanto a evocar estilos de execução que podem se perder. Para muitos compositores, também, a notação deixou de fornecer uma representação fidedigna da maneira como soa a música. A música de Xenakis sabidamente soa muito mais fácil do que parece, e a música de Cage para PIANO PREPARADO faz da notação não mais uma imagem do som, mas apenas um programa de instruções, como na Idade Média.

□ J. Cage, *Notations* (1969; G. Read, *Modern Rhythmic Notation*, 1978).

**notação gráfica** Uso nas partituras musicais de outros registros que não os habituais símbolos e palavras. Podem-se distinguir dois tipos. Por um lado, há notações que correspondem a necessidades compositivas bastante específicas, não encontradas nos símbolos convencionais: estas incluiriam os sistemas de quadrados de Feldman, liberando-o da indicação de alturas precisas (em sua série *Projections* de 1950-1, às vezes considerada o primeiro caso de notação gráfica), a linguagem stockhausiana de notação com signos de mais e menos, a maioria dos *kits* de diagramas de Cage, acompanhados de regras para interpretação (*i.e.*, *Variations I-II*) e variações da NOTAÇÃO TEMPO-ESPACIAL. Por outro lado, há gráficos que se destinam não à simbolização, mas ao estímulo. Aqui o pioneiro foi Brown, em sua *December 1952*, que oferece apenas um elegante desenho de finos retângulos negros sobre um fundo branco. O *Anel* desta arte é sem dúvida o *Treatise* (1963-7), de Cardew, também um dos últimos exemplos.

**notação proporcional** *Ver* NOTAÇÃO TEMPO-ESPACIAL.

**notação tempo-espacial** Notação rítmica simplificada introduzida por Brown em 1953, e muito usada por outros compositores, como por exemplo Berio. As durações são indicadas não pelos símbolos habituais, mas apenas por linhas horizontais, de acordo com uma escala fixa, sendo a exatidão compensada pela facilidade de uso para o executante. Esse tipo de notação é obviamente a mais prática para a representação dos trechos de fita magnética nas partituras para fontes ao vivo ou gravadas.

**nova música** Termo usado, quase como *slogan*, para indicar a música que não é apenas nova, mas de vanguarda. *Le marteau sans maître* era nova música; a Décima Sinfonia de Shostakovich, não. A distinção implícita era inútil, e hoje, após o fim da tradição da vanguarda, é redundante.

**nova simplicidade** Expressão cunhada na década de 70 para descrever a música influenciada pela MÚSICA MINIMALISTA, e associada com mais freqüência aos compositores alemães, escandinavos e holandeses mais jovens.

**Nova York** Cidade americana de cultura musical singularmente diversa e influente no séc. XX. Ives criou lá a maior parte de suas composições nas duas primeiras décadas do século; era, então, um grande centro de jazz, o lar do musical americano e um ambiente bastante estimulante para Copland, Varèse e outros, no período entre as guerras. Weill e Bartók aí viveram como refugiados seus últimos anos, encontrando emprego em diferentes campos da vida musical da cidade. Outros aspectos de seu caráter versátil estão na música do pós-guerra de Bernstein, Cage e Carter, que se beneficiaram dos contatos com artistas nova-iorquinos de outras áreas (balé, pintura, poesia).

**Novák, Vítězslav** (1870-1949) Compositor tcheco. Estudou com Dvořák no Conservatório de Praga (1889-95), depois foi decisivamente influenciado pela música folclórica da Boêmia e da Morávia, assim como pelo uso feito por Janáček da última. Seu estilo, porém, era muito mais exuberante que o de Janáček, sendo mais visível em suas obras de 1900-10, que incluem os poemas sinfônicos *Nas Montanhas Tatra* (1902) e *Toman e a Ninfa do Bosque* (1906-7), a *Sonata eroica* (1900), o poema sinfônico *Pã* (1910), para piano, e a cantata *O Temporal* (1908-10). Em 1909, foi nomeado professor de composição no Conservatório de Praga, depois quase não compôs até seus últimos anos de vida. [UE, Czech State Publishers; Supraphon.]

**Novo Romantismo** Termo tão desgastado quanto neoclassicismo. Foi introduzido na década de 70, nos EUA, para descrever o retorno de muitos compositores aos movimentos amplos e lineares, às grandes formas, aos gêneros consagrados e, às vezes, à harmonia diatônica. Contudo, pode-se aplicá-lo igualmente à insistência na expressão subjetiva feita por La JEUNE FRANCE em 1936, ou imposta pelo Sindicato dos Compositores Soviéticos no mesmo ano. É provável que o romantismo esteja mais no ouvido do ouvinte do que na mente do compositor, e sua avaliação bem pode ser influenciada por circunstâncias de formação. A subjetividade quase requer o mesmo.

# O

**oboé** O repertório do oboé foi muito ampliado desde meados da década de 60 por Holliger, tanto através de suas composições quanto de obras escritas para ele (p. ex., *Sequenza VII* e *Chemins IV*, de Berio, *Aleph*, de Castiglioni, e concertos com harpa de Henze, Krenek, Lutoslawski, etc.), muitas delas com sons de BARTOLOZZI. O oboé d'amore, afinado uma 3ª menor abaixo, foi usado por Strauss (*Symphonia domestica*) e outros; o corne inglês, uma 5ª abaixo do oboé normal, é comum em orquestras e conjuntos (há também uma sonata de Hindemith para esse instrumento). O membro mais grave da família, uma oitava abaixo do oboé, é o oboé barítono (às vezes chamado de oboé baixo), que deve ser distinguido do HECKELFONE.

**Obukhov, Nikolay** (1892-1954) Compositor russo. Estudou com Shteynberg e Tcherepnin no Conservatório de São Petersburgo, e foi, como Lourié e Roslavets, influenciado pelo Skryabin da última fase no sentido da composição dodecafônica, a que chegou em 1914. Compôs em seguida algumas músicas de fervoroso êxtase para textos de Balmont, entre elas "J'attendrai" (1915) e "Le sang" (1918), para voz e piano. Em 1918, mudou-se para a França, onde projetou um instrumento eletrônico, a "cruz sonora", que usou com vozes e dueto de piano em sua principal obra contínua, *La livre de vie*, à qual está associada a maior parte de sua produção posterior. [Durand, Rouart Lerolle, Salabert.]

**Octandre** Obra de Varèse em 3 movimentos curtos para septeto de sopros e contrabaixo, batizada segundo as flores octandras, que têm oito estames. *Nova York, 13 jan 1924.

**Ode to Napoleon Buonaparte** Música de Schoenberg para o poema de Byron, implicitamente voltando a invectiva contra um ditador posterior (Hitler) e forçando a composição dodecafônica em direção ao mi bemol maior da sinfonia Eroica, de Beethoven. Os versos são declamados em *Sprechgesang*, com acompanhamento para piano e quarteto de cordas ou orquestra de cordas. *Mark Harrell, Steuermann, NYPO/Rodzinsky, Nova York, 23 nov 1944.

**Oedipus rex** Ópera-oratório em 2 atos curtos, de Stravinsky e Cocteau, sendo a tragédia de Sófocles monumentalizada em painéis de latim cantado, apresentada por um narrador falando na língua da platéia. *Ballets Russes, Paris, 30 mai 1927.

**Oliver, Stephen** (1950-) Compositor inglês. Estudou em Oxford com Leighton e Sherlaw Johnson. Trabalhou sobretudo no teatro, compondo grande variedade de óperas (p. ex., *Tom Jones*, *Snape, 1976), um musical (Blondel, *Londres, 1983) e música para a Royal Shakespeare Company. [Novello.]

**Oliveros, Pauline** (1932-) Compositora americana. Estudou na Universidade de Houston (1949-52) e com Robert Erickson (1954-60), e trabalhou no Tape Music Center de São Francisco (1961-7), ensinando depois disso na Universidade da Califórnia, em San Diego. Sua *I of IV* (1966) é admirável por ter sido composta em fita no tempo real, ao contrário de técnicas de estúdio, mas a maioria das outras obras tem sido em meios mistos. [Bowdoin College Press]

**ONCE Festival** Festival anual de música experimental, dirigido por Ashley e Mumma, em Ann Arbor, Michigan, 1961-8. Houve também um grupo ONCE, especializado em peças em meios mistos.

**ondas martenot** Instrumento melódico eletrônico, inventado por Maurice Martenot (1898-1980) como "ondes musicales" (ondas musicais). Ele fez a primeira demonstração do invento no Conservatório de Paris, a 20 de abril de 1928, num *Poème symphonique* de Dimitrios Levidis. Em 1929, Varèse usou-o como substituto para as sirenes numa apresentação de *Amériques*; em seguida, compôs para 2 ondas martenot em *Ecuatorial* (1933-4). O instrumento também foi usado nas décadas de 30 e 40 por Milhaud (Suíte com piano), Koechlin (*Seven Stars Symphony*), Jolivet (*Danse incantatoire*, Concerto), Messiaen (*Fête des belles eaux*, *Trois petites liturgies*, *Turangalîla*), Honegger (*Jeanne d'Arc au bûcher*) e Boulez (primeira versão de *Le visage nuptial*, Quarteto). Boulez tocou as ondas martenot como diretor musical de Barrault. A voga do instrumento na música francesa chegou ao fim com a invenção da música concreta, embora não antes de ele adquirir um repertório que exige a sua sobrevivência. Produz som pela modulação de 2 osciladores, um numa freqüência fixa, outro numa freqüência variável, em resposta a um teclado ("clavier"), ou ao movimento de um aro numa fita ("ruban"), o último gerando *glissandos.* Controles mudam o timbre (por meio de filtros) e o volume.

**ópera** A forma começou com o advento da grande harmonia diatônica por volta de 1600, e parecia inseparável desse sistema musical, que em seu movimento naturalmente progressivo sustenta prontamente a narrativa. Na verdade, é notável que os compositores de ópera mais bem-sucedidos do séc. XX — Puccini, Strauss, Prokofiev, Janáček e Britten — tenham composto diatonicamente, e já foi dito por Boulez, para citar apenas um, que a ópera morreu porque sua linguagem morreu. O endosso a essa opinião podia parecer vir de óperas de Berg e Henze, por exemplo, que reintroduziram a tonalidade.

Contudo, pode-se tirar outra lição de *Wozzeck*. O personagem central dessa ópera busca a explicação lógica da sua existência, que a harmonia diatônica poderia proporcionar (e que ainda proporciona a Marie); a atonalidade é o veículo perfeito para essa sua confusão e para as opiniões patológicas dos que o cercam. Do mesmo modo, em *Pelléas et Mélisande*, a harmonia convencional é reservada a alguns momentos em que os personagens têm controle de seus sentimentos e ações; fora disso, a dissociação e a instabilidade deles correspondem a características semelhantes na música. Na verdade, a associação da música diatônica com a normalidade, e da cromática com a anormalidade, é um expediente operístico tão antigo quanto Monteverdi. O único novo desafio na ópera essencialmente não-diatônica é encontrar uma estrutura dramática eficaz para um comportamente substancialmente anormal. Nas obras teatrais de Berg, Henze, Schoenberg, Davies e outros, essa estrutura é fornecida por uma única mente perturbada (*Erwartung*, *Eight Songs for a Mad King*), ou por uma situação de extrema emoção. Mas *Oedipus rex*, de Stravinsky, mostra outra possibilidade: a de transformar a ação anormal em estilo, apresentando-a como uma cerimônia; sua posterior *The Rake's Progress* faz a mesma coisa com mais sutileza, transformando a cerimônia na do teatro operístico, criando uma obra que é "ópera" entre aspas.

As óperas de maior êxito desde meados da década de 20, quando *Turandot*, Wozzeck e *Oedipus rex* foram apresentadas pela primeira vez, optaram pelo tipo de drama berguiano ou stravinskiano, ou, mais raramente, por uma mistura dos dois (*Mahagonny*, de Weill, por exemplo). O movimento, estimulado pela moda da ZEITOPER, foi então obstruído pelo fechamento de fato dos teatros alemães a novas obras, depois de 1933, e pela concentração de compositores mais jovens em obras puramente musicais após 1945. No final dos anos 60, também, parecia que o futuro do drama musical estava nos novos modos de teatro musicado e dos meios mistos. Contudo, as óperas compostas a partir de meados da década de 70 por Stockhausen, Ligeti, Birtwistle, Berio e outros demonstraram a capacidade do gê nero para assimilar as inovações desses modos e criar tipos não-narrativos de teatro.

As óperas mais notáveis do séc. XX têm verbetes separados neste livro (ver o índice).

**ópera de câmara** Ópera para um pequeno número de cantores e instrumentistas. Exemplo, *Romeo und Julia*, de Blacher, *The Rape of Lucretia* e *The Turn of the Screw*, de Britten, e *Punch and Judy*, de Birtwistle.

**Ópera Kroll** Extensão da Ópera Estatal de Berlim instalada na parte de cima do Teatro Kroll (daí o nome) em 1927, tendo então Klemperer como diretor. O empreendimento durou apenas quatro temporadas, mas sua dedicação a obras contemporâneas (óperas de Stravinsky, Schoenberg, Janáček, Weill e Hindemith), os elevados padrões musicais e suas produções audaciosas tornaram-no um eterno ideal do que deve ser uma ópera moderna.

**operações casuais** Termo usado por Cage para métodos composicionais que dependem em grande parte do acaso, o objetivo sendo eliminar ao máximo possível o exercício de escolha do compositor. Exemplos de operações como essas abrangem a escolha e colocação de notas segundo lançamentos de dados (Music of Changes) e seu encaixe onde haja imperfeições na pauta musical (Música para Piano). Tudo isso se pode combinar com outras formas de INDETERMINAÇÃO.

**Orfeu** Tema de óperas de Milhaud, Casella, Krenek, Malipiero e Birtwistle, balés de Stravinsky, Henry e Henze, e de um filme de Cocteau. A partitura de Stravinsky foi composta para Balanchine. (*Nova York, 28 abr 1948).

**Orff, Carl** (1895-1982) Compositor alemão. Diplomado pela Academia de Munique em 1914, depois da guerra teve aulas com Kaminski. Em 1924, ele e Dorothee Günther fundaram uma escola influenciada pela idéias de Jacques-Dalcroze, que culminou, nos anos 50, num método de incentivar crianças a cantar e tocar instrumentos de percussão simples (a *Orff-Schulwerk*). Enquanto isso, fizera nome como compositor com *Carmina burana* (*Frankfurt, 1937), adaptando poemas medievais de taberna a uma música mecânica rudimentar derivada de *Les noces*. Suas obras posteriores foram quase todas óperas e cerimoniais do mesmo tipo. [Schott; DG.]

**órgão** A aura eclesiástica do instrumento é uma influência conservadora em seu repertório, e grande parte da música para órgão do séc. XX fica dentro das tradições estabelecidas na Alemanha (Reger, Pepping), Áustria (Schmidt, David), Inglaterra (Parry, Howells) e França (Vierne, Langlais). Contudo, a música de Messiaen revela um desenvolvimento tão extremo da tradição francesa que representa algo novo, em seu idiossincrático uso de registros (sobretudo o uso de timbres assimétricos), nas exigências rítmicas e na produção de grandes obras de concerto. Outros o seguiram na descoberta do órgão como especialmente adequado ao grande virtuosismo (Ligeti) ou à meditação espiritual (Davies).

**órgão eletrônico** Instrumento fabricado desde 1935 por Laurens Hammond, desde 1946 pela Wurlitzer Company, e desde a década de 60 pela Yamaha. Há dois órgãos eletrônicos em *Momente* e um em *Mikrophonie II*, de Stockhausen.

**Ornstein, Leo** (1892-) Compositor russo-americano. Estudou no Conservatório de Petrogrado e, depois de mudar-se para Nova York em 1907, no Instituto de Arte Musical. Fez turnês pela Europa como pianista em 1913 e 1914, regressando com músicas de Debussy, Ravel, Schoenberg e Skryabin, que introduziu em Nova York, ao lado de suas próprias peças modernistas para piano, entre elas a *Dwarf Suite* (1913), *Impressions de Notre Dame* (1914), *Three Moods* (1914), *Wild Men's Dance* (*c.* 1915), *Poems of 1917*, etc. Em 1920, abandonou virtualmente a carreira de pianista, ao mesmo tempo que sua música se tornava mais ortodoxa. Ensinou na Academia de Música da Filadélfia e lá fundou a Ornstein School of Music. [Schott, Fischer.]

**orquestra** O aumento na dimensão e na paleta da orquestra atingiu o auge na primeira década do século, com a partitura de Schoenberg para um enorme conjunto, em *Gurrelieder* (8 flautas, 7 clarinetas, 10 trompas, etc.), e com a introdução de instrumentos incomuns por Strauss e Mahler (heckelfone, bandolim, guitarra, harmônio, chocalhos de vaca, martelo, etc.) A Primeira Sinfonia de Câmara de Schoenberg (1906), orquestrada para 15 solistas, tem sido em geral considerada como o marco de uma reação contra essa tendência, reação que se intensificou com o movimento anti-romântico após a Primeira Guerra Mundial. Desde então, a palavra "orquestra" tem significado qualquer coisa, do septeto de *A História do Soldado* aos agrupamentos de mais de 100 de Varèse, em *Amériques*, ou de Messiaen, em *Saint François d'Assise*.

Contudo, a maioria das orquestras sinfônicas tem pessoal assalariado preparado para a execução de Tchaikovsky ou Brahms, de modo que sempre houve uma tensão entre o que pode ser imaginado e o que se vai executar. Alguns compositores procuraram aliviar essa tensão, formando suas próprias orquestras (o conjunto de percussão de Cage, por exemplo): algumas orquestras tentaram fazer o mesmo, adaptando-se flexivelmente às exigências dos compositores, embora por razões econômicas esses conjuntos (CONTEMPORARY CHAMBER ENSEMBLE, DOMAINE MUSICAL, GROUP FOR CONTEMPORARY MUSIC, LONDON SINFONIETTA) tenham sido relativamente pequenos. Quando os compositores quiseram compor para grandes recursos, tiveram de usar um agrupamento essencialmente do séc. XIX, que pode ser variado em qualquer das 4 formas principais:

1. *Omissão*. Os exemplos incluem as Sinfonias para Sopros e a Sinfonia dos Salmos (sem violinos e violas), de Stravinsky, e outras obras.
2. *Expansão da percussão*. Neste caso não é difícil que 3 ou 4 músicos façam grande diferença. Conjuntos de percussão melódica têm destaque nas orquestras de Messiaen, Boulez, Davies e outros.
3. *Novas disposições das estantes*. O padrão habitual pode ser modificado para facilitar novos amálgamas (*Figures-Doubles-Prismes*, de Boulez), para misturar os intérpretes com a platéia (*Terretektorh*, de Xenakis), ou dividir os músicos em grupos separados (*Gruppen*, de Stockhausen, Uma Sinfonia de Três Orquestras, de Carter).
4. *Acréscimos eletrônicos*. A combinação de orquestra com fitas causa problemas de sincronização, a menos que as duas estejam separadas no tempo (como em *Déserts*, de Varèse); apesar disso, há obras assim de Babbitt, Pousseur, Nordheim, Stockhausen e outros. Stockhausen também aplicou uma transformação eletrônica ao som orquestral, em *Mixtur* e obras posteriores.

**Osborne, Nigel** (1948-) Compositor inglês. Estudou com Leighton e Wellesz em Oxford (1967-70), e com Rudziński em Varsóvia (1970-1); em 1978, foi nomeado professor da Nottingham University. Sua música, espírito agudo e penetrante, é motivada tanto por problemas sociais quanto pelo fascínio com a literatura russa do séc. XX. Entre suas obras, destacam-se um Concerto para Flauta (1980) e duas Sinfonias para orquestra (1982, 1983), além de músicas para poesia russa em *The Sickle*, para soprano e orquestra (1975), e *I am Goya*, para baixo abaritonado e quarteto misto (1977). [UE; Unicorn.]

**oscilador** Válvula ou outra peça eletrônica que produz uma forma de onda, a base dos instrumentos musicais eletrônicos.

**Outono de Varsóvia** Festival anual de música contemporânea, instituído em 1956 e que oferece a principal vitrina da nova música européia oriental, além de familiarizar compositores poloneses com Stockhausen, Boulez, Xenakis, etc. Desempenhou importante papel estimulando e promovendo a "escola polonesa" de Lutoslawski, Penderecki, Górecki, etc.

**Owen Wingrave** Ópera de Britten e Myfanwy Piper baseada em Henry James, uma história de fantasmas e, ao mesmo tempo, um panfleto contra o militarismo. Embora criada para a televisão BBC (*transmitida em 16 mai 1971), não apresenta obstáculos à apresentação em teatro (*Covent Garden, 10 mai 1973).

# P

**Paik, Nam June** (1932-) Compositor coreano. Estudou nas universidades de Tóquio (1952-6) e Munique (1956-7), com Fortner na Musikhochschule de Freiburg (1957-9), e na Universidade de Colônia (1958-62). Ainda em Colônia, ligou-se a Stockhausen (participando da *Originale* original), mas suas principais influências já eram as de Cage e do movimento Fluxus (ver sua *Hommage à John Cage*, para 2 pianos, que são destruídos durante a apresentação, 3 gravadores de fita, projeções e ações ao vivo envolvendo ovos, carrinhos de brinquedo e bicicletas a motor, 1958). Em 1964, mudou-se para Nova York, e em 1970 para Los Angeles.

**palíndromo** A palavra foi adotada pelo discurso musical para indicar peças que repetem as mesmas ocorrências de trás para diante, a partir da metade. Isso seria excessivamente difícil de obter na música tonal, mas mostrou-se um princípio conveniente de construção formal na música atonal, como no segundo movimento do Concerto de Câmara de Berg e na Sinfonia de Webern. Em nenhum desses casos, nem na maioria dos palíndromos musicais, a repetição é exata.

**Palmgren, Selim** (1878-1951) Compositor finlandês. Estudou com Wegelius no Conservatório de Helsinque (1895-9), e na Itália e Alemanha com Busoni e outros. Suas obras incluem 5 concertos para piano, peças para piano e canções.

**pandiatonicismo** Termo cunhado por Slonimsky para indicar o uso de todas as notas da escala diatônica em acordes não resolutivos, p. ex., a 6ª no jazz e em Messiaen, a 7ª e a 9ª em Debussy e Ravel.

**pantonalidade** Termo preferido a "atonalidade" por Schoenberg.

**Panufnik, Andrzej** (1914-) Compositor polonês-britânico. Estudou com Sikorski, no Conservatório de Varsóvia (1932-6), depois foi discípulo de regência de Weingartner. Suas composições pré-1944 se perderam no levante de Varsóvia. Após a guerra, fez carreira de regente e compositor na Polônia, até mudar-se em 1954 para a Inglaterra. Suas obras são tipicamente baseadas em pequenos grupos de notas, desenvolvidos numa atmosfera de intensa solenidade. Incluem sinfonias, concertos, peças corais em grande escala e poucas composições em menor escala. [Boosey.]

**Parables for church performance** (Parábolas para apresentação em igreja) Trilogia de peças de teatro musicado de Britten e Plomer, para solistas e conjunto (fl, tpa, tpt, trbn, harpa, perc, org câm, va, ctbx): *Curlew River*, *Orford, 12 jun 1964; *The Burning Fiery Furnace*, *Orford, 9 jun 1966; *The Prodigal Son*, *Orford, 10 jun 1968.

**parâmetro** Aspecto do som musical: altura, duração, volume ou timbre. A palavra ganhou atualidade com o advento do serialismo total na Europa, no início dos anos 50, quando todos esses aspectos eram sujeitos a controle serial separado.

**Paris** Importante centro de atividade compositiva em todo o séc. XX, graças à sua condição de domicílio ou principal metrópole musical de Debussy, Stravinsky (1920-39), Honegger, Messiaen, Boulez, Barraqué e muitos outros. Antes da Primeira Guerra Mundial, sua vida musical foi dominada por Debussy, Ravel e, depois, pelos Ballets Russes. Entre as guerras, foi um admirável centro do neoclassicismo, influenciado pela presença de Stravinsky, embora o La JEUNE FRANCE oferecesse uma perspectiva diferente. E desde 1945, Messiaen e Boulez têm sido importantes figuras, o primeiro dirigindo o Domaine Musical, o último o Institut de Recherche et de Coordination Acoustique/Musique. Entre as obras lançadas na Ópera estão *Padmâvatî* (1923), de Roussel, *Maximilien* (1932) e *Bolivar* (1950), de Milhaud, e *Saint François d'Assise* (1983), de Messiaen, e na Ópéra-Comique, *Pelléas et Mélisande* (1902), de Debussy, e *L'heure espagnole* (1911), de Ravel.

**Parker, Horatio** (1863-1919) Compositor e professor americano. Estudou com Chadwick em Boston e com Rheinberger em Munique (1882-5), retornando então para os EUA, onde trabalhou como músico de igreja e professor de teoria musical na Universidade de Yale (1894-1919). Suas obras, bastante convencionais, incluem o oratório *Hora novissima* (1893) e muita música sacra, além de 2 óperas.

**Partch, Harry** (1901-76) Compositor americano. Nascido na Califórnia e em grande parte autodidata, desenvolveu ao longo das décadas de 20 e 30 sua própria teoria musical. Valendo-se da autoridade dos gregos, defendia a música mais como uma arte "corpórea" do que intelectual, agindo sobre os espectadores em representações teatrais e usando os intervalos naturais de entonação justa (fabricava seus próprios instrumentos de percussão e sopro com essa finalidade, numa escala de 43 notas). As principais obras que compôs foram portanto dramáticas, sendo o drama acentuado pela impressionante presença de seus instrumentos. Contam-se entre elas *Barstow* (1941), *US Highball* (1943), *Oedipus* (1951), *The Bewitched* (1955) e *Delusion of the Fury* (1969). [CRI.]

**Pássaro de Fogo, O** (Zhar'-Ptitsa, L'oiseau de feu) Balé de Stravinsky, coreografado originalmente por Fokine: o mágico Pássaro de Fogo ajuda o Príncipe Ivan a salvar sua princesa de um monstro feiticeiro. A partitura mostra um Stravinsky ainda influenciado por Rimsky-Korsakov na suntuosidade orquestral, nos temas folclóricos (para o Príncipe Ivan) e brilho cromático (para o Pássaro de Fogo), mas há traços também de Skryabin. *Balés Russos, Paris, 25 jun 1910. Stravinsky compôs uma suíte em 1911, outra em 1919 para uma orquestra reduzida e mais uma outra em 1945 para o mesmo ensemble, refinando continuamente embora também moderando a exuberância da original.

**Payne, Anthony** (1936-) Compositor e crítico inglês. Estudou na Universidade de Durham (1958-61) e iniciou carreira como crítico, em 1965, publicando um conciso estudo, *Schoenberg* (Londres, 1968), e mais tarde um sobre Frank Bridge (Londres, 1984). Sua música mostra um desdobramento singular, de gestos vanguardistas em formas amplas, transmitindo sua admiração por Delius e Bax: o poema sinfônico, muitas vezes para pequeno conjunto com ou sem voz solo, tornou-se seu modo característico de expressão (*The World's Winter*, 1976; *The Song of the Clouds*, 1979-80). [Chester.]

**Peeters, Flor** (1903-) Compositor e organista belga. Estudou no Lemmens Institut, em Mechelen, e em particular com Dupré; em 1923, juntou-se ao corpo docente do instituto e tornou-se organista-assistente da Catedral de St. Rombout, na mesma cidade. Mais tarde ensinou nos conservatórios de Ghent (1931-8), Tilburg (1935-48) e Antuérpia (1948-68). A maioria de suas obras consiste em música coral e de órgão para o rito católico, influenciada por seu amigo Tournemire.
□ J. Hofmann, *Flor Peeters* (1978).

**Pelléas et Mélisande** Peça de Maeterlinck, uma tragédia de amor e ciúme passada num clima de sombria irrealidade. Fauré e Sibelius compuseram música incidental para ela; Schoenberg tornou-a tema de um poema sinfônico (*reg Schoenberg, Viena, 26 jan 1905); e Debussy adaptou grande parte dela para ópera

(*Paris, 30 abr 1902). Nenhuma obra literária desde o *Fausto*, de Goethe, atraiu tanta atenção dos músicos durante a vida de seu autor.

**Penderecki, Krzysztof** (1933-) Compositor polonês. Estudou com Malawski e Wiechowicz no Conservatório de Cracóvia (1955-8), onde ensinou desde que se formou. Em 1959, ganhou 3 primeiros prêmios num concurso nacional e, no início da década de 60, conquistou repentina fama internacional pelo ímpeto emocional que extraía de sonoridades mais abstratamente expostas nas partituras de Xenakis, Stockhausen e outros: *clusters*, novos efeitos nas cordas e variados sons de percussão. Elas estimulam toda uma gama de obras orquestrais, que vão de *Anaklasis* e *Trenodia para as Vítimas de Hiroshima* à Primeira Sinfonia; também foram importantes na atmosfera expressionista de sua ópera *Os Demônios* e de seus grandes quadros religiosos. No início da década, sua música começou a tornar-se mais temática e acabou alcançando uma solenidade bruckneriana de propósito e ritmo, com base em material motívico simples.
*Óperas*: Os Demônios de Loudun, 1968, *Hamburgo, 1969; Paraíso Perdido, 1975-8, *Chicago, 1978.
*Coral orquestral*: Salmos de David, vozes, perc, 1958; Dimensões de Tempo e Silêncio, 1960; A Paixão segundo São Lucas, 1963-5; Dies irae, 1967; Cosmogonia, 1970; Utrenja, 1969-71; Canticum canticorum, 1972; Magnificat, 1974; Te Deum, 1979; Réquiem Polonês, 1980-3.
*Orquestral*: Epitafium, cordas, perc, 1958; Emanações, cordas, 1958; Anaklasis, cordas, perc, 1960; Trenodia para as Vítimas de Hiroshima, cordas, 1960; Fluorescências, 1961; Fonogrammi, 1961; Polimorfia, cordas, 1961; Cânone, cordas, fitas, 1962; Sonata, vc, orq, 1964; Capriccio, ob, cordas, 1965; De natura sonoris I, 1966, II, 1971; Capriccio, vn, orq, 1967; Abertura Pittsburg, sopros, tímp, 1967; Ações, grupo de jazz, 1971; Partita, cravo, orq câm, 1971; Preludium, sopros, ctbxs, 1971; Conc vc n.º 1, 1972; Sinf n.º 1, 1972-3; O Sonho de Jacó, 1974; Conc vn, 1976; Sinf n.º 2, 1979-80; Conc vc n.º 2, 1981-2; Conc va, 1982-3.
*Outras obras*: Estrofes, S, recitante, 10 instrs, 1959; 3 Miniaturas, vn, pn, 1959; Qt cordas n.º 1, 1960; n.º 2, 1968; Salmos, fita, 1961; Capriccio, vc, 1968; Ecloga VIII, 6 vozes masculinas, 1972. [Moeck, Schott.]

**pentatônico** O uso de apenas 5 das 12 notas. O modo pentatônico mais comum é o sem as 2.as menores, isto é, DÓ-RÉ-MI-SOL-LÁ-DÓ. Essa é a base de grande parte da música folclórica de quase todas as partes do mundo, e tem sido usada por compositores tão diversos quanto Dvorák, Mahler, Puccini, Bartók e Messiaen.

**Pepping, Ernst** (1901-) Compositor alemão. Estudou com Gmeindl na Hochschule de Berlim (1922-6), onde mais tarde ensinou (1953-68), além de ensinar na Escola de Música Sacra de Spandau desde 1934 até aposentar-se. A maioria de suas obras consiste em música coral e de órgão para uso luterano, numa revivificação do estilo barroco, inspirado em Hindemith. Compreendem o *Spandauer Chorbuch*, publicado originalmente em 20 volumes (1934-8), concertos, fugas, partitas e prelúdios corais para órgão. [Bärenreiter, Schott.]

**percussão** Grupo de instrumentos que produzem som ao serem golpeados. Pode incluir o piano, que na verdade tem sido tratado mais como instrumento de percussão do que melódico por muitos compositores do séc. XX (p. ex., *Les noces*, de Stravinsky). Pode-se dividir a família em instrumentos ''melódicos'' e ''não-melódicos'', dependendo se há ou não uma clara sensação de altura no som. Fora o piano, o primeiro grupo compreende vários tipos dos seguintes instrumentos: SINO, CELESTA, CENCERROS, ZIMBALÃO, CRÓTALO, glockenspiel, MARIMBA, TÍMPANOS, VIBRAFONE, XILOFONE, xilorimba. O segundo grupo é enorme: uma olhada nas partituras de Varèse, Cage, Messiaen, Stockhausen e Davies mostraria muitas variedades suas. *Ver também* FLEXATONE, GONGOS.

O moderno crescimento da importância dos instrumentos de percussão começou como parte do crescimento da orquestra na década de 1890: Mahler é o grande exemplo para as duas coisas e só fica atrás, nas passagens orquestradas para percussão, de Berg (op. 6, nº 1) e Webern (op. 6, nº 4). Mas os complexos ritmos cruzados das partituras para percussão de Varèse, a partir de *Amériques*, indicam uma nova disposição de fazer música só com instrumentos não-melódicos, como ele em seguida fez em quase toda a sua *Ionisation* (1931), que é, em geral, considerada a primeira obra ocidental só para percussão, embora *Les noces* e *Les choëphores* fossem orquestradas para vozes e percussão. Milhaud também compôs um concerto para percussão e orquestra de câmara. Ao longo das décadas de 30 e 40, Cage organizou grupos de percussão, compondo bastante para eles. Outro repertório evoluiu a partir do conjunto de 6 homens de Les Percussions de Strasbourg, que fez sua estréia em 1961 e encomendou obras a Barraqué, Stockhausen, Birtwistle e outros. A literatura para percussionista solo é pequena, mas tem um clássico em *Zyklus*, de Stockhausen. Na orquestra, porém, o conjunto de percussão garantiu sua importância, não menor entre os compositores que foram influenciados pelo gamelão ou os tambores africanos. Alguns serialistas acharam difícil acomodar instrumentos sem altura; há poucos deles, por exemplo, no Webern ou no Boulez finais (exceto como marcadores de tempo em *Rituel*). Contudo, Boulez, em *Pli selon pli*, *Éclat/Multiples* e *Répons* fez da percussão melódica o centro principal de sua orquestra.

☐ J. Blades, *Percussion Instruments and their History* (1970, 2/1974).

**Perle, George** (1915-) Compositor e musicólogo americano. Estudou com Wesley La Violette, na Universidade De Paul (1934-8), depois com Krenek, ensinando então na Universidade de Louisville (1949-57), na da Califórnia, com Davies (1957-61), e no Queens College de Nova York (1961-). Foi um dos primeiros americanos da década de 30 a interessar-se pela música dodecafônica e começou a desenvolver um sistema próprio de hierarquias num contexto dodecafônico, produzindo uma música que tende a ser eufônica no som, embora altamente sofisticada nas relações harmônicas e no desmembramento de um ritmo irregular. Suas obras incluem canções e peças orquestrais, mas a maioria é música de câmara, entre elas 7 quartetos (nº 5, 1960, rev. 1967; nº 6, 1969; nº 7, 1973). [Presser; Nonesuch, CRI.]

☐ G. Perle, *Serial Composition and Atonality* (1962, 4/1978); *Twelve-Tone Tonality* (1978).

**Perséphone** "Melodrama" de Stravinsky e Gide para tenor e recitante, coros de adultos e crianças e orquestra. É um clássico rito de primavera, criado para Ida Rubinstein e sua companhia. *Paris, 30 abr 1934.

**Persichetti, Vincent** (1915-) Compositor e professor americano. Estudou com Nordoff e Harris no Conservatório de Filadélfia e no Instituto Curtis, ensinando depois na primeira instituição (1942-62) e na Juilliard School (1947-). Suas obras são abundantes e de estilo variado. Também escreveu um manual de HARMONIA. [Elkan-Vogel.]

**Perspectives of New Music** Jornal semestral publicado pela primeira vez em 1962 e editado por Benjamin Boretz. Tem sido muito associado à escola de Princeton de composição dodecafônica e música de computador, embora também contenha importantes artigos sobre uma ampla variedade de música do séc. XX, de Schoenberg a Stockhausen.

**Peter Grimes** Ópera de Britten e Eric Crozier baseada em Crabbe, história de um desajustado explosivo dentro de uma pequena comunidade atrasada e hipócrita, numa cidade pesqueira na costa leste da Inglaterra. *Londres, 7 jun 1945.

**Petrassi, Goffredo** (1904-) Compositor e professor italiano. Estudou no Conservatório de

Santa Cecília em Roma, com Bustini (1928-33), e ensinou composição ali de 1939 a 1959, quando se transferiu para a Academia de Santa Cecília. Suas primeiras obras eram num estilo neoclássico próximo ao de Hindemith e Casella, que o reconheceu e estimulou, mas ele foi em frente, firmemente, em reação a Bartók e aos Stravinsky e Webern das últimas obras. O permanente dinamismo e o virtuosismo instrumental de sua música são bem mostrados na seqüência de concertos para orquestra (n.º 1, 1933-4; n.º 2, 1951; n.º 3, 1952-3; n.º 4, cordas, 1954; n.º 5, 1955; n.º 6, 1956-7; n.º 7, 1961-2, rev. 1964; n.º 8, 1970-2). Outras obras compreendem peças corais e muita música de câmara e instrumental. [Ricordi, Suvini Zerboni, UE.]

**Petruchka** Balé (''burlesque in 4 scènes'') de Stravinsky e Benois, coreografado por Fokine: as agonias do boneco Petruchka são apresentadas dentro do corre-corre mecânico de três dias de quermesse em São Petersburgo. *Ballets Russes, Paris, 13 jun 1911. Stravinsky arranjou *3 mouvements de Pétrouchka* para piano em 1921, e reorquestrou todo o balé, com mais economia, em 1946.

**Pettersson, Allan** (1919-80) Compositor sueco. Estudou com Olsson e Blomdahl no Conservatório de Estocolmo (1930-9), depois tocou viola na Filarmônica da cidade (1939-51), antes de completar os estudos em Paris com Honegger e Leibowitz. Era pouco conhecido até 1968, quando Dorati regeu sua Sétima Sinfonia; depois disso, compôs mais 8 sinfonias, normalmente num único movimento longo (n.º 9 com 1 hora e 15 minutos de duração) e num estilo sombrio que busca uma resolução diatônica. [Suecia.]

**Pfitzner, Hans Erich** (1869-1949) Compositor alemão. Estudou no Conservatório Hoch em Frankfurt, com Knorr e Kwast (1886-90), e trabalhou depois como professor e regente em Coblenca, Mogúncia, Berlim (1897-1908), Estrasburgo (1908-20), mais uma vez em Berlim (1920-9), e Munique (1930-3). O fim da guerra encontrou-o privado de recursos em Munique, mas ele passou seus últimos anos como pensionista da Filarmônica de Viena. Opôs-se fervorosamente a Schoenberg, Berg e Strauss, que achava estarem traindo a grande tradição romântica alemã. Mas não era nenhum conservador bitolado: sua ópera *Palestrina* indica a profundidade em que estava disposto a defender a responsabilidade moral da arte, e seu pensamento musical era consciencioso, quando não era profundo. Provavelmente, o melhor dele pode ser encontrado em *Palestrina*, nas cantatas e canções.

*Óperas*: Der arme Heinrich, 1891-3, *Mogúncia, 1895; Die Rose vom Liebesgarten, 1897-1900, *Elberfeld, 1901; Palestrina, 1912-5, *Munique, 1917; Das Herz, 1930-1, *Berlim, 1931.

*Cantatas*: Vom deutscher Seele, 1921; Das dunkle Reich, 1929.

Obras orqs e de câm, muitas canções.

**Philippot, Michel** (1925-) Compositor francês. Estudou com Dandelot no Conservatório de Paris (1946-8) e com Leibowitz (1948-50). Em 1949, esteve entre os primeiros a trabalhar no estúdio de música concreta de Schaeffer, onde criou várias peças na década seguinte (*Ambiance n.os 1-2*, 1959). Foi depois executivo na rádio francesa (1960-70) e professor da Universidade de São Bernardo do Campo, no Brasil. [Salabert.]

**Philomel** Obra de Babbitt e Hollander para soprano, acompanhada por fita de sons sintetizados e de soprano gravada: a música explora o momento de transformação de mulher em pássaro na história de Ovídio.

**piano** A relação daqueles que aumentaram admiravelmente a literatura pianística do séc. XX teria de incluir Rakhmaninov e Boulez, Debussy e Bartók, Stravinsky e Messiaen, Stockhausen e Prokofiev, Ives e Ravel, Schoenberg e Cowell, Cage e Fauré. É óbvio que não se pode conceber um resumo satisfatório da música para piano do séc. XX, embora haja verdade na afirmação muitas vezes repetida de que este século viu o piano reconhecido como um instrumento de percussão. Na verdade, a mudança na sensibilidade pode ser datada com bastante precisão dos poucos anos antes da Primeira Guerra Mundial, quando Stravinsky compôs *Petruchka*, Bartók seu *Allegro barbaro* e Cowell suas primeiras peças. Desde então, o piano tem sido reconhecido como instrumento de percussão por associação (em *Les noces* e nas Sonatas para pianos e percussão) e foi até convertido num instrumento de percussão (*ver* PIANO PREPARADO, STRING PIANO). Também se tornou integrante regular, até líder, da percussão da orquestra, em obras de Messiaen, Boulez, Stockhausen, etc. Além disso, a percepção da natureza percussiva do instrumento estimulou uma maior exploração de suas características de ressonância, principalmente na música de Schoenberg (que usou a técnica de apertar silenciosamente as teclas para liberar as cordas) e Boulez.

Essas novas técnicas assinalaram o fato de que o piano no séc. XX não é mais o instrumento de amador que foi no séc. XIX. Muito pouco de Schoenberg, Rakhmaninov, Ives ou Boulez, por exemplo, constitui repertório plausível de amador, e o piano deixou de ser o veículo regular para difundir obras orquestrais e de câmara. Quando os compositores oferecem suas redução para teclado, como fez muitas vezes Stravinsky, isso parece em grande parte ter sido remanescência de uma prática editorial do séc. XIX, ou então uma conveniência, facilitando o ensaio de um balé ou concerto. No caso particular de Stravinsky, contudo, a redução para piano pode representar um original, já que sabemos que ele compunha habitualmente ao piano. Messiaen também reconheceu como distintas as tarefas de "composição" e "orquestração", sem publicar normalmente versões para teclado de suas obras orquestrais. Para Ravel, no entanto, a orquestração era definitivamente uma opção extra, tanto que grande parte de sua produção existe em forma pianística ou orquestral, ambas adequadas à apresentação em concerto (também se descobriu que as partituras para 4 mãos de *A Sagração da Primavera* e *Petruchka* são mais que utilitárias).

O repertório do séc. XX para 2 ou 4 mãos é obviamente demasiado vasto para um rápido exame. Os concertos para piano importantes compreendem os de Bartók, Stravinsky, Rakhmaninov, Prokofiev, Schoenberg, Ravel, Busoni e Carter, além de várias obras para piano e orquestra; a literatura mais rara de concertos duplos para piano inclui obras de Berio e Bartók.

**piano preparado** Piano com objetos inseridos entre as cordas: um parafuso e um pedaço de cartolina na *Second Construction* (1940), de Cage, e um pequeno pino com roscas e 11 pedaços de material fibroso para vedação de portas e janelas em sua *Bacchanale* (também 1940). A técnica foi introduzida por Cage, que também batizou o instrumento (na partitura de *Bacchanale*; na *Second Construction* ainda usa o termo de Cowell, STRING PIANO. As obras posteriores de Cage envolvem mais preparações (45 nas Sonatas e Interlúdios) e vêm com instruções precisas sobre onde se devem colocar os objetos, embora o efeito exato vá depender da natureza dos objetos e do piano no qual são introduzidos. Teoricamente, o piano preparado permite ao compositor fazer experiências com som de uma maneira sem igual antes do advento da música eletrônica; contudo, a liberdade passa de fato para o músico, já que os sons não podem ser prescritos. Isso iria ter conseqüências consideráveis na obra de Cage, como foi a mudança sutil embora radical na natureza da notação. A música para piano preparado é anotada da maneira normal, mas perde-se a correspondência normal entre símbolo e som: um dó anotado pode soar como um sussurro percussivo. A notação torna-se, desse modo, um sistema de instruções para o músico, e não uma representação visual da música. Cage não retomou o piano preparado depois de seu Concerto (1950-1), nem muitos outros compositores voltaram a escrever para ele.

**pianola** Em seu apogeu, logo após a Primeira Guerra Mundial, o piano mecânico despertou o interesse de vários compositores, sobretudo Stravinsky. A reprodução automática ajustava-se à sua estética de não-interpretação, e a natureza do instrumento também parecia adequada às secas sonoridades percussivas que ele preferia. Em 1971, compôs um estudo para pianola e planejou incluí-la em *Les noces*, além de criar arranjos de outras peças para o instrumento. Desde a década de 20, a popularidade da pianola caiu consideravelmente, tanto entre o público quanto entre os compositores, mas Nancarrow encontrou nela um veículo estimulante.

**Pierrot lunaire** (Pierrot lunático) Conjunto de "3 vezes 7" poemas de Albert Giraud, em traduções de Otto Erich Hartleben e música de Schoenberg para voz recitante (em *Sprechgesang*) quinteto (vn + va, vc, fl + piccolo, cl + clarinete baixo, pn). É uma das obras-chave da música do séc. XX — e mesmo o seu plexo solar, como disse Stravinsky — abrindo perspectivas de música de câmara mista, que foram seguidas por Stravinsky, Boulez e muitos outros, de música teatral em pequena escala, que estimulou Henze e Davies, e, de modo mais geral, de harmonia atonal, usada com o objetivo muito claramente apropriado de expressar alienação, violência e nostalgia. *Albertine Zehmer (atriz que encomendou a obra), quinteto/Schoenberg, Berlim, 16 out 1912.

**Pierrot Players** *Ver* FIRES OF LONDON.

**Pijper, Willem** (1894-1947) Compositor holandês. Estudou com Johan Wagenaar em Utrecht (1911-6), depois ensinou nos conservatórios de Amsterdã (1918-30) e Rotterdã (1930-47). Em 1920, introduziu sua técnica de compor obras ou movimentos inteiros a partir de uma pequena célula de 3 ou 4 notas, tendo isso mais em comum com Bartók do que com Webern. Suas obras incluem a ópera *Halewijn* (1933), 3 sinfonias (1917, 1921, 1926), canções e peças de câmara. [Donemus.]

**Piston, Walter** (1894-1976) Compositor americano. Estudou em Harvard (1920-4) e em Paris, com Nadia Boulanger e Dukas (1924-6), depois retornou a Harvard, onde ensinou até 1960. Compôs manuais de *Harmonia* (Nova York, 1941, 2/1962), *Contraponto* (Nova York, 1947) e *Orquestração* (Nova York, 1955), e teve Carter, Bernstein e outros entre seus alunos. Suas obras têm a naturalidade e afluência do neoclassicismo americano-parisiense; incluem 8 sinfonias, vários concertos, 5 quartetos de cordas e o balé *The Incredible Flutist* (1938). [AMP, Boosey]

**Pizzetti, Ildebrando** (1880-1968) Compositor italiano. Estudou no Conservatório de Parma (1895-1901) com Giovanni Tebaldini, que estimulou nele o interesse pela música renascentista; isso acabou influenciando o estilo arioso de suas óperas. Retornou ao Conservatório de Parma como professor (1907-8), depois ensinou nos conservatórios de Florença (1908-24) e Milão (1924-36), e na Academia de Sta. Cecilia, em Roma (1936-58). Ao longo da década de 30, distanciou-se das tendências radicais da música italiana, embora seu mundo sempre tivesse sido conservador, voltado para Debussy, Mussorgsky e Monteverdi.
*Óperas*: Fedra, 1900-12, *Milão, 1915; Debora e Jaele, 1915-21, *Milão, 1922; Assassinio nella cattedrale (baseada em Eliot), 1957, *Milão, 1958.
*Outras obras*: Requiem, coro, 1922; peças corais, obras orqs, música de câm. [Ricordi, Sonzogno.]

**Pli selon pli** Obra de Boulez para soprano e orquestra, baseada em sonetos de Mallarmé. Os 5 movimentos contêm liberdades aleatórias em pequena escala e demonstraram ser bastante mais mutáveis nas versões posteriores:

*Don*, S, pn, 1960; S, orq, 1962.

*Improvisation sur Mallarmé I: Le vierge, le vivace et le bel aujourd'hui*, S, 7 perc, 1957; S, peq orq, 1962.

*Improvisation sur Mallarmé II: Une dentelle s'abolit*, S, 9 perc, 1957.

*Improvisation sur Mallarmé III: A la nue accablante tu*, S, peq orq, 1959, rev. 1983.

*Tombeau*, S, orq, 1959-62.

*Ilse Hollweg, NDR SO/Rosbaud, Hamburgo, 13 jan 1958 (*Improvisations I-II*); Eva Maria Rogner SWF SO/Boulez, Colônia, 13 jun 1960 (a obra inteira).

**pluralismo** Uso de diferentes estilos numa obra, algumas vezes simultaneamente. Era o termo de Bernd Alois Zimmermann para COLAGEM.

**Poema do Êxtase, O** (Le poème de l'extase) Obra orquestral de Skryabin, inspirada por sua fé cada vez maior no poder da arte para causar exaltação espiritual. *Nova York, 1908.

**Poème électronique** Peça em fita de Varèse, feita a partir de gravações de instrumentos de percussão, voz solo, uma apresentação musical (*Étude pour "Espace"*, do compositor), sons eletrônicos e naturais. Foi encomendada para audição no pavilhão da Phillips, projetado por Le Corbusier para a Exposição de Bruxelas de 1958 (*2 mai).

**polifonia** Música em mais de uma parte. A distinção de HETEROFONIA é confusa: classicamente, as vozes em heterofonia são expressões da mesma melodia em diferentes velocidades, enquanto as vozes em polifonia podem ser independentes, embora unificadas por relações de andamento regulado e por princípios harmônicos. O uso desses termos em relação à música do séc. XX tende a concentrar-se mais no grau de fusão do que na natureza das vozes, de modo que o Quarteto de Cordas de Webern é descrito como polifônico, apesar de as frases serem todas expressões do mesmo conjunto de 12 notas, e a *Turangalîla-Symphonie*, de Messiaen, como heterofônica, mesmo quando as partes não têm nenhuma conexão melódica evidente. Boulez desenvolveu mais o termo, sugerindo a possibilidade de uma monodia ser uma "polifonia latente" (onde as vozes secundárias podem sobreviver como vestígios em forma de floreado musical), e propondo também as idéias de "polifonia de polifonias", "polifonia de heterofonias", etc. Toda sua maneira de compor sugere um jardim com alamedas que se bifurcam, onde polifonias mais ou menos complexas estão sempre à mão para ornamentar monodias. Isso é quase esquematicamente apresentado em seus *Domaines*, mas remonta a um passado pelo menos tão distante quanto o de sua *Polyphonie X*, cujo título incorpora a idéia favorita de que as frases polifônicas podem ser ligadas não apenas vertical mas também diagonalmente, através do tempo. Babbitt também desenvolveu o conceito de polifonia, embora de maneira mais organizada; em sua música, as frases polifônicas podem não estar presentes como vozes melódicas distintas, mas antes separadas por organizações separadas de timbre, dinâmica, *time point*, etc.

Se a mesma palavra pode ser usada para, digamos, um solo de flauta em *Le marteau sans maître* (VIII, compassos 81-3), uma peça para violão de Babbitt (sua *Composição*, descrita por ele como uma polifonia a 6 partes), uma textura orquestral de inúmeras melodias independentes de Ligeti (*San Francisco Polyphony*) e uma missa de David ou Pepping, então, evidentemente, o termo perde qualquer sentido preciso que tivesse. O que se deve afirmar, porém, é que a música do séc. XX assistiu a um generalizado renascimento da polifonia, após a tendência à homofonia da música do séc. XIX. Isso é óbvio nas primeiras obras de Schoenberg; foi observado por Webern; e está implícito no neoclassicismo.

**polimetria** Presença simultânea de linhas musicais em diferentes métricas. Não é incomum na canção do séc. XIV, mas depois desapareceu, fora casos especiais como o final do Ato I de *Don Giovanni*, até o séc. XX. Há muitos exemplos em Ives, onde diferentes tipos de músicas se sobrepõem (*Three Places*, Quarta Sinfonia, etc), e também em Stockhausen (*Gruppen*), Carter, Messiaen, etc.

**polirritmia** Termo que abrange a polimetria e o conflito mais tradicional de dois ritmos na mesma métrica (p. ex., ritmo cruzado).

**política** A música pareceria o veículo mais improvável para a declaração de princípios políticos; no entanto talvez seja no campo musical, mais que em qualquer outra forma de expressão artística, que as correlações e conseqüências políticas se têm mais ardentemente afirmado no séc. XX. A afirmação essencial, a ser apoiada por argumentos, é simples: há uma certa comunidade de mentalidade entre revolução artística e política. Os nazistas, evidentemente, estavam certos de que havia: daí sua imediata depreciação de qualquer coisa que ameaçasse o *status quo* da harmonia maior-menor (Stravinsky, Bartók, Schoenberg e, por fim, Hindemith foram todos rotulados de expoentes do KULTURBOLSCHEWISMUS). De uma perspectiva diferente, a ASSOCIAÇÃO DE MÚSICA CONTEMPORÂNEA (AMC) da Rússia adotou opinião semelhante, acolhendo qualquer coisa nova em música como adequada a uma nova sociedade: daí as oportunidades que tiveram, na década de 20, compositores como Roslavets, Mosolov, Deshevov, Popov, Protopov e o jovem Shostakovich.

Contudo, a Associação Russa para a Música Proletária (ARMP) adotou a opinião, diferente e em muitos aspectos contrária, de que a música num país socialista deve ser compreensível para todos (*ver* SOCIEDADE), o que, para eles, significava adesão ao conhecido: a música folclórica e um estilo musical com raízes na época de Borodin, Tchaikovsky e Mussorgsky. Em 1931, a AMC entrou em colapso e, embora o sucesso da ARMP no ano seguinte tenha sido moderado pela fundação do Sindicato de Compositores Soviéticos, baniram-se ousadias anteriores no interesse do REALISMO SOCIALISTA. Em 1936, Shostakovich foi publicamente criticado por FORMALISMO, e a acusação se repetiu em 1948, quando Andrey Jdanov instituiu um período de severa repressão artística, que durou até depois da morte de Stalin, em 1953.

Desde então, tem-se discutido repetidas vezes a tensão entre radicalismo político e musical, embora essencialmente, segundo as duas opiniões representadas na União Soviética, na década de 20, pela AMC e a ARMP. Pousseur, por exemplo, tentou encontrar paralelos entre as organizações políticas e musicais, sugerindo que o PLURALISMO poderia ser a expressão de um socialismo tolerante; e Cage, apesar de acabar desesperando da utilidade do artista para mudar o mundo, defendeu a mesma coisa. Por outro lado, Cardew, em meados da década de 70, defendeu vigorosamente uma música já conhecida das "grandes massas" e uma análise crítica da música do passado em busca de seu conteúdo político.

Os cínicos poderiam argumentar que o verdadeiro inimigo da liberdade artística é a certeza, venha da direita ou da esquerda, pois foram os regimes dos dois credos, o nazista e o stalinista, os mais repressivos. Por outro lado, os problemas da expressão na música são vividamente ilustrados pela variedade de estilos em que isso foi tentado, por Shostakovich, Nono, Bush, Pousseur, Wolff, Durey, etc., tornando a música socialista tão diversa quanto qualquer outro repertório no séc. XX.

**politonalidade** Presença concomitante de mais de uma tonalidade. Se há duas tonalidades simultâneas, diz-se BITONALIDADE; a sensação precisa de mais de duas tonalidades ao mesmo tempo é dúbia.

**Polovinkin, Leonid** (1894-1949) Compositor russo. Estudou com Myaskovsky, Glier e outros no Conservatório de Moscou (1914-24), para onde retornou como professor (1926-32). Na década de 20 foi importante integrante da Associação de Música Contemporânea, produzindo peças para piano e obras orquestrais (*Telescópio I*, 1926, *II*, 1928) influenciado por Schoenberg e jovens compositores franceses. Depois da dissolução da AMC, compôs músicas mais simples, inclusive balés para crianças.

**Ponce, Manuel** (1882-1948) Compositor mexicano. Estudou e trabalhou como pianista e organista no México, antes de partir em 1904 para a Europa, onde prosseguiu os estudos em Bolonha e Berlim. Retornou ao México para ensinar, compor e estudar música folclórica, passando período em Paris (1925-33). A maioria de suas obras consiste em canções e peças para piano e violão, no estilo hispânico. [Peer, Schott.]

**ponto** Nota isolada numa composição musical. O estudo de Webern incentivou muitos jovens compositores europeus por volta de 1950 a trabalhar com notas individuais em processos organizados serialmente; o efeito do SERIALISMO TOTAL, sobretudo, iria produzir um tecido de pontos (*ver* MODE DE VALEURS ET D'INTENSITÉS de Messiaen, *Structures Ia* de Boulez, e *Kreuzspiel* de Stockhausen). A fase foi breve: Boulez, em *Structures Ib*, e Stockhausen, na obra significativamente intitulada *Kontra-Punkte*, trabalharam com unidades melódicas mais amplas (o termo de Stockhausen era "grupo"). Contudo, transformou a palavra "pontilhismo" num termo de descrição comum para a música de vanguarda dos anos 50, embora talvez os paralelos mais próximos com Seurat estejam em Debussy, onde se trata mais de nuvens do que de pontos.

**Popov, Gavriil** (1904-72) Compositor russo. Estudou no Conservatório de Leningrado com Shcherbachov e deu uma admirável contribuição ao movimento radical da música soviética com seu Sexteto (1927); suas obras posteriores são peças corais monumentais e sinfonias.

**Porter, Quincy** (1897-1966) Compositor americano. Estudou com Parker e David Smith em Yale (1915-20), com d'Indy em Paris (1920-1) e com Bloch em Nova York e Cleveland, onde ensinou no Instituto de Música (1923-8). Depois voltou a Paris por três anos, antes de ocupar cargos no Vassar College (1923-8), no Conservatório da Nova Inglaterra (1938-46) e em Yale (1946-65). Seu estilo musical é de melodias suaves e escálicas, movendo-se com finalidade rítmica através da polifonia cromática. As obras incluem 9 quartetos (1923, 1925, 1930, 1931, 1935, 1937, 1943, 1950, 1958), além de outras músicas de câmara, 2 sinfonias, peças orquestrais menores e canções. [Presser, New Valley.]

**pós-modernismo** *Ver* MODERNISMO.

**Poulenc, Francis** (1899-1963) Compositor francês. Seu enorme talento foi transformar a ironia de Stravinsky em termos distintamente franceses de elegância e charme. Tendo ouvido *A Sagração* em sua primeira temporada, começou a ter aulas em 1915 com Viñes, através do qual entrou em contato com Satie, Auric e outros (a educação formal em composição só veio em 1921-4, quando tomou aulas com Koechlin). Suas primeiras sonatas mostram-no alerta ao rápido desenvolvimento de Stravinsky no período das Sinfonias para Sopros e do Octeto, enquanto acompanhava ao mesmo tempo a estética de Cocteau, combinando materiais populares com humor sofisticado em suas canções, notadamente em *Cocardes*. Era o candidato mais natural a fazer parte do Grupo dos Seis, e manteve em sua música dos anos 20 e início dos 30 uma consideração pelo estilo, a elegância, as reminiscências clássicas e a suave modernidade bem à Cocteau.

Em 1935, porém, redescobriu a fé católica, e produziu uma seqüência de obras sacras, cujo sentido permanece equívoco à luz de sua soberba indiferença e requinte anteriores (que essas obras continuam em estilo musical). Não se sabe se a seriedade está sendo explorada como um modo de expressão (como parece ser claramente o caso do Concerto para Órgão), ou se é genuinamente intencional. Essas dificuldades não se apresentam em suas duas óperas breves, na música absurdo para *Les mamelles de Tirésias*, de Apollinaire, e na partitura inteligentemente sentimental para *La voix humaine*, de Cocteau, nem tampouco, em geral, nas muitas canções, gênero em que se destacou. Depois da Segunda Guerra Mundial, apresentou-se internacionalmente em recitais de canto com Pierre Bernac e também gravou grande parte de sua produção de canções e piano.

*Óperas*: Les mamelles de Tirésias, 1944, *Paris, 1947; Dialogues des Carmélites, 1953-6, *Milão, 1957; La voix humaine, 1958, *Paris, 1959.

*Orquestral*: Les biches (balé com coro), 1923; Concert champêtre, cravo, orq, 1927-8; Aubade, pn, 18 instrs, 1929; Conc em ré menor, 2 pn, orq, 1932; Conc, sol, órg, tímpano, cor-

das, 1938; Les animaux modèles (balé), 1940-1; Sinfonietta, 1947; Conc pn, 1949.
*Coral*: Litanies à la vierge noire, SSA, órg, 1936; Missa, sol, SATB, 1937; 4 motets pour um temps de pénitence, SATB, 1938-9; Salve Regina, SATB, 1941; Figure humaine, 12 vozes, 1943; 4 petites prières de St. François d'Assise, vozes masculinas, 1948; Stabat mater, S, 5 vozes, orq, 1950; 4 motets pour le temps de noël, 1951-2; Ave verum corpus, S Mez A, 1952; Laudes de St. Antoine de Padoue, vozes masculinas, 1957-9; Gloria, S, vozes, orq, 1959; 7 répons de ténèbres, criança soprano, vozes, orq, 1961.
*Câmara*: Sonata, 2 cl, 1918, rev. 1945; Sonata, cl, fag, 1922; Sonata, tpa, tpt, trbn, 1922, rev. 1945; Trio, ob, fag, pn, 1926; Sexteto, qnt sopros, pn, 1932-9; Sonata, vn, pn, 1942-3, rev. 1949; Sonata, vc, pn, 1948; Sonata, fl, pn, 1956; Sonata, cl, pn, 1962; Sonata, ob, pn, 1962.
*Canções*: Le bestiaire (Apollinaire), 1918-9; Cocardes (Cocteau), 1919; Poèmes de Ronsard, 1924-5; Chansons gaillardes, 1925-6; Airs chantés (Moréas), 1927-8; 3 poèmes de Louise Lalanne, 1931; 4 poèmes (Apollinaire), 5 poèmes (Jacob), 1931; 8 chansons polonaises, 1934; 4 chansons pour enfants, 1934; 5 poèmes (Eluard), 1935; Tel jour, telle nuit (Eluard), 1936-7; 3 poèmes (de Vilmorin), 1937; 2 poèmes (Apollinaire), 1938; Miroirs brulants (Eluard), 1938-9; Fiançailles pour rire (de Vilmorin), 1939; Banalités (Apollinaire), 1940; Chansons villageoises (Fombeure), 1942; Métamorphoses (de Vilmorin), 1943; 2 poèmes (Aragon), 1946; 3 chansons (Lorca), 1947; Calligrammes (Apollinaire), 1948; La fraîcheur et le feu (Eluard), 1950; Le travail du peintre (Eluard), 1956; La courte paille (Carème), 1960; muitos números solos.
*Melodrama*: L'histoire de Babar, 1940-5.
*Piano*: Sonata, 4 mãos, 1918; 3 mouvements perpétuels, 1918; Suite, dó, 1920; 6 Impromptus, 1920; Promenades, 1921; Napoli, 1925; 2 novelettes, 1927-8; 3 Peças, 1928; Nocturnes n.os 1-8, 1929-38; Improvisations n.os 1-15, 1932-59; Villageoises, 1933; Les soirées de Nazelles, 1930-6; Sonata, 2 pn, 1952-3. [Chester, Heugel, Eschig, Rouart Lerolle.]

□ H. Hell, *Francis Poulenc* (1959); P. Bernac, *Francis Poulenc* (1977).

**Pousseur, Henri** (1929-) Compositor belga. Estudou no Conservatório de Liège (1947-52), com Absil no de Bruxelas (1952-3), e com Froidebise, que lhe revelou a música de Webern. Também foram importantes seus encontros com Boulez, em 1951, e Stockhausen, em 1954: tornou-se professor regular em Darmstadt (1957-67) e participante do movimento de vanguarda. Interessou-se em particular pela forma aleatória, em *Scambi*, para trechos de fita a serem montados, em *Mobile*, para 2 pianos, e na ópera *Votre Faust*, em que as eventualidades podem ser decididas pela platéia. Essa atitude libertária levou a uma visão da música como um modelo potencial de sociedade utópica, quer dirigida a uma sociedade de músicos em obras para improvisação em grupo, quer a uma companhia maior, em peças como *Couleurs croisées*, uma transformação orquestral da canção "We Shall Overcome". Pousseur também via sua preocupação com a harmonia, presente em toda sua obra, como também de importância social.
*Ópera*: Votre Faust, 1960-7, *Milão, 1969.
*Orquestral*: Sinfonias, 15 instrs, 1954-5; Rimes, com fita, 1958-9; Trait, 15 instrs, 1962; Couleurs croisées, 1967; Les éphémerides d'Icare II, pn, 18 instrs, 1970; L'effacement du Prince Igor, 1971; Chronique illustrée, com barítono, 1976.
*Câmara*: 3 chants sacrés, S, trio cordas, 1951; Qnt, cl, cl bx, vn, vc, pn, 1955; Madrigal I, cl, 1958; II, 4 instrs, 1961; III, 6 instrs, 1962; Répons, 7 instrs, 1960; Ode, qt cordas, 1960-1.
*Piano*: Exercices, 1956; Mobile, 2 pn, 1956-8; Caractères, 1961; Apostrophe et 6 reflections, 1964-6.
*Fita*: Seismogrammes I-II, 1954; Scambi, 1957; Electre, 1960; 3 visages de Liège, 1961; Jeu de miroirs de Votre Faust, 1967; Parabol Mix I-III, 1973, Liège à Paris, 1977. [UE, Suvini Zerboni; Wergo.]

**Powell, Mel** (1923-) Compositor americano. Era um famoso pianista de jazz antes de estudar com Toch em Los Angeles (1946-8) e Hindemith em Yale, onde ingressou no corpo docente (1958-72), ensinando depois no Institute of the Arts da California. Sua música é num estilo dodecafônico de vívida e orgânica imagística, e consiste principalmente em peças para fita magnética e obras para pequenos conjuntos. [G. Schirmer.]

**Prelúdios** Gênero de música para piano cultivada por Skryabin, Rakhmaninov e Debussy, cujos primeiros livros compreendem: 1. "Danseuses de Delphes" (Dançarinas de Delfos), 2. "Voiles" (Velas), 3. "Le Vent dans la plaine" (O vento na planície), 4. "Les sons et les parfums tournent dans l'air du soir" (Os sons e os perfumes dançam no ar da noite: poema de Baudelaire), 5. "Les collines d'Anacapri" (As colinas de Anacapri), 6. "Des pas sur la neige" (Passos na neve), 7. "Ce qu'a vu le vent d'ouest" (O que viu o vento oeste), 8. "La fille aux cheveux de lin" (A menina dos cabelos de linho), "9. "La sérénade interrompue" (A serenata interrompida), 10. "La cathédrale engloutie" (A catedral submersa), 11. "La danse de Puck" (A dança de Puck), 12. "Minstrels" (Menestréis).

O segundo livro contém: 1. "Brouillards" (Névoas), 2. "Feuilles Mortes (Folhas mortas), 3. "La Puerta del Vino", 4. "Les fées sont d'exquises danseuses" (As fadas são delicadas bailarinas), 5. "Bruyères" (Urzes), 6. "General Lavine-eccêntric" (*music-hall* de marionetes), 7. "La terrasse des audiences du clair de lune" (O terraço das audiências do luar), 8. "Ondine", 9. "Hommage a S. Pickwick Esq., P.P.M.P.C.", 10. "Canope" (Canopus: antigo local egípcio), 11. "Les tierces alternées" (Terças alternadas), 12. "Feux d'artifice" (Fogos de artifício).

**Pribaoutki** Poesias russas. A obra de Stravinsky com este título é uma adaptação de 4 poesias para barítono e octeto misto, mas ele usou poemas do mesmo tipo em *Berceuses du chat* para contralto e 3 clarinetas, *Renard* e *Les noces.*

**Príncipe de Madeira, O** (A fából faragott királyfi). Balé de Bartók para cenário de Béla Balázs. O príncipe de madeira é um boneco feito por um príncipe para atrair uma princesa; ela se apaixona mais pela imagem do que pelo autêntico até o momento em que ele renuncia à magia de sua fada guardiã. *Budapeste, 12 mai 1917.

**Prinz von Homburg, Der** Ópera de Henze e Bachmann a partir de Kleist, obra com um cenário militar alemão, mas assinalando a absorção do compositor pela ópera italiana do início do séc. XIX. *Hamburgo, 22 mai 1960.

**Prokofiev, Sergey** (1891-1953) Compositor russo. Como ironista musical, talvez não tenha igual no séc. XX, à parte o supremo número 1 Stravinsky, embora sempre tenha parecido desejar de si mesmo uma forma mais integrada de expressão. O resultado foi uma carreira criativa de rara variedade e repentina mudança, do amargo sarcasmo ao romantismo mais indulgente — da, num breve período, hábil fantasia de O AMOR POR TRÊS LARANJAS à selvagem histeria de O ANJO DE FOGO. Sua inquietude também se manifestou no nível banal da geografia: deixou a Rússia logo após a Revolução, morou nos EUA e em Paris, mas na década de 30 retornou gradativamente a seu país, para assumir uma posição incômoda como compositor numa sociedade que não decidira o que queria de seus artistas.

Estudou com Glier na infância, depois no Conservatório de São Petersburgo (1904-14), onde seus cursos com Lyadov, Rimsky-Korsakov, Tcherepnin e outros foram menos importantes do que as amizades que fez com Myaskovsky e Asafyev. Em 1914, visitou Londres e conheceu Dyagilev, que lhe encomendou um balé; contudo, sua primeira obra, *Ala e Lolli*, não deu em nada (a música entrou na *Suite Cità*), e a segunda, *Chout*, foi cancelada pela deflagração da guerra. Ele retornou para Petrogrado e compôs O JOGADOR, e também seu primeiro exercício no neoclassicismo, a Sinfonia *Clássica*, conscientemente modelada na forma e à maneira da época de Haydn, e seu lírico Primeiro Concerto para Violino.

Em maio de 1918, partiu para os EUA, onde logo compôs *O Amor por Três Laranjas* para a Ópera Lírica de Chicago, e começou *O Anjo de Fogo*. Depois regressou a Paris (1920-1), em primeiro lugar para revisar *Chout* para Dyagilev; enquanto, na França, continuou a trabalhar em diversas frentes: o simpático e virtuoso Terceiro Concerto para Piano em andamento, composto para ele próprio tocar e contrastando com o complexo Segundo e o arrogante Primeiro; também uma cantata simbólica em *Eles São Sete*, de Balmont. No inverno de 1921-2, estava de volta a Chicago para a montagem das *Três Laranjas*, mas depois disso fez de Paris seu centro durante os doze anos seguintes. Suas obras continuaram diversificadas, passando do futurismo da era mecânica da Segunda Sinfonia e do balé *Le pas d'acier*, à graça de outro balé, *O Filho Pródigo* e à febril e intensa emoção de outra sinfonia, a Terceira, extraída de *O Anjo de Fogo*.

Em 1933, fez a primeira visita à URSS desde que partira e começou a compor cada vez mais para o público soviético: ROMEU E JULIETA foi encomendado pelo Kirov em Leningrado, em 1934. Por fim, em 1936, estabeleceu residência definitiva em Moscou com a mulher e dois filhos. O momento não era favorável: Shostakovich acabara de ser condenado por *Lady Macbeth* e seu próprio *Romeu e Julieta* era rejeitado. A princípio, compôs apenas música utilitária, incluindo cantatas patrióticas, música incidental para teatro e cinema (embora esta contenha a importante partitura de *Alexander Nevsky*, para Eisenstein) e a educativa *Pedro e o Lobo*. Sua primeira ópera soviética, *Semyon Kotko*, saiu de cartaz após a primeira temporada; a segunda, *A Duenna*, levou anos sem ser encenada; e a terceira, GUERRA E PAZ, só foi apresentada integralmente depois de sua morte.

Ele viu-se mais afinado com o gosto soviético na imponente Quinta Sinfonia (1944) e no segundo grande balé, *Cinderella*, mas foi o alvo principal da crítica feita aos compositores em 1948, e as obras dos últimos anos de sua vida têm sido em geral consideradas anódinas em conseqüência disso. Morreu no mesmo dia que Stalin.

*Óperas*: O JOGADOR, 1915-7, rev. 1927-8; O AMOR POR TRÊS LARANJAS, 1919; O ANJO DE FOGO, 1919-23, rev. 1926-7: Semyon Kotko, 1939, *Moscou, 1940; A Duenna (Noivado no Monastério), 1940-1, *Leningrado, 1946; GUERRA E PAZ, 1941-3, rev. 1946-52; A História de um Homem Verdadeiro, 1947-8, *Moscou, 1960.

*Balés*: Chout, 1915, rev. 1920, *Paris, 1921; O Passo de Aço, 1925-6, *Paris, 1927; O Filho Pródigo, 1928-9, *Paris, 1929; Sur le Borysthène, 1930-1, *Paris, 1932; ROMEU E JULIETA, 1935-6; Cinderella, 1940-4, *Moscou, 1945; A História da Flor de Pedra, 1948-53, *Moscou, 1954.

*Sinfonias*: n.º 1, "Clássica", ré, 1916-17; n.º 2, ré, 1924-5; n.º 3, dó, 1928; n.º 4, dó, 1929-30, rev. 1947; n.º 5, si bemol, 1944; n.º 6, mi bemol, 1945-7; n.º 7, dó sustenido, 1951-2

*Concertos*: para pn, n.º 1, ré bemol, 1911-2, n.º 2, sol, 1912-3, rev. 1923, n.º 3, dó, 1917-21; n.º 4, si bemol, mão esquerda, 1931; n.º 5, sol, 1931-2; para vn, n.º 1, ré, 1916-7; n.º 2, sol, 1935; para vc, mi, 1933-8, rev. 1950-2 como Conc Sinfônico; Concertino vc, sol, 1952.

*Suites*: Suíte cità, 1915; Lieutenant Kijé, 1934; outras de óperas e balés.

*Cantatas*: Eles São Sete, T, vozes, orq, 1917-8, rev. 1933; Alexander Nevsky, Mez, vozes, orq, 1939.

*Melodrama*: Pedro e o Lobo, narrador, orq, 1936.

*Câmara*: Abertura sobre Temas Hebreus, dó, cl, qnt e pn, 1919; Qnt, sol, oboé, cl, vn, va, ctbx, 1924; Qt cordas n.º 1, si, 1930; n.º 2, fá, 1941; Sonata, dó, 2 vn, 1932; Sonata, fá, vn, pn, 1938-46; Sonata, ré, fl/vn, pn, 1943-4; Sonata, dó, vc, pn, 1949.

*Piano*: Sonata n.º 1, fá, 1909, n.º 2, ré menor, 1912; n.º 3, lá, 1917; n.º 4, dó, 1917; n.º 5, dó, 1923, rev. 1952-3, n.º 6, lá, 1939-40; n.º 7, si bemol, 1939-42, n.º 8, si bemol, 1939-44, n.º 9, dó, 1947; Sarcasmos, 1912-4; Visões fugidias, 1915-7.

*Canções*: 2 Poemas, 1910-11; O Patinho Feio, 1915; 5 Poemas (Akhmatova), 1916; 5 Poemas (Balmont), 1921; 3 Romanças (Pushkin), 1936. [Boosey, Soviet State Publishers.]

□ S. I. Shlifshteyn, ed. *Sergey Prokofiev* (1960, 2/1968); I. V. Nestyev, *Prokofiev* (1961); C. Samuel, *Prokofiev* (1971).

**Prometeu, o Poema do Fogo** (Prométhée, le poème du feu) Obra de Skryabin para piano, orq, órgão colorido (*ver* COR) e coro nas últimas montagens, *Moscou, 1911.

**Prozession** (Procissão) Obra de Stockhausen para conjunto eletrônico ao vivo, composta em notação mais/menos, definindo não o material mas como os músicos reagem uns aos outros e às reproduções de outras obras de Stockhausen que introduzem. Helsinque, 21 mai 1967.

**Puccini, Giacomo** (1858-1924) Compositor italiano. Filho, neto, bisneto e tetraneto de músicos de igreja em Lucca, esperava-se que seguisse o pai (que morreu quando ele tinha 5 anos), mas assistir a *Aída*, aos 17 anos, fez com que se decidisse por uma carreira operística. Estudou no Conservatório de Milão (1880-3) com Bazzini e Ponchielli, e conquistou o sucesso com sua primeira ópera, *Le villi* (1884), depois obteve aclamação internacional com *Manon Lescaut* (1893). Apesar da trama incoerente e de uma história de sentimentalismo banal, esta obra contém momentos de domínio harmônico e orquestral só comparáveis às obras de Strauss e Mahler. Há um choque semelhante entre personagens romanescos e música às vezes inquisitiva em *La Bohème* (1896), *Tosca* (1900) e MADAME BUTTERFLY (1904). Tinha, em particular, conhecimento de Debussy, e sua redução a princípios pentatônicos adequa-se a níveis básicos de emoção tão seguramente quanto o cromatismo de Schoenberg. Ao fazer isso, porém, a música muitas vezes parece explorativa, e todas essas obras têm momentos de crueldade amorosa (a morte de Mimi, todo o ato do meio de *Tosca* e o final de *Madame Butterfly*), além de estarem ligadas a partituras sinfônicas que podem parecer manipular o personagem para levá-lo a extremos emocionais.

Em parte por sua insipidez, as 3 óperas de 1896-1904 têm sido tão adoradas quanto execradas, e as sucessoras, *La* FANCIULLA DEL WEST (1910) e *La rondine* (1917), não foram muito admiradas; tampouco as óperas em 1 ato de *Il* TRITTICO (1918). Contudo, sua última ópera iria tornar-se também uma peça básica do repertório: TURANDOT (1926). Aqui, o exótico cenário permitiu-lhe valer-se de Stravinsky e Schoenberg, além de Debussy, embora também houvesse oportunidade para a manifestação de sua típica glorificação da crueldade, não apenas na ação dramática, mas também nas exigências feitas aos cantores. Exigindo muito também de si mesmo, ele não conseguiu concluir o final, que foi acrescentado postumamente por Alfano.

□ M. Carner, *Puccini* (1958, 2/1974).

**Pulcinella** ''Balé com canto'' de Stravinsky, a música para 3 cantores e orquestra de câmara foi extraída de árias e peças instrumentais atribuídas a Pergolesi. O balé foi montado originalmente como uma *commedia dell'arte*, coreografado por Massine e cenografado por Picasso. *Ballets Russes/Ansermet, Paris, 15 mai 1920. A suíte inclui 11 dos 18 números e exclui os solistas.

**pulsação** 1. Regularidade rítmica audível. É uma característica da maioria das músicas, embora tenha sido debilitada, complicada e às vezes obliterada com o surgimento, no séc. XX, dos conceitos de tempo musical. 2. Emissão isolada de energia elétrica. *Kontakte*, de Stockhausen, foi composto a partir das emissões de geradores de pulsações em diferentes níveis.

**Punch and Judy** Ópera de Birtwistle e Stephen Pruslin, um ritual de busca e assassinato, baseada nas tradicionais peças de marionetes e orquestrada para formação de câmara. *Aldeburgh, 8 jun 1968.

# Q

**quadrado mágico** Disposição de números em que a soma de cada linha horizontal é igual à de cada vertical. P. ex.:

| | | | | | | | | |
|---|---|---|---|---|---|---|---|---|
| 1 | 6 | 2 | 7 | 3 | 8 | 4 | 9 | 5 |
| 6 | 2 | 7 | 3 | 8 | 4 | 9 | 5 | 1 |
| 2 | 7 | 3 | 8 | 4 | 9 | 5 | 1 | 6 |
| 7 | 3 | 8 | 4 | 9 | 5 | 1 | 6 | 2 |
| 3 | 8 | 4 | 9 | 5 | 1 | 6 | 2 | 7 |
| 8 | 4 | 9 | 5 | 1 | 6 | 2 | 7 | 3 |
| 4 | 9 | 5 | 1 | 6 | 2 | 7 | 3 | 8 |
| 8 | 5 | 1 | 6 | 2 | 7 | 3 | 8 | 4 |
| 5 | 1 | 6 | 2 | 7 | 3 | 8 | 4 | 9 |

Este é o quadrado usado em *Ave maris stella*, de Davies, em que os números são interpretados como classes de altura e valores de duração. Outras obras suas usam quadrados mágicos menos ostensivamente.

**Quatuor pour la fin du temps** (Quarteto para o fim dos tempos) Obra de Messiaen para clarinete, violino, violoncelo e piano, sua única peça de câmara e a mais compacta visão de seus mundos musicais. São 8 movimentos baseados na imagística do Apocalipse: 1. "Liturgie de cristal" (Liturgia de cristal; processo rítmico abstrato), 2. "Vocalise, pour l'ange qui annonce la fin du temps" (Vocalise, para o anjo que anuncia o fim dos tempos: canção de êxtase), 3. "Abîme des oiseaux" (Abismo dos pássaros: solo de clarineta), 4 "Intermède" (Interlúdio: animada dança sem piano), 5. "Louange à l'éternité de Jésus" (Louvor à eternidade de Jesus: adágio para violoncelo e piano). 6. "Danse de la fureur, pour les sept trompettes" (Dança da fúria, para as sete trombetas: a maior parte para quarteto em forte uníssono), 7. "Fouillis d'arcs-en-ciel, pour l'ange qui annonce la fin du temps" (Feixes de arco-íris, para o anjo que anuncia o fim dos tempos: trecho de desenvolvimento), 8. "Louange à immortalité de Jésus" (Louvor à imortalidade de Jesus: adágio para violino e piano). *Henri Akoka (cl), Jean La Boulaire (vn), Étienne Pasquier (vc), Messiaen, Stalag VIIIA, Görlitz, Silésia, 15 jan 1941.

**Quilter, Roger** (1887-1953) Compositor inglês. Estudou com Knorr no Conservatório Hoch, em Frankfurt, depois viveu como compositor sobretudo de canções, musicando poesia romântica e elizabetana com luminosa elegância.

☐ T. Hold, *The Walled-in Garden* (1978).

# R

**Rachmaninov** *Ver* RAKHMANINOV.

**radiodifusão** As primeiras estações de rádio foram inauguradas no início da década de 20, e desde o início a música teve papel de destaque na programação. Nos anos 20 e 30, foram criadas orquestras, entre outras, pela BBC em Londres, a NBC em Nova York, e rádios da França, Alemanha e Itália. Fizeram-se tentativas de apresentar música contemporânea, sobretudo na Europa. Schoenberg e Webern regeram suas músicas para a BBC, por exemplo, e Britten compôs música para peças radiofônicas. Composições especiais para o rádio foram escritas por Hindemith e Weill (*Der Lindberghflug*, Berlim, 1929), e por Honegger (*Les douze coups de minuit*, Paris, 1933). Nos Estados Unidos, o patrocínio foi menos generoso, mas, em 1936, a CBS encomendou composições orquestrais a Copland, Gruenberg, Hanson, Harris, Piston e Still, enquanto, em 1933, a NBC transmitia uma das primeiras óperas radiofônicas, *The Willow*, de Cadman (a honra é dividida com *Columbus*, de Egk, Munique, 1933).

Entre as últimas óperas radiofônicas estão a *Comédia na Ponte* de Martinů (Praga, 1937), *A Solteirona e o Ladrão* de Menotti (NBC, 1939), Ein Landarzt (Hamburgo, 1951) e *Das Ende einer Welt* de Henze (Hamburgo, 1953). As estações de rádio também incentivaram a música eletrônica: Cage pôde trabalhar com osciladores e outros equipamentos em Chicago (*Imaginary Landscape n.º 3*, 1942) e Schaeffer iniciou a MÚSICA CONCRETA em Paris, em 1948. As autoridades da radiofusão em Paris, Colônia, Milão, Londres, Bruxelas, Tóquio e outros lugares criaram estúdios de música eletrônica nos anos 50. Ao mesmo tempo, as organizações radiofônicas promoveram ao vivo a nova música através de festivais (principalmente em Colônia, Munique e Hamburgo) e encomendas: muitas obras foram encomendadas a Stockhausen, Tippett, Boulez, Berio e outros para serem partilhadas com os ouvintes do rádio, embora também isso tenha sido menos comum na radiofusão americana.

A música encomendada para a televisão representa um repertório muito menor. *Amahl and the Night Visitors* de Menotti (NBC, 1952), foi a primeira ópera de televisão, seguida de *The Marriage*, de Martinů (Nova York, 1953), *The Flood*, de Stravinsky (CBS, 1962), e *Owen Wingrave*, de Britten (BBC, 1971). O potencial do veículo vídeo tem sido explorado quase exclusivamente pelo rock e os músicos populares.

**ragtime** Estilo musical caracterizado por melodias sincopadas e muitas vezes pentatônicas, em formas simétricas e quadradas. Teve seu apogeu no período entre fins de 1890 e cerca de 1915, quando foi sucedido pelo jazz. Seus principais praticantes eram pianistas negros americanos do Missouri (Scott Joplin) e da costa leste (James P. Johnson). Stravinsky usou elementos do estilo em *Rag-Time*, A História do Soldado e *Piano-Rag-Music*, todas de 1918-9 e suscitadas por músicas de *ragtime* publicadas que Ansermet trouxera dos EUA. Há também momentos de *ragtime* na Primeira Sonata para Piano de Ives, e em outras obras. Na década de 70, houve uma revivescência do *ragtime*, e Bolcom e outros começaram a compor rags.

**Rainier, Priaulx** (1903-) Compositor sul-africano. Estudou na Royal Academy of Music a partir de 1920 e permaneceu em Londres como violinista, professor e compositor. Suas primeiras obras (Quarteto de Cordas, 1939;

*Barbaric Dance Suite*, para piano, 1949) transpiram uma ingenuidade rítmica que muito se relaciona tanto com a música africana quanto com a de Bartók ou Stravinsky. As peças posteriores são mais comprimidas e menos tonais. [Schott.]

**Rake's Progress, The** (A carreira do libertino) Ópera de Stravinsky, Auden e Kallman, inspirada nos quadros de Hogarth sobre a destruição de um jovem, causada na ópera por um alter ego diabólico. A obra é orquestrada para instrumentos mozartianos e lembra as óperas de Mozart — da Ponte, bem como as de Monteverdi, Donizetti e Verdi: foi o fim triunfal do neoclassicismo de Stravinsky. *regente Stravinsky, Veneza, 11 set 1951.

**Rakhmaninov, Sergey** (1873-1943) Compositor e pianista russo. Estudou com Ziloti, Taneyev e Arensky no Conservatório de Moscou (1885-92), depois iniciou uma bem-sucedida carreira como compositor, num estilo que muito deve a Tchaikovsky e, na música para piano, a Chopin. Contudo, a *première* de sua Primeira Sinfonia (1895) foi um fracasso, e ele perdeu a confiança em sua capacidade, voltando-se para a regência. Retomou a composição com o Segundo Concerto para Piano (1900-1), cujo sucesso lhe devolveu a autoconfiança. Os 15 anos seguintes foram os mais produtivos de sua vida, porém abandonou mais uma vez a composição, após partir da Rússia em fins de 1917. Em 1918, estabeleceu-se com a família nos EUA (estivera lá pela primeira vez em 1900, como intérprete da primeira apresentação de seu Terceiro Concerto para Piano) e iniciou nova carreira de concertista, excursionando internacionalmente e fazendo gravações de sua música e de outros. Em 1926 recomeçou a compor as obras da fase americana, imprimindo novo brilho ao seu romantismo russo.
*Óperas*: Aleko, 1892, *Moscou, 1893; O Cavalheiro Avaro, 1903-5, *Moscou, 1906; Francesca da Rimini, 1900-5, *Moscou, 1906.
*Coral orquestral*: Os Sinos, com S, T, Bar, 1913; 3 Canções Russas, 1926.
*Orquestral*: Conc pn n.º 1, fá sust, 1890-1, rev. 1917, n.º 2; dó, 1900-1; n.º 3, ré, 1909; n.º 4, sol, 1926, rev. 1941; Príncipe Rotislav, 1891; A Rocha, 1893; Capricho Boêmio, 1892-4; Sinf n.º 1, ré, 1895; n.º 2, mi, 1906-7; n.º 3, lá, 1935-6, rev. 1938; A Ilha dos Mortos, 1909; Rapsódia sobre um tema de Paganini, pn, orq, 1934.
*Piano*: Morceaux de fantasie (inclui Preludio, dó sust), 1892; Faintasie-tableaux (Suíte n.º 1), 2 pn, 1893; Morceaux de salon, 1893-4; 6 Duetos, 1894; Momentos musicais, 1896; Suíte n.º 2, 2 pn, 1900-1; Variações sobre um tema de Chopin, 1902-3; 10 Prelúdios, 1903; Sonata n.º 1, ré, 1907; n.º 2, si bemol, 1913, rev. 1931; 13 Prelúdios, 1910; Études tableaux, 2 álbuns, 1911, 1916-7; Variações sobre um Tema de Corelli, 1931.
*Coral*: Liturgia de São João Crisóstomo, 1910; Vigília noturna, 1915.
Canções, peças de câmara, arranjos para piano. [Foley, Gutheil, Éditions Russes de Musique, Boosey.]
□ G. Norris, *Rakhmaninov* (1976).

**Randall, James Kirtland** (1929-) Compositor americano. Estudou em Columbia, em Harvard e com Sessions e Babbitt em Princeton, onde em 1957 começou a ensinar. Suas obras, a maioria das quais usa geração sonora de computador, incluem *Quartets in Paris* (1964) e *Mudgett: Monologues by a Mass Murderer* (1965). [CRI, Nonesuch.]

**Rands, Bernard** (1935-) Compositor inglês. Estudou em Bangor com Reginald Smith Brindle (1953-8) e na Itália com Vlad (1958), Dallapiccola (1959-60) e Berio (1960-2); também freqüentou os cursos de verão de Darmstadt de 1961-4. Em 1967-9, esteve nas universidades de Princeton e Illinois, após o que ensinou na Universidade de York e mais tarde na da Califórnia, em San Diego. Sua música foi mais evidentemente influenciada pela de Berio, tanto no gosto pelo virtuosismo solo quanto na visão da linguagem verbal. Entre as obras estão os ciclos de *Memos* para solista (I, ctbx, 1971; II, trbn, 1973; III, vc, 1974;

IV, órg, 1975; V, pn, 1975) e *Ballads* para vozes (I, Mez, 5 instrs, 1970; II, voz, pn, 1970; III, S, fita, 1973; IV, 8 vozes solo, 21 instrs, 1980). [UE.]

**Rape of Lucretia, The** (O estupro de Lucrécia) Ópera de Britten e Ronald Duncan, a partir de André Obey, a primeira das obras de Britten para solistas e pequena orquestra. A lenda é encenada com comentários póscristãos de coros masculino e feminino. *reg Ansermet, Glyndebourne, 12 jul 1946.

**Raposinha Esperta, A** (Prihody Lïsky Bystrousky) Ópera de Janácëk baseada no romance de Tësnohlídek, uma fábula incisiva, sem pieguismos, de personagens em sua maioria animais. *Brno, 6 nov 1924.

**Ravel, Maurice** (1875-1937) Compositor francês. Talvez represente, em seu ponto mais extremo, a tendência na música no séc. XX de as idéias individuais serem perfeitamente autônomas, não deixando espaço para desenvolvimentos. Em busca desse ideal, tornou-se um mestre da orquestração e também de seu instrumento, o piano, a tal ponto que várias de suas obras existem para os dois meios, ambos tão bem acabados que têm *status* de originais. A criação de objetos musicais (mais que de assuntos temáticos) foi também uma característica de sua objetividade expressiva: grande parte da sua música surgiu sob o invólucro de um objetivo pictórico, ilustrativo, quer como música de balé, quer como poesia musicada, sendo os motivos muitas vezes tirados de lendas, lugares longínquos e contos de fada, ou então, nas várias peças de dança, dos mecanismos do movimento musical.

Estudou no Conservatório de Paris (1889-95), época em que também se impressionou ao ouvir o gamelão javanês e a música orquestral russa, na Exposição de 1889. Entre seus conhecidos estavam Ricardo Viñes, que promoveu sua música para piano e a de Debussy, e também Chabrier e Satie, que influenciaram suas primeiras peças. Mais tarde retornou ao Conservatório (1897-1900), para se aprofundar nos estudos com Gédalge e Fauré, e manteve-se ligado à casa por mais tempo, concorrendo sem sucesso ao Prêmio de Roma até 1905, embora àquela altura já fosse um aclamado compositor do ciclo de canções orquestral *Shéhérazade*, do Quarteto de Cordas em fá maior e de várias peças para piano. Seguiu-se um escândalo, mas nada conteve sua produção criativa, e quando Dyagilev chegou, em 1909, ele era a escolha natural para uma encomenda: o resultado foi sua obra mais longa, DAPHNIS ET CHLOÉ.

A chegada dos Ballets Russes também trouxe Stravinsky a Paris, e Ravel logo se tornou um dos franceses mais íntimos dele, pessoal e musicalmente. Uma das Líricas Japonesas de Stravinsky foi-lhe dedicada, e ele retribuiu com seus *3 poèmes de Stéphane Mallarmé* (1913), um dos quais dedicado a Stravinsky (embora não a harmonicamente intricada terceira canção, que ele perversamente dedicou a Satie). Durante a guerra, sua vida foi perturbada pelo serviço militar como motorista e a morte da mãe (1917), por quem provavelmente se interessava mais do que por qualquer outro ser humano (permaneceu solteiro e, parece, casto). Do mesmo modo que em Debussy, a guerra também despertou seu patriotismo musical, expresso, assim como o prazer por formas de dança, na suíte *Le* TOMBEAU DE COUPERIN (1914-7).

Esta dificilmente é mais que um neoclassicismo acidental, embora ele sem dúvida combinasse com contemporâneos como Stravinsky e Roussell ao tornar por essa época sua harmonia mais enxuta e não triádica, sobretudo nas sonatas para violino e violoncelo (1920-2) e violino e piano (1923-7). Sua ópera *L'*ENFANT ET LES SORTILÈGES, porém, precisa de uma larga variedade de personagens harmônicos para criar suas imagens de livro ilustrado, e os 2 concertos para piano revelam uma retomada de texturas mais densas, seja sombrias e pesadas, como no concerto para a mão esquerda (1929-30), seja fragmentadas e radiantes, como na obra meio gershwiniana em sol maior (1929-31). Os últimos anos foram um período de gradual declínio, quando foi acometido pelo mal de Pick: não compôs mais nada depois das canções de Dom Quixote, uma das muitas obras que transmitem o gosto pela música espanhola que ele julgava ter herdado da mãe basca.

*Óperas*: L'HEURE ESPAGNOLE, 1907-9; L'ENFANT ET LES SORTILÈGES, 1920-25.

*Balés*: Ma mère l'oye (Mamãe ganso), 1911, *Paris, 1912; DAPHNIS ET CHLOÉ, 1909-12; Adélaïde (= Valses nobles et sentimentales), 1912, *Paris, 1912; La Valse, 1919-20, *Paris, 1928; Bolero, 1928, *Paris, 1928.

*Orquestral*: Shéhérazade, abertura, 1898; Une barque sur l'océan, 1906, rev. 1926; Rapsódia Espanhola, 1907-8; Pavane pour une infante défunte, 1910; Alborada del gracioso, 1918; Le tombeau de Couperin, 1919; Tzigane, vn, orq, 1924; Fanfare pour ''L'éventail de Jeanne'', 1927; Menuet antique, 1929; Conc pn, mão esquerda, 1929-30; Conc pn, Sol, 1929-31.

*Vocal orquestral*: Myrrha, 3 vozes solo, orq, 1901; Alcyone, 3 vozes solo, orq, 1902; Alyssa, 3 vozes solo, orq, 1903; Shéhérazade, Mez, orq, 1903; Don Quichotte à Dulcinée, Bar, orq, 1932-3; orquestração de canções.

*Câmara*: Sonata, vn, pn, 1897; Qt cordas, fá, 1902-3; Introdução e Alegro, harpa, fl, cl, qt cordas, 1905; Trio pn, 1914; Sonata, vn, vc, 1920-2; Berceuse, vn, pn, 1922; Tzigane, vn, pn, 1924; Sonata, vn, pn, 1923-7.

*Vocal câmara*: 3 poèmes de Stéphane Mallarmé, S, 9 instrs, 1913; Chansons madécasses, S, fl, vc, pn, 1925-6.

*Canções*: Un grand sommeil noir (Verlaine), 1985; Sainte (Mallarmé), 1896; Chanson du rouet (de Lisle), 1898; Si morne! (Verhaeren), 1898; 2 épigrammes de Clément Marot, 1896-9; Manteau de fleurs (Gravollet), 1903; Noël des jouets (Ravel), 1905; 5 mélodies populaires grecques, 1904-6; Histoires naturelles (Renard), 1906; Les grands vents venus d'outremer (de Régnier), 1907; Sur l'herbe (Verlaine), 1907; Vocalise-étude, 1907; Tripatos, 1909; Chants populaires, 1910; 2 mélodies hébraïques, 1914; Ronsard à son âme, 1923-4; Rêves (Fargue), 1927.

*Coral*: 3 canções (Ravel), SATB, 1914-5.

*Piano*: Sérénade grotesque, *c.*1893; Menuet antique, 1895; Sites auriculaires, 2 pn, 1895-7; Pavane pour une infante défunte, 1899; Jeux d'eau, 1901; Sonatina, 1903-5; Miroirs, 1904-5; GASPARD DE LA NUIT, 1908; Menuet sur le nom d'Haydn, 1909; Ma mère l'oye, 4 mãos, 1908-10; Valses nobles et sentimentales, 1911; À la manière de Borodine, 1913; À la manière de Chabrier, 1913; Prélude, 1913; Le TOMBEAU DE COUPERIN, 1914-7; Fronstispice, 2 pn, 5 mãos, 1918; La Valse, 2 pn; Bolero, 2 pn.

Orquestração de *Quadros de uma Exposição*, de Mussorgsky, 1922. [Durand, Eschig.]

□ A. Orenstein, *Ravel* (1975); R. Nichols, *Ravel* (1977).

**Rawsthorne, Alan** (1905-71) Compositor inglês. Estudou no Royal Manchester College of Music (1926-30), piano com Merrick e composição com Keighley, depois piano com Petri (1930-1). Após retornar à Inglaterra, ensinou em Dartington (1932-5), mudando-se em seguida para Londres, a fim de concentrar-se na composição. Influenciado por Hindemith, compôs, principalmente em gêneros abstratos tradicionais, uma música de acabamento exigente, suave e às vezes de franco humor.

*Orquestral*: Conc pn n.º 1, 1939, rev. 1942; n.º 2, 1951; Street Corner, abertura, 1944; Conc ob, 1947; Conc vn n.º 1, 1948; n.º 2, 1956; Sinf n.º 1, 1950, n.º 2, com S, 1959; n.º 3, 1964; Conc vc, 1965; Conc duplo pn, 1968.

*Câmara*: Qt cordas n.º 1, 1939; n.º 2, 1954; n.º 3, 1964; Qt cl, 1948; Trio pn, 1962; Qnt, pn, madeiras, 1962-3; Qnt pn, 1968; Qt ob, 1970; qnt, cl, tpa, vn, vc, pn, 1970. [OUP.]

**realismo socialista** Estética oficial soviética promulgada em 1932, cuja idéia fundamental é de que os artistas devem retratar o mundo real, mas distorcendo seus retratos no sentido do futuro socialista. O que isso significava exatamente para a música nunca ficou muito claro: daí os problemas de 1936 e 1948 (*ver* POLÍTICA). No Ocidente, a expressão foi usada algumas vezes como depreciativa na discussão de mornas obras da linha partidária, como os oratórios de Shostakovich.

**Refrain** (Refrão) Obra de Stockhausen para piano, celesta e vibrafone, os 3 músicos também usando percussão adicional e sons consonantais. A interessante partitura imprime o ''refrão'' numa tira transparente, de modo que possa interferir na música em diferentes pontos, em diferentes execuções. *Tudor, Cardew, Rockstroh, Berlim, 2 out 1959.

**Reger, Max** (1873-1916) Compositor alemão. Com Schoenberg, foi um dos mais talentosos compositores alemães de sua geração e, como Schoenberg, ao mesmo tempo um zeloso conservador de sua tradição e fortemente compelido a seguir as conseqüências da harmonia de Wagner. É possível que a diferença essencial fosse a de que seu gênio era mais acadêmico que analítico, de forma que ele tendeu a preferir soluções autorizadas pela história: as soluções das formas variação e fuga acima de tudo. Há também sinais, por exemplo no primeiro movimento de seu Quarteto de Cordas em ré menor, de que os mandamentos da forma correta são aplicados sem muita referência ao material altamente indisciplinado ali presente. Esse tipo de fosso entre forma e conteúdo é uma característica permanente da arte de Reger, embora seu estilo dificilmente seja menos peculiar em obras de forma mais livre.

Prolífico compositor e organista desde a infância, ficou impressionado com uma visita ao festival de Bayreuth, aos 15 anos, e a partir de 1890 foi aluno de Riemann. De 1901 a 1907, morou em Munique, mudando-se de lá para Leipzig, onde ensinou até 1911. Depois foi regente da orquestra da corte em Meiningen (1911-4), de onde se mudou para Jena. Compondo abundantemente enquanto isso, ainda encontrou tempo para visitas ao exterior, sobretudo a Londres (1909) e São Petersburgo (1906), onde conquistou a admiração de Prokofiev, embora não a de Stravinsky.
*Orquestral*: 2 Romanças, com vn, 1900; Sinfonietta, 1904-5; Serenade, sol, 1905-6; Variações e Fuga sobre um Tema de Hiller, 1907; Conc vn, lá, 1907-8; Symphonischer Prolog zu einer Tragödie, 1908; Conc pn, fá, 1910; Eine Lustspielouvertüre, 1911; Konzert im alten Stil, 1912; Eine romantische Suite, 1912; 4 Tondichtungen nach Böcklin, 1913; Eine Ballettsuite, 1914; Variações e Fuga sobre um Tema de Mozart, 1914; Eine vaterländische Ouvertüre, 1914; Variações e Fuga sobre um tema de Beethoven, 1915; Suite im alten Stil, 1916.
*Coral orquestral*: Gesang derf Verklärten, 1903; Psalm 100, 1908-9; Die Nonnen, 1909; Die Weihe der nacht, 1911; 2 Gesänge, 1915.
*Câmara*: 2 qts cordas, op. 54, sol, lá, 1900; Qnt pn, dó, 1901-2; Qt cordas, op. 74, ré, 1903-4; Serenade, ré, fl, vn, va, 1904; Trio pn, lá, 1904; Trio pn, mi, 1907-8; Qt cordas, op. 109, mi bemol, 1909; Qt pn, ré, 1910; Sexteto de Cordas, fá, 1910; Qt cordas, op. 121, fá sust, 1911; Qt pn, lá, 1914; Serenade, sol, fl/vn, vn, va, 1915; Trio cordas, ré, 1915; Qnt cl, lá, 1915.
*Sonatas com piano*: Vc, op. 28, sol, 1898; Vn, op. 41, lá, 1899; Cl, op. 49, n.º 1, lá, n.º 2, fá sust, 1900; Vn, op. 72, dó, 1903; Vc, op. 78, fá, 1904; Vn, op. 84, fá sust, 1905; Cl/Va, op. 107, si bemol, 1908-9; Vc, op. 116, lá, 1910; Vn, op. 122, mi, 1911; Vn, op. 139, dó, 1915.
*Obras para violino solo*: 4 sonatas, op. 42, dó, lá, si, sol, 1900; 7 sonatas, op. 91, lá, dó, si bemol, si, mi, sol, lá, 1905; 8 Prelúdios e Fugas, op. 117, 1909-12; 6 Prelúdios e Fugas, op. 131a, 1914.
*Piano*: Variações e Fuga sobre um Tema de J. S. Bach, 1904; Variações e Fuga sobre um Tema de Beethoven, 2 pns, 1904; Variações e Fuga sobre um Tema de Mozart, 2 pn, 1914; Variações e Fuga sobre um Tema de Telemann, 1914; muitas outras.
*Órgão*: Fantasia Coral ''Ein' feste Burg'', 1898; Fantasia e Fuga, dó, 1898; Fantasia Coral ''Freu' dich sehr'', 1898; sonata n.º 1, fá sust, 1899, n.º 2, ré, 1901; Fantasia Coral ''Wie schön leucht't uns'', 1900; Fantasia Coral ''Wachet auf'', 1900; Fantasia Coral ''Halleluja! Gott zu loben'', 1900; Fantasia Sinf e Fuga, 1901; Variações e Fuga sobre um Tema Original, fá sust, 1903; Suíte, sol, 1905; Introdução, Passacaglia e Fuga, mi, 1913; Fantasia e Fuga, ré, 1915; muitas outras
Canções, peças corais, etc.

**Reich, Steve** (1936-) Compositor americano. Estudou filosofia na Universidade de Cornell (1953-7) e composição na Juilliard School (1958-61) e no Mills College (1962-3), onde entre seus professores se encontravam Milhaud e Berio. Trabalhou no Tape Music Center de São Francisco em 1964-5, depois em seu próprio estúdio em Nova York, onde no final dos anos 60 começou a fazer apresentações com seu conjunto. O ponto de partida para essas apresentações eram os *ostinati* em cânone lentíssimo; isso resultava de um fenômeno eletrônico, o de 2 ou mais gravadores de fita defasando-se aos poucos em relação um ao outro (daí o uso da palavra "fasear" para processos desse tipo). Tornou-se assim uma das principais figuras da MÚSICA MINIMALISTA, criando obras para seu grupo, de instrumentos em grande parte de percussão, com o qual se apresentou internacionalmente desde o início da década de 70, após uma visita de estudo em 1970 para pesquisar a música dos tambores de Ghana. A partir de então, sua obra tem revelado cada vez mais sutileza de desenho, embora ainda com texturas de repetições modais, assim como uma capacidade de usar amplos recursos com a mesma fineza polida que pôs na composição para pequenos grupos. Por volta de 1980, liberou suas composições para execução por quaisquer músicos, quando antes as reservava para seu próprio conjunto.

It's gonna rain, fita, 1965; Come out, fita, 1966; Piano Phase, 2 pn, 1967; Violin Phase, vn, fita/4 vn, 1967; Pendulum Music, eletrônica, 1968; 4 Organs, 4 órgs eletrônicos, maracas, 1970; Phase Patterns, 4 órgs eletrônicos, 1970; Drumming, perc, vozes, picc, 1971; Clapping Music, 2 músicos, 1972; 6 Pianos, 6 pns, 1973; Música para instrumentos de baqueta, vozes e órg, 1973; Música para pedaços de pau, 1973; Música para 18 instrs, 1976; Variações para sopros, cordas e teclados, 1978; Octeto, 1979; Telihim, vozes, instrs, 1981; The Desert Music, coro, orq, *Colônia, 1984; Música para Percussão e Teclados, 1984. [UE; DG, ECM.]

□ S. Reich, *Writings about Music* (1974).

**Reihe, Die** (A série) 1. Periódico editado por Eimert e Stockhausen, com 8 números publicados entre 1955 e 1962 pela Universal Edition de Viena (lançados em 1958-68 em tradução inglesa). A publicação foi um importante veículo de comunicação (ou ofuscação) da vanguarda, estampando artigos clássicos de Stockhausen, Boulez, Pousseur, Ligeti e Cage, e concentrando-se em cada número num tópico particular: música eletrônica (1), Webern (2), "artesanato musical" (3), jovens compositores (4), "relatórios, análises" (5), fala e música (6), "espaço-forma" (7); o último número foi denominado "retrospectiva".

2. Conjunto fundado por Cerha em Viena em 1958, especializado em música do séc. XX. Gravou obras de Varèse, Ligeti, etc.

**Reimann, Aribert** (1936-) Compositor alemão. Estudou com Blacher e Pepping na Hochschule für Musik, em Berlim ocidental (1955-9), e desde então tem trabalhado como compositor e pianista, principalmente em recitais de Lieder do século XX, com Fischer-Dieskau, com quem gravou Schoenberg, Webern, Berg, Schreker, etc. Suas obras incluem várias para Fischer-Dieskau em expansivo estilo expressionista, bem como as óperas *Ein Traumspiel* (*Kiel, 1965), *Melusine* (*Schwertzingen, 1971), *Lear* (*Munique, 1978) e *Die Gespenstersonate* (*Berlim, 1984). [Schott; DG.]

**Renard** (Raposa, Bayka) "Burleta em canto e dança" de Stravinsky, musicando poesias populares russas numa fábula roceira de 4 personagens animais, "a serem interpretados por palhaços, dançarinos ou acrobatas". A partitura destina-se a 2 tenores, 2 baixos e um conjunto de 14 instrumentos, incluindo um zimbalão. *Balletts Russes/Ansermet, Paris, 18 mai 1922.

**Respighi, Ottorino** (1879-1936) Compositor italiano. Estudou com Torchi e Martucci no Liceo Musicale de Bolonha (1891-1901), com Rimsky-Korsakov na Rússia (1900-1, 1902-3) e, depois viveu em Bolonha e Roma (a partir

de 1913) como regente, professor, pianista e compositor. As aulas com Rimsky-Korsakov foram cruciais para o desenvolvimento de sua brilhante técnica orquestral, às vezes combinada com modos e materiais de música antiga.
*Óperas*: La bella dormente nel bosco, *Roma, 1922; Belfagor, *Milão, 1923; La campana sommersa, *Hamburgo, 1927; Belkis, *Milão, 1932; Maria Egiziaca, *Veneza, 1932; La fiamma, *Roma, 1934; Lucrezia, *Milão, 1937.
*Balés*: La boutique fantasque (baseada em Rossini), *Londres, 1919; Scherzo veneziano, *Roma, 1920.
*Orquestral*: Fontane di Roma (Fontes de Roma), 1914-6; Conc gregoriano, com vn, 1921; Pini di Roma (Pinheiros de Roma), 1923-4; Conc in modo misolidio, com pn, 1925; Vetrate di chiesa (Vitrais de Igreja), 1925; Gli uccelli (Os pássaros, baseada em peças de cravo), 1927; Trittico botticelliano, 1927; Impressioni brasiliane, 1928; Feste romane (Festivais romanos), 1928; Antiche arie e danze (Árias e danças antigas), 3 conjuntos, 1917, 1923, 1931; Conc a 5, ob, tpt, pn, vn, ctbx, cordas, 1933.
*Vocal*: Lauda per la Natività del Signore, S, Mez, T, Coro, 8 instrs, 1928-30; outras obras. [Bongiovanni, Bote, Ricordi, UE.]

**ressonância** A ressonância de sons parciais superiores era um problema para a música de harmonia estritamente organizada; daí o cultivo, no séc. XIX, de um estilo *legato* para o piano, por exemplo. No séc. XX, contudo, os fenômenos da ressonância tornaram-se importantes para a música ocidental, através do uso da PERCUSSÃO de metal e de cordas, da introdução de novas técnicas de PIANO, do uso do sino e de outros sons ressonantes em obras eletrônicas (p.ex. *Mortuos plango*, de Harvey), da exploração da ressonância por meios eletrônicos ao vivo (como por Lucier) ou através da imitação instrumental da ressonância (como nas Sinfonias para Sopros e outras obras de Stravinsky). As ressonâncias, em particular as de sinos, fazem parte das imagens centrais de Stravinsky. *Eclat/Multiples* e *Répons*, de Boulez, são conscientemente baseados no contraste entre sons ressonantes e não-ressonantes, também implícito em grande parte da música de Bartók e Messiaen.

**Réti, Rudolph** (1885-1957) Escritor servo-americano sobre música. Estudou em Viena, na Academia e na Universidade, onde trabalhou como pianista antes de se mudar, em 1938, para os EUA. Desenvolveu uma teoria da composição com pequenas células; seus livros incluem *The Thematic Process in Music* (Nova York, 1951) e *Atonality-Pantonality* (Londres, 1958). *Ver* ANÁLISE.

**retrógrado** Tocar linhas de trás para diante é uma característica comum da arte canônica, daí sua ocorrência, por exemplo, no n.º 18 de *Pierrot lunaire*. Schoenberg fez dele uma característica integral do serialismo, sendo o movimento retrógrado ou caranguejo uma das operações básicas a serem aplicadas aos conjuntos de 12 notas. A natureza harmônica da música dos sécs. XVIII e XIX tornou quase impossível o caranguejo (o final da Sonata *Hammerklavier* oferece o único exemplo notável), mas no séc. XX tem sido possível inverter a música de trás para diante, seja na pequena e abstrata escala da composição dodecafônica, seja na escala maior de seções inteiras, nos palíndromos de Berg (Concerto de Câmara, *Lulu*), Webern (Sinfonia) e Stravinsky (*Canticum sacrum*).

**Revueltas, Silvestre** (1899-1940) Compositor mexicano. Estudou na Cidade do México (1913-6), no St. Edward College, de Austin (1916-8), e com Borowsky e Kochansky no Chicago Musical College (1918-20, 1922-6). Chávez o fez regente-assistente da Orquestra Sinfônica do México (1929-35); também ensinou no Conservatório nacional. Suas obras incluem vigorosas e coloridas partituras orquestrais como *Sensemayá* (1938), influenciadas pela música popular mexicana e por *A Sagração da Primavera*. [Southern.]

**Reynolds, Roger** (1934-) Compositor americano. Estudou engenharia na Universidade de

Michigan, depois composição com Finney e Gerhard (1957-60). Participou dos Festivais ONCE e tem composto para veículos mistos, muitas vezes incluindo aparelhos eletrônicos. Em 1969, foi designado professor da Universidade da Califórnia em San Diego, mas também tem trabalhado com freqüência na Europa, principalmente no IRCAM. [Peters.]

**Riegger, Wallingford** (1885-1961) Compositor americano. Estudou com Goetschius no Institute of Musical Art de Nova York (1905-7) e com Bruch na Alemanha (1908-10), para onde regressou como maestro em 1914-7. De volta aos EUA, começou a compor seriamente (seu op. 1 foi o Trio para Piano em si menor, 1919-20), embora logo ficasse insatisfeito com seu estilo tradicional. Morando em Nova York e convivendo com Varèse, Ruggles, Cowell e Ives, desenvolveu em três anos de silêncio (1923-6) seu próprio estilo de contraponto atonal em ritmo impetuoso.
*Orquestral*: Study in Sonority, 10 vn ou múltiplos disso, 1926-7; Dichotomy, orq câm, 1931-2; Cânone e Fuga, 1941; Sinf n.º 3, 1946-7; n.º 4, 1957; Music for Brass Choir, 1948-9; Variações, com pn, 1953; Dance Rhythms, 1955; Variações, com vn, 1959; Duo, com pn, 1960.
*Câmara*: Qt cordas n.º 1, 1938-9; n.º 2, 1948; n.º 3, 1945-7. Qnt pn, 1951; Noneto, metais, 1951; Qnt sopros, 1952; Conc, pn, qnt sopros, 1952; Movement, 2 tpt, trbn, pn, 1957.
Balés, peças corais, canções, música para piano. [AMP, New Music, G. Schirmer.]

**Rieti, Vittorio** (1898-) Compositor ítalo-americano. Estudou em Milão e, depois da Primeira Guerra Mundial, com Respighi em Roma, onde foi ajudado também por Casella. Caiu sob a influência do Grupo dos Seis e dividiu seu tempo entre Paris e Roma, compondo para Dyagilev (*Barabau*, 1925, coreografado por Balanchine). Em 1940, mudou-se para os EUA, ensinando em Baltimore (1948-9), Chicago (1950-3) e Nova York (1955-64), e compondo fluentemente em todos os gêneros, sobretudo música para balé, orquestral e de câmara. [AMP, UE.]

**Rihm, Wolfgang** (1952-) Compositor alemão. Estudou na Karlsruhe Musikhochschule, onde começou a ensinar em 1973. Compõe prolificamente em estilo expressionista, suas obras incluindo 5 quartetos de cordas e várias obras sobre textos de Nietzsche, Artaud, Hölderlin, Wölfli, etc. [UE.]

**Riley, Terry** (1935-) Compositor americano. Estudou com Erickson no State College de San Francisco (1955-7) e na Universidade da Califórnia, em Berkeley (1960-1). Em 1962-4, trabalhou nos estúdios da rádio francesa, onde passou a interessar-se pelas repetições sobrepostas de pequenos motivos tonais. Seus *Keyboard Studies* (1963) e *In C* (1964) estão entre os primeiros clássicos da MÚSICA MINIMALISTA. Em 1972 começou a ensinar no Mills College. [Columbia.]

**Rimsky-Korsakov, Nikolay** (1844-1908) Compositor russo. Estudou na escola naval de cadetes em São Petersburgo (1856-62), onde sofreu a influência de Balakirev. Depois foi para o mar (1862-5), mas retomou suas atividades musicais ao regressar: ouviu Berlioz reger na Rússia, no inverno de 1867-8 e ficou conhecido no círculo de Balakirev como um talentoso orquestrador (mais tarde finalizou e adaptou obras de Mussorgsky e Borodin). As óperas e obras orquestrais sobressaem devidamente em sua produção, revelando brilhante instrumentação e amor pelo exótico. Também ensinou, no Conservatório de São Petersburgo (1871-1908) e em particular, contando-se entre seus discípulos Glazunov, Lyadov e Stravinsky. Só suas obras do séc. XX estão relacionadas abaixo.
*Óperas*: Servilia, 1900-1, *São Petersburgo, 1902; Kashchey, o Imortal, 1901-2, *Moscou, 1902; Pan Voyevoda, 1902-3, *São Petersburgo, 1904; A Lenda da Invisível Cidade de Kitezh, 1903-5, *São Petersburgo, 1907; O Galo de Ouro, 1906-7.
*Orquestral vocal*: De Homero, S, Mez, A, vozes femininas, orq, 1901.

**ritmo** Nada é imutável, por isso o ritmo é uma conseqüência inevitável de toda música, já que é a alteração composta e/ou percebida dos elementos musicais no TEMPO. Portanto, pode ser enganoso sugerir que a música do séc. XX se distinguiu por uma revivificação do ritmo; a verdade é antes que a métrica e o fraseado muitas vezes se perderam, de modo que os acentos isolados se tornam mais destacados. *A Sagração da Primavera* é, classicamente, a partitura que pela primeira vez mostra isso, através de várias técnicas: a rápida troca de compasso, não havendo deste modo nenhuma métrica estável, a acentuação de ocorrências contra uma métrica predominante, o acúmulo de ritmos cruzados, e a insistência em cada tempo de compasso como se todos tivessem igual importância, produzindo uma pulsação mais regular que métrica. Contudo, todas essas técnicas podem ser observadas na música inicial de Debussy, Bartók e da Segunda Escola de Viena (as obras atonais); *A Sagração* é, portanto, não a origem, mas antes o primeiro triunfo enfático de uma nova visão do ritmo nos extremos de instabilidade e pulsação.

A instabilidade rítmica sugeriu a muitos compositores a possibilidade de inventar ritmos independentemente de outros parâmetros. Varèse pareceu fazer isso em suas polifonias de percussão de linhas irregulares e dissociadas. Messiaen sem dúvida considera o ritmo um elemento independente quando compõe cânones que atuam em termos de durações, mas não de alturas, cria ritmo não-concrizante, introduz fórmulas rítmicas tiradas de um tratado em sânscrito, ou interpreta padrões numéricos como durações. A dissociação que ele efetua entre ritmo e construção harmônica tem paralelos em técnicas medievais como a modalidade rítmica e a isorritmia, e influenciou Boulez e Stockhausen na mudança para o SERIALISMO TOTAL (Babbitt, em contraste, buscou uma integração de domínios rítmicos em seu sistema de TIME POINT).

A pulsação rítmica proveio muitas vezes de contatos com culturas orientais (Cage, Reich), com o rock (Riley, Souster), ou então pela imitação do movimento da tocata barroca (Stravinsky, Hindemith, Boulez), sendo isso algumas vezes influenciado, sobretudo na década de 20, por uma estética mecânica futurista.

**ritmo não-concrizante** (de CARANGUEJO) Termo usado por Messiaen para um grupo de durações num padrão simétrico, por exemplo:

**Rochberg, George** (1918-) Compositor americano. Estudou com Szell e Mannes na Escola de Mannes (1939-42), e com Scalero e Menotti no Curtis Institute (1945-7), onde ensinou de 1948 a 1954. Em 1950, conheceu Dallapiccola em Roma, e ficou impressionado com a força expressiva da música dodecafônica. Foi, depois, editor da Presser (1951-60), antes de trabalhar como professor na Universidade da Pensilvânia. Suas primeiras obras inclinam-se na direção de Stravinsky, Hindemith e Bartók, após o que veio o engajamento no serialismo schoenberguiano e, a partir de 1957, weberniano. No início dos anos 60, começou a trabalhar com colagem, citando Boulez, Berio, Varèse e Ives em seu quarteto *Contra mortem et tempus*. O Terceiro Quarteto (1972) e obras posteriores transcendem a citação, no sentido de uma revivificação de estilos passados, sobretudo de Mahler e da fase final de Beethoven.

*Orquestral*: Night Music, orq câm, 1949; Sinf n.º 1, 1949-57, n.º 2, 1955-6, n.º 3, com vozes solo e coro, 1966-9, n.º 4, 1976; Cheltenham Conc, peq orq, 1958; Time span, 1962; Apocalyptica, banda, 1964; Zodiac, 1965; 3 Black Pieces, 1965; Music for the Magic Theater, 15 instrs, 1965; Black Sounds, sopros, perc, 1965; Imago mundi, 1973; Conc vn, 1975.

*Vocal*: David the Psalmist, T, orq, 1954; Blake Songs, S, 8 instrs, 1961; Tableaux, S, 11 instrs, 1968; Songs in Praise of Krishna, S, pn, 1970; Phaedra, Mez, orq, 1973-4.

*Câmara*: Qt cordas n.º 1, 1952, n.º 2, com S, 1959-61, n.º 3, 1972, n.º 4, 1977, n.º 5, 1978, n.º 6, 1978, n.º 7, 1980; Trio pn, 1963; Contra mortem et tempus, fl, cl, vn, pn, 1965; Electrikaleidoscope, 5 instrs, 1972; Qnt pn, 1975.

*Piano*: 12 Bagatelles, 1952; Bartokiana, 1959; Nach Bach, ou cravo, 1966; Carnival Music, 1971. [Presser; Nonesuch, CRI.]

**Rodrigo, Joaquín** (1902-) Compositor espanhol. Cego desde os 3 anos, estudou com Antich em Valência (1920-3) e com Dukas em Paris (1927-32), onde também aproveitou muito a amizade com Falla. Permaneceu a maior parte do tempo em Paris e na Alemanha até 1939, quando regressou a Madri; em 1947 foi contratado como professor da universidade local. Sua música é hispânica de uma maneira lírica, encantadora e colorida, conhecida pelo onipresente *Concierto de Aranjuez*, para violão e orquestra (1939). Há também concertos para piano, violino, violoncelo, harpa, flauta, duo e quarteto de violões. [Chester, Eschig, Schott, Salabert.]

**Roger-Ducasse, Jean** (1873-1954) Compositor francês. Estudou com Fauré no Conservatório de Paris, onde mais tarde ensinou (1935-40); foi também inspetor da música escolar. Suas obras partem de um espírito consciente e independente, influenciado por Fauré e Debussy; incluem a grande cantata faustiana *Au jardin de Marguérite* (1901-5), o balé *Orphée* (*Paris, 1926) e a ópera *Cantegril* (*Paris, 1931). [Durand.]

**Roland-Manuel** (Lévy, Roland Manuel) (1891-1966) Compositor francês. Estudou com Roussel e Ravel, de quem se tornou seguidor musical e biógrafo. Também foi íntimo colaborador de Stravinsky, contribuindo muito para a *Poética da Música*, do último: a declaração de princípios, na obra, sobre uma estética de contenção e perfeição clássicas, tem mais a ver com sua própria música do que com a de Stravinsky. Sua pequena produção inclui óperas e balés, oratórios, peças orquestrais, música de câmara e canções. [Durand.]

**Roldán, Amadeo** (1900-39) Compositor cubano. Estudou em Madri com del Campo, depois, em 1921, estabeleceu-se em Havana, onde reviveu a vida musical com suas atividades como compositor, líder de quarteto, regente e professor. Mulato, usou em suas obras a música afro-cubana, junto com um dinamismo ao estilo de *Sagração*. Sua produção inclui os balés *La rebambaramba* (1927-8) e *El milagro de Anaquillé* (1928-9, rev. 1931), bem como *Rítmicas I-IV*, para quinteto de sopros e piano (1930), e *V-VI* para percussão (1930). As últimas foram, com *Ionisation* de Varèse, as primeiras obras ocidentais só para percussão. [New Music, Southern.]

**Romeu e Julieta** (Romeo i Dzhuletta) Balé de Prokofiev baseado em Shakespeare, uma das poucas partituras de longa duração para balé de alta qualidade. *Brno, 30 dez 1938. Há também duas suítes orquestrais (1936) e um livro de 10 peças arranjadas para piano (1937).

**Ropartz, Guy** (1864-1955) Compositor francês. Estudou com Dubois e Massenet no Conservatório de Paris (1885-6) e teve aulas particulares com Franck, a cujo círculo de devotos admiradores se juntou. Dirigiu os conservatórios de Nancy (1894-1919) e Estrasburgo (1919-29), retirando-se depois para sua nativa Bretanha, onde continuou compondo abundantemente. Suas obras incluem os poemas sinfônicos *La cloche des morts* (1887) e *La chasse du Prince Arthur* (1912), 5 sinfonias (1894, 1900, 1905: coral, 1910, 1944) e 6 quartetos de cordas (1893, 1911, 1924, 1933, 1940, *c.* 1950). [Baudoux, Durand, Lerolle, Schola Cantorum.]

**Rorem, Ned** (1923-) Compositor americano. Estudou com Sowerby em Chicago (1938-9), no Instituto Curtis (1943), na Juilliard School (1945-8), e em particular com Thomson, Diamond e Copland. Viveu depois no Marrocos (1949-51) e em Paris (1951-7), onde aprofundou os estudos com Honegger e conquistou a amizade de Poulenc, Milhaud e Auric. Em 1958, regressou a Nova York. Suas obras incluem muitas peças corais e canções, óperas, sinfonias, música de câmara e diversos diários de uma pitoresca vida em Paris e Nova York. [Boosey.]

**Rosenberg, Hilding** (1892-1985) Compositor sueco. Estudou com Eldberg na Academia Real de Estocolmo (1915-6) e, mais tarde, com Stenhammer. Também visitou a Alemanha e Paris, em 1920-1, o que o pôs em contato criativo com a música de Schoenberg, Hindemith e Stravinsky, mas essas influências iriam ser moldadas num estilo sinfônico nórdico. Na década de 30 e 40, foi ativo regente na Suécia e no exterior; na de 50, tornou-se importante como professor.

*Óperas*: Journada para a América, *Estocolmo, 1932; Marionetes, *Estocolmo, 1939; A Ilha da Felicidade, *Estocolmo, 1945; A Casa com Duas Portas, *Estocolmo, 1970.

*Ópera para rádio*: José e sua Belém, *Rádio Sueca, 1946-8.

*Sinfonias*: n.º 1, 1917, rev. 1919, rev. 1971; n.º 2 (Sinfonia grave), 1928-35; n.º 3 (As Quatro Idades do Homem), 1939, rev. 1952; n.º 4 (A Revelação de São João), Bar, coro, orq, 1940; n.º 5 (Hortulanus), A, coro, orq, 1944; n.º 6 (Sinfonia semplice), 1951; n.º 7, 1968; n.º 8 (In candidum), coro, orq, 1974.

Muitas outras músicas de todos os tipos. [Nordiska Musikförlaget.]

□ M. Pergament, *Hilding Rosenberg* (1956); P. H. Lyne, *Hilding Rosenberg: Catalogue of his Works* (1970).

**Rosenkavalier, Der** (O cavaleiro da rosa) Ópera de Strauss e Hofmannsthal, passada na Viena do séc. XVIII, embora impregnada de sublime anacronismo pela valsa. A Marschallin, uma grande dama do início da Idade Média, afasta-se do amado da adolescência, Oktavian, e encaminha-o para a jovem Sofia: todos os três são papéis para soprano. Uma subtrama cômica gira em torno do baixo-bufo, o Barão Ochs. *Dresden, 26 jan 1911. Strauss extraiu da partitura 2 seqüências de valsa (1911, 1944) e uma suíte (1945).

**Roslavets, Nikolay** (1881-1944) Compositor russo. Estudou com Vasilenko no Conservatório de Moscou (1902-12) e nos anos seguintes desenvolveu um estilo dodecafônico a partir da última fase de Skryabin. Após a Revolução, participou ativamente da Associação de Música Contemporânea, mas em 1930 desapareceu da vida musical soviética até meio século depois, quando sua música foi revivida, após apresentações no Ocidente e graças ao interesse analítico aí despertado.

*Orquestral*: Noturno, ob, harpa, 2 vn, vc, 1913; Meditação, vc, pn, 1921; Sonata, vc, pn, 1921; 3 danças, vn, pn, 1921; 5 qts cordas 1913, ?, 1920, ?, 1941; 3 trios pn, ?,?, 1921; 5 sonatas vn, *c.*1913-4, ?,?, *c.*1924, ?.

*Piano*: 3 composições, 1914; 3 études, 1914; Quasi prélude, Quasi poème, 1915; Prelúdio, 1915; 5 Prelúdios, 1919-22; 2 poèmes, 1920; Sonata n.º 5, 1923.

*Canções*: 3 composições, 1913; Paysages tristes, 1913; 4 composições, 1913-4.

Obras corais, canções de agitação e propaganda.

**Roussel, Albert** (1869-1937) Compositor francês. Serviu na Marinha até demitir-se em 1894 para estudar em Paris com Gigout e depois com d'Indy, na Schola Cantorum (1898-1909). Entrementes, começou a ensinar contraponto na escola, tendo entre seus alunos Varèse e Satie; também compôs diversas obras importantes. Em 1909, levou a nova esposa numa excursão pela Índia e o Sudeste Asiático: o exótico em sua música, portanto, foi apreendido em primeira mão. Prestou serviço ativo na Primeira Guerra Mundial, enquanto compunha sua ópera indiana, *Padmâvatî;* depois, em 1922, estabeleceu-se na costa da Normandia. Sua música posterior tornou-se harmonicamente mais acerba, estruturalmente mais definida e ritmicamente mais vigorosa, apresentando paralelos com a evolução de Ravel e Stravinsky e contrastando com a filigrana impressionista de suas obras anteriores à guerra.

*Óperas*: Padmâvatî, 1914-8, *Paris, 1923; Le testament de la tante Caroline, 1932-3, *Olomouc, 14 nov 1936.

*Balés*: Le festin de l'araignée, 1912, *Paris, 1913; Bacchus et Ariane, 1930, *Paris, 1931; Aenéas, 1935, *Bruxelas, 1935.

*Orquestral*: Sinf n.º 1 (Le poème de la forêt), 1904-6; n.º 2, si bemol, 1919-21; n.º 3, sol, 1929-30, n.º 4, lá, 1934; Pour une fête de printemps, 1920; Suite, fá, 1926; Conc, peq orq, 1926-7; Conc pn, sol, 1927; Little Suite, 1929; Sinfonietta, cordas, 1934; Rhapsodie flamande, 1936; Concertino vc, 1936.
*Coral orquestral*: Évocations, A, T, Bar, vozes, orq, 1910-1; Psalm 80, T, vozes, orq, 1928.
*Câmara*: Trio pn, 1902; Divertissement, qnt sopros, pn, 1906; Sonata vn n.º 1, ré, 1907-8; n.º 2, lá, 1924; Impromtu, harpa, 1919; Joueurs de flûte, fl, pn, 1924; Ségovia, gui, 1925; Serenata, fl, harpa, trio cordas, 1925; Qt cordas, ré, 1931-2; Andante e Scherzo, fl, pn, 1934; Trio cordas, 1937.
*Canções*: 4 poèmes (de Regnier), 2 álbuns, 1903, 1907; Flammes (Jean-Aubry), 1908; 2 poèmes chinois, 3 álbuns, 1907-8, 1927, 1932; 2 melodias (Jean-Aubry, Oliphant), 1918; 2 melodias (Chalupt), 2 álbuns, 1919, 1933-4; 2 poèmes (Ronsard), voz, fl, 1924; Odes anacréontiques, 2 adapts., 1926; Jazz dans la nuit, 1928; 2 idylles, 1931; A Flower Given to my Daughter (Joyce), 1931; 2 melodias (Ville), 1935.
*Piano*: Rustiques, 1904-6; Suite em fá sust, 1909-10; Sonatina, 1912; Prelúdio e Fuga, 1932-4; 3 Peças, 1933. [Durand.]
□ B. Deanc, *Albert Roussel* (1961).

**Rouxinol, O** (Solovey, Le rossignol) Ópera curta de Stravinsky e Mituzov, baseada em Andersen. *Ballets Russes, Paris, 26 maio 1914. Grande parte da música dos dois últimos atos foi transposta para o poema sinfônico *Chant du rossignol* (*Regente Ansermet, Genebra, 6 dez 1919), transformado em balé por Massine, com desenhos de Matisse (*Ballets Russes, Paris, 2 fev 1920).

**Rubbra, Edmund** (1901-) Compositor inglês. Estudou com Scott e com Holst na Universidade de Reading (1920-1) e no Royal College of Music (1921-5). Abraçou depois a carreira de pianista, compositor, crítico e professor, principalmente em Oxford (1947-68). Em 1948, converteu-se ao catolicismo romano. Seu estilo individual tem vínculos com Holst, Ireland, Bax e Vaughan Williams, mas com força contrapontística e consciência diatônica próprias.
*Sinfonias*: n.º 1, 1935-7; n.º 2, 1937; n.º 3, 1939; n.º 4, 1941; n.º 5, 1947-8; n.º 6, 1954; n.º 7, 1957; n.º 8, 1966-8; n.º 9 (Sinfonia sacra), com S, A, Bar, SATB, 1971-2, n.º 10 (Sinfonia da camera), 1976; n.º 11, 1978-9.
*Outras obras*: muita música coral, outras peças orquestrais, 4 qts cordas (1933, 1952, 1962-3, 1976-7), música instrumental, canções. [Lengnick; Lyrita.]

**Rudhyar, Dane** (Chennevière, Daniel) (1895-) Compositor franco-americano. Estudou no Conservatório de Paris (1912-3), mas foi sobretudo autodidata. Em 1916, mudou-se para os EUA e em 1926 adotou cidadania com um nome hindu. Nos poucos anos seguintes, algumas de suas obras foram editadas pela New Music, de Cowell, transmitindo forte influência skryabiana, mas depois de 1930 dedicou-se menos à composição do que à astrologia. [New Music, Presser.]

**Ruggles, Carl** (1876-1971) Compositor americano. Estudou com Paine em Harvard (1903-7), depois trabalhou como regente em Winona, Minnesota. Após 1917, dividiu seu tempo entre Nova York e Vermont, mantido por patrocínio em suas atividades de compositor e pintor. Com exceção da melodia de um hino composta em homenagem à esposa, todas as suas obras datam de 3 décadas após a Primeira Guerra Mundial, quando manteve contato com Varèse, Cowell e Ives; Varèse conseguiu que sua música fosse executada pela International Composers' Guild, Cowell a publicou em sua editora New Music, e Ives respeitou-o como outro compositor americano disposto a não se acomodar. Contudo, a música de Ruggles é muito mais integrada do que a de Ives, sendo marcada por frases longas, seguras, em contraponto atonal de forma compacta.
*Orquestral*: Men and Mountains, 1924; Postals, cordas, 1925; Sun-Treader, 1926-31; Organum, 1944-7.
*Vocal*: Toys, voz, pn, 1919; Vox clamans in deserto, S. peq orq, 1923; Exaltation, vozes em uníssono, 1958.

*Câmara*: Mood, vn, pn, *c.*1918; Angels, 6/7 metais, 1938; Evocations, pn, 1935-43. [New Music, American Music Edition; Columbia.]

**ruído** Muitas vezes usado para indicar um som sem altura definida. O ''ruído branco'' contém, teoricamente, uma distribuição nivelada de todas as freqüências; o ''ruído colorido'' é isso, filtrado.

**Russolo, Luigi** (1885-1947) Compositor italiano. Ligado a princípio ao Futurismo como pintor, publicou um manifesto em 1913 clamando por uma arte de ruídos e mais tarde, no mesmo ano, demonstrou o primeiro de seus INTONARUMORI, fabricado para torná-la possível. Em seus últimos anos, voltou para a pintura.

**Rzewski, Frederic** (1938-) Compositor e pianista americano. Estudou com Thompson e Spies em Harvard (1954-8) e com Strunk em Princeton (1958-60). Na década seguinte, passou a maior parte do tempo na Europa: tocou a primeira apresentação de *Klavierstück X*, de Stockhausen (1962), e foi membro fundador de Musica Elettronica Viva. Seu trabalho com esse conjunto adquiriu matizes políticos, e as peças que compôs desde que voltou aos EUA em 1971, a maioria evocando comparações com obras virtuosísticas para piano do séc. XIX, são veementemente comprometidas com o protesto esquerdista. Em 1977, assumiu o cargo de professor no Conservatório de Liège.

*Obras*: Les moutons de Panurge, quaisquer instrs, 1969; Coming Together, narrador, instrs, 1972; The People United will never be Defeated (O povo unido jamais será vencido), pn, 1975; A Long Time Man, pn, orq, *1980.

# S

**Sacher, Paul** (1906-) Regente suíço e patrono da música contemporânea. Estudou em Basiléia e em 1926 fundou sua Orquestra de Câmara da Basiléia, para a qual encomendou obras de Stravinsky, Bartók, Honegger, Martin, Britten e muitos outros. Também apoiou compositores contemporâneos, através de seu trabalho na Academia de Música da Basiléia, da qual foi o principal fundador (1954-69) e através da reunião que fez de uma das mais importantes coleções de manuscritos do séc. XX. Boulez, Lutoslawski, Holliger e outros compuseram obras para seu septuagésimo aniversário.

**Sagração da Primavera, A** (Vesna svyashchennaya, Le Sacré du Printemps) Balé de Stravinsky, "cenas da Rússia pagã", para um roteiro elaborado com Nicolas Roerich, coreografado originalmente por Nijinsky. Composta em 2 partes, cada uma deslocando-se de uma lenta e hesitante introdução até um final ruidosamente ritmado, "Dança da Terra" na primeira parte e "Dança do Sacrifício" na segunda. A partitura é para uma grande orquestra de madeiras quíntuplas, 8 trompas, 5 trompetes, 3 trombones, 2 tubas, percussão e cordas. *Ballets Russes/Montreux, Paris, 20 mai 1013.

**Saint François d'Assise** Ópera de Messiaen, em 8 quadros, reproduzindo momentos na vida espiritual do santo. A obra é composta para solistas com um coro de 150 membros e orquestra de 120, incluindo 3 ondas martenot. *Paris, 28 nov 1983.

**Saint-Saëns, Camille** (1835-1921) Compositor francês. Contemporâneo de Brahms, é o compositor mais antigo aqui estudado e merece a inclusão simplesmente porque se manteve ativo como compositor até o fim de sua longa vida, após a morte de Mahler e Debussy. Sua melhor música, contudo, foi composta muito antes do início do séc. XX, e ele não foi tolerante com as novas evoluções: desprezava Debussy e horrorizou-se com *A Sagração*. Entretanto, a música da fase final revela qualidades de parcimônia e elegância comparáveis à produção contemporânea de seu amigo Fauré ou mesmo de Ravel. Relacionam-se abaixo apenas as obras do séc. XX.

*Orquestral*: Conc vn nº 2, ré, 1902; Caprice andalous, vn, orq, 1904; Ouverture de fête, 1910; Morceau de concert, harpa, orq, 1918; Cyprès et lauriers, órg, orq, 1919; Odelette, fl, orq, 1920.

*Câmara*: Sonata vc nº 2, fá, 1905; Qt cordas nº 2, sol, 1918; Sonata ob, ré, 1921; Sonata cl, mi bemol, 1921; Sonata fag, sol, 1921

Óperas, música coral, canções, peças pn e órg.

**Sallinen, Aulis** (1935-) Compositor finlandês. Estudou com Merikanto e Kokkonen na Academia Sibelius, em Helsinque (1955-60), onde se juntou ao corpo docente em 1965. Após usar métodos dodecafônicos em sua música da década de 60, começou por volta de 1970 a trabalhar numa escala de tempo sibeliana e a integrar acordes harmoniosos com *clusters* do tipo ligetiano. As primeiras sinfonias pareceram destacá-lo como o mais provável sucessor de Sibelius, mas desde meados dos anos 70 seu nome tem se projetado como compositor de ópera, num estilo arrojadamente elétrico.

*Óperas*: O Cavaleiro, 1973-4, *Savonlinna, 1976; A Linha Vermelha, 1977-8, *Helsinque, 1978; O Rei Vai à França, 1982-3, *Savonlinna, 1984.

*Orquestral*: Mauermusik, 1962; Conc vn, 1968; Chorali, 1970; Sinf nº 1, 1971; nº 2,

com solo de percussão, 1972; nº 3, 1975; nº 4, 1979; Música de Câmara I, cordas, 1975; II, fl, cordas, 1976; Conc vc, 1976.
*Câmara*: Qt cordas nº 1, 1958; nº 2, 1960; nº 3, 1969; nº 4, 1971; nº 5, 1983; Sonata, vc, 1971; Canto e Ritornello, vn, 1975.
Obras corais, canções [Fazer, Novello.]

**Salomé** Ópera de Strauss sobre a peça de Wilde, em tradução alemã de Hedwig Lachmann, tem como tema o destrutivo fascínio sexual da princesa herodiana por João Batista. *Dresden, 9 dez 1905.

**Salzburgo** Local do primeiro Festival da ISCM (International Society for Contemporary Music) em 1923 e regularmente do Festival de Salzburgo, que fez as primeiras apresentações de *Die Liebe der Danae*, de Strauss, *The Bassarids*, de Henze, e *Un re in ascolto*, de Berio.

**Salzedo, Carlos** (1885-1961) Compositor e harpista franco-americano. Estudou no Conservatório de Paris (1896-1901) e mudou-se para Nova York a fim de assumir a função de harpista do Metropolitan Opera (1909-13). Depois trabalhou como músico de câmara, professor e co-fundador, com Varèse, da International Composers' Guild, embora suas obras tenham mais em comum com Ravel e Hindemith do que com o mundo modernista daquela organização. Todas envolvem a harpa, seja como solista (*Scintillation*, 1936; Suite, 1943; *Prélude fatidique*, 1954), seja com outros instrumentos (Sonata com piano, 1922; Conc com 7 instrs de sopro, 1925-6), ou em conjuntos (*Bolmimerie*, 7 harpas, 1919; *Pentacle*, 2 harpas, 1928). [G. Schirmer.]

**Samstag aus Licht** (Sábado da luz) Ópera de Stockhausen com libreto seu, a segunda concluída do ciclo de sete noites, *Licht*. Compõe-se de 4 cenas apresentáveis separadamente: *Luzifers Traum, oder Klavierstück XIII* (O sonho de Lúcifer ou Peça para Piano XIII), uma fantástica seqüência de pianismo sonhado pelo baixo solo como Lúcifer: *Kathinkas Gesang als Luzifers Requiem* (Canção de Kathinka como Réquiem de Lúcifer), um longo solo executado e mimicado pela flautista Kathinka Pasveer com 6 percussionistas; *Luzifers Tanz* (A dança de Lúcifer), um balé orquestrado para banda de instrumentos de sopro interrompida pela entrada de Miguel como trompetista; e *Luzifers Abschied* (Despedida de Lúcifer), lento cerimonial para coro masculino cantante, órgão e trombones. Há também uma abertura *Samstags-Gruss* (Saudação de sábado) para metais e percussão. *Milão, 25 mai 1984.

**Satie, Erik** (1866-1925) Compositor francês. Sua independência, simplicidade e ironia expuseram-no a uma variedade de canonizações: descobridor de novas possibilidades harmônicas para Debussy, fornecedor de vazio para Cocteau, pioneiro do não-intencional para Cage. Ele foi tudo isso, embora seja difícil dizer se por acidente ou intenção, como é igualmente difícil se ter certeza se a aridez de sua música é proposital ou resultado da fragilidade de técnica. Sem dúvida ele próprio sentia-se inseguro em relação à sua competência, a ponto de tomar aulas de contraponto, fuga e orquestração com Roussel e d'Indy, na Schola Cantorum, em 1905-8, muito tempo depois de sua desapercebida passagem pelo Conservatório de Paris (1879-86).

As primeiras obras importantes foram os grupos de três *Sarabandes* (1887), *Gymnopédies* (1888) e *Gnossiennes* (1890), onde as ousadias harmônicas vão para 7ªs e 9ªs não-resolutas e uma revivificação de modos eclesiásticos. Isso se deu como parte de uma absorção pelo cristianismo medieval, que o levou a ligar-se ao movimento rosacruciano: a maioria de suas obras de 1891-5 foi escrita para cerimônias esotéricas imaginárias. Nessa época também conheceu Debussy, enquanto entre suas outras atividades tocava piano no Café de Chat Noir em Montmartre, onde morava.

Em 1898, mudou-se para o subúrbio industrial de Arcueil-Cachan, mas continuou a trabalhar como pianista de café (e compositor) em Montmartre, atravessando a cidade todos os dias. Parte de sua música de café entrou nos *3 morceaux en forme de poire* (3 peças em forma de pêra: na verdade são 7) para piano a 4 mãos, supostamente assim batizados porque Debussy criticara a forma. Por outro lado, compôs pouco até 1913, quando a proteção de Viñes, Ravel e, a partir de 1915, Cocteau o tornou uma figura da moda. Dyagilev encomendou um balé, *Parade*, suíte de pequenas peças arranjadas para uma orquestra que inclui máquina de escrever e sirene, mas a maioria de suas miniaturas foi para piano, muitas vezes com títulos absurdos e sempre num estilo plano, repetitivo. Continuou, contudo, a trabalhar com harmonias novas, como acordes de 2.as, 4.as, 5.as e 7.as no segundo de seus 5 Noturnos (1919); e, na música para uma seqüência cinematográfica de seu balé *Relâche*, antecipou-se a Antheil e Cage, ao planejar a música pela duração de seções. Nesse meio tempo, o cultivo da aridez estendeu-se a projetos relativamente ambiciosos, como o "drama sinfônico" *Socrate*, um canto de meia hora na modalidade do cantochão dispensando totalmente qualquer apoio instrumental, bem como à MÚSICA DE MOBILIÁRIO, composta para ser ignorada. Com o *imprimatur* de Cocteau, tornou-se o modelo para o GRUPO DOS SEIS, substituído em 1923 pela École d'Arcueil, de Cliquet-Pleyel, Désormière, Sauget e Jacob. Apesar de todos os seus admiradores, permanece inimitável.

*Orquestral*: En habit de cheval, 1911; 5 grimaces, 1914; Parade (balé), 1917; La belle excentrique, 1920; Mercure (balé), 1924; Relâche (balé), 1924.

*Grandes obras vocais*: Messe des pauvres, coro, órg/pn, 1895; Geneviève de Brabant (ópera de marionetes), vozes, pn, 1899; Socrate, voz/vozes, orq, 1918.

*Canções*: Elégie, 3 melodias, Chomjson, 1887; Salut drapeau!, 1891; Bonjour Biqui!, 1893; Tendrement, Je te veux, La diva de l'Empire, *c.*1900; 3 poèmes d'amour, 1914; 3 mélodies, 1916; 4 petites mélodies, 1920; Ludions, 1923.

*Dueto piano*: 3 morceaux en forme de poire, 1890-1903; En habit de Cheval, 1911; Aperçus désagréables, 1908-12; Parade, 1917; La belle excentrique, 1920; 3 petites pièces montées, *c.* 1920.

*Solo piano*: Allegro, 1884; Valse-ballet, Fantaisie-valse, 1885; 4 ogives, 1886; 3 sarabandes, 1887; 3 gymnopédies, 1888; 3 gnossiennes, 1890; Première pensée Rose-Croix, 1891; Le fils des étoiles, 3 préludes, 1891; Fête donnée par des Chevaliers Normands, 2 préludes du Nazaréen, Uspud, 1892; Vexations, *c.* 1893; Prélude d'Eginhard, Danses gothiques, Modéré, 1893; Prélude de la porte héroïque du ciel, 1894; Pièces froides, 1897; Jack-in-the-Box, 1899; Poudre d'or, *c.*1901; Le Piccadilly, *c.*1904; Prélude en tapisserie, Passacaille, 1906; Nouvelles pièces froides, 1906-10; 4 préludes flasques, 3 véritables préludes flasques, 1912; Le piège de méduse, Descriptions automatiques, Embryons desséchés, Croquis et agaceries d'un gros bonhomme en bois, Chapitres tournés en tous sens, Vieux sequins et vieilles cuirasses, Menus propos enfantins, Enfantillages pittoresques, Pécadilles importunes, Les pantins dansent, 1913; Sports et divertissements, Heures séculaires et instantanées. Les 3 valses du précieux dégoûté, 1914; Avant-dernières pensées, 1915; Sonatine bureaucratique, 1917; 5 Nocturnes, 1919; Rêverie de l'enfance de Pantagruel, *c.* 1920; Premier menuet, 1920.

*Câmara*: Le piège de méduse, 8 instrs, 1913; Choses vues à droite et à gauche (sans lunettes), vn, pn, 1914; Musique d'ameublement (com Milhaud), pn, 3 cl, trbn, 1920; Sonnerie pour réveiller le bon gros Roi des Singes, 2 trompetes, 1921. [Rouart Lerolle, Salabert, UE.]

☐ R. Myers, *Erik Satie* (1948); *The Writings of Erik Satie*, ed. N. Wilkins (1976).

**Sauguet, Henri** (1901-) Compositor francês. Nascido e criado em Bordeaux, ali estudou com Canteloube, depois foi para Paris em 1923, incentivado por Milhaud, e juntou-se à École d'Arcueil em torno de Satie. Sua vasta produção abrange desde óperas até a música concreta, mas inclui sobremaneira inúmeros balés (*La chatte*, coreografado por Balanchine, para Dyagilev, 1925). [Heugel, Salabert, Eschig, Ricordi.]

**saxofone** O alto, em mi bemol, e o tenor, em si bemol, são comuns na orquestra do séc. XX (p. ex., em *O Príncipe de Madeira*, de Bartók); bem mais raros são o soprano, em si bemol (*The Triumph of Time*, de Birtwistle), o barítono, em mi bemol (*Gruppen*, de Stockhausen) e o baixo em dó (*Von heute auf morgen*, de Schoenberg). O repertório solo inclui a *Rapsódia* com piano de Debussy, a Sonata com Piano de Hindemith e concertos de Glazunov e Muldowney, todos para saxofone alto; existe ainda um repertório de quartetos para soprano, alto, tenor e barítono.

**Saxton, Robert** (1953-) Compositor inglês. Estudou com Lutyens (1970-74), com Holloway em Cambridge e com Berio, depois ensinou em Londres, Oxford e Bristol. Suas primeiras obras, por exemplo *Echos of the Glass Bead Game*, para quinteto de sopros (1975), são obstinadamente trabalhadas num estilo bouleziano de ornamentação, que ganhou aos poucos um vigor temático harmônico mais forte, em peças como seu Concerto para Orquestra (1983-4). [Chester.]

**Schaeffer, Pierre** (1910-) Compositor francês. Estudou na Escola Politécnica e ingressou no rádio como técnico em 1936. Em 1948, criou as primeiras peças de *música concreta*: *Étude violette*, *Étude au piano*, *Étude aux tourniquets*, *Études aux chemins de fer* e *Étude pathétique*. Depois acolheu compositores profissionais em seu estúdio, que em 1951 se estabeleceram como Groupe de Musique Concrète, e colaborou com Henry na *Symphonie pour un homme seul* (1950-1) e na ópera eletrônica *Orphée 53* (1953). Mas naquele ano deixou o grupo, para retornar apenas por pouco tempo em 1958-60, quando entre suas obras e estão *Étude aux allures* (1958), *Études aux sons animés* (1958) e *Étude aux objets* (1959). Passada essa fase, abandonou a composição pelo ensino e divagações teóricas.

**Schafer, Raymond Murray** (1933-) Compositor canadense. Estudou no Conservatório de Toronto (1945-55) e com Weinzweig na Universidade de Toronto (1954-5), depois mudou-se para a Europa (1956-61). Voltou ao Canadá para ensinar na Memorial University de Newfoundland (1963-5), e na Universidade Simon Fraser, BC (1965-). Sua visão da música é global, envolvendo preocupações com educação e poluição sonora; suas composições também tendem a usar ampla variedade de meios e pontos de referências. Os livros incluem *British Composers in Interview* (Londres, 1963), *The New Soundscape* (Toronto, 1969, 3/1972), *The Book of Noise* (Vancouver, 1970, 2/1973), *The Music of Ezra Pound* (Nova York, 1974), *E.T.A. Hoffmann and Music* (Toronto, 1975) e *The Tuning of the World* (Nova York, 1977), bem como panfletos sobre trabalhos com crianças.

**Schat, Peter** (1935-) Compositor holandês. Estudou com Van Baaren no Conservatório de Utrecht (1952-8), com Seiber em Londres e com Boulez em Basiléia (1960-62). Boulez exerceu forte influência em suas primeiras obras, embora ele já revelasse um modo de pensar independente: suas *Improvisations and Symphonies*, para quinteto de sopros (1960), talvez tenham sido a primeira obra a exigir movimentação dos músicos. Em 1967, visitou Cuba, e a maioria de suas obras posteriores teve motivações políticas, muitas vezes com a busca de uma versátil organização harmônica, ao estilo de Pousseur. Suas obras incluem as óperas *Labyrinth* (1961-2) e *Houdini* (1974-6), 2 sinfonias, etc. [Donemus; Composers' Voice.]

**Schenker, Heinrich** (1868-1935) Teórico austríaco. Estudou com Bruckner no Conservatório de Viena, cidade onde permaneceu como pianista, compositor, professor e escrevendo sobre música. Suas composições despertaram a admiração de Brahms, embora sua principal contribuição seja no campo da ANÁLISE.

**Scherchen, Hermann** (1891-1966) Regente alemão. Sobretudo autodidata, ajudou Schoenberg na preparação de *Pierrot lunaire* e estreou regendo a obra em 1912. Em 1919, fundou a *Melos*, e da década de 20 em diante esteve bastante ativo como regente, sobretudo da nova música. Estabeleceu-se na Suíça em 1933. Entre as obras que regeu em primeira apresentação estão fragmentos de *Wozzeck*, de Berg, as Variações orquestrais de Webern, a "Dança em torno do Bezerro de Ouro", da ópera *Moses und Aron*, de Schoenberg, *Il prigioniero*, de Dallapiccola, *König Hirsch*, de Henze, e *Intolleranza*, de Nono.

**Schillinger, Joseph** (1895-1943) Compositor e professor russo-americano. Estudou no Conservatório de Petrogrado (1914-8), depois trabalhou na Rússia como professor, regente e compositor (*Outubro*, para piano e orquestra, 1927). Em 1928, mudou-se para os EUA, onde em Nova York ensinou seu sistema de composição, conceitualmente baseado em princípios matemáticos. Gershwin e Brown estavam entre seus alunos.
□ J. Schillinger, *The Mathematical Basis of the Arts* (1948, rev. 1976).

**Schmidt, Franz** (1874-1939) Compositor austríaco. Estudou piano com Leschetizky e composição com Bruckner no Conservatório de Viena. Foi depois violoncelista da orquestra da Ópera da Corte de Viena (1896-1911), tocando na maior parte daquela época sob a regência de Mahler; mais tarde ensinou na Academia de Viena (1914-37). Admirava Schoenberg, e era correspondido, mas sua fidelidade pessoal à grande tradição austro-germânica assumiu forma diferente, a do sinfonismo diatônico e polifônico, mantendo íntimas ligações com Brahms, Bruckner e Reger.
*Óperas*: Notre Dame, 1902-4; Fredigundis, 1916-21.
*Oratório*: Das Buch mit 7 Siegeln, 1935-7.
*Orquestral*: Sinf n.º 1, mi, 1896-9, n.º 2, mi bemol, 1911-3; n.º 3, lá, 1927-8, n.º 4, dó, 1932-3; Variações Concertantes sobre um tema de Beethoven, com piano mão esq, 1923; Variationen über ein Husarenlied, 1930-1; Conc pn, mi bemol, mão esq, 1934; Fuga solemnis, sopros, órg, tímp, 1937.
*Câmara*: Qt cordas, lá, 1925; Qnt pn, sol, 1926; Qt cordas, sol, 1929; Qnt, si bemol, cl, qt pn, 1932; Quinteto, lá, cl, qt pn, 1938.
*Órgão*: Fantasia e Fuga, ré, 1923-4; Tocata, dó, 1924; Prelúdio e Fuga, mi bemol, 1924; Chaconne, dó sust, 1925; 4 Pequenos Prelúdios Corais, 1926; Fuga, fá, 1927; Prelúdio e Fuga, mi bemol, 1927; 4 Pequenos Prelúdios e Fugas, 1928; Prelúdio Coral "Gott erhalte", 1933; Prelúdio Coral "Der Heiland ist erstanden", 1934; Tocata e Fuga, lá bemol, 1935.
*Piano*: Tocata, ré, mão esq, 1938. [Doblinger, UE.]
□ H. Truscott, *The Music of Franz Schmidt*, vol. 1: *The Orquestral Music* (1984).

**Schmitt, Florent** (1870-1958) Compositor francês. Estudou com Massenet e Fauré no Conservatório de Paris, depois viajou pela Europa como vencedor do Prêmio de Roma (1900). Nos anos seguintes, produziu as três obras pelas quais é lembrado: a adaptação do Salmo 47 para soprano, coro e orquestra (1904), o balé La tragédie de Salomé (1907) e o Quinteto para Piano (1902-8), todas revelando um amálgama de influências de Debussy e Strauss. Os ritmos fortemente acentuados de *Salomé* antecipam *A Sagração da Primavera*, embora, como Schmitt revisou sua obra em 1910, as origens de ambas talvez estejam em *O Pássaro de Fogo*. De qualquer modo, ele foi um dos primeiros colaboradores, em Paris, de Stravinsky, que lhe dedicou uma das Líricas Japonesas. Continuou a compor música orquestral, coral e de câmara até a morte. [Durand.]

**Schnabel, Artur** (1882-1951) Compositor e pianista austro-americano. Estudou com Leschetizky em Viena, depois morou em Berlim (1900-33), na Suíça e nos EUA. Nas décadas de 30 e 40 gravou clássicos de Beethoven e Schubert; a música do séc. XX pouco apareceu em seu mundo de intérprete, que ele conhecia profundamente, embora como compositor usasse princípios dodecafônicos. Suas obras incluem 3 sinfonias, 5 quartetos e a tardia *Duodecimet*. [C. Saerchinger, *Artur Schnabel* (1957).]

**Schnebel, Dieter** (1930-) Compositor alemão. Estudou teologia e música em Freiburg (1949-55) e ordenou-se pastor luterano, depois ensinou em Kaiserlautern (1955-63), Frankfurt (1963-70) e Munique (1970-). Influenciado por Kagel, trabalhou com amplos recursos vocais (*Maulwerke*, 1968, etc.), silêncio (*Nostalgie*, para solo de regente, 1962), música para leitura (*mo-no*, 1969) e arranjos de BACH, Beethoven, Webern e Wagner. [Schott; Wergo.]

**Schoeck, Othmar** (1886-1957) Compositor suíço. Estudou no Conservatório de Zurique (1905-7) e com Reger no Conservatório de Leipzig (1907-8), depois retornou à Suíça como compositor, maestro e acompanhante ao piano. Suas principais obras são as óperas e as quase 400 canções de caráter romântico tardo germânico.
*Óperas*: Don Ranudo de Colibrados, 1917-8, *Zurique, 1919; Venus, 1919-20, *Zurique, 1922; Penthesilea, 1924-5, *Dresden, 1927; Vom Fischer und syner Fru, 1928-30, *Dresden, 1930; Massimilla Doni, 1934-5, *Dresden, 1937; Das Schloss Dürande, 1938-9, *Berlim, 1943. [Bärenreiter, Breitkopf, Hug, UE.]

**Schoenberg** (Schönberg), **Arnold** (1874-1951). Compositor austro-americano. Com Stravinsky, um dos criadores essenciais da música do séc. XX. Para Adorno e muitos outros escritores de sua geração, os dois foram pólos opostos, Schoenberg avançando de dentro da tradição central e Stravinsky recuando para dentro dessa tradição, vindo de uma posição externa. Essa opinião desde então foi amplamente modificada, e Schoenberg visto como tão manipulador da história quanto Stravinsky. Entretanto, Schoenberg foi o antitipo de Stravinsky em sua insistência no desenvolvimento sinfônico e na originalidade de idéia e forma. A originalidade era necessária porque só o original podia ser a expressão autêntica de uma visão interior; o desenvolvimento sinfônico era essencial, porque era assim que as idéias deviam ser expostas e exploradas para compreensão dos ouvintes de música. A originalidade obrigou-o em 1908 a ir além das normas de tonalidade e forma; o desenvolvimento sinfônico levou-o nos 15 anos seguintes a elaborar o novo esquema da COMPOSIÇÃO DODECAFÔNICA. Enquanto isso, sua defesa da dupla disciplina de ser novo e lógico fez dele um dos maiores professores da história da música, tendo entre seus alunos não apenas Berg e Webern, mas também Eisler e Cage.

Schoenberg nasceu em Viena, o mais velho de três irmãos, numa família judia ortodoxa de modestos recursos. Após a morte do pai, teve de trabalhar num banco para sustentar a família (1891-5), mas prosseguiu com todos os seus interesses musicais, tocando música de câmara com amigos, tomando aulas com Zemlinsky e compondo. O Quarteto de Cordas em ré maior (1897), inédito até depois de sua morte, está mais perto de Dvořák de que de Brahms (seus pais eram de origem tcheco-húngara), porém o sexteto de cordas, *Verklärte Nacht* (1899), já é mais sério, combinando um imperativo brahmsiano de desenvolvimento (e um veículo brahmsiano) com a harmonia de *Tristão* e uma riqueza de colorido straussiana. Nas canções do mesmo período, e não menos nas GURRELIEDER, posteriores, a rica polifonia, a linha enérgica, às vezes contrastantemente estática, e as harmonias não-resolvidas de seu primeiro estilo são usadas para transmitir profundos estados emocionais.

Em 1901, casou-se com Mathilde, irmã de Zemlinsky, e mudou-se para Berlim, onde trabalhou num cabaré. Também compôs *Pelleas und Melisande* (1902-3), poema sinfônico com um trecho extraordinariamente longo de desenvolvimento sinfônico, mesclando Strauss e Reger; Strauss ficou impressionado e recomendou-o para o Conservatório Stern em Berlim, onde começou sua carreira de professor. Mas em 1903 regressou a Viena, e lá deu aulas particulares; Berg e Webern tornaram-se seus alunos no ano seguinte. Também em 1903, *Verklärte Nacht* foi apresentada pela primeira vez (fora recusada em 1899 por conter um acorde inadmissível) e sua música começou a ser editada.

Seu estilo então se desenvolveu rapidamente. No Primeiro Quarteto (1905) e na primeira SINFONIA DE CÂMARA (1906), pôs todos os 4 movimentos num único período de desenvolvimento, entrando em regiões escassamente tonais. Depois, no último movimento de seu Segundo Quarteto e em *Das* BUCH DER HÄNGENDEN GÄRTEN, abandonou inteiramente a tonalidade, como logo depois fariam Webern e, com mais apreensões, Berg. Nos poucos anos seguintes, viveu criativamente fora do mundo musical conhecido: suas peças tenderam a ser mais breves (no op. 19, brevíssimas), ou então sustentadas por um argumento dramático (ERWARTUNG, *Die* GLÜCKLICHE HAND). Também retomou a pintura e iniciou uma correspondência com Kandinsky: os dois artistas sentiam-se, nesse estágio, compelidos a esquecer a técnica e a tradição (*ver* EXPRESSIONISMO), embora Schoenberg também estivesse concluindo seu tratado sobre harmonia.

Entre 1911 e 1915, Schoenberg passou mais uma vez grande parte de seu tempo em Berlim, onde fez sua estréia na regência, na primeira apresentação de PIERROT LUNAIRE. Depois serviu no exército austríaco (1915-6), antes de começar seu oratório *Die* JAKOBSLEITER, inacabado testemunho da direção religiosa que tomavam seus pensamentos. Enquanto isso, desenvolvia os princípios do serialismo, mais uma vez ensinando em Viena e dirigindo a SOCIEDADE PARA APRESENTAÇÕES MUSICAIS PRIVADAS. Em 1923, terminou suas primeiras obras seriais, opp. 23-4, e op. 25, todas dodecafônicas. Também nesse ano sua mulher morreu e, dez meses mais tarde, ele se casava com Gertrud Kolisch, irmã de Rudolf KOLISCH.

Em 1925, retornou mais uma vez a Berlim para assumir as turmas adiantadas de composição de Busoni na Academia de Artes Prussiana. Ali trabalhou com confiança, produzindo obras de câmara, peças orquestrais, coros e até uma ópera cômica, todas no sistema dodecafônico, mas dentro de um mundo musical mais normal, onde seus pontos de referência eram Brahms, Mozart, Reger e Mahler. Também compôs os primeiros dois atos de sua ópera *Moses und Aron*. Mas depois, em 1933, seu judaísmo tornou-se uma preocupação política. Imediatamente deixou a Academia por Paris, onde retornou formalmente à fé judaica (convertera-se ao luteranismo em 1898, mas só por pouco tempo foi cristão). Mais tarde, no mesmo ano, mudou-se para os EUA, e em 1934 estabeleceu-se em Los Angeles, por motivos de saúde.

Ali permaneceu pelo resto da vida, compondo e ensinando na UCLA (1936-44). Em 1932-4 retomou a composição tonal em sua adaptação moderna de concertos de G. M. Monn (Concerto para Violoncelo) e Haendel (Concerto para Quarteto de Cordas), bem como na original Suíte para Cordas. A partir desse ponto, obras tonais e dodecafônicas alternaram-se em sua produção, as primeiras abrangendo a muito adiada conclusão de sua Sinfonia de Câmara nº 2 e o Tema e Variações para instrumentos de sopro. As obras instrumentais seriais, incluindo os concertos para violino e piano e o Quarteto nº 4, mostram todas uma nova riqueza, que vinha de uma compreensão mais profunda de como se devia usar o sistema dodecafônico para criar grandes formas tão completas e sutis quanto as de tonalidade maior e menor. Há ainda em KOL NIDRE, na ODE TO NAPOLEON e em *A* SURVIVOR FROM WARSAW um redespertar da intensidade expressionista, embora agora contida dentro de amplos gestos retóricos. A primeira e a última expressam também seu judaísmo, cujos aspectos sionista e teológico são subjacentes às suas obras finais.

*Óperas*: ERWARTUNG, op. 17, 1909; Die GLÜCKLICHE HAND, op. 18, 1910-3; VON HEUTE AUF MORGEN, op. 32, 1928-9; MOSES UND ARON, 1930-2.

*Orquestral*: Verklärte Nacht, op. 4, cordas, arranjo, 1917, rev. 1943; Pelléas und Mélisande, op. 5, 1902-3; Sinf câm nº 1, op. 9, arr.

1922, rev. 1935; Qt cordas nº 2, op. 10, S, cordas, arr. ?1919; 5 Peças, op. 16, 1909; Variações op. 31, 1926-8; Begleitmusik zu einer Lichtpielszene (Acompanhamento para uma cena de filme), op. 34, 1929-30; Conc vc (a partir de Monn), 1932-3; Conc para qt cordas (a partir de Hendel), 1933; Suíte, sol, cordas, 1934; Conc vn, op. 36, 1935-6; Sinf câm nº 2, op. 38, 1906-16, 1939; Conc pn, op. 42, 1942; Tema e Variações, op. 43a, banda sinfônica, 1943, arr. p/orq como op. 43b, 1943.
*Coral orquestral*: GURRELIEDER, com vozes solo, 1900-11; Die JAKOBSLEITER, com vozes solo, 1917-22, inacabada; KOL NIDRE, op. 39, com narrador, 1938; Prelúdio "Gênesis", op. 44, 1945; A SURVIVOR FROM WARSAW, op. 46, com narrador, 1947; MODERN PSALM, op. 50c, com narr, 1950, inacabada.
*Outras obras corais*: Friede auf Erden (C. F. Meyer), op. 13, 8 vozes, 1907; Der deutsche Michel (Kernstock), vozes masculinas, 1914 ou 1915; 4 Peças, op. 27, SATB o nº 4 com 4 instrs, 1925; 3 Sátiras (Schoenberg), SATB, o nº 3 com 3 instrs, 1925: 3 Canções folclóricas, SATB, 1929; 6 Peças (Schoenberg), op. 35, vozes masculinas, 1929-30; 3 Canções folclóricas, op. 49, SATB, 1948; Dreimal tausend Jahre (D. D. Runes), op. 50a, SATB, 1949; De profundis, op. 50b, SSATBB, 1950.
*Câmara*: Qt cordas, ré, 1897; Verklärte Nacht, op. 4, 2 vn, 2 va, 2 vc, 1899; Ein Stelldichein, 5 instrs, 1905, inacabada; Qt cordas nº 1, op. 7, ré, 1904-5, nº 2, op. 10, fá sust, 1907-8; nº 3, op. 30, 1927; nº 4, op. 37, 1936; Sinf câmara nº 1, op. 9, mi, 15 instrs, 1906; 3 peças, 12 instrs, 1910; Die eiserne Brigade, qnt pn, 1916; Serenata, op. 24, 7 instrs (em ou), B, em 1 movimento, 1920-3; Weihnachtsmusik, 5 instrs, 1921; Qnt sopros, op. 26, 1923-4; Suíte, op. 29, 7 instrs, 1925-6; Trio cordas, op. 45, 1946; Fantasia, op. 47, vn, pn, 1949.
*Canções*: 2 Canções, op. 1, Bar, pn, ?1898; 4 Canções, op. 2, voz, pn, 1899; Lied der Waldtaube (a partir dos Gurrelieder), Mez, 17 instrs, arr.1922; 8 Canções de cabaré, 1901; 6 Canções, op. 3, Mez/Bar, pn, 1899-1903; 8 Canções, op. 6, voz, pn, 1903-5; 6 Canções, op. 8, voz, orq, 1903-5; 2 Baladas, op. 12, voz, pn, 1907; 2 Canções, op. 14, voz, pn, 1907; Das BUCH DER HÄNGENDEN GÄRTEN, op. 15, voz, pn, 1908-9; Am Strande, voz, pn, 1909 ou 1908; Herzgewächse (Maeterlinck), op. 20, S, celesta, harpa, harmônio, 1911; 4 Canções, op. 22, voz, orq, 1913-6; 4 Arranjos Folclóricos, voz, pn, 1929; 3 Canções, op. 48, A/B, pn, 1933.
*Melodramas*: PIERROT LUNAIRE, op. 21, 1912; ODE TO NAPOLEON BUONAPARTE, op. 41, 1942.
*Piano*: 3 Peças, op. 11, 1909; 6 Little Pieces, op. 19, 1911; 5 Peças, op. 23, 1920-23; Suíte, op. 25, 1921-3; Peça, op. 33a, 1928-9; Peça, op. 33b, 1931.
*Órgão*: Variações sobre um Recitativo, op. 40, 1941.
*Orquestrações*: Bach: 2 Prelúdios corais, 1922; Bach: Prelúdio e Fuga, mi bemol, 1928; Brahms: Qt pn, solm, 1937.
Muitos outros arranjos, cânones. [UE, Hansen, G. Schirmer, Schott.]
☐ A. Schoenberg, *Letters* (1964), *Style and Idea* (1975), *Harmonielehre* (1978); C. Rosen, *Schoenberg* (1975); H. H. Stuckenschmidt, *Arnold Schoenberg* (1977).

**Schreker, Franz** (1878-1934) Compositor austríaco. Estudou com Fuchs no Conservatório de Viena (1892-1900), e ensinou a partir de 1912 na Academia de Música da cidade. Foi também maestro, regendo a primeira apresentação dos *Gurrelieder*. Sua força criativa firmou-se com a *Der ferne Klang*, que recorre a Strauss, Mahler e Debussy para criar um rico ambiente para a dramatização da sensualidade (Berg fez a partitura para piano, e lembrou a experiência quando veio a escrever *Lulu*). Os mais wagnerianos *Die Gezeichneten* e *Der Schatzgräber* confirmaram sua fama, e em 1920 ele foi convidado a Berlim como diretor da Hochschule für Musik. As óperas posteriores tomam de empréstimo algo do classicismo de Hindemith, mas a reputação de Schreker já desaparecia, e sua música foi pouco tocada até os anos 70.
*Óperas*: Der ferne Klang, *c.*1901-10, *Frankfurt, 1912; Das Spielwerk und die Prinzessin,

1909-12, *Frankfurt e Viena, 1913; Die Gezeichneten, 1913-5, *Frankfurt, 1918; Der Schatzgräber, 1915-8, *Frankfurt, 1920; Irrelohe, 1919-23, *Colônia, 1924-7; Christophorus, 1924-7; Der singende Teufel, 1924-8, *Berlim, 1928; Der Schmied von Gent, 1929-32, *Berlim, 1932.
*Outras obras*: Sinf câmara, 23 instrs, 1916; canções, a maioria dos primeiros anos. [UE.]

**Schuller, Gunther** (1925-) Compositor e regente americano. Estudou na St Thomas Choir School em Nova York (1938-42), depois trabalhou como trompista na Sinfônica de Cincinnati (1943-5) e no Metropolitan Opera (1945-59). Também ensinou na Escola de Música de Manhattan (1950-63), em Yale (1964-7), no Conservatório de New England (1967-77) e em Tanglewood. Seu interesse pelo jazz produziu estudos eruditos e música da TERCEIRA CORRENTE (p. ex., *Conversations*, para quarteto de jazz e de cordas, 1959). A maioria de suas obras é para orquestra ou conjunto de câmara, absorvendo influências de Schoenberg e Babbitt, além do jazz. [AMP, UE.]

**Schuman, William** (1910-) Compositor americano. Estudou em Columbia (1933-7) e na Juilliard School com Harris (1936-8), que foi a principal influência em seu estilo impetuoso e brilhante de grande sinfonismo. Ensinou no Sarah Lawrence College (1935-45), depois foi presidente da Juilliard School (1945-62) e do Lincoln Center (1962-9). Suas obras incluem 10 sinfonias. [G. Schirmer, Presser.]

**Schwantner, Joseph** (1943-) Compositor americano. Estudou no Chicago Conservatory College e na Northwestern University (1964-68), e foi indicado para a Eastman School em 1970. A maioria de suas obras consiste em música orquestral e de câmara, muitas vezes para formações incomuns.

**Schweigsame Frau, Die** (A mulher silenciosa) Ópera de Strauss e Zweig, baseada na comédia *Epicoene*, transposta para 1780 e pendendo para o estilo italiano. *Dresden, 24 jun 1935.

**Scott, Cyril** (1879-1970) Compositor inglês. Estudou com Humperdinck e Knorr no Conservatório Hoch, em Frankfurt (1891-3, 1895-8), depois trabalhou em Liverpool como compositor e professor. Tornou-se devoto da filosofia indiana e outros ocultismos, refletidos no caráter skryabiniano de suas obras, que incluem 3 sinfonias, 2 concertos para piano, muitas obras de câmara em gêneros tradicionais e muita música para piano. [Boosey, Novello, Schott, UE.]

**Scriabin** *Ver* SKRYABIN.

**Sculthorpe, Peter** (1929-) Compositor australiano. Estudou na Universidade de Melbourne (1946-51), e com Rubbra e Wellesz em Oxford (1958-61); em 1963 passou a integrar o corpo docente da Universidade de Sidney. Como compositor, procura ser especificamente australiano, usando folclore aborígene e música de territórios vizinhos, sobretudo Bali, muitas vezes em desenhos simples e arrojados. Suas obras incluem a ópera *Rites of Passage* (*Sidney, 1974), um ciclo de *Sun Music* para orquestra e uma seqüência de quartetos. [Faber.]

**Searle, Humphrey** (1915-82). Compositor inglês. Estudou em Oxford (1933-7), com Jacob, Morris e Vaughan Williams no Royal College of Music (1937) e com Webern em Viena (1937-8). Webern influenciou suas texturas mesmo antes de ele começar a usar o sistema dodecafônico, em 1946. Entre suas obras encontram-se 3 vigorosas cantatas (*Gold Coast Customs*, 1949; *The Riverrun*, 1951; *Shadow of Cain*, 1951), uma lisztiana Sonata para Piano dodecafônica (1951); e a ópera *Hamlet* (*Hamburgo, 1968). [Faber, Schott.]

**seção áurea** Divisão de uma quantidade em duas partes de tal modo que a proporção entre a menor e a maior seja a mesma que entre a maior e o todo (a proporção é de 0,618 pa-

ra 1). Os gregos calculavam as proporções dos templos desse modo, e há indícios circunstanciais de que Debussy e Bartók usaram a seção áurea na modelagem de suas formas musicais.
□ E. Lendvai, *Bela Bartók* (1971); R. Howat, *Debussy in Proportion* (1983).

**Segunda Escola de Viena** Termo abrangente para designar Schoenberg, Berg e Webern, às vezes entendido como incluindo outros alunos de Schoenberg, mesmo aqueles que, como Skalkottas, estudaram com ele em Berlim. A idéia é quase tão ilusória quanto a de que houve uma "primeira escola de Viena", incluindo Haydn, Mozart, Beethoven e Schubert.

**Seiber, Mátyás** (1905-60) Compositor húngaro-britânico. Estudou com Kodály na Academia de Música de Budapeste (1919-24), depois ensinou no Conservatório Hoch em Frankfurt (1928-33), onde foi pioneiro no ensino de jazz. Em 1935, estabeleceu-se na Inglaterra, trabalhou no Morley College (1942-57) e regeu e compôs música para cinema. Morreu num desastre de automóvel quando em viagem de conferências na África do Sul. Ligeti dedicou *Atmosphères* à sua memória. Suas obras são variadas, mostrando uma resposta musicalmente alerta a Bartók, a Schoenberg e ao jazz.
*Cantatas*: Ulysses (Joyce), 1946-7; 3 Fragments (Joyce), 1957.
*Câmara*: Qt cordas n.º 1, 1924; n.º 2, 1934-5; n.º 3, 1948-51; 2 jazzolettes, sexteto de jazz, 1929, 1933; Permutazione a 5, qnt de sopros, 1958; Sonata vn, 1960. [Schott.]

**seqüenciador** Aparelho eletrônico capaz de introduzir uma seqüência de determinadas voltagens na síntese ou processamento de som. Os seqüenciadores foram às vezes usados na apresentação ao vivo e composição em fita magnética por volta de 1970, antes que computadores mais poderosos se tornassem amplamente disponíveis.

**serialismo** Técnica de composição que se refere a séries de classes de altura ou outros elementos musicais. Isso significa que a série é lida na música da primeira à última nota e, depois, repetida em alguma transformação, mas na verdade só a música de Webern é tão estritamente serial. O termo COMPOSIÇÃO DODECAFÔNICA é, portanto, preferível na maioria dos casos, já que o critério importante não é a leitura seqüencial da série ideal na música real, mas antes a presença em quaisquer níveis, de primeiro plano ou de fundo, de um CONJUNTO de 12 notas. Alguns escritores tentaram usar o termo "serialismo" para um corpo mais estrito de música, muitas vezes o que era produzido pelo círculo de Darmstadt na década de 50, embora os compositores daquele meio tenham criado seu próprio termo, de SERIALISMO TOTAL. Além disso, as distinções entre "dodecafonismo" e "serialismo" são impossíveis de se sustentar.

Mas não se pode aplicá-la a obras em que o conjunto consiste em outra coisa que não as 12 notas. Esse talvez seja um pequeno repertório, mas inclui obras de certa importância: a op. 23 n.º 2 (9 notas) e a op. 23 n.º 3 (14 notas), de Schoenberg, *In memoriam Dylan Thomas* (5 notas), de Stravinsky, e *Le visage nuptial* (24 quartos de tom), de Boulez.

**serialismo total** Organização de todos os parâmetros musicais possíveis de acordo com as regras da composição dodecafônica. Webern, embora não Schoenberg, pareceu ter problemas com a inconsistência entre um tratamento serial da altura e meios não seriais de composição nos campos do ritmo, dinâmica e instrumentação. Suas últimas obras revelam uma certa tentativa de resolver o problema, particularmente no campo rítmico: p. ex., seu uso de conjunto de durações 2-2-1-2 e 3-1-2-6 nas Variações op. 30. Isso talvez tenha dado uma sugestão a Babbitt, no seu uso do conjunto de duração 5-1-4-2, nas 3 Composições para Piano (1947). Babbitt usa a forma do movimento retrógrado como Webern usara, mas acrescenta a noção de "inversão", complementando as durações para 6, daí: 1-5-2-4. Isso torna possível o primeiro exemplo real de serialismo rítmico.

Enquanto isso, a *Turangalîla-Symphonie*, de Messiaen (1946-8), introduzia durações "cromáticas", *i.e.*, uma escala de durações de uma fusa: 𝅘𝅥𝅰, 𝅘𝅥𝅯, 𝅘𝅥𝅯., 𝅘𝅥𝅮, 𝅘𝅥𝅮𝅘𝅥𝅰, 𝅘𝅥𝅮.. etc. Boulez, em sua Segunda Sonata para Piano (1948), começou a usar essa escala num contexto serial, mas os conjuntos de 12 notas de durações cromáticas foram empregados pela primeira vez por Babbitt, em sua Composição para 12 Instrumentos (1948, independente de Messiaen). Na Europa, a iniciativa coube a Stockhausen, em sua *Kreuzspiel*, e Boulez, em suas *Structures Ia*, ambas compostas em 1951, em resposta a *Mode de valeurs et d'intensités* de Messiaen, e ambas também aplicando princípios racionais para opções a partir de um conjunto de níveis dinâmicos (a peça de Boulez também "serializa" modos de ataque). Como as alturas, as durações e a dinâmica eram agora atribuídas separadamente a cada nota, podia-se dizer que a meta do serialismo total havia sido alcançada. Contudo, a dispersão resultante de pontos musicais revelou-se limitada como textura musical, e ambos, compositores logo começaram a trabalhar com entidades maiores.

Os ideais de organização total, porém, não se perderam. Stockhausen buscou, em seus *Elektronische Studien* (1953-4), criar mundos musicais inteiramente consistentes e sintéticos, em que regras semelhantes se aplicassem à organização da altura, do ritmo e do timbre, e em *Gruppen* (1955-7) trabalhou com conjuntos de andamentos. Na verdade, todos os compositores envolvidos nos esforços da vanguarda — mesmo aqueles que, como Ligeti, não compuseram nenhuma música serial — continuaram fascinados pelo conceito de música como construção em vários domínios diferentes do som e do tempo.

**série** Ordenança de classes de altura ou outros elementos musicais; hoje se prefere a palavra CONJUNTO.

**série de Fibonacci** Seqüência de números em que cada um é a soma de seu par precedente: ... 2, 3, 5, 8, 13, 21, ... Os pares vizinhos aproximam-se sempre mais da SEÇÃO ÁUREA, fato que explica por que a série foi usada por Corbusier em seu sistema "modular". É provável que tenha sido esta a origem do uso dos números de Fibonacci por Stockhausen na proporção temporal de *Klavierstück XI* (1956) e em muitas obras posteriores.

**Sessions, Roger** (1896-1985) Compositor americano. Estudou em Harvard (1910-5) e com Parker em Yale (1915-7), depois ensinou no Smith College (1917-21). Seguiu-se um período na Itália e em Berlim, após o qual ele reassumiu sua carreira na Universidade de Boston (1933-5), Princeton (1935-45), Berkeley (1945-51) e mais uma vez Princeton (1953-65). Suas obras da década de 20 foram influenciadas por Stravinsky e Bloch, mas Schoenberg tornou-se cada vez mais importante para ele, e na Sonata para Violino, de 1953, abraçou a composição dodecafônica. Há em sua música uma seriedade que evita o americanismo, mas é distintamente americana.

*Óperas*: The Trial of Lucullus, 1947; Montezuma, 1941-63.

*Orquestral*: 8 sinf, 1927, 1944-6, 1957, 1958, 1964, 1966, 1967, 1968; Conc vn, 1935; Conc pn, 1956; Divertimento, 1959; Rapsódia, 1970; Conc duplo, vn, vc, 1971; Concertino, 1972.

*Vocal orquestral*: Idyll of Theocritus, S, orq, 1954; When Lilacs Last in the Dooryard Bloom'd, S, A, Bar, coro, orq, 1970.

*Câmara e instrumental*: 3 sonatas pn, 1928-30, 1946, 1965; 2 qts cordas, 1936, 1951; Sonata, vn, 1953; Qnt cordas, 1958. [Marks.]

□ R. Sessions, *The Musical Experience* (1950), *Questions about Music* (1970).

**Shaporin, Yury** (1887-1966) Compositor russo. Estudou com Shteynberg e Tcherepnin no Conservatório de São Petersburgo (1913-8), depois trabalhou com Gorky, Blok, Myaskovsky e outros. Também foi membro da Associação de Música Contemporânea, embora após sua dissolução se concentrasse em obras maiores, inteiramente dentro da tradição russa, entre elas, com mais destaque, a ópera *Os Dezembristas* (1920-53).

**Shchedrin, Rodion** (1932-) Compositor russo. Estudou com Shaporin no Conservatório de Moscou (1951-5) e logo se estabeleceu como brilhante orquestrador e fluente compositor num estilo bastante ortodoxo. Suas obras incluem os balés *Carmen* (baseado em Bizet, 1968) e *Anna Karenina* (1972), além de uma ópera, sinfonias, concertos, etc.

**Shebalin, Vissarion** (1902-63) Compositor russo. Estudou com Myaskovsky no Conservatório de Moscou (1923-8) e logo passou a integrar o corpo docente; ali permaneceu, a não ser por um interlúdio em que foi expulso sob a perseguição de Jdanov (1948-51). Suas obras incluem *A Megera Domada* (1946-56), 5 sinfonias e 9 quartetos.

**Shnitke** (Schnittke), **Alfred** (1934-) Compositor russo. Estudou com professores particulares em Viena (1946-8), onde seu pai trabalhava, e com Rakov e Golubev no Conservatório de Moscou (1953-61), onde permaneceu como professor até 1972. Foi, com Denisov e Volkonsky, um dos primeiros compositores a sensibilizar-se com a música pós-weberniana na década de 60, mas obras posteriores mostram uma deliberada heterogeneidade de estilo, um acentuado conflito de movimentos fortemente expressivos, que lembram sua admiração por Mahler.
*Orquestral*: Conc vn n.º 1, 1957, rev. 1962; n.º 2, 1966; n.º 3, 1978; n.º 4, 1981-2; Conc pn, 1960; Conc duplo, ob, harpa, cordas, 1970; Sinf n.º 1, 1969-72; n.º 2, com coro, 1979; Conc grosso, 2 vn, cravo, cordas, 1977; Passacaglia, 1979-80.
*Câmara*: Qt cordas n.º 1, 1966; n.º 2, 1981; Quasi una sonata, vn, pn. 1968; Qt pn. [Boosey, UE; Philips.]

**Shostakovich, Dmitry** (1906-75) Compositor russo. Principal sinfonista do séc. XX, em termos de quantidade (é preciso buscar figuras menores, como Myaskovsky e Brian, para superar suas 15 sinfonias), certamente em termos de diversidade (suas sinfonias abrem espaço para enormes "cartazes" corais, apregoando poemas sinfônicos e até, na n.º 14, um ciclo de canções), e provavelmente em termos de qualidade, se se pode julgar isso pela riqueza de experiência musical contida sob a superfície, muitas vezes árida ou banal, de suas obras. E a música de Shostakovich, assim, pede para ser sondada, já que a circunstância de ser compositor na União Soviética — na verdade quase a voz musical nacional durante grande parte de sua vida — tornou inevitável que ele atuasse em duas frentes, a pessoal e a política. Para citar um caso óbvio, sua Quinta Sinfonia foi intitulada "resposta criativa de um artista soviético à crítica justa", no entanto muitos escritores concordaram em achar a sua brandura irônica e seu heroísmo decididamente vazio. A consciência que ele tinha dessa bifurcação em sua personalidade criativa permanece dúbia, já que se questionou a autenticidade de suas memórias, publicadas postumamente. Contudo, sua música é a prova mais convincente, desde Mahler, da desconfiança do séc. XX em relação à ordem diatônica que pretende sustentar.

Shostakovich estudou com Shteynberg e Glazunov no Conservatório de Petrogrado (1919-25): sua obra de formatura, a Primeira Sinfonia, já era inteiramente individual e conquistou-lhe fama na Rússia e no exterior. As seguintes traziam ruidosos finais revolucionários, mas também continham uma assimilação dos avançados elementos ocidentais da música introduzida pela Associação de Música Contemporânea. A ópera *O* NARIZ vai mesmo além nesse sentido, enquanto a subseqüente, *A* LADY MACBETH DO DISTRITO DE MTZENSK, usa todos os meios a seu dispor num excesso de paródia e elevada emoção. Foi essa a obra que provocou a condenação do jornal *Pravda* em 1936 e a "resposta criativa" da Quinta Sinfonia em 1937 (a complexa Quarta foi mantida na reserva até 1961).

Nos primeiros meses da participação da União Soviética na Segunda Guerra Mundial, ele se encontrava na sitiada Leningrado, onde iniciara sua Sétima Sinfonia, um maciço manifesto patriótico dedicado à cidade. Contudo, as sinfonias em torno desta eram mais desorientadoras e inquisitivas, e em meados dos anos 40 ele começou a compor mais música de câmara, talvez porque esse domínio ficasse menos exposto à reação oficial. Apesar disso, foi condenado junto com Prokofiev e Khachaturian em 1948, após o que se concentrou em inócuos oratórios até a morte de Stalin, cinco anos depois. Aí veio a Décima Sinfonia, que talvez pretendesse ser uma justificação pessoal (cita a sua CIFRA musical). As duas sinfonias seguintes foram cortejos históricos em termos instrumentais, mas no início da década de 60 pareceu que se podia ousar mais: apresentou-se por fim a Quarta Sinfonia, reviveu-se *Lady Macbeth*, enquanto a Décima Terceira Sinfonia (1962), que musica versos de Yevtushenko sobre o massacre nazista de judeus, foi vista por todos como uma condenação metafórica às atrocidades de Stalin.

A música de sua última década fica um tanto à parte. Ele tinha problemas de saúde, e muito de sua obra tratou da morte: a Décima Quarta Sinfonia é um ciclo de canções sobre o tema, e o Décimo Quinto Quarteto um memorial em seis adágios. A harmonia também se torna mais enxuta e tensa. Na Sonata para Violino e no Décimo Segundo Quarteto, Shostakovich utilizou temas de 12 notas, embora a tonalidade maior-menor continuasse até o fim sendo essencial a um estilo musical de ironia, argúcia e extremos que só se podem medir contra as expectativas de um sistema.

*Óperas*: O NARIZ, 1927-8; A LADY MACBETH DO DISTRITO DE MTSENSK, 1930-2

*Balés*: A Era Dourada, 1927-30; O Parafuso, 1930-1; Onda de Luz, 1934-5.

*Sinfonias*: n.º 1, fá, 1924-5; n.º 2, "A Outubro", si, com coro no final, 1927; n.º 3 "Primeiro de Maio", mi bemol, com coro no final, 1929; n.º 4, dó, 1935-6; n.º 5, ré, 1937; n.º 6, si, 1939; n.º 7 "Leningrado", dó, 1941; n.º 8, dó, 1943; n.º 9, mi bemol, 1945; n.º 10, mi, 1953; n.º 11 "1905", sol, 1957; n.º 12 "1917", ré, 1961; n.º 13, "Babiy Yar", si bemol, com B e coro, 1962; n.º 14, S, B, cordas, perc, 1969; n.º 15, lá, 1971.

*Concertos*: Pn n.º 1, dó, com tpt e cordas, 1933; n.º 2, fá, 1957; Vn n.º 1, lá, 1947-8, rev. 1955; n.º 2, dó sust, 1967; Vc n.º 1, mi bemol, 1959; n.º 2, sol, 1966.

*Suítes extraídas de música para filmes*: Nova Babilônia, 1928; Colinas Douradas, 1931; Maxim, 1936-8; A Jovem Guarda, 1947-8; Pirogov, 1947; Michurin, 1948; Encontro no Elba, 1948; A Queda de Berlim, 1949; Belinsky, 1950; O Inesquecível Ano de 1919, 1951; O Moscardo, 1955; O Primeiro Escalão, 1956; Cinco Dias-Cinco Noites, 1960; Hamlet, 1963-4.

*Outras suítes*: Hamlet (música incidental), 1931-2; 2 suítes, orq jazz, 1934, 1938; também de balés e óperas.

*Outras obras orquestrais*: Scherzo, fá sust, 1919; Tema e Variações, si bemol, 1921-2; Scherzo, si bemol, 1924; 5 Fragmentos, 1935; Abertura Festiva, 1954; Os Carrilhões de Novorossisk, 1960; Abertura sobre Temas Folclóricos Russos e Quirguizes, 1963; Prelúdio Triunfal-Funeral, 1967; Outubro, poema sinf, 1967; Marcha da Milícia Soviética, sopros, 1970.

*Coral orquestral*: Poema sobre a Pátria, 1947; Canto das Florestas, 1949; O Sol Brilha sobre a Pátria, 1952; A Execução de Stepan Razin, 1964.

*Vocal orquestral*: 2 Fábulas (Krylov), Mez, 1922; 6 Canções (japs.) T, 1928-32; 6 Canções, B, 1942, orq 1971; Da Poesia Folclórica Judia, S, A, T, 1948, orq 1964; 6 Poemas (Tsvetayeva), A, 1973; Suíte (Michelangelo), B, 1974.

*Orquestrações*: Tahiti Trot, 1928; 2 Peças de D. Scarlatti, instrs sopro, 1928; Mussorgsky: Boris Godunov, 1940, Khovanshchina, 1959, Cantos e Danças da Morte, 1962; 8 Canções Folclóricas Inglesas e Americanas, 1944; Davidenko: 2 coros, 1962; Schumann: Conc vc, 1966.

*Quartetos de cordas*: n.º 1, dó, 1935; n.º 2, lá, 1944; n.º 3, fá, 1946; n.º 4, ré, 1949; n.º 5, si bemol, 1952; n.º 6, sol, 1956; n.º 7, fá sust,

1960; nº 8, dó, 1960; nº 9, mi bemol, 1964; nº 10, lá bemol, 1964; nº 11, fá, 1966; nº 12, ré bemol, 1968; nº 13, si bemol, 1970; nº 14, fá sust, 1973; nº 15, mi bemol 1974.
*Outras obras de câmara*: Trio pn nº 1, 1923; nº 2, mi, 1944; 3 Peças, vc, pn, 1923-4; 2 Peças, octeto cordas, 1924-5; Sonata, ré, vc, pn, 1934; Qnt pn, sol, 1940; Sonata, vn, pn, 1968; Sonata, va, pn, 1975.
*Canções*: 4 Canções (Pushkin), B, pn, 1936; 2 Canções (Svetlov), voz, pn, 1945; 2 Canções (Lermontov), voz masculina, pn, 1951; 4 Canções (Dolmatovsky), voz, pn, 1951; 4 Monólogos (Pushkin), B, pn, 1952; 5 Canções (Dolmatovsky), B, 1954; Canções Espanholas, S, pn, 1956; Sátiras (Chorny), S, pn, 1960; 5 Canções ("Krokodil"), B, pn, 1965; 7 Canções (Blok), S, trio pn, 1967; 4 Versos do Capitão Lebyadkin (Dostoyevsky), B, pn, 1975.
*Piano*: 8 Prelúdios, 1910-20; 5 Prelúdios, 1920-1; 3 Danças Fantásticas, 1922; Suíte, fá sust, 2 pns, 1922; Sonata nº 1, 1926; nº 2, 1942; Aforismos, 1927; 24 Prelúdios, 1932-3; 6 Peças Infantis, 1944-5; 24 Prelúdios e Fugas, 1950-1; Concertino, 2 pn, 1953; 7 Danças de Boneca, 1952-62. [Boosey; Melodya, Decca.]
☐ I. Martïnov, *Dmitry Shostakovich* (1947, rev. 1969); N. Kay, *Shostakovich* (1971); S. Volkov, ed. *Testimony* (1979).

**Shteynberg, Maximilian** (1883-1946) Compositor russo. Estudou com Rimsky-Korsakov, Lyadov e Glanuzov no Conservatório de São Petersburgo, onde permaneceu como professor após formar-se em 1908. Suas obras, dentro da tradição russa, incluem o balé *Métamorphoses* (*Ballets Russes, 1914) e 5 sinfonias.

**Sibelius, Jean** (1865-1957) Compositor finlandês. Em muitos outros aspectos, ele foi o oposto de seu contemporâneo Mahler, seu único igual entre os sinfonistas do início do séc. XX. Enquanto as obras de Mahler são todas autobiográficas, as de Sibelius relacionam-se em geral com paisagens e, mais especialmente, com a mitologia de seu país. Onde as idéias de Mahler tendem a ser longas e fortemente caracterizadas, as de Sibelius são muitas vezes curtas e rudimentares, mais células que temas. Mahler tende sempre ao turbilhão constante de um desenvolvimento, Sibelius ao desenvolvimento crescente, à maneira de uma lenta introdução. As sinfonias de Mahler são centrífugas, com uma multiplicidade de movimentos distintamente variados; as de Sibelius, centrípetas, com harmoniosas ligações e até mesmo fusões de movimentos.

Sibelius revelou dons de violinista e compositor desde a infância, e estudou com Wegelius em Helsinque (1885-9), Becker em Berlim (1889-90) e Fuchs e Goldmark em Viena (1890-1). Depois retornou a Helsinque, onde concluiu sua sinfonia coral *Kullervo*, em 1892, mesmo ano em que casou-se com Aino Järnefelt. Nos anos seguintes, ganhou a vida como professor e compôs poema sinfônicos, desenvolvendo estilo próprio e consolidando-se como o principal compositor finlandês, posição confirmada por *Finlândia*, enquanto a Primeira Sinfonia (1899) lhe angariava interesse internacional. A obra ainda é meio tchaikovskiana (a Finlândia na época era uma província russa), mas sua condição de novidade foi reconhecida em apresentações na França, Alemanha e Inglaterra, que lhe ofereceram novas oportunidades de viajar. Enquanto isso, em Helsinque, ele levava uma vida muitas vezes desregrada, com companheiros de farra, sobretudo por volta da época de seu Concerto de Violino (1903). Esse período chegou ao fim em 1904, quando construiu uma casa fora da capital e ali viveu com a mulher e 4 filhas o resto da vida.

Na Terceira Sinfonia (1904-7), de clássica lucidez, deixou para trás o romantismo russo; na Quarta (1911), insistindo no trítono, destruidor da tonalidade, produziu sua obra mais desolada, porém uma das mais típicas, com longos pedais e lentas expansões motívicas. A Quinta Sinfonia (1915), como outras obras, causou-lhe problemas e exigiu duas revisões até alcançar sua forma incomum de um alegro em 3 movimentos transformando-se em scherzo (eram originalmente movimentos separados), andante e finale de combativo heroísmo. Depois desta, a produção decaiu. Pouco fez antes da pura e fugidia Sexta Sinfonia (1923), logo seguida da Sétima, de um só movimento, da música incidental de *A Tempestade* e da poesia final e desolada de *Tapiola*. Depois, três décadas de SILÊNCIO. Talvez ele tenha terminado uma Oitava Sinfonia, mas, se terminou, queimou-a.

*Sinfonias*: Kullervo, com S, Bar, coro masculino, 1892; n.º 1, mi, 1899; n.º 2, ré, 1901-2; n.º 3, dó, 1904-7; n.º 4, lá, 1911; n.º 5, mi bemol, rev. 1916, 1919; n.º 6, ré, 1923; n.º 7, dó, 1924.

*Outras obras orquestrais*: En saga, 1892, rev. 1902; Abertura Karelia, 1893; Suíte Karelia, 1893; Canção primaveril, 1894; A Ninfa dos Bosques, 1895; Suíte Lemminkäinen (n.º 3 = O Cisne de Tuonela), 1893-5, rev. 1897 e mais tarde; Tiera, metais, perc, 1898; Rei Cristiano II, suíte, 1898; Scènes historiques I, 1899; Finlândia, 1899; Romança, dó, cordas, 1903; Conc vn, ré, 1903, rev. 1905; Valsa Triste, 1904; Pelléas et Mélisande, suíte, 1905; Cenas com Garças, 1906; A Filha de Pohjola, 1906; Pã e Eco, 1906; O Festim de Belshazzar, suíte, 1906; Passeio Noturno e Nascer do Sol, 1907; Cisne branco, suíte, 1908; In memoriam, 1909; A Dríada, 1910; Canzonetta, cordas, 1911; Valsa romântica, 1911; Scènes historiques II, 1912; 2 Serenatas, ré, sol, vn, orq, 1912-3; O Bardo, 1913, rev. 1914; As Oceânides, 1914; 2 Peças vn/vc, orq 1914; 6 Humoresques, ré, ré, sol, sol, mi bemol, sol, vn, orq, 1917; Valsa Lírica, 1920; Valsa Cavalheiresca, 1920; Suite mignonne, fl, cordas, 1921; Suite champêtre, cordas, 1921; Andante festivo, cordas, 1922; Suite caractéristique, harpa, cordas, 1922; A Tempestade, prelúdio e 2 suítes, 1925; Tapiola, 1926.

*Vocal orquestral*: A Donzela na Torre (ópera), 1896; A Origem do Fogo, Bar, coro masculino, orq 1902, rev. 1910; Luonnotar, S, orq, ?1910; Scaramouche (pantomima), 1913; muitas cantatas, etc.

*Câmara*: Qt cordas "Voces intimae", ré, 1909; muitas peças para vn, pn; muitas peças p/ pn.

*Canções*: 7 Canções de Runeberg, op. 13, 1891-2; 7 Canções, op. 17, 1891-8; 6 Canções, op. 36, 1899; 5 Canções, op. 38, 1902-4; 6 Canções, op. 50, 1906; 8 Canções, op. 57, 1909; 8 Canções, op. 61, 1910; 6 Canções, op. 72, 1907-15; 6 Canções, op. 86, 1916; 6 Canções, op. 88, 1917; 6 Canções de Runeberg, op. 90, 1917 (todas em sueco, exceto a op. 50, em alemão). [Breitkopf, Hansen, Hirsch, Lienau, Westerlund.]

☐ R. Layton, *Sibelius* (1965, 2/1978); E. Tawaststjerna, *Jean Sibelius* (1976-).

**Siegmeister, Elie** (1909-) Compositor americano. Estudou em Columbia (1924-7), teve aulas particulares com Riegger e, em Paris, com Nadia Boulanger (1927-31). De volta aos EUA, compôs obras orquestrais e corais e um musical em estilo tipicamente americano, influenciado pelo jazz, blues e canções folclóricas. Em 1949, foi indicado para o corpo docente da Hofstra University, NY. [Fischer, Marks, Mercury, Peters.]

**silêncio** A ausência de som tornou-se reconhecida no séc. XX como um elemento da música. Busoni observou que os silêncios entre movimentos não são períodos em branco, mas momentos repletos de reminiscências e esperança. A Segunda Sinfonia de Mahler foi talvez a primeira obra em que se avaliaram esses silêncios, exemplo seguido em, por exemplo, *Le marteau sans maître*, de Boulez. Mas os silêncios em finais de obras podem ser igualmente significativos, e muitas vezes são medidos nas obras de Ligeti. Nesses casos, não é tanto a ausência de som como seu desaparecimento temporário — se não ameaça ser um desaparecimento definitivo em obras, como a Sonata para Piano de Barraqué, compostas como uma dialética entre som e silêncio. Alternativamente, pode não haver dialética alguma: o silêncio talvez seja mais a condição ideal da música, permitindo ao ouvinte prestar atenção à vida e não à arte, como em *4'33"*, de Cage.

A complicação do silêncio, tornando-o controlável (Boulez), um veículo neutro para música (Ligeti), um inimigo do pensamento (Barraqué) ou um amigo da irreflexão (Cage), talvez tenha algo a ver com os muitos silêncios notáveis nas carreiras de compositores no séc. XX, entre eles Duparc, Dukas, Elgar, Sibelius, Varèse, Ives, Barraqué e Boulez. Em todos esses casos, acrescentaram-se explicações pessoais e mesmo psicológicas, mas elas não são inteiramente convincentes, quando existem tão poucos paralelos em épocas anteriores. O silêncio no séc. XX pode falar mais alto do que a música.

**Simbolismo** Movimento artístico da virada do século, assim chamado pela intensidade com que objetos e fenômenos inanimados eram investigados como símbolos de estados emocionais. A palavra é mais freqüentemente associada a escritores (p. ex. Maeterlink) e pintores (p. ex. Moreau), mas os dramas musicais repletos de *leitmotiv* wagneriano forneceram aos simbolistas abundantes precedentes, e alguns críticos observaram que Debussy foi no mínimo tão simbolista quanto impressionista. Algumas das obras de Schoenberg, como *Gurrelieder* e *Die glückliche Hand*, filiam-se ao simbolismo nórdico-germânico de Jacobsen, Strindberg e outros, igualmente influenciados por Wagner, enquanto os poetas simbolistas russos (p. ex. Balmont) exerceram uma influência sobre Stravinsky e muitos outros compositores nos anos que levaram à Revolução. O caso mais óbvio de simbolismo musical, porém, é *O Castelo de Barba-Azul*, de Bartók.

**Simpson, Robert** (1921-) Compositor inglês. Estudou com Howells (1942-6) e trabalhou para a BBC (1951-80). Sua música foi mais galvanizada pelos compositores sobre os quais ele escreveu monografias: *Carl Nielsen* (Londres, 1952, 2/1979), *The Essence of Bruckner* (Londres, 1966) e *Beethoven Symphonies* (Londres, 1970). A maioria de suas obras é em gêneros tradicionais, embora de modo algum em formas tradicionais; a forma é, ao contrário, ativamente criada por um voluntarioso processo de conflito tonal. Os principais pilares de sua produção são as 9 sinfonias e os 11 quartetos de cordas. [Lengnick.]

**simultaneidade** Termo preferido a ''acorde'' por alguns compositores de música dodenfônica, por evitar a conotação de função diatônica.

**sinfonia** A forma é tão filha do sistema diatônico que as grandes sinfonias do séc. XX vieram, inevitavelmente, de compositores que usavam de alguma maneira esse sistema: Mahler, Elgar, Sibelius, Nielsen, Ives, Vaughan Williams, Stravinsky, Bax, Honegger, Shostakovitch, Prokofiev. As duas sinfonias de Schoenberg são frutos de sua produção diatônica; a única de Webern é dodecafônica; a de Berg, atonal e enterrada no Ato 2 de *Wozzeck*. Em meados do século, a sinfonia passou a ser considerada, por suas propensões diatônicas, um gênero conservador, mas na década de 70 os compositores começaram a vê-la mais uma vez como um campo de aventura, talvez devido ao renovado interesse por processos harmônicos de grande amplitude, embora não necessariamente diatônicos (p. ex. as sinfonias de Davies). Em vista do caráter altamente irregular de algumas sinfonias do séc. XX — p. ex., a Oitava de Mahler, as ''dos Salmos'' de Berg, Webern e Stravinsky, a *Turangalîla,* em 10 movimentos, de Messiaen — travaram-se às vezes acirradas e inúteis discussões sobre se uma obra é ou não uma sinfonia. Deve ser óbvio que a palavra não tem qualquer poder de definição, a não ser para orientar o público a ouvir contra o fundo do modelo clássico de 4 movimentos.

☐ R. Simpson, ed., *The Symphony*, vol. 2 (1967).

**Sinfonia** Obra de Berio para os Swingle Singers e orquestra, originalmente em 4 movimentos (1968), com um quinto acrescentado em 1969; o terceiro movimento é um entremeado de citações e comentário vocal em torno do scherzo da Segunda Sinfonia de Mahler.

**sinfonia de câmara** Termo cunhado por Schoenberg para duas obras de grande amplitude sinfônica, mas de instrumentação reduzida: a n.º 1 para 15 instrumentistas (1906) e a n.º 2 para 17 (iniciada em 1906, concluída em 1936). O exemplo estimulou Schreker (Sinfonia de Câmara, 1916), Milhaud (Seis Sinfonias de Câmara, 1917-23), Berg (uso do qüindeceto de Schoenberg, em *Wozzeck*; também Concerto de Câmara para 15, 1923-5) e outros.

**Sinfonia dos Salmos** (Symphonie des psaumes) Obra de Stravinsky para coro (com sopranos meninos) e uma orquestra sem violinos e violas: "É", ele disse, "o cantar dos Salmos que estou sinfonizando". Os movimentos são: introdução ("Exaudi orationem meam"), fuga ("Expectans expectavi") e apoteose final ("Laudate Dominum"). * reg Ansermet, Bruxelas, 13 dez 1930.

**Sinfonias de Sopros** Obra de Stravinsky para orquestra de sopros, bastante não-sinfônica em suas contigüidades de curtas "litanias" (palavra dele) para diferentes agrupamentos: o título, explicou, devia ser entendido no seu sentido etimológico de "sons juntos". *Londres, 10 jun 1921. A partitura revisada (1945-7) altera a orquestração e detalhes.

**sino** Instrumento encontrado em geral na orquestra na forma de sinos tubulares, ou, mais raramente, sinos de trenó (por exemplo, na Sinfonia n.º 4 de Mahler), ou sinos de gado (por exemplo, na Sinfonia n.º 6 de Mahler; *ver também* CENCERROS). Onde se indicam apenas sinos, por exemplo, em outras sinfonias de Mahler e em *Les Noces*, usam-se normalmente os tubulares, embora Davies tenha escrito para sinos de mão em várias obras. *Ver também* MUDANÇA DE REPIQUE.

**sintetizador** Aparelho eletrônico do qual vários tipos foram fabricados por Robert Moog, Donald Buchla, etc., com a idéia de tornar acessível qualquer som por síntese eletrônica. No final da década de 60 e início da de 70, os sintetizadores tornaram-se populares junto aos conjuntos de eletrônica ao vivo e às bandas de rock; alternativamente, podem ser usados no estúdio eletrônico, como foram por Stockhausen, Subotnick, Carlos, etc., e também por compositores de música computadorizada. O singular Sintetizador RCA do Centro de Música Eletrônica de Columbia-Princeton é o instrumento preferido por Babbitt.

**Sirius** Obra semiteatral de Stockhausen para 4 solistas (soprano, baixo, *basset horn* e trompete) e fita: um ritual de 4 estações, pontos cardeais, idades do homem, etc., baseado num grande ciclo das melodias TIERKREIS. *Aix-en-Provence, 8 ago 1977.

**Skalkottas, Nikos** (1904-49) Compositor grego. Estudou violino no Conservatório de Atenas (1914-20) e a partir de 1921 em Berlim, onde teve aulas de composição com Jarnach (1925-7), Schoenberg (1927-31) e Weill (1928-9). Em 1933, regressou a Atenas, onde trabalhou como violinista de orquestra, enquanto compunha obras de câmara e grandes obras orquestrais, boa parte das quais permaneceu inédita até depois de sua morte. Algumas de suas composições, p. ex. as *Danças Gregas*, são num estilo nacional vivaz não muito diferente do de Dvořák em obras semelhantes, mas a maioria é dodecafônica, e a grande produção de 1935-45 é sobretudo serial à maneira de Schoenberg. Os modelos formais são convencionais, como nas obras de Schoenberg da década de 20, mas as dimensões às vezes mostram-se mais amplas, freqüentemente com texturas densas, multitemáticas e multisseriais.
*Orquestral*: Conc pn n.º 1, 1931; n.º 2, 1937-8, n.º 3, 1938-9; Concertino Duplo pn, 1935; Suíte sinf n.º 1, 1935; n.º 2, 1944-9; 36 Danças Gregas, 1931-6, rev. 1948-9; Conc vn, 1937-8; Conc, vn, va, orq, 1939-40; 10 Quadros Musicais, cordas, 1940; Pequena Suíte, cordas, 1942; O Retorno de Ulisses, abertura, 1942-3; Conc ctbx, 1942-3.
*Câmara*: Qt Cordas n.º 1, 1928, n.º 2, 1929, n.º 3, 1935, n.º 4, 1940; 4 Sonatinas, vn, pn; 4 Suítes, pn; muitas outras obras. [UE, Skalkottas Society.]

**Skryabin, Alexander** (1872-1915) Compositor russo. Revelou dons de pianista e compositor desde a infância. Estudou com Taneyev e Arensky no Conservatório de Moscou (1888-92), depois iniciou uma carreira de concertista de piano. Entre 1894 e 1903, foi editado e promovido por Belyayev, e nesse período progrediu de um estilo inicial chopiniano a obras de textura mais exuberante e retórica mais forte, aparentemente estimuladas por sua identificação com a filosofia de Nietzsche. Em 1905 passou disso para a teosofia, e sua música tornou-se ainda mais pessoal: a harmonia tende a permanecer estática por longos períodos, assim mantida por divisões simétricas da oitava, como na última fase de Liszt (sobretudo o trítono, a escala de intervalos inteiros e o acorde de sétima diminuta), enquanto a melodia fica livre para tornar-se profusa ornamentação. Sua expressão foi se concentrando cada vez mais em 2 tipos também característicos do último de Liszt, o demoníaco e o voluptuoso, e essa concentração num único estado musical levou a uma produção que consiste, em sua maior parte, em pequenas peças, com o ocasional movimento mais longo de contínua elaboração (*O* POEMA DO ÊXTASE, PROMETEU e as sonatas desse período). Ele se convenceu do objetivo espiritual da arte, e sentiu que trabalhava no sentido de um *Mysterium* que atrairia todos os sentidos e provocaria algum tipo de cataclismo: daí o uso da cor em *Prometeu* e a constante ousadia harmônica que o levou à verdadeira atonalidade em suas últimas peças. Morreu de septicemia, deixando esquemas para uma *Ação Preparatória* (1914-5) que incluía acordes de 12 notas.

*Orquestral*: Conc pn, op. 20, fá sust, 1896; Poema Sinf, ré, 1896-7; Rêverie, op. 24, 1898; Sinf n.º 1, op. 26, mi, com coro no final, 1899-1900; n.º 2, op. 29, dó, 1901; n.º 3 "Divino Poema", op. 43, 1902-4; O POEMA DO ÊXTASE, op. 54, 1905-8; PROMETEU, op. 60, 1908-10.
*Sonatas para piano*: n.º 1, op. 6, 1892; n.º 2, op. 19, 1892-7; n.º 3, op. 23, 1897-8; n.º 4, op. 30, 1903; n.º 5, op. 53, 1907; n.º 6, op. 62, 1911; n.º 7 "Missa Branca", op. 64, 1911; n.º 8, op. 66, 1912-3; n.º 9 "Missa Negra", op. 68, 1912-3; n.º 10, op. 70, 1913.
*Prelúdios para piano*: 24 op. 11, 1888-96; 6 op. 13, 1895; 5 op. 15, 1895-6; 5 op. 16, 1894-5; 7 op. 17, 1895-6; 4 op. 22, 1897; 2 op. 27, 1900; 4 op. 31, 1903; 4 op. 33, 1903; 3 op. 35, 1903; 4 op. 37, 1903; 4 op. 39, 1903; 4 op. 48, 1905; 2 op. 67, 1912-3; 5 op. 74, 1914.
*Outras obras para piano*: Valsa, op. 1, fá, 1885; 3 Peças, op. 2, 1887-9; 10 Mazurcas, op. 3, 1889; Allegro appassionato, op. 4, 1892; 2 Noturnos, op. 5, 1890; 2 Impromptus à la mazur, op. 7, 1892; 2 Estudos, op. 8, 1894; 2 Peças, op. 9, mão esquerda, 2 Impromptus, op. 10, 1894; 2 Impromptus, op. 12, 1895; 2 Impromptus, op. 14, 1895; Allegro de concert, op. 18, 1896; Polonaise, op. 21, 1897; 9 Mazurcas, op. 25, 1899; Fantasia, op. 28, 1900; 2 Poemas, op. 32, 1903; Poema Trágico, op. 34, 1903; Poema Satânico, op. 36, 1903; Valsa, op. 38, 1903; 2 Mazurcas, op. 40, 1902-3; Poema, op. 41, 1903; 8 Estudos, op. 42, 1903; 2 Poemas, op. 44, 1905; 3 Peças, op. 45, 1904-5; Scherzo, op. 46, 1905; Quase-Valsa, op. 47, 1905; 3 peças, op. 49, 1905; 4 peças, op. 51, 1906; 3 Peças, op. 52, 1906; 4 Peças, op. 56, 1907; 2 Peças, op. 57, 1907; Folha de Álbum, op. 58, 1910; 2 Peças, op. 59, 1910; Poema-Noturno, op. 61, 1911; 2 Poemas, op. 63, 1911; 3 Estudos, op. 65, 1912; 2 Poemas, op. 69, 1913; 2 Poemas, op. 71, 1914; Em Direção à Chama, op. 72, 1914; 2 Danças, op. 73, 1914. [Belaieff, Jurgenson.]
□ H. Macdonald, *Skryabin* (1978).

**Smalley, Roger** (1943-) Compositor inglês. Estudou com Fricker e John White no Royal College of Music (1961-5), com Goehr no Morley College (1962), e com Stockhausen em Colônia (1965-6). As obras desse período mostram um encontro à Davies de Darmstadt com o Renascimento inglês, mas depois de 1967 ele se aproximou mais de Stockhausen: tendo voltado à Inglaterra, ligou-se também estreitamente à música de Stockhausen como escritor e homem de rádio, pianista e executante de música eletrônica (com INTERMODULAÇÃO). Contudo, embora obras como *Zeitebenen* e *Accord* busquem nitidamente seus modelos em Stockhausen (*Hymnen* e *Mantra*), também têm uma amplitude que se relaciona com seu fascínio de longa data pela música romântica do passado recente, da qual ele se aproximou mais ainda na música que se seguiu à sua transferência, em 1976, para a Universidade da Austrália Ocidental.

*Orquestral*: Variações, cordas, 1964; Gloria Tibi Trinitas I, 1965; Pulses, metais, perc, moduladores em anel, 1969; Strata, cordas, 1970-1; Konzertstück, vn, orq, 1980; Sinf, 1982; Conc Pn 1982-5.

*Vocal*: Missa brevis, 16 vozes solo, 1966-7; The Song of the Highest Tower, S, Bar, coro, orq, 1968; William Derrincourt, Bar, vozes masculinas, 13 instrs, 1977.

*Conjunto*: Sexteto cordas, 1964; Missa parodia II, pn, 8 instrs, 1967; Zeitebenen, instrs, fita, 1973; Qt cordas, 1979.

*Piano*: Peças, I-V, 1962-5; Missa parodia I, 1967; Peça VI, 1969; Transformação I, com modulador em anel, 1968-9, rev. 1971; Monodia, com modulador em anel, 1971-2; Accord, 2 pn, 1974-5. [Faber.]

**Smyth, Ethel** (1858-1944) Compositora inglesa. Estudou com Jadassohn e Reinecke no Conservatório de Leipzig a partir de 1877, e com Herzogenberg em Berlim. Quando na Alemanha conheceu Brahms, Tchaikovsky, Clara Schumann e outros, recebendo estímulos à sua intenção de compor. Suas melhores obras, entre elas a Missa em ré maior (1891) e as óperas *The Wreckers* (1903-4, *Leipzig, 1906) e *The Boatswain's Mate* (1913-4, *Londres, 1916), têm uma enérgica determinação, que impregnou também seu trabalho em defesa do voto feminino. [UE, Novello, Faber.]

**sociedade** Como o séc. XX teve muitos problemas para definir a palavra ''sociedade'', não surpreende que a relação entre música e esse fenômeno multiforme tenha sido controvertida. Há essencialmente duas áreas de disputa, relativas à produção e ao consumo da música. Do lado da produção, as questões referem-se ao nível no qual os compositores são, devem ser ou têm de ser orientados pelos desejos de outras pessoas. Do lado do consumo, as principais questões referem-se às relações entre determinados públicos e determinados tipos de música.

Curiosamente, em sua maior parte, as discussões sobre música na sociedade, mesmo quando não foram marxistas, surgiram da suposição de que a nova música devia ter algum sentido para a grande maioria das pessoas. As autoridades soviéticas, que protestaram contra os rumos tomados por seus compositores em 1936 e 1948 (*ver* POLÍTICA), foram pelo menos lógicas ao procurar mudar a natureza da música a fim de aumentar seu apelo. Os responsáveis pela divulgação da música em regimes mais liberais ou deixaram os compositores aos cuidados das universidades (sobretudo na América do Norte), admitindo tacitamente que a nova composição não é absolutamente um fenômeno social, ou tentaram, através de programas de rádio, anúncios, atividades educacionais, etc., encorajar um público para a nova música.

Todas essas soluções apresentam novos problemas. As obrigações sociais dos artistas só se revelam eficazes quando aceitas: se impostas, os artistas sempre têm a escapatória da ironia (*ver* SHOSTAKOVICH). A abordagem através da educação e da promoção, que tem sido principalmente característica da Europa ocidental desde 1945, parte da suposição, sem muita base, de que educadores e promotores estão equipados com algum conhecimento especial para determinar que música serve para qual sociedade. E a solução da ''torre de marfim'', embora acolhida por Babbitt, arrisca-se a ignorar o objetivo da música como comunicação. Babbitt afirmou que hoje a música não é mais comunicável à maioria das pessoas do que a física nuclear ou a microbiologia, mas a analogia não é exata, já que a música tem uma longa história de aceitação generalizada e por muitos meios diferentes.

A opinião de Babbitt concorda implicitamente com a de Adorno, de que há uma inevitabilidade histórica no desenvolvimento de Haydn a Beethoven, a Brahms, a Schoenberg (Babbitt). Adorno, porém, jamais teria concluído que a música pode deixar de ser um fenômeno social, ainda que tenha criticado Stravinsky, Sibelius e outros por satisfazerem as expectativas da sociedade burguesa. Na verdade, achava que o avanço no sentido de uma sociedade marxista estava inextricavelmente ligado à inevitável marcha em direção à atonalidade e ao conjunto de 12 notas. Contudo, a diversidade cada vez maior da música e a falta de qualquer "progresso" óbvio desde o colapso da tradição vanguardista por volta de 1960 tornam difícil acreditar que a música ainda tenha um impulso próprio, se é que algum dia teve.

Se não tem, então a mudança na música deve ser dirigida por uma sociedade ou por um indivíduo, o compositor. Ao determinar os pesos relativos dessas alternativas, o caso de compositores isolados tem de ser levado em conta e sugeriria que os compositores excluídos, por este ou aquele motivo, de qualquer sociedade de consumo (Skalkottas, Brian) podem ficar em desvantagem, em termos práticos, pela falta de oportunidades de apresentação (e neste aspecto a música deve continuar sendo uma arte social), em termos menos tangíveis, pela incerteza sobre a capacidade de compreensão das platéias. Naturalmente, alguns compositores podem ter optado pelo isolamento como uma solução para os problemas de compor no séc. XX, do mesmo modo como os compositores silenciosos podem ter escolhido deliberadamente o silêncio. Mas isso não altera a discussão. O ideal último para o compositor individualista é o de que deve compor obras em fita ou no papel que só ele possa compreender, e na verdade ainda não se demonstrou que não é esta a visão mais realista da música do séc. XX.

Contudo, muitos compositores buscaram um meio-termo entre o individualismo e a obediência social, representada nas sociedades totalitárias pelo controle do Estado e, nas sociedades capitalistas, pelos ditames comerciais. Quanto às últimas, em 1970, nos EUA, a música "clássica" correspondia a apenas 15% das vendas de discos, e seria difícil acreditar que músicas de compositores vivos constituíssem uma grande proporção mesmo desses 15%. Inevitavelmente, a tendência tem sido de a música séria declinar em popularidade no período de Johann Strauss II a Cole Porter e ao *reggae*, quando mais se afastou da música de entretenimento. A grande interrogação é por que isso ocorreria, e esse porquê sem dúvida tem a ver com fenômenos muito além da própria arte. Enquanto isso, a maioria dos compositores tem sido obrigada a buscar seu público em pequenos segmentos da sociedade, daí a pletora sem precedentes de sociedades especializadas, festivais, etc. Mesmo assim, alguns continuaram obcecados com o mito beethoviano de que a música pode falar a todo mundo.

☐ C. Ballantine, *Music and its Social Meanings* (1984).

**Sociedade para Apresentações Musicais Privadas** Organização criada em Viena por Schoenberg para apresentar concertos ensaiados de novas obras a platéias que as ouviam pelo puro desejo de ampliar sua experiência: os programas não eram divulgados com antecedência, não se convidava a imprensa, as assinaturas eram de acordo com os recursos e não se exigiam aplausos. Era uma reação lógica, embora extrema, aos problemas enfrentados por Schoenberg com platéias e críticos que vinham dispostos a ridicularizar e, na verdade, às questões mais profundas relacionadas ao lugar da música na sociedade: todas as pretensões da arte a servir de entretenimento ou fenômeno social foram simplesmente abandonadas. O repertório da Sociedade incluía obras de Schoenberg, Berg e Webern, e também Mahler, Reger, Ravel, Stravinsky, Bartók, etc., sendo as partituras orquestrais reduzidas para teclado ou pequeno conjunto. A inflação pôs fim às atividades em 1921.

**som** A música pode ser considerada como, num dos extremos, uma arte de sons posta no meio neutro TEMPO e, no outro, como uma arte de tempo que precisa de sons para ser percebida. Mas as mudanças no séc. XX afetaram tanto o som quanto o tempo. Por exemplo, a gama de sons de que dispõe a música obviamente aumentou extraordinariamente com a introdução da música eletrônica e dos microtons, e com a expansão da harmonia e do uso da percussão. Em conseqüência disso, alguns compositores sentiram que trabalhavam com som: a preferência de Varèse pelo termo SOM ORGANIZADO em vez de "música" indica isso, como também indicam o cuidado e a inventividade que compositores tão diversos quanto Cage e Bartók introduziram na partitura de percussão. Na verdade, a experimentação com piano preparado e, mais tarde, com música eletrônica sintética, possibilitou aos músicos compor sons sem terem de reunir uma orquestra. As obras eletrônicas de Stockhausen, como *Kontakte* ou *Mikrophonie I*, se apresentam em grande parte como estudos de som, onde incidentes isolados ou texturas complexas são o único primeiro plano musical, pois o interesse está não em coisas específicas como altura ou motivo rítmico, mas sobretudo na natureza total do som. Com tais obras de "som organizado" num dos extremos, o outro pode ser representado por muito da música de Schoenberg, já que sua disposição para arranjar suas próprias e outras obras para veículos diversos sugere a visão de que a música é uma coisa diferente dos sons a que é incorporada. Essa posição idealista é a convencional; um aspecto peculiar do séc. XX é o fato de muitos músicos terem se tornado mais realistas em sua equação de música com som, dando origem não apenas a Stockhausen, mas também a tentativas de reviver estilos de interpretação históricos, para recuperar "o que o compositor ouvia".

**som organizado** Termo preferido por Varèse para evitar as conotações de "música". A partitura de sua *Déserts* refere-se a "som organizado" em fita.

**Somers, Harry** (1925-) Compositor canadense. Estudou com Weinzweig no Conservatório de Toronto (1942-9) e com Milhaud em Paris (1949-50), depois retornou ao Canadá, onde assumiu vários empregos. Suas obras incluem a ópera *Louis Riel* (*Toronto, 1967), música coral, orquestral e de câmara. [Berandol.]

**sonata** Como título, a palavra tem sido normalmente aplicada no séc. XX, como foi no XIX, a obras substanciais para 1 ou 2 instrumentos, embora haja exceções, como a Sonata para flauta, viola e harpa, de Debussy (sugerindo um eco do trio sonata), a de Bartók para 2 pianos e percussão (aparentemente não chamada de "quarteto" apenas porque Bartók não tinha certeza se dois músicos podiam dar conta das partes de percussão) e a "sonata" *St. Michael*, de Davies, para 17 instrumentos de sopro (aqui a referência é tanto a Gabrieli quanto a Beethoven).

Normalmente, também, de novo como no séc. XIX, a palavra sugere a forma sonata, pelo menos no primeiro movimento, embora os problemas para definir a forma sonata no séc. XX sejam imensos. O esquema básico de exposição-desenvolvimento-resolução da exposição não é incomum entre os compositores tonais do século, de Mahler a Stravinsky, mas o sentido do desenvolvimento e recapitulação talvez precise ser alterado na ausência das funções diatônicas que deram origem a esses conceitos. Por exemplo, o desenvolvimento pode ser substituído por uma extensão do espaço harmônico (Webern: Sinfonia), por algum processo lógico de transformação (Davies), ou, muito comumente, por texturas mais densas e uma mudança mais rápida. É ponto discutível se tais técnicas produzem uma revivificação da forma sonata ou simplesmente uma referência a ela. Apesar disso, a forma sonata foi um dos ideais dominantes de Schoenberg, assim que estabeleceu os princípios da composição dodecafônica, embora ele não tenha chamado nenhuma obra de "sonata".

**Sorabji, Kaikhosru** (1892-) Compositor inglês. Sobretudo autodidata, tocava suas próprias obras na Inglaterra e no exterior na década de 20 e início da de 30, mas depois afastou-se dos palcos de concerto para viver em retiro, compondo imensas obras orquestrais e para piano, influenciado por Skryabin, Busoni, Alkan, etc.

**Souster, Tim** (1943-) Compositor inglês. Estudou com Wellesz em Oxford (1961-5), com Stockhausen em Darmstadt (1964) e em aulas particulares com Bennett (1965), depois trabalhou como produtor da BBC (1965-7), compositor residente no King's College, em Cambridge (1969-71), assistente de Stockhausen em Colônia (1971-3) e bolsista de pesquisa de música eletrônica na Keele University (1975-7). Também foi membro do Intermodulation (*ver* INTERMODULAÇÃO) e, mais tarde, de seu próprio grupo OdB: para ambos os conjuntos, compôs obras que uniam seus interesses pela música de Stockhausen e pelo rock. [OdB; Nimbus.]

**Sowerby, Leo** (1895-1968) Compositor americano. Estudou no Conservatório Americano em Chicago e na Itália, como primeiro vencedor do American Prix de Rome (1921-4). Regressou a Chicago para ensinar no Conservatório Americano (1925-62) e trabalhar como organista e maestro de coro da Catedral Episcopal de St James (1927-62). Suas obras compreendem muitas músicas de igreja, mas também 5 sinfonias, 2 concertos para órgão, etc.

**Sprechgesang** (canto falado) Tipo de emissão vocal entre a fala e o canto, exigido pela primeira vez por Humperdink em sua ópera *Königskinder* (1897), embora substituída por canto normal na edição de 1910. Foi mais inteiramente explorada por Schoenberg em *Gurrelieder, Die glückliche Hand, Pierrot lunaire, Die Jakobsleiter, Moses und Aron* (parte de Moisés), *Ode to Napoleon* e *A Survivor from Warsaw*. As quatro primeiras, como a de Humperdinck, usam notação de pauta comum, com uma indicação especial: um "x" na haste da nota, como em *Die glückliche Hand* e *Pierrot* tornou-se padrão. Contudo, a interpretação do *Sprechgesang* está longe de ser padronizada. Schoenberg é mais explícito no prefácio de *Pierrot*, onde pede que a voz deve "dar o tom exato, mas depois deixá-lo imediatamente numa queda ou ascensão": isso tem sido tomado como significando qualquer coisa, desde o canto real até a interpretação de um crooner de boate ou a dramatização expressionista. Talvez seja significativo que Schoenberg use o termo *Sprechstimme* (voz falada), *Sprechmelodie* (melodia falada) ou *Rezitation*, em vez de *Sprechgesang*; ele também simplificou sua notação nas duas últimas obras mencionadas acima, usando uma pauta de uma linha para que o intérprete pudesse escolher seu próprio nível de altura. Berg, em *Wozzeck*, seguiu a prática recente de Schoenberg, introduzindo uma nova nuance, o "semicantado", entre o *Sprechgesang* e o canto. *Le visage nuptial*, de Boulez, acrescenta a essas a "entoação falada no tom indicado", entre *Sprechgesang* e fala.

**Starer, Robert** (1924-) Compositor austro-americano. Estudou na Academia de Viena (1937-8), no Conservatório de Jerusalém e na Juilliard School (1947-9), onde permaneceu como professor, trabalhando também desde 1963 como professor no Brooklyn College. Seu estilo fica entre Prokofiev e Hindemith; as obras incluem óperas, balés, sinfonias, concertos, etc. [Mercury, Presser.]

**Stenhammar, Wilhelm** (1871-1927) Compositor sueco. Nascido numa família de artistas, teve aulas particulares e não freqüentou nenhum conservatório. Seguiu uma ativa carreira de compositor, pianista (principalmente de música de câmara) e regente, sobretudo da orquestra de Gothenburg (1906-22). Foi também amigo de Sibelius e Nielsen, e como as deles, sua música desenrolou-se de um modo individual a partir do romantismo escandinavo, embora sua inclinação fosse mais germânica: as últimas obras, em particular, têm um floreado à *Jugendstil* entremeado de classicismo.
*Orquestral*: Conc pn n.º 1, mi bemol, 1893; n.º 2, sol, 1904-7; Sinf n.º 1, fá, 1902-3, n.º 2, sol, 1911-5; Serenata, fá, 1911-3, rev. 1919.
*Quartetos de cordas*: n.º 1, dó, 1894; n.º 2, dó, 1896; n.º 3, fá, 1897-1900; n.º 4, lá, 1904-9; n.º 5, dó, 1910; n.º 6, ré, 1916.

2 óperas, canções, cantatas, sonatas. [Erik, Gehrman, Nordiska Musikförlaget.]

**Sternklang** (Som de estrela) Obra de Stockhausen para 5 conjuntos num parque ao crepúsculo, comunicando-se entre si através de mensagens transmitidas enviadas pelo ar e por mensageiro. *Berlim, 5 jun 1971.

**Steuermann, Eduard** (Edward) (1892-1964) Pianista polonês-americano. Estudou em Berlim com Busoni e Schoenberg, e tornou-se o pianista do círculo do último: tocou nas primeiras apresentações de *Pierrot lunaire* e de muitas outras obras de Schoenberg e de seus discípulos, além de ser um intérprete constante da Sociedade de Apresentações Musicais Privadas e de transcrever para piano a Primeira Sinfonia de Câmara, *Erwartung* e *Die glückliche Hand*, de Schoenberg. Em 1938, mudou-se para Nova York, onde interpretou em primeira apresentação o Concerto para Piano de Schoenberg. Também compôs peças atonais e dodecafônicas.

**Still, William Grant** (1895-1978) Compositor americano. Estudou no Conservatório Oberlin (1917-22) e em Nova York com Varèse (1922-5), ganhando a vida como instrumentista em orquestras de teatro e arranjador; a partir de 1935 trabalhou para a CBS. A ligação com Varèse resultou em alguns primeiros ensaios, mas a partir de meados de 1920 começou a compor grandes e suaves obras diatônicas, inclusive 5 sinfonias.

**Stimmung** (Afinação, estado de espírito) Obra de Stockhausen para 6 cantores, usando técnicas vocais asiáticas e amplificação eletrônica para projetar os harmônicos naturais de um si bemol baixo. Os "momentos" das peças são distinguidos por diferentes opções da série harmônica e diferentes "palavras mágicas" (nomes de divindades americanas e orientais) cantadas pelos intérpretes. *Collegium Vocale Köln, Paris, 9 dez 1968.

**Stockhausen, Karlheinz** (1928-) Compositor alemão. Figura dominante da música européia da segunda metade do séc. XX — condição que adquiriu admiravelmente cedo em sua carreira. Estudou na Musikhochschule de Colônia (1947-51), onde em 1950 teve aulas de composição com Martin, embora suas obras desse período não sejam nada excepcionais. A mudança se deu no verão de 1951, quando freqüentou os cursos de Darmstadt: com Nono e Goeyvaerts, discutiu as possibilidades abertas pelo MODE DE VALEURS ET D'INTENSITÉS de Messiaen, possibilidades de organização da música como um processo que opera baseado em notas individuais de acordo com leis racionais. Voltou para Colônia e compôs *Kreuzspiel* (Peça cruzada), uma peça para piano que também pede oboé, clarinete baixo e 3 percussionistas para articular seus processos de cruzamento, envolvendo conjuntos dodecafônicos de classes de altura e durações. Apresentada em Darmstadt no verão seguinte, a obra estabeleceu imediatamente sua autoridade entre os compositores da vanguarda do serialismo total. Enquanto isso, ele fora a Paris em janeiro de 1952, para estudar com Messiaen; durante 1 ano e 2 meses ali, também conheceu Boulez e trabalhou no estúdio de Schaeffer, além de compor KONTRA-PUNKTE e a primeira das KLAVIERSTÜCKE. Retornou a Colônia a convite de Eimert na primavera de 1953, para co-dirigir o novo estúdio de música da Westdeutscher Rundfunk, onde compôs seus *2 Studien* em sintetizador de som (que estão entre as primeiras obras puramente eletrônicas), enquanto continuava as *Klavierstücke*. Também em 1953 começou a ensinar em Darmstadt.

Em dois anos, tornara-se o líder reconhecido da vanguarda; também planejara as linhas-mestras de seu mundo compositivo. Uma dessas linhas é a concepção da obra como realização de um projeto; daí a importância que continuou a dar ao planejamento pré-compositivo. Podem surgir surpresas (ele gosta de ir além do sistema em momentos especiais), mas ainda assim a música é contida mais pela estrutura do que pela consecução da forma. A opção do que pôr dentro dessa estrutura quase pode ser um problema inteiramente independente. No início dos anos 50, quase todas as obras de Stockhausen se baseavam na proporcionalização de vários parâmetros com os números de 1 a 6, e a estrutura era, como em *Kreuzspiel*, o resultado final de um processo. Desde GRUPPEN, GESANG DER JÜNGLINGE e KLAVIERSTÜCK XI, porém, os processos têm sido muitas vezes potencialmente infinitos. Ele inventou a doutrina da FORMA MOMENTO, para tratar da música que apresenta fragmentos de eternidade; também começou a se ocupar mais da estrutura do que da realização detalhada. Em CARRÉ, por exemplo, mandou um discípulo, Cardew, desenvolver seu esquema, e em muitas obras da década de 60 (*Plus-Minus*, PROZESSION, *Spiral*) não há quaisquer incidências sonoras predeterminadas, mas apenas novas notações para padrões de mudança; em AUS DEN SIEBEN TAGEN, mesmo essas são eliminadas, oferecendo-se apenas palavras como estímulo à MÚSICA INTUITIVA.

Essa evolução foi em parte estimulada pela atividade de Stockhausen como intérprete de MÚSICA ELETRÔNICA AO VIVO com seu próprio conjunto, inaugurado com a MIKROPHONIE I. Outras obras do mesmo período mostram, de modo bastante diferente, a preocupação com a invenção de novos sons, que também foi uma característica de sua música desde o princípio. *Spiel*, *Punkte* e *Gruppen* são, todas, experiências na síntese de novos timbres da orquestra, como o são *Studien*, GESANG DER JÜNGLINGE e KONTAKTE em relação aos recursos do estúdio de eletrônica. Depois, na década de 60, as técnicas eletrônicas ao vivo trouxeram as revelações de novos mundos sonoros dentro do tantã (*Mikrophonie I*), da orquestra (*Mixtur*) ou da voz humana (MIKROPHONIE II, STIMMUNG). A eletrônica também possibilitou a Stockhausen reunir fenômenos dessemelhantes, quer pela imitação eletrônica de sons naturais (*Gesang der Jünglinge*, *Kontakte*), quer por sua técnica de INTERMODULAÇÃO (HYMNEN, TELEMUSIK), dando origem à sua concepção de sua música como uma unificação das culturas musicais de todo o mundo.

Essa visão grandiosa foi sem dúvida fomentada pela aclamação internacional que sua música há muito recebia, havendo dado origem, em meados da década de 70, ao plano de um ciclo de 7 cerimônias musicais, LICHT. As obras compostas para esse ciclo combinavam todas as características de sua arte: esquemas formais pré-planejados, processos musicais (mas também as digressões de grandes gestos), novos sons (entre eles os produzidos por técnicas eletrônicas), empréstimos de culturas exóticas (*Licht* tem muito mais em comum com o teatro religioso da Índia, do Japão ou da Indonésia do que com Wagner, na maneira de seu drama musical, apesar de outras semelhanças óbvias com *O Anel*). Os processos baseiam-se agora não em notas separadas, mas numa FÓRMULA, ou *formulae*, como em suas obras do início da década de 70, que incluíram rituais hierárquicos semelhantes (INORI, SIRIUS). A capacidade de qualquer artista atingir tão abrangentes mitologias no final do séc. XX tem sido largamente posta em dúvida, mas o incerto fosso entre objetivo e conteúdo, projeto e material, é uma curiosa constante em sua obra.

Embora possa ser tendencioso sugerir que existe uma ligação real com Wagner, os dois compositores certamente são comparáveis na sincera identificação pessoal com sua arte. Como conferencista e intérprete, visitando muitos países, ele preocupa-se exclusivamente com sua música. Desde *Momente*, a maioria de suas obras foi concebida como eventos de uma noite inteira, ou como peças para suas antologias, executadas por seu próprio conjunto de excursão. Também insistiu na edificação de prédios especiais para sua música (o que conseguiu na Exposição de Osaka, em 1970). Desde 1969, tem sido seu editor; também mantém um abrangente arquivo de gravações, entrevistas, etc. E 3 dos seus 6 filhos de 2 casamentos (com Doris Andreae, em 1951, e Mary Bauermeister, em 1967) tornaram-se executantes de sua música.

*Óperas*: DONNERSTAG AUS LICHT, 1977-80; SAMSTAG AUS LICHT, 1981-3; Montag aus Licht, 1984.

*Orquestral*: Formel, 29 instrs, 1951; Spiel, 1952; Punkte, 1952, rev. 1962-6; GRUPPEN, 1955-7; CARRÉ, 1959-60; Mixtur, com moduladores em anel, 1964; Stop, 1965; Dritte Re-

gion der HYMNEN, com fita, 1969; Fresco, 1969; TRANS, 1971; Ylem, 1972; INORI, 1973-4; Jubiläum, 1977.
*Vocal*: Chöre für Doris, 1950; 3 Lieder, A, orq câm, 1950; MOMENTE, 1961-4, rev. 1972; MIKROPHONIE II, 1965; STIMMUNG, 1968; ATMEN GIBT DAS LEBEN, 1974; SIRIUS, 1975-7.
*Conjunto*: Sonatina, vn, pn, 1951; Kreuzspiel, pn, ob, cl, 3 perc, 1951; Sclagquartet, pn, tímp, 1952, rev. como Schlagtrio, 1974; KONTRA-PUNKTE, 1952, rev. 1953; ZEITMASZE, 1965-6; REFRAIN, 1959; KONTAKTE, 1959-60; Plus-Minus, 1963; MIKROPHONIE I, 1964; Adieu, qnt sopros, 1966; HYMNEN, 1966-7; PROZESSION, 1967; KURZWELLEN, 1968; AUS DEN SIEBEN TAGEN, 1968; Für Dr K., 6 instrs, 1969; Pole für zwei, 1969-70; Expo für drei, 1969-70; MANTRA, 1969-70; Für kommende Zeiten, 17 peças-texto, 1968-70; STERNKLANG, 1971; ALPHABET FÜR LIÈGE, 1972; Herbstmusik, 4 músicos, 1974; Musik im Bauch, 6 perc, 1975; Der JAHRESLAUF, 1977.
*Solo*: KLAVIERSTÜCKE I-IV, 1952-3; V-X, 1954-5 (IX-X rev. 1961), XI, 1956; XII, 1979; XIII, 1981; XIV, 1985; Zyklus, perc, 1959; Solo, qualquer instr melódico com gravadores de fita, 1965-6; Spiral, qualquer solista com receptor de ondas curtas, 1969; TIERKREIS (também em vários arranjos), 1975; Harlekin, cl, 1975; Der kleine Harlekin, cl, 1975; Amour, cl, 1976; In Freundschaft, instrs melódicos, 1977.
*Fita*: Elektronische Studien I, 1953; II, 1954; GESANG DER JÜNGLINGE, 1955-6; KONTAKTE, 1959-60; Telemusik, 1966; Hymnen, 1966-7.
[UE, Stockhausen; DG.]

□ J. Cott, ed., *Stockhausen: Conversations* (1973); K. H. Wörner, *Karlheinz Stockhausen* (1973); J. Harvey, *The Music of Stockhausen* (1975); R. Maconie, *The Works of Karlheinz Stockhausen* (1976).

**Strauss, Richard** (1864-1949) Compositor alemão. Com Puccini, Berg e Britten, um dos poucos compositores que escreveram mais de uma ópera de sucesso no séc. XX. Como Puccini, sua carreira dividiu-se entre dois séculos; como a de Britten, sua produção dividiu-se entre óperas e outras obras. Mas as duas divisões coincidiram: todos os grandes poemas sinfônicos e grande parte dos Lieder datam das décadas de 1880 e 1890, enquanto de *Feuersnot* (1900-1) em diante ele esteve quase sempre trabalhando numa ópera, com exceção dos últimos anos. A mudança abrupta pode ser atribuída às incertezas sobre que tipo de compositor ele queria ser: não foi a primeira vez em que, de repente, mudou de entusiasmos, pois em meados da década de 1880 deixou de ser o esperado herdeiro de Brahms para tornar-se o seguidor de Wagner e Liszt, e depois, em *Der* ROSENKAVALIER, deu uma das mais supremas guinadas da história da arte, distanciando-se bastante do frenético expressionismo de sua ELEKTRA. Provavelmente, seria um erro buscar motivações psicológicas mais profundas em qualquer dessas reviravoltas; na verdade, uma das características da criatividade de Strauss é a falta de uma base em sua própria psique, a recusa à autoexpressão (o "ego" de *Ein Heldenleben* ou *Intermezzo* é evidentemente uma dramatização). Embora, em geral, seja tido como um dos mais românticos compositores do séc. XX, seu romantismo era um meio mais de dar prazer do que de fazer exposições autobiográficas. Nesse aspecto foi o pólo oposto do seu contemporâneo Mahler.

Nascido em Munique, filho de um dos principais trompistas da orquestra da corte, compôs desde a infância; nunca freqüentou um conservatório, pois sua carreira já estava em andamento quando deixou a escola em 1882. Regeu em Meiningen (1885-6), Munique (1886-9, 1894-8) e Berlim (1898-1908), após o que o sucesso de suas óperas lhe permitiu retirar-se para sua *villa* em Garmisch com a mulher e a família, embora fizesse freqüentes apresentações, como maestro convidado de suas obras, algumas das quais gravou. Durante os anos nazistas, permaneceu na Alemanha, sua natureza desligada suscitando reprovações de ambos os lados: das autoridades, porque trabalhava com um libretista judeu (Stefan Zweig), dos antinazistas, porque aceitava honrarias oficiais e não fazia qual-

quer crítica ao governo. CAPRICCIO iria ser seu canto do cisne operístico; depois dela, retornou à música orquestral e aos Lieder.
*Óperas*: Guntram, 1892-3; *Weimar, 1894; Feuersnot, 1900-1, *Dresden, 1901; SALOMÉ, 1903-5; ELEKTRA, 1906-8; Der ROSENKAVALIER, 1909-10; ARIADNE AUF NAXOS, 1911-12; Die FRAU OHNE SCHATTEN, 1914-8; INTERMEZZO, 1918-23; Die ÄGYPTISCHE HELENA, 1923-7; ARABELLA, 1929-32; Die SCHWEIGSAME FRAU, 1933-4; FRIEDENSTAG, 1935-6; DAPHNE, 1936-7; Die LIEBE DER DANAE, 1938-40; CAPRICCIO, 1940-1.
*Orquestral*: Burleske, ré, pn, orq, 1885-6; Aus Italien, 1886; Don Juan, 1888-9; Macbeth, 1886-8, rev. 1889-91; Tod und Verklärung, 1888-9; Till Eulenspiegels lustige Streiche, 1894-5; Also sprach Zarathustra, 1895-6; Don Quixote, 1896-7; Ein Heldenleben, 1897-8; Symphonia domestica, 1902-3; Le bourgeois gentilhomme, música incidental, 1912, suíte, 1918; Josephs-Legende, balé, 1912-4; Eine Alpensinfonie, 1911-5; Schlagobers, balé, 1921-2, suíte, 1932; Parergon zur Symphonia domestica, pn mão esq, orq, 1924; Panathenäenzug, pn mão esq, orq, 1927; Conc p/ trompa n.º 2, 1942; 2 Sonatinas, sopro, 1943, 1944-5; Metamorphosen, 23 instrs cordas, 1945; Conc ob, 1945; Duet-Concertino, cl, fag, cordas, harpa, 1947.
*Coral orquestral*: Taillefer, 1903; Bardengesang, 1905; Die Tageszeiten, 1928; Austria, 1929; Hino Olímpico, 1934.
*Coral*: 2 Canções, 16 vozes, 1897; 2 Coros Masculinos, 1899; 3 Coros Masculinos, 1899; Deutsche Motette, 4 vozes solo, 16 vozes, 1913; An den Baum Daphne, 9 vozes, 1943.
*Canções orquestrais* (*as datas indicam composição/orquestração*): Zueignung, 1885/1940; Cäcilie, Morgen, 1894/1897; Ruhe, meine Seele, 1894/1948; Liebeshymnus, 1896/1897; Das Rosenband, Meinem Kinde, 1897/1897; Mein Auge, Befreit, 1898/1933; Ich liebe dich, 1898/1943; Wiegenlied, 1899/?1916; Notturno, Nächtlicher Gang, 1899/1899; Muttertändelei, 1899/1900; Des Dichters Abendgang, Freundliche Vision, Winterweihe, Winterliebe, 1900/1918; Waldseligkeit, 1901/1918; Das Thal, 1902/1902; Die heiligen drei Königen, 1903-6/1906; Frühlingsfeier, 1903-6/1933; Der Einsame, 1906/1906; Lied der Frauen, 1918/33; An die Nacht, Ich wollt'ein Sträusslein, Säusle, Als mir dein Lied, Amor, 1918/1940; 3 Hinos, (Hölderlin), 1921/1921; Das Bächlein, 1933/1935; 4 Últimas Canções, 1948/1948.
*Canções* (*apenas séc. XX*): 8 op. 49, 1900-1; 6 op. 56, 1903-6; Krämerspiegel (Kerr), ciclo, 1918; 6 op. 67, 1918; 6 op. 68, 1918; 5 op. 69, 1918; Sinnspruch, 1919; Durch allen Schall, 1925; Gesänge des Orients, 1928; 4 op. 87, 1922-35; Wie etwas sei leicht, 1930; Zugemessne Rythmen, 1935; 3 op. 88, 1933-42; Xenion, 1942. [Boosey.]
☐ Correspondência com Hofmannsthal (1961), Rolland (1968), Zweig (1977); N. Del Mar, *Richard Strauss*, 3 vols (1962-72, rev. 1978).

**Stravinsky, Igor** (1882-1971) Compositor russo. Seu enorme impacto na música ocidental foi notoriamente sentido pela platéia na primeira apresentação de *A* SAGRAÇÃO DA PRIMAVERA e tornou-se cada vez mais visível à medida que avançava o séc. XX. Suas obras simplesmente questionam as suposições sobre as quais se assentava a música ocidental desde o Renascimento — consistência harmônica, fluidez métrica regular, desenvolvimento temático, encaminhamento para um fim e, em nível mais profundo, o sistema maior-menor. Ao introduzir na música novos modos — alguns do folclore e da música sacra russos, porém, mais importante, o modo de alternar 2.as maiores e menores derivado de Rimsky-Korsakov (o segundo modo de Messiaen em circunstâncias diferentes) —, ele conseguiu perturbar a harmonia diatônica de uma maneira que parece perfeitamente controlada, mas se revelou difícil de analisar. A *Sagração* continua sendo, com sua contemporânea próxima *Erwartung*, um dos maiores enigmas da análise musical do séc. XX. Sua revolução harmônica é acompanhada, ainda mais vigorosamente, de uma mudança no ritmo. O TEMPO de Stravinsky não é a tela ordenada da maior parte da música ocidental; a unidade não é a frase de compassos semelhantes, mas antes a pulsação, a partir da qual se podem construir compassos e frases irregulares. E aí essas mudanças harmônicas e rítmicas são naturalmente acompanhadas por mudanças na forma. Sua música não avança deliberadamente para uma resolução; a harmonia não-diatônica e o ritmo irregular roubam a sutil precisão com que a música tradicionalmente possibilitava predizer o que vinha a seguir. Não há estabilidade no tempo e, assim, as formas stravinskianas tendem a consistir em fragmentos separados, mesmo que, muitas vezes, sejam compostas para dar a ilusão de uma forma progressiva.

Stravinsky nasceu em Oranienbaum (hoje Lomonosov), terceiro dos 4 filhos de um primeiro baixo do Teatro Mariinsky de São Petersburgo; até os 28 anos de idade, sua vida se dividiu entre esta cidade e a propriedade de verão da família em Ustilug, onde continuou a passar os dias de folga após se casar, em 1906, com a prima Katerina Nossenko (da união tiveram 2 filhos e 2 filhas). Estudou Direito na Universidade de São Petersburgo (1901-5) e teve aulas particulares de composição com Rimsky-Korsakov desde 1902 até a morte do compositor, em 1908. No ano seguinte, chamou a atenção de Dyagilev quando seus *Scherzo fantastique* e *Feu d'artifice* foram apresentados em São Petersburgo. Dyagilev imediatamente encomendou-lhe a orquestração de 2 números para seu balé de Chopin, *Les sylphides*, depois pediu-lhe uma obra original, *O* PÁSSARO DE FOGO.

Os preparativos para isso levaram-no a Paris e para fora da Rússia, pela primeira vez em 1910. Durante o curto espaço de tempo restante antes da Primeira Guerra Mundial, viajou intensamente pela Europa ocidental, encontrando-se com Schoenberg em Berlim e assistindo a *Pierrot lunaire*. Enquanto isso, sua música desenvolvia-se com extraordinária velocidade e, ao ainda bastante rimskyano *Pássaro de Fogo*, sucederam-se o inteiramente original PETRUCHKA e a *Sagração*, além de curiosidades como a mística cantata *Estrelas no Rosto*, as primorosas canções de Balmont e os versos líricos japoneses. Em 1914, embora sua fama se apoiasse apenas nessas poucas obras, era tido como um dos principais compositores modernistas.

Passou a guerra na Suíça, que já descobrira ser um lugar adequado para si (grande parte da *Sagração* fora composta lá). Criativamente, contudo, encontrava suas fontes na Rússia, cuja poesia folclórica lhe oferecia textos para balés cantados (*Les* NOCES, RENARD) e para ciclos de canções (PRIBAOUTKI). Seu estilo tornou-se muito mais enxuto, exigindo pequenos conjuntos, apresentando magros contrapontos de pequenas idéias melódicas, tendendo ao mais despojado mínimo em alguns dos duetos para piano contemporâneos. Foi um tempo de destilação, mas, como sempre, ele estava aberto a novos sabores musicais, entre eles o RAGTIME em *A* HISTÓRIA DO SOLDADO (1918).

Após a guerra, a companhia de Dyagilev voltou a excursionar, e para ela Stravinsky compôs PULCINELLA (1919-20), inaugurando um longo período de interrogação do passado, ou NEOCLASSICISMO. Preferira, como a maioria dos parceiros russos, permanecer no exílio, mas continuou, no início, a compor obras bem russas, sobretudo a ópera MAVRA, e mesmo a nitidamente ortodoxa, embora cantada em latim, SINFONIA DOS SALMOS. Outra característica de sua música nessa época foi a opção por sonoridades dos sopros e da percussão: o uso percussivo do piano em *Petruchka* prosseguiu em *Les noces* e nas obras solo compostas para si mesmo em 1923-5, enquanto a clara articulação das madeiras, em particular, atendia a seus objetivos nas SINFONIAS DE SOPROS e no Octeto. Contudo, as cordas voltam a aparecer nas 2 obras que marcam o primeiro ponto alto de seu neoclassicismo, OEDIPUS REX (1926-7) e APOLLO (1927-8), a última muito deliberadamente explorando a eufonia delas.

Ao longo da década seguinte, voltou-se mais para grandes formas instrumentais do que para obras teatrais, entre elas o Capriccio para piano e orquestra, os Concertos para Violino, o Concerto para 2 pianos e o DUMBARTON

OAKS, por fim a Sinfonia em dó maior (1938-40). Os motivos foram em parte materiais: depois da morte de Dyagilev em 1928, deixara de ter uma companhia local e agora a maioria das obras era composta sob encomenda. Mas usou criativamente essas circunstâncias, intensificando a sutileza e a precisão de sua ironia, de modo a poder dirigi-la não apenas a aspectos gerais de estilo (como no haendeliano-verdiano de *Oedipus rex*), mas a atmosferas de determinadas obras (os concertos de Brandemburgo em *Dumbarton Oaks*), ou processos estruturais tão distantes dos seus quanto a forma sonata (Sinfonia em dó maior).

Em 1939, quando trabalhava nessa sinfonia, a mulher e a mãe morreram, e ele trocou a França, seu lar desde 1920, pelos Estados Unidos. Sua amante, Vera Sudeikina, acompanhou-o, e casaram-se em 1940, instalandose naquele verão em Hollywood. Ali foi concluída a Sinfonia em dó maior, seguida de outra, "em Três Movimentos". Outras obras desse período sugerem um compositor desenraizado, disposto a compor para um balé de elefantes (*Circus Polka*), um filme de *Jane Eyre* (material usado na *Ode*) ou um músico de jazz popular (*Ebony Concerto*). O final da década de 40 trouxe um resgate da integração, com o balé ORFEU, a ópera mozartiana *The* RAKE'S PROGRESS, e a fulgurante mas austera Missa para coro e sopros.

Terminada antes da ópera, a Missa antecipa a obra que a seguiu, a CANTATA (1951-2), em seu medievalismo. A raiz desse medievalismo, porém, está na música de Schoenberg e Webern, que ele redescobriu criativamente na Cantata e em obras subseqüentes: o Septeto (para um conjunto parecido com o da Suíte op. 29, de Schoenberg), IN MEMORIAN DYLAN THOMAS, O CANTICUM SACRUM, AGON e THRENI (1957-8), das quais a última foi sua primeira experiência integral em composição dodecafônica, as primeiras obras usando grupos menores. Essa "conversão" causou certa perturbação após 3 décadas ao longo das quais ele e Schoenberg eram vistos como os papas rivais da música; contudo, sem aflorar motivos mais profundos em sua criativa personalidade, podem-se acrescentar vários fatores que contribuíram para isso: a facilidade proporcionada pela morte de Schoenberg em 1951; os interesses por Schoenberg e Webern nele suscitados por CRAFT; e a observação do que faziam os jovens compositores na Europa.

Após *Threni*, todas as suas obras foram dodecafônicas, de curta duração, e muitas delas em caráter de tributo, inclusive os *Requiem Canticles* (1965-6), com os quais sua carreira efetivamente terminou. Em 1967, a saúde começou a falhar, e sua outra carreira, de regente de sua própria música, também chegou ao fim, embora não antes de ele ter gravado grande parte de sua produção. Em 1969, mudou-se com a mulher para Nova York, onde morreu. Seu funeral realizou-se em Veneza.

*Óperas*: O ROUXINOL, 1908-9, 1913-4; MAVRA, 1921-2; OEDIPUS REX, 1926-7; The RAKE'S PROGRESS, 1948-51.

*Balés*: O PÁSSARO DE FOGO, 1909-10; Petruchka, 1910-1; A SAGRAÇÃO DA PRIMAVERA, 1911-3; RENARD, 1915-6; Les NOCES, 1914-23; PULCINELLA, 1919-20; APOLLO, 1927-8; Le BAISER DE LA FÉE, 1928; PERSÉPHONE, 1933-4; JEU DE CARTES, 1936; Circus Polka, 1942; Scènes de ballet, 1944; ORFEU, 1947; AGON, 1953-4.

*Outras obras dramáticas*: A HISTÓRIA DO SOLDADO, 1918; The FLOOD, 1961-2.

*Obras para orquestra completa*: Sinf n.º 1, mi bemol, 1905-7; Scherzo fantastique, 1907-8; Feu d'artifice, 1908; Chant du rossignol, 1917; 4 Estudos, 1914-28; Capriccio, pn, orq, 1928-9; Conc vn, 1931; Sinf, dó, 1939-40; 4 Norwegian Moods, 1942; Ode, 1943; Scherzo à la russe, 1913-4; Sinf em 3 Movimentos, 1942-5; Greeting Prelude, 1955; Movimentos, com pn, 1958-9; Variações, 1963-4; Cânone sobre uma Melodia Popular Russa, 1965.

*Obras para orquestras reduzidas*: Rag-Time, 11 instrs, 1918; SINFONIAS DE SOPROS, 1920; 2 Suítes, 1917-25; Conc pn, 1923-4; Preludium, 1936-7; Conc "Dumbarton Oaks", 1938; Danses concertantes, 1941-2; Ebony Conc, cl, banda de jazz, 1945; Conc, ré, cordas, 1946; Concertino, arranjo, 1952; Tango, arr. 1953; 8 Miniaturas Instrumentais, 15 instrs, arr. 1962.

*Coral*: Rosto Estrelado (Zvezdolikiy, Le roi des étoiles), vozes masculinas, orq, 1911-2; 4 Canções Camponesas Russas, vozes femininas, 1914-7; Pater noster, SATB, 1926, rev. 1949; SINFONIA DOS SALMOS, 1930; Credo, SATB, 1932, rev. 1949; Ave Maria, 1934, rev. 1949; Babel (cantata), 1944; Missa, TrATB, 10 instrs sopro, 1944-8; Cantata, 1951-2; Canticum sacrum, 1955; Threni, 1957-8; A Sermon, a Narrative and a Prayer (cantata), 1960-1; Anthem "The Dove Descending", SATB, 1962; Requiem Canticles, A, B, vozes, orq, 1965-6.
*Canções com orquestra/conjunto*: O Fauno e a Pastora, Mez, orq, 1906; 3 Poemas Líricos Japoneses, 9 instrs, 1912-3; Pribaoutki, Bar, 8 instrs, 1914; Berceuses du chat, A, 3 cl, 1915-6; Pastoral, S, 4 instrs sopro, arr. 1923; Tilimbom, voz, orq, arr. 1923; 3 Pequenas Canções, voz, orq, arr. 1929-30; 2 Poèmes (Verlaine), Bar, orq câm, arr. 1951; 3 Canções de Shakespeare, Mez, fl, cl, va, 1953; 4 Canções, voz, fl, harpa, gui, 1953-4; 2 Poemas (Balmont), S, 9 instrs, arr. 1954; In memorian Dylan Thomas, 1954; Abraão e Isac, 1962-3; Elegia para J.F.K., Bar/Mez s, 3 cl, 1964.
*Canções com piano*: Pastoral, 1907; 2 Mélodies (Gorodetsky), 1908; 2 Poèmes (Verlaine), 1910; 2 Poemas (Balmont), 1911; 3 Pequenas Canções 1913; 3 Histoires pour enfants, 1915-7; Berceuse, 1917; 4 Canções Russas, 1918-9; The Owl and the Pussy-Cat, 1966.
*Câmara*: 3 Peças, qt cordas, 1914; 3 Peças, cl, 1919; Concertino, qt cordas, 1920; Octeto, sopros, 1922-3; Duo concertante, vn, pn, 1931-2; Suite italienne, vn/vc, pn, 1932; Elégie, va, 1944; Septeto, 1952-3; Epitaphium, fl, cl, harpa, 1959; Double Canon, qt cordas, 1959; Fanfare for a New Theatre, 2 tpt, 1964.
*Piano*: Scherzo, 1902; Sonata, fá, 1903-4; 4 Estudos, 1908; Souvenir d'une marche boche, 1915; Valse, *c.*1917; Piano-Rag-Music, 1919; Les 5 doigts, 1921; 3 Movimentos de Petruchka, 1921; Sonata, 1924; Serenata, 1925; Tango, 1940.
*Dois pianos*: Concerto, 1931-5; Sonata, 1943-4.
*Dueto piano*: 3 Peças fáceis, 1914-5; 5 Peças fáceis, 1916-7.
*Pianola*: Estudo, 1917.
*Arranjos*: 2 Canções da Pulga (Beethoven, Mussorgsky), B, orq, 1910; Canção dos barqueiros do Volga, orq, 1917; La Marseillaise, vn, 1919; Pas-de-deux do Pássaro Azul (Tchaikovsky), peq orq, 1941; The Star-Spangled Banner, orq, 1941; Chorale Variations "Vom Himmel hoch" (Bach), coro, orq, 1955-6; 3 sacrae cantiones (Gesualdo), adição de partes desaparecidas, 1957-9; Monumentuum pro Gesualdo, arr. de 3 madrigais para orq, 1960; Canzonetta (Sibelius), 2 cl, 4 tpa, harpa, ctbx, 1963; Wolf: 2 Canções Sacras, Mez, 9 instrs, 1968. [Boosey, Schott, Chester; Columbia.]

☐ I. Stravinsky, *An Autobiography* (1936, rev. 1975), *Poetics of Music* (1947), *Selected Correspondence,* 3 vols. (1982-).

☐ I. Stravinsky e R. Craft, *Conversations* (1959), *Memoires and Commentaries* (1960), *Expositions and Developments* (1962), *Dialogues and a Diary* (1963), *Themes and Episodes* (1966), *Retrospectives and Conclusions* (1969).

☐ E. W. White, *Stravinsky* (1966, 2/1979); V. Stravinsky e R. Craft, *Stravinsky in Pictures and Documents* (1968); B. Asafyev, *A Book about Stravinsky* (1982).

**string piano** Termo introduzido por Cowell para um piano no qual o músico opera diretamente nas cordas, tangendo ou martelando.

**Subotnick, Morton** (1933-) Compositor americano. Estudou com Milhaud e Kirchner no Mills College (1957-9), ingressou depois em seu corpo docente (1959-66) e, em seguida, ensinou na Universidade de Nova York (1966-9) e no Instituto de Artes da California (1969-). É famoso como compositor de colorida e dramática música eletrônica; sua *Silver Apples of the Moon* (1966) foi a primeira peça em fita feita para disco LP. [MCA; Nonesuch.]

**Suíte Lírica** (Lyrische Suite) Quarteto de Cordas de Berg, em seis movimentos, de construção mista serial e não-serial e crescente divergência de velocidade (Allegretto giovale, Andante amoroso, Allegro misterioso-Trio estatico, Adagio apassionato, Presto delirando-Tenebroso, Largo desolato). A obra é oficialmente dedicada a Zemlinsky, e contém citações de sua Sinfonia Lírica, assim como de *Tristão*, embora extra-oficialmente pretendesse ser uma lembrança da ligação de Berg com Hanna Fuchs-Robettin, incluindo uma música sobre os versos "De profundis clamavi", de Baudelaire, que é "cantado" pelos instrumentos no final. *Quarteto Kolisch, Viena, 8 jan 1927. Berg arranjou o segundo, terceiro e quarto movimentos para orquestra de cordas, como "Três Peças da Suíte Lírica". *Berlim, 31 jan 1929.

**Suk, Josef** (1874-1935) Violinista e compositor tcheco. Estudou no Conservatório de Praga (1885-92) com Dvořák, com cuja filha se casou. Foi segundo-violino no Quarteto Tcheco (1892-1933) e compositor de música séria, num estilo tardo-romântico muito mais cromático que o de Dvořák. Suas obras incluem a sinfonia *Asrael* (1905-6) e 2 quartetos (1896, 1911).

□ J. Berkovec: *Josef Suk* (1968).

**Surinach, Carlos** (1915-) Compositor íbero-americano. Estudou em Barcelona e na Alemanha, depois iniciou uma dupla carreira de compositor e regente em Barcelona (1944-7), Paris (1947-51) e nos EUA (1951-). Mostrando um sabor altamente requintado e nem sempre hispânico, suas obras abrangem muitos balés e outras peças orquestrais. [AMP.]

**Survivor from Warsaw, A** (Um sobrevivente de Varsóvia) Obra de Schoenberg, sua última partitura orquestral concluída. O narrador transmite em *Sprechgesang* palavras do próprio Schoenberg, adaptadas de depoimentos de sobreviventes judeus do terror nazista, preparando dramaticamente a expressão de contínua fé do coro masculino. *Albuquerque, 4 nov 1948.

**Swanson, Howard** (1907-78) Compositor americano. Estudou no Instituto de Música de Cleveland e em Paris com Nadia Boulanger (1938), depois estabeleceu-se em Nova York, em 1941. Sua pequena produção, de gracioso estilo clássico, inclui 3 sinfonias, peças de câmara e canções. [Leeds.]

**Swayne, Giles** (1946-) Compositor inglês. Estudou em Cambridge, na Academia Real de Música, e com Messiaen. Suas primeiras obras são conservadoramente modernas na linha principal da música inglesa da década de 70, mas *Cry*, para coro sem acompanhamento (1978), é ao mesmo tempo mais simples e mais ambiciosa: o mito da criação contado em termos de ampla harmonia consonante e canto quase primitivo. Antes e depois desta obra, realizou um estudo de música indígena na África ocidental, embora pouco dessa influência se possa detectar em seu pastiche mozartiano *Le nozze di Cherubino* (*1985). [Novello.]

**Swingle Singers** Octeto liderado por Ward Lemar Swingle e ativo em 1962-73, famoso por interpretações jazzísticas em *Scat* de Bach, mereceu espaço de Berio em sua *Sinfonia*. Swingle fundou um novo grupo, Swingle II, em 1973, e para eles Berio compôs outras obras (*Cries*, *A-Ronne*).

**Szymanowski, Karol** (1882-1937) Compositor polonês. Estudou com Noskowski em Varsóvia (1901-4), depois morou em Berlim (1905-8), onde com outros formou o grupo Jovem Polônia Musical. Suas primeiras obras foram na maioria para piano, num estilo chopiniano, mas então escreveu a Primeira Sinfonia (1906-7), sob influência de Strauss. Em 1908, regressou à sua nativa Tymoshovka, na Ucrânia, mas fez viagens à Itália, Sicília, Viena, Norte da África e às grandes cidades russas, em todas elas desenvolvendo sua preferência pelo maravilhoso e ornamental: arte bizantina e islâmica, Skryabin, Debussy e Stravinsky. Todas essas influências floresceram na música que produziu nos anos 1914-7 e, depois, em sua ópera *O Rei Rogério*, uma transposição das *Bacantes* de Eurípedes para a Sicília do séc. XII. Em 1919, já com a Polônia independente, estabeleceu-se em Varsóvia e começou a inspirar-se mais na música folclórica polonesa do que no estilo recente da obra de Stravinsky; suas últimas obras são mais suavemente neoclássicas.

*Óperas*: Hagith, 1913, *Varsóvia, 1922; O Rei Rogério, 1918-24, Varsóvia, *1926.

*Balés*: Mandrágora, 1920; Harnasie, 1923-31.

*Orquestral*: Sinf n.º 1, fá, 1906-7; n.º 2, si bemol, 1909-10; n.º 3 "A Canção da Noite", com T/S e coro, 1914-6; n.º 4 (Sinfonia concertante), com pn, 1932; Conc vn n.º 1, 1916, n.º 2, 1933.

*Vocal orquestral*: Canções de Amor de Hafiz, voz, orq, 1917; Demeter, lá, vozes femininas, 1917; Stabat mater, vozes solo, vozes, orq, 1925-6.

*Canções*: Canções de uma Princesa de Conto de Fadas, 1915; 4 Canções (Tagore), 1918; Canções do Muezin Enamorado, 1918; 4 Canções (Tagore), 1918; 4 Canções (Joyce), 1926.

*Câmara*: Noturno e Tarantela, vn, pn, 1915; Mitos, vn, pn, 1915; Qt cordas n.º 1, dó, 1917; n.º 2, 1927.

*Piano*: Sonata n.º 1, dó, 1904; n.º 2, lá, 1911; n.º 3, 1917; Metopes, 1915; Masques, 1916; 20 Mazurkas, 1924-5. [UE.]

☐ Samson, *The Music of Szymanowski* (1980).

# T

**Tailleferre, Germaine** (1892-1983) Compositora francesa. Estudou no Conservatório de Paris, onde conheceu Auric, Honegger e Milhaud, e assim se tornou membro do círculo de Satie e por fim do GRUPO DOS SEIS. Nos anos posteriores, compôs em todos os gêneros, num estilo próximo de Fauré e Ravel. [Durand, Heugel.]

**Takahashi, Yuji** (1938-) Pianista e compositor japonês. Estudou na Escola Toho (1954-8) e em Berlim com Xenakis (1963-5), de quem apresentou a primeira audição de *Herma*. Em 1966, foi para Nova York estudar composição em computador, enquanto continuava suas atividades de pianista especializado em novas obras difíceis. [Peters.]

**Takemitsu, Tōru** (1930-) Compositor japonês. Teve aulas ocasionais com Kiyose a partir de 1948, mas fora isso é um autodidata. Foi influenciado por uma música ocidental que tendia para o espírito japonês, na economia de linhas, na sofisticação de colorido e no senso de tempo não progressivo: Debussy, Webern, Messiaen, Boulez. Algumas de suas obras usam instrumentos japoneses (p. ex. *Passos de Novembro*, para biwa, shakuhachi e orquestra, 1967), mas a maioria é para orquestra ou conjuntos de formação ocidental. Também compôs peças em fita e muita música para cinema. [Peters, UE, Schott; DG.]

**Tal, Josef** (1910-). Compositor polono-israelense. Estudou com Hindemith na Hochschule de Berlim (1928-30), depois, em 1934, partiu para a Palestina, onde ensinou no Conservatório de Jerusalém (1937-52) e na Universidade Hebraica (1950-). Os novos ambiente e língua afetaram sua música, mas permaneceu o veio central europeu, e ele se tornou o mais famoso praticante israelense de música dodecafônica e eletrônica. Suas obras incluem óperas (*Ashmedai*, *Hamburgo, 1971), 3 sinfonias, 6 concertos para piano (3 com fita). [Israel Music Institute, Israeli Music Publications.]

**Taneyev, Sergey** (1857-1915) Compositor russo. Estudou com Tchaikovsky no Conservatório de Moscou (1866-75), para onde retornou como professor em 1880, tendo entre os alunos Rakhmaninov e Skryabin. Sua música parece Tchaikovsky destilado, suave e insinuante, mas também finamente trabalhada e emocionalmente distanciada.

*Câmara*: (*só séc. XX*): Qnt cordas nº 1, sol, 1901-3; nº 2, dó, 1904; Qt cordas nº 5, lá, 1903; nº 6, si bemol, 1905; Qt pn, mi, 1906; Trio Cordas, ré, 1907; Trio pn, ré, 1907; Trio Cordas, mi bemol, 1910; Qnt pn, sol, 1911 Música coral, canções, 4 primeiras sinfonias.

**Tanglewood** Propriedade em Massachusetts, local do Festival de Berkshire, que em todos os verões, desde 1964, inclui um festival de música contemporânea. Schuller, Copland e Messiaen ensinaram composição lá.

**Tansman, Alexandre** (1897-) Compositor franco-polonês. Estudou no Conservatório de Lódz (1902-14) e com Rytel em Varsóvia, depois mudou-se em 1919 para Paris, onde se relacionou com Stravinsky, Ravel, Milhaud e outros. Essas amizades influenciaram sua música, que compreende óperas, 7 sinfonias, 8 quartetos, etc.

**Tavener, John** (1944-) Compositor inglês. Estudou com Berkeley e Lumsdaine na Academia Real de Música (1961-5), alcançando imediato sucesso quando sua cantata *The Wha-*

*le*, uma pictórica narração da história de Jonas, estreou em 1968. Sua evolução posterior foi ao mesmo tempo musical e espiritual, levando-o a ingressar na Igreja Ortodoxa Russa e a uma composição musical de simplicidade e luminosidade icônicas. [Chester.]

**Taverner** Ópera de Davies com libreto seu, sobre a crise religiosa e artística que se supõe tenha ocorrido na vida do compositor henriqueano John Taverner, quando abandonou a composição de missas para se tornar um perseguidor da velha igreja. *Covent Garden, 12 jul 1972.

**Taylor, Deems** (1885-1966) Compositor americano. Estudou na Universidade de Nova York e em particular com Oscar Coon (1908-11); trabalhou como escritor e comentarista musical de rádio. Teve 2 óperas produzidas no Metropolitan, *The King's Henchman* (*1927) e *Peter Ibbetson* (*1931), e também compôs música orquestral e coral num estilo fluente, de tendência européia. [Fischer.]

**Tcherepnin, Alexander** (1899-1977) Compositor franco-russo-americano. O pai, Nikolay, foi o compositor de um dos primeiros sucessos de Dyagilev, *Le pavillon d'Armide* (*1908), e de outros balés. Em 1921, a família deixou a Rússia por Paris, onde Alexander foi influenciado por Prokofiev. Também trabalhou com novos modos: a "escala Tcherepnin" é idêntica ao modo 3 de Messiaen. Em 1948, mudou-se para os EUA com a família, incluindo 2 filhos que se tornaram compositores, Serge (1941-) e Ivan (1943-).

**teatro épico** Conceito introduzido por Piscator e desenvolvido por Brecht para significar o tipo de teatro que ele fazia: não auto-suficiente, mas a ser visto claramente como uma parábola oferecida objetivamente pelos autores, cuja intenção devia ser mais intensificar seu manifesto teatral do que oferecer uma interpretação dele; a unidade estilística era, portanto, uma prioridade menor, até mesmo contraprodutiva. A ópera épica era a parte musical, experimentada pela primeira vez em MAHAGONNY e na *Ópera dos Três Vinténs*, de Brecht e Weill.

**teatro musicado** 1. Termo preferido para "ópera" por Felsenstein e outros produtores (e críticos), com a intenção de chamar a atenção para a natureza dramática da arte. 2. Combinação de música e teatro em pequena escala, muitas vezes de maneira inconvencional, embora sem a multiplicidade de meios sugeridos pela mídia mista: o teatro musicado é vanguarda, a composição para mídia mista é geralmente experimental. Algumas vezes, tem-se dado ao gênero uma ancestralidade que inclui *Combatimento*, de Monteverdi, *A História do Soldado* e *A Raposa*, de Stravinsky, e *Pierrot lunaire*, de Schoenberg, mas sua história contínua dificilmente remonta a antes de 1960, e os compositores que se interessaram por ele tenderam a criar suas próprias convenções, às vezes com conjuntos próprios. Os exemplos abrangem as composições de Davies para o Fires of London (embora aqui o *Pierrot* seja incontestavelmente um modelo) e o tríptico de Goehr para o Music Theatre Ensemble, que também apresentou *Down by the Greenwood Side*, de Birtwistle. Outros compositores que trabalharam nesse campo incluem Berio, Bussotti, Henze e Kagel, e num período anterior, Weill (o "Songspiel" de *Mahagonny*) e Falla (*El retablo*).

**Telemusik** Peça em fita de Stockhausen, usando gravações de instrumentos de percussão japoneses (composta em Tóquio) e fragmentos de música de várias partes do mundo, reunidas através da edição e da intermodulação. *Tóquio, 25 abr 1966.

**tempo** 1. Unidade de ritmo: por exemplo, em 4/4 há quatro tempos por compasso. 2. A música tem sido muitas vezes descrita como a "arte do tempo", mas não está claro o que isso significa exatamente (*ver* SOM). Stravinsky, em seu *diktat* de que a música é "impotente para *expressar* o que quer que seja", prossegue: "O fenômeno da música nos é dado com o único propósito de estabelecer uma ordem nas coisas, inclusive e particularmente a coordenação entre *homem* e *tempo*''. O fraseado talvez seja obscuro, mas a prática pessoal de Stravinsky permite-nos sugerir certa linha de interpretação, já que o aspecto distintivo de sua música é simplesmente a ruptura do desenvolvimento regular, inclusive temporal. A música, do séc. XVII ao XIX, coincidia com o relógio: movia-se de maneira plana e mensurável, e numa direção. A música de Stravinsky proclama que há outros meios de perceber o tempo, outros meios em que ''*homem*'' pode ser coordenado com o elemento. O desmembramento pode ser caracteristicamente rude e irregular, e pode não haver absolutamente nenhum progresso real, mas antes um eterno circular entre os mesmos momentos (3 Peças para quarteto, Sinfonias de Sopros). Essa concepção estática de tempo está de acordo com muita coisa na música do séc. XX: o declínio da grande harmonia progressiva, a preferência pelo ritual em vez de formas narrativas e modos de teatro, a afinidade com culturas exóticas. Contudo, é mais fácil entender como, digamos, a música indiana é construída do que investigar como é percebida. O público pode, assim, ter uma tarefa mais difícil que a do compositor ao aceitar outros meios de experimentar o tempo.

Entre os compositores que foram além da progressividade, desde a *Sagração*, devemos contar Cage (repetições do mesmo momento em sua música da década de 40; a atemporalidade totalmente imprevisível das obras posteriores) e Messiaen (mais uma vez repetições; o tempo revertido em seus retrógrados totais; o tempo extensamente retardado em seus adágios). *Ver também* DURAÇÃO, RITMO.

**Temps restitué, Le** (O tempo restituído) A última parte de sua *A Morte de Virgílio*, que Barraqué completou. *Helge Pilarczyk, Coro ORTF, Domaine Musical, Percussões de Estrasburgo/Amy, Royan, 4 abr 1968.

**terceira corrente** Designação introduzida por Schuller na década de 50 para a música oriunda ao mesmo tempo do jazz e da música ''clássica''. Entre outros expoentes desse tipo de música incluem-se Milhaud, Stravinsky, Banks e Babbitt.

**tetracorde** Grupo de 4 classes de altura, mais comumente igual a um fragmento de um conjunto dodecafônico.

**textura** Designação livre, embora útil, para a qualidade de uma curta passagem musical. A textura pode ser homofônica, heterofônica ou contrapontística, ou pode ser tênue (poucos trechos) ou densa (muitos trechos), etc.

**Thompson, Randall** (1899-) Compositor e professor americano. Estudou em Harvard e com Bloch em Nova York (1920-1), depois trabalhou como professor, principalmente em Harvard (1948-65). Compôs muita música coral, entre ela uma missa sem acompanhamento e uma paixão. [E. C. Schirmer.]

**Thomson, Virgil** (1896-) Compositor americano. Tocava órgão nos tempos de colégio, depois estudou em Harvard com Hill e Davison (1919-23), interrompendo seus estudos ali para passar um ano em Paris estudando com Nadia Boulanger (1921-2). Retornou a Paris por um período mais longo (1925-40), em que conheceu Gertrude Stein e compôs com ela a ópera *4 Saints in 3 Acts* (1927-33), um texto enganoso musicado no estilo simples, objetivo e despretensioso que logo lhe rendeu a comparação com Satie. Em 1940 voltou para Nova York como crítico musical do *Herald Tribune*, cargo que ocupou por 14 anos, não demonstrando qualquer falta da auto-expressão que abjurara em sua música. Sua grande produção depois de *4 Saints* inclui outra ópera com Gertrud Stein, *The Mother of Us All* (1947), trilhas sonoras de cinema, em que explorou o filão das peculiaridades americanas (*The Plow that Broke the Plains*, 1936; *Louisiana Story*, 1948), e uma seqüência de ''retratos'' de amigos. [Mercury, G. Schirmer; Nonesuch.]
□ K. Hoover and J. Cage, *Virgil Thomson* (1959); V. Thomson, *Virgil Thomson* (1969).

**Three Places in New England** (Três lugares da Nova Inglaterra) Obra de Ives para orquestra completa. Os lugares são "The Saint-Gaudens in Boston Common", uma lenta meditação sobre um monumento para um coronel revolucionário e seu regimento de negros; "Putnam's Camp, Redding, Connecticut", uma anedota musical, descrevendo um jovem que deixa uma excursão de feriado para ter uma visão de outro incidente da Guerra Revolucionária; e "The Housatonic at Stockbridge", um desenrolar potencialmente infindável de música para cordas em densa harmonia, lembrando uma vez em que Ives e sua mulher passearam ao lado do rio Housatonic. *Nova York, 10 jan 1931.

**Threni: id est Lamentationes Jeremiae Prophetae** (Trenodias: *i.e.*, Lamentações do Profeta Jeremias) Obra de Stravinsky, sua primeira composição inteiramente dodecafônica, adaptada em seções curtas contíguas para diferentes seleções de um conjunto de 6 solistas (SATTBB), coro e orquestra. *reg Stravinsky, Veneza, 23 set 1958.

**Tierkreis** (Zodíaco) Conjunto de 12 melodias de Stockhausen, 1 para cada signo, compostas para caixas de música, usadas em *Musik in Bauch* e depois aproveitadas como a fórmula básica de *Sirius*. Também foram publicadas em vários arranjos instrumentais e vocais, a última musicando os textos do compositor que descrevem os atributos de cada signo.

**timbre** Qualidade do som distinguível da altura, da duração e da intensidade; "cor" é a metáfora visual apropriada. O fenômeno depende das características da emissão e do espectro harmônico do som. No séc. XX, muitas vezes tem-se dado mais consideração ao timbre do que na música mais antiga: *ver* MÚSICA ELETRÔNICA, KLANGFARBENMELODIE, RESSONÂNCIA, SOM.

**time point** Conceito introduzido por Babbitt como equivalente rítmico de classe de alturas: refere-se não à duração mas ao ponto métrico em que um som começa. Num compasso 3/4 podem-se distinguir 12 *time points* em intervalos de uma semicolcheia. O conjunto de *time points* (0, 10, 7, 3, 6, 11) pode desse modo ser expresso do seguinte modo:

A duração, neste sistema, como se verá, é agora um equivalente de intervalo: a distância entre os dois últimos *time points*, por exemplo, é de 5 semicolcheias (ou podem ser 5 semicolcheias mais 1 ou mais compassos, o compasso sendo agora equivalente à oitava). Correspondendo de modo tão próximo ao sistema de classe de alturas, o de *time point* presta-se a operações dodecafônicas semelhantes e tem sido usado por Babbitt na maioria de suas obras desde 1957, assim como por muitos outros compositores (p. ex., Wuorinen, Harvey).

**tímpano** A introdução do tímpano de pedal, por volta do início do século, tornou possível mudanças mais rápidas de altura: Strauss foi um dos primeiros a aproveitar as vantagens disso em sua *Salomé*. O tímpano de pedal também possibilitou a execução de *glissandi*, admiravelmente usados na Quarta Sinfonia de Nielsen e em várias obras de Bartók (a sinfonia de Nielsen, como *A Sagração da Primavera* e outras obras desse período, exige 2 timpanistas). Outras inovações abrangem o uso de pequenos tambores para notas altas (Ravel, Janáček), de determinadas baquetas ou outros meios de percutir, e de objetos ressonantes colocados nas membranas. O repertório, inevitavelmente pequeno, inclui as 8 Peças de Carter e concertos de Robert Parris e Harold Farberman.

**Tippett, Michael** (1905-) Compositor inglês. Estudou com Wood e Kitson no Royal College of Music (1923-8) e com R. O. Morris (1930-2). Na década de 30, trabalhou como regente, principalmente no Morley College de Londres, enquanto estabelecia aos poucos sua personalidade criativa. As obras mais antigas não revisadas datam do fim da década e revelam uma fusão de música contemporânea européia (Stravinsky, Bartók, Hindemith) com o ritmo saltitante e a exuberância polifônica por ele apreciados nos madrigais ingleses. Ao mesmo tempo, desenvolveu uma consciência própria como artista na sociedade. Muito de seu trabalho de regência foi feito para organizações socialistas; foi preso em 1943 por recusar-se a prestar o serviço militar por motivos de consciência; e produziu em *A Child of Our Time* uma declaração de princípios pública sobre a questão do bem e do mal, usando suas próprias palavras, como de costume. Inspirada num acontecimento real, em que um rapaz judeu matou um diplomata nazista, a obra é modelada no *Messiah*, de Haendel, mas tendo também em mente paixões bachianas e com *negro spirituals* ocupando a função das corais (blues e jazz ocorrem em outras obras, como representativos da música em estado de manifestação natural).

Seu projeto seguinte de escopo semelhante foi a ópera *The Midsummer Marriage* (1946-52), onde mais uma vez a questão é a reconciliação de traços opostos na psique humana: masculino e feminino, manual e intelectual, espontaneidade e reflexão. O tema é tratado em forma de parábola sobre a preparação de 2 jovens para o casamento, e o tratamento recorre a Jung, à *Flauta Mágica*, a mitos celtas, a peças metafísicas de Shaw, e a Eliot. Tipicamente, as fontes são diversas, mas contidas num dilúvio de lirismo arrebatador e dança exultante, que transbordam sobre as obras orquestrais dos 5 anos seguintes.

A mudança veio com o trabalho em sua ópera sucessiva, *King Priam* (1958-61), uma adaptação mítica esculpida em blocos, ao estilo de Messiaen. De novo, o estilo foi continuado nas obras que se seguiram (o Concerto para Orquestra e a Segunda Sonata para Piano), mas na impetuosa cantata *The Vision of St. Augustine* e no moderno drama psicológico *The Knot Garden*, ele começou a juntar pequenos fragmentos em continuidades maiores e ritmadas, meio à maneira da montagem de filmes. As últimas obras, sobretudo o Concerto Triplo e *The Mask of Time*, resgataram a graça dançante e a efervescência de *The Midsummer Marriage*, dentro do que ele próprio concebe como um estilo tardio na tradição beethoveniana.

*Óperas*: The Midsummer Marriage, 1946-52, *Covent Garden, 1955; King Priam, 1958-61, *Coventry, 1962; The Knot Garden, 1966-9, *Covent Garden, 1970; The Ice Break, 1973-6, *Covent Garden, 1977.

*Coral orquestral*: A Child of Our Time, 1939-41; Crown of the Year, 1958; The Vision of St. Augustine, 1963-5; The Shires Suite, 1965-70; The Mask of Time, 1977-82.

*Orquestral*: Conc, cordas duplas, 1938-9; Fantasia sobre um Tema de Haendel, pn, orq, 1939-41; Sinf n.º 1, 1944-5; n.º 2, 1956-7; n.º 3, com S, 1970-2, n.º 4, 1976-7; Little Music, cordas, 1946; Suíte, ré, 1948; Fantasia concertante sobre um Tema de Corelli, cordas, 1953; Divertimento on Sellinger's Round, orq câm, 1953-4; Conc pn, 1953-5; Praeludium, metais, perc, 1962; Conc para orq, 1962-3; Conc triplo, trio cordas, orq, 1978-9; Festal Brass with Blues, banda de metais, 1983.

*Câmara*: Qt cordas n.º 1, 1934-5, rev. 1943; n.º 2, 1941-2; n.º 3, 1945-6; n.º 4, 1977-8; Sonata pn n.º 1, 1938, rev. 1942; n.º 2, 1962; n.º 3, 1972-3; n.º 4, 1984; Preludio al Vespro di Monteverdi, org, 1945; Sonata, 4 tpa, 1955; Music for Words perhaps, 6 instrs, 1960; The Blue Gui, gui, 1982-3.

*Coral*: 2 Madrigais, 1942; Plebs Angelica, 1943; The Weeping Babe, 1944; Dance, Clarion Air, 1952; Lullaby, 1960; Magnificat and Nunc dimittis, com órg, 1961.

*Canções*: Boyhood's End, cantata, T, pn, 1943; The Heart'Assurance, ciclo, S/T, pn, 1950-1; Songs for Achilles, T, gui, 1961; Songs for Ariel, voz, pn/cravo, 1962; Songs for Dov, T, orq câm, 1969-70. [Schott; Philips.]

□ M. Tippett, *Moving into Aquarius* (1958, 2/1974), *Music of the Angels* (1980); I. Kemp, *Tippett* (1984).

**Toch, Ernst** (1887-1964) Compositor austro-americano. Autodidata, começou a compor no estilo tradicional diatônico, suas principais obras sendo quartetos e outras peças de câmara compostas antes e depois de sua mudança em 1909 para a Alemanha. Na década de 20 voltou-se para o neoclassicismo numa linha hindemithiana, estilo que continuou após sua emigração para os EUA em 1934; a partir de 1936, viveu em Los Angeles, ensinando na USC e compondo música para cinema. Suas obras incluem 7 sinfonias (todas dos anos 1950 e 60), 13 quartetos, etc.

**tom senoidal** Som de uma freqüência pura.

**Tombeau de Couperin, Le** (Homenagem a Couperin) Suíte de Ravel, um dos primeiríssimos exemplos do neoclassicismo em sua visão de ideal barroco por meios modernos. A versão para piano tem 6 movimentos: Prélude, Fugue, Forlane, Rigaudon, Menuet, Toccata. *Marguerite Long, Paris, 11 abr 1919. Quatro desses movimentos, na ordem 1-3-5-4, foram mais tarde orquestrados. *reg Rhené-Baton, Paris, 28 fev 1920.

**tonalidade progressiva** O termo é usado para a música sinfônica que termina numa tonalidade diferente da original, a não ser no caso trivial das obras em tons menores que terminam na tônica maior. Provavelmente os primeiros exemplos notáveis estão entre as sinfonias de Mahler, sua Segunda passando de dó menor para mi bemol maior (embora seja uma passagem executada um semitom abaixo na Missa em Si menor de Bach), sua Quarta do sol maior para mi maior, etc. Há mudança de tonalidade, também, nas obras sinfônicas de Nielsen, Simpson e outros.

**Tournemire, Charles** (1870-1939) Compositor e organista francês. Estudou com Widor no Conservatório de Paris, com Franck e d'Indy. Em 1898 tornou-se organista da igreja de Franck, Ste. Clotilde. Criou uma enorme produção, abrangendo 4 óperas e 8 sinfonias, mas é lembrado quase exclusivamente por sua música para órgão, a maioria consistindo em elaborações de cantochão num estilo de mística religiosidade: *L'orgue mystique* (publicado em 1927-32) é um conjunto de 51 missas com órgão para o ano litúrgico.

**Trans** Obra de Stockhausen, transcrição de um sonho. Vê-se uma orquestra de cordas no palco, banhada em luz magenta, tocando lentamente acordes sustentados, que mudam com os choques, a intervalos de vários segundos, de uma lançadeira (em fita). Instrumentos de sopro e percussão soam do fundo, e há ocasionais e bizarras interjeições dos solistas. *Donaueschingen, 16 out 1971.

**Transfiguration de Notre Seigneur Jésus-Christ, La** (A transfiguração de Nosso Senhor Jesus Cristo) Obra de Messiaen para 7 solistas instrumentais (pn, fl, cl, vc, vib, mar, xilorimba), coro de 100 vozes e orquestra de 109 membros. Trata-se de um completo concerto litúrgico da Transfiguração em dois "setenários", ou seqüências de 7 movimentos: cada um com narrativas evangélicas e seguido por duas meditações, e depois o final, um imenso coral. *Lisboa, 7 jun 1969.

**trautônio** Instrumento melódico eletromagnético fabricado por Friedrich Trautwein e por ele exibido pela primeira vez em 1930. Produzia variações de altura em resposta aos movimentos do dedo do músico ao longo de um arame (análogo às tiras das ondas martenot). Hindemith compôs um (não publicado) *Konzertstück* para trautônio e cordas, mas o instrumento não adquiriu repertório suficiente para garantir sua sobrevivência.

**Tremblay, Gilles** (1932-) Compositor canadense. Estudou no Conservatório de Montreal e no de Paris (1954-61) com Messiaen, Loriod e Martenot, voltando depois a estudar com o primeiro (1962). A maioria de suas obras é para orquestra ou conjunto misto, trabalhada com fineza oriental. [Berandol.]

**tricorde** Conjunto de três classes de altura, mais comumente igual a um fragmento de um conjunto de 12 notas.

**Trittico, Il** (O tríptico) Programa triplo de Puccini compreendendo a tragédia *Il tabarro* (O capote), o melodrama *Suor Angelica* (Irmã Angélica) e a comédia *Gianni Schicchi*. *Metropolitan, 14 dez 1918.

**Trois petites liturgies de la Présence Divine** (Três pequenas liturgias da presença divina) Obra de Messiaen principalmente para coro feminino de 36 vozes, orquestra de cordas, ondas martenot, piano, celesta, vibrafone e percussão. O texto é de sua autoria, cantando hinos à presença de Deus no indivíduo ("Antienne de la conversation intérieure": Antífona do diálogo interior), nele ("Séquence du Verbe": Seqüência do verbo) e em tudo ("Psalmodie de l'ubiquité par amour": Salmodia da onipresença do amor).

**trombone** Fora a inevitável sonata de Hindemith, pouco se compôs para solo de trombone antes de Globokar. Quartetos de trombone estão presentes em *In memoriam Dylan Thomas*, de Stravinsky, e *Domaines*, de Boulez; Stravinsky também usou trombone alto e baixo em *Threni* e *The Flood*.

**trompa** O repertório do séc. XX inclui concertos de Stravinsky, Hindemith, Banks, e também a Serenata de Britten, com tenor e cordas. Há sonatas para quarteto de trompas de Hindemith e Tippett, música de câmara de Britten (*Canticle III*), Hindemith (Sonata) e Ligeti (Trio), e um movimento solo em *Des canyons aux étoiles...*, de Messiaen. Este último inclui efeitos incomuns, mas, fora isso, o instrumento não foi muito solicitado a ampliar sua gama de sons.

**trompete** O trompete em dó ou si bemol é o instrumento orquestral normal; algumas partituras também incluem o trompete em ré, feito para apresentações de Bach (p. ex. *A Sagração da Primavera*, *Peter Grimes*), a corneta (*Petruchka*), ou algum tipo de trompete baixo (em mi bemol em *A Sagração da Primavera*). O repertório solo compreende concertos de Hindemith (com fagote e cordas), Zimmermann e Jolivet (2), partes de destaque no Primeiro Concerto para Piano de Shostakovich e a Segunda Sinfonia de Honegger, sonatas de Hindemith e Davies, e peças de Wolpe.

**tropo** Palavra usada por Hauer para um conjunto de 12 notas de hexacordes desordenados; existem 44 tropos como esse.

**Tudor, David** (1926-) Pianista e compositor americano. Estudou com os Wolpes enquanto trabalhava como organista profissional (1938-48). Depois associou-se a Cage, cuja *Music of Changes* e muitas obras posteriores apresentou pela primeira vez; também estreou a Segunda Sonata de Boulez nos Estados Unidos, em 1950. Em 1954 e, mais uma vez, em 1958, visitou a Europa com Cage, e os compositores europeus começaram a escrever para ele (Stockhausen dedicou-lhe a *Klavierstück VI*). Em 1960, passou a trabalhar mais no campo da música eletrônica, ao mesmo tempo como pianista (p. ex. na sua versão das *Variações II*, de Cage) e compositor. Gravou para a Mainstream, Columbia, etc.

**Turandot** Ópera de Puccini, Adami e Simoni, baseada numa peça de Gozzi sobre uma princesa chinesa que manda matar os pretendentes se eles não conseguirem decifrar 3 enigmas. *Milão, 25 abr 1926. O mesmo tema foi abordado por Busoni, com libreto seu. *Zurique, 11 mai 1917.

**Turangalîla-Symphonie** Obra de Messiaen para grande orquestra com solo de piano e ondas martenot. "Turangalîla" é uma palavra do sânscrito, nome de uma fórmula rítmica da antiga música indiana; segundo Messiaen, "turanga" significa "tempo que passa" e "lîla" a "ação divina" no cosmos, o jogo da criação, destruição e reconstrução, o jogo da vida e da morte. Lîla também é "amor". São 10 os movimentos: todos os do "amor" (2, 4, 6, 8) referem-se a variantes de um tema de amor; os movimentos "Turangalîla" (3, 7, 9) são mais abstratos e especulativos, proporcionando os padrões rítmicos. O longo 6º movimento, repousando calidamente na tonalidade central da obra, fá sustenido maior, lembra que esta é a peça central da trilogia Tristão, do compositor. *Boston, 2 dez 1949.

**Turina, Joaquín** (1892-1949) Compositor espanhol. Estudou em sua cidade natal de Sevilha, em Madri com Trago e em Paris com d'Indy, na Schola Cantorum (1905-13), também recebendo ajuda de Falla. Em 1914 regressou com Falla para a Espanha, onde ensinou no Conservatório de Madri a partir de 1930. A maior parte de sua música consiste em peças orquestrais, de câmara e de piano, em vibrante estilo nacionalista.

**Turn of the Screw, The** Ópera de câmara de Britten e Myfanwy Piper baseada na história de Henry James sobre crianças numa casa de campo inglesa visitada por fantasmas. *reg Britten, Veneza, 14 set 1954.

# U

**Ullman, Viktor** (1898-?1944) Compositor austríaco. Estudou com Schoenberg em Viena e com Hába em Praga, onde viveu até 1942, quando foi internado por ser judeu em Terezín. Lá compôs uma ópera em 1 ato, *Der Kaiser von Atlantis* (1943). Em 1944, transferiram-no para Auschwitz, onde se supõe tenha sido assassinado.

**ultracromatismo** Criar música com MICROTONS.

**Unanswered Question, The** Obra de Ives. Cordas fora do palco tocam suaves acordes sustentados, representando o silêncio dos videntes; um trompete pergunta qual o sentido da vida, ao que 4 flautas respondem com vãs correrias.

**Universal Edition** Editora de música vienense, com um registro sem igual no séc. XX de incentivo à nova música. Emil Hertza (diretor operacional, 1907-32) assinou contratos com Delius e Bartók (1908), Mahler, Schoenberg e Schreker (1909), Webern e Zemlinsky (1910), Janáček (1917) e outros. Depois da Segunda Guerra Mundial, a UE tornou-se a editora de Stockhausen, Boulez, Berio, Birtwistle, Osborne, etc.

**Ussachevsky, Vladimir** (1911-) Compositor russo-americano. Mudou-se para os EUA em 1931 e estudou com Rogers e Hanson na Eastman School (1935-9). Em 1947, ingressou no corpo docente da Universidade de Columbia, onde trabalhou em música eletrônica com Luening. Suas peças em fita (p. ex., *Of Wood and Brass*, 1964-5) manipulam ousadamente sons gravados; também compôs música coral, influenciado pelas tradições ortodoxas. [Peters, CRI.]

# V

**Valen, Fartein** (1887-1952) Compositor norueguês. Estudou com Elling em Copenhague (1906-9) e com Bruch em Berlim (1909-11). Depois realizou pouca coisa antes de seu trabalho como diretor da coleção de música norueguesa da biblioteca da Universidade de Oslo: nesse ínterim, trabalhou em busca do estilo de pura polifonia dodecafônica, que depois usou numa sucessão de obras grandes, entre elas 4 sinfonias, concertos para piano e violino, 2 quartetos, etc. [Lyche]

**Varèse, Edgard** (Edgar) (1883-1965) Compositor franco-americano. Sentiu em grau extremo a insatisfação da sua época com a música do passado. Suas obras das décadas de 20 e 30 são mais agressivamente "modernas" — quanto à importância dos sons de percussão, da complexidade de ritmo, da dissonância estridente e do descompromisso com a forma de desenvolvimento — do que qualquer outra coisa do período, e mesmo nessa época ele buscava ainda uma liberdade maior do que esperava da música eletrônica. Quando surgiram os gravadores de fita, na década de 50, criou duas das primeiras obras-primas de música em fita magnética, DÉSERTS (com orquestra) e POÈME ÉLECTRONIQUE.

Estudou com Roussell na Schola Cantorum (1904-5) e com Widor no Conservatório de Paris (1905-7), depois foi para Berlim, onde se associou a Busoni (cujo *Ensaio para uma Nova Estética Musical* causou impacto), Hofmannsthal (de cujo *Édipo e a Esfinge* fez uma ópera) e Strauss (que tornou possível a apresentação de seu poema sinfônico *Bourgogne*). Em 1913 retornou a Paris, deixando a maior parte de sua música em Berlim, onde foi destruída pelo fogo. Em fins de 1915, embarcou num navio para os EUA e estabeleceu-se em Nova York como compositor e regente. Teve atuação central no International Composers Guild e ao longo da década de 1918-27 compôs 6 importantes obras para orquestra ou orquestra de câmara. Nelas, usou lembranças da música que o impressionara na Europa — Debussy, o atonal Schoenberg e o Stravinsky de *Petruchka* e *A Sagração* —, mas superou seus modelos na decidida busca do novo. As idéias melódicas tendem a evitar implicações harmônicas em favor da insistência numa só altura (HYPERPRISM, INTÉGRALES), enquanto a formação de acordes é determinada pela saturação cromática e, mais particularmente, pela necessidade de dissonância estridente. Convocadas por melodia encantatória, as "massas sonoras", como as chamava, são reunidas em combinações constantemente mutáveis.

Em 1928-33, estava de volta a Paris, onde continuou a exploração de novos recursos; compôs IONISATION para orquestra de percussão e usou 2 dos novos instrumentos de Martenot em *Ecuatorial*, uma expressão do mito antigo, tão importante para ele quanto a ciência moderna. A obra foi concluída nos EUA, onde de fins da década de 30 a toda a de 40 não realizou nada, tentando conseguir ajuda das empresas cinematográficas para a produção do "som organizado" e sonhando com uma obra que envolvesse transmissões radiofônicas simultâneas realizadas por músicos em todo o globo (*Espace*). No início dos anos 50, voltou à composição, com *Déserts*, quando um gravador que ganhou de presente em 1953 tornou possível o uso de música em fita. Contudo, depois desta obra e de *Poème*, não finalizou mais nenhuma. *Nocturnal*, um dos vários projetos eletrônicos dos últimos anos, foi concluído postumamente por seu aluno Chou Wen-chung.

*Obras para grande orquestra*: Amériques, ?1918-21; ARCANA, 1925-7.

*Obras para pequena orquestra*: Offrandes, com S, 1921; HYPERPRISM, 9 instrs sopros, 7 perc, 1922-3; Octandre, 7 sopros, ctbx, 1923; INTÉGRALES, 11 instrs sopro, 4 perc, 1924-5; IONISATION, 13 perc, 1929-31; ECUATORIAL, B, 8 metais, pn, órg, 2 ondas martenot, 6 perc, 1932-4; Étude pour Espace, coro, 2 pn, perc, 1947; DÉSERTS, 14 instrs sopro, pn, 5 perc, fita, ?1950-4; Nocturnal, S, coro B, orq, 1961.
*Solo*: DENSIDADE 21.5, fl, 1936.
*Fita*: La procession de Vergès, 1955; POÈME ÉLECTRONIQUE, 1957-8. [Colfranc; Columbia.]
☐ F. Ouellette, *Edgard Varèse* (1968); L. Varèse, *Varèse* (1972).

**Vaughan Williams, Ralph** (1872-1958) Compositor inglês. Estudou no Royal College of Music (1889-91, 1895-6) e em Cambridge (1891-5), tendo entre seus professores Parry, Wood e Stanford; depois teve outras aulas com Bruch em Berlim (1897). Suas primeiras obras foram, na maioria, canções e peças de câmara, influenciadas pela música inglesa da época e também pela canção folclórica, que começara a recolher em 1903. Contudo, faltando-lhe confiança em sua técnica, foi para Paris ter aulas com Ravel (1908), e suas grandes obras mais antigas datam de logo após isso: compreendem as canções de *On Wenlock Edge*, sobre poemas de Housman, e a Fantasia Tallis para cordas, a última mostrando que a eufonia vibrante podia ser trabalhada numa maneira individual com a ajuda da modalidade do séc. XVI. Essas obras abrangeram 2 de seus principais modos expressivos, o pastoral e o transcendental, e a freqüente ligação destes com o folclore inglês e a música sacra da era Tudor, ambos sugerindo compreensões modais do sistema diatônico.

Depois da Primeira Guerra Mundial, juntou-se à equipe da RCM e começou a reger regularmente coros e orquestras, enquanto produzia grande quantidade de música. Algumas se relacionam à tradição inglesa de misticismo bíblico, sobretudo o balé baseado em Blake, *Job*, e a respeitada ópera *The Pilgrim's Progress*, da qual *The Shepherds of the Delectable Mountains* é uma das partes e à qual se relaciona a Quinta Sinfonia. Mas outras sinfonias são de caráter muito diferente, a 7ª vindo de uma partitura para o filme *Scott of the Antarctic* e a 8ª incluindo um conjunto de percussão melódica.
*Óperas*: The Shepherds of the Delectable Mountains, 1921, *Londres, 1922; Hugh the Drover, 1910-4, *Londres, 1924; Sir John in Love, 1924-8, *Londres, 1929; The Poisoned Kiss, 1927-9, *Cambridge, 1936; Riders to the Sea, 1925-32, *Londres, 1937; The Pilgrim's Progress, concluída em 1949, *Covent Garden, 1951.
*Balé*: Job, 1927-30, *Londres, 1931.
*Sinfonias*: A Sea Symphony, com S, Bar e coro, 1903-9; A London Symph, 1912-3; Sinf Pastoral, 1921; nº 4, fá, 1931-4; nº 5, ré, 1938-43; nº 6, mi, 1944-7; Sinfonia Antartica, com S e coro feminino, 1949-52; nº 8, ré, 1953-5; nº 9, mi, 1956-7.
*Outras obras orquestrais*: The Wasps, abertura, 1909; Fantasia sobre um Tema de Thomas Tallis, cordas, 1910; The Lark Ascending, com vn, 1914; Flos campi, com va e pequeno coro, 1925.
*Outras obras orquestrais vocais*: Sancta civitas, oratório, 1923-5; 5 Tudor portraits, 1935; Dona nobis pacem, cantata, 1936; Serenade to Music, 1938; An Oxford Elegy, 1947-9.
*Obras corais menores*: Missa, sol, 1920-1; música de igreja, arranjos de canções folclóricas.
*Canções*: On Wenlock Edge, T, qnt pn, 1908-9; muitas canções e arranjos de canções folclóricas c/ pn.
Poucas peças instrumentais e de câmara. [OUP, Curwen, Stainer.]
☐ M. Kennedy, *The Works of Ralph Vaughan Williams* (1964); U. Vaughan Williams, *R. V. W.* (1964).

**Veress, Sándor** (1907-) Compositor húngaro-suíço. Estudou com Bartók e Kodály na Academia de Budapeste (1923-32), depois trabalhou como compositor e folclorista musical. Em 1949, estabeleceu-se em Berna, onde ensinou no conservatório e na universidade. Sua música desenvolveu-se a partir da tradição húngara, empregando métodos dodecafônicos desde 1952: compôs copiosamente em todos os gêneros. [Suvini Zerboni.]

**Vesalii icones** (Ícones de Vesalius) Obra de Davies para bailarino, solo de violoncelo e quinteto, em 14 movimentos baseados em desenhos anatômicos do séc. XVI, de Vesalius, e sobre a Via-Sacra, culminando na ressurreição do Anticristo. *Londres, 9 dez 1969.

**vibrafone** Metalofone com tubos ressonantes e tampas que abrem e fecham, movidas por um motor elétrico; daí a vibração do som, que pode ser eliminada desligando-se o motor. O instrumento foi inventado por Hermann Winterhoff, mas a princípio restringiu-se ao jazz: *Lulu* foi uma das primeiras partituras sérias a incluí-lo, seguida pelo concerto de Milhaud para marimba e vibrafone (1947), e muitas obras de Messiaen, Boulez, Henze, Stockhausen, etc.

**Villa-Lobos, Heitor** (1887-1959) Compositor brasileiro. Estudou violoncelo na infância e tocava violão com músicos populares. Passou o final da adolescência e início dos vinte anos excursionando pelo Brasil; mais tarde teve aulas formais no Instituto Nacional de Música do Rio de Janeiro, embora apenas por pouco tempo. Em 1915 houve um recital de sua música, e ao longo dos anos seguintes conquistou fama local, o suficiente para lhe conceder ajuda financeira para uma viagem a Paris em 1923. Lá causou sensação com o colorido brilhante e exótico de seus *Choros* orquestrais, inspirados em Rimsky-Korsakov e Stravinsky, mas com exuberância tropical (o choro é uma variedade da música popular brasileira instrumental). Varèse tornou-se seu amigo e Messiaen um admirador. Em 1930, retornou ao Brasil e envolveu-se com a educação musical, criando seu próprio conservatório em 1942. Suas últimas obras incluem a série das *Bachianas Brasileiras*, traduzindo modelos bachianos de forma e estilo na linguagem da música popular brasileira.
*Choros*: n.º 1, gui, 1920; n.º 2, fl, cl, 1924; n.º 3, coro masculino, 6 instrs de sopro, 1925; n.º 4, 3 tpa, trbn, 1926; n.º 5, pn, 1925; n.º 6, orq, 1926; n.º 7, 7 instrs, 1924; n.º 8, 2 pn, orq, 1925; n.º 9, orq, 1929; n.º 10, coro, orq, 1926; n.º 11, pn, orq, 1929; n.º 12, orq, 1929; n.º 13, 2 orqs, banda, 1929; n.º 14, coro, banda, orq, 1929.
*Bachianas brasileiras*: n.º 1, 8 vc, 1930; n.º 2, orq, 1930; n.º 3, pn, orq, 1938; n.º 4, pn, 1930-6, orq, 1941; n.º 5, S, 8 vc, 1938-45; n.º 6, fl, fag, 1938; n.º 7, orq, 1942; n.º 8, orq, coro/cordas, 1945.
*Outras obras*: 12 sinfs, concs, 17 qts cordas, peças para pn e violão, canções. [Eschig, AMP, Ricordi.]

**Vingt regards sur l'Enfant-Jésus** (Vinte olhares para o Menino Jesus) Livro de música para piano de Messiaen compreendendo: 1. "Regard du Père" (Olhar do Pai), 2. "Regard de l'étoile" (Olhar da estrela), 3. "L'échange" (A troca), 4. "Regard de la Vierge" (Olhar da Virgem), 5. "Regard du Fils sur le Fils" (Olhar do Filho para o Filho), 6. "Par lui tout a été fait" (Por ele tudo foi feito), 7. "Regard de la Croix" (Olhar da Cruz), 8. "Regard des hauteurs" (Olhar das alturas), 9. "Regard du temps" (Olhar do tempo), 10. "Regard de l'esprit de joie" (Olhar do espírito de alegria), 11. "Première communion de la Vierge" (Primeira comunhão da Virgem), 12. "La parole toute-puissante" (A palavra onipotente), 13. "Noël" (Natal), 14. "Regard des anges" (Olhar dos anjos), 15. "Le baiser de l'Enfant-Jésus" (O beijo do Menino Jesus), 16. "Regard des prophètes, des bergers et des mages" (Olhar dos profetas, dos pastores e dos magos), 17. "Regard du Silence" (Olhar do silêncio), 18. "Regard de l'onction terrible" (Olhar da unção terrível), 19. "Je dors, mais mon coeur veille" (Durmo, mas meu coração vela), 20. "Regard de l'église de l'amour" (Olhar da igreja do amor). *Loriod, Paris, 26 mar 1945.

**viola** Instrumento tocado por Schoenberg, Hindemith e Britten. Há concertos de Walton, Hindemith, Bartók (postumamente concluído a partir de esboços), Milhaud, Bennett e Bainbridge, e peças de recital de Hindemith, Britten, Berio, Shostakovich, etc. A viola d'amore (de tamanho semelhante, mas em geral com 7 cordas de execução e 7 cordas simpáticas) foi favorecida por Janáček (*Katya*, Makropulos) e aparece como solista na *Kammermusik n.º 6* e *Kleine Sonate* op. 25 n.º 2, de Hindemith.

**violino** Os principais concertos do séc. XX compreendem os de Sibelius, Reger, Elgar, Prokofiev (2), Stravinsky, Szymanowski (2), Berg, Schoenberg, Bartók (2), Britten, Shostakovich (2) e Shnitke (4); há importantes obras com piano de Debussy, Ravel, Schoenberg, Stravinsky, Shostakovich, Carter, etc., e o repertório para violino sem acompanhamento compreende sonatas de Bartók, Reger, Honegger, etc.

**violoncelo** O repertório do violoncelo foi muito ampliado com obras compostas para Casals, Piatigorsky, Rostropovich, Tortelier, Palm e outros. Concertos importantes foram compostos por Schoenberg, Prokofiev (dois), Shostakovich (dois), Britten (Sinfonia para Violoncelo), Honegger, Ligeti e Dutilleux. O repertório de recitais compreende obras de Debussy, Webern, Hindemith, Kodály, Poulenc, Shostakovich, Honegger e Zimmermann.

**Vishnegradsky** (Wyschnegradsky), **Ivan** (1893-1979) Compositor russo. Abandonou o Direito pela música sob a orientação de Sokolov (1911-4), que o encaminhou a Skryabin. Após a Revolução, estabeleceu-se em Paris e começou a trabalhar com modos artificiais que incluíam intervalos elevados ou abaixados em um quarto de tom. A escala de 24 notas é obtida com 2 ou 4 pianos distintamente afinados e, em geral, a música é lenta e estática em sua estranha harmonia. Deixou projetos para sua música ser acompanhada, ao estilo de Skryabin, por iluminação colorida sobre um domo hemisférico. [Belaieff; Block.]

**Visions de l'Amen** Livro de música para 2 pianos de Messiaen, sendo 7 imagens simultâneas: 1. "Amen de la Création" (Amém da Criação), 2. "Amen des étoiles, de la planète à l'anneau" (Amém das estrelas, do planeta do anel), 3. "Amen de l'agonie de Jésus" (Amém da agonia de Jesus), 5. "Amen des anges, des saints, du chant des oiseaux" (Amém dos anjos, dos santos, do canto dos pássaros), 6. "Amen du jugement" (Amém do juízo), 7. "Amen de la consommation" (Amém da consumação). *Messiaen, Loriod, Paris, 10 mai 1943.

**Vogel, Wladimir** (1896-1984) Compositor suíço-russo. Pessoalmente influenciado por Skryabin em criança, partiu da Rússia em 1918 e estudou em Berlim com Tiessen (1912-21) e Busoni, sendo também afetado por Schoenberg. Suas *3 Sprechlieder* (1922, literalmente "canções faladas") iniciaram o uso da fala, que estendeu ao tratamento coral polifônico em *Thyl Claes* (1938-45) e outras obras. Em 1935, estabeleceu-se na Suíça, e em 1937 começou a adotar métodos dodecafônicos.

**Von heute auf morgen** (De um dia para o outro) Ópera de Schoenberg com libreto de sua mulher, uma comédia de costumes dirigida às pessoas modernas conscientes de si mesmas. *Frankfurt, 1.º fev 1930.

**voz** Os tipos de produção vocal esperados na música do séc. XX aumentaram enormemente e incluíram não apenas fala e *Sprechgesang*, mas também sussurros, risos, zunidos e grande número de efeitos audíveis em público graças à amplificação. No pós-guerra, entre as obras-chave da extensão das possibilidades vocais, estão *Anagrama*, de Kagel, *Circles*, *Visage*, *Epiphanie* e *Sequenza III*, de Berio, *Refrain*, *Carré*, *Momente*, *Mikrophonie II* e *Stimmung*, de Stockhausen, e *Eight Songs for a Mad King*, de Davies.

# W

**Wagner-Régeny, Rudolf** (1903-69) Compositor romeno-germânico. Estudou em Leipzig (1919-20) e com Schreker em Berlim (1920-3), onde permaneceu, tendo sido influenciado pelo Grupo dos Seis. Sua ópera *Der Günstling* (*Dresden, 1935) foi promovida no exterior pelas autoridades nazistas, mas as seguintes, *Die Bürger von Calais* (*Berlim, 1939) e *Johanna Balk* (Viena, 1941) revelaram-se menos aceitáveis por seu antitotalitarismo e empréstimos de Weill. Foi convocado para o exército, retornando à composição após a guerra em seu próprio sistema dodecafônico. [UE.]

**Walton, William** (1902-83) Compositor inglês. Estudou na Christ Church, em Oxford (1910-20), a princípio como menino de coro, depois como universitário, conquistando a amizade dos Sitwells. Na década seguinte, morou com eles em Londres e na Itália, aproveitando a liberdade para compor. Impressionou-se com Schoenberg e compôs um quarteto que Berg admirou quando de sua apresentação no primeiro Festival da ISCM (Salzburgo, 1923), embora mais tarde o retirasse de circulação. Deu também uma resposta mais altiva à influência de Schoenberg em *Façade* (1921-2), conjunto de recitações musicadas, fugindo da angústia de *Pierrot* para um mundo mais claro e próximo de Poulenc. Voltou-se de novo para a música contemporânea na vivaz abertura *Portsmouth Point*, mas o Concerto para Viola consolidou-o como um romântico moderno aos moldes de Prokofiev.

Depois disso, o curto oratório *Belshazzar's Feast* (Festim de Baltazar, 1930-1) encontrou meios de introduzir grandes coros haendelianos-elgarianos numa exótica partitura orquestral devedora de Stravinsky, e a Primeira Sinfonia (1932-5) foi mais uma vez uma demonstração de profunda afinidade com Elgar, descoberto desta vez através de Sibelius. Já estabelecera os limites de seu estilo: a maioria das obras posteriores é para grande orquestra, revelando o mesmo gosto por melodias longas e desenhos definidos. Como Prokofiev, revelou-se um adepto da composição de música "de clima" para cinema, sobretudo nas montagens de Shakespeare de Laurence Olivier. Também compôs uma longa ópera romântica, *Troilus and Cressida* (1950-4), aparentemente valendo-se do luxo de sua nova casa em Ischia, onde passou a maior parte de suas últimas três décadas.

*Ópera*: Troilus and Cressida, 1950-4, *Covent Garden, 1954; The Bear, 1965-7, *Aldeburgh, 1967.

*Balés*: The Wise Virgins, 1940; The Quest, 1943.

*Orquestral*: Portsmouth Point, 1925; Siesta, 1926; Sinfonia concertante, pn, orq, 1926-7; Conc va, 1928-9; Sinf n.º 1, si bemol, 1932-5, n.º 2, 1959-60; Crown Imperial, marcha, 1937; Conc vn, 1938-9; Scapino, 1940; Orb and Sceptre, marcha, 1953; Abertura do festival de Johannesburgo, 1956; Conc vn, 1956; Partita, 1957; Variações sobre um Tema de Hindemith, 1962-3; Capriccio burlesco, 1968; Improvisações sobre um Improviso de Benjamin Britten, 1969; Varii capricci, 1976; Prólogo e Fantasia, 1981.

*Coral orquestral*: Belshazzar's Feast, 1930-1; In Honour of the City of London, 1937; Coronation Te Deum, 1952-3; Gloria, 1961.

*Outras obras corais*: The Twelve, SATB, órg, 1965; Missa brevis, 8 vozes, órg/orq, 1966; Jubilate, 8 vozes, órg, 1972; Cantico del Sole, SATB, 1974.

*Melodramas*: Façade (Edith Sitwell), recitante, 6 instrs, 1921-2.

*Canções*: 3 Songs, 1932; Anon. in Love, t, gui orq, 1959; A Song for the Lord Mayor's Table, S, pn/orq, 1962.

*Câmara*: Qt pn, 1918-9, rev. 1921; Qt cordas, lá, 1945-7; Sonata, vn, pn, 1949; 5 Bagatelles, gui, 1972.
*Música para filmes*: Henry V, 1943-4; Hamlet, 1947; Ricardo III, 1955. [OUP.]
☐ F. Howes, *The Music of William Walton* (1965, 2/1974); S. R. Craggs, *William Walton: a Thematic Catalogue* (1977).

**War Requiem** Obra de Britten, uma adaptação no estilo de oratório da missa latina para os mortos, intercalada com canções para tenor e barítono sobre poesia de guerra de Wilfred Owen. *Coventry, 30 mai 1962.

**Warlock, Peter** (Heseltine, Philip) (1894-1930) Compositor inglês (como Warlock) e musicólogo (como Heseltine). Não teve qualquer formação musical formal, mas teve contato com Delius na adolescência, começando a compor em estilo deliusiano, mais tarde modificado pela amizade com Van Dieren e o conhecimento de música elisabetana. Compôs sobretudo canções e peças corais.
☐ I. A. Copley, *The Music of Peter Warlock* (1979).

**Weber, Ben** (1916-) Compositor americano. Em grande parte autodidata, foi incentivado por Schnabel e Schoenberg; começou a usar métodos dodecafônicos em 1938, sendo um dos primeiros americanos a fazê-lo. Em 1945, estabeleceu-se em Nova York como compositor e professor. Suas obras, a maioria em formas abstratas tradicionais, incluem 2 quartetos e concertos para violino e piano. [American Composers' Alliance.]

**Webern, Anton** (von) (1883-1945) Compositor austríaco. Surgindo em fins da tradição vienense, que abrangera desde Haydn até o seu professor Schoenberg, voltou-se para as qualidades orientais de brevidade, objetividade e ornamentação elegante, embora a força motriz não fosse tanto a arte oriental quanto a natureza: a aspiração de espelhar a perfeição das flores da montanha e de espécimes de cristal. Isso o levou a dar um elevado valor à estrutura. Grande parte de sua música é canônica, e ele acolheu bem os estímulos do sistema dodecafônico no sentido de uma organização mais fechada e compacta das relações de alturas, muitas vezes em torno de um motivo de apenas 3 ou 4 notas.

Começou as aulas com Schoenberg em 1904, junto com Berg, que se tornou o seu amigo musical mais íntimo. Ao mesmo tempo, estudou com Adler e na universidade, onde em 1906 conquistou um doutorado por uma edição de Isaac. Em 1908, começou a carreira de regente, que o levou a várias cidades austríacas e alemãs, antes de regressar a Viena em 1918. Enquanto isso, na música, passava da fusão mahler-brahmsiana de sua *Passacaglia* (1908) à atonalidade, na esteira imediata de Schoenberg. Suas primeiras peças atonais foram, como as de Schoenberg, canções sobre poemas de George (opp. 3-4), seguidas de movimentos de câmara e orquestrais que foram se tornando, nos anos 1900-14, cada vez menores: a última das 3 Pequenas peças para violoncelo e piano consiste em apenas 20 notas, destilação final de um adágio mahleriano.

O problema, para ele, era que, uma vez tocadas as 12 notas, não havia nenhum sistema para sugerir o que deveria acontecer em seguida. Achou ser possível, contudo, procurar bases para uma extensão em palavras, e todas as suas obras editadas de 1915-26 foram canções. Nessa época, atuou na Sociedade para Apresentações Musicais Privadas, além de reger os Concertos Sinfônicos dos Operários de Viena (1922-34) — sua regência era bastante admirada pela meticulosidade da preparação e a fidelidade à música, sobretudo de Mahler. Os textos que musicou revelam um gradual movimento para longe da *chinoiserie* mahleriana e dos pesadelos expressionistas de Trakl, em direção a textos litúrgicos e poemas de religiosidade simples, embora paradoxalmente o estilo musical se tornasse cada vez mais severo, com a voz movendo-se, nos opp. 16-9, por 7.as, 9.as e intervalos maiores.

A adoção em 1924 da composição dodecafônica não causou nenhuma mudança imediata, mas na sua Sinfonia (1928) descobriu a aptidão dos métodos seriais para o cânone rigoroso (1º movimento) e a variação simetricamente padronizada (2º movimento). Depois disso, seu estilo quase não mudou. Ao contrário de Schoenberg, usou o sistema dodecafônico em tudo o que compôs, o que inclui peças instrumentais de complexa construção, como a Sinfonia, canções e cantatas. As letras para as últimas agora vinham exclusivamente das obras de seus amigos e da vizinha Hildegard Jone, que compartilhava seu misticismo da natureza, suavemente manifestado. Enquanto isso, privado dos empregos e apresentações, com a ascensão dos nazistas, teve de fazer trabalho de rotina para seus editores, a fim de sustentar esposa e família. Foi baleado por engano por um soldado americano na libertação.

*Orquestral*: Im Sommerwind, 1904; Passacaglia, op. 1, 1908; 5 Movimentos, op. 5, cordas, arranjo 1928; 6 Peças, op. 6, 1909; 5 Peças, op. 10, peq orq, 1911-3; Sinfonia, op. 21, 1928; Variações, op. 30, 1940.

*Coral*: Entflieht auf leichten Kähnen, op. 2, SABT, 1908; 2 Canções, op. 19, SATB, 5 instrs, 1926; Das Augenlicht, op. 26, SABT, orq, 1935; Cantata nº 1, op. 29, S, SABT, orq, 1938-9; Cantata nº 2, op. 31, S, B, SABT, orq, 1941-3.

*Canções*: 5 Canções de Dehmel, voz, pn, 1906-8; 5 Canções, op. 3, voz, pn, 1908-9; 5 Canções, op. 4, voz, pn, 1908-9; 2 Canções (Rilke), op. 8, Mez, 8 instrs, 1910; 4 Canções, op. 12, voz, pn, 1915-7; 4 Canções, op. 13, S, peq orq, 1914-8; 6 Canções (Trakl), op. 14, S, 4 instrs, 1917-21; 5 Canções Sacras, op. 15, S, 5 instrs, 1917-22; 5 Cânones sobre Textos em Latim, op. 16, S, cl, cl baixo, 1923-4; 3 Rimas Tradicionais, op. 17, S, 3 instrs, 1924-5; 3 Canções, op. 18, S, cl mi bemol, gui, 1925; 3 Canções, op. 23, voz, pn, 1933-4; 3 Canções, op. 25, voz, pn, 1934.

*Câmara*: Movimento lento, qt cordas, 1905; Qt cordas, 1905; Rondó, qt. cordas, 1906; Qnt Pn, 1907; Qt Cordas, lá menor, 1907; 5 Movimentos, op. 5, qt cordas, 1909; 4 Peças, op. 7, vn, pn, 1910; 6 Bagatelas, op. 9, qt cordas, 1911-3; 3 Pequenas Peças, op. 11, vc, pn, 1914; Sonata, vc, pn, 1914; Trio Cordas, op. 20, 1926-7; Qt, op. 22, vn, cl, sax tenor, pn, 1930; Conc, op. 24, 9 instrs, 1931-4; Qt cordas, op. 28, 1936-8.

*Piano*: Kinderstück, 1924; Peça, 1925; Variações, op. 27, 1935-6.

*Arranjos*: Schubert, Deutsche Tänze, orq, 1931; Bach: Fuga (Ricercare a 6 vozes), orq, 1934-5. [UE, Fischer; Columbia.]

☐ A. Webern, *The Path to the New Music* (1963), *Letters to Hildegard Jone and Josef Humplik* (1967); W. Kolneder, *Anton Webern* (1968); H. Moldenhauer, *Anton von Webern* (1978).

**Weill, Kurt** (1900-50) Compositor germano-americano. Estudou com Humperdinck na Hochschule de Berlim (1918-9) e com Busoni e Jarnach na Academia de Artes Prussiana (1920-3). Influenciado por Busoni, mas também por Schreker, Schoenberg e Stravinsky, suas obras do início da década de 20 são estilisticamente desiguais, mas logo o tornaram famoso: sobretudo a ópera expressionista em 1 ato *Der Protagonist* (1924-5). Em seu segundo trabalho de palco, *Royal Palace* (1925-6), adotou o estilo de livre e de densa tonalidade, baseado no jazz e na música de cabaré, que lhe serviu bem para acentuar a incisiva crítica social de Brecht em suas primeiras colaborações: *Die Dreigroschenoper* (A ópera dos três vinténs) e *Aufstieg und Fall der Stadt* MAHAGONNY (1927-9). O sucesso dessas obras permitiu-lhe abandonar o ensino e o jornalismo, a que se dedicava, e concentrar-se na composição, ao mesmo tempo com e sem Brecht. Mas essa breve fase de prolífica atividade chegou ao fim quando os nazistas tomaram o poder em 1933, e ele fugiu para Paris, onde, com Brecht, produziu *Die 7 Todesünden* (Os 7 pecados capitais).

Em 1935, mudou-se para Nova York, onde compôs música para a peça antibélica *Johnny Johnson* (1936), para o épico judeu *The Eternal Road* (1935-6) e para a sátira política *Knic-*

*kerbocker Holiday* (1938, inclui "September Song"). Após 1939, porém, não teve oportunidade de trabalhar em outra coisa que não musicais da Broadway.

*Obras teatrais*: Der Protagonist, 1924-5, *Dresden, 1926; Royal Palace, 1925-6, *Berlim, 1927; Der Zar lässt sich photographieren (O tzar foi fotografado), 1927, *Leipzig, 1928; MAHAGONNY, Songspiel, 1927; Die Dreigroschenoper, 1928, *Berlim, 1928; Aufstieg und Fall der Stadt Mahagonnny, 1927-9; Happy End, 1929, *Berlim, 1929; Der Jasager, 1930, rádio de Berlim, 1930; Die Bürgschaft (Bail), 1930-1, *Berlim, 1932; Der Silbersee (Silverlake), 1932-3, *Leipzig, 1933; Die 7 Todesünden, 1933, *Paris, 1933; The Eternal Road, 1935-6, *Nova York, 1937; Johnny Johnson, 1936, *Nova York, 1936; Knickerbocker Holiday, 1938, *Nova York, 1938; Lady in the Dark, 1940, *Nova York, 1941; One Touch of Venus, 1943, *Nova York, 1943; The Firebrand of Florence, 1944, *Nova York, 1945; Street Scene, 1946, *Nova York, 1947; Love Life, 1947, *Nova York, 1948; Lost in the Stars, 1949, *Nova York, 1949.

*Orquestral*: Sinf n.º 1, 1921, n.º 2, 1933; Divertimento, 1922; Sinfonia sacra, 1922; Conc, vn, sopros, 1924; Kleine Dreigroschenmusik, 1929.

*Vocal*: Recordare, coro, 1923; Der neue Orpheus, S, vn, orq, 1925; Vom Tod in Wald, B, 10 instrs sopro, 1927; Das berliner Requiem, T, Bar, B, coro, 15 instrs, 1928; Der Lindberghflug, T, Bar, coro, orq, 1929. [UE, AMP, Chappell; Columbia, Nonesuch, DG.]
☐ K. H. Kowalke, *Kurt Weill in Europe* (1979); D. Jarman, *Kurt Weill: an illustrated biography* (1982).

**Weisgall, Hugo** (1912-) Compositor americano nascido numa família judia da Europa central, que se mudou para os EUA em 1920. Estudou no Peabody Conservatory (1927-32), com Scalero no Instituto Curtis (1934-9), e esporadicamente com Sessions (1932-41). Tornou-se depois diplomata militar na Europa (1941-7), retornando aos EUA para trabalhar como compositor, regente e professor (Juilliard School, 1957-70, Queens College, 1961-). As principais obras são suas óperas, diversas no tema, mas recebendo densa atmosfera e dinamismo de um estilo inspirado em Berg.

*Óperas*: The Tenor (baseada em Wedekind), *Baltimore, 1952; The Stronger (baseada em Strindberg), *Westport, 1952; 6 Characters in Search of an Author, *Nova York, 1959; Purgatory (Yeats), *Washington, 1961; Athaliah (baseado em Racine), *Nova York, 1964; 9 Rivers from Jordan, *Nova York, 1968. Balés, canções, música coral. [Presser.]

**Wellesz, Egon** (1885-1974) Compositor austro-britânico. Como o amigo Webern, admirava profundamente Mahler, estudou musicologia com Adler na Universidade de Viena e foi aluno de Schoenberg (1905-6). Mas, ao contrário de Webern, continuou seu trabalho musicológico: tornou-se importante perito no campo do canto bizantino, e seus estudos sobre a ópera barroca serviram de esqueleto externo para sua obra no gênero, principalmente a baseada em Hofmannsthal, *Alkestis* (*Mannheim, 1924). Em 1938, estabeleceu-se em Oxford, ensinando e compondo. Em algumas obras retomou a tonalidade, como na Primeira Sinfonia (1945) mahleriana ou na ópera straussiana *Incognita* (*Oxford, 1951), e em geral, sua prática dodecafônica tornou-se mais intuitiva. Sua grande produção inclui 9 sinfonias, muita música coral e vocal, e 9 quartetos. [Doblinger, Lengnick, UE.]

**Westdeutscher Rundfunk** (Rádio da Alemanha Ocidental) Um dos primeiros estúdios de música eletrônica foi criado em sua estação de Colônia, em 1953, sob a direção de Eimert e Stockhausen. Entre outros compositores que ali trabalharam contam-se Koenig, Pousseur, Goeyvaerts, Kagel e Krenek.

**Westergaard, Peter** (1931-) Compositor americano. Estudou com Piston em Harvard (1951-3), com Milhaud no Conservatório de Paris (1953-4), com Sessions em Princeton

(1954-8) e, depois, ensinou em Columbia (1958-66), no Amherst College (1967-8) e em Princeton (1968-). Sua música é fria, clara e rigorosamente estruturada, influenciada por Babbitt e Webern (de quem finalizou algumas peças). Entre suas poucas obras estão a ópera de câmara *Mr. and Mrs. Discobbolos* (1966), cantatas e peças de câmara. [A. Broude, Schott; CRI.]

**Whittenberg, Charles** (1927-) Compositor americano. Estudou com Rogers na Eastman School (1944-8), depois realizou independentemente um estudo sobre Stravinsky, Schoenberg e Webern. Suas primeiras obras publicadas datam do início dos anos 60, quando trabalhava no Centro de Música Eletrônica de Princeton-Columbia (embora a maior parte de sua música seja para instrumentos de câmara). Em 1966, começou a ensinar na Universidade de Connecticut, enquanto continuava a praticar sofisticada composição dodecafônica, no estilo de pensamento rápido influenciado por Babbitt e Boretz.

**Williamson, Malcolm** (1931-) Compositor australiano. Estudou com Goossens no Conservatório de Sidney (1944-50) e com Seiber e Lutyens em Londres, onde também entrou em contato com a música de Messiaen e Boulez. Estabeleceu-se em Londres em 1953, criando reputação como compositor de óperas e música orquestral num estilo que aludia variadamente a Stravinsky, Messiaen e Britten. Em 1975, foi designado Mestre da Música da Rainha.
*Óperas*: Our Man in Havana, *Londres, 1963; English Eccentrics, *Aldeburgh, 1964; The Violins of Saint-Jacques, *Londres, 1966.
*Orquestral*: 5 sinfs, 1957, 1968-9, 1972, 1977, 1980; 3 Concs pn, 1957-8, 1960, 1962; Conc Órg, 1961.
Música coral, canções, peças instrumentais. [Weinberger.]

**Wolff, Christian** (1934-) Compositor americano. Estudou os clássicos em Harvard (1951-63), onde permaneceu no corpo docente até que, em 1971, foi nomeado professor de artes clássicas e música do Dartmouth College. No início da década de 50, integrou o círculo de Cage, começando a compor peças de poucas notas e muito silêncio. No final dos anos 50 e início dos 60, introduziu liberdades para o artista em busca de idealismo democrático, que na década de 70 se tornou um compromisso político. [Peters.]

**Wolf-Ferrari, Ermanno** (1876-1948) Compositor italiano. Estudou com Rheinberger em Munique (1892-5), onde passou a maior parte do resto da vida. Suas óperas cômicas faziam sucesso pelo encanto, a perspicácia e o pastiche da música do séc. XVIII, estilo que tentou resgatar em obras posteriores baseadas em Goldoni.
*Óperas*: Le donne curiose, *Munique, 1903; I quattro rusteghi, *Munique, 1906; Il segreto di Susanna, *Munique, 1909; I gioielli della Madonna, *Berlim, 1911; Gli amanti sposi, *Veneza, 1925; La vedova scaltra, *Roma, 1931; Il campiello, *Milão, 1936.

**Wolpe, Stefan** (1902-72) Compositor germano-americano. Estudou com Juon e Schreker na Hochschule de Berlim (1919-24), recebendo ao mesmo tempo ajuda de Busoni e envolvendo-se com os dadaístas e socialistas. Continuou a compor música propagandística no final dos anos 20 e início dos 30 e, como outros compositores de sua idade e meio (Weill, Hindemith), passou a usar elementos de jazz. Com a ascensão de Hitler ao poder, fugiu para Viena, onde teve aulas com Webern (1933-4), e dali para Jerusalém (1934-8). Em 1938, estabeleceu-se nos EUA, onde ocupou diversos cargos. Suas últimas obras, a maioria para conjuntos instrumentais, são dramas atonais abstratos gerados por fortes gestos.
*Orquestral*: The man from Midian, suíte de balé, 1942; Sinf, 1955-6, rev. 1964; Para Piano e 16 Músicos, 1960-1; Peça de Câmara nº 1, 14 instrs, 1964; nº 2, 14 instrs, 1965-6.
*Cantatas*: Street Music, Bar, narrador, 5 instrs, 1963-8; Cantata para Voz, Vozes e Instrumentos, 1963-8.

*Câmara*: Duo im Hexachord, ob, cl, 1936; Sonata, ob, pn, 1938-41; Sonata, vn, pn, 1949; Qt, sax tenor, tpt, pn, perc, 1950; Peça, ob, vc, pn, perc, 1955; Qnt com Voz, Bar, cl, tpa, vc, pn, harpa, 1956-7; Peça em 2 Partes, fl, pn, 1960; Em 2 Partes, 6 instrs, 1962; Piece para 2 Unidades Instrumentais, 7 instrs, 1962-3; Peça em 2 Partes, vn, 1964; Trio em 2 partes, fl, vc, pn, 1964; Peça Solo, tpt, 1966; Segunda peça, vn, 1966; Qt cordas, 1968-9; From here on Farther, cl, cl baixo, vn, pn, 1969; Peça para Tpt e 7 Instrs, 1971.
*Piano*: Encouragements, 1943-7; 2 Estudos, 1948; Peça de Dança, 1950; 7 Peças, 3 pn, 1950-1; Enactements, 3 pn, 1950-3; Form, 1959; Forma IV: Broken Sequences, 1969. [Hargail, Marx.]

**Wood, Hugh** (1932-) Compositor inglês. Estudou em Oxford e teve aulas particulares com Lloyd Webber, Hamilton e Seiber, enquanto ensinava a turmas noturnas em Londres; depois se empregou nas universidades de Glasgow (1966-70), Liverpool (1971-3) e Cambridge (1976-). Sua música é dodecafônica, em geral com uma amplitude sinfônica que se relaciona com Schoenberg e Berg.
*Orquestral*: Conc vc, 1969; Conc câm, 1971; Conc vn, 1972; Sinf, 1982.
*Vocal*: Scenes from Comus, S, T, orq, 1965; Canções para Poemas de Neruda, S, orq câm, 1973; Canções com pn, coros.
*Câmara*: 3 qts cordas, 1962, 1970, 1978; Qnt, cl, tpa, trio pn, 1967. [Chester, UE; Argo.]

**Wozzeck** Ópera de Berg sobre sua própria adaptação da peça de Büchner, a história de um soldado enganado que é levado a matar. Uma das obras-chave da ópera do séc. XX, influente como drama expressionista, como estrutura sinfônica atonal e como ópera ''literária'', musicando um texto imponente de uma maneira bastante ariosa. Berg preparou uma suíte para concerto em 3 fragmentos, a fim de estimular o interesse pela obra. *Berlim, 14 dez 1925.

**Wuorinen, Charles** (1938-) Compositor americano. Estudou com Luening, Beeson e Ussachevsky em Columbia, onde ensinou (1964-71), antes de transferir-se para a Manhattan School of Music. Usa as extensões de Babbitt do sistema dodecafônico, mas sua música caracteriza-se por uma riqueza barroca da imagística.
*Óperas*: The Politics of Harmony, 1968; The W. of Babylon, 1975.
*Obras para orquestra completa*: Conc pn, 1966; Conc para vn amplificado, 1972.
*Obras para orquestra de câmara*: Concs de Câmara para vc, 1963, fl, 1964, ob, 1965, tuba, 1971.
*Câmara*: Qt cordas, 1971; muitas outras obras.
*Fita*: Time's Encomium, 1969. [Peters; Nonesuch.]

# X

**Xenakis, Iannis** (1922-) Compositor greco-francês. Nascido de pais gregos na Romênia, chegou à Grécia em 1932 e estudou engenharia na Politécnica de Atenas. Atuou na Resistência da Politécnica desde 1941, foi ferido em 1945 e fugiu para Paris em 1947. Em grande parte autodidata em música, chamou a atenção de Messiaen, com quem estudou em 1950-1; Scherchen também lhe deu uma ajuda. Mas, ao mesmo tempo, conheceu Le Corbusier, com quem trabalhou em vários projetos, entre eles o pavilhão da Philips na Exposição de Bruxelas de 1958, o continente para o *Poème électronique* de Varèse. Nessa ocasião, contudo, começava a fazer nome como compositor, passando a concentrar-se na música.

Sua primeira obra editada, *Metastasis*, para orquestra (1953-4), já incorpora a ligação entre música e matemática que tem sido característica de sua arte: a obra é uma projeção de conceitos geométricos, obtida por *glissandi* (como análogos das linhas retas) inseridos em meio a um grande corpo de cordas, produzindo um extraordinário novo mundo orquestral (mais uma vez, o audacioso controle de sonoridades recém-inventadas permaneceria típico). Seu interesse em controlar grande número de ocorrências levou-o à matemática das probabilidades, e, assim à música estocástica, que praticou em obras posteriores para orquestra, conjunto ou fita, algumas usando cálculos de computador. E a densidade das ocorrências produziu música de extremo virtuosismo, sobretudo em peças solo (*Herma* para piano, *Nomos alpha* para violoncelo). Contudo, em grande parte de sua música de fins da década de 70 e 80, essa atividade desnorteante tem sido contida por melodias fortes e simples, ou por padrões rítmicos que sugerem a música folclórica.

*Orquestral*: Metastasis, 1953-4; Pithoprakta, 1955-6; Acchoripsis, 1956-7; Duel, 1959; Syrmos, cordas, 1959; Stratégie, 1962; ST/48, 1962; Hiketides, suíte, 1964; Akrata, 16 instrs sopro, 1964-5; Terretektorh, 1965-6; Polytope de Montreal, 1967; Nomos gamma, 1967-8; Kraanerg, com fita, 1968-9; Synaphaï, pn, orq, 1969; Antikhthon, 1971; Eridanos, 1973; Erikhton, pn, orq, 1974; Noomena, 1974; Empreintes, 1975; Jonchaies, 1977; Pour les baleines, cordas, 1982; Shaar, cordas, 1983; Lichens I, 1984.

*Vocal orquestral*: Polla ta dhina, vozes infantis, orq, 1962; Cendrées, coro, orq, 1973; Anemoessa, coro, orq, 1979; Aïs, Bar, perc, orq, 1980; Nekuia, coros, orq, 1981.

*Outras obras vocais*: Oresteia, vozes, vozes infantis, 12 instrs, 1965-6; Medea, vozes masculinas, 5 instrs, 1967; Nuits, 12 vozes, 1967; À Colone, vozes masculinas, 18 instrs, 1977; À Hélène, vozes femininas, 1977; Serment-Orkos, vozes, 1981; Pour la paix, vozes, fita, 1982; Chant des soleils, vozes, vozes infantis, 12 metais, perc, 1983.

*Conjunto*: Analogique A, 9 cordas, 1959; Atrées, 10 instrs, 1960; ST/4, qt cordas, 1962; ST/10, 10 instrs, 1962; Morsima-Amorsima, pn, vn, vc, ctbx, 1962; Amorsima-Morsima, 10 instrs, 1962; Eonta, pn, 5 metais, 1963; Anaktoria, 8 instrs, 1969; Persephassa, 6 perc, 1969; Aroura, 12 cordas, 1971; Linaia-Agon, 3 metais, 1972; N'shima, 4 metais, 2 Mez, vc, 1975; Phlegra, 11 instrs, 1975; Epei, 6 instrs, 1976; Retours-Windungen, 12 vc, 1976; Akanthos, 8 instrs, S, 1977; Ikhoor, trio cordas, 1978; Pleiades, 6 perc, 1978; Palimpsest, 11 instrs, 1979; Khal perr, 5 metais, perc, 1983; Tetras, qt cordas, 1983.

*Duos*: Charisma, cl, vc, 1971; Dmaathen, ob,

perc, 1976; Dikhthas, vn, pn, 1979; Komboi, cravo, perc, 1981.
*Solos*: Herma, pn, 1960-1; Nomos alpha, vc, 1966; Mikka, vn, 1971; Evryali, pn, 1973; Gmeeoorh, órg, 1974; Psappha, perc, 1975; Theraps, ctbx, 1975-6; Khoai, cravo, 1976; Mikka "s", vn, 1976; Kottos, vc, 1977; Embellie, va, 1981; Mists, pn, 1981; Naama, cravo, 1984.
*Fita*: Diamorphoses, 1957; Concret PH, 1958; Analogique B, 1959; Orient-occident, 1960; Bohor, 1962; Hibiki hana ma, 1969-70; Persépolis, 1971; Polytope de Cluny, 1972; La légende d'Eer, 1977; Mycènes A, 1978. [Salabert, Boosey; Erato, Nonesuch, RCA.]
□ I. Xenakis, *Formalized Music* (1971).

**xilofone** Destaca-se nas partituras orquestrais de Bartók, Puccini, Messiaen, Boulez e, mais raro, nas de Schoenberg. A xilorimba, com um baixo ampliado para ter um alcance de 5 oitavas, aparece em *Le marteau sans maître* e em obras de Messiaen, Stravinsky, etc.

# Y

**Young, La Monte** (1935-) Compositor americano. Estudou com Leonard Stein (1955-6), na UCLA (1957-8) e Berkeley (1958-60), e com Richard Maxfield na New School for Social Research, em Nova York (1960-1). Em 1956-8, compôs música dodecafônica, embora singularmente com poucas e longas notas; depois, em 1959, em Darmstadt, conheceu a obra de Stockhausen e, ainda mais decisiva, a de Cage. De volta a Nova York, associou-se ao movimento Fluxus, mas desde 1964 tem trabalhado com figuras repetitivas inseridas em harmonias estáticas de entoação justa, apresentando-se com pequenos grupos de músicos, em espetáculos que envolvem amplificação e iluminação de sua mulher Marian Zazeela. [Shandar.]

□ L. Young and M. Zazeela, *Selected Writings* (1970).

**Yun, Isang** (1917-) Compositor coreano-germânico. Estudou no Japão, depois trabalhou na Coréia como professor e compositor, antes de viajar para a Europa para mais estudos no Conservatório de Paris, com Ravel (1956-7), na Hochschule de Berlim com Blacher e Rufer (1958-9) e em Darmstadt. Permaneceu na Alemanha a não ser por um período em que esteve preso na Coréia (1967-9) e começou em 1970 a ensinar na Hochschule de Berlim. Suas obras incluem óperas (*Sim Tjong*, 1972), peças orquestrais e música de câmara, muitas vezes inspirada na cultura asiática. [Bote.]

# Z

**Zagreb** Cidade iugoslava, desde 1961 local de um festival bienal de música contemporânea.

**Zandonai, Riccardo** (1883-1944) Compositor italiano. Estudou com Mascagni e foi contratado por Giulio Ricordi como compositor de óperas. Seguiu na esteira de Puccini, fazendo mais sucesso com sua *Francesca da Rimini*, baseada em d'Annunzio (*Turim, 1914). As obras posteriores compreendem mais 6 óperas e peças orquestrais.

**Zeitmasze** (Andamentos) Obra de Stockhausen para 5 madeiras (flauta, oboé, corne inglês, clarinete, fagote), trabalhando com 5 trilhas em tempos concomitantes ou independentes. *Domaine Musical/Boulez, Paris, 15 dez 1956.

**Zeitoper** (ópera de época) Termo aplicado às óperas alemãs de fins da década de 20 e início da de 30, que tratam da sociedade contemporânea: p. ex., obras desse período de Hindemith, Weill, Krenek, Brand, etc. O gênero foi uma expressão do mesmo desejo de relevância social que motivou a Gebrauchsmusik e a Neue Sachlichkeit (*Von heute auf morgen*, de Schoenberg, é, ao mesmo tempo, uma gozação e um exemplo do gênero).

**Zemlinsky, Alexander** (1871-1942) Compositor austríaco. Estudou com Fuchs no Conservatório de Viena (1887-92), chamando a atenção de Brahms com sua música de câmara. Em 1895, conheceu Schoenberg e deu-lhe alguns conselhos: em 1900, sua ópera *Es war einmal* foi regida por Mahler na Ópera da Corte. Por volta da mesma época, começou a carreira como regente de ópera em Viena (1899-1911) e Praga (1911-27), onde apresentou pela primeira vez *Erwartung*, de Schoenberg. Contudo, em sua música, não seguiu o exemplo do amigo: tinha agudo interesse pelo desenvolvimento de Schoenberg, mas seu estilo rico, lírico e às vezes estranhamente excêntrico deitava raízes na tonalidade, inclinando-se também para Strauss e Mahler. Suas obras mais primorosas pareciam ser as que compôs em Praga, entre elas a ópera *Der Zwerg*, o Segundo e Terceiro Quartetos, e a Sinfonia Lírica. Mudou-se de Praga para trabalhar no Kroll, sob a direção de Klemperer (1927-30), e ensinar na Hochschule, fugindo depois dos nazistas, sucessivamente para Viena (1933-8) e os EUA. Em suas obras da década de 30 fez eco à influência de Hindemith e Weill. Após sua morte, sua música foi quase esquecida até começar uma revivificação por ocasião de seu centenário.
*Óperas*: Sarema, 1894, *Munique, 1897; Es war einmal, 1897-9, *Viena, 1900; Der Traumgörge, 1904-6, *Nuremberg, 1908; Kleider machen Leute, 1907-9, *Viena, 1910, rev. 1922; Eine florentinische Tragödie, 1914-5, *Stuttgart, 1917; Der Zwerg, 1921, *Colônia, 1922; Der Kreidekeis, 1930-3, *Zurique, 1933.
*Outras obras cênicas*: Der Triumph der Zeit, balé, 1902; Cymbeline, música incidental, 1914.
*Orquestral*: Sinf n.º 1, ré, 1892; n.º 2, si bemol, 1897; Die Seejungfrau, 1903; Sinfonietta, 1934.
*Vocal orquestral*: Salmo 83, coro, orq, 1900; Salmo 23, coro, orq, *c.* 1910; 6 Canções sobre Poemas de Maeterlinck, Mez/Bar, orq, 1910; Sinf Lírica, S, Bar, orq, 1922; Canções Sinfônicas, voz, orq, 1929; Salmo 13, coro, orq, 1935.
*Câmara*: Trio, ré, cl/va, vc, pn, 1896; Qt cordas n.º 1, lá, 1896, n.º 2, 1913-4, n.º 3, 1924, n.º 4, 1936.
Canções, peças para piano. [UE; DG, Schwann.]

**zimbalão** Instrumento húngaro semelhante ao dulciner, uma caixa trapezoidal de cordas tocadas com baquetas. Peculiar e onipresente nos cafés-concertos, tem sido usado por compositores húngaros (Kodály, em *Háry János*, Bartók, em sua Segunda Rapsódia para Violino) e às vezes por outros (Stravinsky, em *Rag-Time* e *Renard*, Boulez, em *Éclat*, Davies em *Image*, *Reflexion*, *Shadow*).

**Zimmermann, Bernd Alois** (1918-70) Compositor alemão. Foi convocado para o exército quando estudava em Colônia e Bonn, e serviu na França, onde encontrou pela primeira vez a música de Stravinsky e Milhaud. Em 1942, conseguiu continuar os estudos com Lemacher e Jarnach, e em 1948-50 freqüentou cursos dados por Fortner e Leibowitz em Darmstadt. Ensinou depois na Universidade (1950-2) e na Musikhochschule (1957-70) de Colônia. Suas primeiras obras editadas datam de fins da década de 40 e início da de 50, fundindo Schoenberg, Bartók, Stravinsky e, às vezes, o jazz, um pouco no estilo do contemporâneo Henze; mas *Perspektiven* para 2 pianos (1955-6) aproxima-se muito mais da padronização simétrica de Webern. Foi também uma das várias obras que ele descreveu como "balés imaginários", em que as necessidades do personagem às vezes levavam-no a citar música do passado: Bach e Messiaen, por exemplo, em outra obra para 2 pianos, *Monologe* (1964). Desenvolveu uma estética do "pluralismo", sentindo que a citação imprimia-se em sua música pela necessidade de conviver com o passado, e em sua ópera pós-*Wozzeck*, *Die Soldaten* (Os soldados, 1958-64), usou citações concomitantes com a deliberada diversidade de estilo e ações simultâneas em diferentes estágios. Suas últimas obras são, em contraste, monocromáticas e desoladas. Ele se suicidou.

*Ópera*: Die Soldaten, 1958-64, *Colônia, 1965.
*Orquestral*: Conc, cordas, 1948; Conc vn, 1950; Alagoana, 1940-51; Sinf em 1 Movimento, 1947-51, rev. 1953; Conc ob, 1952; Canto di speranza, vc, orq, 1953, rev. 1957; Kontraste, 1953; Conc tpt, 1954; Impromptu, 1958; Dialoge, 2 pn, orq, 1960, rev. 1965; Antiphonen, va, orq, 1961-2; Conc vc, 1965-6; Musique pour les soupers du roi Ubu, 1966; Photoptosis, 1968; Stille und Umkehr, 1970.
*Vocal*: Tantum ergo, 4 vezes, 1947; Lob der Torheit, cantata, 1948; Omnia tempus habent, cantata, 1957-8; Requiem für einen jungen Dichter, vozes solo, coros, orq, grupo de jazz, órg, fita, 1967-9; Ich wandte mich, 2 narradores, B, orq, 1970.
*Instrumental*: Extemporale, pn, 1938-46; Sonata Vn, 1950; Enchiridion, pn, 1949-52; Sonata, va, 1955; Perspektiven, 2 pn, 1955-6; Konfigurationen, pn, 1956; Sonata, vc, 1959-60; Présence, trio pn, 1961; Tempus loquendi, fl, 1963; Monologe, 2 pn, 1964; Intercommunicazione, vc, pn, 1967; 4 Short Studies, vc, 1970.
*Fita*: Tratto, 1966; Tratto II, 1969. [Schott; DG.]

**Zwillich, Ellen Taaffe** (1939-) Estudou com Floyd na Universidade do Estado da Flórida e com Carter e Sessions na Juilliard School, onde se doutorou em 1975. Suas obras incluem a orquestral *Symposium* (1975) e um Concerto para Violino (1979).

**Zyklus** (Ciclo) Obra de Stockhausen para percussionista solo: o músico fica no meio de seus instrumentos e faz um circuito por eles, começando em qualquer dos vários pontos. *Caskel, Darmstadt, 25 ago 1959.

# *Bibliografia geral*


A. Hodeir: *Since Debussy* (1961)

P. H. Lang e N. Broder, eds: *Contemporary Music in Europe* (1965)

E. Salzman: *Twentieth-Century Music* (1967)

B. Boretz e E. Cone, orgs: *Perspectives on Schoenberg and Stravinsky* (1968)

R. S. Hines, org.: *The Orquestral Composer's Point of View* (1970)

B. Boretz e E. Cone, orgs: *Perspectives on American Composers* (1971)

B. Schwarz: *Music and Musical Life in Soviet Russia* (1972)

M. Cooper, org.: *The Modern Age 1890-1960*, The New Oxford History of Music vol. 10 (1974)

J. Vinton, org.: *Dictionary of Twentieth-Century Music* (1974)

J. Samson: *Music in Transition* (1977)

A. Whittall: *Music Since the First Word War* (1977)

P. Griffiths: *Modern Music: A Concise History* (1978, rev. 1984)

P. Griffiths: *Modern Music* (1980)

# *Cronologia*

Há dois momentos significativos na história de qualquer obra de arte: o de sua criação e aquele em que ela é apresentada pela primeira vez ao público. No caso das obras musicais, pode-se datar a audição com muito mais exatidão do que a composição, um dos motivos pelos quais as obras aqui foram relacionadas pela data da primeira apresentação. Pode-se objetar que isso adultera o *zeitgeist* (espírito da época), mas o espaço entre a conclusão e estréia raras vezes é importante — e quando é (para as obras de palco de Schoenberg e grande parte das de Ives), as peças tanto podem ser sentidas como pertencentes à época em que foram reveladas a um mundo mais amplo quanto àquela em que foram concebidas.

Como é natural, a cronologia afunila-se um pouco em direção ao presente: na música, a história normalmente só pode ser identificada alguns anos após sua ocorrência.

1901
Dvořák: *Rusalka*
Elgar: *Cockaigne*
Mahler: Sinfonia n.º 4
Rakhmaninov: Concerto para Piano n.º 2
Strauss: *Feuersnot*

1902
Cilea: *Adriana Lecouvreur*
Debussy: *Pelléas et Mélisande*
Ives: *The Celestial Country*
Mahler: Sinfonia n.º 3
Nielsen: Sinfonia n.º 2
Ravel: *Jeux d'eau*
Schoenberg: *Verklärte Nacht*
Sibelius: Sinfonia n.º 2
Skryabin: Sinfonia n.º 2

1903
Bruckner: Sinfonia n.º 9
Elgar: *The Apostles*
D'Albert: *Tiefland*

1904
Bartók: *Kossuth*
Busoni: Concerto para Piano
Debussy: *Estampes*
Delius: *Koanga*
Janáček: *Jenůfa*
Mahler: Sinfonia n.º 5
Puccini: *Madame Butterfly*
Ravel: *Shéhérazade*
Sibelius: Concerto para Violino
Strauss: *Symphonia domestica*

1905
Debussy: *La mer*
Elgar: Introdução e Alegro
Lehár: *Die lustige Witwe* (*A Viúva Alegre*)
Schoenberg: *Pelleas und Melisande*
Sibelius: *Pelléas et Mélisande*
Skryabin: Sinfonia n.º 3
Strauss: *Salomé*

1906
Debussy: *Images* (Livro 1)
Elgar: *The Kingdom*
Mahler: Sinfonia n.º 6
Nielsen: *Maskarade*
Sibelius: *A Filha de Pohjola*

1907
Delius: *A Village Romeo and Juliet*
Dukas: *Ariane et Barbe-Bleue*
Massenet: *Thérèse*
Ravel: *Histoires naturelles*
Rimsky-Korsakov: *A Lenda da Invisível Cidade de Kitezh*

Schoenberg: Sinfonia de Câmara nº 1
Sibelius: Sinfonia nº 3
Stravinsky: Sinfonia em Mi bemol maior
Suk: *Asrael*
Delius: *Brigg Fair*
Elgar: Sinfonia nº 1
Mahler: Sinfonia nº 7
Rakhmaninov: Sinfonia nº 2
Roussel: Sinfonia nº 1
Schoenberg: Quarteto de Cordas nº 2
Skryabin: *O Poema do Êxtase*
Webern: Passacaglia

1909
Bartók: *Dois Retratos*
Rakhmaninov: Concerto para Piano nº 3
Reger: Prólogo para uma Tragédia
Rimsky-Korsakov: *O Galo de Ouro*
Strauss: *Elektra*
Stravinsky: *Fogos de Artifício*
Vaughan Williams: *On Wenlock Edge*
Wolf-Ferrari: *Il segreto di Susanna*

1910
Bartók: Quarteto de Cordas nº 1
Debussy: *Ibéria*, *Rondes de printemps*
Elgar: Concerto para Violino
Mahler: Sinfonia nº 8
Massenet: *Don Quichotte*
Puccini: *La fanciulla del West*
Schoenberg: *Das Buch der hängenden Gärten*, peças para piano opp. 11 e 19
Stravinsky: *O Pássaro de Fogo*
Varèse: *Bourgogne*
Vaughan Williams: Fantasia Tallis
Webern: Cinco Movimentos op. 5

1911
Berg: Quarteto de Cordas op. 3
Debussy: *Le martyre de Saint-Sébastien*
Elgar: Sinfonia nº 2
Granados: *Goyescas*
Mahler: *Das Lied von der Erde*
Ravel: *L'heure espagnole*
Sibelius: Sinfonia nº 4
Skryabin: *Prometeu*
Strauss: *Der Rosenkavalier*
Stravinsky: *Petruchka*

1912
Dukas: *La Péri*
Mahler: Sinfonia nº 9
Nielsen: Sinfonia nº 3, Concerto para Violino
Prokofiev: Concerto para Piano nº 1
Ravel: *Daphnis et Chloé*, *Ma mère l'oye*
Roussel: *Évocations*
Schoenberg: Cinco Peças op. 16, *Pierrot lunaire*
Strauss: *Ariadne auf Naxos* (primeira versão)

1913
Bartók: *Duas Imagens*
Debussy: *Jeux*, *Gigues*, *Syrinx*
Elgar: *Falstaff*
Falla: *La vida breve*
Fauré: *Pénélope*
Prokofiev: Concerto para Piano nº 2
Rakhmaninov: *Os Sinos*
Reger: *Vier Tondichtungen nach Arnold Böcklin*
Schoenberg: *Gurrelieder*
Stravinsky: *A Sagração da Primavera*
Webern: Seis Peças op. 6

1914
Boughton: *The Immortal Hour*
Debussy: *Trois poèmes de Stéphane Mallarmé*
Ravel: *Trois poèmes de Stéphane Mallarmé*
Sibelius: *As Oceânides*
Strauss: *Josephs-Legende*
Stravinsky: *O Rouxinol*, Três Líricas Japonesas

1915
Debussy: *Douze études*
Falla: *El amor brujo*
Ravel: Trio para Piano
Reger: Variações e Final sobre um Tema de Mozart
Sibelius: Sinfonia nº 5
Strauss: *Eine Alpensinfonie*

1916
Bridge: *Summer*
Busoni: *Indianische Fantasie*
Debussy: *En blanc et noir*, Sonata para flauta, Viola e Harpa

Holst: *Savitri*
Nielsen: Sinfonia n.º 4
Strauss: *Ariadne auf Naxos* (2.ª versão)

1917
Bartók: *O Príncipe de Madeira*
Bloch: *Schelomo*
Busoni: *Turandot*, *Arlecchino*
Debussy: Sonata para Violino
Pfitzner: *Palestrina*
Puccini: *La rondine*
Satie: *Parade*
Szymanowski: Sinfonia n.º 3
Zemlinsky: *Eine florentinische Tragödie*

1918
Bartók: *O Castelo de Barba-Azul*, Quarteto de Cordas n.º 2
Holst: *The Planets*
Prokofiev: Sinfonia n.º 1
Puccini: *Il trittico*
Schreker: *Die Gezeichneten*
Stravinsky: *A História do Soldado*

1919
Bartók: Suite op. 14
Elgar: Concerto para Violoncelo
Falla: *El sombrero de tres picos*
Ravel: *Le tombeau de Couperin* (piano)
Strauss: *Die Frau ohne Schatten*

1920
Giordano: *Andrea Chénier*
Milhaud: *Le boeuf sur le toit*
Ravel: *La valse*
Satie: *Socrate*
Stravinsky: *Pulcinella*, *Ragtime*

1921
Fauré: Quinteto para Piano n.º 2
Hindemith: *Mörder*, *Das Nusch-Nuschi*
Honegger: *Le roi David*
Janáček: *Katya Kabanova*, *Taras Bulba*
Milhaud: *L'homme et son désir*
Prokofiev: *Le chout*, *O Amor por Três Laranjas*, Concerto para Piano n.º 3
Stravinsky: Sinfonias de Sopros

1922
Bartók: Quatro Peças op. 12, Sonata para Violino n.º 1
Bax: Sinfonia n.º 1
Fauré: *L'horizon chimérique*
Hindemith: *Kammermusik* (Música de Câmara) n.º 1
Nielsen: Sinfonia n.º 5
Ravel: Sonata para violino e violoncelo
Roussel: Sinfonia n.º 2
Stravinsky: *Mavra*, *Renard*
Varèse: *Offrandes*
Walton: *Façade*

1923
Bartók: Sonata para Violino n.º 2, Suíte de Dança
Busoni: *Fantasia contrappuntistica*
Falla: *El retablo de Maese Pedro*
Fauré: Trio para Piano
Hindemith: *Das Marienleben* (*Vida de Maria*)
Milhaud: *La création du monde*
Roussel: *Padmâvatî*
Sibelius: Sinfonia n.º 6
Stravinsky: *Les noces*, Octeto
Varèse: *Hyperprism*

1924
Gershwin: *Rhapsody in Blue*
Honegger: *Pacific 231*
Janáček: *A Raposinha Esperta*
Poulenc: *Les biches*
Respighi: *Pini di Roma*
Ruggles: *Men and Mountains*
Schoenberg: *Erwartung*, *Die glückliche Hand*, Serenata, Quinteto de Sopros
Sibelius: Sinfonia n.º 7
Strauss: *Intermezzo*
Stravinsky: Concerto para Piano
Varèse: *Octandre*

1925
Berg: *Wozzeck*
Busoni: *Doktor Faust*
Copland: Music for the Theater
Nielsen: Sinfonia n.º 6
Prokofiev: Sinfonia n.º 2
Ravel: *L'enfant et les sortilèges*

Stravinsky: Sonata para Piano
Varèse: *Intégrales*

1926
Antheil: *Ballet mécanique*
Bartók: Sonata para Piano, *O Mandarim Maravilhoso*
Falla: Concerto para Cravo
Hindemith: *Cardillac*
Janáček: *O Caso Makropulos*, Sinfonieta
Krenek: *Orpheus und Eurydike*
Milhaud: *Les malheurs d'Orphée*
Nielsen: Concerto para Flauta
Puccini: *Turandot*
Shostakovich: Sinfonia nº 1
Sibelius: *Tapiola*
Szymanowski: *O Rei Rogério*
Webern: Cinco Peças op. 10

1927
Bartók: Concerto para Piano nº 1
Berg: Concerto de Câmara, Suíte Lírica
Honegger: *Antigone*
Janáček: *Missa Glagolítica*
Krenek: *Jonny spielt auf*
Prokofiev: *Le pas d'acier*
Schoenberg: Quarteto de Cordas nº 3
Shostakovich: Sinfonia nº 2
Stravinsky: *Oedipus rex*
Varèse: *Arcana*
Weill: *Royal Palace*

1928
Nielsen: Concerto para Clarineta
Ravel: *Boléro*
Schoenberg variações orquestrais:
Strauss: *Die ägyptische Helena*
Stravinsky: *Apollo*, *Le baiser de la fée*
Webern: Trio de Cordas
Weill: *Die Dreigroschenoper*

1929
Bartók: Quartetos de Cordas nºs 3 e 4
Hindemith: *Neues vom Tage*
Prokofiev: Sinfonia nº 3, *O Jogador*, *L'enfant prodigue*
Stravinsky: *Capriccio*
Walton: Concerto para Viola

1930
Berg: *Der Wein*
Janáček: *Da Casa dos Mortos*
Prokofiev: Sinfonia nº 4
Roussel: Sinfonia nº 3
Schoenberg: *Von heute auf morgen*
Shostakovich: *O Nariz*, Sinfonia nº 3
Stravinsky: Sinfonia dos Salmos
Weill: *Mahagonny*

1931
Copland: Variações para Piano
Hába: *Die Mutter*
Honegger: Sinfonia nº 1
Ives: *Three Places in New England*
Messiaen: *Les offrandes oubliées*
Ravel: Concerto para Piano para a Mão esquerda
Stravinsky: Concerto para Violino
Webern: Quarteto op. 22

1932
Prokofiev: Concerto para Piano nº 5
Ravel: Concerto para Piano em Sol maior
Ruggles: *Suntreader*
Stravinsky: *Duo concertant*
Weill: *Die Burgschaft*

1933
Bartók: Concerto para Piano nº 2
Britten: Sinfonieta
Honegger: *Mouvement symphonique* nº 3
Shostakovich: Concerto para Piano nº 1
Strauss: *Arabella*
Varèse: *Ionisation*
Weill: *Os Sete Pecados Capitais*
Zemlinsky: *Der Kreidekreis*

1934
Bartók: *Cantata profana*
Bax: Sinfonia nº 5
Berg: Suíte de *Lulu*
Hindemith: Sinfonia *Mathis der Maler*
Messiaen: *L'Ascension*
Rakhmaninov: Rapsódia sobre um Tema de Paganini
Schmidt: Sinfonia nº 4
Shostakovitch: *A Lady Macbeth do Distrito de Mtsensk*
Stravinsky: *Perséphone*
Thomson: *Four Saints in Three Acts*

1935
Bartók: Quarteto de Cordas n.º 5
Gershwin: *Porgy and Bess*
Messiaen: *La Nativité du Seigneur*
Roussel: Sinfonia n.º 4
Strauss: *Die schweigsame Frau*
Stravinsky: Concerto para Dois Pianos
Vaughan Williams: Sinfonia n.º 4
Webern: Concerto

1936
Berg: Concerto para Violino
Britten: *Our Hunting Fathers*
Enescu: *Oedipe*
Rakhmaninov: Sinfonia n.º 3
Varèse: *Densidade 21.5*
Weill: *Johnny Johnson*

1937
Bartók: Música para Cordas, Percussão e Celesta
Blitzstein: *The Cradle will Rock*
Britten: *Bridge Variations*, *On this Island*
Copland: *El salón México*
Messiaen: *Poèmes pour Mi*
Orff: *Carmina burana*
Schoenberg: Quarteto de Cordas n.º 4
Shostakovich: Sinfonia n.º 5
Stravinsky: *Jeu de cartes*
Webern: Variações para Piano

1938
Bartók: Sonata para dois pianos e percussão
Copland: *Billy the Kid*
Hindemith: *Mathis der Maler*
Honegger: *Jeanne D'Arc au bûcher*
Krenek, *Karl V*
Martinů: *Julieta*
Prokofiev: *Romeu e Julieta*
Schoenberg: *Kol nidre*
Stravinsky: Concerto "Dumbarton Oaks"
Webern: *Das Augenlicht*, Quarteto de Cordas

1939
Bartók: Concerto para Violino n.º 2, *Contrasts*
Cage: *Imaginary Landscape* n.º 1
Carter: *Pocahontas*
Harris: Sinfonia n.º 3
Ives: Sonata para Piano n.º 2
Messiaen: *Chants de terre et de ciel*
Poulenc: Concerto para órgão
Prokofiev: *Alexander Nevsky*
Shostakovich: Sinfonia n.º 6

1940
Britten: *Les illuminations*, Concerto para Violino
Dallapiccola: *Volo di notte*
Schoenberg: Concerto para Violino, Sinfonia de Câmara n.º 2
Stravinsky: Sinfonia em Dó maior

1941
Bartók: Quarteto de Cordas n.º 6
Britten: Quarteto de Cordas n.º 1
Copland: Sonata para Piano
Dallapiccola: *Canti di prigionia*
Messiaen: *Quatuor pour la fin du temps*

1942
Britten: Michelangelo Sonnets
Honegger: Sinfonia n.º 2
Martin: *Le vin herbé*
Shostakovich: Sinfonia n.º 7
Strauss: *Capriccio*
Stravinsky: *Danses concertantes*

1943
Britten: Serenata
Messiaen: *Visions de l'Amen*
Shostakovich: Sinfonia n.º 8
Stravinsky: Ode
Webern: Variações Orquestrais

1944
Bartók: Concerto para Orquestra
Carter: Sinfonia n.º 1
Copland: *Appalachian Spring*
Hindemith: Metamorfose Sinfônica, *Ludus Tonalis*
Schoenberg: *Ode to Napoleon*, Concerto para Piano
Stravinsky: *Scènesde ballet*, Sonata para dois pianos
Tippett: *A Child of Our Time*

1945
Britten: *Peter Grimes*, Quarteto de Cordas n.º 2
Messiaen: *Trois petites liturgies*, Vingt regards
Prokofiev: *Cinderella*, Sinfonia n.º 5
Schoenberg: Prelúdio "Gênesis"
Shostakovich: Sinfonia n.º 9
Stravinsky: *Babel*

1946
Bartók: Concerto para Piano n.º 3
Boulez: Sonata para Piano n.º 1
Britten: *The Rape of Lucretia*
Copland: Sinfonia n.º 3
Honegger: Sinfonia n.º 3
Ives: Sinfonia n.º 3
Martin: *Petite symphonie concertante*
Messiaen: *Harawi*
Prokofiev: *Guerra e Paz*
Strauss: *Metamorphosen*
Stravinsky: Sinfonia em Três Movimentos

1947
Cage: *The Seasons*
Carter: *The Minotaur*, Sonata para Piano
Honegger: Sinfonia n.º 4
Poulenc: *Les mamelles de Tirésias*
Schoenberg: Trio de Cordas
Sessions: Sinfonia n.º 2
Stravinsky: Concerto em Ré maior

1948
Lutoslawski: Sinfonia n.º 1
Schoenberg: *A Survivor from Warsaw*
Stravinsky: *Orpheus*, Missa
Vaughan Williams: Sinfonia n.º 6

1949
Britten: *Spring Symphony*
Dallapiccola: *Il prigioniero*
Messiaen: *Turangalîla-Symphonie*, *Cinq rechants*
Schoenberg: Fantasia

1950
Boulez: Sonata para Piano n.º 2
Carter: Sonata para Violoncelo
Copland: Quarteto para Piano, Concerto para Clarineta
Messiaen: *Quatre études de rythme*
Strauss: *Vier letzte Lieder*

1951
Boulez: *Polyphonie X*
Britten: *Billy Budd*
Cage: *Imaginary Landscape* n.º 4
Honegger: Sinfonia n.º 5
Messiaen: *Messe de la Pentecôte*
Stockhausen: *Kreuzspiel*
Stravinsky: *The Rake's Progress*
Vaughan Williams: *The Pilgrim's Progress*

1952
Babbitt: *Du*
Boulez: *Structures Ia*
Cage: *Water Music, 4'33"*
Henze: *Boulevard Solitude*
Messiaen: *Livre d'orgue*
Shostakovich: Vinte e Quatro Prelúdios e Fugas
Stockhausen: *Spiel*
Stravinsky: Cantata

1953
Britten: *Winter Words*
Carter: Quarteto de Cordas n.º 1
Messiaen: *Le réveil des oiseaux*
Shostakovich: Sinfonia n.º 10
Stockhausen: *Kontra-Punkte*
Vaughan Williams: *Sinfonia antartica*

1954
Britten: *The Turn of the Screw*
Nono: *La victoire de Guernica*
Schoenberg: *Moses und Aron*
Stockhausen: *Studien I-II*, *Klavierstücke I-IV*
Stravinsky: Septeto, *In memoriam Dylan Thomas*
Varèse: *Déserts*

1955
Boulez: *Le marteau sans maître*
Davies: Sonata para Trompete
Nono: *Incontri*
Shostakovich: Concerto para Violino n.º 1
Stockhausen: *Klavierstücke V-VIII*

Tippett: *The Midsummer Marriage*
Xenakis: *Metastasis*

1956
Barraqué: *Séquence*
Carter: Variações Orquestrais
Henze: *König Hirsch*
Messiaen: *Oiseaux exotiques*
Nono: *Il canto sospeso*
Stockhausen: *Zeitmasze, Gesang der Jünglinge*
Stravinsky: *Canticum sacrum*
Vaughan Williams: Sinfonia n.º 8

1957
Boulez: Sonata para Piano n.º 3
Britten: *The Prince of the Pagodas*
Poulenc: *Dialogue des Carmélites*
Shostakovich: Sinfonia n.º 11, Concerto para Piano n.º 2
Stockhausen: *Klavierstück XI*
Stravinsky: *Agon*
Xenakis: *Pithoprakta*

1958
Boulez: *Doubles, Poésie pour pouvoir*
Britten: *Noturno*
Cage: Concerto para Piano e Orquestra
Henze: *Ondine*
Stockhausen: *Gruppen*
Stravinsky: *Threni*
Varèse: *Poème électronique*
Vaughan Williams: Sinfonia n.º 9

1959
Blomdahl: *Aniara*
Davies: *Prolation*
Dutilleux: Sinfonia n.º 2
Messiaen: *Catalogue d'oiseaux*
Poulenc: *La voix humaine*
Stockhausen: *Zyklus, Refrain*

1960
Barraqué: *...au delà du hasard*
Berio: *Circles*
Boulez: *Pli selon pli*
Britten: *A Midsummer Night's Dream*
Carter: Quarteto de Cordas n.º 2
Kagel: *Anagrama*
Messiaen: *Chronochromie*
Penderecki: *Anaklasis*
Shostakovich: Quarteto de Cordas n.º 8
Stockhausen: *Carré, Kontakte*
Stravinsky: Movimentos

1961
Berio: *Epifanie*
Boulez: *Structures II*
Cage: *Atlas eclipticalis*
Carter: Concerto Duplo
Gerhard: Sinfonia n.º 3
Henze: *Elegy for Young Lovers*
Ligeti: *Atmosphères*
Nono: *Intolleranza 1960*
Shostakovich: Sinfonia n.º 4
Varèse: *Nocturnal*

1962
Britten: *War Requiem*
Copland: *Connotations*
Shostakovich: Sinfonia n.º 13
Stockhausen: *Momente*
Stravinsky: *The Flood*

1963
Bernstein: *Kaddish Symphony*
Henze: Sinfonia n.º 5
Ligeti: *Aventures*
Messiaen: *Sept haïkaï*
Tippett: Concerto para Orquestra

1964
Britten: *Curlew River*, Sinfonia para Violoncelo
Messiaen: *Couleurs de la Cité Céleste*
Sessions: *Montezuma*
Stockhausen: *Mikrophonie I*
Stravinsky: *Abraham and Issac*, *Elegy for J.F.K.*

1965
Berio: *Laborintus II*
Birtwistle: *Tragoedia*
Boulez: *Eclat*
Carter: Concerto para Piano
Davies: Segunda Fantasia Tarvener
Ligeti: Requiem

Messiaen: *Et exspecto resurrectionem mortuorum*
Stockhausen: *Mikrophonie II*
Stravinsky: Variações Orquestrais

1966
Babbitt: *Relata I*
Barraqué: *Chant après chant*
Henze: *The Bassarids*
Stockhausen: *Solo, Telemusik*
Stravinsky: *Requiem Canticles*
Xenakis: *Terretektorh*

1967
Davies: *Antechrist*
Goehr: *Arden must die*
Ligeti: Concerto para Violoncelo, *Lontano*
Shostakovich: Concerto para violino n.º 2
Stockhausen: *Hymnen, Prozession*

1968
Barraqué: *Le temps restitué*, Concerto
Berio: *Sinfonia*
Birtwistle: *Punch and Judy*
Dallapiccola: *Ulisse*
Davies: *Revelation and Fall*
Pousseur: *Votre Faust*
Shostakovich: Quarteto de Cordas n.º 12
Stockhausen: *Stimmung, Kurzwellen*

1969
Babbitt: *Relata II*
Birtwistle: *Verses for Ensembles*
Cage: *HPSCHD*
Davies: *Eight Songs for a Mad King, Vesalii icones, Worldes Blis*
Ligeti: Quarteto de Cordas n.º 2
Messiaen: *La Transfiguration*
Shostakovich: Sinfonia n.º 14
Stockhausen: *Spiral*

1970
Babbitt: Quarteto de Cordas n.º 3
Berio: *Opera*
Carter: Concerto para Orquestra
Ligeti: Concerto de Câmara
Stockhausen: *Mantra*

1971
Bernstein: *Missa*
Britten: *Owen Wingrave*
Kagel: *Staatstheater*
Ligeti: *Melodien*
Reich: *Drumming*
Stockhausen: *Trans*

1972
Birtwistle: *The Triumph of Time*
Bussotti: *Lorenzaccio*
Davies: *Taverner*
Ligeti: Concerto Duplo
Messiaen: *Méditations sur le mystère de la Sainte Trinité*
Shostakovich: Sinfonia n.º 15

1973
Boulez: "*...explosante-fixe...*"
Britten: *Death in Venice*
Carter: Quarteto de Cordas n.º 3
Davies: *Stone Litany*
Reich: Música para Instrumentos de Baqueta, Vozes e Órgão
Shostakovich: Quarteto de Cordas n.º 14

1974
Henze: *Tristan*
Messiaen: *Des canyons aux étoiles*
Shostakovich: Quarteto de Cordas n.º 15
Stockhausen: *Inori*

1975
Boulez: *Rituel*
Davies: *Ave maris stella*
Ferneyhough: *Transit*
Ligeti: *San Francisco Polyphony*
Shostakovich: Sonata para Viola
Stockhausen: *Tierkreis*

1976
Berio: *Coro*
Britten: Quarteto de Cordas n.º 3
Carter: *A Mirror on which to Dwell*
Glass: *Einstein on the Beach*
Henze: *Chegamos ao Rio*
Ligeti: *Monument — Selbstporträt — Bewegung*
Shnitke: Quinteto para Piano
Stockhausen: *Sirius*

1977
Birtwistle: *Silbury Air*
Carter: A Symphony of Three Orchestras
Davies: *A Mirror of Whitening Light*
Stockhausen: *Der Jahreslauf*
Xenakis: *Jonchaies*

1978
Boulez: *Notations*
Carter: *Syringa*
Davies: Sinfonia nº 1
Ligeti: *Le Grand Macabre*

1979
Birtwistle: *...agm...*
Rochberg: Quartetos "Concord"
Tavener: *Thérèse*
Tippett: Quarteto de Cordas nº 4

1980
Carter: *Night Fantasies*
Glass: *Satyagraha*
Reich: Variações para Sopros, Cordas e Teclados

1981
Adams: *Harmonium*
Boulez: *Répons*
Davies: Sinfonia nº 2
Stockhausen: *Donnerstag*

1982
Berio: *La vera storia*
Ligeti: Trio para Trompa

1983
Boesmans: *La passion de Gilles*
Messiaen: *Saint François d'Assise*
Reich: *The Desert Music*

1984
Berio: *Un re in ascolto*
Birtwistle: *Secret Theatre*
Glass: *Akhnaten*
Stockhausen: *Samstag*
Tippett: *The Mask of Time*

1985
Carter: *Penthode*
Davies: Symphony nº 3
Goehr: *Behold the Sun*
Kagel: *Sankt-Bach-Passion*

impressão e acabamento
yangraf
TEL.: (011) 296-1630
FAX: (011) 296-6096